Lucia St. Clair Robson
In der Ferne ein Feuer

SERIE PIPER

Zu diesem Buch

Florida 1819: In der Schlacht am Econfina River unterliegen die Indianer vom Stamm der Seminolen den Soldaten der US-Armee. Der Indianerjunge Cricket wird Zeuge eines grausamen Blutvergießens und entgeht nur durch das mutige Eingreifen seiner Großmutter dem sicheren Tod. Ihrem Verhandlungsgeschick ist es zu verdanken, daß die überlebenden Frauen und Kinder ihre Freiheit wiedererlangen, doch der tödliche Verlust der männlichen Krieger macht das Indianervolk über Jahre hinweg wehrlos. Die Schmach der Vertreibung und die Unterdrückung durch die »Bleichaugen« hinterlassen tiefe Spuren bei dem heranwachsenden Cricket. Als aus dem leichtsinnigen Jungen der umsichtige, von allen geachtete Krieger Osceola geworden ist, verfolgen ihn die Ereignisse von damals immer noch. Zusammen mit seinen Männern sinnt er auf Rache für die Seelen seiner Stammesbrüder. Eine großartige Saga vom Leben und Kampf eines stolzen Indianervolkes.

Lucia St. Clair Robson, geboren in Baltimore, lebte nach dem Lehrerexamen unter anderem in Venezuela, Japan und Arizona. Durch ihre Arbeit als Bibliothekarin wurde sie auf Indianerschicksale aufmerksam und schrieb ihren ersten Roman, der sofort erfolgreich war: »Die mit dem Wind reitet«. Auf deutsch liegen außerdem vor: »Tiana«, »Mutiges Herz, wildes Land« sowie »Westwärts ohne Furcht«. Weiteres zur Autorin:
www.luciastclairrobson.com

Lucia St. Clair Robson
In der Ferne ein Feuer

Roman

Aus dem Amerikanischen von
Hans-Joachim Maass

Piper München Zürich

Von Lucia St. Clair Robson liegen in der Serie Piper vor:
Die mit dem Wind reitet (2839)
Tiana (3439)
In der Ferne ein Feuer (3765)
Westwärts ohne Furcht (6038)

Ungekürzte Taschenbuchausgabe
Februar 2003

Titel der amerikanischen Originalausgabe:
»Light A Distant Fire«, Ballantine,
New York 1988

erschienen im Verlagsprogramm Kabel
Umschlag / Bildredaktion: Büro Hamburg
Isabel Bünermann, Julia Martinez /
Charlotte Wippermann, Katharina Oesten
Umschlagabbildung: Karl Bodmer (»Pteh-Skah, Assiniboin Chief«;
Joslyn Art Museum Omaha, Nebraska)
Foto Umschlagrückseite: Jerry Bauer
Satz: Mitterweger Werksatz GmbH, Plankstadt
Druck und Bindung: Clausen & Bosse, Leck
Printed in Germany ISBN 3-492-23765-7

www.piper.de

Ich widme dieses Buch Buddy, Randi und Mark,
meinen Freunden, denen ich mich verwandt fühle.
Sie gehören einer seltenen Rasse an –
sie sind in Florida geboren.

Es ist ein Land der Sümpfe, des bodenlosen Morasts, ein Land der Frösche und Alligatoren und Moskitos! Kein Mensch käme auf den Gedanken, Sir, nach Florida auszuwandern. Nein, Sir! Kein Mensch würde nach Florida auswandern – nicht mal aus der Hölle!

John Randolph aus Roanoke
1773–1833

Titelillustration:
Karl Bodmer, »Pteh-Skah, Assiniboin Chief«;
Joslyn Art Museum Omaha, Nebraska

Danksagung

Ich möchte Ken und Ginny Stibolt danken, die mir beim Schreiben dieses Buches auf jede erdenkliche Weise geholfen haben. Dank schulde ich auch Dr. Stephen R. Humphrey vom Florida State Museum, Dr. Daniel Austin, Professor der Biologie an der Florida Atlantic University, Bob Ellis von der Florida Fresh Water Fish and Game Commission, Connie Haas von der Lake Worth Public Library, Gene Joyner und Tom Teets, Gartenarchitekten des Palm Beach Country Extension Service, Patsy West, Historikerin und Archivarin, sowie Pat und Guy LaBree, Künstlern und langjährigen Kennern der Geschichte der Seminolen.

Besonderen Dank schulde ich James Billie, dem Chairman des Stamms der Seminolen, Naomi Wilson, deren »anderer« Name eine Verbindung mit der Vergangenheit herstellte, O. B. Osceola Jr., der bereit war, die Fragen einer Fremden gründlich und liebenswürdig zu beantworten, sowie den Seminolen und den Mikasukee, den lebenden wie den längst verschwundenen, deren Mut auf die Autorin einen unauslöschlichen Eindruck machte, als sie noch ein Kind war.

Wir dürfen davon ausgehen, daß der Krieg gegen die Seminolen jetzt kurz vor dem Ende steht.

GENERAL ANDREW JACKSON
1818

Ich vermag nicht zu erkennen, daß von den armseligen Indianern, welche die Halbinsel Florida bewohnen, irgendeine Gefahr ausgehen könnte.

GENERAL ALEXANDER MACOMB
1829

Wir haben den Feind gestellt, geschlagen und gezwungen, um Frieden zu bitten.

GENERAL EDMUND PENDLETON GAINES
(März) 1836

In weniger als zwölf Tagen nach meinem Aufbruch von Fort Drane werde ich das Vergnügen haben, die feindlichen Krieger abzutransportieren und seine (sic!) Armee aufzulösen.

GENERAL WINFIELD SCOTT
(April) 1836

Ich verspreche Ihnen, daß ich dem Krieg in Florida bald ein Ende machen oder aber bei diesem Vorhaben fallen werde.

GENERAL RICHARD KEITH CALL
(Mai) 1836

Der Krieg, denke ich, ist vorbei ...

GENERAL THOMAS SIDNEY JESUP
1837

Prolog

»Pech am Horseshoe«

»Ich bin mit dem Gesicht nach unten im Staub aufgewacht.« Osceola nahm mit zwei Fingern Tabak aus einem Lederbeutel, der durch die ständige Berührung seiner Hände seidenweich geworden war. Er stopfte die braunen Krümel mit dem beißenden Geruch in den Kopf seiner Pfeife. Little Warrior hielt einen Pechkieferspan in die Flammen, bis er Feuer fing, und zündete dann die Pfeife ihres Vaters damit an.

»Und was passierte dann?« Als Little Warrior sich vorbeugte, tanzte der Lichtschein des Feuers in ihren riesengroßen dunklen Augen.

»Mein Enkel hat die Schlacht beim Fort verschlafen, das ist passiert.« Fighting in a Line bewegte ihre knochigen Hüften auf dem Palmenbaumstamm, der von dem sternförmigen Feuer ausging. Sie kniff die Augen zusammen und blinzelte die Krause an, die sie gerade an ein langes Kalikohemd nähte.

»Es wehte ein kalter Wind.« Osceola überhörte die Neckerei seiner Großmutter. »Aber der Pulverdampf hing noch über dem Feld. Ich hörte die Schreie von Old Mad Jacksons verwundeten Blaujacken.« Er starrte in die Flammen und lächelte traurig. »Weiße Männer verstehen nicht zu sterben.«

»Ich spürte, wie ein spitzer Stein mir in die Wange stieß«, fuhr er fort. Seltsam, dachte er, wie gut man sich an die Einzelheiten erinnert. Selbst dann, wenn die Erinnerungen an die großen Ursachen schon verblassen. »Ich spürte im Mund den Geschmack von Blut, das sich mit dem Staub vermischt hatte. Der Kopf fühlte sich an, als hätte ihn der Musketenschaft der Blaujacke wie eine Melone zerquetscht. Mein Fußknöchel war gebrochen. Er schwoll an, bis der Puls an den Schnüren meiner Wintermokassins pochte. Gesicht, Hände und Brust waren blutverkrustet.«

»War es dein Blut, Papa?« Ein Schauer von Grauen durchzuckte Little Warrior. Ihr geliebter Vater hätte an jenem Tag sterben können, bevor er sich auch nur seinen Kriegsnamen verdient hatte. Bevor er sie überhaupt gezeugt hatte.

»Das meiste stammte von der Leiche, die auf mir lag.« Jetzt hatte Osceola seine Zuhörer fest im Griff. Es konnte schreckliche Konsequenzen haben, eine Leiche zu berühren. Die Toten konnten mehr Unheil anrichten als die Lebenden. Und die Lebenden hatten bei den Befestigungen, welche die Maskokee das Fort und die Amerikaner Horseshoe Bend nannten, genug Unheil angerichtet.

Osceola machte eine Pause, um seine Pfeife neu anzuzünden. »Ich lauschte und wartete auf die Kriegsrufe der Red Sticks, hörte aber nur Jacksons Blaujacken. Sie waren dabei, die gefallenen Red Sticks zu skalpieren. Sie nahmen ihre Waffen an sich. Sie rissen ihnen Haut von den Schenkeln, um daraus Mokassins zu machen. Ich stellte mich tot. Sie ließen mich liegen und gingen an mir vorbei.«

»Er kann von Glück sagen, daß die Blaujacken aus seinen Hoden keinen Tabakbeutel gemacht haben«, bemerkte Fighting in a Line. »Natürlich war er damals erst elf. Seine Kieselsteine hätten einen sehr kleinen Beutel ergeben.«

»Als ich nur noch die Schreie der Sterbenden hören konnte, kroch ich unter der Leiche hervor. Ich rutschte auf dem Bauch quer über das Schlachtfeld. Es war von Kanonenkugeln völlig durchpflügt. Es war mit Leichen übersät. Es war durch und durch mit Blut getränkt. Die Sonne ging schon unter, aber die Krähen und Truthahngeier kreisten noch immer am Himmel. Der Winter hatte uns hart zugesetzt. Unsere verhungernden Hunde balgten sich schon um die Toten.« Als Osceola verstummte, um wieder seine Pfeife anzuzünden, war seine Familie stumm. Er hatte sie an den Ort und in die Zeit zurückversetzt, die seine Träume selbst nach fünfzehn Jahren noch heimsuchten. Sie lauschten alle den Gewehrschüssen, die sie im Knistern des Feuers zu hören meinten. Die unheimlichen

Schreie der Braunsichler im Dschungel um sie herum hörten sich an wie die Stimmen sterbender Männer.

»Blaue Rauchfetzen trieben wie heimatlose Geister über das Schlachtfeld.« Osceolas weiche, volltönende Stimme sprach hypnotisch weiter. »Lendenschurze und Rockschöße flatterten im Wind. Bei jedem Red-Stick-Bruder, an dem ich vorbeikam, flüsterte ich den Segen ›*Ni'tak intaha,* die Tage, die ihm erlaubt waren, sind zu Ende‹.«

»Wurden sie gerächt?« Der Gedanke an Hunderte ungerächter Geister, welche die Dachtraufen der Häuser ihrer Familien heimsuchten, ließ Little Warrior näher an den warmen Körper ihrer Mutter heranrücken, um dort Trost zu suchen.

»Nein, Tochter. An jenem Tag tötete Old Mad Jackson fast alle Krieger, welche die Red Sticks hatten zusammenbringen können. Er löschte das Feuer der Maskokee-Nation in dem nördlichen Land aus.«

»Wir entkamen, indem wir den Fluß durchschwammen.« Die nächtlichen Schatten und das Erinnern zeichneten tiefere Furchen in die klaren Flächen von Fighting in a Lines Gesicht als gewohnt. Ihre Augen waren groß und leuchteten kalt in dem strengen Gesicht. »Das Wasser war voller Leichen«, sagte sie. »Das Ufer wurde von den Cherokee-Hunden Old Mad Jacksons gesäumt. Sie schossen auf die Männer im Fluß, aber sie verfehlten uns. Cherokee können nicht mal die eigenen Füße treffen.«

»Ich bin Old Mad Jackson dankbar«, murmelte Morning Dew.

»Warum, Mutter?« fragte Little Warrior.

»Weil dein Vater seinetwegen in den Süden gekommen ist, in unser Land.«

Little Warrior blickte mit funkelnden Augen in den dunklen Wald, dessen Baumstämme von Kletterpflanzen überwuchert waren, als lauerte dort General Andrew Jackson. »Sollte ich jemals Old Mad Jackson begegnen, werde ich ihn töten.«

Ah, meine teure Little Warrior, dachte Osceola. Das habe ich mir schon öfter geschworen, als ich zählen kann.

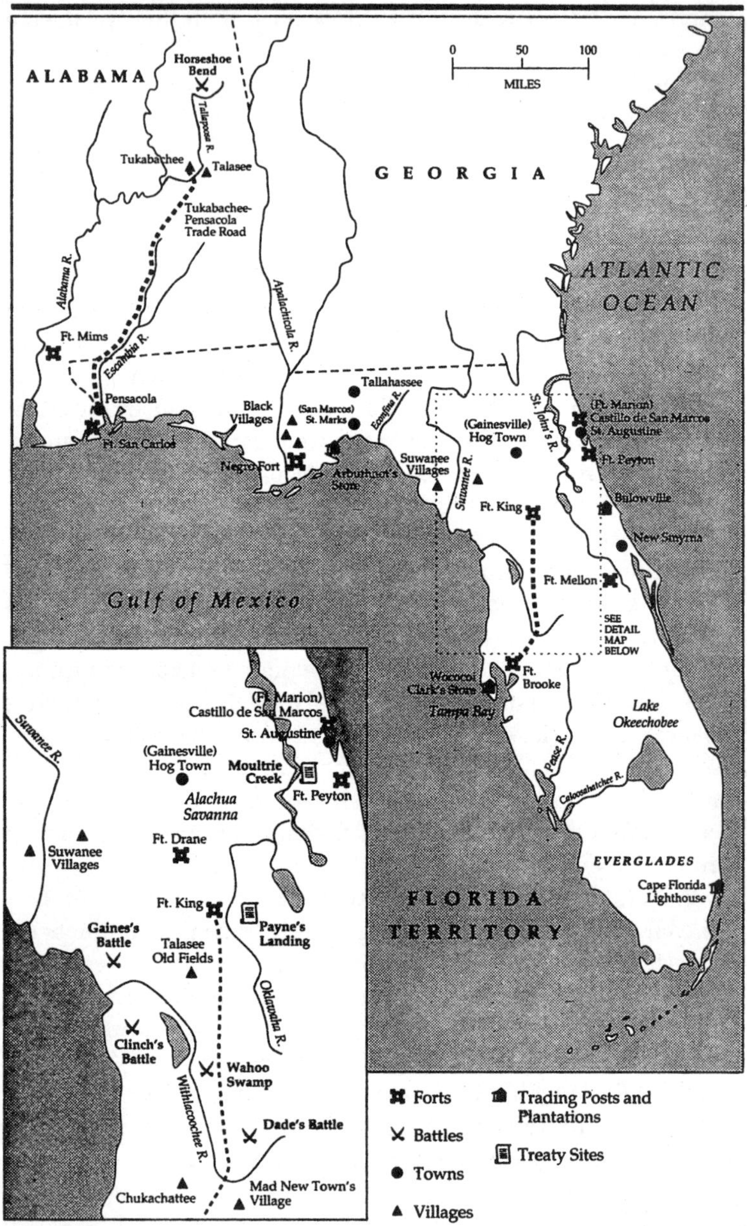
ALABAMA
Horseshoe Bend
Tallapoosa R.
Tukabachee
Talasee
Tukabachee-Pensacola Trade Road
Alabama R.
Escambia R.
Apalachicola R.
Ft. Mims
Pensacola
Ft. San Carlos
Black Villages
(San Marcos) St. Marks
Tallahassee
Econfina R.
Negro Fort
Arbuthnot's Store
GEORGIA
0 50 100
MILES
ATLANTIC OCEAN
Suwanee Villages
Suwanee R.
(Gainesville) Hog Town
St. John's R.
(Ft. Marion) Castillo de San Marcos
St. Augustine
Ft. Peyton
Bulowville
Ft. King
New Smyrna
Ft. Mellon
SEE DETAIL MAP BELOW
Gulf of Mexico
Ft. Brooke
Wococoi Clark's Store
Tampa Bay
Lake Okeechobee
Pease R.
Caloosahatchee R.
EVERGLADES
Cape Florida Lighthouse
FLORIDA TERRITORY
(Ft. Marion)
Castillo de San Marcos
St. Augustine
Suwanee R.
(Gainesville) Hog Town
Moultrie Creek
Ft. Peyton
Alachua Savanna
Suwanee Villages
Ft. Drane
Ft. King
Payne's Landing
Gaines's Battle
Talasee Old Fields
Oklawaha R.
Clinch's Battle
Wahoo Swamp
Withlacoochee R.
Dade's Battle
Chukachattee
Mad New Town's Village
Forts
Battles
Towns
Villages
Trading Posts and Plantations
Treaty Sites

1

»Ich bin Zauberer«, versuchte der fünfzehnjährige Cricket den Stier mit seinem Singsang zu beschwören. »Ich kann meine Feinde aus der Ferne verzaubern.«

Als der Bulle mit den Hufen stampfte, konnte Cricket das Erzittern der Erde durch die nackten Fußsohlen spüren. Der Bulle senkte sein ergrautes Maul und griff an, aber Cricket wich aus und verschwand hinter einer Eiche, um dann in den Econfina zu waten und ans andere Ufer zu rennen, während das Wasser um ihn herum aufspritzte. Der Bulle blieb in dem seichten Wasser stehen und brüllte hinter ihm her. Die Kühe in dem Fächerpalmendickicht nahmen den Ruf auf.

Von Cricket wurde erwartet, daß er die Kühe bewachte und sie nicht ärgerte, aber er wußte, daß sie nicht ausreißen konnten. Das machte ihm keine Sorgen. Das humusreiche Laubwaldgebiet, in dem die Red-Stick-Flüchtlinge lagerten, war ringsum meilenweit von morastigen Schluchten umgeben. Der schenkelhohe Schlamm auf dem Grund des schwarzen Wassers war mit verrottenden Baumstämmen und scharfen Zypressenwurzeln durchsetzt, was es Tieren schwermachte, sich zu verirren. Crickets Hauptpflicht bestand darin, Alligatoren zu verjagen. Dazu trug er einen kräftigen Eichenknüppel bei sich.

Selbst Old Mad Jackson konnte Wagen und Kanonen nicht durch den Morast um den Econfina River herum ziehen. Das Waldstück lag so gut geschützt, daß Crickets Großonkel, Mad New Town, sogar überlegte, ob er dort sein Dorf errichten sollte. Nach einer dreijährigen Flucht vor den Amerikanern und ihren Verbündeten, den Creek, wagte Cricket zu hoffen, endlich ein Zuhause zu bekommen.

Er schlenderte auf eine Lichtung voller Hütten aus Fächerpalmwedeln und Stapeln mit Habseligkeiten und Feuerholz. Er wich den Hindernissen geschickt aus, bis er das Feuer seiner Familie erreichte. Mad New Town tauchte die Schöpfkelle in den Kessel mit dünnem Maisbrei namens *sofkee* und reichte sie seinem Neffen.

»Die Kühe sind unruhig.« Mad New Town lauschte der Herde, die immer noch durch das trockene Palmendickicht stampfte und brüllte. »Hast du sie geärgert, Neffe?«

»Ja, Onkel.«

»Ich bin stolz auf meinen Neffen«, verkündete Mad New Town denen, die um ihn herum lagerten. »Er weiß, daß unsere Feinde in der Nähe sein könnten. Er weiß, daß kindliche Streiche jeden von uns in Gefahr bringen können. Er achtet sorgfältig darauf, unseren Standort nicht zu verraten.«

Cricket aß schweigend. Sein Gesicht brannte vor Scham. Der Onkel würde diesen Fall bei ihrem täglichen Rat zur Sprache bringen und ihn erneut demütigen. Und wieder. Und immer wieder.

Die Schreie der Frauen begannen am Rand der Lichtung. »*Istee chatalgee!* Rote Männer!« Die Rufe breiteten sich im Lager aus. Die Menschen rannten los, um ihre Waffen, Kinder und Habseligkeiten zu holen. Die Vorhut von McIntoshs zweitausend Creek-Kriegern eröffnete von den Bäumen aus das Feuer.

Mad New Towns Männer verteidigten ihre Familien, so gut sie konnten. Die Menschen versteckten sich hinter Büschen und ihren aufgehäuften Habseligkeiten. Es dauerte nicht lange, da nahmen sie auch hinter Leichen Deckung. Kinder schrien nach ihren Müttern.

Cricket kniete hinter einem Stapel von Unterholz nieder und lud mit zitternden Fingern seine Muskete. Er verschüttete kostbares Zündpulver. Noch mehr Pulver blieb an seiner verschwitzten Handfläche kleben, als er es in den Lauf zu schütten versuchte. Dann konnte er die winzigen, eingefetteten Stofffetzen in der Schachtel mit den Blocks für die Visierklappe nicht trennen.

Endlich schaffte er es, die Kugel in den Lauf zu drücken, stieß sie mit dem Ladestock fest hinein und schulterte seine Waffe. Er blinzelte durch den Rauch und den Staub, den die völlig verängstigten Pferde, Kühe und Hühner aufgewirbelt hatten, sah aber nur die Feuerzungen, die aus der Mauer aus Buschwerk, Kletterpflanzen und Bäumen um die Lichtung herum aufblitzten. Er suchte sich ein Mündungsfeuer aus und zielte ein wenig links darüber, wie es ihm Mad New Town beigebracht hatte. Er hätte aber trotzdem nicht sagen können, ob er jemanden getroffen hatte.

Mad New Town schien überall zu sein. Er sprach seinen Männern Mut zu und verteilte das bißchen Pulver und Munition, das er hatte. Während er umherlief, rief er laut hinaus, was er von McIntoshs Anatomie, Intelligenz, Abstammung und seinem Trieb hielt. Die Schmähung von Feinden war eine Kunst, die Mad New Town von seinem schottischen Vater gelernt hatte, James McQueen.

McIntosh hatte ebenfalls schottisches Blut in den Adern, und beide Männer waren Maskokee und gehörten somit einem Stamm der Creek-Konföderation an. Die Red-Stick-Fraktion hatte sich vor fünf Jahren in Alabama vom Rest der Creek-Nation gelöst. Die anschließenden Feindseligkeiten waren von tiefster Verbitterung geprägt, wie es bei Kriegen unter Brüdern meist der Fall ist.

Mad New Towns Red Sticks kämpften eine Stunde lang gegen McIntoshs Creek. Cricket goß den letzten Rest seines Wassers auf seine Steinschloßflinte, aber das heiße Messing hatte ihm schon große Blasen in die Hände gebrannt. Sein Mund und seine Nase waren völlig ausgedörrt, und das Atmen tat ihm weh.

Crickets Munition ging fast im selben Augenblick zur Neige wie bei den anderen Red Sticks. Sie erwiderten das Feuer immer spärlicher, bis es völlig zum Erliegen kam. Cricket hörte, wie ihm das Blut in den Schläfen pochte. Die Kriegsrufe der Creek wurden triumphierender. Über die gezackten Fächer der Palmen hinweg konnte Cricket sehen, wie der rot-weiße Federschmuck seiner Feinde näher kam.

»*Hobuk waksi.*« Mad New Town reckte die Arme in die Höhe, als wollte er eine möglichst große Zielscheibe abgeben, und drehte sich langsam um. »Ihr weibischen Feiglinge! Spielt mit euren eigenen Schwänzen.« Dies war das Signal für seine Männer, das Feuer der Creek auf sich zu ziehen, damit die

Frauen und Kinder entkommen konnten. Aber eine Frau geriet in Panik.

Ihre Schreie ließen die anderen plötzlich losrennen und blindlings auf den Sumpf zustürzen. Als ihre Männer die Flucht ihrer Familien zu decken versuchten, verwundeten die Pfeile viele der Frauen und Kinder. Cricket wieselte durch das Getümmel, als er nach seiner Mutter und seiner Großmutter Ausschau hielt.

»Hundekot! Skunkatem!«

Cricket hörte Fighting in a Lines schrille Stimme durch den Lärm.

»Kuhstare! Haben eure Eltern euch in den dreckigen Nestern von Weißen zurückgelassen, damit ihr euer eigenes Volk verratet?«

Als Cricket durch die raschelnden Fächerpalmen rannte, folgte er der Stimme seiner Großmutter. In der Mitte einer kleinen Lichtung lümmelten sich sechs Creek auf ihre Musketen. Sie lachten über zwei andere, die Fighting in a Line zu überwältigen versuchten.

»Dreck! Krötenscheiße! Erbrochenes von Geiern! Mögen Ameisen in euren Augenhöhlen nisten. Mögen die Geier in eurem Hintern fressen!« Fighting in a Line sah einen Vorteil darin, Angehörige ihres eigenen Volks zu Feinden zu haben. Sie verstanden ihre Schmähungen.

Mit einem schrillen Schrei schwang Cricket seine leere Muskete und griff an, stolperte aber über eine knorrige Fächerpalmenwurzel, fiel vornüber und landete auf allen vieren. Die Muskete fiel ihm klappernd aus der ausgestreckten Hand, und ein grinsender Creek hob sie auf. Fighting in a Line richtete ihren Zorn gegen Cricket.

»*Nuk'uh-ilio'me!* Dummkopf! Dummes, tolpatschiges Kind! Es paßt zu dir, daß du den Namen Cricket* trägst. Du hast den Verstand einer Grille.« Sie versuchte, nach ihm zu treten, aber die beiden Krieger, die sie an den Armen festhielten, hoben sie gleichzeitig hoch. Sie war so winzig, daß sie wie eine Glocke zwischen ihnen baumelte.

* Cricket = Grille (A. d. Ü.)

»Du hältst dich wohl für einen Krieger, was, kleiner Cricket?« keifte sie weiter, obwohl sie noch in der Luft hing. »Ausgerechnet du, der du noch deinen Kindernamen trägst? Du, der du nachts noch dein Bett näßt?« *Tötet ihn nicht,* flehte sie stumm. *Bringt dieses Kind nicht um, das meinem Herzen so nahe steht.*

»Ich habe nie... Wie kannst du...?« Cricket brannte vor Scham. »Du lügst!« brachte er schließlich heraus. »*Tsatsapa'kida ma'his.* Ich bin sehr wütend!« schrie er, als zwei hochgewachsene Krieger ihn wegschleiften.

Cricket war mehr als wütend; er war blind vor Zorn. Zwei weitere Männer mußten mithelfen, ihn zu überwältigen. Fighting in a Line erschlaffte vor Erleichterung. Die Creek hielten ihn für ein Kind. Sie würden ihn nicht töten. Jedenfalls jetzt noch nicht.

Cricket haßte Old Mad Jacksons verräterischen Gefolgsmann McIntosh. Er haßte den Creek, der gleichmütig Crickets schöne und schlanke neue Flinte inspizierte. Er haßte sich selbst, weil er das Vieh aufgestört und damit vielleicht den Standort seines Volkes verraten hatte. Am meisten jedoch haßte er seine Großmutter.

»Hör auf, so ein Gesicht zu machen.« Mit ihren schartigen Fingernägeln riß Fighting in a Line ihre Ration trockenen Weizenbrots entzwei. »Puh!« Sie tat, als spuckte sie die Krümel aus. »Das schmeckt wie gemahlene Mäuseknödel.« Sie wandte sich zu Cricket. »Wenn du deins nicht essen willst, gib es mir.«

Cricket umklammerte sein Stück Brot und kehrte seiner Großmutter und dem schwachen Trost der Flammen den Rükken. In der Dunkelheit jenseits des Feuers schluchzte eine Frau untröstlich. Ihr Mann mußte unter den Toten gewesen sein, die immer noch am Ufer des Econfina lagen, wo sie gefallen waren.

Crickets nackte Füße waren taub vor Kälte. Das Wetter war weit kälter, als es seit Menschengedenken im April gewesen war. Der Frost hatte die Blätter und Zweige auf dem Erdboden mit einem Spitzenmuster umwoben. Die Frauen flüsterten, Mad New Town habe die Geister irgendwie erzürnt und sie gegen sich und seine Anhänger aufgebracht. Die bittere Kälte war nur ein weiteres Zeichen ihres Mißvergnügens.

Cricket starrte in die eisige Nacht. Irgendwo da draußen hatten sich Mad New Town und seine Männer versteckt und versorgten ihre Verwundeten, während Old Mad Jackson ihre Familien gefangenhielt.

Als Fighting in a Line in den Rüschen ihrer Bluse nach Brotkrumen suchte, bedachte sie ihre Situation. Sie bezweifelte, daß die Krieger versuchen würden, sie zu befreien. Old Mad Jackson war mit eintausend Mann gekommen, um McIntoshs zweitausend zu verstärken. Die einhundert Frauen und Kinder und sechshundert Stück Vieh, die bei dem Überfall gefangengenommen worden waren, waren jetzt von Wachposten der Blaujacken umringt. Jenseits der Wachposten konnte Fighting in a Line die Reihen der mit Wachs imprägnierten Zelte und das Flackern der hochauflodernden Biwakfeuer unter den Kiefern sehen.

Crickets Mutter Peeping stand in Gedanken versunken da. Sie war von dem langen Marsch des Tages erschöpft. Sie wußte nicht, wo ihr neuer Mann war, und sie trug sein Kind unter dem Herzen. Mit einer Hand preßte sie ihren weiten Rock gegen die Beine, damit er nicht in die Nähe der Flammen kam, als sie das bißchen *sofkee* im Kessel umrührte.

»Du solltest deiner Großmutter danken.« Peeping sprach zu dem Rücken ihres Sohnes. Seit Jahren war sie es, die in dieser Familie Frieden stiftete.

»Ihr danken wofür? Weil sie gesagt hat, daß ich ...« Die Beleidigung war zu ungeheuerlich, um ausgesprochen zu werden.

»Dafür danken, daß sie dir das Leben gerettet hat. Sie hätten dich als einen Krieger getötet, wenn sie dich nicht wie ein Kind behandelt hätte.«

»Zumindest wäre ich ehrenvoll gestorben.«

»Wir brauchen die Krieger von morgen, damit sie die Schlachten von morgen schlagen können«, entgegnete Fighting in a Line. »Wir können es uns nicht leisten, sie heute schon zu vergeuden.«

»Warum kann ich keine würdevolle Großmutter haben?«

Cricket sagte es so laut, daß beide Frauen es hören konnten. Peeping war entsetzt, als wäre ihre Erziehung für seinen Mangel an Achtung verantwortlich.

Fighting in a Line gluckste nur. »Ich bin einmal würdevoll gewesen. Frag jeden aus Talasee, aus dem Land im Norden.« Sie machte mit einer altersfleckigen, knochigen Hand eine Bewegung zu den dunklen Umrissen, die um ihre winzigen Feuer herum kauerten. Die meisten Menschen in Mad New Towns Gruppe kamen aus seiner alten Heimatstadt Talasee.

»Ich bin eine gute Mutter gewesen. Ich bin drei Männern eine pflichtgetreue Frau gewesen.« Fighting in a Line äffte den honigsüßen Tonfall einer frischgebackenen Braut nach. »Ja, mein Mann. Was immer du sagst, mein Mann. Was gefällt dir, mein Mann? Jetzt sind sie alle nicht mehr da. Puff.« Sie blies eine Dampfwolke in die Luft, die einen Moment in der Luft hing und sich dann auflöste. »Alle weg. Jetzt ist niemand da, mich herumzukommandieren. Ich tue, was mir gefällt. Ich sage, was mir gefällt. Wenn du alt bist, kannst du es genauso halten. Bis dahin hast du deine Pflicht zu tun. Deine Pflicht besteht darin, am Leben zu bleiben und die Gruppe zu führen, wenn mein Bruder es nicht mehr kann.«

»Wie kann ich führen, wenn wir hier eingepfercht sind wie Old Mad Jacksons Vieh?«

Mit der Zunge grub Fighting in a Line ein kleines, in das Brot eingebackenes Steinchen aus. »Eeng-glis spechen, ich, 'n bißchen.« Um es zu beweisen, sagte sie in der Sprache ihres Vaters, des alten James McQueen: »Ich habe einen Plan.«

Kurz nach Tagesanbruch am folgenden Tag benutzte Peeping das Fett ihrer Ration salzigen Armeespecks, um das Haar ihrer Mutter einzuölen. Mit Muschelschalen zupfte sie Fighting in a Line die wenigen drahtigen Haare vom Kinn. Diese schüttelte sich so viel Staub und Schlamm vom Saum ihres langen Rocks ab, wie sie konnte. Sie lieh sich sämtliche Perlenschnüre Peepings, um den Stapel, den sie sich um den Hals geschlungen hatte, noch höher zu machen. Sie ließ sich sogar noch mehr Zeit als gewohnt, um sie zu arrangieren und zu verknoten, so daß sie einen säuberlichen Kegel bildeten, der ihr von den Schultern bis zum Kinn reichte.

Sie versuchte, das Resultat in dem Eisfilm auf der Oberfläche des Wasserbeckens zu betrachten. Dann bewegte sie schnell die mageren Arme hin und her, um sich warm zu machen, und machte sich auf den Weg zum nächsten Wachposten. Peeping sah sie voller Besorgnis in den braunen Augen gehen.

Fighting in a Line sprach laut mit dem Bleichauge und starrte ihm ins Gesicht, eine Unart, die ihr bei ihrem schottischen Vater aufgefallen war. Sie stieß sich mit einem Finger gegen die harte Brust und zeigte dann auf General Jacksons fröhlich gestreiftes großes Zelt.

»Tsee Tsek-sin, ich. Spechen Eeng-glis ihn, ich.«

Die Nachricht, daß Mad New Towns Schwester zu Old Mad Jackson gegangen war, um mit ihm zu sprechen, machte unter den Gefangenen schnell die Runde. Die Frauen und Kinder bewegten sich näher an Peepings Feuer heran, als hätte ein schwacher Hoffnungsschimmer sie dorthin gezogen. Cricket gab sich keinen solchen Hoffnungsträumereien hin. Er starrte zu dem Lager der Blaujacken und grübelte über die jüngste Dummheit seiner Großmutter nach.

Als die Sonne den halben Weg zum Scheitelpunkt ihrer Bahn zurückgelegt hatte, begann Cricket sich Sorgen zu machen. Peeping ging unruhig auf und ab. Ihr Pfad wurde von den Frauen umkreist, die jetzt immer näher kamen. Alle starrten auf das Biwak. Sie hatten sich die dünnen grauen Armeedecken über die Köpfe gezogen, um sich vor dem bitterkalten Wind zu schützen, und sahen wie eine Gruppe Trauernde aus. Und sie waren traurig. Sie ließen ihre Babys mal auf der einen, mal auf der anderen Hüfte ruhen, während ihre älteren Kinder zu ihren Füßen hockten.

Als die bleiche Sonne direkt über ihren Köpfen stand, konnte Cricket es nicht mehr aushalten. Er stand auf und ging auf den Wachposten zu.

Er fragte sich gerade, wie er sich nach seiner Großmutter erkundigen sollte, als sie erschien.

Sie starrte stumpf und gleichgültig vor sich hin. Ein Bleichauge hätte nicht sagen können, ob sie Erfolg gehabt hatte oder nicht, aber Cricket und Peeping wußten es. Sie hatte mit Old Mad Jackson gesprochen.

Cricket vergaß seinen Entschluß, den Mund zu halten. Als sie zum Feuer zurückgingen, tanzte er um sie herum und überschüttete sie mit Fragen. Die Menge der Frauen teilte sich, um ihnen Platz zu machen.

»Hast du ihn gesehen? Wie sieht er aus? Hast du mit ihm gesprochen? Weiß er, wo der Onkel ist? Wird er uns in den Norden zurückschicken? Wird er uns töten?«

Fighting in a Line beugte sich über den fast leeren Kessel und grub mit den Fingern in der erstarrten Masse von *sofkee* auf dem Boden.

»*Hauha'kis.* Ich bin hohl«, sagte sie. »Old Mad Jackson ist unhöflich. Ich habe ihn in seinem Zelt besucht, aber er hat mir nichts zu essen angeboten.« Sie löffelte einen grauen Klumpen Maisbrei heraus und aß aus der Hand.

»Großmutter, erzähl uns von Tsek-sin Chulee Hadjo.«

»Ah, mein Enkel hat die Sprache wiedergefunden. Ich dachte, du wärst so wütend auf deine arme, schwache alte Großmutter, daß du nie mehr mit ihr sprechen wolltest.«

Cricket unterdrückte seinen Zorn. Sie machte sich über ihn lustig, aber sie mußte mit dem Bleichauge *Hobayee Tastanagee* gesprochen haben, Dem, Der Sich In Allen Kriegskünsten Auskennt. Ihre Vorliebe für dramatische Effekte würde sie schon bald zwingen, ihre Geschichte zu erzählen.

»Ich habe mit Tsek-sin Chulee Hadjo, Old Mad Jackson, Rat gehalten.« Sie sprach, als hätte das, was sie zu sagen hatte, keine große Bedeutung. Die Frauen ließen ein ehrfurchtsvolles Murmeln hören.

»Als ich durch das Lager der Blaujacken ging, konnte ich sehen, daß es dort nur wenig zu essen gibt. Old Mad Jackson hat nicht vor, uns zu töten, denn sonst hätte er es schon getan. Jetzt muß er uns ernähren, obwohl er selbst für seine Krieger kaum genug hat. Ich habe ihm also gesagt, er soll uns gehen lassen. Ich habe ihm erzählt, daß mein Bruder, den die Bleichaugen Peetuh Mahkwee nennen, sich niemals ergeben wird, nicht mal um uns freizukaufen. Ein Red Stick ergibt sich nicht. Old Mad Jackson war in der Schlacht am Horseshoe dabei. Er weiß, daß Red Sticks sich nicht ergeben. Ich sagte ihm, daß ich versuchen würde, meinen Bruder zu finden,

den großen Kriegsführer. Ich würde versuchen, ihn herzubringen.«

»Das hast du nicht getan!« Cricket war außer sich vor Wut, aber Fighting in a Line sah nur verschmitzt zu ihm hoch.

»Ich sagte, ich würde *versuchen*, ihn herzubringen. Ich sagte nicht, wie sehr ich es versuchen würde. Old Mad Jackson glaubte einer zahnlosen alten Frau. Er glaubte, ich könnte einen *tastanagee*, einen Kriegsführer, dazu bringen, sich zu ergeben. Er sagt auch, daß er uns wegschicken will, wenn wir Red Sticks alle zusammen sind, um mit unseren Maskokee-Brüdern in dem Land im Norden zu leben. Unsere Creek-Brüder töten uns seit fünf Jahren, doch Jackson glaubt immer noch, wir könnten mit ihnen in Frieden leben. Zwischen uns fließt jetzt ein Strom von Blut. Wir können ihn nie überqueren.«

Dann zog Fighting in a Line aus dem Rockbund die größte Überraschung hervor. Sie zeigte mit großer Gebärde einen zusammengefalteten Brief, der schon fleckig und zerknittert war. »Dies ist von Old Mad Jackson persönlich unterzeichnet worden.« Sie hielt den Brief Cricket vor die Nase, als könnte er ihn lesen. »Seine Medizin gibt uns freies Geleit durch das Territorium, in dem die Blaujacken sind.«

»*Tche'*«, sagte sie, um denjenigen, die weiter hinten standen, zu zeigen, daß sie ihre Ansprache beendet hatte. Sie winkte wieder mit dem Brief, diesmal, um die Frauen und Kinder zu verscheuchen. »Packt eure Sachen zusammen. Wir müssen aufbrechen, bevor er es sich anders überlegt. Bevor ihm aufgeht, was für ein Dummkopf er gewesen ist.«

»Ja, *adsulei'dshi-tut*, Älteste.«

Weniger als eine Stunde später sah Old Mad Jackson, der auf seinem mageren grauen Pferd saß, persönlich zu, wie Fighting in a Line eine langsame Prozession von Frauen und Kindern aus dem Lager führte. Cricket starrte zu ihm hoch, als er vorbeiging, und spürte, wie ihm ein kalter Schauer über den Rücken lief, eine Mischung aus Angst, Ehrfurcht und Haß. Dies war der *tastanagee thloko*, der große Kriegsführer, der die mächtige Creek-Nation zerstört und Mad New Town gedemütigt hatte. Dies war der Mann, der Cricket aus seiner Heimat vertrieben, seine Vergangenheit zerstört und seine Zukunft in Gefahr gebracht hatte.

Jackson erinnerte Cricket an einen fremdartigen Raubvogel. Seine sichelförmige Nase warf einen Schatten auf sein langes blasses Gesicht. Eine Mähne drahtiger Haare standen ihm wie Stoppelfedern über der hohen Stirn vom Kopf ab. Seine kleinen, durchdringenden grauen Augen schienen sich Cricket in die Seele zu bohren und auch sie zu berauben.

Als sie außer Sichtweite waren, wurde Cricket weich in den Knien. Ihm ging auf, wie sehr er erwartet hatte, daß Jackson sich noch im letzten Augenblick anders besann. Fighting in a Line hatte den gleichen Gedanken. Sie beschleunigte ihre Schritte erheblich, als sie die letzten Holzfällerkommandos und berittenen Vorposten der Blaujacken hinter sich gelassen hatten. Cricket warf den Pferden sehnsüchtige Blicke zu, als er an ihnen vorüberkam.

»Ich gehe zurück, um ein paar Pferde zu stehlen, Großmutter«, sagte er. »Dann können die Kranken und Verwundeten reiten.«

»Du bist der Mann.« Fighting in a Line wollte wiedergutmachen, daß sie Schande über ihn gebracht hatte. »Du mußt tun, was du für richtig hältst. Ein *tasikaya,* ein gewöhnlicher Krieger, würde diese Pferde stehlen. Ein *tastanagee,* ein Kriegsführer, würde es nicht tun.«

»Warum?«

»Die Pferde werden im Sumpf kaum von Nutzen sein. Und ihr Verlust wird die Blaujacken nur dazu bringen, uns zu verfolgen.« Sie blickte zärtlich zu ihm hoch. »Du darfst dich nicht so sehr auf den Boden unter deinen Füßen konzentrieren, daß du den Weg vor dir aus den Augen verlierst.«

»Großmutter, wie hast du Old Mad Jackson getäuscht?«

»Ich glaube, daß er wie der Alligator eine winzige weiche Stelle in seiner dicken Haut hat. Eine Stelle, an der er verwundbar ist. Ich denke, sein wunder Punkt ist der, daß er Frauen, vor allem alte rote Frauen, nicht nur körperlich, sondern auch geistig für schwach hält. Er hält uns für unfähig, ihn zu übertölpeln.« Sie gluckste leise vor sich hin, als sie sich durch die von Kletterpflanzen umrankten Büsche hindurchkämpfte und schnaufend auf dem unebenen, morastigen Boden weiterging.

2

Alle waren sich darin einig, daß die Schwester von Talasee *tastanagee* Schweinezauber besaß. Nachdem sie Old Mad Jackson übertölpelt hatte, wanderten Fighting in a Line und ihre Kolonne einhundertfünfzig Meilen nach Süden, wobei sie der Biegung von Floridas Westküste folgten. Irgendwo auf dem Weg kaufte sie ein paar Ferkel.

In dem Jahr, das seitdem vergangen war, hatten die Schweine in den weitläufigen Wäldern aus Immergrüner Virginia-Eiche am Hillsborough River gewühlt und gefressen. Das üppige Mastfutter aus Eicheln hatte das erste Schweinepaar so fett werden lassen, daß sie inzwischen die Größe von Kälbern hatten. Die gefleckte Muttersau war ständig trächtig, und ihre Würfe bestanden meist aus zehn Ferkeln.

Fighting in a Lines Schweinsrudel war zu eindrucksvoller Größe herangewachsen und wurde zunehmend lästiger. Alle Gärten waren von kräftigen Pfahlzäunen umgeben. Manchmal hielten die Zäune die Schweine draußen, manchmal aber auch nicht.

Während des Tages besaß der größte Teil von Fighting in a Lines ungeheurem Reichtum die Klugheit, sich zwar hören, aber nicht sehen zu lassen. Die Schweine schnüffelten und grunzten und stürmten in dem das Lager umgebenden Dschungel von Hartholzbäumen herum. Nachts aber, sobald die letzte Gruppe von Männern die Tabakreste aus ihren Pfeifen geklopft und den Platz der Stadt verlassen hatten, um ihren Hütten zuzustreben, fielen die Schweine mit einem lauten Chor quiekender, grunzender und schnaubender Laute in die Stadt ein. Frühaufsteher mußten sorgfältig darauf achten, wohin sie traten, bis der Kot, den die Schweine in der Nacht hatten fallen lassen, aufgelesen und in den Gärten verstreut wurde.

Als Mad New Town und seine Männer sich wieder mit ihren Familien vereinigten, bauten sie die Blockhäuser der Frauen hier, etwa zehn Meilen von der großen Stadt Chukachattee, Red House, entfernt, in der sie ihre Zeremonien feierten. General Jacksons Vorstoß durch den nördlichen Teil der Halbinsel Florida zog eine Spur der Verwüstung hinter sich her. Flüchtlinge aus den verbrannten Dörfern am Suwanee River waren nach Süden geflüchtet und hatten sich hier wieder angesiedelt. Ihre kleinen Siedlungen waren über Meilen in den dichten, hohen Wäldern der Virginia-Eichen am Fluß verstreut.

Old Mad Jackson hatte seine Truppen schließlich zurückgezogen, während seine Regierung mit den Spaniern um Florida feilschte. Als der Senat einen Untersuchungsausschuß einsetzte, um sich mit Jacksons unautorisierter Invasion von spanischem Territorium zu befassen, drohte Old Hickory, jedem die Ohren abzuschneiden, der ihn deswegen kritisierte. Am Ende billigte das Repräsentantenhaus Andrew Jacksons illegalen Feldzug und der Senat sprach ihm sein Vertrauen aus, worauf sich die Dinge beruhigten.

Jetzt stand der Mais brusthoch inmitten der verkohlten Baumstümpfe auf den neuen Gemeinschaftsfeldern. Mad New Town hatte darauf bestanden, daß sein Volk den mageren Saatgutvorrat pflanzte, obwohl sich viele diese Mühe nicht hatten machen wollen. Sie hatten alle gehört, die Spanier hätten die gesamte Halbinsel an die Amerikaner verkauft. Sie lebten mit der Angst, Old Mad Jackson könnte wieder über sie herfallen, was sie zwingen würde, alles im Stich zu lassen, was sie gepflanzt hatten.

Diese Furcht war nicht unbegründet. Die Regierung der Vereinigten Staaten plante, die Kosten des Kaufs dadurch wieder hereinzuholen, daß sie in Florida Land verkaufte. Überdies hatten sie vor, die entlaufenen Sklaven, die bei den Indianern Zuflucht gefunden hatten, einzufangen und zu verkaufen.

Es war Juni 1819 und damit Zeit für Fighting in a Line, die Ohren des jüngsten Schweinewurfs zu beschneiden und die Hälfte der Eber zu kastrieren. Sie stand auf einer Holzkiste, um einen der Stützbalken des steil aufragenden Dachs der Hütte zu erreichen. Sie ließ den eineinhalb Meter langen Handgriff ihres Schweinenetzes von den unter dem Dach hängenden Hacken, Grabstöcken und Alligatorstäben heruntergleiten. Ein Skorpion, dessen stacheliger Schwanz sich über dem Kopf zusammenrollte, trippelte zwischen den Werkzeugen hervor.

Der Handgriff des Netzes war länger als Fighting in a Line.

Sie manövrierte ihn herunter und aus der Tür, stellte das dicke Ende auf den Erdboden und lehnte ihn gegen die vordere Hauswand. Sie nahm eine Rolle Palmenfaserschnur vom Haken und steckte den Arm hindurch, so daß sie ihr von der knochigen Schulter herabhing.

Sie strich mit der Klinge ihres Messers ein paarmal schnell über den Wetzstein und steckte es dann in die Scheide am Gürtel. Sie zog den Saum ihrer kurzen Bluse herunter, bis er den Rockbund erreichte, ordnete die zwanzig Pfund Perlen an ihrem Hals und steckte ein paar Haarsträhnen in den kegelförmigen Knoten über der Stirn. Dann schulterte sie das Netz und machte sich barfuß auf den Weg in den Wald.

Der weitläufige Wald aus Immergrünen Virginia-Eichen war nicht weit entfernt, aber Fighting in a Line ließ sich beträchtliche Zeit damit, ihn zu erreichen. Die meisten Frauen waren Angehörige ihres Clans, der Snakes. Sie waren dabei, Kleider zu flicken oder *sofkee* in den Kesseln umzurühren, hackten die Erde in ihren Gärten oder zerstießen *koontee*-Wurzeln in ihren großen hölzernen Mörsern. Bei jeder Frau, an der sie vorbeikam, blieb Fighting in a Line stehen, um sich ausgiebig nach deren Familie zu erkundigen.

Das gewohnte morgendliche Geschnatter und Lachen klang hier gedämpft. Mad New Towns Dorf war kein glücklicher Ort. Die meisten Bewohner trauerten noch immer um die siebenunddreißig Männer, die bei Jacksons Überfall am Econfina River den Tod gefunden hatten. Wie in den meisten Städten der Maskokee standen auch hier die Frauen von einem oder zwei Clans im Mittelpunkt. Das gesamte Dorf war fast eine Großfamilie. Der Verlust eines einzigen Mitglieds betraf alle.

Peepings neuer Ehemann und Vater ihrer kleinen Tochter war am Econfina gefallen. Wie die anderen Witwen hatte auch Peeping ihre Perlen und den Schmuck abgelegt. Sie trug jeden Tag den gleichen abgetragenen Rock und die gleiche Bluse. Sie ließ das Haar ungewaschen und ungekämmt. Sie war schon immer still und anspruchslos gewesen, aber jetzt war auch das scheue Lachen aus ihren braunen Augen verschwunden. Bei jedem Sonnenuntergang begab sie sich zum Rand des Dorfs, um zu trauern.

Als Fighting in a Line am letzten Grundstück der Frauen vorbeikam, blieb sie kurz stehen, um zum Fluß hinunterzusehen. Irgendwo da draußen war ihr Enkel. Er fastete und lernte, um eines Tages ein Krieger zu sein. Heute war er auf der Suche nach der Vision, die ihm seinen Schutzengel enthüllen würde. Fighting in a Line hatte schon ein Stück Ginseng gekaut und in Richtung Fluß geblasen, um Crickets Gedanken zu beeinflussen und in die richtige Richtung zu lenken.

Aus den Augenwinkeln sah sie den Mann, der schon seit Tagen in der Nähe des Dorfs herumlungerte. Sie hatten kein Wort miteinander gewechselt, aber das war auch nicht nötig. Beide zusammen verfügten fast über ein Jahrhundert an Erfahrung in diesem Spiel. Ihre Signale waren zu unmerklich, um von einem zufälligen Beobachter bemerkt zu werden, aber für Fighting in a Line und ihren Freier waren sie so offenkundig wie die kunstvolle Eleganz des Balztanzes der Kraniche. Mit einem listigen Lächeln im Gesicht und wippenden Schritten folgte ihr der alte Mann wie ein Hund auf heißer Spur.

Der Erdboden unter dem Luftwurzelgestrüpp der Mangroven wogte und zuckte. Er bewegte sich mit einer seltsamen Kräuselbewegung auf Cricket zu. Tausende winziger, gezackter Scheren ruderten und schnappten über der beige und rot gesprenkelten Oberfläche. Das Klicken und Reiben von Chitinpanzern hörte sich an wie Wind, der trockenes Laub zum Rascheln bringt. Aber keine Brise bewegte das dunkelgrüne Blätterdach der Mangroven, kein Windhauch kräuselte das schwarze Wasser hinter ihnen.

Sonst bewegte sich nicht viel in dem wirren Geflecht von Stelzwurzeln, die sich bis zu viereinhalb Metern erhoben, um sich dann mit den Mangrovenstämmen zu verbinden. Kein Waschbär war zu sehen, der die an den von der Ebbe freigelegten Wurzeln sitzenden Austern ernten wollte. Die Ibisse, Reiher und Schlangenhalsvögel hatten ihre hiesigen Brutplätze verlassen, um in den übervollen Flußmündungen der Bucht von Tampa Fische zu fangen. Eine in Orange und Gelb leuchtende Gelbgeringelte Natter lag zusammengerollt und reglos wie eine Katze in der Gabel einer Mangrove. Der Bauch der

Schlange war geschwollen und zeigte die Lage der Sumpfratte, die sie gerade verdaute.

In der stillen, feuchten Luft der Lichtung, auf der Cricket saß, zeichneten Libellen auf Mückenjagd geometrische Muster in die Luft. Die Sonne ließ schillernde grüne, blaue, purpurne und goldene Funken an den schlanken Leibern der Libellen aufblitzen. Die Luft hallte von den schrillen Lauten von Insekten wider. Laubheuschrecken schwankten auf den Spitzen einzelner Gräser.

Cricket starrte hypnotisiert auf den brodelnden Strom von Winkerkrabben, der sich auf ihn zubewegte. Er war nackt und verwundbar. Die Krabben würden über ihn hinwegkriechen und ihn unter sich begraben. Sie würden auf den Erhebungen seiner Augenbrauen und Wangenknochen hocken. Mit ihren kleinen Scheren würden sie ihm die Augen behutsam aus den Höhlen ziehen. Cricket stellte sich vor, wie seine glitzernden Augäpfel in ihren Scheren herumgeschwenkt wurden, bevor sie in die Öffnung zwischen den flatternden Mandibeln geschoben wurden.

Die Krabben würden ihm das Fleisch von den Knochen fressen. Seine trockenen, sauberen Knochen würden in dem spärlichen Schildkrötengras ruhen. Mäuse würden sich in seinem Schädel ein Nest bauen. Durch die geschwungenen Gitterstäbe seiner Rippen würden sich Blumen emporranken. Der Gedanke, einfach aufzustehen und wegzugehen, schoß Cricket schnell durch den Kopf, aber er konnte sich nicht bewegen. Seine wandernde Seele hatte seinen Körper so hilflos zurückgelassen wie die von einer Zikade abgestreifte zerbrechliche, papierene Haut.

Zwölf Tage lang hatte Cricket unter der strengen Vormundschaft Abihkas gelernt. Jetzt spielten Hunger und die Sonne, die ihm auf den rasierten Kopf brannte, die Erschöpfung seines Wachens und die berauschenden Wirkungen der *sowatchko*-Wurzel seinen Sinnen Streiche. In den schimmernden Hitzewellen begannen die Mangrovenbäume, auf ihren unvorteilhaften Stelzen zu wackeln und zu hüpfen. Es hatte den Anschein, als wollten sie sich aus dem schwarzen Morast losreißen, der sie hielt. Wie riesengroße tanzende Hundertfüßler schwankten sie im Takt mit dem Gesang der Insekten.

Es war Mitte Juni. Trotz der feuchten Gluthitze begannen Crickets Zähne zu klappern. Der Laut vermischte sich mit dem anschwellenden Rascheln der Krabben, deren erste Reihe den Rand der Lichtung erreicht hatte. Hinter ihnen schwankten die Mangroven wie wild, als würden sie von einem Hurrikan gepeitscht.

Cricket fragte sich, ob die Krabben ein Traum waren oder ob seine inneren Dämonen ihm einen Streich spielten, freigesetzt durch die Wurzel, deren bitterer Geschmack seinen trockenen Mund ausfüllte. Wenn die Krabben eine Vision waren, war Cricket enttäuscht. Er war hergekommen, um dem Geist zu begegnen, der ihn auf dem Pfad des Lebens leiten würde. Der Geist eines Kriegers sollte die Gestalt eines wilden und geschickten Raubtiers annehmen, etwa die des Wolfs, des Pumas oder des Alligators. Cricket hatte nicht erwartet, daß die Erleuchtung in Gestalt einer Wanderung von Winkerkrabben erscheinen würde.

Am Himmel versammelten sich Möwen in einer erregten, kreischenden Wolke. Ihr Geschrei war eine unheimliche Mischung aus Klage und Lachen. Cricket wußte plötzlich mit eisiger Gewißheit, daß sie sich dem Angriff der Krabben gegen ihn anschließen würden. Er versuchte den Kopf zu schütteln, um seine lähmende Angst zu zerstreuen, aber seine Muskeln widersetzten sich selbst diesem einfachen Befehl.

Ein einziger Gedanke, schimmernd und dünn wie ein Wassertropfen, verdichtete sich in dem Nebel, der in seinem Kopf herumwirbelte. *Nutze die Furcht, so gut du kannst,* hatte ihm Mad New Town einmal gesagt. *Ignoriere alles andere.*

Cricket mußte auf dem schmalen Grad zwischen dem Sumpf seiner Furcht und dem tiefen, stillen See der Vernunft weitergehen. In der gewöhnlichen Welt ordnet der Verstand die Ereignisse zu geregelten Handlungsabläufen. Der Verstand erlaubt es, für die Zukunft zu planen und sich an die Vergangenheit zu erinnern. Doch dies war das Land der Träume und der Seele, in der es Vergangenheit und Zukunft nicht gab.

Crickets Gesichtsmuskeln arbeiteten wenigstens so weit zusammen, daß er das Gesicht zu einem Lächeln verziehen konnte, bevor er sich seiner Vision hingab. Wenn die Krabben ihn fraßen, würde er zu einem Teil des großen Kreislaufs werden, den das Leben darstellt. Sein Fleisch würde in Tausende von Stücken aufgeteilt und als Teil der Krabben weiterwachsen, um dann zu einem Teil von dem zu werden, was die Krabben fraß, was immer es war.

Für einen kurzen Moment sah er die Welt so, wie jedes andere Lebewesen sie empfand. Die Antworten auf alle Fragen waren fast in Reichweite. Für die Dauer eines Flügelschlags einer Libelle wog Cricket nichts. Sein Geist breitete sich in der Zeit aus wie Rauch.

Die Sonne zersplitterte in goldene Pfeile, die ihn durchbohrten. Von einer Stelle auf seinem Scheitel aus strömte ihm Hitze wie Sirup durch den Körper. Die Libellen woben einen Schleier irisierender Farbe um ihn. Er spürte, wie das strahlende, saphir-, smaragd- und amethystfarbene Licht träge um ihn dahintrieb wie Spinnweben.

Die erste Winkerkrabbe kroch seitlich auf Crickets nackten Fuß. Sie schlug zänkisch mit ihrer Schere nach ihm, als wollte sie ihm befehlen, den Weg freizumachen. Die Schere war etwa so lang wie zwei Fingerknöchel breit und schien bereit zu sein, alles anzugreifen, was dem Tier den Weg versperrte.

Willst du versuchen, mich ganz und gar zu schlingen, Bruder Krabbe? fragte Cricket voller Zuneigung.

Die Krabben waren keine Phantasiegebilde. Die Möwen tauchten in die wimmelnde Masse hinein und flogen mit den zappelnden Scheren in den Schnäbeln los, um Felsen zu suchen, auf denen sie die Krabben fallen lassen und die harten Panzer zertrümmern konnten. Die Überlebenden marschierten weiter, getrieben von jenem rätselhaften Drang, der diese seltsame Wanderung ausgelöst hatte. Die Masse zerteilte sich zu Crikkets Füßen und strömte um ihn herum. Die rauhen Ränder ihrer Schalen kitzelten. Das höhnische Kreischen der Möwen erfüllte die Lichtung, bis Cricket das Gefühl hatte, als atmete er im Gleichklang mit Hitze und Staub und der flirrenden Luft.

Erst langsam, dann immer schneller und schneller begannen sich die Mangroven und die Wiese im Takt mit den herumwirbelnden Möwen zu drehen. Das Sonnenlicht konzentrierte sich auf Crickets Scheitel wie durch ein Brennglas. Dann explodierte es. Von einem Punkt hinter seinen geschlossenen Augen sprühten bogenförmige Lichtstrahlen in einem Schauer von Meteoren nach außen. Er fiel und stürzte mit spiralförmigen Bewegungen in eine Quelle blendenden Lichts. Im Sturz schrie er wie eine Möwe.

Das letzte, woran er sich erinnerte, waren die Worte »Geduld ist Wissen«. Die Sonne selbst hatte zu ihm gesprochen. Seine Geisthelferin würde eine Lebensspenderin sein und keine Lebensvernichterin.

Eine Stunde später fand ihn Abihka. Cricket war vornübergefallen und mit dem Gesicht aufgeschlagen. Der alte Mann hockte sich neben den Jungen hin, schlang sich die dünnen, muskulösen Arme um die Beine und beobachtete, wie sein Lieblingsschüler im Schlaf stöhnte und zuckte.

Cricket wachte auf und sah Abihka, der ihn aufmerksam musterte. Cricket richtete sich auf und schüttelte benommen seinen Kopf. Er starrte auf den Erdboden und wartete darauf, daß *Kithla* sprach, der Wissende.

Abihka wußte, daß Cricket auf der anderen Seite gewesen war. Der leitende Geist, Was Im Schlaf Zu Ihm Kommt, hatte ihn besucht. Abihka reichte Cricket ein steifes neues Paar Mokassins.

»Diese Mokassins sind dafür geschaffen, auf einen Feind zuzulaufen. Sie dürfen nie vor einem weglaufen.«

»Ja, Onkel.« Cricket zog die Mokassins an und wippte mit den Zehen darin. Das Wort »Onkel« quälte ihn. Mad New Town hätte ihm seine Männermokassins geben sollen. Mad New Town war für Cricket mehr als nur ein Lehrer und ein Held gewesen. Er war für ihn ein Vater gewesen.

Doch der Kampf am Econfina hatte Mad New Town verändert. Er hatte nicht das schreiende Blut seiner Anhänger gerächt, die in der Schlacht gestorben waren. Jetzt jagte Talasee *Tastanagee* genug, um seine Familie zu ernähren. Beim täglichen Rat der Ältesten saß er nur schweigend da. Den Rest der Zeit brütete er vor der Hütte seiner Schwester vor sich hin. Er rauchte und starrte in die Vergangenheit und nahm die Männer kaum zur Kenntnis, die ihn höflich grüßten. Old Mad Jackson hatte Mad New Towns Seele verhext.

Tag um Tag durchlebte Mad New Town die Schlacht am Econfina von neuem. Die Schande seiner Niederlage schwebte ständig über ihm. Niemand erwähnte diesen Schimpf, aber es sprach auch niemand mehr davon, ihm den Namen *Tastanagee Thloko* zu geben, Großer Krieger. Das war ein Titel und eine Ehre, die ein Mann seines Alters und von seiner Begabung erwarten konnte.

Abihka war ein Mikasukee und gehörte somit dem südlichsten Stamm des weitverzweigten Creek-Reiches an. Sein Volk lebte seit hundert Jahren in Florida. Und Abihka mußte sich eingestehen, daß es unter den Mikasukee welche gab, die das Eindringen der Red-Stick-Maskokee störte. Einige gaben ihnen die Schuld daran, daß Old Mad Jackson und die Blaujacken hier wie wütende Hornissen herumschwirrten und sie jagten.

Abihkas schmale Brust wurde von den riesigen, angelaufenen Halbmonden seiner silbernen Halskette und den über Kreuz geschlungenen Lederriemen und Gürteln, die verschiedene Gebrauchsgegenstände hielten, fast verdeckt. Er sah aus wie einer dieser Bleichaugen-Händler, die mit klappernden Töpfen und Pfannen auf dem Rücken nach Talasee kamen, um mit James McQueen Geschäfte zu machen.

Cricket ließ sich durch die harmlose Erscheinung des alten Mannes nicht täuschen. *Abihka* bedeutet Haufen an der Wurzel. Es war ein uralter Name aus der Zeit, in der Krieger am Fuß eines Baums Skalps aufhäuften, um die Überlegenheit ihrer Stadt in der Kriegführung zu beweisen. Abihka trug auch den Namen *Hobayee Tastanagee*, Einer Der Alle Kriegskünste Beherrscht.

Er war ein Heiler und ein Wissender. Er konnte alle drei Arten von Wunden heilen. Er konnte erraten, wo sich verlorene Gegenstände befanden. Er konnte Dinge, die man ins Wasser fallen ließ, wieder an die Oberfläche steigen lassen. Selbst Fighting in a Line, die die Mikasukee verachtete, betrachtete ihn mit Ehrfurcht.

Abihka trug seine heiligsten Gegenstände – seine hohle Medizinröhre aus Zuckerrohr, seinen Tabaksbeutel aus Opossumfell und seine Fuchshaut – stets bei sich. Die Opossum- und Fuchshäute bedeuteten, daß er Schlangenbisse heilen konnte.

Der Tabak war von einer besonderen Art, die ihn vor den Seelen der Toten schützte. In seiner Skalplocke steckte die Bussardfeder, mit der er Schußwunden säuberte.

Nicht alle Gegenstände, die an ihm baumelten, waren heilig. Seine kleine hölzerne *sofkee*-Schüssel und der Holzlöffel hingen inmitten der ausgebeulten Lederbeutel, die sich wie Zecken an seiner Taille drängten. Ein mottenzerfressenes Waschbärfell steckte im Gürtel seines Lendenschurzes. Der Schwanz des Waschbären baumelte ihm zwischen den Beinen. Wenn der Erdboden feucht war, saß Abihka auf dem Fell.

Abihka griff sich auf den Rücken und zog eine Schlinge aus Palmenfasern hervor, die hinter dem Bogen, der Medizinröhre, der langen Pfeife für den Alltagsgebrauch und dem Köcher versteckt gewesen war, den er aus einem Alligatorschwanz gemacht hatte. In der Schlinge ruhte eine dicke Glasflasche, die einmal Barbados-Rum enthalten hatte. Abihka sprach ein kurzes Gebet, während er in der einen Hand die Flasche hochhielt und in der anderen eine große Muschelschale, die auf der Innenseite sirupbraun verfärbt war. Die schwarze Flüssigkeit in der Flasche verschluckte und vernichtete die Strahlen der untergehenden Sonne.

»Jetzt, wo du den ersten Unterrichtskurs beendet hast, bist du berechtigt, *tasikaya* zu sein, ein richtiger Krieger«, sagte Abihka. »Ich habe dir mehr beigebracht als den anderen Jungen, weil du das Feuer in dir hast, das dich eines Tages zu einem großen Führer machen wird. Du kennst viele Kräuter. Du kennst die Lieder, welche ihre Kräfte freisetzen werden. Du bist in die Geisterwelt gereist. Der Rat hat entschieden, daß du das heilige *Asee*, das Schwarze Getränk, bei der Zeremonie des Grünen Maises servieren wirst. Es ist Zeit, daß du dich reinigst.«

Als Abihka den hölzernen Stöpsel aus der Flasche zog und die dicke, undurchsichtige Flüssigkeit in die Muschelschale goß, bildete sich weißer Schaum darauf. Mit seiner Medizinröhre blies Abihka seinen Atem in das Schwarze Getränk, um einen besonderen Zauber hinzuzufügen. Cricket konnte den kräftigen Geruch des Gebräus riechen. Er bereitete sich auf die Wirkungen des Getränks vor, denn er wußte, was ihm bevorstand.

3

Old Squat, Mad Dog und Swamp Singer hatten schon lange vor Sonnenaufgang auf ihren gewohnten Plätzen in der unteren Bankreihe des langen, an einer Seite offenen Unterstands des Pantherclans gesessen. Jeden Morgen trotteten sie, nachdem sie gebadet und den Atemmacher begrüßt hatten, wie arthritische Pumas durch die schlafende Stadt. Sie trafen sich hier auf dem Festplatz der Stadt, um ihre Erinnerungen und Diskussionen dort wiederaufzunehmen, wo sie vor nur wenigen Stunden aufgehört hatten.

Der Unterstand ihres Clans zeigte nach Osten, und wer sich früh zum täglichen Rat einfand, entdeckte sie, wie sie sich unter ihren fransenbesetzten Schals wie uralte Gopherschildkröten in der Morgensonne aalten. Swamp Singers Neffe schickte immer seine Tochter mit einer großen Schüssel *sofkee* sowie Streifen gerösteten Bären- oder Wildfleischs zum Frühstück. Manchmal gab es auch Fleisch der Rundschwanz-Seekuh. Die drei Freunde aßen alle mit derselben hölzernen Schöpfkelle, die von einem zum anderen wanderte. Sie würzten das milde *sofkee* mit beißendem Tabakrauch und gepfefferten Klatschgeschichten. Im Lauf der Jahre hatten sie die Technik vervollkommnet, selbst die unglaublichsten Geschichten mit ernsten und unbeweglichen Eulengesichtern zu erzählen.

Heute hatten sie ihre Plätze sogar noch früher als gewohnt eingenommen, da sie als Geliebte Männer die Aufgabe hatten, die Zeremonie des Grünen Maises in Chukachattee vorzubereiten. Sie vergewisserten sich, daß alles so ablief, wie es sollte. Außerdem reservierten sie ihre Sitze. Seit Tagen kamen die Menschen aus den entlegenen Siedlungen, um in der Stadt die alljährliche Zeit der Erneuerung zu feiern. Mehr Männer als gewohnt würden erwarten, in den vier langen, auf drei Seiten geschlossenen Unterständen der Clans am Festplatz sitzen zu können.

In Chukachattee geschah sehr wenig, ohne daß Mad Dog, Old Squat und Swamp Singer zuvor konsultiert worden waren. Ihr Ratschlag galt als unfehlbar. Nur Mad Dog hatte vor kurzem eine Urteilsschwäche an den Tag gelegt. Er hatte eine starke und unerklärliche Zuneigung zu der Schwester von Talasee *Tastanagee* gefaßt. Angesichts von Mad Dogs Neigung zur Hartnäckigkeit fürchteten seine Freunde sein Werben um diese Frau, freuten sich zugleich aber darauf. Es würde ohne jeden Zweifel eine stürmische und unterhaltsame Angelegenheit werden.

Soweit Mad Dog es abschätzen konnte, war er in seinem einundsechzigsten Jahr und der Jüngste der drei. Die Borsten dikken schwarzen Haars, die unter der Vorderseite seines besten, aber ausgefransten Turbans hervorlugten, waren von Grau durchzogen. Er hatte die strahlenden, schelmisch-boshaften Augen einer Krähe. Die Zeit war dabei, zarte Furchen um seine Augen und den breiten Mund zu ätzen. Die kühnen Flächen von Lippen, Nase und Wangen sahen aus, als wären sie aus Zypressenholz geschnitzt und poliert worden.

Ein Riß in seinem Jagdhemd war immer noch ungeflickt. Er lebte allein. Er hatte keine Frau, die für ihn kochte, seine Sachen flickte oder sich um seinen Garten kümmerte. Das mochte eine Erklärung dafür sein, daß er sich so auf Fighting in a Line versteift hatte. Das und ihr ehrfurchtgebietender Reichtum an Schweinen.

»Man sagt, Old Mad Jackson sei die Ursache unserer Schwierigkeiten«, sagte Mad Dog.

»Bist du anderer Meinung?« Old Squat hörte dem Tonfall der Stimme seines Freundes an, welchen Verlauf diese Unterhaltung nehmen würde. Sie waren schon früher auf diesem Pfad gewandelt, und er hatte es nicht eilig, dessen Ende zu erreichen. Er war damit zufrieden, hier bequem zu sitzen und das köstliche Aroma der frischgewebten Fächerpalmenmatten zu riechen, das den Duft der alten auf der Plattform überlagerte.

Old Squat war hochgewachsen und sehr dünn. Er hatte die besten Weberinnen im Dorf angewiesen, die Matten besonders dick zu machen, damit seine Knochen gut gepolstert waren. Chukachattee gab es seit fünf Jahren, so daß unter dieser jüngsten Schicht nur fünf weitere lagen. Es war nicht das weiche Kissen, das die Matten einer altehrwürdigen Stadt bildeten.

»Wir sollten Old Mad Jackson dankbar sein«, ließ sich Mad Dog vernehmen.

»Erzähl das den Witwen, den Waisen, den Hungernden, den Obdachlosen.« Swamp Singer war kleinwüchsig und stämmig, und sein Kopf wirkte ein wenig zu groß für seinen Körper. Dieser Eindruck wurde durch seinen großen kunstvollen Turban und die Silberreiherfedern noch verstärkt.

»Krieg ist die einzige Möglichkeit, unsere jungen Leute in den männlichen Künsten auszubilden.«

»Ich werde der Jacksonschen Art des Kriegführens allmählich überdrüssig.« Swamp Singer saß mit gekreuzten Beinen da und lehnte sich gegen die Trennwand, welche die Sektion des Pumas von der des Bärenclans trennte. Er langte nach oben und zog ein kleines sämischledernes Päckchen aus den Falten seines Wollturbans. Seine Finger zitterten, als er es öffnete und ihm ein Stück Tabak für seine Pfeife entnahm.

In der Öffentlichkeit übersahen seine Freunde die Lähmung, von der Swamp Singer immer stärker befallen wurde. Insgeheim versuchte jeder es mit seinem eigenen Zauber, um die Lähmung verschwinden zu lassen. Trotz ihrer Bemühungen hatte sie begonnen, seine Stimme zu befallen, die manchmal zitterte, als wäre er ständig zornig. In diesem Fall war er es.

»Old Mad Jackson handelt nicht aus ehrenhaften Rachemotiven, um die Geister seiner Toten zu besänftigen. Er ist von einer unersättlichen Lust ergriffen, Mutter Erde zu besitzen. Er ist ein habgieriger Mann. Er ist *istee futchigo*, ein Mann, der verderbt ist.« Nach diesem schlimmsten aller Kraftausdrücke lehnte sich Swamp Singer wieder gegen das Gitterwerk der Trennwand. Nach der Schlacht am Horseshoe vor fünf Jahren hatte Andrew Jackson nicht nur das Land der besiegten Red Sticks an sich gebracht, sondern auch acht Millionen Morgen, die seinen Verbündeten gehört hatten, den Creek.

»Das wirkliche Problem ist nicht Old Mad Jackson.« Mad Dog ließ Swamp Singers Ausbruch unbeeindruckt. »Das Problem ist, daß unser Volk die alten Sitten und Gebräuche vergißt. Dieses Land ist zu warm, macht alles zu leicht. Es macht uns träge. Seht sie euch an.« Mad Dog zeigte mit seiner Pfeife auf die Reihe von Jungen, die sich dem öffentlichen Platz näherten. »Sie glauben, sie seien in weniger als einem Monat ausgebildet«, knurrte er. »Als ich ein Junge war, kostete es uns ein Jahr, alles zu lernen.«

»Als du ein Junge warst, war die Erde noch ein Ball aus Wurmscheiße«, entgegnete Old Squat.

»Als du ein Junge warst, war die Schwester von Talasee *Tastanagee* schon dabei, ihren zweiten Ehemann zu erschöpfen.« Swamp Singer räusperte sich, spie etwas Speichel in eine Ecke seines bunten Halstuchs und verknotete es mit zitternden Fingern. Der heilige Boden durfte nicht besudelt werden.

»Mein Freund«, sagte Old Squat, »du solltest einen Kriegstrupp auf die Beine stellen, um der den Hof zu machen.«

»Wie ich höre, hat sie schon so viele Ehemänner gehabt, daß die alles Haar ihres unteren Skalps abgenutzt haben.«

Während Swamp Singer und Old Squat Mad Dog quälten, verließen Cricket und die anderen Eingeweihten ihr Gefolge von Kindern an der Rückwand der Clan-Unterstände. Es faszinierte die Kinder, daß die jungen Männer jetzt richtige Krieger werden würden. Noch vor einigen Wochen waren sie Jungen wie alle anderen gewesen, mit albernen Namen belastet und Zielscheiben von Hohn und Spott aller. Jetzt würden sie sich in Männer verwandeln. Jedes Jahr von neuem bewiesen die Eingeweihten denen, die aufs Erwachsenwerden warteten, daß auch sie eines Tages Männer sein würden.

Cricket hatte Angst, die roten und gelben Streifen, die sich von den hohen Wangenknochen bis zum Mund hinzogen, zu verschmieren, wenn er auch nur einen Muskel im Gesicht bewegte. Schweiß sammelte sich unter den Zweigen des Yauponbaums, die er unter dem Arm trug, was seine Brust unerträglich jucken ließ. Weiterer Schweiß tropfte von dem gewellten schwarzen Haar, das sein Gesicht einrahmte, und von den drei Skalplockenzöpfen im Nacken. Sein Onkel hatte an diesem Morgen den Rest seines Skalps rasiert, damit seine Frisur genau richtig aussah.

Cricket fürchtete sich davor, jetzt einen Fehler zu machen, der ihn für den Rest seines Lebens verfolgen würde. Wenn er bei dieser langen und komplizierten Zeremonie etwas falsch machte, würde das Unglück all die verfolgen, die sich *Kanyuksa*

Istichatee nannten, das Volk der Halbinsel. Und Mad New Town würde weitere Schmach erleiden.

Abihka stand reglos in der Mitte des Platzes und wandte sich mit dem Gesicht nach Osten. Er betete zu dem Atemmacher. Seinen gewohnten Verpflegungs- und Werkzeugbeutel hatte er in der Hütte seiner Frau gelassen. Er trug saubere weiße Mokassins und Beinlinge und hatte sich eine weiße Rehhaut um die Schultern gelegt. Er hatte die eine Hälfte seines Gesichts rot und die andere schwarz bemalt.

Cricket wußte, daß sich die langen Clan-Unterstände jetzt mit Männern füllten. Er hörte das Schlurfen ihrer Mokassins auf den neuen Fächerpalmenmatten und das Knarren der drei Sitzreihen, als sie sich setzten. Die Frauen drängten sich auf die groben Holzbänke, die auf der anderen Seite des Platzes aufgestellt worden waren.

Den ganzen Tag halfen Cricket und die anderen Eingeweihten Abihka dabei, das Feuer und das Schwarze Getränk vorzubereiten, während die Frauen an ihnen vorbeidefilierten. Sie brachten alte Kleidungsstücke und Geräte ihrer Familien, die verbrannt werden sollten. Sie stellten Körbe voller Mais hin, der gesegnet und für das kommende Fest zubereitet werden sollte. Den ganzen Tag liefen Jungen mit Fackeln vom Platz zu jedem Haushalt, um das neue Feuer zu übergeben.

Als die Dunkelheit hereinbrach, verzerrte der Lichtschein des Feuers Abihkas scharfe Gesichtszüge und verwandelte sein bemaltes Gesicht in eine Maske. Die Nacht ließ die Farben der leuchtenden Turbane der Männer und ihrer gefältelten Jagdhemden verblassen, aber die Silberreiherfedern ihrer Turbane leuchteten wie weiße Fackeln in der Dunkelheit der Unterstände.

Schaum quoll über den Rand des riesigen Messingkessels, der auf den vier Baumstämmen balancierte, die in dem großen Feuer mitten auf dem Platz zusammentrafen. Die Zeit für den wichtigsten Teil der Zeremonie war gekommen.

»Denk daran, daß du nicht im Weg stehen darfst«, flüsterte Abihka, als Cricket seine Kürbisflasche, die mit dem Schwarzen Getränk gefüllt war, zum Unterstand des Pumaclans trug.

Cricket hielt die Kürbisflasche fest umklammert, damit seine Hände nicht zitterten, als er sie Bolek reichte, dem Häuptling der Suwanee-Städte. Als Bolek sie an den Mund hob, warf Cricket den Kopf in den Nacken und sang den schrillen, absteigenden Ton, den Schrei des Schwarzen Getränks. Er hielt den Ton, während Bolek die Kürbisflasche leerte.

Cricket war so davon fasziniert, wieviel Bolek getrunken hatte, daß er um ein Haar vergaß, zur Seite zu treten. Er wurde durch Boleks ungeheuren Rülpser gewarnt, als dieser einen Mundvoll des Schwarzen Getränks hinauswürgte. Cricket machte einen Satz zur Seite, um dem Strahl zu entgehen, den Bolek auf den Platz spie. Ein mindestens zehn Schritt langer dunkler Streifen versickerte im Sand.

Zwei Stunden vergingen, während die Kürbisflaschen unter den Kriegern und Anführern die Runde machten. Als schließlich der gesamte Platz mit dem Schwarzen Getränk gesättigt war, näherte sich Abihka den Jungen, die reglos in dessen Mitte standen. Als Abihka Cricket durch ein Kopfnicken befahl vorzutreten, pochte Crickets Herz so laut, daß er fürchtete, die Männer in den Clan-Unterständen könnten es hören.

»Dieser Mann, der sechzehn Winter gesehen hat, war in der Schlacht am Econfina dabei, wo ein Skalp genommen wurde«, rief Abihka. »Er hat sich das Recht verdient, ein regulärer Krieger zu werden. Sein Kriegstitel soll *Asee Yaholo* sein.«

Abihka rief den Namen noch drei weitere Male, aber selbst danach hallte das Echo noch in Crickets Kopf wider. Ein unerhörter Stolz erfüllte ihn, bis er vor freudiger Erregung zu zittern begann. Das Ereignis, für das er sein ganzes Leben gearbeitet und auf das er sich so sehr gefreut hatte, war gekommen. Noch vor wenigen Augenblicken war er ein Kind gewesen. Jetzt war er ein Mann.

Er wandte sich an den Unterstand, in dem der Schlangen-Clan saß, und starrte seinem Onkel offen in die Augen. Ein paar Herzschläge lang wich der Ausdruck des Geschlagenseins aus Mad New Towns Gesicht. *Ich werde dafür sorgen, daß du stolz auf mich bist, Onkel,* sagte Cricket stumm. *Das hast du schon,* erwiderte sein Onkel.

Von jetzt an würde Cricket bei seinem Volk als Asee Yaholo bekannt sein, Black Drink Singer. Die Menschen, die nicht zu seinem Volk gehörten, nannten ihn Osceola.

Aus der Dunkelheit jenseits des Feuerscheins begannen Trommeln zu dröhnen. Drei oder vier Rhythmen kämpften miteinander und vermengten sich, um sich dann wieder in einem wilden, verhexenden Muster zu trennen. Eine mächtige Baßstimme ließ einen Singsang ertönen, und ein Chor antwortete. Die Männerstimmen waren leise und pulsierend. Die der Frauen schwollen zu einem unheimlichen Wehklagen an. Die Trommeln waren weder von den Maskokee noch den Mikasukee. Die Stimmen gehörten nicht *istee chatalgee,* roten Menschen. Mehr als hundert Schwarze tanzten in Doppelreihen auf den Platz.

Die meisten von ihnen waren Sklaven der Mikasukee oder Maskokee, die sie vor Jahren gekauft und ihnen dann erlaubt hatten, in eigenen Dörfern in der Nähe zu leben. Sklaverei bedeutete hier jedoch nur, daß sie gelegentlich für ihre Herren arbeiteten und einen Teil der Ernte ihrer eigenen Felder und Obstgärten abgaben. Als Gegenleistung erhielten sie Schutz, die Schwarzen wurden mehr als Verbündete denn als Eigentum betrachtet. Die meisten dieser Schwarzen waren mit Bolek und seinem Volk nach Süden geflohen, als Old Mad Jackson ihre Siedlungen am Suwanee River angriff. Einige von ihnen waren von Plantagen in Georgia und Alabama entlaufen.

Die meiste Zeit lebten sie so wie die Maskokee und Mikasukee. Sie trugen Turbane, Beinlinge und lange, gefältelte Hemden aus Kaliko. Sie bauten Hütten, trafen sich im Rat, wählten Anführer, versorgten ihr Vieh und bebauten säuberlich angelegte Gärten und Felder. Von Zeit zu Zeit aber, etwa bei Festen wie der Zeremonie des Grünen Maises, führten sie die Tänze ihrer Heimatländer in Afrika vor.

Viele der Schwarzen, die der Sklaverei des weißen Mannes entkommen und nach Florida geflüchtet waren, gehörten stolzen und wilden Stämmen an wie den Fanti, Aschanti oder den Dahomey, den Yoruba oder Mandingo. Die meisten von ihnen waren großartige Geschöpfe – hochgewachsen und muskulös und dunkel wie der tanninfarbene Suwanee. Diejenigen, die ausgewählt waren, hier aufzutreten, waren die besten Tänzer in den Siedlungen.

Als die Trommeln schneller wurden, hüpften und wirbelten

und stampften die Männer im Gleichklang. Die Frauen zitterten und erschauerten, als wären sie besessen. Mit ihren Leibern, Armen und Händen webten sie verschlungene Muster, die Osceola in ihren Bann schlugen.

Als ihre Darbietung zu Ende war, defilierten sie am Unterstand des Schlangenclans vorbei, wo Osceola jetzt mit den anderen Kriegern saß. Der scharf und beißend riechende Schweiß der Tänzer und Tänzerinnen rief in der Stille, die sie zurückließen, urplötzlich Erinnerungen wach. Ihre kollektive Macht begann Osceola in die Zeit zurückzuversetzen, in der er sich zum letzten Mal unter so vielen schwarzen Menschen befunden hatte.

Osceola wollte in dieser Nacht keine Reise in die Vergangenheit machen. Die Festlichkeiten des Grünen Maises waren immer noch in vollem Gang. Er hätte es vorgezogen, in der Gegenwart zu bleiben, in der er ein Mann war und kein Kind. In der er der Held des Tages war. In der junge Frauen, die ihn vorher keines Blickes gewürdigt hatten, ihn jetzt kokett ansahen. Er leistete jedoch nie Widerstand, wenn Träume oder Erinnerungen ihn befielen. Träume und Erinnerungen bieten Weisheit. Ein Mann, der sie ignoriert, tut es auf eigene Gefahr.

Erschöpfung, Erregung und das Schwarze Getränk machten diese Vision besonders lebhaft. Osceola spürte den Geist von Big Feet neben sich sitzen. Big Feets Gegenwart war so stark, daß Osceola wußte, daß er den Jungen dort sitzen sehen würde, wenn er sich umdrehte. Big Feet würde immer noch so aussehen wie vor drei Jahren, als er zwölf gewesen war. Big Feet würde auf ewig zwölf sein.

Als Osceola Big Feet zum letzten Mal gesehen hatte, hatte der Junge braune Augen gehabt, volle Lippen und eine ungebärdige Masse weicher schwarzer Locken. Er war dunkler gewesen als sein Vater, ein Mikasukee, und heller als seine afrikanische Mutter. Als Sklavenhändler seine Mutter stahlen, waren er, sein Vater und Osceola zum Negerfort gegangen, um für ihre Befreiung Hilfe zu holen. Das Fort lag am Apalachicola River, fünfundsiebzig Meilen von der Grenze zu Georgia entfernt.

Sie hatten sich gemeinsam in das dortige Getümmel begeben. 1815, als die britischen Truppen Spanisch-Florida verließen, hatten sie das Fort mit Waffen und Vorräten versehen und es ihren schwarzen Verbündeten übergeben. 1816 konnten die Schwarzen es gebrauchen. Blaujackentruppen waren ins Land eingefallen. Die Schwarzen wußten, daß die Amerikaner sie nach Norden, in die Sklaverei schicken würden, wenn sie sie gefangennahmen – gleichgültig, ob sie freie Männer, Eigentum der Mikasukee oder entlaufene Sklaven waren.

Die Befestigungen hatten den Eindruck erweckt, als könnten sie einem Angriff widerstehen. Hohe Erdwälle und ein V-förmiger Vorsprung mit Seitenflügeln schützten das Fort zum Fluß hin, wo die Schiffe der Amerikaner vor Anker lagen. Die vier Kanonen des Forts sowie eine Haubitze sorgten immer wieder dafür, daß die Matrosen die Köpfe einzogen. Ein ausgedehnter, grasbewachsener Sumpf hinter dem Palisadenzaun machte einen Angriff von der Rückseite her unwahrscheinlich.

Als Osceola immer tiefer in den Bann seiner Vision versank, beschleunigte sich sein Herzschlag. Schweiß glitzerte auf seinem Gesicht. Er und Big Feet standen noch einmal im Magazin des Forts und versuchten ohne Erfolg, von den Männern, die die Waffen austeilten, Musketen zu erbetteln. Durch die Magazinwände aus unbehauenen Baumstämmen konnten sie das dumpfe Grollen der Schiffskanonen hören, als diese auf die vorderen Schanzen feuerten.

Außer zweitausendfünfhundert britischen Long-Land-Service-Musketen enthielt das Magazin vierhunderfünfzig Faß Pulver. Hunderte von Kanonenkugeln waren in rechteckigen hölzernen Rahmen übereinandergestapelt. Angesichts dieser Waffen waren Osceola und Big Feet überzeugt gewesen, die Blaujacken hier zu besiegen und sich ihre Kriegsnamen zu verdienen.

Um das Magazin herum drängten sich die mit Fächerpalmwedeln gedeckten Unterkünfte von mehr als zweihundert Flüchtlingen – von Frauen und Kindern aus den Schwarzensiedlungen am Apalachicola. Die Männer standen auf den Schutzwällen und kämpften.

Osceola war zu diesen Befestigungen unterwegs gewesen, als ihn jemand am Arm packte und ihn zwischen zwei Wasserfässer zog. Es war das erste Mal, daß er den alten Freund seines Onkels, Wococoi Clark, nüchtern gesehen hatte. Wococoi war Brite. Er hatte dreißig Jahre mit den Maskokee Handel getrieben und empfand für die Amerikaner keinerlei Liebe. Er sprach eine Mischung aus Londoner Gossenslang und Maskokee, aber Osceola hatte ihn immer gut verstanden.

»Komm mit mir!« Als Wococoi Osceola zu der niedrigen Tür in der Rückwand zu ziehen versuchte, stemmte sich dieser mit aller Gewalt dagegen.

»Hör mir zu, du Taugenichts von Schafskopf.« Wococoi fuhr sich zerstreut mit einer Hand durch ein Gewirr zimtfarbenen Haars, das aussah, als hätte der Blitz darin eingeschlagen. »Die Yanks und die Creek sind dicker als Flöhe und doppelt so blutrünstig. Old Mad Jackson hat Befehl gegeben, dieses Widerstandsnest in die Luft zu jagen.«

»Ich bleibe bei meinem Freund.«

»Nimm deinen Freund mit.«

»Ich kann nicht gehen.« Big Feet verschränkte die Arme auf der Brust und stellte sich breitbeinig hin, als wollte er sich jedem Versuch widersetzen, ihn wegzuschleifen. »Wenn wir alle Blaujacken getötet haben, muß ich mich um meine Mutter kümmern. Die Sklavenhändler haben sie wahrscheinlich nach Georgia gebracht.«

Wococoi bückte sich, um Osceola direkt ins Gesicht zu sehen. »Diese Nigger sind so verrückt wie die Sau Davids, wenn sie glauben, daß diese Bruchbude Jackson aufhalten könnte. Erinnerst du dich noch an den Horseshoe, Junge?«

»Ja.«

»Damals dachtet ihr doch alle, der Wall dort würde eure roten Ärsche retten, nicht wahr?«

»Ja.«

»Hat er es getan?«

»Nein.«

»Dann kommt mit mir.«

»Nein.« Osceola drehte sich um und wollte gehen, als Wococoi ihm mit dem Schaft seiner Muskete einen Schlag über den Kopf versetzte. Als Osceola aufwachte, hing er über Wococois breiter Schulter, und die Stirn schlug gegen den Rücken des alten Händlers. Jeder neue Zusammenprall jagte ihm wieder einen stechenden Schmerz durch die Augäpfel.

Er stöhnte, und Wococoi ließ ihn ohne Federlesens auf den schmalen, geschwungenen Uferstreifen eines Waldstücks fallen, einen Höcker trockenen Landes, der gerade groß genug war, einer Kohlpalme und zwei verkrüppelten Eichen Platz zu bieten. Wococois Füße und Beine waren schwarz und wirkten durch den Schlamm, der an ihnen klebte, wie mißgestaltet.

»Sie kommen näher.« Wococoi starrte durch die Grasbüschel des Sumpfs auf den hinteren Wall des Forts. Er lauschte dem gedämpften *Wumm* der Kanonen. »Die Hunde schießen sich allmählich ein.«

Osceola versuchte behutsam aufzustehen, als ihn die erste Explosion wieder zu Boden warf. Der Erdboden erzitterte und die buschigen Wedel der Kohlpalme erzitterten. Osceola wälzte sich auf den Rücken und starrte voller Entsetzen auf das Fort.

»Diese gottverdammten Bastarde«, hauchte Wococoi.

Die Amerikaner auf den Schiffen hatten die Kanonenkugeln erhitzt, bis sie glühten, und sie dann mit voller Absicht auf das Magazin abgefeuert. Osceola beobachtete, wie die Palisade in Brand geriet und dann einen Feuerball auslöste. Er sah Menschen durch die Luft wirbeln, die sich dunkel vor dem Feuer abhoben. Der ohrenbetäubende Knall explodierenden Pulvers ließ ihn vorübergehend taub werden. Als ihn die Schreie erreichten, waren sie gedämpft und unwirklich.

Das erste Stück verkohlten Fleisches landete auf seinem nackten Bein, und Osceola schlug es zur Seite, als wäre es ein glühendes Holzscheit. Der schauerliche Gedanke schoß ihm durch den Kopf, es sei ein Teil von Big Feet. Immer noch halb auf dem Rücken liegend, kroch er wie eine Krabbe von dem Inferno weg. Er zitterte am ganzen Leibe und ließ ein kehliges Winseln hören.

Er jammerte immer noch, als er mit jemandem zusammenstieß. Osceola kehrte urplötzlich zu den überfüllten Sitzreihen im Unterstand des Schlangenclans zurück. Der Schweiß auf seinem Körper fühlte sich kühl an. Tränen hinterließen warme Spuren auf seinen Wangen. Er konnte immer noch Big Feets Gesicht sehen und fühlte sich irgendwie für den Tod seines

Freundes verantwortlich. Er begriff, was es heißt, von dem ungerächten Geist eines im Kampf getöteten Kriegers heimgesucht zu werden. Er wußte plötzlich, wie seinem Onkel zumute war.

4

Im Bug des Einbaums stand Heartless Snakes leberfarbener Mischlingshund mit den Vorderpfoten auf dem Rand und ließ die Zunge heraushängen. Heartless Snake hatte den Kopf in die rechte Armbeuge gelegt und schlief inmitten der vorgegerbten Rehhäute am vorderen Ende des Kanus. Seine Füße und die mit Narben übersäten Beine waren nackt. Die Schwielen auf seinen schmutzigen Fußsohlen sahen aus wie die Ballen an einer Wolfspfote.

Er trug nur einen zerrissenen Lendenschurz und ein rotes Tuch, das er sich lose um den Hals geschlungen hatte. Seine vom Schatten der Baumkronen gesprenkelte Haut verschmolz mit den rotbraunen Rehhäuten. In seiner verhedderten Skalplocke hatten sich Stücke getrockneten Grases und Blätter verfangen. Wie gewohnt hatte er es versäumt, sich den Kopf zu rasieren. Der schwarze Haarflaum ließ ihn ungepflegt und schmutzig erscheinen. Seine zerfetzten Alligatormokassins standen auf einer riesigen Kürbisflasche mit Bärenöl. Man mußte solche Mokassins schon lange tragen, um die Alligatorhaut zu Fetzen werden zu lassen.

Das Fischöl, mit dem sich Heartless Snake den Körper eingerieben hatte, um Moskitos fernzuhalten, war ranzig. Osceola überlegte, wie sehr sein Freund eine eigene Frau brauchte, die sich um ihn kümmerte. Niemand würde Heartless Snake je beschuldigen, gut auszusehen oder brillant zu sein, aber er war verläßlich, loyal und stark. Er war ein Clan-Bruder, und er und Osceola hatten ihre Kindheit gemeinsam in Talasee verbracht, in dem Land im Norden.

Das Kanu war vollbeladen mit Kürbisflaschen voller Bären- und Fischöl. Mit seidigen Otterfellen, Silberreiherfedern und Körben mit getrocknetem Kürbis, Bärenfleisch und *kontee*-Stärke. Zwei Gopherschildkröten lagen auf dem Rücken, eingeklemmt zwischen den Körben und Kürbisflaschen. Ihre kurzen Stummelbeine ruderten wie in Zeitlupe langsam herum.

Jetzt war Heartless Snake an der Reihe, das Kanu weiterzustaken, aber Osceola ließ ihn schlafen. Er wollte ihn nicht wekken und den Augenblick stören, der wie so viele andere in diesem sonnenverbrannten Land magisch geworden war. Die Stoßstange schien eine Verlängerung von Osceolas Armen zu sein. Er schob und wiegte sich langsam mit seinem ganzen Körper hinein. Als das Kanu vorwärtsglitt, packte er die Stoßstange Hand über Hand, bis er die Spitze erreichte. Er kauerte sich leicht hin, stakte und ließ dann seine Hände wieder herunterwandern. Er riß die Stange mit einer plötzlichen Bewegung nach oben, stieß das dicke Ende dann fest in den sandigen Flußboden und begann von neuem.

Der dreihundert Pfund schwere Zypressen-Einbaum glitt stromabwärts, als wäre er schwerelos. Osceola hielt ihn in der Mitte des Flusses, um den Wassermokassinschlangen auszuweichen, die sich wie dicke schwarze Kletterpflanzen um die über dem Wasser hängenden Äste rankten. Die Pupillen der Schlangen waren schmal, jadegrüne Ellipsen, die in dem gedämpften Licht glühten.

Osceola und Heartless Snake trieben seit Tagesanbruch durch dieses Gewirr von Strömen und toten Flußarmen, von Zypressen und langgestreckten Buchten, von Sümpfen und hoch aufragenden Hartholzwäldern. Die Sonne stand hoch am Himmel, aber das Kanu bewegte sich durch ein schattig grünes Zwielicht. Über den feuchten, baumlosen Prärien, Sanddünen und der mit Kiefern bewachsenen Wildnis im Osten glühte der Himmel um die Mittagszeit wie heißes Messing. Hier hielt das dichte Blätterdach Schatten und kühle Luft gefangen.

Inmitten der blaßgrünen Zypressennadeln fächelten Schlangenhalsvögel verträumt ihre ausgestreckten Flügel. Ein Braunsichler mit spindeldürren Beinen trippelte durch die wogende

Oberfläche eines Teppichs aus Entengrütze. Tausende pinkfarbener, gelber und weißer Orchideen füllten die Äste der Bäume.

Die Linie, an der der Dschungel in dem dunklen Wasser seinem Spiegelbild begegnete, war kaum auszumachen. Die Baumstämme schienen nach unten zu wachsen, was das Kanu und dessen Spiegelbild nicht auf dem Wasser treiben, sondern scheinbar über dem gespiegelten grünen Blätterdach in der Luft dahinschweben ließ. Als Osceola hinuntersah, hatte er das verwirrende Gefühl, die Erde aus großer Höhe zu sehen. Eine stille grüne Welt aus Bäumen und Vögeln und Tieren existierte da unter ihm. Das Hindurchgleiten kräuselte sie zwar, konnte sie aber nicht berühren.

Als er den dunklen Rand eines Einschnitts im Flußufer passierte, legte er die Stange an die Bordwand. Er formte die Hände vor dem Mund und ließ den tiefen, hohlen Ruf des Alligatormännchens ertönen. Heartless Snake richtete sich mit einem Grunzen auf.

»Du bist dran.« Osceola hielt ihm die Stange hin. Das dicke Ende reichte ihm neun Fuß über die Schulter und ließ Schlamm und Wasser in den Fluß tropfen. Hinter dem Kanu kräuselte eine Reihe von Tropfen die Wasseroberfläche. Von den Flußufern her antworteten mehrere Alligatoren auf Osceolas Ruf.

Am frühen Nachmittag verdrängte ein dichter Mangrovenhain die anderen Bäume. Verstreut waren kleine Inseln von Hartholzbäumen zu sehen, die kleinen Gruppen von Hütten, Gärten und einigen wenigen Obstbäumen Schutz boten. Schlanke Zypressenkanus drängten sich hier auf dem Fluß. In jedem stand der Familienvater am Heck und stakte. Seine Frau saß kerzengerade im Bug, die Kinder zwischen ihnen aufgereiht. Es gab nur eine Möglichkeit, von einem Waldstück zum nächsten zu gelangen, nämlich auf dem Wasserweg, und da man sich häufig besuchte, waren ständig Familien unterwegs.

Als Osceola und Heartless Snake sich der Küste näherten, strömte bernsteinfarbenes Flußwasser fächerförmig dahin, um in dem kristallblauen Wasser des Golfs allmählich zu Sepia zu verblassen. Die ausgefransten Enden des Flusses schlangen sich um tausende tiefgrüner Mangroveninseln, die von einem strahlenden Azurblau umgeben waren. Ein Silberreiherschwarm flog auf und breitete sich im Zeitlupentempo aus wie eine Blüte, die sich langsam öffnet. Delphine sprangen aus dem Wasser und tauchten träge wieder ein.

Heartless Snakes Hund sprang ins Wasser, bevor das Kanu Land berührte, und übernahm die Aufgabe des Wachpostens. Bei Osceolas und Heartless Snakes Rückkehr würde er immer noch dasitzen und nach Moskitos schnappen.

Osceola und Heartless Snake falteten ihre Schals erst diagonal, dann zu langen Streifen. Sie wickelten sie sich um den Kopf und steckten die Enden fest. Sie verstauten ihre Flintsteine und die kleinen Tabakbeutel in den Falten ihrer Turbane. Sie zogen ihre Mokassins an, rückten die Lendenschurze zurecht und schlangen sich die Pulverhörner und Patronenbeutel quer über die Brust. Osceola drapierte seine beste Schärpe über eine Schulter. Er trug seine Muskete in einer Hand und fächelte sich beim Gehen mit einem Truthahnflügel Kühlung zu.

Watermelon Town war ein geschäftiger Ort, den Handel und Ränke zum Blühen brachten. Er zog schwarze Flüchtlinge an, Mestizen, die meist Fischer waren, kubanische Händler, mexikanische Freibeuter und Indianer verschiedener Stämme. Wrackplünderer, Schmuggler und frühere Kaperschiffe gingen hier vor Anker. Die Masten von Piratenschonern und Sklavenschiffen verschmolzen mit den Immergrünen Virginia-Eichen und Kohlpalmen in den stillen Buchten.

Osceola und Heartless Snake bahnten sich ihren Weg zwischen den kleinen Gärten der spanisch-indianischen Fischer. Sie wichen den zum Trocknen aufgehängten Meeräschen aus, den Schnüren mit Trommelfischen, Makrelen und Barschen. Sie duckten sich unter den Wadenetzen, die zum Trocknen an Pfählen hingen. Haufen unbrauchbarer Netze verströmten einen Duft von Teer und Moder.

Gedämpftes Lachen und leise Stimmen sickerten durch die dicken, mit Palmwedeln gedeckten Dächer der offenen Hütten, der *chikee*. Die Dächer waren so tief heruntergezogen, daß nur die Knöchel und Füße der Menschen auf den Schlafbänken zu sehen waren. In den Obstgärten und Koch-*chikee* baumelten Hängematten in schmalen Halbmonden von den Dachkanten.

Osceola trat an den Rand des Pfads, um einem riesigen, finster dreinblickenden Mann den Durchgang zu ermöglichen. Dieser trug einen Lendenschurz. Die Holzscheiben, die er in Löchern der Ohrläppchen und der Oberlippe trug, ließen Osceola und Heartless Snake erkennen, daß er ein Calusa war, ein Nachkomme der frühesten Bewohner der Halbinsel.

Die Calusa waren durch ihre erbarmungslosen Stammesfehden und die Krankheiten des weißen Mannes fast ausgelöscht worden. Die Legende besagte, sie nähmen keine Skalps. Sie nähmen Köpfe. Der hier sah aus, als wäre er fähig, es beim kleinsten Anlaß zu tun.

Osceola drehte sich um und sah dem Mann nach, als dieser sich entfernte. Er überlegte, was für ein furchtbares Schicksal es war, der Letzte zu sein, allein auf der Erde zu wandeln, nachdem das Feuer der eigenen Nation ausgebrannt war. Unter *tsilokogalgee* zu leben, Menschen einer anderen Sprache.

Osceola blieb an einer Gruppe von *chikee* stehen, die in gutem Zustand waren und einen frischgefegten Hof umschlossen. Kränze mit dem getrockneten Fleisch von Fischen und Rundschwanz-Seekühen hingen an den rauchgeschwärzten Deckenbalken der Kochhütte. Auf dem sternförmigen Feuer simmerte ein großer Kessel. Auf einen Eckpfosten war mit Holzkohle und Bärenfett eine Schlange gemalt. Der Mann, der in der Nähe des Feuers saß, war der Mann einer Frau aus dem Schlangenclan. Osceola kannte den Mann nicht, wußte aber, daß er und Heartless Snake hier willkommen sein würden.

Er und Heartless Snake hockten sich vor dem Feuer hin. Heartless Snake betrachtete interessiert den Kessel, während Osceola ihrem Gastgeber etwas Tabak anbot. »Wir sind gekommen«, sagte er.

»Das seid ihr«, erwiderte der Mann.

Nachdem jeder der drei eine Portion gedünsteten Fisch und Maisbrei gegessen hatte, starrte ihr Gastgeber auf den Erdboden, während er mit der Pfeife im Mund sprach. Er war großzügig mit den Speisen seiner Frau, aber knauserig mit Worten. Er ließ jedes einzelne nur langsam heraus, als trennte er sich nur ungern von ihnen.

»Neuer Händler«, grunzte er.

»Was ist mit dem alten passiert?«

»Hat von der Sonne Fieber bekommen. Schnitt sich mit einer Austernschale die Kehle durch. Hat aber erst seinen Babys die Kehle durchgeschnitten. Scheußlich.«

»Hat der neue Händler einen schweren Daumen?« Das war eine Redewendung, an die sich Osceola von seinem Urgroßvater her erinnerte. Der Fremde verstand sofort und grinste.

»Nein.« Er machte eine Pause. »Aber verrückt ist er auch.«

»Lebt er in dem Haus des alten Händlers?«

»Ja. Liegt immer in der Hängematte.«

»Wie ist das Leben hier, Bruder?« Osceola hatte einen unstillbaren Hunger auf Neuigkeiten. Sein Onkel hatte ihn gelehrt, über alle Dinge so viel wie möglich in Erfahrung zu bringen.

»Heute muß man schon weit gehen, um Wild zu finden. Ich esse so viel Fisch, daß mir Schuppen wachsen. Meine Rute ist dabei, auf die Größe von der eines Fischs zu schrumpfen.« Er blies die Wangen auf, ließ die Augen fast aus den Höhlen treten, schürzte die Lippen zu einem Kreis und machte den Mund ein paarmal schnell auf und zu. Seine Verwandlung in einen Barsch war ebenso kurz wie erstaunlich.

Sie überließen ihn seinen Grübeleien über die üblen Auswirkungen seiner Ernährung und gingen zu dem baufälligen Lagerhaus des Händlers. Es stand am Strand neben einer höckerigen Ladebrücke, die den Eindruck machte, als würde sie die nächste Flut nicht überleben. Der glitzernde weiße Sand erhitzte Osceolas Fußsohlen durch die Mokassins hindurch.

Mehrere kleine Leichter, die bedenklich überladen waren, beförderten Ladung von dem Schoner, der draußen vor der Sandbank vor Anker lag. Sonnenlicht glitzerte von dem goldenen Gitterwerk des Wellenschlags der Bucht, und es glitzerte von dem kupferbeschlagenen Boden des Schiffs und der zerbröckelnden Goldfarbe des Schiffsnamens »Flossie«. Eine große Menge hatte sich eingefunden, um zuzusehen, wie Matrosen am Strand Kisten und Fässer aufstapelten. Sie bereiteten eine Auktion vor, und das bedeutete, daß der Schoner, der da draußen so friedlich dümpelte, ein Kaperschiff war, das eine Prise aufgebracht hatte.

Ein Zug aneinandergeketteter geschmuggelter Sklaven wurde schnell außer Sichtweite gebracht. Jetzt, wo die Amerikaner für Florida verantwortlich waren, mußten die Schmuggler behutsamer vorgehen. Der Sklavenhandel würde allerdings mit Sicherheit nicht aufhören. Die Sklavenhändler hatten schon herausgefunden, daß die führenden amerikanischen Bürger von Pensacola ein lukrativer Absatzmarkt waren. Selbst die Fischer, die von Kuba zurückkehrten, brachten in ihren leeren Laderäumen dunkle menschliche Fracht mit.

Das Lagerhaus war eine fünfzehn Quadratfuß große Hütte, deren Dach und Seiten mit Kohlpalmwedeln bedeckt waren. Es stand auf einem uralten Hügel aus Austernschalen. Aus der schwindelerregenden Höhe von neun Metern über dem Meeresspiegel rühmte es sich eines beherrschenden Blicks über den Golf. Ein Zimmer aus verwittertem Treibholz klammerte sich an einer Seite fest wie einer der Rankenfußkrebse an den Wänden. Der frühere Händler hatte hier mit seiner Familie geschlafen. Osceola fragte sich, ob er seine Kinder hier drinnen ermordet hatte.

Vierzig Schritt von dem Lagerhaus entfernt stand eine mit Palmwedeln gedeckte Laube, von deren vier Eckpfosten zwei eine ausgefranste Netzhängematte hielten. Außer der Hängematte enthielt die Laube ein paar Hocker und zwei riesige Zypressenstümpfe, die als Tische dienten. Fliegen summten um den getrockneten Austernsaft auf den Tischplatten herum. Der Fußboden bestand ebenso wie der Hügel aus zerstoßenen Austernschalen.

Die Hängematte hing unter dem Gewicht des neuen Händlers fast bis zum Boden durch. Ihre hohen Seiten verbargen sein Gesicht. Osceola sah Strähnen von zimt- und pfefferfarbenem Haar, die sich durch das Netz stachen.

»Sei gegrüßt, Freund«, sagte er.

Die Hängematte schaukelte und wippte an ihren gespannten Leinen. Arme und Beine des Händlers ruderten wild in der Luft, als er versuchte, sich aus der Vertiefung hochzuziehen. »Elende Erfindung. Kein Wunder, daß die Menschen der südlichen Klimazonen so rückständig sind. Aus einer Hängematte hat noch niemand eine Zivilisation erbaut!« Eine behaarte Hand umklammerte die Seite und zog sie herunter, damit der Mann, der in ihr lag, über den Rand hinwegblicken konnte.

»Sei gegrüßt, alter Freund«, korrigierte sich Osceola.

Wococoi Clark starrte ihn an.

»Ich bin Billy Powell, der Großneffe von Peter McQueen.« Osceola hatte den Namen seines längst verstorbenen Stiefvaters oder den englischen Namen seines Onkels seit Jahren nicht mehr benutzt. Die Worte klangen ihm fremd in den Ohren. »Dies ist mein Clan-Bruder.«

Der Name McQueen wirkte magisch. Wococois rotgeränderte Augen weiteten sich. Ein Grinsen zerteilte seinen verfilzten Bart.

»Billy Powell, alter Junge!« Wococoi starrte mit offenem Mund den schlanken jungen Mann an, dessen Lächeln etwas Scheues und Sanftes an sich hatte.

Osceolas schmale, aristokratische Nase endete in leicht geweiteten, zurückgesetzten Nasenlöchern, die seiner Anmut und seinem Charme eine ungezähmte Dimension hinzufügten. Dunkle, gewölbte Augenbrauen rahmten leuchtende braune Augen ein. Er hatte einen vollen, sinnlichen Mund. Seidiges schwarzes Haar fiel ihm in losen Locken unter seinem roten Turban auf die Schultern. Sein bronzefarbener Körper war schlank und muskulös. Aus dem unbeholfenen Kind war ein eleganter Krieger geworden.

»Der Teufel soll mich holen, wenn du nicht ein bedeutender Mann geworden bist!« In seiner Aufregung fiel Wococoi fast aus der Hängematte. »Ich bin überwältigt. Einfach überwältigt! Wie lange ist es her, fünf oder sechs Jahre, seit ich deinen mageren roten Arsch aus dieser Hölle am Apalachicola befreite?«

Wococoi stand mit zitternden Beinen da und wählte auf dem nahegelegenen Regal eine Flasche aus. Er bot sie Osceola und Heartless Snake an, die sich hingekauert hatten und sich an ihren Musketen abstützten. Osceola lehnte das Angebot mit einer knappen Handbewegung ab.

»Dies ist Muttermilch«, versicherte ihnen Wococoi. »Ich verstecke sie in einer gewöhnlichen Flasche unter dem billigen Fusel.«

Wococoi entkorkte die Flasche und nahm einen langen Zug daraus. Er setzte sich seitlich in die Hängematte und ließ die nackten Füße baumeln. Seine schmutzigen langen Unterhosen aus Baumwolle waren eben über die behaarte Wölbung seiner Schienbeine hochgerollt. »Wie geht's meinem lieben alten Freund, deinem Onkel?«

»Körperlich geht es ihm gut«, erwiderte Osceola. Seine Antwort entsprach insoweit den Tatsachen.

»Wie geht es deinem liebenswürdigen alten Drachen von Großmutter? Ist sie immer noch so dürr wie ein gerupfter Reiher?«

»Sie hat einen Freier. Er sagt, sie sehe wie würziges Dörrfleisch aus. Er behauptet, sie schmecke auch so.«

Wococoi lachte so heftig, daß er fast aus der Hängematte fiel. »Es ist niederschmetternd, daß ich das hören muß. Ich wollte selbst schon um die Hand des untreuen alten Mädchens anhalten.«

Die Jahre hatten Wococois Maskokee-Sprache nicht besser gemacht. Seine Grammatik und die Aussprache waren abscheulich, und er streute immer noch völlig unverständliche Worte ein. Dafür waren seine Hände und Augen um so beredsamer, und er wußte, wie man sich benimmt. So redete er Osceola nicht mit dessen Kindheitsnamen an und bot den beiden Besuchern mit dicken Fingern Tabak an.

Als Wococoi sich vorbeugte, um mit seinem Flintstein Feuer zu machen, roch Osceola den Gin. Der Geruch schien Wococoi sogar aus der Haut zu quellen. Er roch wie die Kehrichthaufen in Watermelon Town mit ihrem überreifen Fruchtfleisch und den Schalen.

»Die Jahre sind nicht gut mit dir umgegangen, mein Freund«, sagte Osceola.

»Nein, das sind sie nicht. Ich war in Pensacola, als Old Mad Jackson und seine Zitrone von Weib die Stadt von den Spaniern in Besitz nahmen. Wie das alte spanische Weibsstück weinte, als ihre Farben eingeholt und die Sterne und Gitterstäbe aufgezogen wurden. Aber das war nur der Anfang des Ärgers. Ein Schoner aus Boston kippte seine Ladung aus verdorbenem Dorsch in die flachen Küstengewässer. Löste eine schreckliche

Gelbfieberepidemie aus. Das Fieber raffte auch meine Frau dahin, Queen Ann. Nahm mir auch meine teuren Küken. Wurden gelb wie Kürbisblüten, wirklich. Spuckten Blut, rollten mit ihren runden kleinen Augen und übergaben ihre Seelen dem Sensenmann.« Wococoi zog die Nase hoch und tröstete sich mit einem neuen Schluck.

»Mein Herz trauert mit dir.« Osceola erinnerte sich daran, wie Wococois Augen glühten, wenn er von seiner schönen Maskokee-Frau und seiner ausgelassenen Kinderschar sprach.

»Lieb von dir, mein Kleiner, mein Kamerad, mein guter alter Freund. Es war entsetzlich«, fuhr Wococoi fort. »Die Leichen waren in den Straßen wie Klafterholz aufgestapelt. Es war kein Wagen zu bekommen. Alle karrten Leichen zum Verbrennungsort. Der Gestank! Jacksons Herrschaft brachte Horden nach Pensacola, meist Betrüger und Schwindler, die ganze scheinheilige Bande. Der Sensenmann rief die meisten zu sich, und das war kein großer Verlust. Aber meine Frau, meine Kinder ...« Er verstummte ein paar Herzschläge lang.

»Schon vor dem Gelbfieber war Pensacola ein düsterer Ort«, fuhr er schließlich fort. »Old Mad Jacksons Weibsstück hat keinen Sinn für Humor. Ich kann alles verzeihen, nur nicht Mangel an Humor. Sie hat Pensacola zu einem Pfuhl der Religion gemacht. Nachdem meine Alte und meine Gören ins Gras gebissen hatten und die Kneipen so dicht waren wie die Möse einer Jungfrau und die Straßen mit Toten gepflastert, habe ich mich aus dem Staub gemacht. Und hier bin ich nun, ein Hehler für dieses Pack da.« Er zeigte mit der Flasche auf die Seeleute am Strand.

»Es sind Männer, die sich durch ein Gefühl für moralische Verpflichtungen nicht allzu eingeengt fühlen«, vertraute Wococoi ihnen an. »Aber ich heule mit den Wölfen und halte mich über Wasser.«

Heartless Snake begann zu fragen, was all das bedeutete, aber Osceola gab ihm durch die Andeutung einer Handbewegung zu erkennen, daß er später versuchen werde, ihm alles zu erklären. Wococoi würde die Verwirrung nur größer machen.

»Sie hat's wieder mal geschafft!« rief Wococoi plötzlich aus. Er packte ganze Strähnen seines struppigen Haars mit den Fäusten und riß daran. »Diese dreckige Hure, diese Beff, dieses Miststück wird noch mein Ruin sein!« Alle drei Männer starrten das Trio pummeliger junger Frauen an, die an ihnen vorbeigingen.

Sie hielten die rechten Unterarme züchtig quer über die Brust, um die Region zu verbergen, an der ihre Blusen ein paar Zentimeter über ihren Röcken aufhörten. Die Zugbänder ihrer langen Kalikoröcke waren so eng zugezogen, daß ihnen Rollen braunen Fleisches über die Rockbünde hingen. Alle drei trugen fünfundzwanzig Pfund glänzender neuer Perlen sowie klirrende Halsbänder aus silbernen kubanischen Münzen zur Schau. Sie sahen zwar harmlos aus, aber Wococois Augen weiteten sich trotzdem bei ihrem Anblick.

»Was ist los?« fragte Osceola.

»Ich bin selbst schuld, Kleiner. Ich bekam es allmählich satt, immer nur Armeepferde zu besteigen, verstehst du?« Er zwinkerte und strich sich über die Lenden. »Mich verlangte nach einer Frau, die mit mir den Dudelsack bläst.« Er sprang von der Hängematte herunter. Während diese noch an ihren Leinen hin und her hüpfte, ruderte er mit der Whiskeyflasche herum, hüpfte auf unsicheren Beinen und drehte sich lasziv in den Hüften.

»Ganz schön vollbusig, die da.« Er nickte zu der Frau in der Mitte. »Züchtig wie eine alte Hure bei einer Kindstaufe. Aber sie ist wie die Persimone – süß und mit einem bitteren Nachgeschmack. Sie verschenkt mein Hab und Gut an jeden Verwandten, der an die Tür kommt. Ihre Verwandten sind wie Moskitos am Abend. Sie saugen mich aus. Ich flehe sie an, damit aufzuhören. Sie lächelt wie ein Engel. Sie schwört, damit aufzuhören, tut es aber nicht.«

»Du kennst unsere Sitten.«

»O ja. Ihr Rotbäuche seid die großzügigsten Leute auf Erden. Aber *so* viele Verwandte.« Er schüttelte müde den Kopf und nahm noch einen Schluck.

»Da wir gerade von Geschenken sprechen, Jungs, ihr kommt in einem günstigen Augenblick. Dieser ›Freihändler‹ da draußen hat eine fette Prise aufgebracht. Außer den üblichen Dingen werde ich Zuckerhüte bekommen, Pfeffer, Käse, Nankingseide, Seide für einen schönen neuen Kriegerturban. Aber wir müssen uns beeilen, bevor meine bessere Hälfte alles unter die Leute gebracht hat.« Er drehte sich abrupt um und ging schwankend zum Strand hinunter. Osceola beeilte sich hinterherzukommen.

»*Tasikaya.*« Wococoi sah ihn voller Zuneigung an. In seinen blutunterlaufenen Augen schimmerten Tränen. »Du bist jetzt ein Krieger. Du bist für mich immer wie ein Neffe gewesen.«

»Alter Freund, was ist mit Jackson? Was wird er jetzt tun, wo er behauptet, *Miko Nope* zu sein, der Große Häuptling der Halbinsel?«

»Er wird uns alle verschlingen, Kleiner«, erwiderte Wococoi. »Er wird nichts übriglassen. Wo der hintritt, wächst kein Gras mehr.«

5

»Das ist der Neffe von Talasee *Tastanagee.*« Mit ihrem Doppelkinn zeigte die Frau auf das näher kommende Kanu. Die Fettpolster an ihren Oberarmen zitterten, als sie einen nassen Rock auf einen Kalksteinfelsen klatschen ließ.

»Der mit den Froschbeinen?« Als Morning Dew von ihrer Wäsche aufsah, sah sie Heartless Snake am Heck des Kanus stehen.

»Der andere«, warf eine hochgewachsene schwarze Frau ein.

»Heartless Honey Tongue«, rief eine Frau unter den vier oder fünf Dutzend Frauen, die in dem flachen Flußwasser standen.

Es waren rote und schwarze Frauen, junge und alte. Sie kamen aus Chukachattee und aus den umliegenden Siedlungen. Sie schrubbten die Kleider ihrer Familien für das alljährliche Erneuerungsfest. In den zwei Jahren, seit Osceola hier seinen Kriegsnamen erhalten hatte, fiel sein Name oft, wenn die Frauen über ihren Maismörsern klatschten und tratschten.

Heartless Honey Tongue war nur einer der Namen, die sie ihm gegeben hatten.

Osceola ruhte neben Heartless Snakes Jagdhund im Bug des Kanus. Er ließ eins seiner langen Beine auf höchst würdelose Weise an der Bordwand baumeln. Morning Dews Blick begegnete ganz kurz seinem, bevor sie die Augen niederschlug. Es stimmte, was sich die Frauen erzählten. Der Neffe von Talasee *Tastanagee* hatte die bezwingendsten Augen, die sie je gesehen hatte.

Morning Dews Gesicht wurde heiß. Ihr Herzschlag beschleunigte sich. Sie spürte eine prickelnde Wärme in den Lenden. Um ihre Verwirrung zu verbergen, verdrehte sie das tropfende, voluminöse rote Hemd ihres Onkels und wrang es aus, als versuchte sie, jemanden zu überwältigen und gefügig zu machen. Sie schüttelte es aus, um die Falten herauszubekommen, tauchte es wieder in den Fluß und wirbelte es herum, um es dann auf einen halb untergetauchten Baumstamm niedersausen zu lassen.

Überall an der Biegung des schmalen Flusses taten die anderen Frauen das gleiche. Dabei lachten sie und neckten einander mehr als gewohnt. Das kühle Wasser übte seinen Zauber aus, vertrieb die Sommerhitze und ließ in jeder wieder das Kind wach werden. Einige der Frauen wirbelten ihre Wäsche absichtlich so schnell herum, daß sie Heartless Snake und Osceola dabei naß spritzten. Andere wateten weiter in den Fluß hinaus, um mit den Handflächen auf das Wasser zu klatschen und so das Boot vollzusprühen.

Das nasse, schwere Gewebe klatschte gegen Holz und Stein, als wäre hier ein fröhliches Feuergefecht in Gang. Regenbogen flackerten in den silbernen Tropfen, die um die Köpfe der Frauen flogen, als sie die Kleidungsstücke herumsausen ließen. Ihre nassen Röcke und Rüschenblusen klebten an ihren Körpern.

»Heartless Snake hat sein Glied mit dem Saft von *pukpukee holatee tihus thlakita* eingerieben. Blumenblau macht Glieder groß.« Eine der Frauen zeigte mit ihrem Waschbleuel auf Heartless Snakes Körpermitte. In der Mitte seines Lendenschurzes ragte etwas standhaft und auffällig in die Luft.

Heartless Snake fühlte sich von dem Gelächter der Frauen und seinem schurkenhaften Schwanz gedemütigt. Er lenkte das Kanu abrupt von den Frauen weg und hielt auf das gegenüberliegende Ufer zu. Dort stießen Dutzende in den Sand gezogene Boote, die von dem Wellenschwall, den die Frauen mit ihrer Arbeit auslösten, gewiegt wurden, sanft aneinander. Das abschüssige Ufer war von den unzähligen Bootsrümpfen, die im Lauf der Jahre hier hochgezogen worden waren, von allem Unkraut befreit worden, und der schwarze Schlamm wirkte wie poliert.

Heartless Snake stieß mit der Stoßstange noch einmal fest zu und setzte das Boot damit härter auf Grund, als er beabsichtigt hatte. Als sich der Bug fest in den Schlamm bohrte, schlingerte der Einbaum und hätte ihn fast aus dem Gleichgewicht gebracht. Um seine Unbeholfenheit zu überspielen, verstaute er die Stange, ergriff den Bootsrand und sprang mit einem eleganten Satz ins Wasser, um das Kanu weiter an Land zu schieben. Er war so zerstreut, daß er vergaß, daß sich das Heck viereinhalb Meter vom Ufer befand, und so versank er bis zur Taille im Wasser. Die Enden seines Lendenschurzes trieben vor und hinter ihm auf dem Wasser.

Seine Zerstreuung war so groß, daß er nicht bemerkte, daß Osceola nicht über ihn lachte. Dieser hatte inzwischen das Bein wieder ins Boot gezogen und sich kerzengerade aufgerichtet. Als das Boot knirschend an Land glitt, kletterte er mit mehr als der gewohnten Behutsamkeit hinaus. Heartless Snakes Ungeschicklichkeit war ihm peinlich, und zugleich schämte er sich, so über seinen Freund zu denken. Aber Gefühle überkamen Osceola so schnell und mit so großer Macht, daß er ihnen nicht ausweichen konnte.

Er war in Hochstimmung. Er war euphorisch. Er war völlig verwirrt. Er fühlte sich befangen und tolpatschig und hatte Angst, die Frau, deren Augen ihn gerade gefesselt hatten, könnte schon versprochen sein. In seinem aufgeregten Zustand brachte ihn schon die bloße Möglichkeit, sie könnte schon verheiratet sein, auf den Gedanken, mit ihr durchzubrennen.

Die Leidenschaft hatte Osceola getroffen wie ein Blitz. Wie betäubt und entflammt blieb er am Ufer stehen, während

Heartless Snake, der seine Muskete horizontal in seinem dicken Nacken hielt und ein Handgelenk über den Schaft und das andere über den Lauf gelegt hatte, an Land watete. Heartless Snake rief seinen Hund, der hinter Winkerkrabben herschnüffelte, und stapfte los, um einen trockenen Lendenschurz zu suchen. Osceola folgte ihm. Er wagte es nicht, sich nach der Märchenfee umzusehen, die ihn behext hatte.

Junge Frauen dachten sich oft eine Ausrede aus, um das Grundstück seiner Mutter zu besuchen, wenn er da war. Sie fühlten sich nicht so sehr von seinem guten Aussehen angezogen wie von seinem stillen Lächeln und seinem zurückhaltenden Charme. Seiner honigsüßen Zunge. Es war ihm schon immer leichtgefallen, mit ihnen zu scherzen. Er mochte die meisten von ihnen. Gelegentlich hatte er sich mit einer von ihnen davongestohlen, je nachdem, welche ihm gerade ins Auge stach. Er erfreute sich an ihrem Aroma und an der warmen Biegsamkeit ihrer Körper, wenn sie sich im Dunkeln an ihn preßten.

Aber hinterher erwarteten sie immer von ihm, daß er seine Mutter oder Großmutter schickte, um um ihre Hand anzuhalten. Wenn er es nicht tat, wurden ihre bewundernden Blicke zornig oder traurig oder verwirrt. Schließlich hatte er aufgehört, sich zu verabreden. Jetzt verstand er seine Distanziertheit. So etwas wie Liebe hatte er bisher noch nicht erlebt.

Osceola fand seinen Onkel und Mad Dog im Schatten einer riesigen, moosbewachsenen Virginia-Eiche in der Nähe des Lagers sitzen. Mad Dog schüttelte harte Maiskerne in einem flachen Korb, und beide Männer schlossen Wetten darauf ab, ob mehr weiße oder gelbe Seiten oben sein würden.

Mad Dog war Fighting in a Lines vierter Ehemann geworden. Dem ewigen Glitzern in Mad Dogs Augen konnte Osceola entnehmen, daß auch er der Gegenstand erheblicher Leidenschaft war. Jemanden, der Fighting in a Line nicht kannte, hätte das vielleicht überrascht, Osceola jedoch nicht. Er kauerte sich hin, um dem Wettspiel zuzusehen und auf eine Möglichkeit zu warten, das Gespräch zu beginnen.

»Ich habe gerade die beste Schärpe deines Onkels gewonnen, seine Pfeife, sein Feiertagshemd. Ich versuche gerade, ihn dazu zu bringen, seine Frau zu setzen.« Mad Dogs Methode, seinen Schwager aufzuheitern, bestand darin, ihm dringenderen Stoff zum Nachdenken zu geben als die Schlacht am Econfina. Es schien zu funktionieren. Mad New Town sah fast gut gelaunt aus.

»Onkel.«

»Ja, Neffe.« Mad New Town starrte weiterhin auf den Mais im Korb. Er hatte Mad Dog im Verdacht zu schummeln.

»Ich habe sie gefunden.«

»Wen?«

»Sie.«

»Von welchem Clan?« Mad Dog erkannte den Blick in Osceolas Augen wieder. Vor nicht allzu langer Zeit hatte er selbst so ausgesehen.

»Ich weiß nicht.«

»Fall nicht in deinen eigenen *sofkee*-Topf, Neffe«, sagte Mad New Town. »Wenn sie vom Schlangenclan ist, kommt eine Heirat nicht in Frage.« Mad New Town hatte plötzlich das Gefühl, einen Verlust erlitten zu haben. Der Mensch, den er am meisten liebte, würde heiraten und in das Dorf seiner Frau ziehen. Osceola würde im Haus seiner Mutter zu einem Besucher werden. Er würde Kinder zeugen, um das Feuer eines anderen Clans zu tragen.

»Willst du mir helfen herauszufinden, wer sie ist? Ich habe sie zuvor noch nie gesehen. Sie muß eine Mikasukee sein.«

»Beschreibe sie.«

»Die schönste Frau, die je geboren wurde.«

Mad Dog gluckste. »Dann muß es ja leicht sein, sie zu erkennen.«

Obwohl er am Ende des Tages ohne Zweifel zerfetzt sein würde, hatte Osceola seinen besten Lendenschurz angezogen. Er hatte seinen nackten, muskulösen Oberkörper sowie die Arme und die langen schlanken Beine mit Öl eingerieben. Seine Stirnlokken fielen ihm in einem glänzenden schwarzen Rahmen um das Gesicht. Sein rasierter Schädel prickelte. Mad Dog hatte ihm Wasser gegeben, in dem die Wurzel des Schwarzen Nachtschattens gekocht worden war.

»Reib dir den Kopf damit ein«, hatte Mad Dog gesagt. »Dann geh durch eine Menschenmenge. Du wirst auf alle Frauen anziehend wirken, darfst aber nur eine auswählen, denn sonst wird sich die Medizin gegen dich wenden.«

»Ich will nur eine, Großvater.«

Ich will nur eine. Osceola konnte sie auf der anderen Seite des Zielpfostens inmitten der Frauen sehen. Mad Dog hatte herausgefunden, daß sie zu seinem Clan gehörte, den Pumas. Ihr Name war Morning Dew. Sie war eine Mikasukee und lebte in Abihkas Dorf. Sie war nicht versprochen, und ihre älteren Schwestern waren schon verheiratet.

Osceola mußte sich zusammennehmen, um nicht zu grinsen. Er und seine zwölf Mannschaftskameraden bohrten die Zehen in den losen Sand. Sie kauerten sich leicht zusammen, nahmen ihre Schläger mal in die linke, mal in die rechte Hand und starrten den Ball aus Rehhaut in Mad Dogs Hand an.

Das Spiel zwischen den unverheirateten Männern und Frauen war bei der Zeremonie des Grünen Maises immer die beste Unterhaltung. Hunderte von Zuschauern säumten das Spielfeld. Kinder saßen in Reihen auf den dicken Ästen der Eichen, die das Feld säumten.

Osceola ignorierte die Rufe und die fieberhaften Wetten an den Seitenlinien. Er starrte die schönste Frau an, die je geboren war. Sie starrte zurück.

Sie war klein, aber Mad Dog sagte, sie sei sechzehn Jahre. Sie hatte ihr dichtes schwarzes Haar zu einem Zopf geflochten, der ihr bis über die Taille reichte. Das rote Band, das es zusammenhielt, flatterte, wenn sie sich bewegte. Eine breite Schärpe hielt ihr altmodisches Rehlederkleid zusammen. Sie hatte eine gertenschlanke Taille. Osceola malte sich aus, sie mit den Händen zu umfassen, und der Gedanke jagte ihm warme Schauer durch den Körper.

Anders als die meisten jungen Frauen hatte sie sich nicht die Augenbrauen ausgezupft. Sie wölbten sich wie Rabenflügel über ihrer geraden Nase und verliehen ihr ein stolzes, jungenhaftes Aussehen. Als sie leicht die Knie beugte und auf den Wurf wartete, glitzerten ihre Augen.

Mad Dog beugte sich zurück und warf den Ball in die Höhe,

so daß es den Anschein hatte, die Sonne würde ihn verschlukken. Die Frauen kreischten, und beide Mannschaften stürzten los. Die Frauen hatten das Angebot der Männer abgelehnt, ihnen zwei starke Spieler abzutreten, um die Chancen gleicher zu machen. Osceola konnte sehen, warum.

Die jungen Mädchen, die zu Boden starrten und ihre Stimmen senkten, wenn ein Mann vorbeiging, hatten sich in Furien verwandelt. Sie griffen an und täuschten, blockten ab und rangen und kämpften mit Klauen und Zähnen um den Ball. Sie hatten für nichts Augen außer für den schmutzigen Klumpen aus Leder und Rehhaar, der plötzlich auftauchte, um dann unter ihren Füßen zu verschwinden.

Ziel des Spiels war es, den Ball gegen die Zielpfosten zu werfen. Wenn er die zweieinhalb Meter über dem Erdboden rot bemalte Linie traf, verbuchte die Mannschaft des Spielers einen Punkt. Wenn der Ball die Holzmaske traf, die von der Spitze des Pfostens grinste, konnte sich die Mannschaft fünf Punkte gutschreiben. Die Mannschaft, die als erste hundert Punkte erreichte, hatte gewonnen. Die Männer verwendeten ihre Ballschläger, um zu fangen und zu werfen, während die Frauen nur ihre Hände einsetzten.

Wieder einmal war von dem Ball nichts mehr zu sehen. Das Spiel wurde unterbrochen, während die beiden Mannschaften sich gegenseitig des Betrugs beschuldigten und die Männer in der Menge nach dem Ball zu suchen begannen. Eine Spielerin aus der Schwarzen-Siedlung von Pumpkin Town zog ihn aus ihrer Bluse, wo er zwischen ihren üppigen Brüsten geruht hatte. Sie ließ einen Jubelschrei hören, als sie ihn an der Maske abprallen ließ und fünf Punkte machte.

Die meisten Frauen wußten, daß Osceola der schnellste und geschickteste Spieler war, und als der Nachmittag sich hinzog, begannen sie ihn zu umdrängen. Heartless Snake blieb ebenfalls in seiner Nähe. Wenn man ihn gefragt hätte, hätte er gesagt, er versuche nur, Mordversuche an seinem Freund zu verhindern. Aber jedesmal, wenn er mit einer weichen Hüfte oder Brust zusammenstieß oder unter dem kurzen Saum einer Bluse einen Blick auf eine Brust erhaschte, trug sein Gesicht ein zerknittertes Alligatorgrinsen zur Schau.

Kurz vor Sonnenuntergang sah sich Osceola plötzlich seiner Geliebten von Angesicht zu Angesicht gegenüber. Auf ihrer rechten Wange sah er einen rohen, abgeschürften Streifen, wo sie auf dem Spielfeld entlanggeschlittert war, um sich wieder in Ballbesitz zu bringen. Als er in diese strahlenden Augen hinunterblickte, vergaß Osceola, daß er in seinem Schläger die verschmutzten, zerfransten Fetzen aus Rehhaut und Haar hielt. Als Morning Dew zu ihm hochlächelte, löste sie damit in seinem Lendenschurz einen stechenden Schmerz aus, und etwas regte sich. Dann trat sie ihm gegen den Spann.

Osceola ließ den Ball fallen. Er spürte das Kribbeln ihrer Haare auf seiner verschwitzten Brust, als sie den Ball schnell hochhob und wegschleuderte. Osceola hüpfte auf seinem unverletzten Fuß herum und rieb sich den anderen, als er die Flugbahn des Balls beobachtete. Dieser zog den sich auffasernden Lederriemen hinter sich her, flog nach oben, wurde auf dem Scheitelpunkt seiner Flugbahn langsamer und prallte dann von der Maske ab.

Die Frauen und diejenigen, die dumm genug gewesen waren, auf sie zu wetten, ließen den trillernden Siegesschrei hören. Das letzte, was Osceola von seiner Geliebten sah, war ihr Rükken. Die Frauen hoben sie auf ihre Schultern und trugen sie weg.

»Ich bin verliebt«, vertraute Heartless Snake ihm an, als sie den Spießrutenlauf der sie verhöhnenden Männer über sich ergehen lassen mußten, die auf sie gesetzt und verloren hatten.

Osceola holte tief Luft. Heartless Snake mußte in die schöne Mikasukee verliebt sein. Jeder Mann war in sie verliebt. Jeder Krieger hatte vor, um sie anzuhalten. Selbst jetzt noch gab es Männer, die mit allerlei Listen versuchten, sie dazu zu bringen, sich irgendwo allein mit ihnen zu treffen. Osceola wußte, daß seine Ängste so unbegründet waren, daß er sich fragte, ob die Liebe ihn verrückt machte.

Heartless Snake zog etwas aus seinem Lendenschurz und hielt es ehrerbietig vor sich. Die Überreste des Rehlederballs waren immer noch warm, weil sie neben dem gelegen hatten, was er als seine Schildkröteneier bezeichnete.

»Der hier hat zwischen ihren Brüsten gelegen«, seufzte er.

»Zwischen Brüsten, die so groß und so weich sind wie Rehlederkissen, die mit Daunen gefüllt sind.«

»Zwischen wessen Brüsten?«

»Denen meiner Geliebten.«

»Der schwarzen Frau aus Pumpkin Town? Der, die so groß ist, daß sie *dich* zwischen den Brüsten halten könnte?«

Heartless Snake grinste nur und spazierte los, um sie zu suchen.

Die lange Sommerdämmerung wurde zu Nacht, und Osceola hatte Morning Dew noch immer nicht gefunden. Er stand am Rand des jetzt leeren Platzes, der auf die morgigen Zeremonien wartete. Der Vollmond hatte seine frischgeputzte Oberfläche mit blassem Silber geputzt, das vor Kraft schimmerte. Osceola stand an der Ecke des Unterstands der Krieger und starrte den verlassenen, stillen Platz an.

Vielleicht war es kein Zufall, daß er sie jetzt, in der alljährlichen Zeit der Erneuerung, gesehen hatte. Es war eine Zeit für Neuanfänge. Es war eine magische Zeit. Vielleicht war sie die Sternenfrau, die in ihrem Himmelskanu von Zeit zu Zeit auf die Erde herunterkam, um mit den Sterblichen Ball zu spielen. Wer immer sie war, Osceola wußte, daß sein Leben sich an diesem Tag verändert hatte, und zwar so unwiderruflich, als hätte er heute seinen Kriegstitel empfangen.

Osceola schlenderte langsam durch das Dorf und ging auf die Lager der Mikasukee zu, die hier zu Besuch waren. Während die Frauen sich noch den wenigen Arbeiten widmeten, die vor dem Fest noch erledigt werden mußten, unterhielten sie sich leise miteinander. Eine Mutter sang ihr Baby, das in einer winzigen Hängematte aus Leinen lag, in den Schlaf. Ein Pferd wieherte.

Osceola stellte sich jede Stadt immer so vor, als besäße sie ein Eigenleben, einen Puls, zusammengesetzt aus den Herzschlägen all derer, die darin lebten. Jetzt beruhigte der rhythmische Takt des Lebens seine Gefühle. Am Vorabend des Fests der Erneuerung schien die Siedlung in Vorfreude die Luft anzuhalten, obwohl ihr Puls sich allmählich beschleunigte. Osceola beruhigte sich so sehr, daß ihm traurig zumute wurde. Wenn er die Mikasukee heiratete, würde er die Stadt seines Onkels verlassen und gehen, um in der Nähe von Familie und Clan seiner Frau zu leben. Er würde für seine eigenen Söhne so etwas wie ein liebenswürdiger Fremder sein. Die Brüder seiner Frau würden sie unterrichten, ihnen Disziplin beibringen und sie lieben. Er würde warten müssen, bis seine vierjährige Schwester erwachsen war und selbst Söhne hatte, bevor er einen Jungen ausbilden durfte.

Er schlenderte wie ein Geist langsam durch das Lager von Abihkas Volk. Die einfachen Hütten mit ihren Dächern aus Fächerpalmwedeln, die Sternenfeuer und die Pferdekoppeln waren unter den massiven Stämmen der Virginia-Eichen verstreut, die mit langen, silbernen Moosbärten überzogen waren. Durch die Nacht geschützt, studierte Osceola die Gesichter an den Kochfeuern. Verlangen und Besorgnis überkamen ihn wie heiße Sonne und kalter Wind.

Morning Dew sah ihn sofort. Sie hatte die Nacht nach Anzeichen von ihm abgesucht. Sie murmelte ihren Schwestern zu, sie müsse sich erleichtern, und fühlte sich bei der Vorstellung gedemütigt, der Neffe von Talasee *Tastanagee* hätte diese Worte vielleicht gehört. Sie raffte ihre langen Röcke, zog sich den Saum ihrer Bluse herunter und trat in die Dunkelheit hinaus.

Osceola dachte, daß sie sich wie eine Kräuselung durch Seegras bewegte. Er machte einen weiten Bogen um das Feuer und folgte ihr. Als sie in der Nähe des Flusses stehenblieb, hielt er mehrere Meter hinter ihr inne. Er hatte schon einige Sätze in Hitchiti geprobt, der Sprache der Mikasukee.

»Jemand hat heute nachmittag beim Ballspiel sein Herz verloren.« Osceolas Mund fühlte sich an, als wäre er mit Asche gefüllt. Er hatte Mühe, wieder Atem zu schöpfen. »Das Gesicht seiner Geliebten ist so strahlend wie der Mond. In ihren Augen spiegeln sich die Sterne. Ihr Haar ist Sonnenlicht auf dem Flügel eines Raben. Sie muß die Sternenfrau sein. Sie muß in ihrem Himmelskanu erschienen sein, um hier Ball zu spielen.« Osceola hatte seine Ansprache geübt. Jetzt fragte er sich, ob das, was er sagte, ihr genauso albern vorkommen würde wie ihm.

»Jemand ist traurig, daß sie so hart auf den Fuß des Kriegers trat, der ihr Herz besitzt.« Morning Dews Stimme war Lachen und Lerchengesang und das Schnurren eines Pumaweibchens. Osceola fühlte sich so schwindelig wie als Kind, als ihn sein Onkel unter den Armen packte und in weiten, hohen Kreisen herumwirbeln ließ.

»Der Schmerz im Fuß ist nichts im Vergleich zu dem Schmerz im Herzen, wenn er nicht bei seiner Geliebten ist.« Osceola trat näher. Während er fieberhaft überlegte, was er sonst noch sagen konnte, hörten beide in den Büschen ein lautes Rascheln. Morning Dew verschwand und ließ den Duft der Orchideen zurück, die sie im Haar trug.

Heartless Snake torkelte auf die Lichtung. Er hatte jemanden gefunden, der seinen Whiskey mit ihm teilte, und eine große Menge davon getrunken.

»Jemand erzählte mir, man habe euch hierher gehen sehen«, sagte er, und Osceola ging auf, daß dieses Rendezvous für die Menschen in dem Mikasukee-Lager nie ein Geheimnis gewesen war. Man hatte es nur diskret ignoriert. Er war dumm genug gewesen zu glauben, daß seine Vorbereitungen unbemerkt bleiben würden, obwohl jede andere Affäre bekannt und Gegenstand von Klatsch war.

Heartless Snake sprach sehr langsam. Er schwankte und stützte sich mit der Hand an einem Baumstamm. »Ich brauche deine Hilfe.«

Osceola holte tief Luft, wie es sein Onkel ihm beigebracht hatte. Er tat es immer, wenn sein Zorn so groß wurde, daß er seine Selbstbeherrschung zu verlieren drohte. Sein Freund hatte seine Geduld oft auf die Probe gestellt, jedoch nie in diesem Ausmaß. »Ich werde dir morgen helfen«, erwiderte er.

»Ich brauche deine Hilfe. Ich brauche sie wirklich.« Heartless Snake fiel es sichtlich schwer, die Tücken einer Unterhaltung zu meistern.

»Warum?«

»Sie ist einem anderen versprochen. Wir werden weglaufen.«

Osceola seufzte. Heartless Snake war tatsächlich in Schwierigkeiten. Osceola wartete, bis sein Freund laut würgte. Dann setzte er sich so vor seinem Freund auf das Flußufer hin, daß er den Wind im Rücken hatte.

Die beiden sprachen die ganze Nacht über Heartless Snakes

Flucht nach Süden, zu dem grenzenlosen Sumpf namens Pahay-okee, Grassy Water. Wenn es Heartless Snake und seiner Frau gelang, sich dort ein Jahr verborgen zu halten, würde ihnen bei der nächsten Zeremonie des Grünen Maises vielleicht vergeben werden. Wenn man sie fing, würde man sie vielleicht töten oder zumindest entstellen.

6

»Ich bin gekommen.« Fighting in a Lines Knie knackten, als sie von ihrer Stute heruntterglitt. Das Pony war nur fünfzehn Hände hoch, aber Fighting in a Line mußte sich trotzdem noch ein beträchtliches Stück zur Erde fallen lassen.

Während Peeping absaß, verschwand Fighting in a Line in ihrer Winterhütte, um ihre alten Kleidungsstücke anzuziehen. Sie ließ sich so lange damit Zeit, daß Osceola glaubte, sie sei eingeschlafen. Als sie schließlich in die Kochnische zurückkehrte, wühlte sie in den Lebensmittelkörben herum. Peeping lächelte Osceola hinter dem Rücken ihrer Mutter an, damit er nicht die Geduld verlor. Sie schob die vier großen Palmenstämme in der Mitte aufeinander zu und blies die glühenden Scheite an.

»Ihr Männer seid schlimmer als hungernde Hunde«, ließ sich Fighting in a Line grollend vernehmen. »Die Lebensmittelkörbe sehen aus, als hätte hier ein Heuschreckenschwarm gehaust.«

Es fällt schwer, geduldig zu sein, dachte Osceola. Manchmal erforderte seine Großmutter eine Menge Geduld. »Die Mikasukee haben dir sicher etwas zu essen gegeben, bevor du aus ihrer Stadt aufgebrochen bist.«

»Reisen macht mich hungrig.« Da wußte Fighting in a Line, daß sie ihren Enkel genug gereizt hatte. Mehr durfte sie nicht wagen.

Osceolas rotgoldene Haut war mit blassen, spindeldürren Linien gezeichnet, welche die Zähne in Fighting in a Lines Hornhechtsmaul hinterlassen hatten. Die Kratzer stammten aus seiner Kindheit und waren eine Strafe für Disziplinlosigkeit. Die scharfen Zähne hatten zusammen mit den winzigen Blutstropfen, die an den parallel laufenden roten Linien ausgetreten waren, auch das Böse herausgezogen. Die Kratzer waren die Strafe für Crickets Jähzorn.

Als Cricket Osceola wurde, lernte er, seinen Zorn zu beherrschen. Er wirkte meist abwesend und heiter. Sein Mund verzog sich oft zu einem halben Lächeln, als befände er sich zwar hier, gleichzeitig aber auch woanders. Es war ihm nicht mehr anzumerken, wenn er zornig war, aber Fighting in a Line hatte den Verdacht, daß er eindrucksvolle Wutanfälle bekommen konnte, wenn man ihn provozierte. Sie beschloß, sich dieser Gefahr nicht auszusetzen.

»Ihre Familie akzeptiert dich als Freier«, sagte sie.

»Wie viele andere haben darum gebeten, sie zu heiraten?«

»Niemand.« Fighting in a Line fand ein dickes, orangefarbenes Stück *koontee*-Brot auf dem Boden ihrer Reisetasche. Sie setzte sich auf einen der Baumstämme, die vom Feuer ausstrahlten, und kaute beim Reden darauf herum.

»Sie ist schön. Es müssen viele Männer um sie angehalten haben.«

»Nur ein Dummkopf von Maskokee würde um sie anhalten«, entgegnete Fighting in a Line. »Die Männer von ihrem eigenen Feuer kennen sie zu gut. Sie weiß genau, was sie will, und ist sehr eigensinnig. Sie hat die Zunge einer Klapperschlange. Ihre jüngere Schwester glaubte schon, sie würde bei dem Warten der älteren auf einen Ehemann alt werden. Sie war glücklich wie ein Reiher in einem Tümpel, als ich deine verrückte Bitte vortrug.« Sie ließ ein meckerndes Lachen hören, flatterte mit den Ellbogen und streckte den Hals in ihrem kegelförmigen Kragen aus Perlen. Sie wurde zu einem ganzen Schwarm von Reihern, die sich in einem ausgetrockneten Teich den Magen mit Fischen vollschlagen.

Osceola zeigte sich nicht amüsiert. »Und was geschieht jetzt?«

»Ich habe den Onkeln des Täubchens gesagt, sie sollten *dir* ein Geschenk machen, weil du sie ihnen abnimmst.«

Osceola antwortete nicht. Er hatte gelernt, daß er den Neckereien seiner Großmutter am besten ein Ende machte, wenn er sie ignorierte.

»Die Brüder der Mutter der Frau haben sich damit einverstanden erklärt, daß du ihr ein Stück Wild als Geschenk schickst. Wenn sie es akzeptiert, werde ich *istee seminole,* eine wilde Ausreißerin, als Enkelschwiegertochter haben.«

Es war Fighting in a Line schwergefallen, zu Mikasukee höflich zu sein, die nicht überzeugt waren, daß ihr Enkel Osceola für ihre Nichte gut genug war. Fighting in a Line bezeichnete Mikasukee meist als *seminole,* Ausreißer, obwohl das Wort für die meisten »Volk eines fernen Feuers« bedeutete. *Seminole* war auch das Maskokee-Wort für diejenigen in der Förderation der Creek, die vor Generationen nach Florida gegangen waren. Fighting in a Lines größter Vorwurf gegen die Mikasukee bestand darin, daß sie behaupteten, bessere Kämpfer zu sein als die Maskokee.

»Du darfst sie weder sehen noch mit ihr sprechen, bis du einen Damhirsch tötest, den du ihr schenken kannst«, ermahnte sie Osceola. »Sie mögen zwar Mikasukee sein, halten aber die alten Sitten und Gebräuche in Ehren.«

Osceola vergeudete keine Zeit. In jener Nacht reinigte er sich in der Schwitzhütte am Fluß und ließ seinen Jagdzauber wirken. Er rollte sein Medizinbündel aus Rehleder auseinander und legte ehrfürchtig die kleinen Päckchen mit Kräutern, Wurzeln und getrocknetem Zedernholz aus. Er ließ die Fingerspitzen leicht auf seinen *sabia* ruhen, seinen drei magischen Steinen, und spürte, wie der magische Puls ihm in die Arme fuhr und sich im Körper ausbreitete. Er fühlte, wie die Steine unter seinen Fingern zitterten, und summte über seiner mächtigsten Jagdmedizin, einem wächsernen roten Körnchen aus dem Horn einer großen Hornviper. Das Körnchen war ein Geschenk von Abihka gewesen und wurde von jedem Krieger begehrt, der nicht das Glück hatte, eins zu besitzen.

Osceola wachte am nächsten Morgen vor Sonnenaufgang auf und war glücklich, daß seine Träume günstig gewesen waren.

Er zog sich sein altes Baumwollhemd an, den Lendenschurz und seinen Turban, schlang sich ein ausgeblichenes blaues Tuch um den Hals und knotete ein Stück Flintstein und etwas Zunderholz in die Enden. Er zog sich den Riemen seines Medizinbündels über den Kopf und legte es so zurecht, daß es auf seiner Hüfte ruhte.

Er rollte eine Rehhaut zusammen, die zusammen mit dem Kopf gegerbt worden war, ließ seine von einer Decke umhüllte Flinte auf den Deckenbalken liegen und schlang sich Bogen und Köcher um die Schulter. Osceola würde der Familie seiner Geliebten zeigen, daß auch er die alten Sitten und Gebräuche in Ehren hielt.

Als er an der Glut des Kochfeuers seiner Mutter vorbeikam, hüpften riesige Leopardfrösche, die die Nacht in der warmen Asche zugebracht hatten, in die Fächerpalmen. Hunde und Schweine schliefen immer noch in einem wirren Durcheinander unter den Plattformen der Lager-*chikees*. Hähne krähten, und Hennen streckten sich und putzten sich auf den verdreckten Firstbalken das Gefieder. Das Vieh muhte in den Gehegen auf der Weide.

Osceolas Stute mit dem gestutzten Schwanz und dem durchhängenden Rücken knabberte spielerisch an ihm, als er sie sattelte. Als er losritt, summte er leise ein uraltes Jagdlied vor sich hin. Als die Sonne am Horizont aufging, hielt er am Fluß an, um zu baden und den großen Atemmacher zu begrüßen. Sein Gefühl von Getriebensein legte sich, als er sich bequem zurechtsetzte und die Einsamkeit genoß. Er liebte es, mit seinen Gedanken allein zu sein, und spürte die Macht, die sein Medizinbündel verströmte.

Drei Tage lang ritt er langsam nach Süden, bis er die oberen Vorläufer des Pahay-okee erreichte, Grassy Water, des Sumpfes, den weiße Männer The Everglades zu nennen begannen. Pahay-okee war ein flacher, träge dahinfließender Süßwasserfluß, der sechzig Meilen breit und hundert Meilen lang war. Mit Ausnahme der Kiefern, Kohlpalmen und Eichen auf den höhergelegenen spärlichen Laubwaldinseln war er baumlos.

Die Maskokee hatten ihn nach dem Schneidegras benannt, das sich bis zum Horizont erstreckte. Jetzt, im August, färbten die Schneidegrasblüten die von Wasser durchzogene weite Fläche rosa. Schwarze Flöße aus grinsenden Alligatoren trieben inmitten der glitzernden, von Kieselerde begrenzten Grasflächen dahin. Das Wasser war von einem leuchtenden Indigoblau, ein Spiegelbild des Himmels, der von Millionen Vögeln verdunkelt wurde, welche die Bäume der Waldstücke bedeckten. Ganze Herden von Rehen und Damhirschen wateten von Insel zu Insel, um zu äsen.

Pahay-okee war das Land der einsamen Jäger, der Gesetzlosen und Verbannten. Es war selbst nach Osceolas Maßstäben ein wildes Land; wer aber von dort zurückkehrte, sagte, die Jagdmöglichkeiten seien mit Worten nicht zu beschreiben. Jetzt war die Brunftzeit auf dem Höhepunkt, und das Wild zog unruhig von Ort zu Ort. Seine Spuren waren überall.

Als Osceola dahinritt, kam er an Hunderten von Anzeichen der Brunft vorbei, bis er die Kratzspuren eines bestimmten Bocks fand. Er ließ die Stute in einem kleinen Waldstück aus Kiefern an einem langen Haltestrick zurück. Er sah auch Fächerpalmen, Wachsmyrte und Giftbäume. Dann nahm er die Spur des Bocks auf und watete auf den Alligatorenpfaden von einem Waldstück zum nächsten.

Er kam nur mühsam voran. Der elastische, poröse, glitschige Schlamm bestand aus den Überresten jahrhundertealter verrotteter Vegetation und einer unentwirrbaren Masse von Wurzeln, die so tief war, daß ein Mann bequem darin hätte stehen können. An manchen Stellen war der Untergrund so weich, daß man ihn nicht hätte überqueren können, ohne darin zu versinken. Osceola mußte über Grasbüschel und Baumstämme waten und sank doch immer wieder in Sumpflöchern ein. Das Wasser war meist knie- bis schultertief. Die rasiermesserscharfen Ränder des Grases schnitten ihn. Osceola wünschte, er hätte auf dieser Jagd ein Kanu, quälte sich aber weiter vorwärts.

Er folgte der Reihe sturmgepeitschter Bäume auf den Waldinseln, bis er zu einem Flecken aufgewühlter Erde zwischen den Kiefern und den dicht an dicht stehenden Fächerpalmen kam. Er kauerte sich am Rand hin und stellte sich das Tier vor, das hier so gehaust hatte. Der Bock war für die Liebe bereit. Er war wild auf Liebe. Osceola verstand, wie ihm zumute war.

Mit den Vorderhufen hatte der Hirsch ein maultiergroßes Becken in den Sand gescharrt und dann darauf uriniert. Er hatte ein Geweihende an einem Ast festgehakt und sich Stirn und Augen daran gerieben. Der Duft der dort sitzenden Drüsen war an dem Baum haften geblieben. Er hatte den zerfetzten Samt seines Geweihs an den Kiefernschößlingen gerieben, bis er die Rinde von ihnen abgeschabt oder sie zerbrochen hatte.

Darum herum hatte er mit den Hufen die Erde aufgewühlt, Fächerpalmwedel abgerissen, Zwergeichen entwurzelt, Zweige abgebissen und das ganze Gebiet so zurückgelassen, als hätte man es unter schweres Artilleriefeuer genommen. Einige der Bäume, die er attackiert hatte, hatten einen Umfang von vier bis fünf Zoll. Dieser Bock war groß.

Osceola hatte ihn zwar noch nicht zu Gesicht bekommen, sah ihn aber deutlich vor sich. Es war ein kräftiger Achtender mit einem mächtigen Hals, der fast so viel wiegen mußte wie Osceola. Für einen so weit südlich gelegenen Standort war es ein gewaltiges Tier. Mit wilden Augen. Selbstsicher. Mit Narben von früheren Kämpfen. Samtfetzen flatterten ihm von seinem aufragenden Geweih wie Kriegsbanner. Er war rastlos und unruhig, ständig unterwegs. Er patrouillierte auf dem Pfad seiner Kratzspuren und hielt Ausschau nach einer Gefährtin. Osceola hockte sich hin, nahm eine Handvoll der uringetränkten Erde auf und schnupperte daran. Die Damhirschkuh war nicht hier gewesen. Ihr Duft war nicht mit dem des Bocks vermischt. Osceola erhob sich mit der Anmut des Jägers, der genau weiß, daß eine plötzliche Bewegung sein Opfer aufschrecken würde. Er hielt das Gesicht in den Wind und nahm den Geruch auf, entrollte die Rehhaut und legte den Kopf auf seinen und zog die Haut auf dem Rücken zurecht. Er legte einen Pfeil ein, blickte durch die leeren Augenhöhlen des Rehs und machte es sich hinter einer Baumfalle bequem, um dort Ausschau zu halten und zu warten.

Als die Sonne unterging, wurde ihr metallisch hartes Licht weicher und zu einem dunstigen Sepia. Schatten krochen von den Bäumen und Büschen auf die Lichtung. Alligatoren dröhnten ihre trügerischen Abendgesänge. Waschbären begannen in den Fächerpalmen zu rascheln, um nach ihrer Lieblingsspeise zu suchen – harten schwarzen Fächerpalmenbeeren und Klapperschlangeneiern. Beide waren in Hülle und Fülle zu haben.

Hoch erhobenen Hauptes stand der Bock im Schutz der Büsche. Osceola regte sich nicht. Das einzige Lebenszeichen waren das stetige Pulsieren des Herzens, das Atmen der Lungen und das Strömen des Bluts durch seine Adern. Nach ein paar Minuten trat der Damhirsch auf die Lichtung und schnupperte an der Erde, wo er gekratzt hatte. Mit einer einzigen fließenden Bewegung zog Osceola seinen Bogen, zielte und schoß. Der Schaft versank bis zum Federkranz zwischen der dritten und vierten Rippe des Bocks.

Der Damhirsch schnaubte, machte einen Satz und stürmte durch das dichte Gestrüpp. Osceola warf seine Tarnung ab und rannte hinter ihm her. Barfuß jagte er ihn durch die Zwergpalmen, deren gezackte Stiele ihm in Arme, Beine und Brust schnitten. Als er schließlich neben dem gefallenen Bock kniete, war Osceola stärker mit Blut überströmt als seine Beute.

»Vergib mir, mein Bruder«, murmelte er, als er dem Tier die Kehle durchschnitt. Der Bock erzitterte noch einmal und lag dann still. Osceola sang sein Jagdlied, als er dem Bock einen Streifen aus dem Schenkel schnitt und als Opfergabe daließ.

Erst dann bemerkte er die Schwellung in seinem rechten Fuß und den Schmerz, der sich stechend im Bein bemerkbar machte. Die zwei winzig kleinen Bißlöcher der Klapperschlange saßen in der Haut, die sich eng über dem groben Knochen direkt unter dem Knöchel spannte. Die Haut darum herum hatte die Farbe einer reifen Grapefruit angenommen.

Osceola entrollte seinen Medizinbeutel und öffnete das Päckchen mit Sumpf-Mannstreu. Er kaute darauf herum, während er den warmen Kadaver ausweidete. Er schluckte einen Teil der Wurzel herunter und preßte den Rest auf den Schlangenbiß.

»Oh, Geist des weißen Fuchses, komm zu mir«, sang er. »Oh, Schlangenhasser, komm. Ihr Schlangen, die ihr diesen Mann verletzt habt, kommt her. Komm, o weißer Fuchs. Töte diese Schlange.«

Dann warf er sich den einhundertdreißig Pfund schweren Hirsch über die Schulter. Er begab sich schnell wieder zu der

Stelle zurück, an der seine Stute angepflockt war. Er nutzte den Lichtschein des Vollmonds und ritt ohne Unterbrechung die ganze Nacht bis in den nächsten Tag hinein. Er wollte seiner Geliebten keinen Bock schenken, dessen Fleisch verdorben war. Trotz der Übelkeit und der Benommenheit, die ihn befielen, machte er sich keine Sorgen wegen des Schlangenbisses. Die Klapperschlange war ein kleines Tier gewesen, und Osceolas Medizin war mächtig. Außerdem war er jetzt mit dem Zauber der Liebe gestärkt.

Als Osceola einmal eine der Hunderten von Kalksteinhöhlen der Wälder um Mad New Towns Dorf herum erforschte, war er durch ein Loch in eine tiefe, unterirdische Höhle gefallen. Sie war wie ein umgedrehter Trichter geformt und mit Wasser gefüllt. Osceola hatte sich in der absoluten Dunkelheit schwerelos und desorientiert gefühlt. Er hatte nicht sagen können, wo oben und wo unten war. Er wußte, daß er den Grund der Höhle statt der Oberfläche erreichen würde, wenn er in die falsche Richtung schwamm.

Er wußte, daß er dort sterben würde, wenn es ihm nicht gelang, die Öffnung zu finden. Er säße in der Falle wie eine Fliege in einer von Wococoi Clarks Whiskeyflaschen. Die Loslösung von der Schwerkraft und von körperlichen Empfindungen war jedoch ein magisches Erlebnis gewesen. Er hatte zwischen Panik und jubelnder Freude hin und her geschwankt. Als seine Lungen schließlich zu platzen drohten, hatte er den Kampf aufgegeben. Er war erschlafft und hatte sich an die Oberfläche treiben lassen.

Die gleiche Panik und jubelnde Freude und Körperlosigkeit empfand er jetzt, als er Morning Dews weiche Wärme eng an sich gepreßt hielt. Er spürte den Zugriff ihrer Muskeln, die sich um ihn strafften und lockerten, als er sich in ihr bewegte. Er hörte sie tief in der Kehle stöhnen und fühlte, wie sie ihn mit den Fingerspitzen am Ende seines Rückgrats liebkoste.

Als der Höhepunkt kam, kostete er dessen Gipfel aus, der ihn in ein Vergnügen jenseits aller Beschreibung führte. Dann lag er schlaff, erschöpft und glücklich in der Dunkelheit. Sein Puls dröhnte ihm in den Ohren. Er vergrub das Gesicht in den schweren, duftenden Locken ihres Haars, das so weich war wie ein Nerzschwanz. Er fühlte, wie ihr Atem ihm über die Wange strich.

»*Tahalyeh'*«, murmelte er. »Meine Frau.« Das Hitchiti-Wort hörte sich fremdartig und wunderschön an. »Unser beider Atem ist zu einem geworden. Unsere beiden Leben werden ein einziges Leben sein.«

Osceola sang vor sich hin, als er in leichtem Galopp zu Mad New Towns Dorf zurückritt. Die Tradition gebot, daß er Morning Dews Hütte vor Sonnenaufgang verließ und seinen Schwiegereltern einen Monat aus dem Weg ging. Er wußte, daß er und Morning Dew auch nach Ablauf des Monats den größten Teil ihrer Tage getrennt verbringen würden, daß er seinen Angelegenheiten nachgehen würde und sie den ihren. Doch diese Nächte wie Samt und Seide würden ihnen gehören. Er lächelte. Die Verzauberung der Liebe hielt ihn gefangen. Er war glücklicher, als er es je für möglich gehalten hatte.

Er fand seine Familie um den Morgenkessel auf dem Hof von Peepings Grundstück versammelt. Fighting in a Line war begierig, ihn zu sehen. Während Peeping ihm *sofkee* und gebratene Schildkrötensteaks vorsetzte, entledigte sich seine Großmutter der Fracht ihrer Neuigkeiten.

»Dein Clanbruder mit seinem verrückten Hund, der immer hinter den Schweinen herjagte, ist verschwunden.« Heartless Snakes Eskapade war die auserlesenste Neuigkeit. Mad Dog und Mad New Town taten, als wären sie mit der ersten Pfeife am Morgen beschäftigt, hörten aber aufmerksam zu.

»Er ist mit einer schwarzen Frau aus Pumpkin Town durchgebrannt.« Fighting in a Line kicherte vor Vergnügen. »Der Mann, der die Frau heiraten wollte, fand ihr Bett leer. Sie hatte Moos unter die Decke gestopft. Ihre Brüste hatten sie mit Wassermelonen nachgebildet. Ihr Mann ist so wütend, daß er sie beide umbringen will.«

Fighting in a Line hatte nicht vergessen, daß Osceola jetzt selbst eine Frau hatte. Aber selbst die Heirat ihres Enkels war nicht so interessant wie eine Entführung. Sie war der Meinung, eine Frau sei für Osceola so etwas wie eine Bequemlichkeit, etwa so, als hätte er sich ein neues Flintenschloß oder ein neues Pferd zugelegt.

»Die Bleichaugen haben einen Rat einberufen.« Mad New Town hatte eigene Neuigkeiten. »Viele der Krieger werden dem Sonnenaufgang entgegengehen, zum Land von Emathla.«

»Wirst du gehen, Onkel?«

»Nein. Ich bin zu alt für solche Dummheiten.«

Osceola warf Mad Dog einen Blick zu und sah das Aufflakkern von Mitleid in dessen Augen. Wie Osceola erinnerte sich Mad Dog an den kühnen Kriegsführer, der Mad New Town einmal gewesen war und immer noch wäre, wenn es ihm nur gelänge, den Schatten der Toten am Econfina abzuschütteln. Er hatte sich seinen Kriegsnamen durch eine unbekümmerte, an Wahnsinn grenzende Tapferkeit erworben. Wenn er früher einen Kriegstrupp zusammenstellte, hatten die Männer sich um ihn geschart, um ihm zu folgen.

Während die übliche Morgenunterhaltung über Osceolas Kopf hinweg strömte, verflog seine Hochstimmung. Er erinnerte sich an die Flucht aus dem Land im Norden nach der Niederlage der Red Sticks am Horseshoe vor neun Jahren. Er erinnerte sich daran, wie er mit geschlossenen Augen, die Hände zwischen die Knie gesteckt, zusammengekauert dagelegen hatte. Seine nackten Füße waren von einem monatelangen Marsch voller Narben und angeschwollen gewesen, nach all den Monaten der Flucht vor den Jagdtrupps der Blaujacken und der feindlichen Creek.

Sein Onkel hatte lange über ihm gestanden, als er dort lag und so tat, als schliefe er auf der Waldstreu. Mad New Town hatte die fleckige blaue Wolljacke der U. S. Army ausgezogen, die er seit der Schlacht am Horseshoe getragen hatte. Er hatte sich gebückt und sie über seinen Neffen gelegt. Osceola erinnerte sich an ihren Schweißgeruch von Bleichaugen, an den Duft seines Onkels und an den Modergeruch, als würde ihn die Jacke jetzt zudecken.

Bevor Osceola damals aufstand, hatte ihm Mad New Town zärtlich mit der Handfläche über die weichen Stoppeln seines Schädels gestrichen. Es war die einzige Zärtlichkeit, die Osceola je von seinem Onkel empfangen hatte, so weit er sich zurückerinnern konnte. Als Mad New Town wegging, hatte das Laub weich unter seinen Füßen geraschelt. *Ich liebe dich,* hatten die Blätter geflüstert.

7

Alexander Arbuthnot und der Prophet Crazy Medicine hingen an einer Rahnock von Arbuthnots Frachtschoner *Chance*. Ihre Leichen drehten sich langsam an den Seilen wie Blütenkätzchen von Virginia-Eichen an Spinnenfäden. Truthahngeier und Krähen liefen aufgeregt auf der Rah herum und saßen auf Schultern und Köpfen der Leichen. Sie schienen nicht recht zu wissen, wie sie dieses luftige Aas fressen sollten.

Osceola stand am Strand und rief Arbuthnot und Crazy Medicine, aber sie antworteten nicht. Er versuchte, zu ihnen hinauszuwaten, aber der Schlamm auf dem Grund des Flusses saugte seine Füße nach unten und hielt sie fest. Er winkte und rief laut, um die Vögel zu verscheuchen, aber diese dachten gar nicht daran wegzufliegen. Eine Krähe krallte sich in Arbuthnots buschigem weißem Haar fest, als sie sich vornüberbeugte, um nach den Augäpfeln des alten Mannes zu hacken.

Osceola hörte auf zu rufen, als ihm aufging, daß er sich auf dem Territorium seiner Feinde befand und mit seinem Geschrei auf sich aufmerksam machte. Er hörte Hufgetrappel und wirbelte mit dem Oberkörper herum. Er sah, wie Old Mad Jackson auf seinem mageren grauen Pferd am Strand in leichtem Galopp herangeritten kam. Das Pferd hatte die Farbe der Bartflechtenartigen Tillandsie, deren lange Flechten überall an den Virginia-Eichen hingen. Old Mad Jackson trug einen langen, zerfetzten Umhang aus dem gleichen Moos. Er flatterte um ihn, als er dahinritt.

Als Osceola verzweifelt versuchte, die Füße aus dem Schlamm zu befreien und sich schwimmend in Sicherheit zu bringen, kam Jackson immer näher und näher herangeritten. Das Fleisch seiner mageren Hände und seines Gesichts begann zu schrumpfen und von den Knochen abzuschmelzen. Entsetzt sah Osceola mit an, wie sich der Mann in ein Skelett verwandelte. Die elfenbeinfarbenen Knochen seiner Finger packten die Zügel. Seine leeren Augenhöhlen glühten in einem geisterhaften Licht. Old Mad Jackson öffnete den Mund, doch aus dem klaffenden schwarzen Loch ertönte nur ein fernes Brüllen wie von einem Wasserfall.

Osceola grunzte und richtete sich auf seinen Decken auf. Er schnappte keuchend nach Luft und wartete, bis sich sein wild pochendes Herz etwas beruhigt hatte. Morning Dew hatte sich auf einen Ellbogen gestützt und ließ die Wange auf einer Handfläche ruhen. Sie streckte die andere Hand aus und strich ihm über den Arm.

»Ich habe nicht gewagt, dich zu wecken«, sagte sie.

Wie immer beruhigte ihn ihre Berührung. »Es war richtig von dir, es nicht zu tun.« Er legte sich wieder auf die verschwitzten, zerknüllten Decken. »Ich muß mit meinen Träumen in jedes Land reiten, in das sie mich bringen.«

»Wieder Old Mad Jackson?«

»Ja.« Osceola rollte sich auf seine Seite, damit er sie ansehen konnte, wie sie ruhig und sehnig und nackt in dem Mondschein lag, der durch die Türöffnung fiel.

Sie hatten diese Hütte für sich, lagen aber immer noch so eng beisammen, daß sich ihre Münder fast berührten, und sprachen mit gedämpften Stimmen. In der Nacht tragen Stimmen weit. Außerdem gefielen Osceola die Wärme ihres Atems auf seinem Gesicht und die Spannung des engen Zusammenliegens ohne jede Berührung.

»Ich habe geträumt, daß ich Jackson den Vetter meines Onkels, den Propheten, vor der Schlacht am Econfina töten sah«, sagte er. »Ich träumte, ich sah ihn auch *istee skatsi* töten, den alten schottischen Händler.«

»Hast du den Schotten gekannt?«

»Er hat mir meine erste Muskete verkauft. Er war ein ehrenwerter Mann.« Nicht nur das, er war ein fröhlicher Mann, ein netter Mann, dachte Osceola. Er erinnerte sich daran, wie sich

Arbuthnot über das große Hauptbuch auf dem polierten Tresen beugte und erklärte, wie er Crickets Konto darin markieren würde. Von da an konnte Cricket die Blätter befragen, um zu erfahren, wieviel er dem Händler schuldete. Daß er in Arbuthnots Hauptbuch ein eigenes Blatt hatte, war zwar nicht so bedeutsam wie der Empfang seines Kriegsnamens, kam aber doch nahe heran. Nur Erwachsene genossen das Privileg, sich zu verschulden.

Alexander Arbuthnots Bücher mit ihren Ledereinbänden, an denen Kakerlaken und Silberfischchen knabberten, hatten das Leben von Hunderten von Arbuthnots indianischen Kunden enthalten, berechnet in Fellen und Honig, Bärenöl und Perlen, in Kaliko und Messern. Diese Bücher hielten das tägliche Auf und Ab des Handels fest, das Lebensblut jener fernen Ecke der Wildnis.

»Er besorgte uns Red Sticks Waffen, damit wir gegen die Blaujacken kämpfen konnten. Er erzählte unseren Anführern, wann Jackson einen Angriff plante. Aber Jackson fing ihn. Er fing auch den Propheten. Er hängte sie auf wie Kürbisse, die am Stamm reifen.« Osceola nickte in Richtung der toten Kiefer, die in dem grauen Licht kurz vor Sonnenuntergang Gestalt annahm. Morning Dew hatte Kletterpflanzen dazu gebracht, an den kahlen, stacheligen Ästen zu wachsen, damit die Kürbisse für die Schweine unerreichbar waren.

»Glaubst du, daß Old Mad Jackson bei dem großen Rat im Osten dabeisein wird?« fragte sie.

»Ich weiß nicht.«

»Die Amerikaner wollen, daß wir in einem kleinen Land leben, damit sie den Rest haben können. Sie wollen uns unsere schwarzen Menschen wegnehmen. Vielleicht ist dein Traum eine Warnung. Vielleicht kann er dir sagen, wie du sie daran hindern kannst.«

»Wir können den weißen Männern nicht widerstehen, solange wir uns selbst nicht einig sind. Dein Volk hat eine Abneigung gegen meins. Die Ältesten der zwei Feuer streiten sich erbittert im Rat.«

»Geliebter«, flüsterte Morning Dew. »In mir wächst ein Kind heran. Es wird dein Volk mit meinem vereinigen.«

Mit der ersten bleichen Rötung des kommenden Tages ließ Osceola seine Finger über das blaue Filigran ihrer Adern auf ihrer straffen braunen Brust dahingleiten. Er strich ihr über den Bauch und die Rundung ihrer Hüfte.

»Bist du sicher?«

»Ich bin sicher.«

Der Schwarzbär wühlte an dem schmalen Uferstreifen nach Krabben und Schildkröteneiern. Von Zeit zu Zeit stellte er sich auf die Hinterbeine und langte in die Mangrovenbäume, um mit den Krallen die zigarrenförmigen Schößlinge herunterzuholen und zu fressen. Er starrte die beiden Kanus an, als sie vorüberglitten.

Ein junger Mikasukee-Krieger namens Koa'coochee, Wild Cat, stakte das erste. Er war der Sohn Emathlas, des mächtigsten Anführers der östlichen Mikasukee. Wild Cats Freund John Horse und ein dreizehnjähriger weißer Junge fuhren mit ihm. Der Junge war John Joachim von Bülow. Er war der Sohn von Charles von Bülow, dessen Plantagen um Saint Augustine herum zu den größten gehörten.

John Horse war seit Kindesbeinen Wild Cats Freund. Sein pockennarbiges Gesicht gemahnte an indianisches und spanisches Blut, aber seine afrikanische Herkunft war vorherrschend. Er hatte vorstehende braune Augen und eine breite, platte Nase, die in geschwungenen Nasenlöchern endete. Statt Ponyfransen lugten Dutzende dünner schwarzer Zöpfe unter seinem Turban hervor.

Angesichts der Tatsache, daß jeder seiner Gesichtszüge sein massiges Gesicht zu beherrschen versuchte, hätte John Horse häßlich sein müssen, aber das war er nicht. Er trug eine fleckige weiße Jacke mit roten Aufschlägen und wenigen angelaufenen Goldknöpfen. Die Jacke hatte John Horses Vater gehört, einem Soldaten in der alten Farbigenmiliz von Kuba.

Morning Dew, Osceola und Alligator fuhren in dem zweiten Kanu. Alligator war kaum 1,55 Meter lang. Sein Kindheitsname war Hatchling* gewesen, und so sah er auch aus. Die

* Hatchling = soeben ausgebrüteter Vogel (A. d. Ü.)

scharfgemeißelten Erhebungen von Augenbrauen, Wangenknochen und dem rasierten Schädel ähnelten den harten Gesichtsplatten eines Alligatorbabys. Er gehörte zum Alligator-Clan.

Alligator war ein Maskokee, der eine Nachbarin von Morning Dew geheiratet hatte. Die Alligator- und Schlangen-Clans waren so eng verbündet, daß Osceola und Alligator sich als Clan-Brüder betrachteten. Vor kurzem hatten sie ihre Abende gemeinsam beim Rauchen auf dem Dorfplatz verbracht.

»Ich bin einmal beim Bärenfischen gewesen.« Alligator ließ sein verkommenes Grinsen mit den weißen Zähnen sehen. Dann spie er wieder Kürbiskerne auf die Watvögel, die auf dem Wasser herumhuschten.

»Hast du einen gefangen?« wollte Osceola wissen.

»Einer hätte mich beinahe gefangen. Es war der größte Bär, den ich je gesehen habe. Er schwamm wie ein Fischotter. Ich begann, mein Gewehr zu laden, aber bevor ich damit fertig war, kletterte er schon ins Kanu.«

Alligator pflückte einen schwimmenden Mangrovensetzling aus dem Wasser. Die geschwungene, schlanke Schote war zwanzig Zentimeter lang. Er hielt sie hoch. »Seine Krallen waren so groß.«

»Was hast du gemacht?« fragte Morning Dew.

»Ich kam zu dem Schluß, daß ich sowieso wie ein liebeskranker Puma stank. Es war Zeit für ein Bad. Ich nahm meine Muskete und sprang aus dem Boot. Das letzte, was ich davon sah, war, daß es mit dem Bären an Bord davonglitt.«

Osceola und Morning Dew lachten, doch dann wandten sie ihre Aufmerksamkeit wieder der Szenerie zu. Die Flüsse Ostfloridas waren mindestens so schön wie die an der Westküste. Die beiden Einbäume glitten auf einem schmalen Wasserweg durch den dichten Dschungel dahin. Das Sonnenlicht, das zwischen den Blättern hindurchsickerte, schien hell genug, das Laub in Brand zu setzen.

Kaskaden weißer und pinkfarbener Lilien ergossen sich bis zu der polierten, ebenholzschwarzen Wasseroberfläche. Schwärme von Zuckmücken schwammen an den Nadeln des Sonnenlichts empor. Sonne glitzerte in den goldenen Augen der riesigen Radweberspinnen. Tief aus dem Wald ließ sich das Glucksen eines Silberreihers vernehmen, der seine Flügel mit einem Geräusch bewegte, als flatterte Leinwand im Wind.

Morning Dew genoß die Freiheit der Abwesenheit von dem überfüllten Lager. Sie war eine der wenigen Frauen, die mit den Männern den zweihundertfünfzig Meilen langen Treck quer über die Halbinsel mitgemacht hatten. Dreihundertfünfzig Mikasukee und Maskokee von der Golfküste versammelten sich jetzt im Osten zu einem Rat mit den Amerikanern, bei dem über einen Vertrag beraten wurde.

Morning Dew rebellierte gegen den Namen, den man ihr und anderen Frauen gab, *Tchuku kai'dshi,* Die, Die Im Haus Bleiben. Bevor sie sich am Morgen weggestohlen hatte, hatte sie eins von Osceolas alten Jagdhemden angezogen. Obwohl sie das Hemd unter ihren Gürtel gesteckt hatte, reichte es ihr immer noch bis unter die Knie. Ihre lange Haarmähne hatte sie unter einem scharlachfarbenen Turban versteckt. Sie hatte sich mit ihrem Messer das Haar um das Gesicht herum geschnitten, um einen Pony zu bekommen wie ein Junge und lange Schläfenlocken. Osceola gab sich Mühe, sie nicht anzusehen. Ihre wilde Schönheit schnürte ihm die Brust ein, ließ ihm das Herz pochen, und unter dem Lendenschurz wurde es unruhig. Osceola hielt es für passend, daß Morning Dew zum Pumaclan gehörte. Sie bewegte sich mit der eleganten Anmut einer Katze.

»Wie lange noch?« rief sie zum vorausfahrenden Kanu.

»Nur noch ein bißchen«, erwiderte Wild Cat. Wild Cat und John Horse akzeptierten Morning Dew als einen Jungen. Osceola bezweifelte jedoch, daß sie sich narren ließen.

Beim Staken flüsterte Wild Cat John Horse etwas zu. Mit dem Kinn zeigte er auf eine Klapperschlange, deren Kopf und aufrechtstehender Schwanz beim Schwimmen aus dem Wasser ragten. Sie verfolgte einen kleinen schwarzen Knopf von Nase, der das Wasser säuberlich teilte, das dazugehörige Kaninchen schwamm auf das Ufer zu.

John Horse griff ins Wasser, schnappte die Klapperschlange hinter dem Kopf und zog das einen Meter und achtzig Zentimeter lange Reptil ins Kanu. Der Junge schnappte den Schwanz und hielt ihn fest. Während die Schlange sich wand und zuckte, schlug John Horse den Kopf erst gegen den Boden des Kanus und hackte ihn dann mit seinem großen Messer ab. Der Junge rollte den Körper der Schlange zusammen, der sich aber noch immer wand, als Wild Cat das Kanu an Land schob, auf ein kleines Waldstück mit Kohlpalmen.

In dem tiefen Schatten des Sumpfs war die Insel eine strahlende Lichtquelle. Der azurfarbene Dom des Himmels war ihre Kuppel. Von den Bäumen der Umgebung eingerahmt flog ein Gabelweihenpärchen auf und tauchte in einer anmutigen Quadrille. Ihr Tanz spiegelte sich in der blauen Quelle, die sich fast in der Mitte der waldbestandenen Insel befand. Die Blüten der Kohlpalmen verbreiteten einen moderigen Duft.

Osceola begann mit der mühseligen Arbeit, ein Feuer in Gang zu bringen, während John von Bülow John Horse dabei half, der Schlange die Haut abzuziehen. Morning Dew wählte eine dicke junge Kohlpalme aus und studierte sie. Wenn sie zu hoch schnitt, würde sie das Palmherz spalten, schnitt sie zu niedrig, würde sie nur Holz voller Mark finden. Mit acht Hieben ihrer langen Machete öffnete sie den Baumstamm. Sie langte hinein und zog das weiße Palmherz heraus. Sie schnitt es in Stücke und reichte sie herum. Dann schnitt sie von anderen Bäumen noch vier weitere.

Mit erhobenem Fischspeer stand Wild Cat angespannt wie ein Reiher über der Quelle. Wild Cats Mutter entstammte der erblichen Linie von Häuptlingen der Alachua Maskokee, der frühesten Creek-Siedler in Florida. Sein Vater Emathla war Mikasukee. Wild Cat repräsentierte das Gewirr von Bündnissen unter den Stämmen Floridas.

Wild Cat sah auffallend gut aus. Seine Augen standen unter dichten Wimpern weit auseinander und hatten einen intensiven Blick. Seine Hauptleidenschaften waren Liebe und Krieg. Er war schlank und agil, und mit seinen siebzehn Jahren besaß er schon eine große Anhängerschaft junger Männer, die begierig waren, sich Kriegsehren zu verdienen.

John Horse folgte Wild Cat wie ein Schatten und war etwa genauso gesprächig. John Horse und Alligator legten Gurte um die Baumstämme und kletterten damit an den Kohlpalmen hoch. Als sie auf die Äste einhackten, fielen die fächerförmigen

Wedel raschelnd zu Boden. Um den haarfeinen, nach oben gerichteten Splittern an den Stämmen zu entgehen, sprangen die beiden rückwärts herunter, als sie mit ihrer Arbeit fertig waren. Alligator landete mit einem Purzelbaum.

John von Bülow sammelte trockene, hohle Palmenglieder, die leicht brannten und kaum rauchten. Er stapelte sie neben dem geschwärzten Kreis einer Feuerstelle. Dann klopfte er mit dem schweren Knochengriff seines Messers Austern von den Mangrovenwurzeln.

An dieser Stelle hatten andere schon oft kampiert und die übliche Feuerstelle mit speichenförmig angeordneten, halb verkohlten Palmenstämmen zurückgelassen. Sie hatten auch das Gerüst einer Hütte stehen lassen, das Alligator und John Horse schnell mit Palmwedeln deckten, um Schatten zu haben. Die überschüssigen Wedel legten sie als Sitzmatten und Tischplatte auf den Erdboden.

Mit dem Daumennagel trennte Morning Dew die eng zusammengepreßten Blätter von Palmenschößlingen, um daraus Fliegenwedel zu machen. Sie und die anderen aßen gerösteten Fisch und Austern, Froschschenkel, Klapperschlangenfleisch und Palmherzen mit einer Hand. Mit der anderen bewegten sie in einem stetigen Rhythmus die Wedel und versuchten die Moskitos zu verjagen. Die Wedel teilten zwar die Wolken von Moskitos, besiegten sie aber nicht.

Morning Dew nickte Wild Cat und John Horse zu. »Wo habt ihr drei euch eigentlich kennengelernt?« Sie war neugierig, über ihren geliebten Black Drink Singer alles zu erfahren. Osceola lachte.

»Diese beiden hätten mich fast mein erstes Gewehr gekostet, bevor ich auch nur einen Schuß abgefeuert hatte.«

»Du hättest uns gar nicht zu helfen brauchen«, entgegnete Wild Cat. »Wir hätten sie alle auch so schlagen können.«

»Ich habe sie vor sechs Jahren kennengelernt, als ich ein Junge war. Heartless Snake war bei mir«, sagte Osceola. »Wir hatten den ganzen Nachmittag damit zugebracht, unsere neuen Gewehre im Hinterzimmer des Ladens auszuwählen, den der Schotte an der Ochlochonee Bay hatte.« Er lächelte bei der Erinnerung daran, wie er mit seiner blitzenden neuen Steinschloßflinte in der rechten Hand von Alexander Arbuthnots Handelsposten wegmarschiert war und sie fröhlich in der Hand geschwungen hatte.

»Inmitten einer Bande von Jungen stand dein Clanbruder.« Osceola fuchtelte mit der Messerklinge und Klapperschlangenfleisch zu Wild Cat hin. »Er plante, gegen einen Jungen zu kämpfen, der fünf Jahre älter und eine Hand größer war als er.«

»Er nannte mich einen Hund von Mikasukee«, warf Wild Cat ein.

»Jeder hielt ihn für verrückt.« Osceola ließ sich durch Wild Cats Unterbrechung nicht aus der Ruhe bringen. »Er versetzte dem Red Stick einen so harten Stoß, daß dieser fast hinfiel. Natürlich kämpften sie miteinander. Als ich dazwischentrat, um sie auseinanderzubringen, reichte ich meiner Großmutter die Flinte. Ich wollte nicht zulassen, daß ein Gast aus dem Osten, dazu noch Emathlas Sohn, so grob behandelt wurde.«

»Der Maskokee gab ihm einen Schlag auf die Nase.« Wild Cat grinste. »Er bekam einen seiner berühmten Tobsuchtsanfälle.«

»Heartless Snake warf sich dazwischen. Dann der da.« Osceola nickte zu John Horse. »Kurz darauf waren zweimal zehn Jungen dabei, aufeinander einzuprügeln.«

»Wie kam es dazu, daß du fast dein neues Gewehr verloren hättest?«

»Meine Großmutter setzte es bei einer Wette ein. Ich konnte sie durch das Kampfgetümmel hören.«

»Wie endete der Kampf?«

»Neamathla machte ihm ein Ende.« Osceola sah seine Großmutter vor sich, ihren Zorn, als der Kampf beendet war und die Wetten für ungültig erklärt wurden. Sie hatte sich zu voller Länge aufgerichtet, etwa der eines schreienden Kranichs auf Zehenspitzen. Sie hatte Neamathla, der turmhoch über ihr aufragte und dessen mächtige Schultern den scharlachroten britischen Offiziersmantel zu sprengen drohten, mit Beleidigungen überschüttet und angeschrien. Peeping hatte ihrer Mutter sanft eine Hand auf den Arm gelegt. Es war zwar nicht wahrscheinlich, daß Fighting in a Line Neamathla angreifen würde, aber unmöglich war es auch nicht.

Wild Cat holte seine Pfeife hervor und bot sie erst John von Bülow an. John wußte, daß ihm von dem starken Tabak übel werden würde, aber der Junge paffte trotzdem. Er hätte einen Alligator geküßt, wenn Wild Cat ihn darum gebeten hätte.

Dann reichte Wild Cat die Pfeife an Morning Dew weiter. Er, John Horse und Alligator sahen gleichmütig zu, als sie daran saugte. Als sie einen heftigen Hustenanfall bekam, lachten sie, bis sie sich gegenseitig auf den Rücken klatschen mußten.

Während sie so ihren Spaß hatten, pflückte Morning Dew eine große Landkrabbe von einem Palmenstamm. Mit herumrudernden Beinen tauchte die Krabbe aus ihrer geliehenen Schale auf, und Morning Dew preßte sie Wild Cat an die Schulter. Sie schnappte sich mit den Scheren ein großes Stück Haut und kniff fest zu.

Wild Cat packte Morning Dews nackte Beine und brachte sie mit einem lauten Klatschen zu Fall. Osceola, der sicher war, daß die Keilerei Morning Dews ungeborenem Kind schaden würde, stürzte sich auf Wild Cat. John von Bülow sprang Osceola auf den Rücken. Morning Dew krabbelte unter dem Knäuel der Kämpfenden hervor. Als sie sich den zerzausten Turban vom Kopf zog, fiel ihr üppiges schwarzes Haar um ihr kleines Gesicht. Wo das Sonnenlicht darauf fiel, schienen kleine Funken zu sprühen und mit dem Haar verwoben zu sein. Osceola hatte das Gefühl, als würde ihre Schönheit sein Herz zum Stillstand bringen.

»Wer bist du?« Wild Cat bürstete sich ab.

»Ich bin seine Frau.«

»Nimmst du sie immer mit?« Wild Cat öffnete die letzte Auster. Er neigte sie in einer Hand, schnitt sie mit dem Messer los und ließ sie in den Mund gleiten.

»Ich tue, was mir gefällt.« Osceola wußte, daß Wild Cat ihn auf die Probe stellte. Der Junge war gutaussehend und charmant und im allgemeinen gutmütig, aber auch arrogant. Arroganz war nur dann ein Fehler, wenn sie die Würde eines anderen bedrohte, und Wild Cat ging manchmal hart an die Grenze des Erlaubten. Jetzt allerdings machte er einen Rückzug. Er war kein Dummkopf. Er belästigte nur die, die er einschüchtern konnte.

»Sie ist willkommen, Bruder«, sagte er. »Wenn sie in deinen Augen gut genug ist, bei uns zu sein, dann ist sie es auch.«

»Das ist sie.« Und sie war es tatsächlich. In den Monaten seit seiner Verbindung mit Morning Dew hatte Osceola erfahren, weshalb sonst niemand um sie angehalten hatte. Fighting in a Line hatte recht. Die meisten Männer würden sie für allzu eigensinnig, allzu kühn und allzu ungewöhnlich halten. Osceola hielt sie für Dummköpfe. Er hatte einen Edelstein gefunden, den jeder als Kieselstein angesehen und achtlos übersehen hatte.

»Wer ist er?« Morning Dew nickte zu John von Bülow hinüber.

»Sein Vater ist ein sehr reiches Bleichauge«, erwiderte Wild Cat. »Er erzeugt mehr Baumwolle, mehr Mais und mehr Zukker als alle unsere Städte zusammen. Ich nenne den Jungen Choontuh, Maggot*, weil er klein, weil er weiß und gegenüber dem Wissen, das ein Krieger haben muß, blind ist. Für ein Bleichauge lernt er allerdings schnell.«

John Joachim von Bülow alias Maggot lauschte aufmerksam und schnappte die Worte auf, die er kannte. Er lächelte über das Kompliment.

»Wir werden ihn zu dem großen Haus seines Vaters bringen«, fuhr Wild Cat fort. »Sein Vater wird uns zu essen geben. Er wird uns Geschenke machen.«

Wild Cat reichte die Pfeife wieder Maggot, dem unter den Wirkungen des Tabaks schon übel zu werden schien. »Mach dir keine Sorgen, kleiner Maggot. Wenn wir die Bleichaugen aus unserem Land verjagen, darfst du hierbleiben.«

* Maggot = Made (A. d. Ü.).

8

Nach einstündiger Kanufahrt lichteten sich die Mangroven. Ein Wald aus Immergrünen Virginia-Eichen und Kohlpalmen, aus hochaufragenden Magnolien und den regenschirmförmigen Blätterdächern der Würgerfeigen deuteten auf höher gelegenes Land hin. Der Dschungel aber, der einmal in der Nähe des Flusses gestanden hatte, war dem Erdboden gleichgemacht worden. Alles, was von den massiven Eichen übriggeblieben war, waren gezackte Stümpfe, die so breit waren, daß zwei Menschen bequem Kopf an Fuß darauf hätten liegen können.

Hohe Wälle aus moosbewachsenen Ästen, zerbrochenen Büschen und Kletterpflanzen bedeckten die aufgewühlte Erde. Der Erdboden war mit glänzendem braunem Eichenlaub und Holzsplittern gepflastert. Die sechs Fuß hohen Räder der Rollwagen zum Abtransport der Baumstämme standen verlassen da.

»Was ist hier passiert?« fragte Morning Dew.

»Im Winter, wenn der Pflanzensaft niedrig steht, fällen die Bleichaugen die Eichen«, erwiderte Wild Cat. »Sie verwenden die Bogen, wo die Äste von den Stämmen abstehen, um Bogenhölzer für ihre großen Kanus zu machen. Sie fällen die Kiefernwälder, um Stangen zu machen, welche die großen weißen Flügel ihrer Schiffe tragen.«

»Wenn ein Mann einen ganzen Tag wandert, wird er sich immer noch in dem Land befinden, das die Narben ihrer Äxte trägt.« John Horse schimpfte über die Verwüstung. »Die Bleichaugen bedrängen uns vom Norden und vom Osten her. Sie zerstören unser Land. Sie stehlen unser Vieh. Sie stehlen unsere schwarzen Menschen.«

»Als ich jung war, besuchte ich einmal das Dorf von Bolek *miko* auf der großen Latchua-Savanne«, sagte Wild Cat. »Tausende Stück Vieh grasten auf der grünen Ebene. Wir waren damals reich. Jetzt sind wir so arm wie ein abgefressener Kadaver. Wir werden arm bleiben, bis wir die Bleichaugen dorthin zurücktreiben, woher sie gekommen sind.«

»Hört zu!« Morning Dew richtete sich halb auf und lehnte

sich ans Ufer. Die Gespräche verstummten. Jeder hörte die gewohnten Geräusche – das schrille *kark, kark, kark* einer Wasserralle, das Rascheln eines Waschbären oder eines Bären in den Fächerpalmen, den dröhnenden Warnruf eines Alligators.

Dann ertönte aus dem dichten Gestrüpp jenseits der Lichtung das Klirren von Metall und das Rufen einer Frau. Rosenfarbene Löffelreiher erhoben sich in einer gewaltigen pinkfarbenen Wolke über das Blätterdach des Waldes. Osceola und Wild Cat stakten ihre Kanus auf das Ufer zu.

Ein kleines schwarzes Mädchen stürmte aus dem Unterholz und rannte quer über den unebenen Erdboden. Man hatte ihr vor kurzem den Kopf rasiert, so daß nur ihr zerfetztes Baumwollkleidchen einen Hinweis auf ihr Geschlecht gab. Sie konnte nicht älter als neun Jahre sein.

Als sie sah, wie die Einbäume mit der Nase auf das Ufer zuhielten, änderte sie die Richtung. John Horse und Morning Dew sprangen aus den Kanus und jagten hinter ihr her. John Horse rief ihr sanft beruhigende Worte auf Aschanti nach, aber die spornten sie nur an. Er wechselte zu Yoruba und dann zu Fon, der Sprache der Dahomey. Sie wurde unsicher, als sie *honton*, »Freund«, auf Fon hörte; aber sie rannte trotzdem weiter.

John Horse und Morning Dew stellten sie an einer gefällten, von Weißfäule befallenen Eiche, die von den Holzfällern liegengelassen worden war. John Horse schnappte den Fuß des Kindes, als die Kleine die viereinhalb Meter hohe Mauer aus Ästen hochklettern wollte, die von Schlingpflanzen umrankt war. Als sie seine Hand an ihrem Knöchel spürte, schnappte sie sich einen losen Stock und begann, ihm damit ins Gesicht zu schlagen.

Er schützte sich mit der freien Hand den Kopf, als Morning Dew den Stock auffing und dem Mädchen aus der Hand zog. Die Kleine kämpfte unbeirrt weiter und attackierte sie mit den Fingernägeln.

»Sie kämpft wie ein in die Ecke getriebener Nerz.« Morning Dew keuchte vor Anstrengung.

»Sie gehört zu einem Stamm von Kämpfern.« Während John Horse sie zu überwältigen versuchte, zog Morning Dew den

Turban vom Kopf und schüttelte das Haar. Das Mädchen hörte plötzlich auf zu kämpfen und starrte sie an. Zum ersten Mal sah sie verängstigt aus. War dies ein Geisterwesen, das seine Gestalt verändern konnte und von einem Jungen zu einer schönen Frau wurde? Das Kind murmelte einen Zauberspruch in seiner eigenen Sprache.

»Welches Wort hast du als letztes zu ihr gesagt?« fragte Morning Dew.

»*Honton*. Freund.«

»*Honton.*« Morning Dew legte sich die Hand aufs Herz und berührte das Kind dann leicht am Handgelenk. »Freund«, sagte sie wieder mit ihrer leisen, melodischen Stimme. Beruhigt schlang das Kind die Arme um Morning Dew und klammerte sich an ihr fest. Sie weinte »*Non, Non,* Mutter, Mutter«, als John Horse sie verließ.

Er holte sein Pulverhorn und den Kugelbeutel aus dem an den Strand gezogenen Kanu. Er lud sein Gewehr und rannte hinter den anderen her. Die zornigen Rufe und das Klirren von Ketten sowie Hand- und Beinschellen waren nicht zu verfehlen.

Als die Männer zum Rand der Lichtung kamen, schwärmten sie aus und beobachteten den Zug aneinandergeketteter Schwarzer und die beiden Männer, die sie antrieben. Die weißen Männer hatten ein Problem. John Horse gab seinen Freunden durch ein Zeichen zu verstehen, sie sollten sich ruhig verhalten und abwarten. Vielleicht konnten sie das Problem lösen.

»Titus, du Scheißkerl, schlag die Frau bewußtlos.« Buckner lugte unter seinem langen, verfilzten Haar und dem Bart hervor wie ein Raubtier, das im Hinterhalt liegt und wartet.

»Schlag sie doch selbst, verdammt noch mal. Wenn du noch ein paar Männer mehr angeheuert hättest, wie ich's dir gesagt hatte ...« Titus war blond und gutaussehend mit weit auseinanderstehenden blauen Augen, in denen von Intelligenz und Integrität nichts zu sehen war.

Er wußte, daß er im Unrecht war. Der Anblick der wippenden Hüften der Frau hatte in seinen Hosen den gewohnten Aufruhr ausgelöst. Lüsternheit war vermutlich ebensosehr wie Habgier dafür verantwortlich, daß er sich dem Sklavenhandel zugewandt hatte.

Als sie anhielten, um sich auszuruhen, hatte er die Frau von den Hand- und Fußschellen befreit, um sie bequemer benutzen zu können. Sie hatte den Schlüssel und sein Messer schneller an sich gerissen, als eine Klapperschlange züngeln kann. Während Titus kämpfte, um sich die Hosen hochzuziehen und seinen Schwanz davor zu bewahren, wie eine Blutwurst in Scheiben geschnitten zu werden, reichte die Frau den Schlüssel ihrer Tochter. Das Kind war verschwunden, bevor die beiden Männer ihr bißchen Verstand wieder beisammen hatten.

Die Mutter des Mädchens hielt die Männer auf Abstand, um ihrer Tochter Gelegenheit zu geben, möglichst weit weg zu kommen. Ihre festen Muskeln kräuselten sich unter der glatten, kaffeebraunen Haut. Sie sah aus, als würde sie das Messer liebend gern benutzen. Das runde Dutzend Männer und Frauen in dem Gefangenenzug sahen aufmerksam zu und warteten auf eine Gelegenheit, selbst zu entkommen. Mit einem Mal sahen sie weder harmlos noch besiegt aus.

Titus und Buckner hätten die Frau am liebsten erschossen; das wäre aber das gleiche gewesen, als hätten sie sich ihre Pfeifen mit Fünfhundert-Dollar-Noten des Schatzamts angezündet. Seit der Sklavenhandel mit Afrika vor vierzehn Jahren verboten worden war, überstieg die Nachfrage nach Sklaven das Angebot bei weitem. Die zerklüftete Küste Floridas mit ihren Buchten und Meerengen, ihren Inseln und Marschen bot Tausende von Landemöglichkeiten, an denen man illegale menschliche Fracht an Land setzen konnte.

Diese Frau war auf einer der besten Sklavenfarmen an der Ostküste zwei Monate lang ausgebildet worden. »Reifen« nannte man das im Sklavenhandel. Man hatte sie vermutlich mit der Peitsche gefügig gemacht und ihr ein rudimentäres Englisch sowie weiße Sitten und Gebräuche beigebracht. Sie war jetzt zwanzigmal mehr wert, als es gekostet hatte, sie herzutransportieren.

»Gottverdammtes, unverschämtes Miststück, ich werde dich prügeln, bis du noch dunkler wirst.« Titus versuchte ihre Aufmerksamkeit auf sich zu lenken, während Buckner näher heranschlich.

Mit der Schnelligkeit und Selbstbeherrschung eines geübten

Kriegers stürzte sie sich auf Titus. Sie hielt das Messer sicher in der Hand und stieß mit schnellen, harten Hieben nach seinem Gesicht. Die Messerspitze erwischte seinen Augapfel.

Er schrie auf und brach zusammen. Er lallte vor Schmerz, zog die Knie hoch und legte den Kopf auf die Brust. Buckner begann zu laden, aber die fauchende Frau ging mit raschen Schritten auf ihn zu, als hielte er nur einen Zweig in der Hand. Er wich zurück, während er mit zitternden Fingern Pulver in die Pfanne zu schütten versuchte.

Sie machte den Eindruck, als wäre sie durchaus fähig, selbst mit der Situation fertig zu werden, weshalb Wild Cat schnell seinen Bogen spannte und Buckner einen Pfeil in den Rücken und in die linke Lunge schoß. Er wollte die Gelegenheit nicht verpassen, einen Feind zu töten, dessen Skalp zu nehmen und später damit zu prahlen.

Mit erhobenem Messer funkelte die Frau Osceola, Alligator, Wild Cat, John Horse und Maggot an, als diese aus dem Gebüsch traten. Osceola hielt seinen Bogen zum Gruß hoch. Er wartete, während sie sich entschied, ob dies Wohltäter waren oder auch nur Feinde.

»Wir sind Freunde«, sagte John Horse in unbeholfenem Fon. »Dein Kind ist in Sicherheit.«

Wild Cat ergriff das fettige braune Haar, das von Buckners kahlem Fleck auf dem Scheitel herabhing. Buckner stöhnte mit einem seltsamen blubbernden Laut auf. Seine Augen flehten um Gnade. Wild Cat ignorierte ihn und wickelte sich das Haar um eine Hand, straffte es und schnitt mit seinem Messer einen großen Kreis. Da er schon dabei war, schnitt er auch den langen Bart ab und schlitzte dem Mann anschließend die Kehle auf. Maggot wurde weiß und schwankte, schaffte es aber, stehen zu bleiben.

Wild Cat hielt den schäbigen Skalp hoch. »Der Scheitel dieses Mannes sieht aus wie eine abgeweidete Wiese.« Er war von der Trophäe offensichtlich enttäuscht. Er ging zum Fluß hinunter, um die blutigen Erinnerungsstücke zu waschen, bevor er sie am Gürtel befestigte. »Bruder«, rief er John Horse über die Schulter zu. »Nimm du den anderen.«

Titus hatte sich auf dem Erdboden zusammengerollt und

hielt sich die Hand auf sein verletztes Auge. Er versuchte aufzustehen und im Schutz des dichten Gehölzes zu verschwinden, aber John Horse fing ihn und schleuderte ihn zu Boden. Er zog Titus' Hände auf den Rücken und fesselte ihm die Handgelenke. Dann ließ er ihn mit dem Gesicht nach unten im Staub der Lichtung liegen. Als Titus zu schreien begann, löste John sein buntes Halstuch und stopfte es ihm in den Mund.

Unfähig mitanzusehen, was jetzt kommen würde, suchte Maggot die Lichtung ab, bis er den großen eisernen Schlüssel fand, den das schwarze Mädchen hatte fallen lassen. Er machte sich daran, die dreizehn Schwarzen von ihren Hand- und Beinschellen zu befreien. Er tat es in dem Wissen, daß sein Vater diese Konterbande selbst gekauft hätte.

»Nehmt diesen Pfad, bis er sich gabelt.« John Horse sprach die Schwarzen auf Fon an. »Dann folgt dem schmaleren Pfad, bis ihr in ein Dorf mit roten Menschen kommt. Sagt ihnen, daß John Horse euch geschickt hat. Sie werden euch ein Dach über dem Kopf geben.«

John Horse hatte das Kommando übernommen, und niemand stellte sein Recht in Frage, es zu tun. Sogar Wild Cat trat zurück, um zu sehen, was sein Freund tun würde.

»Dein Kind ist in Sicherheit«, sagte John Horse wieder zu der Dahomey-Frau. »Die Kleine wird bald hier sein.«

Die anderen Afrikaner trotteten los, und Maggot schlenderte hinter ihnen her. Als der Junge in einer Kurve verschwand und außer Sichtweite war, hörte Osceola ihn würgen. Die Dahomey-Frau sah, wie Morning Dew mit dem Kind an der Hand auf der Lichtung erschien, und fiel auf die Knie. Sie streckte die Arme aus, und ihre Tochter rannte los, um sich beschützend umarmen zu lassen. Das Kind hatte bei der kopflosen Flucht durch die umgestürzten Virginia-Eichen Kratz- und Schürfwunden davongetragen, aber Morning Dew hatte das Blut abgewaschen.

Beide trugen noch die Narben der Schiffspassage im Zwischendeck aus Afrika, Narben von den Handschellen und Narben der Peitsche. Die Augen der Frau machten einen gehetzten Eindruck, den selbst ihr Trotz nicht verbergen konnte.

»Ich werde die Bestie für euch häuten.« John Horse hockte

sich neben Titus hin und starrte ihn an. »Ich werde aus seiner blassen Haut einen Umhang für dich machen, Little Mother.«

»Laß ihn für die Aasfresser liegen.« Osceola hatte die Folter schon immer verabscheut. Das war vielleicht eine geistige Verirrung, die er von seinem Urgroßvater hatte, James McQueen.

»Dies ist ein Moccasin Boy.« John Horse ließ den weißen Mann keinen Augenblick aus den Augen. »Die Moccasin Boys treiben schwarze Menschen nach Norden, um sie zu verkaufen.« Mit der Messerspitze schlitzte er Titus ein Nasenloch auf. »Diesmal hast du einen Fehler gemacht, Moccasin Boy«, sagte er. »Du hast versucht, eine Little Mother zu vergewaltigen, eine Dahomey-Kriegerin.« Titus stöhnte. Er preßte die Wange auf die Erde. Tränen liefen ihm aus einem Auge, und Blut sickerte aus dem anderen in die Erde. John Horse stieß mit der Spitze seines Häutmessers ins Handgelenk des Mannes. Titus ging auf, daß er gehäutet werden sollte. Er versuchte zu entkommen und kroch mühsam weiter. Osceola hockte sich neben John Horse hin, damit er ihm leise ins Ohr flüstern konnte.

»Tu das nicht, Bruder.« Osceola legte John Horse eine Hand auf die Schulter.

John Horse versuchte, die Hand abzuschütteln, doch Osceola verstärkte den Griff ein wenig. Es war, als blieb die Zeit auf der strahlend hellen Lichtung stehen.

»Weißt du, was er und seinesgleichen tun?« sagte John Horse bitter. »Weißt du von den Todesschiffen, die schwarze Menschen herbringen?«

»Ich habe die Geschichten gehört, Bruder.« Osceolas Stimme war sanft und traurig. Sie war unwiderstehlich. Kraft schien aus seiner Hand in John Horses Schulter und Arm zu strömen und beide reglos zu machen. »Töte ihn. Nimm seinen Skalp«, murmelte Osceola. »Dann sollten wir aufbrechen.«

So verharrten die beiden Männer und blieben hundert oder mehr Herzschläge lang wie erstarrt. Schließlich erwachte John Horse aus seiner Erstarrung, packte Titus am Haar und riß dessen Kopf zurück. Mit einem einzigen Schnitt schlitzte er dem Mann die Kehle auf.

Während John Horse den Leichnam skalpierte, ging Osceola zum Fluß und ließ den hohen und schrillen Schrei eines Alligatorbabys hören, das um Hilfe ruft. Zur Sicherheit ließ er noch den herausfordernden Ruf eines Alligatorbullen folgen. Sie hörten alle das Klatschen, als die Alligatoren von ihren Ruheplätzen auf den Flußufern ins Wasser glitten. Herausfordernde Antwortrufe hallten zwischen den Bäumen wider.

»Das wird sie herlocken«, sagte Osceola. »Hilf mir, die Leichen ins Wasser zu werfen.«

Mit Scherzen über das Ungeziefer in der Kleidung der weißen Männer zogen Wild Cat und John Horse die Leichen aus. Alligator und Osceola trugen Titus zum Wasser, während Wild Cat und John Horse Buckner schleppten. Sie schwenkten sie mehrmals an Händen und Füßen und ließen dann los. Die Leichen flogen in hohem Bogen hinaus und landeten im Wasser.

Osceola konnte die V-förmige Kräuselung der auf sie zuschwimmenden Tiere sehen. Mit der Dahomey-Frau und deren Tochter zwischen sich begab er sich mit Morning Dew zu dem Kanu zurück. Alligator und Maggot folgten. Wild Cat und John Horse blieben am Flußufer zurück.

»Wir werden bald nachkommen.« Wild Cat grinste sie an. »Wollt ihr nicht zusehen?«

Osceola ging unbeirrt weiter. Er wußte, daß die Alligatoren die Beweise beseitigen würden. Er brauchte ihnen nicht dabei zuzusehen. Sie würden ihre mächtigen Kiefer um Beine und Arme zuschnappen lassen, würden die Leichen an den Köpfen hin und her schlagen, bis sie die Gliedmaßen zertrümmert hatten. Dann würden sie sie aus den Gelenken reißen. Stücke, die zu groß waren, gleich verschluckt zu werden, würden sie zu ihren Höhlen bringen und verwesen lassen, bis sie weich genug waren, gefressen zu werden.

Wichtig war nur, daß die Bleichaugen nicht erfuhren, daß hier gemordet worden war. Sie würden diese Tat als Vorwand dafür benutzen, die Maskokee- und Mikasukee-Siedlungen noch mehr zu belästigen.

9

»Der Ärger mit dieser besonderen roten Sippschaft, diesem Stamm«, knurrte Gouverneur William DuVal aus dem Mundwinkel, »ist, daß sie immer nur gemeinschaftlich handeln.«

»Wie meinen Sie das, *Monsieur?*« Achilles Murat drängte sich näher heran. Es war nicht leicht, den Gouverneur durch das Trommeln und die Jubelschreie der Delegierten zu hören, und Murats Englisch war nicht allzu gut. Er gehörte nicht zu den Bevollmächtigten, die diesen Vertrag aushandeln sollten. Er war mit den führenden Bürgern Saint Augustines erschienen, die das Schauspiel von einem Platz hinter DuVal aus beobachteten.

»Sie haben vielleicht sogar in Frankreich etwas von Indianerhäuptlingen gehört?« fragte DuVal.

»*Oui.*«

»Die Vernunft gebietet, daß man mit dem Häuptling verhandelt, wenn man von einem Stamm Land kaufen will, richtig?«

»*Oui.*« Murat war auf der Hut. Trotz seines Rufs als Soldat hatte DuVal ein rundes, gnomenhaftes Gesicht und neigte dazu, unterhaltsame Lügengeschichten zu erzählen.

»Siebzig dieser Männer sind Häuptlinge.« DuVal nickte zu den vierhundert Kriegern hin, die quer über die Lichtung auf sie zumarschierten. Der gleichmäßige Rhythmus der an ihren Beinen festgebundenen Glöckchen wurde heftiger, als sie zum Dröhnen der Trommel und ihrem Gesang schlurfend zu stampfen begannen. Von Zeit zu Zeit ließen sie ihren schrillen, trillernden Schrei hören. Die beiden großen weißen Flaggen, die sie trugen, bewegten sich in der Brise.

»Ich dachte, nur ein paar tausend Seminolen bewohnen Florida.« Wie jedermann sonst hatte auch Murat begonnen, alle Stämme Floridas mit dem Namen Seminolen zu belegen.

»Das ist auch so. Aber selbst die kleinste Siedlung hat einen Häuptling, der sich für den König von allem hält, was er überblicken kann.« Mit immer noch auf der Brust verschränkten Armen lehnte sich DuVal leicht zurück, so daß Murat ihn hören konnte; die Augen blieben jedoch starr geradeaus gerichtet. Die Delegierten gaben sich Mühe, ein Schauspiel zu zelebrieren, und DuVal wollte sich zumindest aufmerksam geben, wenn auch nicht beeindruckt. Die Häuptlinge glaubten immer noch, sie befänden sich hier am Moultrie Creek, um Verhandlungen zu führen. DuVals Aufgabe bestand darin, ihnen klarzumachen, daß sie keine Wahl hatten, sondern das zu akzeptieren hatten, was die U.S.-Regierung für sie beschlossen hatte.

»Jeder dieser dunkelhäutigen Potentaten hat einen Sprecher, einen sogenannten Sinnmacher, und ein Kabinett von Ältesten, die ihn beraten«, fuhr DuVal fort. »Die meisten von ihnen haben auch noch ehemalige Sklaven weißer Männer, die ihnen als Berater und Dolmetscher dienen.« DuVal schüttelte den Kopf. »Ihre Schwarzen sind der Stachel in der Pranke des Löwen. Sie sind der Grund für den größten Teil des Ärgers mit den Indianern in Florida.«

»Unsere entlaufenen Sklaven begeben sich zu den Indianersiedlungen.« Reverend Moore kam aus Saint Augustine. Er hatte selbst zwei Sklaven an die Seminolen verloren und ließ keine Gelegenheit aus, sich darüber zu beklagen. »Die Wilden müssen von unseren Küsten entfernt werden. Sonst werden ihre Dörfer zur Zuflucht von Piraten und Schmugglern, die zum Aufruhr anstacheln und unsere Gesetze verletzen.«

»Diese beiden Eingeborenen da vorn, die in ihren Geburtstagskostümen herumhüpfen, sind die auch Häuptlinge?« Reverend Glenn riß sich widerwillig von dem Anblick der Prozession los, die auf sie zukam. Er und seine festlich gekleidete Gruppe von Damen und Herren mit Sonnenschirmen waren in einer Flottille kleiner Boote gekommen, die mit Picknickkörben beladen waren. Reverend Glenn genoß jeden Augenblick.

»Ich nehme an, daß sie die jetzigen Propheten sind«, sagte DuVal. »Außer den Sinnträgern und dunkelhäutigen Beratern, den Stellvertretern, den Kabinetten und den Kriegsführern tragen auch die Propheten ihr Scherflein zu allem bei.«

»*Mon Dieu,* wie wollen Sie da zu einem Ergebnis kommen?«

»Die Soldaten sind da, um sie mit unserer Macht zu beeindrucken und sie dazu zu bringen, sich unseren Wünschen zu fügen.« DuVal hob seinen linken Zeigefinger, der an seinem rechten Oberarm ruhte. Mit dieser kleinen Geste zeigte er auf die fünfundzwanzig Männer der Fourth Artillery, die vor den Plattformen in Habtachtstellung standen. Ihre scharlachfarbenen Beinlinge, die goldenen Tressen, die hohen Tschakos und ihre polierten Messingknöpfe ließen sie eher wie einen Bestandteil der Seminolen-Delegation mit ihren gefältelten Hemden und dem Federschmuck aussehen als der der Amerikaner.

»Wir haben von den Seminolen verlangt, daß sie einen Häuptling auswählen, der für sie alle spricht.« DuVal nickte zu einem ungeschlachten alten Mann hin, dessen Gesicht aussah, als wäre es für immer zu einer wilden Maske geschmiedet worden. »Sie haben Neamathla gewählt. Er ist der einzige, dem diese eingefleischten Individualisten erlauben würden, für sie zu sprechen. Er ist ein Mikasukee, und die sind die schlimmsten Dickschädel hier im Süden; aber man kann ihn kaufen.«

»Kaufen?«

»Sie werden sehen.« DuVal lächelte fast traurig.

»Du hast uns verkauft.« Abihka sprach mit leiser Stimme, war aber so wütend, daß er nur mühsam Würde und Selbstbeherrschung bewahrte. Sein Kiefer zitterte vor Wut. »Was war der Preis?«

Osceola, Wild Cat, John Horse, Alligator und die anderen jungen Krieger standen in einer Phalanx hinter Abihka. In dem flackernden Lichtschein um das Feuer der älteren Häuptlinge für Krieg und Frieden hatte sich ein spontaner Rat eingefunden.

»Glaubt ihr etwa, ich wäre wie eine Fledermaus, die in einer dunklen Höhle hängt?« Neamathla warf dem Kreis zorniger Männer wilde Blicke zu. »Glaubt ihr denn, ich könnte nicht sehen, was um mich herum vorgeht? Seit ich ein kleiner Junge war, habe ich gesehen, wie die weißen Menschen stetig unser Eigentum rauben, uns aus unseren Häusern vertreiben, von unseren Jagdgründen. Ich will es euch mit einfachen Worten sagen: Wenn ich die Macht hätte, würde ich noch heute nacht jedem weißen Mann die Kehle durchschneiden.«

»Aber die Macht hast du nicht, und so schneidest du statt dessen uns die Kehle durch.« Als Osceola in den Lichtschein des

Feuers trat, wurde ein mißbilligendes Murmeln laut, weil er laut und vor den Ältesten gesprochen hatte. Er ignorierte es und erwiderte Neamathlas steinernen Blick.

»Old Snake Bone ist eine alte Frau geworden.« Wild Cat trat vor und stellte sich neben Osceola. Er steigerte seine Beleidigung noch, indem er Neamathlas Kindheitsnamen verwendete. »Wir jungen Männer verstehen noch zu kämpfen. Wir werden unsere Häuser nicht auf Befehl der Bleichaugen verlassen.«

Die Häuptlinge, diejenigen, die den Vertrag unterzeichnet hatten, und diejenigen, die es nicht getan hatten, erhoben sich wie ein Mann. Die Glöckchen an ihren Jagdhemden klirrten, und die Federn an ihren Turbane hüpften anklagend. Sie starrten Osceola und Wild Cat an, bis diese in die Menge der einfachen Krieger zurücktraten.

»Sie sind jung, sie sind eigensinnig, sie sind unerfahren.« Wild Cats Vater Emathla war entsetzt über das Verhalten seines Sohnes. Man durfte im Rat niemals unaufgefordert sprechen.

Wild Cat stapfte zornig davon. John Horse und einige weitere Männer folgten ihm. Osceola blieb. Während die Wut in ihm tobte, hörte er sich mit stoischem Gleichmut die Überlegungen der älteren Männer an.

Ein paar Stunden, bevor die langen, gold- und pinkfarbenen Strahlen der Morgendämmerung durch die Blätter der Virginia-Eichen drangen und die Prärie jenseits des Wäldchens erleuchteten, ging der Rat schließlich zu Ende. Die erschöpften Häuptlinge zerstreuten sich, um den Leuten, die in den verstreuten Lagern besorgt warteten, die schlechte Nachricht zu überbringen. Osceola bewegte sich zwischen den Feuern wie ein Schatten. Um jedes dieser Feuer herum saßen die zusammengekauerten Gestalten derer, die nicht schlafen konnten. Osceola beneidete diejenigen, die schlafen konnten, diejenigen, die noch den Frieden einiger weiterer Stunden haben würden, bevor sie von ihrem Schicksal erfuhren.

Eine Eule schrie. Das bedeutete, daß gerade eine Seele vorüberkam. Vielleicht war jemand in die Traumwelt gewandert und fand den Rückweg nicht mehr. Osceola zitterte und rieb die Eulenkralle, die er am Hals trug. Abihka hatte sie ihm zum Schutz vor Bösem bei öffentlichen Versammlungen geschenkt.

Als er die Hütte am Rande des weitläufigen Lagers erreichte, nahm Osceola seinen Turban, das Pulverhorn und seinen Medizinbeutel ab und zog die Mokassins aus. Dann legte er sich hin. Morning Dew rollte sich zu ihm herum. Sie legte ihm den Arm über die Brust und schmiegte sich an die Rundung seines Halses. Er strich ihr über das aufgelöste Haar.

»Was haben die *mikalgee,* die Anführer, beschlossen?« fragte sie.

»Neamathla hat seine Anhänger dazu gebracht, die Blätter zu unterzeichnen. Er sagt, wir müssen tun, was die weißen Männer befehlen. Er sagt, wir müssen in ein Reservat umziehen, ein kleines Land, das die weißen Männer uns zur Verfügung stellen.«

»Was werden die Grenzen dieses Landes sein?«

»Ein Gebiet, das an keiner Stelle näher als einen Tagesmarsch von den Küsten entfernt ist.« Osceola blieb lange Zeit schweigend liegen und lauschte dem Gesang der Wölfe, die von ihrer nächtlichen Jagd zurückkehrten.

»Die Bleichaugen haben vor, uns vom Handel abzuschneiden, damit sie uns beherrschen können«, sagte er schließlich. »Wir werden weder von Wococoi noch von den Spaniern Waffen, Blei oder Pulver kaufen können.«

»Was wirst du tun?« fragte Morning Dew weich.

Es war eine schwierige Frage. Während sich die Unterredungen am Moultrie Creek hingeschleppt hatten, hatte Osceola Nacht für Nacht wach gelegen und über die Vergeblichkeit jedes Widerstands gegen die Soldaten nachgedacht. Er hatte dem gleichmäßigen Atem Morning Dews gelauscht und durch den ausgefransten Rand der Hütte zu den leuchtenden Sternen hinaufgestarrt. Er hatte an das Kind gedacht, das in Morning Dews Leib heranwuchs, und sich gefragt, wie sehr die Bleichaugen noch versuchen würden, seinem Volk ihren Willen aufzuzwingen.

Wie Wild Cat sehnte Osceola sich danach, seine Muskete in die Hand zu nehmen und den weißen Männern den Krieg zu erklären. Er wollte die erschlagenen Krieger rächen, deren vergilbte Gebeine die Erde am Horseshoe und am Econfina bedeckten. Noch mehr wollte er die weißen Männer dafür bestrafen, daß sie sein Volk mit Verachtung behandelten. Und er sehnte sich danach, es jetzt zu tun. »Achte nicht zu sehr auf den Boden unter deinen Füßen«, hatte seine Großmutter einmal gesagt, »damit du den vor dir liegenden Pfad nicht verpaßt.«

»In der Schlacht am Horseshoe wurde eine Generation von Kriegern verloren«, sagte er. »In sechs oder acht weiteren Jahren wird eine neue Ernte junger Männer bereit sein. Sie werden die Krieger sein, die am Horseshoe kleine Kinder waren oder erst später geboren wurden. Eines Tages werden wir so viele sein, daß die Faust des weißen Mannes uns nicht mehr im Zaum halten kann.«

Osceola ballte die Finger zu einer Faust. »Dann werde ich selbst eine Faust machen, um sie zu zerschmettern.«

Osceola und Wild Cat, John Horse, Alligator und Morning Dew standen in einer Reihe. Die Spitzen ihrer Mokassins berührten die Kurve dunkleren Sands, der das Vorrücken der Flut markierte. Unter dem weißen Schaum der Gischt leckten Wellen nach den Mokassins und zogen sich dann wieder zurück.

Hinter den Dünen lag die riesige Baumwollplantage von Charles von Bülow, Maggots Vater. Selbst hier noch durchdrang das gelegentliche Rattern von Maschinen das stetige Murmeln der Wellen. Aber die weißen und schwarzen Männer dort waren damit beschäftigt, Zuckerrohr zu Sirup zu mahlen. Sie luden festverschnürte Baumwollballen auf Leichter, die sie auf dem Halifax River zu einem wartenden Schoner transportieren sollten. Die Männer hatten nicht die Zeit, am Rand des Ozeans zu stehen und über das Unbekannte und das Unfaßbare nachzudenken.

Mit Ausnahme des *tock-tock* von Äxten und des Ratterns aus von Bülows Maschinenhaus war von dem Treiben auf der nahegelegenen Plantage kaum etwas zu hören. Der Schoner, der draußen vor Anker lag, sah aus wie eine Möwe, die sich zwischen zwei Flügen ausruht.

»Mein Vater hat mir erzählt, daß Neamathla nicht in das Reservat umziehen muß.« Wild Cat bohrte einen Zeh in den feuchten Sand und trat einen Schauer von Sandkörnern hinter der zurückweichenden Welle her.

»Die Bleichaugen haben ihm erlaubt, in Tallahassee zu bleiben, in Old Fields, wo er vorher gelebt hat.« John Horse starrte auf die See hinaus, als erwartete er, Gerechtigkeit werde am Horizont auftauchen und diesen Verrat rächen. »Sein Volk wird auch dort bleiben.«

»›Wir sind arm. Wir sind bedürftig.‹« Wild Cat äffte Neamathla nach, fügte aber ein untypisches Winseln hinzu. »›Wir verlassen uns auf eure Gerechtigkeit, eure Menschlichkeit. Wir hoffen darauf, daß ihr uns nicht nach Süden in ein Land schickt, in dem weder die Hickorynuß, die Eichel noch die Persimone wächst. Denn ich bin alt, ich bin arm, zu arm, um aus meinem Dorf in den Süden umzuziehen.‹«

»Das war also die Bezahlung für seine Unterschrift«, sagte Osceola.

»Vielleicht haben die weißen Männer einen Zauber ausgeübt, um ihn zu beeinflussen.« Morning Dew fiel es immer noch schwer zu glauben, daß Neamathla, ein Kriegsführer der Mikasukee, den Bleichaugen nachgegeben hatte.

»Weiße Männer haben gelernt zu kaufen, was nicht verkauft werden kann«, fuhr Osceola fort. »Sie kaufen Land. Sie kaufen Seelen.«

Die fünf standen da und lauschten, wie der Ozean mit sich selbst sprach. Unter der grünen Haut seiner Wellen schienen sich ruhelose Geister zu bewegen. *Hier zu stehen bedeutet, am Rand der Geisterwelt zu stehen.* Dies war das erste Mal, daß Osceola den Atlantischen Ozean gesehen hatte.

»Dieses Wasser ist mächtig«, sagte er laut. »Vielleicht ist das der Grund dafür, daß die weißen Männer uns den Zugang zu ihm verbieten wollen.«

»Weiße Männer verbieten mir nichts«, entgegnete Wild Cat. »Ich bin wie mein Namensvetter, der Puma. Ich streife umher, wo es mir beliebt. Und mein Revier ist groß.«

Die fünf begannen, durch den festen Sand zu wandern. Sie überquerten mit Zwergpalmen, aloeblättrigen Palmlilien und verwittertem Gras bewachsene Dünen. Die von den vorherrschenden Winden geformten Krüppelzedern und Seetrauben neigten sich vom Ozean weg. Sie neigten sich, stürzten aber nicht um.

10

Im September 1823 bestach die Verhandlungskommission der Vereinigten Staaten Neamathla am Moultrie Creek, so daß er ihnen achtundzwanzig Millionen Morgen Land für etwa einen dreiviertel Cent pro Morgen verkaufte. Die Regierung gewährte den Stämmen Floridas vier Millionen Morgen in der sumpfigen Mitte der Halbinsel. Landmesser machten sich an die Arbeit, um die Grenzen des Reservats festzulegen.

Ein Jahr verging, und ein weiteres begann, als die Feldmessertrupps ihre Bleilote und Ketten, ihre Richtkreise und Dreifüße durch die Kronen der Sumpfzypressen und der Schneidegrassümpfe schleiften. Sie vermaßen peinlich genau unfruchtbare Kiefernhaine und Sandhügel. Sie hackten sich den Weg durch die von Schlingpflanzen überwucherten Dschungel der Hartholzwälder. Wo der Kalkstein frei zutage trat wie die wabenförmigen Knochen eines massigen vorsintflutlichen wilden Tiers, zerfetzte er erst die Schuhsohlen und dann die Füße.

Schnitte und Insektenstiche entzündeten sich. Die Feldmesser schwitzten, fluchten und erkrankten. Sie starben oder machten sich aus dem Staub und wurden durch andere ersetzt. Monat für Monat schritt die Arbeit fort und fraß sich langsam durch die schimmernde Landschaft. Unterdessen warteten die durch Gerüchte und einander widersprechenden Berichte hin und her gerissenen Seminolen auf das, was ihnen bevorstand.

Weil sie auf den Marschbefehl warteten, verkauften sie ihr Vieh. An Käufern fehlte es nicht. Skrupellose Männer strömten herbei, um sich ihr Unglück zunutze zu machen. Sie verbreiteten besorgniserregende Geschichten über Zwangsemigration oder unmittelbar bevorstehende Angriffe der Armee, um die Seminolen dazu zu verleiten, ihr Vieh billig zu verkaufen.

Viele Familien säten ihre Felder nicht mehr. Im Sommer 1824 spülten Wolkenbrüche die Ernten derer hinweg, die es getan hatten. Im Frühjahr 1825 kämpften immer mehr weiße Siedler um die schwindende Zahl von Reh- und Damwild, Bären und Truthähnen.

Im Jahre 1825 blieben die Sommerregenfälle ganz aus. Die Mais-, Bohnen- und Kürbispflanzen verwelkten und wurden dann braun. Die *sofkee*-Kessel blieben ebenso leer wie die Trokkengestelle. Um die Seminolen dazu zu bringen, ihre Felder wieder zu säen, kürzte die Regierung die zugesagten Rationen, aber auch das half nicht. Die meisten Menschen weigerten sich ohnehin, Nahrungsmittel von der Regierung anzunehmen.

Sie fürchteten, man würde sie beschuldigen, auch den verhaßten Vertrag zu akzeptieren, wenn sie die Geschenke der weißen Männer annahmen. In den schmalen Gesichtern der Kinder wirkten die Augen durch das trügerische Glühen des Hungers groß und strahlend. Zu einer Zeit, als Osceolas Frau und sein kleines Töchterchen ihn am meisten brauchten, bat ihn Abihka, zu einer einsamen Mission aufzubrechen.

Jetzt lag er auf dem Bauch, um das einzige verfügbare Wasser zu trinken. Was einmal ein kleiner Teich gewesen war, war jetzt nur ein schlammiger Tümpel, in dem Fischgräten verstreut herumlagen. Es hätte jetzt gar keine Feuchtigkeit mehr gegeben, wenn der hier lebende Alligator nicht vier Fuß festgebackenen Schlamms aufgewühlt und dem Wasser so ermöglicht hätte, aus dem porösen Kalkstein darunter hervorzuquellen.

Osceola verstreute mehrere Handvoll vertrockneten Grases auf der Oberfläche des Teichs. Als er auf das Durchsickern der Feuchtigkeit wartete, atmete er flach, um dem Modergestank zu entgehen, der aus der graugrünen Brühe aufstieg. Das Gras filterte zwar den größten Teil der Insekten im Wasser heraus, schmeckte aber trotzdem noch nach Schlamm und altem Tod.

An einem Sommernachmittag hätte Osceola um diese Zeit kalte, nach Sturm duftende Windstöße im Gesicht spüren müssen. Eine hochaufragende, amboßförmige Gewitterwolke hätte den westlichen Horizont erfüllen und mit ihrem Grollen Regen versprechen müssen. Statt dessen glitzerte der wolkenlose Himmel wie frisches Messing, geschmiedet von der Sonne, die über dem ausgedörrten Land brannte.

Normalerweise war Osceola fähig, sich vollständig auf das zu konzentrieren, was er gerade tat. Heute ließ er zu, daß Gedanken an Morning Dew und die Kleine ihn bei der vor ihm liegenden Aufgabe störten. Er fragte sich, ob Morning Dews Onkel fähig sein würden, genügend Wild für sie alle zu jagen. Er stellte sich vor, wie Morning Dew Flußwasser zu ihrem Garten schleppte, wo es fast spurlos in der festgebackenen Erde versikkerte. Er sah die Fliegen und Gnitzen die Augen des Kindes verkleben, als die Kleine in der Schlinge auf der Hüfte ihrer Mutter ruhte.

Er hatte eine schreckliche Vision: Morning Dews Brüste schrumpften, und die Milch in ihnen trocknete aus wie alles andere. Er sah seine Tochter, die einzige fröhliche Bereicherung seines Lebens in dem vergangenen Jahr, vor Hunger schreien. Die Vision schnürte ihm die Brust zu, bis er kaum noch atmen konnte.

Er hätte Abihkas Bitte, diese Reise zu unternehmen, fast abgelehnt. Kaum hatte Osceola erfahren, daß Heartless Round Wolf dabei war, Vieh zu stehlen, da wußte er, daß Abihka ihn bitten würde, den Mann aufzuspüren. Wenn Heartless Round Wolf nicht Einhalt geboten wurde, würden die Bleichaugen wieder Vergeltungsmaßnahmen ergreifen. Sie würden durch die kleinen, abgelegenen Seminolen-Siedlungen reiten. Sie würden die reetgedeckten Dächer mit Fackeln anzünden, die wenigen verbleibenden Kühe und Schweine auseinanderjagen und alle Schwarzen stehlen, derer sie habhaft werden konnten.

Die Dürre hatte die Gemüter schon bis zum Siedepunkt erhitzt. Die jungen Krieger waren begierig zu kämpfen. Weitere Überfälle durch weiße Männer konnten einen Krieg auslösen, den zu gewinnen die Seminolen noch zu schwach waren. Aber Osceola wußte, daß die Jagd nach Heartless Round Wolf bedeutete, daß er seine Familie verlassen mußte. Er war Abihka aus dem Weg gegangen, bis er die Situation mit Mad New Town besprochen hatte.

»Es ist eine schwere Entscheidung, Onkel.«

»Eine Entscheidung bedeutet, daß du Wahlmöglichkeiten hast, Neffe.« Mad New Town hatte geduldig gesprochen, als hätte er noch das Kind vor sich, Cricket. »In Angelegenheiten wie dieser hat ein *tastanagee* nur die Wahl, ob er seine Position als Anführer behalten oder sie verlieren will.« Sein Tonfall war ironisch. Er wußte, was es heißt, aus großer Höhe zu fallen. Niemand hatte ihn je offen beschuldigt, am Econfina seine

Pflicht versäumt zu haben, aber zehn Jahre lang hatte Mad New Town etwas gespürt, was schlimmer war als die Verachtung der Menschen. Er hatte ihr Mitleid gespürt.

»Neamathla hat es vorgezogen, sein Volk seinem eigenen Vorteil zu opfern«, fuhr er fort. »Er hat die Schande gewählt. Er ist kein Anführer mehr. Sein Name ist bei allen jetzt nur noch ein bitterer Geschmack auf der Zunge.«

Mad New Town hatte bestätigt, was Osceola schon wußte. Er hatte sich einverstanden erklärt, den Mann zu jagen. Jetzt stand er so reglos da wie eine der schlanken Kiefern, die sich aus dem Gestrüpp von Zwergeichen und Fächerpalmen um ihn herum erhoben. Er lauschte der Stille inmitten der schrillen Laute der Insekten. Er beruhigte sein Herz, um jede Bewegung im Strom des Lebens zu spüren, und sei die Störung auch nur so unmerklich, daß sie gerade die Haare an seinen Armen bewegen konnte.

Nichts wirkte fehl am Platz mit Ausnahme des Gewirrs von Spuren in dem heißen weißen Sand. Sie führten aus den Kiefernhainen quer über die kahlen, funkelnden Sandhügel zu dem Hartholzwald in der Ferne. Die Fußabdrücke verliefen in einer exakten geraden Linie, was bedeutete, daß Seminolen sie gemacht hatten. Es war nur ein Fußpaar auszumachen, aber die Spuren waren tief. Osceola wußte, daß Heartless Round Wolf von mindestens zwei weiteren Männern begleitet wurde. Sie gingen in den Fußspuren des Anführers, um ihre Zahl zu verschleiern.

Mit den Fußspuren der Männer waren Hufabdrücke verwoben. Sie gehörten zu den zwei Kühen, die aus den Gehegen des weißen Händlers Dexter gestohlen worden waren. Blasser Rauch kräuselte sich über den Bäumen. Osceola seufzte. Er kam zu spät. Sie hatten schon mindestens eine der Kühe geschlachtet und waren dabei, das Fleisch zu räuchern.

Osceola brauchte die Fußspuren nicht mehr, um das von ihm gejagte Wild zu finden, trat aber aus alter Gewohnheit trotzdem mit den Füßen in die Abdrücke. Er hüllte sich in die Aura der Verzweiflung der Männer ein, ihres Zorns. Als könnte er auch in ihren Körpern wandeln, wenn er in ihren Fußstapfen wandelte.

Er fand sie, wie sie Fleischstreifen von dem Kadaver schnitten, der an dem Ast einer Virginia-Eiche baumelte. Das kleine Feuer wurde durch die roten Fleischstreifen umschlossen, die an niedrigen Holzrahmen hingen. Die zweite Kuh stand in der Nähe und brüllte, als wüßte sie, welches Schicksal ihr bevorstand.

»Ich bin gekommen.« Osceola erkannte Heartless Round Wolf und zwei seiner Brüder aus dem Windclan.

»Das bist du.« Die drei Männer blickten kaum von ihrer Arbeit hoch. Wie Osceola trugen sie nur Lendenschurze. Die Tatsache, daß alle drei schlank waren, von durchschnittlicher Körpergröße und mit Blut bedeckt, verlieh ihnen ein seltsam identisches Aussehen.

»Ihr seid sehr aufmerksam.« Osceola kauerte sich hin, statt sich zu setzen. Ein Mann, der nur hockt, hat nicht die Absicht, lange zu bleiben. »Oder zahlt euch der Eigentümer der Kuh etwas dafür, daß ihr das Fleisch für ihn räuchert?«

Heartless Round Wolf spülte sich die Hände in Wasser aus einer kleinen Quelle, die aus einem weißen Kalksteinbecken hervorsprudelte. Er brachte Osceola etwas in einer Kürbisflasche zu trinken. Seine Arme waren von den Handgelenken an noch immer blutig.

Er hockte sich auf Armeslänge hin, damit Osceola sich nicht ausstrecken mußte, falls er die Absicht hatte, ihnen etwas von seinem Tabak abzugeben. Osceola nahm ein paar Krümel aus seinem Beutel und hielt dann den Rest hin, das letzte, was er noch besaß. Die beiden anderen Männer setzten sich zu ihnen, angelockt durch das verführerische Aroma. Wie alles andere war auch Tabak knapp.

»Der Händler ist ein verderbter Mann«, sagte Heartless Round Wolf. »Er hat dem Vetter meiner Frau Whiskey gegeben. Während ich auf der Jagd war, hat er meine beiden letzten Kühe genommen. Er sagte, er habe sie mit dem Whiskey bezahlt. Aber ich habe sie nicht verkauft. Meine Frau hat sie auch nicht verkauft.«

»Sind dies die Kühe, die er dir weggenommen hat?« Osceola hatte in dem vergangenen Jahr viele solche Geschichten gehört.

»Wir konnten meine Kühe nicht finden. Da haben wir die hier genommen.« Heartless Round Wolf zeigte mit der Pfeife auf den Kadaver und die brüllende Kuh. »Sie sind fast genauso knochig wie meine.«

»Die weißen Männer werden unschuldige Menschen für deine Tat bestrafen. Frauen und Kinder werden leiden.«

Die Männer starrten auf die Erde. Sie wußten von den Repressalien. Jeder wurde in sie hineingezogen, entweder direkt oder indirekt. Und aus Zorn oder Hunger oder dem Verlangen nach Kriegsehren waren die Krieger unfähig oder unwillig, den bösen Kreislauf der Rache zu durchbrechen.

Ein gespanntes Schweigen senkte sich. Die Männer wußten, daß Abihka *Tastanagee Thloko* Osceola geschickt hatte, um sie vor den Rat der Stadt zu bringen. Sie wußten, daß man auch sie als verderbt beurteilen würde. Die Augen ihrer verzweifelten Frauen würden sie immer noch anklagend anblicken. Ihre Kinder würden immer noch vor Hunger schreien.

»Trocknet das restliche Fleisch der Kuh, die ihr getötet habt. Bringt es nach Hause. Gebt es euren Familien«, sagte Osceola.

Der Gesichtsausdruck der Männer veränderte sich nicht, aber Osceola spürte, wie die Spannung von ihnen wich. Er fühlte auch das Gewicht dieses neuen Problems, das jetzt noch zu der erheblichen Last hinzukam, die er schon trug. »Ich werde die andere Kuh zurückgeben. Ich werde mit Hum-plee Rat halten, dem Sinnmacher der Bleichaugen.«

Osceola kam zu dem Schluß, daß er die Kuh irgendwie selbst ersetzen würde, wenn es ihm nicht gelang, den neuen Indianeragenten Gad Humphreys dazu zu bringen, sich mit dem diebischen Händler zu einigen. Er klopfte die Tabakreste aus seiner Pfeife. Dann stand er auf und steckte den Tabaksbeutel wieder in die sonnenverblichenen Falten seines Turbans. Ohne ein Wort drehte er sich um und ging weg. Wenn er sich beeilte, konnte er am Nachmittag des nächsten Tages bei seiner Familie sein.

Morning Dew stand zu schnell auf, und Benommenheit überkam sie. Die Lichtpunkte, die ihr vor den Augen tanzten, wurden dahinter zu Scherben von Schmerz. Sie verschluckte den bitteren Geschmack dessen, was sie im Mund hatte. Das rauhe Zirpen von Insekten schien in ihrem Schädel zu vibrieren.

Um ihr Gleichgewicht wiederzugewinnen, lehnte sie sich gegen den Stamm einer Kiefer. Dabei wurde ihr die Handfläche schwarz. Ein Buschfeuer hatte vor ein paar Monaten die Kiefernhaine heimgesucht. Es hatte die untersten zehn Fuß jedes Baums aus Rinde und Splintholz verbrannt, so daß nur das verkohlte Kernholz übrigblieb. Das Feuer hatte die Bäume unten viel schlanker zurückgelassen als darüber, was ihnen eine absonderliche, schwankende Silhouette verlieh.

Morning Dew wischte sich die Hand an ihrem Halstuch ab und legte sie auf ihren angeschwollenen Mutterleib, als wollte sie das Baby darin trösten. Die Sonne pulsierte an einem Himmel, der so ausgebleicht war wie Morning Dews Kleidung. Sie stellte sich vor, daß ihr Kind die Hitze spüren konnte. Dann zog sie das Moskitonetz aus Gaze über der kleinen Hängematte aus Leinen zurück.

Die Geste war nur ein Vorwand, um ihre Tochter anstarren zu können, die in ihrem Schlaf so vertrauensvoll und verwundbar dalag. Und so still. Wäre sie wach gewesen, hätte Morning Dew es gewußt, ohne hinzusehen. Das Kind war nur selten still. Aus den Tiefen ihrer Hängematte führte sie meist eine endlose, fröhliche Unterhaltung mit der Welt da draußen. Und mit ihren vierzehn Monaten hatte sie schon den lebhaften Charme entwickelt, der ihren Vater dazu angeregt hatte, ihr den Namen Tastanuhkuchee zu geben, Little Warrior.

Morning Dew sah sehnsüchtig zu dem Dom aus Zypressenbäumen hin, der sich jenseits der Kiefern aus der Prärie erhob. Zypressenkronen, das bedeutete tiefliegenden Erdboden und stehendes Wasser. Die Zypressennadeln waren aber braun und brüchig. Das Wasser war verdunstet. Morning Dew bewegte sich zu der nächsten niedrig wachsenden Gruppe von *koontee*. Unter den vergilbten Fächerpalmen gruben ihre Schwestern und zwanzig andere Frauen und Mädchen die zähen Wurzeln der *koontees* aus.

Dahomey Woman schloß sich Morning Dew an. Sie trug den langen Rock und die kurze gefältelte Bluse einer Seminolin. Sie hatte sich ein rotes Kopftuch eng um die Stirn geschlungen, direkt über ihren dichten, geschwungenen Augenbrauen. Die Enden waren verknotet und in komplizierten Falten um den

Kopf geschlungen und im Nacken zusammengebunden. Der ovale Rahmen des Tuchs betonte ihre vollen, kühnen Gesichtszüge.

Um Morning Dew und Osceola nahe zu sein, hatte sich Dahomey entschieden, in Swamp Town zu leben, der Schwarzensiedlung in der Nähe von Abihkas Dorf. Sie brachte ihnen immer etwas von allem mit, was sie gefangen oder geerntet hatte. An so manchem frühen Morgen, wenn Osceola und Morning Dew zum Baden gingen, fanden sie irgendein kleines Geschenk auf der Freitreppe vor ihrer Hütte. Sie wußten, daß Dahomey oder Mink es dorthin gelegt hatte.

Mit einem breiten, flachen Sammelkorb als Hut auf dem Kopf trottete Mink hinter ihrer Mutter her. Die Sonne, die durch das Gewebe schien, warf ein Lichtnetz auf ihr mahagonibraunes Gesicht. Minks lange, dünne Beine konnten große Schritte bewältigen, aber manchmal schien sie nicht genau zu wissen, wie sie die Bewegungen koordinieren sollte. Ihre Beine verliehen ihr das Aussehen eines exotischen Vogels, der sich am Boden vielleicht unbeholfen bewegte, aber versprach, im Flug eine erstaunliche Anmut an den Tag zu legen.

Dahomey hatte Minks Haar zu geschwungenen Reihen geflochten, die den Kurven ihres langen schmalen Schädels folgten und ihr hübsches Profil betonten. Mit einem leisen Seufzer hockte sich Mink neben ihre Mutter. Sie murmelte der Erde eine Entschuldigung zu, bevor sie mit ihrem Grabstock darin zu hacken begann. Sie nestelte die lange Pfahlwurzel aus dem Erdboden. Sie schnitt die ledrigen Blätter ab, klopfte die Erde mit ihrem Stock ab und ließ die Wurzel in ihren Korb fallen.

Morning Dew bemerkte, wie dünn Minks Handgelenke waren. Der Hunger ißt uns unsere Kinder weg, dachte sie. Sie fand einen Streifen getrockneten Kürbis in ihrem Beutel und reichte ihn Mink. Mink warf Morning Dew von der Seite ihr flüchtiges feines Lächeln zu, als sie den Kürbis in drei gleich große Stücke schnitt und ihn mit den beiden Frauen teilte.

Morning Dew grub tapfer um ihren dicken Bauch herum, während die Augen ihr vor Erschöpfung fast zufielen. Eine Zeitlang war das einzige Geräusch außer dem schrillen Surren der Insekten das trockene Plumpsen und Knarren von Wurzeln, die in die Körbe fielen.

»Diese Hitze erinnert mich an zu Hause.« Dahomey hatte Mikasukee und etwas Maskokee gelernt.

»Brennt die Sonne in deinem Land auch so heiß?« fragte Morning Dew.

»Dort kann die Sonne deine Knochen zu *sofkee* kochen.«

»Möchtest du gern in dein Land zurück?«

Dahomey lachte. Es war ein leises, kehliges, kaum wahrnehmbares Geräusch. Wenn Dahomey lachte, fiel es Morning Dew schwer zu glauben, daß sie einmal ein Offizier in einem Regiment weiblicher Krieger gewesen war oder daß sie die Schrecken einer Schiffspassage im Laderaum überstanden hatte. »Ich möchte dort sein, möchte aber nicht wieder hinfahren.«

»Du möchtest nicht in dem Todesschiff des weißen Mannes fahren?«

»Nein, das will ich nicht.« Mit ihrem Stock hackte Dahomey wütend in die Erde, um eine *koontee*-Pflanze freizulegen. »Diese Schiffe machen den Tod zu einem Freund. Sie machen dir das Leben zum Feind.« Sie schleuderte die Wurzel mit solcher Kraft in ihren Korb, daß diese wieder heraushüpfte. »Aber ja«, fuhr sie fort. »Ich möchte wieder in meinem Land sein. Bei meinem Volk heißt es, ›Wer nicht seine Muttersprache spricht, ist verloren‹.«

Da versagte ihr die Stimme, und sie konzentrierte sich aufs Graben. Als sie wieder sprach, war ihre Stimme viel weicher. »Ich vermisse die Musik. In meinem Dorf gab es immer Musik.« Sie begann einen schwermütigen, trauervollen Gesang in einer unverständlichen Sprache. Er ließ den Nachmittag wie im Nu verfliegen.

Als die Körbe voll waren, ließen die Kiefern die Sonnenstrahlen in tiefstehenden Bündeln durchscheinen. Morning Dew richtete sich auf und streckte ihre verkrampften Beine. Sie wischte sich die schmutzigen, blutigen Finger an einem zerrissenen Halstuch ab und massierte sich das Kreuz.

Mink spielte mit Little Warrior, während Morning Dew die Enden der Hängematte verknotete und sie über den Kopf gleiten ließ. Sie legte den Knoten auf der rechten Schulter zurecht und die Mitte auf der linken Hüfte. Mink legte Little Warrior hinein und half Morning Dew dabei, den schweren Korb auf die andere Hüfte zu heben. Als sie zum Lager zurückgingen, hielt Little Warrior Morning Dews Kalikofalten umklammert und summte vor sich hin.

Während Mink Holz und Little Warrior Zweige sammelte, entlockte Dahomey Schnipseln von Fächerpalmenfasern eine widerstrebende Flamme. Morning Dew warf die letzten paar Handvoll Maismehl in den kleinen, rußgeschwärzten Topf mit sandigem Wasser. Morgen würden sie den langen Rückmarsch ins Dorf ohne etwas zu essen und mit nur sehr wenig Wasser bewältigen müssen. Als Osceola und Alligator von ihrer täglichen Jagd zurückkehrten, reichten sie den Frauen verlegen zwei kleine Kaninchen und ein Eichhörnchen, die noch in die Kessel sollten.

In jener Nacht saßen sie trotz der Hitze um ein speichenförmiges Feuer herum. Um den Moskitos zu entgehen, verbrannten sie grünes Holz und saßen in den Wolken dichten schweren Rauchs.

»Dieses Wetter erinnert mich daran, wie Rabbit Alligator hereinlegte.« Osceola beugte sich vor und blies Little Warrior ins Ohr. Sie legte sich eine Hand darauf und kicherte in die andere.

»Ihr habt doch alle von Old People Burner gehört, nicht wahr?« fragte Osceola.

»Der Teufel des weißen Mannes.« Die Mädchen hielten unter ihren langen Röcken die Knie umklammert und grinsten vor Vorfreude.

»Eines Tages sonnte sich Alligator Warrior am Flußufer.« Während Osceola mit der Geschichte begann, streckte sich Alligator auf einem der Kiefernstämme aus, die vom Mittelpunkt des Feuers ausgingen. Er tat, als genösse er die Hitze.

»Alligator Warrior, hast du je Old People Burner gesehen?« spielte Osceola Rabbit.

»Nein, Mad Rabbit. Aber ich habe keine Angst vor ihm.«

»Wenn du morgen den Hügel hinaufkriechst, werde ich dich mit ihm bekannt machen. Hab keine Angst, wenn du Rauch siehst. Er lebt in dem Brennenden Ort.« Osceola warf den Kindern einen listigen, schelmischen Blick zu. Er ließ die Hände vor der Brust baumeln, zog die Nase kraus und wackelte mit den Ohren. Die Kinder lachten.

»Ich bin bereit«, sagte Alligator.

»Wenn ihr Vögel am Himmel dahinfliegen seht oder Rehe vorbeilaufen hört, dürft ihr keine Angst haben.«

»Ich habe niemals Angst«, sagte Alligator.

»Am nächsten Tag kroch Alligator Warrior weit vom Fluß weg. Er lag in dem hohen Gras, genau wie es Mad Rabbit ihm gesagt hatte. Mad Rabbit zündete ein Stöckchen an. Er setzte das Gras in Brand. Dann rannte er weg, um sich den Spaß anzusehen.«

»Oh, Mad Rabbit«, rief Alligator aus. »Was ist das für ein Geruch?«

»›Das ist nur Old People Burner, der gerade anfängt‹, rief Mad Rabbit. ›Bleib einfach nur still liegen.‹«

»Oh, Mad Rabbit, was ist das für ein knisterndes Geräusch? Warum fegen Flammen über die Wiese?«

»›Das ist nur der Atem von Old People Burner. Du wirst ihn bald sehen.‹«

Alligator begann, den Kopf hin und her zu neigen und kleine besorgte Grunzer hören zu lassen. Er hob die Hände, als wäre der Erdboden heiß. Osceola wälzte sich auf den Rücken, hielt sich den Bauch und strampelte in stummem Vergnügen mit den Beinen. Die Kinder kicherten und kreischten beim Anblick zweier kühner Krieger, die sich in ein Kaninchen und einen Alligator verwandelt hatten.

»Mad Rabbit, die Hitze verbrennt mir die Füße. Mein Schwanz hat Feuer gefangen.« Alligator glitt von dem Baumstamm herunter. Auf Knien und Ellbogen kroch er auf dem Bauch in die Nacht. Seine verängstigten Grunzer trieben durch die Dunkelheit zu ihnen zurück. Ein Alligatorbulle antwortete aus dem Zypressendom, der wie eine schwarze Silhouette vor dem strahlend hellen Sternenhimmel stand.

»Wir werden den Truthahntanz vorführen.« Osceola konnte es nicht ertragen, das Lächeln der Kinder verschwinden zu sehen. »Die Frauen werden so tun, als wären sie Männer. Und die Mädchen werden Frauen spielen.« Er und Alligator stellten die Frauen in einer Reihe auf, die Mädchen ihnen gegenüber.

»Fangen wir an.« Alligator übernahm den Part der Frau und stellte sich Osceola gegenüber hin. Die Mädchen kicherten, begannen aber, das Lied des Truthahntanzes zu singen.

Alligator und Osceola verschränkten die Hände in Brusthöhe. Alligator trat Osceola auf die Füße, so daß er mitgetragen wurde, als Osceola tanzte. Little Warrior hatte sich auf Morning Dews Füße gestellt. Alle anderen lachten so herzlich, daß Paare gegeneinanderstießen und hinfielen.

Das Singen und Tanzen ging eine lange Zeit weiter. Als die Frauen und Kinder sich schließlich auf ihren dünnen Decken und den Betten aus Fächerpalmwedeln unter den provisorischen Hütten ausstreckten, waren sie erschöpft. Trotz ihres Hungers und der drückenden Hitze schliefen sie bald ein.

Little Warrior ruhte zwischen ihren Eltern. Osceola legte den Arm quer über sie und ließ die Hand mit der Handfläche nach unten behutsam auf Morning Dews Bauch gleiten. Sie legte ihre Hand darauf, als er die straffe Wölbung unter dem zarten Stoff ihres Rocks streichelte. Er wußte, daß es noch zu früh war, war aber sicher, eine Bewegung des Babys gespürt zu haben.

11

Der Pfad zu Grandfather Squints Bau war Osceola so vertraut wie der Pfad zwischen Morning Dews Hütte und dem Ratsplatz in der Mitte der Stadt. Er war auch genauso ausgetreten. Vierzig Jahre lang war Grandfather Squint darauf entlanggewatschelt, und zwar recht flink für ein mehr als fünfzig Jahre altes Geschöpf, das sechshundert Pfund wog und dreißig Zentimeter lange Beine hatte.

Zu nasseren Zeiten war der Pfad des Alligators eine Straße für Schildkröten und Damwild, für Waschbären, Füchse, Pumas,

Wölfe und wichtigtuerische Opossums. Er durchschnitt die offene, mit gelegentlichen Kuppen buschiger Kohlpalmenkronen und gedrungener Zwergzypressen durchsetzte Savanne wie eine offene Wunde.

Als Osceola von der *koontee*-Expedition zurückkehrte, hatte er Abihka um Erlaubnis gebeten, Grandfather Squint zu jagen. Abihka war der Anführer des hiesigen Alligatorclans, und die Höflichkeit verlangte, daß Osceola ihn konsultierte, bevor er dessen Bruder tötete. Osceola hatte Abihka mit einigen der Geliebten Männer auf dem Marktplatz sitzen sehen. Mad Dog, Old Squat und Swamp Singer waren zu einem ihrer häufigen Besuche erschienen.

»So, du glaubst also, du kannst Grandfather Squint töten«, hatte Abihka feierlich gesagt.

»Ich muß es tun, Onkel.« Osceola brauchte nicht hinzuzufügen, daß er es tun mußte, weil seine Familie Hunger hatte. Alle Familien hatten Hunger. Das Mehl, das die Frauen unter großen Mühen aus den *koontee*-Wurzeln extrahierten, würde nicht lange währen.

»Wenn du glaubst, Großvater töten zu können«, hatte Abihka gesagt, »hast du meine Erlaubnis.«

»Vielleicht solltest du eine von Old Mad Jacksons Kanonen mitnehmen.« Mad Dog hatte Osceola durch die Schwaden von Tabakrauch hindurch angeblinzelt, die sein zerfurchtes Gesicht einhüllten. »Boom!« war Mad Dog explodiert. Funken aus seiner Pfeife hatten die Wirkung noch gesteigert.

»Die Blutegel in Grandfather Squints Schnauze sind groß genug, dich zu fressen.« Old Squat hatte sich vorgebeugt, um Mad Dogs Pfeife mit einem glühenden Stück Holz anzuzünden, das er zwischen einer gespaltenen Fächerpalmenrippe hielt.

»Das gemeinste Geschöpf, das ich je gejagt habe, war ein Alligator mit einem Kopf an beiden Enden«, hatte Swamp Singer zitternd geäußert.

»Wie konnte er dann scheißen, wenn er an jedem Ende einen Kopf hatte?« Old Squat hatte die Geschichte schon mal gehört, aber wieder vergessen. »Weißt du das, Neffe?«

»Nein, Onkel.« Osceola hatte geduldig den Unschuldigen gespielt. Die Onkel brauchten etwas zum Lachen.

»Ein Alligator mit einem Kopf an jedem Ende *kann* nicht scheißen.« Swamp Singer hatte seine Pfeife angestarrt, als hätte sie ihn gebissen. »Deshalb ist er ja auch so gemein.«

Osceola hatte die alten Männer gackernd zurückgelassen. Sie hatten sich vor Vergnügen auf die verwelkten, schlaffen Schenkel geschlagen. Das Geräusch hatte ihn aufgeheitert. Lachen war einmal so häufig gewesen wie Rauch, war jetzt aber nur selten zu hören. Die Sonne hatte es vertrocknen lassen wie alles andere.

Als nächstes hatte sich Osceola auf die Suche nach Alligator begeben. Osceola hatte ihn gefunden, wie Alligator das Schwelfeuer beobachtete, mit dem er den Zypressenstamm zu einem Kanu aushöhlte. Alligator hatte sich gelbe Streifen ins Gesicht gemalt, um einen eben ausgeschlüpften Alligator zu imitieren, und war mitgekommen.

Als er jetzt neben Osceola herging, mußte er bei jedem Schritt seines Freundes zwei Schritte machen. Aber Alligator blieb trotzdem nie hinter jemandem zurück. Über der Schulter trug er eine verrostete Schaufel mit einem zerbrochenen Griff.

Osceola balancierte seinen fast fünfeinhalb Meter langen Alligatorspeer lose in der Hand. Der Speer war aus einer jungen Zypresse geschnitten, die so dick war wie sein Handgelenk. Das eine Ende des Schafts war mit einem großen Eisenhaken überzogen, an dessen oberem Ende eine schwere Spitze hervorragte. Als Osceola ging, schien das Gewicht des Eisens den Spieß im Takt mit seinen Schritten vorwärtszuziehen und wieder zurückzuschieben.

Grandfather Squints Pfad war schnurgerade. Es war die kürzeste Entfernung zwischen seinem bevorzugten Fischloch im Fluß und seinem Bau. Der Bau befand sich an dem unzugänglichsten Ende einer fast unerreichbaren Flußbucht. Grandfather hatte seine eindrucksvolle Größe nicht durch Nachlässigkeit erreicht.

Osceola und Alligator blieben stehen, wo der Pfad einmal im Wasser der Flußbucht geendet hatte. Das Wasser war verschwunden. Sie starrten auf die graue Schlammfläche.

Die Öffnung des Baus war in einiger Entfernung deutlich zu sehen. Ein weiblicher Alligator, vielleicht Grandfathers Gefährtin, legte seit Jahren dort in der Nähe ihre Eier ab. Der gesammelte Pflanzenabfall, den die Alligatorin für ihre Nester benutzt hatte, sowie der Schlamm und der Unrat, den Grandfather aufgewühlt hatte, bildeten jetzt einen geschwungenen Hügel. Es war der höchste Punkt in Sichtweite.

Die Leute nannten ihn Grandfathers Berg. Dort wuchsen Weiden, Immergrün und Knopfblumensträucher, die über das umgebende Schneidegras hinausragten. Osceola und Alligator musterten den See aus dickem, übelriechendem Schlamm zwischen ihnen und der winzigen Insel aus Bäumen. Beide wußten, daß der Schlamm brusttief war.

»Ich bin froh, daß uns niemand dabei sehen kann.« Alligator zog seine Mokassins und den Lendenschurz aus und begann, sie in den Beutel an seiner knochigen Hüfte zu stopfen.

»Die Onkel können uns sehen.« Osceola zog sich ebenfalls aus. »Sie wissen von dem Schlamm. Sie sitzen jetzt gerade auf dem Ratsplatz und gackern über uns wie die Wasserrallen.«

Er genoß den heißen Atem der Sonne auf der Haut. Das war besser als eine Schwitzhütte, wenn man die schlechten Körpersäfte aus den Poren spülen wollte. Der Schweiß auf seinem Körper glitzerte. Er betonte die glatten, goldbraunen Kurven seiner Muskeln. Osceola wirkte nackt genauso beherrscht und gelassen wie angezogen. Alligator warf ihm einen Seitenblick zu. Er beneidete den Freund um dessen schlanken, muskulösen Körper. Er beneidete Osceola auch um die Leichtigkeit, mit der dieser alles tat. Alligator konnte so schnell laufen, so geschickt Ball spielen und ebensogut jagen wie Osceola, mußte sich aber viel mehr dafür anstrengen. Alligators Körper war für seinen Geschmack zu knochig. Vielleicht war dies der Grund, weshalb er ihm so viel abverlangte.

Osceola balancierte den Alligatorspeer quer über den Schultern und hängte die Handgelenke darüber. Er kniete nieder und verdrehte die Knöchel nach außen, so daß sie möglichst nahe an einen Neunzig-Grad-Winkel zu seinen Schenkeln herankamen. Wenn der Schlamm dick genug war, würden seine gespreizten Unterbeine ihn halten können.

Er rutschte erst auf einem Knie und dann auf dem anderen vorwärts und begann sich so langsam durch den Schlamm vorzuarbeiten. Er bot einen lustigen Anblick. Er bemühte sich, den verrottenden Fischkadavern auszuweichen, aber seine Beine und Lenden waren schon bald mit grauem Schleim bedeckt. Die Sonne backte die Masse schnell zu einer brüchigen Kruste.

»Glatzkopf gefällt das überhaupt nicht«, rief Alligator hinter ihm her. »Er ist sehr eigen damit, in was für warmes, feuchtes, riechendes, klebriges Zeug er eintaucht.« Alligator mochte klein sein, aber Glatzkopf war es nicht. Der Penis und die Hoden hingen schwer wie ein schläfriges Tier zwischen Alligators gebeugten Schenkeln. Osceola fing an zu lachen und hätte um ein Haar das Gleichgewicht verloren.

»Hast du gehört, was Neamathla passiert ist?« fragte Alligator.

»Nein.« Wenn Alligator Osceola um seinen Körper beneidete, so beneidete Osceola seinen Freund um die Fähigkeit, vor jedem anderen Neuigkeiten zu erfahren.

»Die Weißen bauen ihre Hauptstadt und ihr Hauptratsfeuer praktisch an der Schwelle seiner Tür. Sie nennen sie Tallahassee nach dem Volk, das sie vertrieben haben. Neamathla ist von Weißen umgeben. Er hat ihren Gestank jeden Tag in den Nasenlöchern.

Angesichts so guter Gelegenheiten haben Neamathlas junge Männer den Bleichaugen das Vieh gestohlen.« Alligators Stimme nahm einen bitteren Tonfall an. »Der Weiße *miko nope,* DuVal, packte Neamathla an der Hemdbrust. Er bedrohte ihn vor seinen jungen Männern. Er setzte ihn ab und ernannte Tukose Emathla an seiner Stelle zum *miko.* Neamathla hat DuVal mit dem Leben davonkommen lassen. Jetzt hören ihm nicht mal mehr seine eigenen Leute zu.«

Eine große Blase schwefelhaltigen Gases stieg hinter Osceola an die Oberfläche. Sie explodierte mit einem feuchten »plopp« und setzte einen üblen Gestank frei. Dieser zerstreute bei Osceola und Alligator sofort alle düsteren Gedanken an Neamathla.

»Glatzkopf hat sich verliebt«, sagte Alligator beiläufig. »Er quält mich mit der Forderung, ich soll wieder heiraten.«

»Sag Glatzkopf, daß dies nicht die beste Zeit ist, sich noch einen hungrigen Mund aufzuladen.«

»Er hört nicht. Außerdem kommt Glatzkopf nicht auf seine Kosten, wenn meine Frau ihren monatlichen Besucher hat.«

»Wer hat sein Herz gefangengenommen?«

»Hopping Bird.«

Hopping Bird hatte keine Familie, die für sie sorgte, und gehörte zum Clan von Alligators Frau. Osceola hatte den Verdacht, daß Alligator ihr nur deshalb eine Heirat anbot, weil sie und ihre beiden Kinder verhungern würden, wenn sich nicht bald jemand um sie kümmerte.

Osceola und Alligator krabbelten auf den Hügel über Grandfather Squints Bau. Mit ihren Messerklingen kratzten sie sich den Schlamm von den Körpern. Der Teich, der Hügel, die verstreut herumliegenden Knochen, der glitschige Einschnitt aus angeschwemmter Erde, wo Grandfather sich sonnte, bildeten seine Wohnung. Der Himmel war Grandfathers Dach und die Sonne sein Herdfeuer. Seine Gegenwart durchdrang hier die Erde und die Luft ebenso wie sein moschusartiger Geruch. Der Ort war ebenso anheimelnd und auf seine Art so vertraut wie Morning Dews Gewirr von Hütten und Lager-*chikees*.

Osceola wußte, daß Grandfather Squint vermutlich zwei Fuß unter ihm schlief. Seine Spuren, die schon lange in dem gehärteten Schlamm seiner persönlichen Landstraße erstarrt waren, zeigten dorthin. Es war für Osceola ein angenehmes Gefühl, auf Grandfather Squint zu sitzen. Ich werde deine Knochen hierher zurückbringen, Grandfather, versprach er. Dann kann die Sonne deinen Geist aus ihnen herausziehen.

Bei nassem Wetter boten die Bäume und Büsche auf seiner Insel Nistplätze für Vögel. Schildkröten legten ihre Eier im Nest des Alligatorweibchens ab und vertrauten darauf, daß ihre frischgeschlüpfte Brut es schaffen würde, ins Wasser zu entkommen, bevor die Hüterin des Nests sie fraß. Kaninchen, Sumpfratten und Waschbären lebten hier. Sie konnten vielleicht den Atem der todbringenden Kiefer riechen, aber Grandfather nahm nicht nur Leben, er gab auch welches.

Vor ein paar Wochen war das von Grandfather am Eingang seines Baus vertiefte Loch eine der letzten Wasserstellen gewesen. Sie war eine Oase in dem Sumpf. Es hatte Waschbären angezogen, die nach Panzerkrebsen gruben, die sich zu verkriechen suchten, sowie Vögel, die auf die Fische Jagd machten, die in dem schrumpfenden Teich allmählich erstickten.

Die Waschbären und Vögel wiederum hatten *ihre* Räuber mitgebracht. Eine Zeitlang wimmelte die Gegend von verzweifelten Tieren, die um ihr Überleben kämpften. Grandfather hatte sich von dem lärmenden Kampf zurückgezogen. In seinem unterirdischen Bau konnte er die Trockenzeit einfach verschlafen.

Osceola stand auf und maß achtzehn Schritt hinter einer Weide ab, die am Rand des Hügels wuchs. Grandfather hatte unter den Wurzeln der Weide gegraben, die er dazu benutzte, seinen Tunnel nicht einstürzen zu lassen. Osceola stieß das spitze Ende des Alligatorspeers mehrmals in die Erde, bis sie die Wand von Grandfathers Durchgang durchstieß. Der massive Gestank von Fäulnis erhob sich und quoll nach draußen. Der Geruch war so gewaltig, daß er Gewicht und Umrisse hatte.

Osceola tastete, bis er fühlte, wie der Speer etwas traf, was ein wenig nachgab. »Er ist da.«

Sie hörten ein unterdrücktes Grunzen, und Grandfather bewegte sich. Er schleifte das Ende des Speers ein wenig mit. Alligator und Osceola wechselten sich dabei ab, den Schlamm vor der Öffnung des Baus zu beseitigen. Die regelmäßigen Grabungen des Alligators hatten die Fläche relativ frei gehalten, und der Schlamm war hier nur ein paar Fuß tief.

Osceola kniete auf dem festen Sand darunter nieder und begann, den Haken in den Tunnel zu schieben. Um die Reichweite des Speers zu vergrößern, ließ er die Arme in die Öffnung gleiten.

»Er hat sich weiter nach hinten zurückgezogen.«

»Durch Dummheit ist er bestimmt nicht so alt geworden.« Alligator saß in dem schmalen Schatten der Weide und ließ die Beine über den Rand der Uferböschung baumeln. Er kaute auf einem Lederstreifen herum, um etwas Feuchtigkeit in seinen trockenen Mund zu bekommen. Er stellte sich vor, in kühlem frischem Wasser zu liegen. Sein Magen knurrte laut.

Osceola preßte die Wange gegen eine Weidenwurzel, die aus der Uferböschung hervortrat. Er spannte sich an und schob den Haken fest in Grandfathers gepanzerte Seite. Er spürte, wie der

Alligator unter dessen Berührung zuckte. Osceola stieß noch fester zu. Trotz der fast fünf Meter des dunklen Tunnels zwischen ihnen konnte er den Zorn Grandfathers spüren.

Als dieser seine Kiefer um den Haken zuschnappen ließ, ließ das gedämpfte Klirren von Elfenbein auf Eisen die stille Luft erzittern. Die Vibrationen teilten sich über den Speer Osceolas Händen, Handgelenken, Armen und Schultern mit. Er zerrte und stieß auf unbeweglichen Widerstand. Dann schlug der Speer hin und her und schmetterte Osceolas Arme gegen die Wurzeln an den Seitenwänden des Tunnels.

Blut strömte aus den Kratzern und Schnitten, welche die Wurzeln aufrissen, und vermischte sich mit dem Schlamm. Es war sicher, daß Grandfather das Blut roch. Vielleicht würde ihn der Geruch hervorlocken und Osceola die Arbeit erleichtern. Oder vielleicht würde er ihn blitzschnell hervorstürzen lassen, so daß Osceola keine Chance hatte.

»Grandfather ist dabei, den Haken zu fressen«, keuchte er.

»Bisher hat er noch die Ausrüstung jedes Jägers gefressen, der hinter ihm her war.« Alligator kaute nachdenklich auf seinem Ledergürtel herum. »Manchmal hat er auch einen Teil des Jägers gefressen.«

Er wischte sich die Handflächen an einem Klumpen verwelkten Grases ab. Dann glitt er von der Uferböschung herunter. Er langte in die Öffnung und ergriff den Spieß ein Stück weiter vorn. Die beiden Männer bohrten die Fersen in den Schlamm und wuchteten. Grandfather bewegte sich ein paar Millimeter vorwärts, worauf der Spieß wieder hin und her peitschte. Mit einem schnellen Ruck rissen Osceola und Alligator den Haken plötzlich nach oben und zogen ihn zurück.

»Er ist gefangen.« Osceola stellte sich vor, wie der Eisenhaken Grandfather in den Gaumen schnitt, und spürte einen stechenden Schmerz im Mund. Er schmeckte das kalte Metall.

Zwei Stunden späten befanden sich Osceola und Alligator etwa noch in der gleichen Position, jedoch rund drei Meter von der Öffnung des Baus entfernt. Sie waren von Kopf bis Fuß mit Schlamm bedeckt. Obwohl keiner von beiden es zugeben wollte, glaubten beide, ihnen würden die Arme ausgerenkt, bevor sie Grandfathers häßliches Gesicht zu sehen bekamen;

aber inzwischen hatten sie ihn fast bis zum Eingang geschleift. Wenn der Haken jetzt ausrutschte, konnte das Tier vielleicht den Schaft anknabbern und sich zu ihnen vorfressen. Grandfathers zerknitterte schwarze Schnauze tauchte schräg aus dem Bau auf. Der Schaft des Speers stand in einem Winkel von der Seite seines Kiefers ab. Osceola starrte in den Mund. Aus so großer Nähe schienen sich die geschwungenen Reihen gezackter gelber Zähne wie Zwillingsgipfel bis zum Horizont zu erstrecken. Ein dicker schwarzer Blutegel klammerte sich an den Rand der Haut unter dem neunten Zahn. Er war so lang wie ein Stoßzahn. Als Grandfather in das helle glitzernde Sonnenlicht vorstieß, wurde die leuchtende, vertikale Linse in seinem gesunden Auge schmal, bis sie fast verschwand.

Als Osceola sah, daß die uralte verrostete Pfeilspitze immer noch fest in Grandfathers linker Augenhöhle steckte, ließ er den Speer los. Er nahm sein Messer aus der Scheide und näherte sich behutsam einer Seite der Öffnung. Alligator zog ständig weiter an dem Speer und zog sich langsam in den tiefer werdenden Schlamm jenseits der geräumten Fläche zurück. Am anderen Ende festhängend folgte Grandfather. Er beobachtete Alligator mit seinem gesunden Auge.

Als das riesige, schwerfällige Reptil den Bau verlassen hatte, stürmte es plötzlich vorwärts und riß Alligator von den Beinen. Der massive, gepanzerte Schwanz erhob sich in die Luft und klatschte erst nach links, dann nach rechts und übersprühte beide Männer mit Schlamm. Der Alligator blies sich mit Luft auf und ließ ein ungeheures kehliges Husten hören, ein Mittelding zwischen einem Zischen und einem Brüllen.

Er riß den Oberkiefer hoch und hob den in der Augenhöhle verankerten Haken dabei mit. Er ließ das Maul mit solcher Kraft zuschnappen, daß er dabei die dicke Spitze des Hakens durch die Knochenplatte seiner Schnauze trieb und den Holzspeer wie einen Zweig zerbrach. Er griff Alligator an, der beim Zerbrechen des Speers hingefallen war und jetzt auf allen vieren zu entkommen versuchte.

Osceola sprang auf Grandfathers Rücken, aber dieser bewegte sich schnell. Osceola landete direkt über dem vorderen Ende seines mächtigen Schwanzes. Er spürte, wie die Schwanzspitze sein Ohr berührte, und verlor fast den Griff um das zukkende Tier. Durch das Dröhnen in seinem Kopf hinweg konnte er Alligators Ausruf kaum hören. Entsetzen packte ihn, als er den Arm seines Freundes unter sich vorübergleiten sah. Grandfather trampelte auf Alligator herum.

Osceola steckte das Messer zwischen die Zähne und schlang die Arme um Grandfathers Vorderbeine. Als er sich vorwärtszog, spürte er, wie die dicken Knochenplatten von Grandfathers Panzer an seiner nackten Haut entlangschleiften. Verzweifelt schlang Osceola einen Arm um den Hals des Alligators. Er rieb sich das Gesicht am Arm und versuchte so, den Schlamm aus den Augen zu bekommen.

»Es tut mir leid, daß ich dich töten muß«, summte er leise in den großen, halbmondförmigen Hautlappen, das Ohr des Alligators. »Wir müssen alle sterben. Heute bist du an der Reihe, nicht wir.«

Er konnte kaum sehen, als er das Messer hob und es in ein sehr kleines Ziel stieß, den Kamm von Grandfathers Schädel, direkt hinter den Augen. Es schien eine Ewigkeit zu dauern, bis der Stich Wirkung zeigte, und Osceola fürchtete schon, nicht getroffen zu haben.

Schließlich ließ Grandfather ein letztes zitterndes Zischen hören, einen Seufzer des Zorns oder der Resignation oder der Versöhnlichkeit, um den Osceola gebeten hatte. Die Drehungen des Reptils wurden langsamer, und Osceola sprang ab. Alligator lag unter Grandfathers breitem Schwanz auf dem Rücken. Er war schon fast völlig im Schlamm untergetaucht, und das Gewicht des toten Tiers schob ihn immer tiefer hinein.

Osceola wuchtete den Schwanz hoch. Er hob den Kopf seines Freundes und schaufelte ihm wie wild den Schlamm vom Gesicht. Alligator hustete und würgte. Er prustete und spie und schüttelte den Kopf wie ein nasser Hund, wobei er Osceola mit Schleim vollspritzte.

Osceola versuchte, ihm aus dem Schlamm herauszuhelfen, verlor dabei aber das Gleichgewicht und fiel auf ihn. Die beiden lagen Seite an Seite da, spien Schlamm aus und lachten wie zwei Verrückte. Als sie sich so weit beruhigt hatten, daß sie aufstehen konnten, zogen sie sich an Grandfathers Rumpf hoch, um auf die Beine zu kommen. Sie torkelten zur Uferböschung, holten die Schaufel und schaufelten soviel Schlamm weg, wie sie konnten. Sie und der Kadaver hatten jetzt alle die gleiche graue Farbe.

Alligator streckte sich auf Grandfathers Rücken aus und legte den Kopf auf die Schwanzspitze.

»Markiere, wo meine Fersen sind«, sagte er.

Osceola wischte den Schlamm ab und machte in einer der Panzerplatten einen Einschnitt. Alligator rutschte auf Grandfathers Rücken weiter und legte den Kopf an die markierte Stelle. Osceola machte einen neuen Einschnitt nach zwei Körperlängen, dann einen dritten nach drei Körperlängen. Als Alligator den Kopf auf die dritte Markierung legte, waren seine Beine über Grandfathers Schädel drapiert und hingen zwischen seinen hervorquellenden Augen. Seine Füße ragten über das Ende der Schnauze hinaus.

»Grandfather Squint ist fast vier Alligatoren lang.«

Osceola starrte den ungeheuren Kadaver an und dann die weite Schlammstrecke, über die sie das Fleisch und die Haut würden tragen müssen. Die mandarinenfarbene Sonne ging im Westen schon unter. Osceola schärfte sein Messer an seinem Wetzstein und setzte unter Grandfathers Kinn zum ersten Schnitt an.

12

Osceola und Alligator balancierten das längste Stück des zerbrochenen Zypressenspeers auf ihren Schultern. Sie hatten die in Haut eingewickelten Überreste Grandfather Squints in eine Schlinge aus Fächerpalmenfasern gelegt, die an dem Speer hing. Das zarteste Fleisch befand sich im Schwanz, aber sie hatten alles mitgenommen, was eßbar war. Die unbrauchbaren

Reste hatten sie den Krähen dagelassen, die sich jetzt um den Haufen balgten.

Die beiden Männer gingen hintereinander zwischen den aufgeräumten Hütten um die sorgfältig gefegten Höfe von Abihkas Stadt herum, aber niemand nahm von ihnen Notiz. Niemand bemerkte sie, weil fast niemand da war. Die hölzernen Mörserkeulen der Frauen standen aufrecht in den Trögen mit halbzerstoßenen *koontee*-Wurzeln. Das Abfallwasser des *koontee* war nicht weggetragen worden, und dessen fauliger Gestank schien in alles eingesickert zu sein. Liegengelassene Besen lagen inmitten des Kehrichts. Überall in den verlassenen Gärten lagen Grabstöcke herum. Die Hunde lagen hechelnd im Schatten. Sie waren vor Hunger zu schwach, auch nur zu bellen.

Nur eine uralte Großmutter döste in der achtunddreißig Grad heißen Luft neben einem Feuer. Ein Junge, der den *koontee*-Brei vor marodierenden Schweinen schützen sollte, drehte sich um und starrte sie an. Osceola konnte es ihm nicht verdenken. Sowohl er als auch Alligator waren völlig verdreckt, voller Kratzer und Blut. Dort, wo sie sich den Schweiß aus den Augen gewischt hatten, waren dunkle Schlammflecken zurückgeblieben. Sie sahen aus wie Waschbären. Alligator schnitt dem Jungen eine schauerliche Grimasse, worauf dieser kicherte.

Aus einer Hütte ertönte das zögernde Weinen eines Babys, das gerade von einem Nickerchen aufwachte. Das Weinen wurde zu einem Wehklagen, als dem kleinen Mädchen aufging, daß es allein und sehr hungrig war. Osceola machte einen Umweg zu der Stelle, an der die alte Frau schlief, und schüttelte sanft ihre knochige Schulter.

»Mutter«, sagte er, »tröste die Kleine da.«

Die Frau kam mühsam auf die Beine und drehte sich steif herum, bis sie das Weinen geortet hatte, und trottete dann darauf zu.

»Mutter«, rief Alligator hinter ihr her, »wo sind denn alle?« Sie gab keine Antwort.

»Sie müssen auf dem Platz sein.« Die Stille in dem verlassenen Dorf verursachte Osceola Unbehagen.

Er warf einen Blick über die Zäune in die staubigen Gärten,

als er an ihnen vorüberging. Die Bohnen- und Melonenpflanzen würden ihm zwischen den Fingern zu Staub zerbröseln, wenn er sie jetzt pflückte. Plötzlich erschien es ihm absolut möglich, daß auch das Volk verwelkt war, geschrumpft und zu Staub geworden, als er und Alligator weg gewesen waren.

Einer von Grandfather Squints gehäuteten Füßen ragte zwischen den Maschen der Schlinge hervor. Ein lästiger Fliegenschwarm umsurrte den Klumpen blassen Fleischs.

»Nicht sehr eindrucksvoll nach all der Mühe.« Alligator ging hinter Osceola und konnte sehen, was sie an Beute mitgebracht hatten.

»Grandfather bestand größtenteils aus Zähnen, Krallen, Haut und Tücke.« Osceola ging auf den Platz zu.

Wie Alligator berechnete auch Osceola, wie wenig von Grandfather übrigbleiben würde, nachdem er seine Hälfte mit seiner Großmutter und Mutter und mit Morning Dews Familie geteilt hatte. Er würde auch seinen hungrigsten Clanbrüdern und deren Frauen und Kindern etwas Fleisch bringen. Es kam ihm nicht in den Sinn, das Fleisch nicht mit ihnen zu teilen. »Was immer im Leben aus dir wird«, hatte Mad New Town einmal gesagt, »sei niemals knauserig. Ein geiziger Mann hat einen gemeinen, bösen Geist. Er kann nie ein großer Anführer sein.«

An jenem Morgen war Grandfather der kluge Held in den Geschichten der Onkel gewesen. Er war ein mythisches Geschöpf aus grauer Vorzeit gewesen, in der Tiere die Größe von Göttern hatten und in verständlichen Sprachen sprachen. Er war drei Manneslängen einer harten schwarzen Panzerung gewesen, sein Maul breit genug, einen der Töpfe zu schnappen, in denen man ihn kochen würde.

Als Osceola zurückblickte und die Fliegen sah, die sich auf dem Fleisch zusammenklumpten, glaubte er seine eigene Zukunft erahnen zu können. Wie jeder andere Mann hatte er auch für sich einen Rang und Ehren und die Gelegenheit für sich verlangt, den Menschen seiner Umgebung gegenüber großzügig zu sein. Er hatte sich vorgestellt, daß seine Frau und seine Kinder immer lachen und gut genährt sein würden.

Natürlich hatte er auch Dürre, Überschwemmungen, Feuer

und Stürme erwartet. Er hatte jedoch nicht damit gerechnet, daß sich die Natur mit den Bleichaugen verbünden würde, um einen solchen Ruin über seine Familie und sein Volk zu bringen. Er sah seine ehrgeizigen Träume in der erbarmungslosen Hitze zusammenschmelzen.

In einem plötzlichen Wutausbruch stellte er den Fuß auf die zernarbte Lende eines Schweins mit spindeldürren Beinen, dessen Rumpf die Größe eines Rumfasses hatte. Er schob den Eber von dem *koontee*-Brei weg, den er gerade fraß. Das Schwein bockte und quietschte und trottete dann die leere Straße hinunter.

Osceola fuhr zusammen, als er erkannte, wessen Schwein es war. Er warf sein Ende des Speers und die verschnürten Überreste von Grandfather Squint auf die hohe, schweinesichere Plattform von Morning Dews Lager-*chikee*. Alligator tat das gleiche. Als Osceola loszutraben begann, lief Alligator hinter ihm her, um mitzuhalten.

»Hat man den Krieg erklärt?« fragte er hoffnungsvoll.

»Krieg wäre besser.« Osceola wurde nicht langsamer. »Meine Großmutter ist da.«

»Die mit einer Zunge wie eine Seenadel? Die, mit der deine Frau nicht zurechtkommt?«

»Ich habe nur eine Großmutter.«

»Ist sie zu Besuch gekommen?«

»Wenn sie zu Besuch kommt, bringt sie nicht ihre Schweine mit. Sie hat mir nicht gesagt, daß sie zu uns zieht.«

Alligator grunzte und verfiel dann in diplomatisches Schweigen. Osceola war zornig, und Alligator hatte inzwischen gelernt, seinen Temperamentsausbrüchen aus dem Weg zu gehen.

Die Menge quoll zwischen den langen Ratsunterständen hervor, deren kahle Rückwände das Drama verbargen, das sich auf dem Platz dahinter abspielte. Menschen reckten die Köpfe, um über die vorn Stehenden hinwegsehen zu können. Kinder krabbelten zwischen den Beinen der Erwachsenen herum. Als Osceola sich seitlich einen Weg durch die Menge bahnen wollte, hörte er die Frauen murmeln: »Most Ancient One hat den verrückten Händler mitgebracht, Heron's Nest.«

Eine kleinere Menschenmenge und deren Gepäck füllte die Mitte des Platzes aus. Peeping hielt ihre sechsjährige Tochter geduldig bei der Hand. Fighting in a Lines sieben Sklaven saßen auf den Bündeln mit dem Hausrat. Das Lastpferd der Familie knabberte an einem losen Ende des Faserseils, das an dem Haufen baumelte. Osceola erkannte auch drei Red-Stick-Familien, die Mad New Town vor Jahren aus dem Land im Norden gefolgt waren. Mad Dog und Mad New Town selbst hatten es klugerweise vorgezogen, sich unsichtbar zu machen.

Fighting in a Line hatte jedoch scharfsinnig vorgesorgt. Um sich eine gute Aufnahme zu sichern, hatte sie Wococoi Clark mitgebracht. Er führte drei seiner verbleibenden vier Lastmaultiere. Das vierte wurde fast von Wococois junger Frau verdeckt. Seit Osceola ihr vor vier Jahren an der Golfküste zum letzten Mal begegnet war, hatte sie ihr Gewicht verdoppelt. Ihre Brüste, die Wococoi zärtlich »Cupidos Kesselpauken« nannte, hatten jetzt eine Größe, als könnten sie ihn im Schlaf erdrücken, wenn er nicht aufpaßte.

Wococois Schätze waren unter Leinwandplanen hoch gestapelt. Mit einer Sehnsucht, die ihren Augen nur zu deutlich anzumerken war, drängten die Frauen sich auf dem Platz und starrten unverwandt auf Clarks Leinwandberge. Kinder wimmelten ihm um die O-Beine, bis er sich nicht mehr fortbewegen konnte. Little Warrior ritt auf seinen Schultern. Ihre Hände und Unterarme hatte sie in der drahtigen roten Explosion seiner Haarmähne vergraben.

Die späte Nachmittagssonne ließ Wococois Haar aussehen, als stünde es in Flammen. *Wococoi* bedeutet Reihernest, und so war Heron's Nest ein guter Name für ihn. Osceola erwartete immer, ein Nest mit Eiern in der Höhlung ruhen zu sehen, die durch die kahle Stelle auf dem Scheitel von Wococois Kopf gebildet wurde.

»Habt Geduld, Kinderchen. Onkel Wococoi hat für alle genug Zeug mitgebracht.« Wococoi war dabei, mit einer Hand Karamelstücke zu verteilen, so schnell er konnte. In der anderen hielt er seine geliebte Ginflasche.

»Billy Powell, mein Junge!« Er ruderte mit der Flasche über der Ebene aus Köpfen und dem Wald ausgestreckter Hände herum. Die Kinder drehten sich um und starrten Osceola und Alligator an.

»Was führt dich so weit von der Küste her, alter Freund?« Osceola beschloß, ein Problem zur Zeit zu lösen. Seine Großmutter konnte warten. Und, wie zu hoffen stand, sich ärgern.

»Ach, mein Kleiner, die Blauröcke haben an der Tampa Bay ein Fort errichtet. Sie haben meinen Laden beschlagnahmt. Sie sagten, ihre verdammte Regierung würde für meine Vorräte bezahlen. Ich bin mit allem weggezogen, was ich noch zusammenkratzen konnte. Ich wollte es lieber an Freunde verschenken, als ihre elenden Krabbenpuler daran herumfingern zu sehen.«

Osceola wußte, daß Wococois Geschichte nur zum Teil den Tatsachen entsprach. Wococoi wußte, daß die Seminolen sich weigerten, Lebensmittelrationen der Regierung anzunehmen. Er wußte, daß sie hungerten. Er brachte seinen Freunden das Leben.

Während Wococoi Trockenfisch und Maismehl verteilte, spazierten Fighting in a Lines Hühner und Schweine auf dem Platz herum. Morning Dew beobachtete alles wie ein Rotluchs, der sich bereit macht, ein Stachelschwein anzuspringen. Sie hatte die Arme über ihrem geschwollenen Bauch verschränkt, und ihr Mund war zu einem schmalen Strich geworden, der nichts Gutes verhieß.

Osceola wußte, was in ihr vorging. Sie wollte Fighting in a Lines Lager nicht in der Nähe von ihrem haben. In der Vergangenheit hatte Morning Dew nach Fighting in a Lines Besuchen Zedernholz verbrannt, um die Wirkung irgendwelcher schlechten Medizin aufzuheben, die ihre Schwiegergroßmutter ihr vielleicht dagelassen hatte. Es hatte nicht viel gefehlt, da hätte sie getrocknete Disteln in die Decken der Gästehütte gestopft, um den Besuchen ein Ende zu machen.

»Du bist gekommen, Großmutter«, sagte Osceola höflich. Er ignorierte das sonderbare Gedränge hinter ihm.

»Enkel! Mein stolzer Krieger!« Fighting in a Line streckte ihre mageren Arme aus, als wollte sie ihn an die Brust schließen. »Wie ich hörte, hast du Grandfather Squint gejagt. Grandfather hat viele meiner Schweine gefressen. Wir haben jahrelang Krieg geführt.«

»Ich habe der Schwester von *Talasee Tastanagee* gesagt, daß wir uns geehrt fühlen, sie hier zu haben«, sagte Abihka diplomatisch. Doch dies war nicht die Art von Zerstreuung, die er sich gewünscht hätte. Er wußte, wie Morning Dew über ihre Schwiegergroßmutter dachte. Und er wußte, wie Fighting in a Line über die Mikasukee dachte.

»Sie wird ihre Hütten nicht in der Nähe von meinen errichten, mein Alter.« Morning Dew sprach mit einem Unterton, den nur Osceola hören konnte.

Fighting in a Line war schon dabei, ihre Sklaven anzuweisen, den Hausrat in Morning Dews Lager zu tragen. Osceola trat vor, um dazwischenzugehen, als er am Rand des Platzes Dahomey entdeckte. Ihrem Gesicht war anzusehen, daß sie etwas auf dem Herzen hatte. Die Frau neben ihr war Heartless Snakes schwarze Frau, Corn Grinder, die Osceola seit zwei Jahren nicht mehr gesehen hatte. Sie war aus dem Exil zurückgekehrt, war aber allein.

»Billy Powell, alter Junge«, rief Wococoi. »Soll ich meinen Beutel also in dein Lager bringen? Wir werden ein paar Tage bleiben.« Er setzte sich in Richtung von Morning Dews Hütten in Bewegung, und die Menge folgte ihm auf dem Fuße. Osceola winkte zum Zeichen, daß Wococoi sich wie zu Hause fühlen solle.

Er nahm die Hände seiner Großmutter, als steckte er Hühnerfüße in Samthandschuhe, und drückte sie zärtlich. »Warte hier.« Dann lächelte er seine Mutter an, die vor Erleichterung ganz schlaff wurde. Er hob seine Schwester hoch und warf sie in die Luft. Sie lachte, als er sie wieder auffing und umarmte.

»Ich werde mein Haus in der Nähe von dem deiner Frau bauen, damit wir uns abends unterhalten können wie früher, als du jung warst.« Fighting in a Line strahlte. Ihr Plan hatte funktioniert.

»Wir müssen für eine Frau deines Rangs den bestmöglichen Platz finden, Großmutter.« Osceola wußte, daß Fighting in a Line dem zuhören wollte, was im Haushalt ihrer Schwiegertochter gesprochen wurde. Morning Dew wußte es auch.

»Solche Dinge darf man nicht übereilen.« Osceola begann sich verschiedene Vorwände zu überlegen, um seine Großmutter in einiger Entfernung von Morning Dew unterzubringen. »Heute abend können wir uns an Grandfather Squint gütlich tun. Du bist im Haus meiner Frau herzlich willkommen.«

Er hörte, wie Morning Dew vor Ärger laut schnaubte. Er warf ihr einen schnellen Blick zu, mit dem er um Nachsicht bat. Er würde sie später besänftigen. Er eilte dorthin, wo Corn Grinder mit Dahomey und Dahomeys neuem Mann stand, der Aury's Black hieß.

»Es kann sein, daß dein Clanbruder in Schwierigkeiten ist«, sagte Dahomey.

»Wir sind vor Hunger fast gestorben.« Corn Grinder knetete sich nervös die Ellbogen. »Wir haben die Abschabsel von grünen Häuten derer gegessen, die bei der Jagd glücklicher waren als wir. Wir haben Käfer gegessen, Larven, verfaultes Fleisch. Mein Mann wurde traurig. Er ist vor vier Tagen weggegangen, um aus den Siedlungen der weißen Männer Vieh zu stehlen. Jäger sagen, man habe ihn gefangen. Wirst du ihn finden?«

Heartless Snakes Frau war hochschwanger. Sie sah zehn Jahre älter aus als die fröhliche junge Frau, an die sich Osceola erinnerte. Er fragte sich, warum Schwierigkeiten immer in Schwärmen kamen wie Krähen und alles an Glück stahlen, was die Menschen sich mit Mühe hatten schaffen können.

»Ich werde mich gleich auf den Weg machen.«

»Ich gehe mit dir«, sagte Alligator. »Vielleicht kann ich meinen Anteil an Grandfathers Haut gegen Fisch oder Mais eintauschen.«

»Ich werde auch mitgehen.« Aury's Black steckte das Gewehr in sein dickes Lederfutteral auf dem Rücken. Er war in Kleidung erschienen, die für die Straßen der Stadt der weißen Männer geeignet war. Sein breitkrempiger Strohhut umschattete sein rundes Gesicht. Er trug weite, marineblaue Segeltuchhosen und ein riesiges weißes Baumwollhemd. Er hatte sich eine Machete in die Seite seines breiten Ledergürtels gesteckt. Auf der anderen Seite baumelte eine Pistole mit goldenen und schwarzen Einlegearbeiten, eine in Daghestan kunstvoll gefertigte Waffe. Wie er zu der gekommen war, umfaßte mehrere lange Geschichten.

»Ich kenne die Küste, wo sich die Weißen zusammendrängen

wie Kletten an deinem Hemdsaum«, sagte Aury's Black. »Ich kann für dich dolmetschen.«

Aury's Black war ein Aschanti, der im Krieg gefangengenommen und von dem afrikanischen Hafen Cormantine ins Land transportiert worden war. Solche Sklaven wurden Coramantäer genannt. Wie es hieß, verdiente kein Mann einen Coramantäer, solange er ihn nicht wie einen Freund statt wie einen Sklaven behandelte. Osceola und Morning Dew hatten Dahomey gerettet, die Frau, die Black seitdem zur Frau hatte. Ohne es zu sagen, hatte er ihnen unverbrüchliche Loyalität geschworen.

13

Die neueren Bauten im Dorf Tampa kauerten in der Nähe des Palisadenzauns von Fort Brooke wie Küken, die unter einer Henne Schutz suchen. Die Mauern des Forts waren so neu, daß die geschälten Kiefernstämme kräftig nach Harz rochen. Die Palisaden schlossen auch riesige Immergrüne Virginia-Eichen ein, die das Haus eines abwesenden Plantagenbesitzers beschatteten. Vor sechs Monaten war der arme Kerl von einem Urlaub in Pensacola zurückgekehrt, um zu entdecken, daß sein Haus und seine Küchen, die Lagerschuppen, Scheunen und Sklavenunterkünfte von Angehörigen der Fourth Infantry belegt waren.

Vielleicht verfluchte er sich selbst, sich einen so begehrenswerten Standort ausgesucht zu haben, und natürlich verfluchte er die Armee. Sein Haus stand auf einer Landzunge zwischen der Mündung des Hillsborough River und der Bucht. Der Ort wurde nicht nur von den mächtigen Eichen beschattet, sondern überdies strich fast ständig eine Brise vom Golf her in Richtung Inland, wie heiß der Tag auch sein mochte. Jasmin parfümierte die Nächte.

Riesige, zwei oder drei Meilen lange Schwärme von Seebarben zogen stundenlang in den flachen Gewässern vorbei. Ihr Plätschern hielt Neuankömmlinge wach. Das fluoreszierende Licht ihrer Luftsprünge schuf verblüffende Feuerwerkseffekte. Muschelschalen lagen in irisierenden, vom Wind zusammengewehten Wällen auf den weißen Sandstränden.

Die Fischerboote der Mestizen legten immer noch zweimal in der Woche am Anleger des Plantagenbesitzers an, wurden aber jetzt von einem ergrauten Küchenbullen in Empfang genommen. In seiner steifen weißen Schürze und seinen aufgekrempelten Hemdsärmeln hetzte er seine Burschen mit ihren Schubkarren über die unebenen Planken. Nachdem der Unteroffizier den Fisch für die Offiziersmesse ausgewählt hatte, wurde der Rest in den Offiziersgarten gekarrt, um dort die Erde zu düngen. Direkt vor dem Landeplatz dümpelte Major Brookes als Schoner getakelte und mit frischen Kupferplatten belegte Offiziersbarkasse mit ihren doppelten Rudererreihen.

Mochte das Fort sauber und aufgeräumt sein, der erst jüngst erbaute Teil von Tampa war es nicht. Die Straßen und leeren Grundstücke waren mit zertrümmerten Muschelschalen, tiefem Sand und Unrat übersät. Die frei zugänglichen Teile waren mit spärlichem sprödem Gras und Schuppenmieren bewachsen, mit spindeldürren Fächerpalmen und Zwergeichen.

Der ältere Teil des Dorfs, Spanishtown Creek, sah anders aus. Dort hatten die Einwanderer aus Spanien, Menorca und Kuba die Bäume ihrer Heimatländer angepflanzt. Mit Palmwedeln gedeckte Holzhäuser ruhten in einem tropischen Wirrwarr aus Avocados und Limonen, Orangen, Feigen, Papayas, Bananen, Mangos und Tamarinden. Der scharfe, beißende Geruch von Guajavefrüchten, die zu Gelee zerkochten, strömte aus Spanishtown Creek hinaus. Der exotische Duft weckte in Osceola den Hunger.

Jenseits der Gestelle mit trocknenden Fischen war der Strand voller Fischerboote mit Bütten, die mit geteerten Netzen drapiert waren. Die braunen Segel der Boote hingen an Trockengestellen wie Kormoranflügel. Besitzergreifende Pelikane hockten schlafend auf den Schandeckeln.

Als Osceola, Alligator und Aury's Black Tampa betraten, saß

der gesellschaftliche Bodensatz der Siedlung an einem langen Tisch aus groben Planken. Der Tisch nahm den größten Teil des Innenhofs von Graf Odette Philippes Austernladen und der Billardhalle ein. Philippe behauptete, mit König Ludwig XVI. verwandt zu sein. Er war in der Seeschlacht von Trafalgar gefangengenommen und auf die Bahamas ausgewiesen worden. Nach seiner Entlassung hatte es ihn hierher verschlagen, wo er dabei war, seinen Weg nach oben zu machen. Holz für seine geplante Kegelbahn lag hinter dem Austernladen aufgestapelt.

Soldat O'Reilly wischte sich den Rand seiner verschwitzten Hand an seinen speckigen blauen Hosen ab. Dann schob er mit der Hand die Maiskörner behutsam von dem viereckigen Stück Karton und machte ein säuberliches Häufchen. Das Lottobrett war vor Gebrauch weich und ausgefranst. Sein roter Rand war zu einem verblichenen Braun verblaßt. Die aufgedruckten Netzlinien und Zahlen waren fast unlesbar. O'Reilly ging so behutsam damit um, als wäre es ein Spitzentaschentuch, und Behutsamkeit war nicht O'Reillys Art.

»Manchmal habe ich das Gefühl, auf der falschen Seite zu stehen«, sagte er.

»Was meinst du damit?« Soldat Lewis ließ den Bankhalter, den Eigentümer der Karten, keine Sekunde aus den Augen. Er war dabei, seinen Prozentanteil an den Zehn-Cent-Münzen, Gutscheinen und Golddublonen in einen umgedrehten Strohhut abzuzählen.

O'Reilly und Lewis hatten die Fässer, auf denen sie saßen, nach hinten geneigt, damit sie sich an die Wand aus Palmenstämmen lehnen konnten. Die Sitze an der Wand füllten sich immer als erste. Dies waren keine Männer, die den Rücken gern ungedeckt ließen.

»Seht sie euch an.« Mit dem Kinn zeigte O'Reilly auf Osceola und Alligator. »Das nenne ich mir eine Uniform, mit der ein Mann herumstolzieren kann.«

O'Reilly erfaßte mit einem schiefen Blick die Fransen an ihren Leggings, die Gewehrhüllen und die leuchtenden Farben und Rüschen des Besatzes ihrer Jagdhemden. Osceola und Alligator hatten ihren besten Staat angelegt. Sie trugen ihren silbernen Halsschmuck, Armringe und Armbänder, Wollschals, perlenbesetzte Beinlingsbänder und Gürtel, purpurne Schärpen und Hüftbeutel und Ohrringe aus Muschelschalen. Weiße Silberreiherfedern wippten majestätisch an den kunstvollen Turbanen, deren fransenbesetzte Enden lose im Nacken herabhingen. Die Turbane verliehen ihnen das verwirrte Aussehen von Weisen aus dem Morgenland, die sich ohne Kamele aus ihrer Wüste hierher verirrt hatten.

O'Reilly musterte seine verblichene, fleckige und zerknitterte Uniform mit Abscheu. »Sie sehen aus wie zufriedene Männer«, sagte er. »Ich wette, daß sie nie gelangweilt oder überarbeitet sind oder daß es ihnen je an der Gesellschaft entgegenkommender Frauen fehlt.«

»Sie sehen aus, als hätten sie sich für ein Zusammensein mit Damen angezogen.« Soldat Lewis war weit mehr daran interessiert, seine Spielkarte gegen eine bessere einzutauschen. Er musterte die verfügbaren Karten, als könnte ihm die Gewinnkarte irgendwie ein Zeichen geben. »Es sind einfach nur Indianer«, fügte er hinzu. »Und zahme noch dazu.«

»Nein, das sind sie nicht.« Mit seinen neunzehn Jahren war Soldat O'Reilly schon ein kluger Menschenkenner. Er würde es eines fernen Tages noch zum Sergeant bringen. »Diese Jungs da sind jederzeit bereit loszuschlagen. Ein Funke genügt.«

»Es sind die Nigger, die mich auf die Palme bringen.« Lewis schenkte Aury's Black einen verächtlichen Blick. Black war über 1,90 Meter groß. Selbst wenn er demütig gewirkt hätte, wäre er in einer Menschenmenge aufgefallen. Und er war nicht demütig. »Seht euch den mal an. Der stolziert herum wie ein Hahn in einem Haufen Scheiße.«

Ein kurzes Handgemenge brach los, als Juan Gomez einen Dolch aus dem Stiefel zog. Er langte quer über den Tisch, packte seinen Nachbarn an der Hemdbrust und hob ihn von dem Baumstumpf hoch, der als Stuhl diente. Gomez hob das Kinn des Mannes mit der Messerspitze in die Höhe, bis er ihm in die Augen sah. Gomez hatte sehr ausdrucksvolle Augen.

»*Cabrón.*« Er sprach weich. »Warum so rücksichtslos? Du darfst die Karten des *caballero* nicht mit diesem Saft schmutzig machen.« Als er losließ, fiel der Mann wieder auf den Baumstumpf und knurrte mit gedämpfter Stimme ein paar Drohungen auf die Tischplatte.

Ein Gerücht wollte wissen, daß Gomez Sklavenhändler war. Daß er mit dem Piraten Gasparilla gesegelt war. Bis vor kurzem hatte er sich auf der Insel Panther Key versteckt. In seiner Abwesenheit waren Geschichten über ihn in Umlauf. Sie breiteten sich auf wundersame Weise aus wie eine sommerliche Gewitterwolke. In Tampa war Gomez so etwas wie eine frei an Deck herumrollende Karronade. Trotz seines drohenden Gemurmels war der Mann jetzt etwas vorsichtiger mit dem Austernsaft, der ihm von den Händen tropfte.

Ein wüst aussehendes Pärchen dunkeläugiger Schwestern schleppte aus dem dunklen Inneren des Etablissements von Graf Philippe Eimer mit süßen Waschbäraustern und Krüge mit warmem Bier heran. Die ältere Frau hatte sich ein großes Messer in den Gürtel gesteckt, der ihr tief auf den ausladenden Hüften hing. Sie sah aus, als wäre sie fähig, es zu gebrauchen. Sogar Don Juan Gomez beschränkte seine Aufmerksamkeiten auf ein zaghaftes Winken.

Zu Füßen der Männer wuchs langsam der Haufen weggeworfener Austernschalen an. Eine Meute bösartiger Hunde strich unter dem Tisch herum. In der Nähe hüpfte ein Schwarm unruhiger Seemöwen herum, die klagende und glucksende Laute hören ließen. Osceola, Alligator und Black blieben am Rand des aus groben Zypressenbohlen bestehenden Fußbodens stehen, der zur Sicherheit zwölf Zentimeter höher war als der dahintreibende Sand auf der Straße.

Sie sahen dem Spiel ohne jeden Kommentar zu. Selbst wenn die Männer hier ihre Worte nicht verstehen würden, schwiegen die drei aus Gewohnheit. Sie würden nie das Risiko eingehen, ihre Gedanken auch nur durch eine Gebärde zu verraten.

Während er beobachtete, nahm Osceola alles in sich auf – das Spiel, die Spieler, die Soldaten, die auf den Straßen patrouillierten, die klagenden Schreie der Seemöwen, das Sprachengewirr aus Englisch, Spanisch und Französisch. Er roch den Schweiß der Männer und bemerkte, wie anders dieser Duft war als die Gerüche, an die er gewöhnt war. Die Männer verströmten auch den ranzigen Geruch der Vanilleschoten, auf denen sie herumkauten, und des fauligen Mangrovenholzes, das sie zum Schutz vor Moskitos in qualmenden Töpfen verbrannten. Osceola schmeckte die gelegentliche salzige Brise, die ihn anwehte. Er genoß es, neue Orte kennenzulernen, selbst wenn sie so unangenehm waren wie dieser.

Der Bankhalter schüttelte die große Kürbisflasche und zog den ersten Holzblock heraus. Er studierte ihn, bis die Spieler lautstark seine Männlichkeit und die Tugend seiner Mutter in Zweifel zu ziehen begannen. Als er die Nummer auf dem Holzblock ausrief, suchte jedermann auf seiner Karte nach der dazu passenden Zahl. Wenn er eine fand, bedeckte er sie mit einem Maiskern. Dann lehnten sich alle wieder zurück, um einen Schluck Bier zu trinken, Austern zu essen, zu rülpsen und auf den nächsten Aufruf zu warten.

Trotz ihrer Mission sahen Osceola, Alligator und Black hingerissen zu. Alligator bedachte Osceola mit einem Seitenblick. Er zog kaum wahrnehmbar die Augenbrauen hoch und drehte das silberne Armband an seinem dünnen Handgelenk. Alligator liebte Spiele sogar noch mehr als Frauen. Osceolas Mundwinkel zuckten. Es war ein Zeichen, das nein bedeutete. Heute hatten sie keine Zeit für Glücksspiel.

Die Strahlen der Nachmittagssonne krochen über den Tisch. Die Schwestern ließen die hochgerollten Leinwände herunter, die an den Dachtraufen des Innenhofs hingen. Die verschimmelten Gardinen versperrten die Aussicht und brachen den Bann des Spiels. Als Osceola und seine Freunde weggingen, hörten sie Gomez.

»Wer dieser große Nigger ist, willst du wissen?« Gomez sprach laut, damit Black ihn hören konnte. »Er ist einer von Aury's Schwarzen, den desperatesten, blutrünstigsten Wilden, die je eine Küste heimgesucht haben.«

Black sah sich nicht um, aber ein feines Lächeln umspielte sein verwüstetes Gesicht. Er hörte die Anerkennung in Gomez' Stimme heraus. Über die anschließende Stille hinweg ertönte O'Reillys Ruf.

»Lotto!«

Osceola, Alligator und Black passierten Major Brookes ausgedehntes Schildkrötenreservoir in der Nähe der Landebrücke des Forts. Am Fuß des Anlegers wartete eine Gruppe von Seminolenfrauen auf die Ankunft der Fischereiflotte. Nachdem der Küchenbulle seine Auswahl getroffen hatte und bevor die Überreste als Kompost weggekarrt wurden, konnten die Frauen sich nehmen, was sie wollten.

»Die Hungersnot scheint an der Küstenlinie haltgemacht zu haben.« Alligator schnupperte das Aroma des Fischeintopfs, der sich mit dem Duft der köchelnden Guajavefrüchte mischte.

»Das Meer hat weder unter Dürre, Flut noch Pestilenz zu leiden.« Blacks Augen starrten in die Ferne, bis er die Linie sah, wo das Wasser dem Himmel begegnete. Wie die Sehnsucht nach einer Frau traf ihn die Lust, aufs Meer hinauszufahren, wenn er es am wenigsten erwartete. Er wollte wieder spüren, wie sich ein Schiffsdeck unter seinen Füßen neigte und schwankte. Er sehnte sich danach, die Kugelblitze des Elmsfeuers an den Enden der Rahen aufblitzen zu sehen, wie sie ihre magische Macht durch die Planken und Balken des Schiffs jagten. Er wollte sich bewegen, während er stillstand.

»Da drüben sind Chalo Emathlas Leute.« Osceola starrte auf die wartenden Frauen. »Ich dachte, Trout Leader verweigerte die Nahrung des weißen Mannes.«

Sie fanden Major George Brooke, der auf dem Ende einer dicken Havannazigarre herumkaute, die in seinem jungenhaften Gesicht lächerlich wirkte. Sein struppiges rötlichbraunes Haar kräuselte sich auf höchst unmilitärische Weise. Er schien das durch einen riesigen Backenbart kompensieren zu wollen. Der hohe Hemdkragen Brookes erinnerte Osceola an den kegelförmigen Perlenkragen seiner Großmutter. Weder für Major Brooke noch für Fighting in a Line war es eine leichte Übung, den Kopf zu drehen.

Der Major gestikulierte zu den Seminolenmännern hin, die zwischen den wackeligen zweirädrigen Karren vor dem Marketenderladen standen. Die weißen Eigentümer der Karren waren im Laden, um einzukaufen. Die Seminolen waren in dem Gewirr von Booten, Streifen, Paraden, Besuchern, Bauern und Herumtreibern nur ein Verkehrshindernis.

»Kann ich Ihnen behilflich sein, Major?« Aury's Black salutierte vorschriftsmäßig, und die Glöckchen an seinem Hemd klirrten. Er sprach ein Englisch mit einem französischen Akzent, der ihm etwas Kultiviertes verlieh. Der Effekt wurde durch die Säbelnarbe zunichte gemacht, die eine keilförmige Furche quer durch seine breite, platte Nase und den hohen Wagenknochen schnitt. Sein piratenhaftes Aussehen wurde durch die Machete, die Pistole und die beiden goldenen Ringe in dem linken Ohrläppchen noch gesteigert.

»Bitte.« Brooke hielt es für richtig, Blacks äußere Erscheinung und dessen sardonischen Tonfall zu ignorieren. Der offizielle Dolmetscher des Forts war an einem Fieber erkrankt, das er mit großzügigen Whiskeygaben zu behandeln versuchte. »Sag ihnen, daß die Rationen noch nicht angekommen sind. Wir erwarten sie jeden Tag.«

»Die weißen Männer haben euch wieder hereingelegt«, erklärte Black den Seminolen liebenswürdig. »Sie haben nichts für euch zu essen.«

Die Männer murrten leise vor sich hin. Keiner von ihnen sah Osceola oder Alligator in die Augen. Schließlich sprach einer. »Sie haben uns Lebensmittel versprochen. Unsere Kinder hungern.«

»Geht nach Hause«, sagte Osceola. »Geht auf die Jagd. Geht fischen. Grabt Wurzeln aus. Tut, was ihr tun müßt, um zu überleben.«

»Wir *tun* ja gerade, was wir zum Überleben tun müssen.«

»Verlaßt euch nicht auf die Versprechungen der Amerikaner«, sagte Osceola. »Sie sagen nicht die Wahrheit, wenn eine Lüge ihnen besser paßt. Wenn ihr ihre Lebensmittel akzeptiert, akzeptiert ihr ihren Vertrag. Ihr akzeptiert den Verrat, der sich in seinen Seiten zusammenrollt wie eine Klapperschlange in trockenem Laub. Seid ihr Hühner? Wollt ihr euch um die paar Körner balgen, die ihnen aus den Händen fallen?«

Die Männer blickten zu Boden. Sie warteten schon seit Tagen, aber hier hatte man ihnen zumindest etwas zu essen versprochen, und ihre Frauen konnten etwas Fisch erbetteln. Ihre Kinder konnten in den überquellenden Müllhaufen des Forts herumwühlen. In ihrem Dorf waren die Kessel leer. Sie hatten nichts geerntet.

»Geht.« Der Wechsel von Vorschlag zu Befehl in Osceolas

Stimme war unüberhörbar. Einer nach dem anderen trotteten die Männer los, um ihre Frauen unten am Anleger zu suchen.

»Vielen Dank.« Brooke war erleichtert. »Sie betteln seit Wochen hier nur herum. Sie sollen irgendwann sowieso alle ins Inland umziehen. Obwohl ich nicht weiß, wie sie dort überleben sollen. Sie sind in einem bedauernswerten Zu...« Brooke verstummte plötzlich, als ihm aufging, daß er mit jemandem sprach, der sich in einem genauso bedauernswerten Zustand befand.

»Wir suchen nach einem Freund.« Black wechselte taktvoll das Thema. »Nach einem Red Stick namens Heartless Snake. Er trägt einen grünen Turban mit gelben Federn.«

»Ich habe ihn nicht gesehen. Immerhin habe ich hier fünfhundert oder mehr Indianer pro Tag zu ernähren. Es kann leicht sein, daß ich ihn übersehen habe. Eine Patrouille hat mir Klagen über zwei verdächtige Kerle gemeldet, die in der Nähe von McGirths Viehherde herumlungerten. Was einen Mann unter diesen Galgenstricken als verdächtig erscheinen lassen soll, kann ich nur ahnen.«

»Verkauft McGirth Whiskey?«

»Wir haben ihn noch nicht dabei erwischt.« Major Brooke hörte sich abwehrend an.

»Ich danke für die Information.« Black drehte sich um, um zu dolmetschen, und Brooke fügte noch einen Gedanken hinzu.

»Frag deinen Herrn, ob er sich vorstellen kann, dich zu verkaufen. Ich könnte deine Dienste gebrauchen, und du würdest gut behandelt werden.«

»Sag dem amerikanischen *tastanagee,* daß ich meine Schwarzen nicht verkaufe.« Osceola erwähnte nicht, daß er gar nicht das Recht hatte, Black zu verkaufen. Eine solche Äußerung hätte dessen Freiheit noch mehr gefährdet.

Aber Brooke ging der Frage nicht weiter nach. Er war mit wichtigeren Problemen beschäftigt. Als die drei Krieger gingen, wies er den Hauptfeldwebel an, pro vierzehn Wehrpflichtigen nur eine Zahnbürste auszuteilen.

14

Heartless Snake hatte jedes Gefühl für die Zahl der Tage verloren, die inzwischen vergangen waren. Er hatte auch jedes Gefühl in Armen und Schultern verloren. Die weißen Männer hatten seine Handgelenke zusammengebunden und das Seil dann über den Firstbalken des Lagerschuppens geworfen. Sie hatten ihn hochgezogen, bis er hilflos in der Luft baumelte und mit den Zehenspitzen knapp den Boden berührte. Sie hatten seinen toten Hund auf den sandigen Boden geworfen, und der Kadaver begann zu riechen.

Die Weißen waren einmal zurückgekommen, um von den Dutzend Fässern im Schuppen eins wegzurollen. Sie hatten Heartless Snake einen Schubs gegeben, so daß er wie ein Pendel schwang und seine eigene Sterblichkeit messen konnte. Sie hatten ihn ausgelacht und waren zu ihrem Würfelspiel vor dem Schuppen zurückgekehrt, der als Lager diente. Seitdem hatten sie sich nicht mehr um ihn gekümmert.

Die Taubheit hatte in Heartless Snakes Fingern begonnen und sich dann in der Brust ausgebreitet, ohne aber den Schmerz zu dämpfen. Das steife Hanfseil hatte das Fleisch seiner Handgelenke abgescheuert und war inzwischen blutgetränkt. Fliegen saßen in dichten Trauben wie blitzende Edelsteine darauf. Seine linke Schulter war im Kampf mit den Weißen ausgerenkt worden. Der mörderische Schmerz erinnerte ihn daran, daß er noch nicht in die Geisterwelt hinübergewechselt war.

Sein Gefährte hing vor ihm und starrte ihn aus blicklosen Augen an. Während der Nacht mußte sein Geist die Gestalt einer Eule angenommen haben und weggeflattert sein. Heartless Snake summte stumm einen Gesang für ihn.

Hab Geduld. Heartless Snake redete sich von dem Abgrund von Verzweiflung weg, der in dem tabakfleckigen Sand zu seinen Füßen gähnte. *Du wirst bald bei ihm sein.*

Als er Stunde um Stunde dort hing, hatte er nicht vermeiden können, sich zu beschmutzen. Als Heartless Snake so in dem dunklen, staubigen Gewölbe des Schuppens hing, stellte er sich vor, eine Schmetterlingspuppe zu sein. Er war eine häßliche

Raupe, die dabei war, sich in einen Geist zu verwandeln. Er sah sich, wie er sich aus seiner sterblichen Hülle löste und im Tod frei flog.

In seinen anderen Augenblicken wieder verdammte er seinen *sabia,* seinen magischen Stein. Er hatte für ihn gesorgt, wie man ihn angewiesen hatte. Er hatte ihn gestreichelt, ihm vorgesungen und ihn gefüttert, aber er hatte sich trotzdem gegen ihn gewandt.

Heartless Snake spürte, daß eine zweite Nacht näher rückte, auch sie würde keine Erlösung von der stickigen Hitze im Schuppen bringen. Er hatte beobachtet, wie der strahlende Streifen Sonnenlicht um die Leinwand verblaßte, die in der Türöffnung hing. Er konnte hören, wie die Nachttiere – die Mäuse und Küchenschaben – im Strohdach von Dach und Wänden raschelten. Die Moskitos wurden zahlreicher. Er versuchte, den Zeitablauf an dessen Auswirkungen auf seinen Körper zu messen.

Schmeißfliegen hatten ihre Eier in dem Netz von Einschnitten abgelegt, welche die Peitsche der Weißen auf seinem Rükken hinterlassen hatte. Heartless Snake konnte nicht spüren, wie sich dort Larven bewegten. Die Larven waren noch nicht aus den Eiern geschlüpft. *Ihr Brüder Maden, ihr werdet zu spät kommen, aber ich wünsche euch gute Gesundheit.*

Heartless Snake wußte, daß er schon tot sein würde, wenn die Maden mit ihrem heilenden Werk begannen, das faulende Fleisch zu fressen. Andere Kräfte trugen ihn zum Geisterland hin. Die stärkste war der Durst.

Heartless Snake hatte das schläfrige Stadium der Entwässerung und dann der Übelkeit schon hinter sich. Getrocknetes Erbrochenes bedeckte seine Brust und den eingesunkenen Bauch. Jetzt fühlte er sich benommen. Sein Kopf pochte vor Schmerz. Seine Zunge schwoll an, bis sie ein Klumpen dunkelroten Fleischs war, der ihm aus den blutenden Lippen hervorquoll. Heartless Snake wünschte, er könnte sich das Blut ablekken, um seinen Durst zu löschen, aber das war unmöglich. Seine aufgequollene Zunge war zu einem unbeweglichen Eindringling in seinem Mund geworden.

Gerade als er dachte, das Schlimmste schon hinter sich zu

haben, begann das Jucken. Seine Haut fühlte sich an, als würden Schaben auf seinem ganzen Körper herumkrabbeln. Er war überzeugt, wahnsinnig zu werden. Er zappelte und zuckte schwach. Der Schmerz stach ihm durch die Schulter, aber das Jucken wurde nur schlimmer.

Heartless Snake konnte den Schmerz ertragen. Er konnte in Würde sterben, obwohl er wie ein Damhirsch hier zum Ausbluten hing. Er konnte die übelriechende Hülle ignorieren, zu der sein Körper geworden war. Aber das Jucken war unerträglich. Er versuchte, um das Hindernis seiner eigenen Zunge herum zu schreien. Wenn es ihm gelang, die Aufmerksamkeit der Weißen auf sich zu ziehen, würde er sie vielleicht so weit reizen können, daß sie ihn töteten.

Als er glaubte, Wasser in Kaskaden an den Wänden herunterströmen und über den Sand fließen zu sehen, wußte er, daß das Ende gekommen war. Er begann, in überströmender Freude und unhörbar seinen Todesgesang anzustimmen. In seinem halluzinatorischen Zustand war er zornig auf die behutsamen Hände, die nach seiner Taille tasteten. Ihre spinnenähnliche Berührung steigerte nur den Juckreiz. Das Seil wurde schlaff, und weitere Hände ließen ihn behutsam zu Boden gleiten. Sie lösten seine Handgelenke, und Heartless Snake genoß das Gefühl, seine Arme wie totes Holz an den Seiten zu spüren. Er versuchte sich zu kratzen, doch seine Finger verweigerten jede Bewegung.

Osceola zog den Korken aus seiner Kürbisflasche. Er goß sich Wasser auf die Handfläche, das er dann auf Heartless Snakes aufgeplatzte Lippen tröpfeln ließ. Er ließ es weiter tröpfeln, bis Heartless Snake in der Lage war, etwas davon zu schlucken. Heartless Snake dankte ihm überschwenglich, obwohl Osceola nur ein unzusammenhängendes Murmeln um die Zunge herum hörte.

Aury's Black bückte sich, um Heartless Snake aufzuheben, aber Osceola hatte ihn schon auf die Arme genommen und sich mit Alligators Hilfe quer über die Schulter gelegt. Osceola trug seinen Freund mühelos durch den Schuppen und durch das Loch, das sie in die Palmwedel der Rückwand geschnitten hatten.

»Die Bleichaugen schulden uns ein Leben.« Alligator schüttelte seine Muskete drohend zu McGirths Schnapsladen hin.

»Das werden wir uns später holen«, erwiderte Osceola. »Hier gibt es zu viele davon.«

Black verharrte in der Öffnung. Die Leiche von Heartless Snakes totem Gefährten schien über den Fässern zu schweben, als hätte man ihn bei seiner Reise in die Geisterwelt aufgehalten. Black blickte sehnsuchtsvoll zu all dem Whiskey hin und seufzte, zog einen Palmwedel aus der Wand und hielt ihn gegen das glimmende Zunderholz in seinem Hornbehälter. Er blies vorsichtig, bis der spröde Palmwedel Feuer fing, wedelte damit herum, bis er richtig brannte, und steckte dann das Reetdach damit an.

Als er Osceola und Alligator einholte, brannte es bereits lichterloh. Sie konnten die fernen Rufe von McGirth und dessen Spießgesellen hören.

»Ich hatte schon erwartet, dich mit einem Faß Whiskey auf der Schulter zu sehen.« Osceola grinste Black an.

»Das ist Rum. Fusel. Wenn seine Kunden Glück haben, hat er das Zeug nur mit Pfeffer gemischt. Mit Wasser aus einem Tümpel. Wahrscheinlicher ist, daß er es mit Terpentin verschnitten hat.« Black warf einen Blick über die Schulter und sah zu dem Feuer hin, dessen Flammen krachend in den Himmel stiegen. »McGirth wird versuchen, seine Ware zu retten. Das wird ihn aufhalten.«

»Kennst du alle verdorbenen weißen Männer?« fragte Osceola.

»Von den alten kenne ich die meisten, aber neue strömen schneller herein, als ich sie kennenlernen kann. In Georgia gibt es so viele davon, daß es für den Export reicht.« Black lächelte grimmig. Die Banditen Georgias waren nur blasse Imitationen der monumentalen Schurken, die er früher einmal gekannt hatte.

Black hatte von Osceolas Ausdauer gehört und war immer noch erstaunt, daß soviel Schnelligkeit und Kraft in einem so schlanken und anmutigen Körper Platz finden konnten. Osceola wurde durch Heartless Snakes Gewicht belastet, aber Black schaffte es trotzdem kaum, ihm ein paar Schritte vorauszubleiben.

Black und Alligator verbrannten getrocknete Fächerpalmwedel als Fackeln und zündeten mit den alten neue an, bevor die Flammen erstarben. An Palmwedeln herrschte kein Mangel. Nach einem halbstündigen Marsch drückte Black seine Fackel im Sand aus und gab Alligator ein Zeichen, es ihm nachzutun. Osceola legte Heartless Snake behutsam ins Gebüsch. Er und die anderen warteten, bis sich ihre Augen an das schwache Licht des verebbenden Mondscheins gewöhnt hatten, bevor sie weitergingen.

In der Mitte der Lichtung des Hartholzwäldchens brannte ein Feuer. Sein Licht erhellte die Unterseiten des Blätterdachs der Eichen und verlieh den dichten Flechten der Tillandsien, die von den Ästen hingen, ein gespenstisches Aussehen.

»Hier hast du deine Chance, den Tod des Kriegers zu rächen«, flüsterte Black. Osceola und Alligator mochten sich in der Wildnis auskennen, waren aber bejammernswert unwissend, was die Perfidie weißer Männer anging.

»McGirth schickt meist jemanden hinter roten Menschen her, die Whiskey von ihm gekauft haben.« Black sprach so leise, daß man seine Stimme fast für das Seufzen des Winds halten konnte. »Der Mann wartet, bis sie so betrunken sind, daß sie einschlafen. Dann schlitzt er ihnen die Kehlen auf. Er stiehlt ihre Waffen, ihren Schmuck, sogar den Whiskey, den sie noch nicht getrunken haben.«

McGirths Mann hatte sich nicht die Mühe gemacht, den Pfad zu verlassen. Er kauerte da und wandte Osceola und den anderen den Rücken zu. Sein Gewehr mit halbem Schaft balancierte er quer auf den Knien. Black schlich sich nahe genug an ihn heran, um sein Haar zu packen, riß ihm den Kopf zurück und schnitt ihm die Kehle durch. Er nahm den Skalp und warf den Leichnam über die Schulter. Dann hob er das Gewehr des toten Mannes auf.

»Ich werde das hier in den Sumpf kippen.« Er neigte den Kopf zu den baumelnden Beinen des Mannes und grinste. Seine ebenmäßigen weißen Zähne glühten fast in der Dunkelheit.

Auf der Lichtung hatte niemand sie bemerkt. Ein Krieger saß mürrisch neben einem Haufen mit Messern und Musketen, Bogen, Pfeilen und Kriegsbeilen. Das Kinn in die Hände gestützt, beobachtete er, wie seine Freunde um das Feuer tanzten. Man hatte ihn ausgewählt, nüchtern zu bleiben, um die Waffen zu bewachen und Streitigkeiten zu verhindern, während seine drei Freunde tranken.

»Die Bleichaugen werden sie beschuldigen, die Hütte verbrannt zu haben«, sagte Osceola. »Wir werden sie mitnehmen müssen.« Er ging in den Lichtschein des Feuers und ließ den schrillen, langgezogenen Ruf des Schwarzen Getränks hören. Er erschreckte die Männer so, daß sie unsicher schwiegen.

Der Schrei und der Skalp an Blacks Gürtel verwirrten sie. War der Krieg erklärt worden? Sie versuchten, sich darüber klarzuwerden, als sie auf den Waffenstapel zustolperten.

»Kommt.« Osceola erreichte die Waffen als erster und begann sie aufzuheben. Als ihre Eigentümer Einwände erhoben, trat Alligator mit vorgehaltener Muskete vor.

»Du.« Er zeigte auf den nüchternen Mann. »Trag so viele dieser Waffen, wie du kannst.«

Osceola warf sich Heartless Snake wieder über die Schulter. Mit Osceola an der Spitze der Karawane, hinter dem Alligator ging, und Black, der die Nachhut bildete, begannen sie den langen nächtlichen Marsch zu Abihkas Dorf.

Die schattenhaften Umrisse kleiner Kinder, die wie Baumwollratten mit glänzenden Augen zwischen den Maisstengeln hin und her liefen, rannten in Abihkas Stadt von Hütte zu Hütte. Ein älterer Junge verschwand im Wald. Er machte sich auf den Weg nach Swamp Town, um Dahomey und Heartless Snakes Frau die Nachricht zu überbringen.

Osceola trug Heartless Snake zu Morning Dews Gästehütte. Fighting in a Line war durch das Licht eines harzigen Kiefernspans geweckt worden und war schon dabei, ihre Dutzende von Perlenketten anzulegen. Mad Dog war damit beschäftigt, sein Morgenritual hinter sich zu bringen und sich mit einer Reihe lauter Schnaublaute die Nase zu putzen.

Um Heartless Snakes geschundenen Rücken zu schonen, legte Osceola ihn auf einem Stapel von Decken auf den Bauch. Er setzte sich mehrere Minuten neben ihn und lauschte dem ungleichmäßigen Atem seines Freundes. Er sang seinen mächtigsten Medizingesang.

Wenn Heartless Snake es schaffte, den frühen Morgen zu erleben, würde Abihka seine Medizin einsetzen. Und Dahomey und Heartless Snakes Frau würden bald hier sein, um ihn zu waschen und für ihn zu sorgen und seinen Rücken mit heilenden Salben einzureiben. In Swamp Town war Dahomey eine mächtige Heilerin.

Osceola fand Morning Dew, die neben dem mit Asche gedämpften Feuer kniete und ihm neues Leben einblies. Little Warrior saß schläfrig neben ihr auf einem Palmenstamm. In den Hütten um sie herum konnte er hören, wie sich Menschen leise unterhielten. Er hörte das Rascheln von Matratzen aus Bartflechtenartiger Tillandsie und das Knacken von Palmenstammdielen unter nackten Füßen.

»Du bist gekommen, Mann.«

»Das bin ich.« Osceola legte die gleiche Höflichkeit an den Tag. Doch als er sich erschöpft neben seine Tochter auf den Palmenstamm setzte, fühlte er die zarte Liebkosung von Morning Dews Fingern im Nacken. Durch den dünnen Stoff ihrer Bluse spürte er die Weichheit ihrer Brust an seiner Wange, als sie sich über seine Schulter beugte, um ihm *koontee*-Brot und kalten *sofkee* zu servieren. Die Berührung war kein Zufall.

Wie Motten begannen die Menschen, die beiden sternförmigen Feuer zu umkreisen, die Frauen das eine und die Männer das andere. Die Kinder saßen in schläfrigen Reihen auf den Stämmen. Alle sprachen noch leiser als gewohnt, als wären sie noch nicht ganz wach oder als zögerten sie, die Stille der warmen Nacht zu stören.

Alligators Frau eilte in den Lichtschein der Feuer. Mit einem Arm balancierte sie ihren Sohn auf der Hüfte. Mit der freien Hand rückte sie die Schärpe zurecht, die sie sich über die pummelige Schulter geworfen hatte. Sie sagte nichts, begann aber, Morning Dew bei der Zubereitung des Essens zu helfen, obwohl sie das Baby noch auf der Hüfte hielt.

Die Männer fanden sich ohne viel Aufhebens nach und nach ein, als wären sie zufällig um drei Uhr morgens aufgewacht, als wäre es selbstverständlich, daß sie sich hier in der Nähe aufhielten. Sie setzten sich zu Morning Dews Onkeln und Schwagern. Mad Dog zeigte ein riesiges Gähnen und kratzte sich im Schritt. In seiner Schläfrigkeit berechnete Old Squat die Entfernung zwischen seinen hohlwangigen Hinterbacken und dem Baumstamm falsch. So setzte er sich härter hin als beabsichtigt, und Swamp Singer gluckste über den Ausdruck von Überraschung und Kummer, der sich auf seinem Gesicht zeigte.

Obwohl die Nacht heiß war, hatte sich Mad New Town eng in seine Baumwolldecke gehüllt. Die Männer begrüßten ihn höflich, aber er grunzte nur zur Antwort. Er hatte sich die Decke wie eine Kapuze um den Kopf gezogen und starrte in die Flammen. Abihka, der neben ihm saß, machte den Eindruck, als wäre er schon seit Stunden auf.

»Das ist eine schöne Gewehrhülle«, sagte er zu Black. Abihka verschob die Befragung seiner jungen Krieger, die über ihren Streifzug berichten sollten, höflich. Er würde über andere Dinge sprechen, bis sie gegessen und sich ein wenig ausgeruht hatten.

»Die Hülle ist für dich. Du kannst sie behalten, geliebter Onkel.« Black löste die Lederriemen und zog sein Steinschloßgewehr der Marke Hall heraus. Er reichte Abihka den schweren Beutel.

»Die Hülle hat keine Naht.«

»Nein, geliebter Onkel.«

»Was für eine Art von Gewehrhülle hat keine Naht?«

»Eine, die aus dem Pimmel eines Wals gemacht ist.«

Abihka, Mad Dog, Swamp Singer und Old Squat streckten den Beutel vor sich aus. Er war mehr als zwei Meter lang und reichte von Abihka bis zu Old Squat am anderen Ende der Reihe.

»Was für ein Geschöpf hat einen solchen Pimmel?« wollte Abihka wissen. Vom Feuer der Frauen her ertönte ein unterdrücktes Lachen, dann Stille. Sie wollten die Antwort nicht verpassen.

»Es ist ein Geschöpf, das größer ist als jeder der Clanunterstände. Es lebt wie ein Fisch im Ozean. Ich ...« Black zögerte. »Ein Seemann, der diese Tiere jagte, hat mir die Hülle geschenkt.« Er erwähnte nicht, daß der Seemann sich nicht freiwillig davon getrennt hatte, als sein Schiff geplündert wurde.

»Es ist ein wundersames Ding«, ließ sich Abihka vernehmen.

Dahomey, Mink, Corn Grinder und eine weitere schwarze Frau tauchten aus der Dunkelheit auf.

»Verzeiht die Störung, Onkel.« Dahomey würde es vermutlich nie lernen, so feinfühlig zu sein wie eine Seminolin. Wenn sie mit einem Mann sprechen wollte, tat sie es. »Man hat uns gesagt, daß nur Heartless Snake zurückgekehrt ist. Unsere Schwester möchte wissen, ob ihr auch ihren Mann gesehen habt. Er ist mit Heartless Snake aufgebrochen.«

»Er ist ins Geisterland gereist.« Obwohl Osceola Heartless Snake und dessen Freund nicht auf den Pfad zu McGirth geführt hatte, fühlte er sich verantwortlich. »Er ist gerächt worden.« Osceola nickte zu Black, der den blutigen Skalp hochhielt.

Die Frau zog sich von dem Feuer zurück und verschwand in die Nacht, von der sie ein Teil zu sein schien. Dahomey sah Black lange und hungrig an, bevor sie ebenfalls ging, um die Frau zu trösten. Aus den Tiefen des Waldes ertönte das hohe, verzweifelte Wehklagen einer trauernden Frau. Wölfe stimmten in das Geheul ein.

»Ich bin alt«, sagte Abihka. »Wenn ich gehe, knacken meine Knie wie Zypressen im Wind. Ich werde schon bald ins Geisterland aufbrechen.«

Das glaubte natürlich niemand. Abihka drohte schon seit Jahren damit zu sterben; trotzdem lief er den jüngsten Männern immer noch davon.

»Meine Augen werden schwach, aber ich habe junge Augen, die reisen können, während ich zu Hause an meinem Feuer meine schmerzenden Gelenke wärme. Drei der besten Augenpaare unseres Volkes sind soeben zurückgekehrt. Sie haben das Leben eines Mannes gerettet. Sie haben den Tod eines anderen gerächt. An diesem Abend werden wir ihre Leistung feiern.« Abihka warf Osceola einen dieser durchdringenden Blicke zu, die ihm immer das Gefühl gaben, als bohrten sich die Augen des alten *tastanagee* in seine Seele. »Erzähl uns von eurer Reise«, sagte er.

Osceola wäre am liebsten auf sein Lager und in Morning

Dews Arme gefallen. Am liebsten hätte er einen Traum gejagt. Statt dessen nahm er seine schlafende Tochter und stand auf. Die Beschreibung von Heartless Snakes Zustand hob er bis zum Schluß auf. Es war schmerzhaft für ihn, einen so demütigenden Zustand überhaupt schildern zu müssen.

Osceolas Worte beschworen in dem von den Feuern erleuchteten Küchenhof das Bild von schimmernden Szenen der Bucht von Tampa und deren Stränden, die im Sonnenschein glitzerten. Osceola ließ bei der Erschaffung seiner Wortbilder nichts aus. Seine Zuhörer rochen den Fisch und die Guajavefrüchte, das faulige Mangrovenholz, den Schweiß, die Austern und die Hunde unter dem Tisch. Sie hörten die Wellen und die Seemöwen und das Säbelgeklirr der patrouillierenden Soldaten.

»Chalo Emathlas Volk bettelt in der ummauerten Stadt der Bleichaugen.« Diesen Teil der Geschichte gab er ebenfalls nur zögernd wieder. Chalo Emathla war Morning Dews Onkel. »Sie akzeptieren die Lebensmittel, die der Vertrag ihnen zugesagt hat. Die Frauen und Kinder durchwühlen den Abfall der weißen Männer wie Ratten.«

»Zu welchen Schlußfolgerungen bist du gekommen, mein Sohn?« fragte Abihka.

»Wir müssen in das Land umziehen, das für uns bestimmt ist.« Osceola erwartete das zornige Murmeln, das dann folgte.

»Hält er uns für Gänse?« sagte Fighting in a Line mit lauter Stimme. »Glaubt er, wir wechseln unser Zuhause mit den Jahreszeiten?«

»Wieso?« fragte Abihka.

»Die Dörfer der weißen Männer vermehrten sich wie Giftpilze nach einem schweren Regen. Ihr Whiskey und ihr Verrat sind ein Pesthauch, der sich an den Küsten ausbreitet. Wenn wir in die Mitte der Halbinsel umziehen, werden wir weiter von ihnen entfernt sein. Ich glaube Sinnmacher Hum-plee nicht, wenn er sagt, die Soldaten würden uns vor diesen Männern schützen. Aber wir werden enger zusammenleben. Wir können uns dann gegenseitig besser schützen.«

Schweigen folgte. Osceola wußte, daß sein Vorschlag für jeden unerträglich war. Seine Stimme verhärtete sich, als er fortfuhr.

»Wir müssen unsere Krieger von den Siedlungen der Bleichaugen fernhalten. Wir müssen sie davon abhalten, *ueho'mee* zu kaufen, Whiskey. Whiskey wird unseren Kampfeswillen weit wirksamer zerstören als sämtliche Kanonen Old Mad Jacksons. Ich sage euch eins: Wenn wir nicht umziehen, sind wir zum Untergang verdammt. Unsere Feuer werden sterben. Vom Lachen unserer Kinder wird nichts mehr zu hören sein. Unsere Mokassins werden im Sand keine Spuren hinterlassen.« Osceola setzte sich erschöpft hin.

Er hatte schon beschlossen, mit seiner Familie aufzubrechen und die wenigen mitzunehmen, die er überzeugen konnte, falls die anderen sich ihm widersetzten. Er würde so viele Menschen retten, wie er konnte.

»Die jungen Männer von zwei Städten haben gestritten, während mein Neffe fort war.« Mad New Towns Stimme hörte sich rauh und durch mangelnden Gebrauch ungeübt an. »Ihr Verstand war durch Whiskey getrübt. Jetzt gibt es böses Blut zwischen ihnen. Ich werde den Vorschlag meines Neffen unterstützen. Ich werde die anderen Angehörigen des Schlangenclans überzeugen. Die Zeit zum Umzug ist gekommen.«

Es war nur noch eine Stunde bis Sonnenaufgang, als der unvorbereitete Rat zu Ende ging und Osceola sich schließlich neben Morning Dew hinlegte. Das Baby in ihrem Leib war inzwischen so groß geworden, daß er sich mit dem Körper an ihrem Rücken ausstreckte. Sie seufzte und preßte sich gegen ihn. Sie streckte die Beine neben seinen aus. Sie paßten gut zusammen.

»Du hast mir gefehlt, Frau«, murmelte er ihr ins Haar. Er blieb einige Augenblicke still liegen und atmete im Gleichklang mit ihr. »Abihka hat mich gebeten, mit den Bleichaugen zu gehen, die die Grenzen unseres Landes festsetzen.«

»Die mit den Stäben und den Bleikugeln? Die Männer, die glauben, sie könnten die Erde wie Stoff abmessen?«

»Ja.«

»Wir brauchen dich hier.«

»Abihka wünscht, daß ich sicherstelle, daß die Bleichaugen uns nicht noch einmal betrügen.«

»Weiße Männer sind unberechenbar. Du wirst in Gefahr sein.«

»Der sicherste Platz für die Fliege ist auf der Hand, die sie klatschen will.« Als er sie fest an sich zog und ihren rauchigen Duft einatmete, verflog sein Zorn auf die weißen Männer, er strömte in seine Liebe zu ihr und war verraucht.

»Ich werde die ganze Region durchstreifen«, sagte er. »Ich werde für dein neues Haus den schönsten Platz aussuchen. Dort werden wir unsere Kinder großziehen, weit weg von den weißen Männern. Wir werden glücklich sein.«

15

Ein anhaltender Regen leistete Osceola Gesellschaft, als er in Abihkas Dorf trottete. Ein launischer Wind schob ihn von hinten, drehte dann und wehte ihm seinen kalten Atem ins Gesicht. Wasser strömte an den steilen Dächern der Hütten und *chikees* herunter und stürzte von den Dachtraufen. Osceola war völlig durchnäßt, aber das machte ihm nichts aus. Den Kindern, die in dem Wolkenbruch nackt herumliefen, ebensowenig. Sie ließen Blattkanus auf dem reißenden Wildbach fahren und planschten in den Pfützen.

»Du bist gekommen, *tastanagee*«, riefen sie fröhlich. Als sie ihn vorbeigehen sahen, standen sie stämmig und braun und glitzernd da. Ihr kurzes, regennasses Haar, das ihnen an den Köpfen klebte, ließ sie wie lauter kleine Fischotter aussehen. Osceola liebte sie alle. Sie waren die Gewähr dafür, daß sein Volk trotz aller Widrigkeiten weiterleben würde.

Viele der Frauen und die meisten der Mädchen standen ebenfalls im Regen. Sie lachten und hielten die Gesichter den Regenschwaden entgegen und schmeckten die Kühle des Wassers auf den Zungen. Es war November, der Monat Der Fallenden Blätter. Der Regen kam zu spät, um die verdorrten Ernten zu retten, brachte der ausgedörrten Erde aber wenigstens Feuchtigkeit und Erlösung von der erbarmungslosen Hitze.

Während der letzten zwei Monate hatte Osceola die weißen Landmesser geführt, als sie die Grenzen des neuen Reservats festlegten. In seiner Abwesenheit waren in Abihkas Stadt die offenen, mit Palmwedeln gedeckten Hütten, die *chikees*, gebaut worden. Selbst in dem strömenden Regen arbeiteten Männer unter den Dächern, obwohl die jüngeren im Augenblick die Arbeit ruhen ließen. Sie beobachteten, wie der Wind die nassen Kleider der Frauen an ihren Körpern kleben ließ.

Jede *chikee* bot einem oder zwei riesigen Zypressenstämmen Schutz, die zu Kanus ausgehöhlt wurden. Nachdem man auf den Stämmen Schwelfeuer entzündet hatte, wurde die schmale Holzkohlenschicht herausgehackt. In diese Höhlung wurden weitere glühende Scheite gelegt, worauf der Vorgang sich wiederholte. Es war langsame, mühselige Arbeit.

Wenn die Innenseiten fertig waren, formten ein paar alte Männer, die in diesen Künsten erfahren waren, die anmutigen Linien der Rümpfe. Die Seiten der fertigen Kanus würden etwa so dick sein wie ein Fingergelenk. Feuer und Eisen und Sehnen würden die massiven Baumstämme in lange, zarte Schalen mit geschwungenen, aufragenden Bug- und Heckseiten verwandeln. Osceola blieb stehen, um Mad Dog zuzusehen, der eine Mannschaft halbwüchsiger Jungen beaufsichtigte.

»Du bist gekommen, Enkel.« Mad Dog ließ seine arthritischen Finger an den Einschnitten der Äxte entlanggleiten. Er mußte lauter sprechen als gewohnt, um sich bei dem trommelnden Regen Gehör zu verschaffen. »Nicht zu tief, nicht zu tief, Jungen. Ihr müßt stolz auf das sein, was ihr leistet. Eine Aufgabe, die sich leicht erledigen läßt, gibt wenig Befriedigung.«

Mad Dog seufzte. »Die Jungen sind so ungeduldig. Sie wollen sich nicht mehr anstrengen. Sie vergessen die alten Sitten und Gebräuche. Wenn ich sehe, wie nachlässig sie arbeiten, trauere ich darum, daß wir am Horseshoe so viele Männer verloren haben. Wir alten Furzer müssen allen Unterricht erteilen. Wir sind zu wenige, um es richtig zu machen.« Mad Dog spannte seine sehnigen Schultermuskeln und hustete.

»Der amerikanische Sinnmacher Hum-plee ist dagewesen.« Während Mad Dog sprach, überwachte er die Arbeit mit Adleraugen. »Er bot uns fünf bis zehn Metallperlen für jedes Kanu, das wir bauen, je nach Größe.«

»Warum, Großvater?«

»Hum-plee mag weiß sein, aber dumm ist er nicht.« Mad Dog tastete in den Falten seines Turbans mit einer reflexhaften Bewegung nach der Pfeife. Ihm ging auf, daß der zunehmende Wind sie nie brennen lassen würde, und so legte er sie zurück. »Die Amerikaner haben uns Transportmöglichkeiten in das neue Land versprochen. Kanus sind billiger als Pferde, und so will er uns dafür bezahlen, daß wir sie bauen. Und jetzt sind die jungen Leute verrückt nach Metallperlen. Was können wir mit denen anfangen?«

Mad Dog hatte kein Wort für Geld, so daß ihm das Wort Metallperlen genügte. Es war angemessen. Die Menschen bohrten Löcher in die Münzen und trugen sie als Schmuck.

»Wenn wir mit dem Kanu reisen, werden wir das Vieh, die Pferde, die Schweine hierlassen müssen.« Als Osceola sprach, prüfte er die Arbeit und betastete die Seiten mit den Fingerspitzen.

»Ja«, erwiderte Mad Dog ernst. »Kühe sind in Kanus besonders lästig.« Um die Aufmerksamkeit seiner Schüler auf einen unebenen Teil zu lenken, schlug er mit dem Handgriff seines Beils gegen den Rumpf.

»Hum-plee sagt, daß die Bleichaugen unser Vieh ersetzen werden, wenn wir das neue Land erreichen. Da wir gerade davon sprechen: Hast du das gesamte Land vermessen, Enkel?« Die abwegige Vorstellung, Erde und Sumpfland zu messen, schien Mad Dog offensichtlich zu amüsieren. Als er Osceola angrinste, wurden seine Augen schmal und verschwanden in dem Netz von Falten um sie herum. Sein Gesicht wurde zu Nase, Kinn und vorstehenden gelben Zähnen.

»Nein, Großvater.« Osceola lachte bei der Erinnerung an die Feldmesser. »Aber ich habe eine angenehme Zeit gehabt. Ich habe zugesehen, wie die weißen Männer in den Sümpfen herumirrten. Ich hörte, wie sie die Moskitos verfluchten.«

»Statt die Zusammenarbeit der Elemente zu erbitten, verfluchen sie sie«, sagte Mad Dog. »Sie verfluchen die Hitze. Sie verfluchen die Kälte. Sie verfluchen die Nässe. Sie verfluchen die

Dürre. Wenn ich ein Geist wäre, würde es mir nicht gefallen, so beschimpft zu werden.«

»Sie markieren die Flüsse, Prärien, Sümpfe, Buchten auf einem Blatt, das so groß ist wie der Fußboden von Großmutters Hütte.« Mit seinem Zeh zeichnete Osceola eine grobe Karte in den Sand. Er schloß den nahegelegenen Withlacoochee River ein, den Bach, der durch die Stadt floß, und die Laubwälder der Region.

»Sie bestanden darauf, sehr genau zu sein. Sie wollten keinen Fingerbreit von ihrem Kurs abweichen, selbst wenn er sie durch Morast führte.«

Das Ritual der Feldmesser mit Senkblei, Stab und Kette sowie Zeichnungen der Männer auf Papier gaben Osceola das unbehagliche Gefühl ein, ihre Tätigkeit sei Zauber.

»Hast du ein gutes Land gefunden, in dem wir unser Feuer anzünden können?«

»Das beste, Großvater!« Osceolas Lächeln war Sonnenlicht, das durch dunkle Wolken brach. »Das beste!«

Als er und Mad Dog auf die Hütten und Gärten Morning Dews zuliefen, stach ihnen der vom Wind gepeitschte Regen wie mit kalten Nadeln in die Haut. Inzwischen hatte der zunehmende Sturm die meisten Menschen unter ihre Dächer gejagt.

Osceola platzte glücklich in Morning Dews große Küchenlaube und schüttelte sich wie ein Hund. Morning Dew und ihre Mutter waren da, Pipe Smoke. Pipe Smoke war dabei, Little Warrior und einigen von ihren kleinen Cousinen eine Geschichte zu erzählen. Mochte der Sturm auch lästig sein, sein Regenvorhang bot auch Schutz vor der Außenwelt. Diese Heimkehr brauchte nicht so förmlich zu werden wie die meisten.

Osceola warf Little Warrior, die vor Lachen kreischte, in die Luft. Dann kamen die anderen Mädchen an die Reihe. Er warf die Konvention über Bord und umarmte Morning Dew. Jetzt, wo ihre Zeit kurz bevorstand, konnten seine Arme sie kaum noch umschließen. Sie hielt lachend die *sofkee*-Kelle von sich, damit der Maisbrei nicht auf ihn tropfte, während er sie umarmte.

Mad Dog wischte sich das Wasser von den mageren Armen

und seinem harten kleinen Knoten von Bauch. Ein Tropfen balancierte ihm an der vorspringenden Nasenspitze. Er wrang die Enden seines Lendenschurzes aus und wärmte die Hände am Feuer. Ihn verlangte nach dem warmen Aroma von Tabakrauch im Mund, doch der Wind machte das unmöglich. Statt dessen bediente er sich bei dem wäßrigen *sofkee.*

»Du bist gekommen, Mann.« Morning Dew reichte Osceola eine Schöpfkelle voll *sofkee.* Obwohl das Baby bald kommen würde, bewegte sie sich so anmutig wie eine Blume, die sich in einem sanften Windhauch neigt. So etwas wie Ruhe strahlte von ihr aus. Die Zugschnur ihres geblümten Kalikohemds war über ihren gewölbten Bauch hochgerutscht und hatte den Saum mehrere Zentimeter über den schlammigen Fußboden der *chikee* hochgezogen.

Das Feuer unter dem Kessel flackerte und wäre fast ausgegangen. Die Baumstämme zischten, als es durch neue Lecks im Dach hereintropfte. Wind zerrte an dem Dach aus Fächerpalmwedeln. Weiteres Wasser spritzte von dem Regen herein, der wie eine Wand von den niedrigen Dachtraufen herunterströmte. Pipe Smoke grunzte, als sie sich hinkauerte und ihre Röcke ausbreitete, um Grandfather Fire vor dem Unwetter zu schützen.

Wenn Pipe Smoke hockte, sah sie aus wie ein kugelrundes Zelt, das wie von selbst stand. Ihre weichen, mächtigen Brüste ruhten auf ihrem Bauch, der sich wiederum bequem auf ihre breiten Schenkel legte. Von ihrer Position nahe dem Erdboden starrte sie hinaus.

Weil Pipe Smoke eine große und üppige Frau war, hatte sie die Gewohnheit entwickelt, eine Situation sorgfältig abzuschätzen, bevor sie etwas unternahm, was eine Anstrengung erforderte. Die Angewohnheit hatte ihr den Ruf einer gewitzten Frau eingetragen, die sich durch nichts aus dem Gleichgewicht bringen ließ.

»*Hutalee huyana,* Wind weht.« Sie sagte es im Tonfall einer Feststellung.

Wie um ihre Beobachtung zu bestätigen, klapperte Abihkas kostbarster Besitz, ein fünf Gallonen fassendes Whiskeygefäß aus Kupfer, laut klirrend vorbei.

»Es ist zu spät im Jahr für Hurrikans«, sagte Mad Dog.

»*Hutalee huyana!*« Mink platzte in die Hütte, als hätte der Sturm sie hier abgeworfen. Damit sie nicht über ihren nassen Rock stolperte, hatte sie ihn hochgezogen und an ihren langen Beinen festgebunden. »Der Fluß steigt schnell.«

Osceola hielt sich an einem Deckenbalken fest und lehnte sich hinaus, um sich einen Überblick über die Lage zu verschaffen. Little Warrior, die der Sturm faszinierte, schlang die Arme um sein Bein und blickte ebenfalls hinaus. Der Regen bildete eine schwankende Wand, die Fighting in a Lines Gewirr neuer Hütten auf der anderen Seite des Bachs verbarg. Sie und die Anhänger Mad New Towns hatten begonnen, dort eine neue Siedlung aufzubauen. Sie hatten zwar in Sichtweite, aber außer Hörweite von Morning Dews Gelände gebaut und so in Osceolas Haushalt eine relative Ruhe wiederhergestellt.

Der Wind hatte die Nadeln von den Kiefern gerissen. Die Kohlpalmen beugten sich fast bis zur Erde. Palmwedel und Rindenstücke der Zypressen rissen sich von den Dächern los und wirbelten in dem Sturm davon. Die verschwommenen Umrisse von Menschen, die sich auf höhergelegenes Land begeben wollten, neigten sich schräg in den Wind.

Eine Hündin wurde in einem Strudel von Kleidung und Kochgeschirr über den Erdboden getrieben. Ihr Geheul war durch den Wind zu hören. Als Little Warrior in den Sturm hinausrannte, um sie zu retten, hob Osceola sie mit einem Griff hoch.

»Verhakt die Arme ineinander.« Er mußte schreien, um sich in dem tosenden Sturm Gehör zu verschaffen. Er trug Little Warrior auf einem Arm und hakte den anderen Ellbogen durch den von Morning Dew. Sie wiederum bildete eine Kette mit ihrer ältesten Nichte und Mink. Am Ende hing Pipe Smoke wie ein Anker. Sie wickelte der kleinsten Cousine Little Warriors ihren stämmigen freien Arm um die Taille. Das Kind baumelte an der Seite seiner Großmutter wie eine Satteltasche, aber dies war nicht die Zeit für Spielereien. Mad Dog half dem letzten Kind auf Pipe Smokes Rücken, wo es sich am Hals der Großmutter festklammerte.

»Halt fest, Großvater«, rief Morning Dew Mad Dog zu.

»Ich muß Old Woman finden.« Mad Dog senkte den Kopf und machte sich steifbeinig auf den Weg in den Sturm in Richtung des über die Ufer tretenden Bachs und Fighting in a Lines Grundstück.

»Großvater, komm zurück!« schrie Little Warrior.

Sie sahen alle hilflos zu, als der Wind den alten Mann umriß und herumrollen ließ. Das gezackte gebrochene Ende eines herumfliegenden Asts verfehlte seinen Kopf nur knapp. Auf Händen und Knien kroch Mad Dog in dem Malstrom und verschwand.

Osceola, Morning Dew und die anderen verließen den Schutz der *chikee* und stemmten sich gegen den Regen. Das Dach folgte ihnen. Regen peitschte sie wie kalter Kies. Osceola orientierte sich, indem er seine Schritte zählte und in dem Dorf, das zu etwas Fremdem und Bösartigem geworden war, nach bekannten Wahrzeichen suchte. Bäume wurden entwurzelt, Äste brachen. Das vertraute Muster von Hütten und Küchen-*chikees* war durcheinandergeraten. Kessel und Pfannen, Grabstöcke, Stößel und Äste wurden zu tödlichen Geschossen, die vom Wind durch die Luft gewirbelt wurden. Little Warrior schlang die Arme um den Hals ihres Vaters und preßte ihm das Gesicht an die Brust. Osceola hielt Morning Dew so nah an sich, wie er konnte, um sie vor dem zu schützen, was an ihnen vorbeiwirbelte. Wenn er einen Baum oder einen Eckpfosten erreichte, klammerte er sich daran fest, um auszuruhen und sich zu orientieren. Die Menschen, die ihm in der Kette folgten, stolperten immer wieder und rissen ihn zurück. In seinem Schädel dröhnte die Musik des Hurrikans.

Als er in der Mitte des Wäldchens eine große Eiche erreichte, half Osceola den Frauen und Kindern zu der breiten Höhlung hoch, an der sich die massiven unteren Äste des Baums verzweigten. Die Frauen rissen sich die Rüschen von den Röcken und zerrissen dann die Röcke selbst. Sie verknoteten die Streifen miteinander und begannen, die Kinder an den Ästen festzubinden.

Morning Dew sah, wie Osceola sich auf den Rückweg zum Dorf machte. In ihrem Unterbauch begannen sich Krämpfe bemerkbar zu machen. Das Baby war unterwegs. »Komm zurück, Mann.« Sie hängte sich an einen Ast und schrie in den Wind.

»Ich muß meine Familie finden.« Osceola hielt sich die Hände um den Mund und rief zu ihr hoch.

»Bitte komm zurück.« Morning Dew hatte nicht mehr geweint, seit sie ein Kind gewesen war. Sie hatte nie um etwas gebettelt; doch jetzt weinte sie und bettelte auch. »Komm zurück. Bleib bei mir.«

Der Regen spülte ihr die Tränen vom Gesicht. Osceola konnte sie kaum sehen, geschweige denn hören. Nicht ahnend, daß ihre Zeit gekommen war, hob er eine Hand zum Abschied und lehnte sich in den Wind. Morning Dew rutschte an dem groben nassen Holz weiter herunter, bis sie kauerte, den Rükken fest ans Holz gepreßt. Mit aufgerissenen Augen streckte Little Warrior den Arm aus und berührte sie, um sowohl sich selbst als auch ihre Mutter zu trösten.

Der Sturm war spät gekommen, das Baby dagegen früh. Die Wehen wurden stärker. Morning Dew zitterte vor Kälte. Mink kroch zu ihr und legte die Arme um sie. Der Ast, an dem sie lehnten, hatte den Umfang eines alten Tabakfasses und vibrierte trotzdem noch.

Morning Dew hob das Gesicht in den Regen, der das Blätterdach der Eiche peitschte und bewegte. Sie würde in dem neuen Babyhaus, das ihre Onkel für sie gebaut hatten, kein bequemes Kindbett haben. Morning Dew schloß die Augen und spürte, wie das Kind seine langsame Reise begann, hin zu einem Hurrikan und einer Wiege aus durchnäßten Blättern in der Gabelung eines Baums.

Osceola schleppte sich unterdessen weiter, hielt sich ab und zu an den wild hin und her schwankenden Bäumen fest. Er mußte die letzten dreißig Meter zu den Überresten des Lagers seiner Großmutter waten. Wasser wirbelte ihm um die Knie, als er sich mühsam den leichten Hang vom Bach zu dem zweistöckigen Bau hin hochkämpfte, der Fighting in a Lines Stolz gewesen war.

Sie hatte ihre Sklaven angewiesen, das Haus im alten Stil zu bauen. Es hatte einen Lagerraum im ersten Stock und einen kühlen offenen Raum darüber, in dem Ältere den schweigsamen Mad New Town besuchten. Es erinnerte Fighting in a Line an Talasee im Land im Norden und an die erhabene Position ihres Bruders dort. Es erinnerte an einen Ort und eine Zeit, die durch die Erinnerung zu einem seidigen Glühen verklärt worden waren.

Das Bauwerk war das größte in Abihkas Stadt und in den umliegenden Lagern. Falls Abihka das geärgert haben sollte, hatte es ihn und die anderen Männer nicht davon abgehalten, häufig zu Besuch zu kommen. Die langen Herbstnachmittage hindurch konnte man die Federn ihrer Turbane auf und ab wippen sehen, als die Männer rauchten und ihre Domäne überblickten.

Osceola nahm an, daß seine Familie auf höhergelegenem Land Schutz gesucht hatte, fand aber Fighting in a Line und Mad Dog vor, wie sie fieberhaft in den Ruinen des eingestürzten Lagerhauses herumwühlten.

»Laß es, Großmutter.« Als er auf sie zustapfte, winkte er sie zu dem Laubwald und zu den großen Eichen hin.

Dann sah er Fighting in a Lines Hände. Sie waren rot vor Blut, das schneller strömte, als der Regen es abwaschen konnte. Sie hatte sich die Fingernägel bis zum Nagelbett aufgerissen. Osceola sah den Ausdruck in ihrem Gesicht. Er stürzte zum Wasser und packte den Balken, den sie und Mad Dog gerade mühsam hochheben wollten.

»Wer ist es?«

»Dein Onkel.« Mad Dogs Hände waren ebenfalls blutig.

Osceola sah Mad New Towns Arm unter dem Schutt. Gemeinsam mit Mad Dog und Fighting in a Line kämpfte er, um den schweren Kiefernbalken zu heben. Er brauchte all seine Kraft, um ihn langsam zu heben und zur Seite zu schieben. Die kleineren Balken und Fußbodendielen, die darauf lagen, wurden vom Wind klappernd zur Seite geweht. Ein gezackter Splitter riß Osceola den Arm auf, doch er bemerkte es kaum. Alle drei rissen und zerrten an den Baumstämmen und dem Dach, als das Wasser um ihre Knöchel immer höher stieg.

Als er genügend beiseite geräumt hatte, sah Osceola den gut sechzig Zentimeter dicken Mittelbalken, der das Obergeschoß getragen hatte. Er lag seinem Onkel quer auf der Brust und nagelte ihn auf der Erde fest. Mad New Towns Lippen waren blau angelaufen, und ein Auge war zugeschwollen. Ein tiefer Schnitt hatte seinen Kopf vom Haaransatz bis zum Kinn aufgerissen. Er atmete mühsam. Der Balken ruhte auf einem anderen Baumstamm, der den Balken davon abhielt, ihn zu zerquetschen, ihm andererseits aber auch keinerlei Bewegung erlaubte.

Osceola klemmte einen Pfahl unter den Balken. Er, seine Großmutter und sein Stiefgroßvater warfen sich dagegen, um den Balken hochzuhebeln. Der Hebel schnappte mit einer solchen Gewalt zu, daß eins von Osceolas Handgelenken verstauchte und das zweite brach.

Das schlammige Wasser stieg weiter, bis es Mad New Towns Gesicht erreichte. Fighting in a Line begann zu wehklagen, als sie wie von Sinnen an den schlüpfrigen Planken und gezackten Fächerpalmenrippen zerrte und riß. Osceola sah sich verzweifelt nach Hilfe um, aber alle waren geflohen. In seinem Gesicht mischten sich die Tränen ungehemmt mit dem Regen. Er hob den Kopf seines Onkels, um ihn aus dem Wasser zu bekommen, wußte aber, daß er das Unvermeidliche nur aufschob. Mad New Town begann zu husten und dann zu würgen, als ihm Wasser in den Mund lief.

»Ich kann Hilfe holen, um den Balken zu bewegen«, rief Osceola durch den tosenden Sturm. »Wir können das Wasser aufstauen.«

»Das können wir nicht, geliebter Enkel«, rief Mad Dog.

»Er kann durch meinen Pfeifenstiel atmen.« Osceola tastete nach seiner Pfeife, aber sie war verschwunden. Er versuchte, in Mad New Towns Mund zu atmen, doch das Wasser stieg zu schnell. Er würgte und keuchte.

»Wir können ihn mit unseren Gebeten auf seine Reise schikken.« Mad Dog zog sanft an Osceolas Schulter. Er wiegte sich auf den Fersen zurück. Er legte Mad New Town eine Hand auf die Brust und begann mit seinem Todesgesang. Er verschmolz mit Fighting in a Lines Trauergeheul und dem schrillen Pfeifen des Winds. Fighting in a Line hatte die Rippe einer Zwergpalme gefunden und benutzte deren scharfe Einschnitte, um sich die Haut auf den Armen und ihrer runzligen Brust zu zerfetzen.

»Die Himmel sagen dir Lebewohl, Onkel.« Osceola stützte

Mad New Towns Kopf und hielt ihn so hoch, wie es ging. »Sie weinen aber nicht annähernd so sehr, wie ich weinen werde.«

Mad New Town konnte nicht sprechen. Er wäre nur um so schneller ertrunken. Er sprach seine Abschiedsworte stumm. Jetzt, wo er die sterbliche Welt verließ, kehrte das Leben in seine Augen zurück. Sie sprachen mehr, als er in Jahren gesagt hatte.

Sie sagten Osceola, daß er den Tod willkommen hieß. Daß sein Geist nahe sein würde, falls Osceola ihn je brauchte. Langsam stieg die Flut, bis sie Mad New Towns Gesicht bedeckte. Osceola kniete in dem schlammigen Wasser und sah, wie sein geliebter Onkel zu seiner langen und einsamen Reise in die Welt der Schatten aufbrach.

16

Der Hurrikan war so urplötzlich vorbei, wie er gekommen war. Er ließ eine atemlose, gespannte Stille zurück. Die Menschen bewegten sich leise in der Stille, als fürchteten sie, die Elemente wieder zu erzürnen. Sie begannen, aus ihren Häusern zu bergen, was sich bergen ließ.

Wann immer Osceola an den Überresten von Mad New Towns luftigem Horst vorüberkam und seinen Onkel davor sitzen sah, spürte er einen plötzlichen, stechenden Schmerz in der Brust. Mad New Town schien darauf zu warten, daß er vorbeikam und mit ihm eine Pfeife rauchte. Peeping, Fighting in a Line und Mad New Towns Witwe hatten die Skalplocke des Toten zu einem neuen Zopf geflochten und seine Stirnhaare gekämmt. Sie hatten seinen Turban neu geordnet und sein kaltes, steifes Gesicht rot bemalt. Sie hatten von seinen besten Kleidern gewaschen, was sie hatten finden können, und ihn angekleidet. Sie beugten ihm die Beine zu einer sitzenden Position und legten ihm eine durchnäßte Decke um die Schultern.

Dann stützten sie ihn mit den wenigen seiner Habseligkeiten, die sie hatten finden können.

Einen Tag lang saß Mad New Towns Leichnam so da und bedachte die Unwägbarkeiten dieser Welt und die Möglichkeiten der nächsten. Osceola leistete ihm eine Stunde oder zwei Gesellschaft, rauchte und hielt schweigend Rat. Er erzählte seinem Onkel vom Tod seines Sohnes, der in dem nassen Laub der Eiche tot geboren worden war. Er erzählte von Morning Dews Trauer und seiner eigenen.

Auch wenn unser Sohn nicht der Sohn deiner Schwester oder der Tochter deiner Schwester ist, sorg für ihn im Geisterland, Onkel. Osceola erhob sich und fühlte sich plötzlich so alt und erschöpft, wie sein Onkel in seinen letzten Lebensjahren ausgesehen hatte. Dann ging er wieder an die Arbeit.

Die Menschen schaufelten den dicken, übelriechenden Schlamm beiseite, den die Flut überall im Dorf abgelagert hatte. Kinder füllten ihn in Holzeimer oder Kohlpalmenrippen, in große Muschelschalen oder auf die flachen Paddel, mit denen ihre Mütter die Kleider wuschen. Die Frauen und Mädchen suchten nach unzerstörten Geräten. Sie durchwühlten die Haufen mit durchnäßter Kleidung und Bettwäsche. Aus den umliegenden Siedlungen ertönte das Krachen von Gewehrfeuer und das Klirren eiserner Streitäxte auf Kesseln. Die Männer waren dabei, die Geister der Opfer des Hurrikans zu verscheuchen.

Mink durchsuchte fieberhaft den verschlammten Unrat, der überall in den Überresten der Hütten ihrer Mutter herumlag. Trotz ihrer Eile achtete sie sorgfältig darauf, die Hand nicht in dunkle Spalten zu stecken. Schlangen, die aus ihren Erdlöchern herausgespült worden waren, hatten im Dorf Zuflucht gesucht. Was für die Menschen eine Katastrophe gewesen war, war für Minks Lieblingstier, eine Milchschlange, das reine Schlaraffenland gewesen. Der Schwanz einer Klapperschlange baumelte ihr aus den offenen Kiefern und verlieh ihr das Aussehen einer zweischwänzigen Monstrosität. Mink streckte die Hand aus und strich der Milchschlange über die kühlen glatten Schuppen. Wenn eine Schlange hätte schnurren können, hätte diese es getan.

Mink hatte nie viele Besitztümer besessen. Jetzt waren diese wenigen Dinge zerstört oder verschwunden. Als sie in den zertrümmerten Überresten wühlte, begann sie zu weinen, aber nicht um ihren Verlust. Sie weinte, weil sie nichts finden konnte, was sie dem Geist von Morning Dews totem Sohn als Geschenk auf seine Reise mitgeben konnte.

»Komm, Tochter«, rief Dahomey weich. Black hörte auf, den Unrat wegzuräumen, und ging zu ihr.

»Ich habe nichts, was ich dem Baby geben könnte.« Mink stand zögernd da und stolperte über die umgestürzten Pfähle und die Palmwedel.

»Gib ihm deine guten Gedanken.« Dahomey legte ihrer Tochter einen Arm um die dünnen Schultern. Ihr fiel auf, daß ihr Mink schon bis ans Kinn reichte, obwohl das Kind größtenteils noch aus Beinen bestand. »Seine Seele ist unterwegs in die Welt der Ahnen.«

»Er ist zu jung, um diese Reise allein zu machen, unter Geistern.«

»Talasee *Tastanagees* Onkel wird über ihn wachen«, erwiderte Dahomey. »Außerdem ist das Sterben kaum anders als das Schlafen. Wir alle sterben jede Nacht ein wenig. In unseren Träumen fliegen unsere Seelen aus unseren Körpern. Sie erleben das Leben jenseits von diesem Leben, genau wie Morning Dews Baby es erleben wird.«

»Hilf mir, die Scherben dieses Topfs aufzuheben, Mädchen«, sagte Black. »Er ist tot. Sein Geist ist frei, mit dem Baby zu reisen.«

Alle drei steckten die Scherben des Topfs in ein buntes Halstuch und verknoteten die Ecken, so daß es einen Sack bildete. Dann stapften sie durch die schlammbedeckte Geisterlandschaft, dunkle Wolken verhüllten eine fahle Sonne. Was noch vor kurzem ein kurzer, leichter Ausflug zu Abihkas Stadt gewesen war, war jetzt ein Weg voller Hindernisse. Zersplitterte und entwurzelte Bäume, die von Schlingpflanzen umrankt waren, lagen quer über den Pfad. Schlangen glitten fort, als sie sich näherten.

In der Abenddämmerung schlängelte sich die lange Prozession der Trauernden durch die Mitte von Abihkas Stadt, und die

Menschen verließen ihre Aufräumarbeiten, um sich dem Zug anzuschließen. Bei ihrer Rückkehr würde es dunkel sein, und viele trugen Pechkiefern, die sie als Fackeln benutzten. Als sie sich mit den anderen einreihten, begannen die Frauen zu schluchzen und zu wehklagen. Ihr gemeinsamer Kummer war intensiver, zugleich aber leichter zu ertragen.

Mad New Town erhielt den Ehrenplatz an der Spitze des Trauerzugs. Abihka, Mad Dog und die Ältesten, die ungezählte Pfeifen mit ihm geteilt hatten, trugen jetzt das Brett, auf dem sein Leichnam ruhte. Osceola ging neben ihm und hielt ihn in einer sitzenden Position.

Mad New Towns Witwe, Peeping und Fighting in a Line folgten. Ihr ungekämmtes Haar hing ihnen lose und strähnig auf Schultern und Rücken. Ihre Kleidung war zerrissen und zum Zeichen der Trauer aufgelöst und ungepflegt. Mad New Towns Frau hatte sich nie mit dem Leben in diesem neuen Land abgefunden, unter den Menschen eines anderen Feuers. Sie war sogar noch verschlossener gewesen als ihr Mann. Sie hatte schon verkündet, daß sie zu ihrer Familie in dem Land im Norden zurückkehren werde. Peeping, ihre Tochter sowie einige von Mad New Towns Anhängern wollten mit ihr gehen.

Umgeben von den Frauen ihrer Familie und ihres Clans schritt Morning Dew hinter Mad New Towns Trauerzug her. Sie trug ihren toten Sohn, den sie in eine Decke gehüllt hatte. Mink trug Little Warrior. Hinter ihnen gingen die klagende Mutter eines ertrunkenen Kindes sowie die zwei Witwen und drei Kinder eines Kriegers, der von dem spitzen Ende eines Asts durchbohrt worden war, den der Wind losgerissen hatte.

Die drei Gräber, rechteckige, etwa neunzig Zentimeter hohe Kästen aus Baumstämmen, waren alle von Ost nach West ausgerichtet. Sie sahen friedlich aus unter den schützenden Armen der riesigen Virginia-Eiche. Die grauen Moossträhnen hingen wie Grabtücher von den Ästen. Die Männer trugen die Leichen dreimal um die Gräber, während Abihka verhalten seinen Singsang anstimmte. Als sie zu Beginn jedes Kreises kamen, blieben sie kurz stehen.

»Jaa!« Abihka bellte das Wort mit leiser Stimme. Als er lauter wurde und ausrief: »Yo!«, stimmten die Trauernden ein. Sie sangen mit ihm »He!«, senkten dann die Stimme und endeten mit »Wah«.

Osceola und Mad Dog hoben Mad New Town von dem Brett. Sie hielten ihn in die Luft und stellten sich breitbeinig über die niedrigen Seitenwände der Krypta aus Baumstämmen. In seinem Hemdsärmel war Mad New Towns Arm so dünn und steif wie die Rippe eines Palmwedels. Osceola versuchte, seinen Onkel in das Loch zu senken, das in der Mitte der Krypta gegraben und mit Zypressenrinde ausgekleidet worden war. Die erstarrten Glieder des Leichnams machten dies zu einer mühsamen Arbeit. Osceola war verblüfft, daß der Tod einen einst so beweglichen Mann zu einem sperrigen Gegenstand machen konnte.

Als Mad New Town in dem Loch saß, entfernte Osceola behutsam die Rindenstücke, die dem Toten auf den Kopf gefallen waren. Er rückte den Turban seines Onkels zurecht. Dann brachte er einen Rahmen aus Rohr über der Öffnung an und häufte Lehm darauf.

Er legte Mad New Towns Hall-Karabiner mit dem aufragenden Verschlußstück in die Baumkrypta und auf das Grab, legte den Pulverbeutel seines Onkels dazu, dessen Hacke, Hammer und den alten spanischen Dolch mit dem Ebenholzgriff und der Damaszener Klinge. Menschen reichten Osceola Lebensmittel- und Tabakgeschenke, die er neben das Gewehr legen sollte, aber sie achteten sorgfältig darauf, ihn nicht zu berühren. Sie wollten einer Ansteckung entgehen und nicht einmal jemanden berühren, der den Erdboden des Grabs berührt hatte.

Als Osceola fertig war, legten die Männer Baumstämme auf das Grab. Mad New Towns Clanbrüder feuerten an den vier Ecken ihre Gewehre ab, um seinen Geist auf die Reise zu schikken. Andere taten das gleiche für ihre toten Verwandten. Als der Lärm verebbte, sang Abihka sein Lebewohl. Dann blies er durch sein Medizinrohr in eine Kürbisflasche mit zerstoßenem Ginseng, das er sich dann auf seine Kleidung streute. Schließlich reinigte er mit dem Pulver jeden Menschen, der die Toten berührt hatte.

Morning Dew trug ihr Baby zu dem Baum, an dem sie es geboren hatte. Little Warrior folgte mit einem ernsten und feierlichen Gesicht. Morning Dew und Mink quetschten den winzigen Leichnam mit der Decke und allen Umhüllungen hoch in eine Höhlung im Baumstamm. Morning Dew schob eine kleine Leinenhängematte hinter dem Leichnam her. Nachdem sie andere kleine Geschenke dagelassen hatten, verschlossen Morning Dew, Dahomey und Mink die Öffnung mit Lehm. Ein Kind auf andere Weise zu begraben hätte bedeutet, Katastrophen geradezu herauszufordern. Sie hatten schon mehr als genug Katastrophen erlebt.

An den nächsten vier Tagen kamen Morning Dew, Mink und Dahomey jeden Morgen bei Tagesanbruch zu dem Baum, um zu trauern. Mehrmals am Tag half Little Warrior ihrer Mutter dabei, das kleine Feuer am Grab des Babys neu zu entfachen. Wie es bei ihrem Volk Sitte war, fügten Mink und Dahomey jeden Tag weitere Stücke und Scherben zerbrochener Hausratsgegenstände hinzu, so daß sich das Muster vor der Virginia-Eiche immer mehr ausdehnte.

Nachdem Fighting in a Line am Grab ihres Bruders getrauert hatte, ging sie jeden Tag wie zufällig an der Eiche vorbei. Sie kniete neben Morning Dew nieder, beugte sich vor, bis ihr strähniges Haar den Erdboden berührte, und weinte mit ihr.

Osceola lümmelte dankbar in dem Kanu, während Alligator stakte. Es wäre ihm nicht im Traum eingefallen, sich über sein gebrochenes Handgelenk zu beklagen. Er hatte es fest mit einem Lederband umwickelt, um es zu stützen. Doch Alligator wußte, daß das Handgelenk schmerzen mußte, nachdem Osceola tagelang gegen die träge Strömung des Flusses angekämpft hatte. Alligator hatte seine Kanus in der Obhut der zwei jungen Brüder seiner ersten Frau zurückgelassen und darauf bestanden, eine Zeitlang das Staken zu übernehmen. Jetzt glitt er mit Osceola, Morning Dew, Mink und Little Warrior vor der Flotte her, die sich meilenlang hinter ihnen erstreckte.

Osceola beobachtete den dunklen, rätselhaften Dschungel, der an ihnen vorüberglitt, als sich der Oklawaha River tiefer in das Herz der Halbinsel hineinschlängelte. Er fühlte sich so leicht wie einer der schneeweißen Silberreiher, die hoch über den aufragenden Magnolien und Buchen am Himmel dahinsegelten. Flaschenförmige Zypressen mit ihrem silbernen Überzug aus Tillandsien erhoben sich wie Säulen aus dem schwarzen Wasser. Sie stützten das Gewölbemosaik aus Grün-, Gold- und Blautönen über ihnen. Der Korridor aus schillerndem Laub hallte vor Klagelauten von Vögeln, dem Quaken von Fröschen und den Grunzlauten von Alligatoren wider. *Oklawaha* bedeutet »Schlechtes Wasser«, aber Osceola hielt es nicht dafür.

»Stellt euch mein Problem vor«, sagte Alligator. »Aus reiner Herzensgüte –«

»Um den alten Glatzkopf zu befriedigen«, korrigierte ihn Osceola.

»Vielleicht um Glatzkopf ein wenig aufzumuntern, habe ich mir eine zweite Frau genommen. Jetzt unterhalten beide den Roten Mann in jedem Monat zur selben Zeit. Ich habe zusätzliche Mäuler zu stopfen. Trotzdem muß Glatzkopf schmachten. Trotzdem muß ich zu den *sofkee*-Kesseln meiner Clanbrüder wandern, weil *beide* Frauen sich in ihre private Hütte zurückgezogen haben, um jeweils eine Woche lang zu faulenzen. Ich kann hören, wie sie dort kichern.« Alligator sah tief bekümmert aus.

Morning Dew lachte so sehr, daß sie fast von dem Sack mit *koontee*-Wurzeln fiel und ins Wasser stürzte. Sie lachte nicht nur aus Freude am Lachen, sondern auch über Alligators mißliche Lage. Es war das erste Lachen, das Osceola seit dem Tod ihres Sohns von ihr gehört hatte. Es war die süßeste Musik, die er sich vorstellen konnte.

»Wenn Frauen zusammenleben, haben sie diese Tage oft gleichzeitig«, sagte sie, nachdem sie sich beruhigt hatte.

Um für Alligator Platz zu machen, quetschte sich Mink zwischen die Säcke mit Saatgut der U.S.-Regierung, die in der Mitte des Boots gestapelt waren. Sie saß mit gekreuzten Beinen da, die Knie auseinander. Ihre Milchschlange lag zusammengerollt in der Mulde, die ihr quer über die mageren Schenkel gespannter Rock bildete. Little Warrior saß neben ihr und streichelte die Schlange.

»Sind wir denn nicht bald da?« Die tiefen Schattierungen des Laubs und die goldenen Flecken von Sonnenlicht spiegelten sich in Minks meergrünen Augen.

»Ja.« Osceola hatte das Gefühl, zum Frieden und ins Paradies gefahren zu werden. Die vergangenen Wochen waren hektisch gewesen. Abihka hatte sich bei den Vorbereitungen für diesen Umzug weitgehend auf ihn verlassen. Es war keine einfache Angelegenheit, Hunderte von Menschen zu entwurzeln.

Osceola hatte den größten Teil seiner Zeit damit zugebracht, Familien zu beruhigen. Er hatte die Route erklärt und vorgeschlagen, was die Leute mitnehmen und was sie zurücklassen sollten. Er hatte Streitigkeiten geschlichtet, Probleme gelöst, Geräte und Saatgut erworben, um das zu ersetzen, was bei dem Hurrikan verlorengegangen war. Er hatte mehrere Reisen nach Fort Brooke unternommen, um die von Agent Humphrey versprochenen Vorräte zu holen.

Wococoi Clark war mit seiner vollbusigen Braut erschienen, um ihnen Lebewohl zu sagen. Er hatte weitere Geschenke gebracht, diesmal aus den Trümmern eines Schiffswracks, dessen Fässer und Kisten nach dem Hurrikan an Land gespült worden waren. »Ich halte es nur für passend, daß der Sturm euch etwas von dem zurückgibt, was er genommen hat«, hatte er gesagt. Überdies hatte er Osceola eine wunderschöne spanische Vogelflinte mit einem kunstvoll gearbeiteten Schloß geschenkt, die offensichtlich *nicht* an Land gespült worden war.

»Du bist mehr einer von uns als einer von den Bleichaugen.« Fighting in a Line hatte versucht, Wococoi zum Mitkommen zu überreden. »Dein Herz hört unsere Herzen.«

»Ich kann das Große Wasser nicht verlassen, nicht einmal für dich, mein zänkischer Drachen.« Es war noch eine frühe Stunde gewesen, und Wococoi hatte nicht Zeit gehabt, genug zu trinken, um sein gewohntes aufgeblasenes Verhalten an den Tag zu legen. Mit einem behaarten Unterarm tat er, als wischte er sich den Schweiß aus den Augen, und entfernte damit auch die Tränen. »Wenn ich das Meer verlasse, wird meine Seele schrumpfen und sterben. Ich werde aber jeden Tag an euch denken.«

Er hatte mit seiner Frau am Flußufer gestanden und stundenlang gewinkt, während Familie um Familie herumstreunende junge Hunde, Ferkel und Kinder einsammelte und sich inmitten der Bündel mit Habseligkeiten in den Kanus zurechtsetzte. Sie winkten, bis das letzte der hundert Kanus um eine

Flußbiegung verschwunden war. Inzwischen mußten die beiden in der Charlotte Bay angekommen sein, in der der Caloosahatchee River in den Golf mündete. Sie mußten unter den spanischen und Seminolen-Fischern von Captain Bunces Kolonie ein neues Leben beginnen.

»Glaubst du, daß es Wococoi unter den Fischern gut ergehen wird? Wie ich höre, leben dort viele verdorbene Männer.« Morning Dews Frage schreckte Osceola auf. Es gab meist nicht viel, was ihn überraschte, aber Morning Dew tat es immer wieder, wenn sie seine Gedanken erriet.

»Wococoi versteht es, den Pferdefuß zu entdecken.« Ohne darüber nachzudenken, verwendete Osceola einen von Wococois Lieblingsausdrücken.

»Was bedeutet das?« wollte Little Warrior wissen.

»Es bedeutet, daß er einen verdorbenen Mann erkennen kann, selbst wenn der sich tarnt.«

Als Alligator das Kanu in einen kleineren Nebenarm stakte, in dem die Bäume nicht so dicht standen, wurden sie in grelles Sonnenlicht getaucht. Nach einer Stunde glitt das Kanu auf eine riesige, saphirfarbene Quelle voller funkelnder Lichter. Little Warrior beugte sich, von den Wundern unten im Wasser hypnotisiert, über die Seite.

Sie trieben über den Mittelpunkt der Quelle, über schweigende Berge, Schluchten und kunstvolle Skulpturen aus Kalkstein. Fünfzehn Meter unter ihnen konnten sie jede Einzelheit der hin und her schießenden, irisierenden Fische und der karmesin- und purpurroten Muscheln erkennen. Schwärme silbern leuchtender Glanzfische wechselten im Gleichklang die Richtung wie winzige Lichtstrahlen aus einer einzigen Quelle. Sie sahen Wolken von Algen, die sich sacht in der Strömung bewegten, die aus dem Untergrund emporstieg. Gegen die starke Strömung ankämpfend, standen kräftige blauschwarze Welse mit langen Bartfäden, die in dem Unterwasserwald lauerten.

»Man sagt, das Gras sei das Haar der schönen Tochter von Okihumpkee *miko*«, murmelte Osceola. »Ihr Geliebter war ein Yemasee, einer der Feinde ihres Volkes. Man sagt, sie habe sich ertränkt, als ihr Vater ihn tötete.«

»Ich habe von diesem Ort gehört«, flüsterte Morning Dew. »Ich habe mein ganzes Leben lang von diesem Ort gehört.«

»Werden wir hier leben, Vater?« Selbst Little Warrior war von dem Zauber der Quelle überwältigt.

»Wir werden hier in der Nähe leben.« Osceola beugte sich vor, damit nur Morning Dew seine Stimme hören konnte, die ihr sanft etwas ins Ohr flüsterte. »Möge dieser Ort deiner Seele soviel Frieden bringen wie du meiner.«

17

Morning Dew trug Little Warrior auf der Hüfte, während sie mit einer Hand kurze Baumstücke aufstellte und sie mit einem Beil zu Kleinholz spaltete. Little Warrior war fast drei Jahre und somit durchaus in der Lage, auf ihren zwei Beinen zu gehen. Das war das Problem. Little Warrior hatte ein Talent zum Schabernack.

Sie konnte auch nicht lange stillsitzen. Sie wurde störrisch, und so ließ Morning Dew sie zu Boden gleiten. Das Kind sammelte das Kleinholz und begann, daraus Hütten zu bauen. Bei der Arbeit summte sie ihren endlosen Medizingesang vor sich hin.

»Mein Onkel ist heute nacht zu Besuch gekommen.« Osceola setzte sich auf einen der Baumstämme, die aus dem Feuer ragten, und rauchte mit Mad Dog die erste Pfeife des Tages.

»Worum ging es in dem Traum?« fragte Mad Dog.

»Um die Schlacht am Horseshoe.«

»Uh.« Mad Dog grunzte. Auch seine Träume führten ihn immer wieder an den Horseshoe.

Osceolas Traum hatte jedoch nicht am Horseshoe begonnen, sondern nach der Schlacht auf dem Pfad nach Süden. Wieder einmal hatte Mad New Town sich neben dem elfjährigen Kind Cricket aufgebaut, der sich in kalte, feuchte Blätter gehüllt hatte und schlafend stellte. Wieder einmal zog Mad New Town die fleckige, blaue Armeewolljacke aus. Wieder einmal beugte er sich über den Jungen und deckte ihn mit der Jacke zu.

Immer wieder hatte Osceola Mad New Towns Gegenwart gespürt, hatte gefühlt, wie dieser sich näher zu ihm beugte, hatte die kratzige Wolle gespürt, die ihn umgab. Hatte gefühlt, wie sie sich schwer auf ihn legte. Immer und immer wieder roch er den Modergeruch und den abgestandenen Schweiß des weißen Mannes, der sich in dem Tuch mit dem Aroma seines Großonkels mischte.

Die Szene war verschwommen geworden und hatte sich plötzlich gewandelt, wie es in Träumen oft geschieht. Der dunkle, kalte Wald wurde zu einem grünen Feld voller Sonnenschein und Blumen, Vögeln und eifrigen Sommerinsekten. Überall in dem üppigen Gras lagen Schädel wie bleiche glatte Melonen verstreut. Dies war das Schlachtfeld an der Biegung des Talapoosa River, die man den Horseshoe nannte.

Stücke einer anderen blauen Armeejacke waren von Sonne und Regen verwittert worden. Cricket hatte vor Monaten einen zitternden Jungen damit zugedeckt, als sie unter den Hunderten von toten und sterbenden Männern lagen. Auch der Junge hatte im Sterben gelegen. Seine Eingeweide waren von einem Bajonett ans Licht geholt worden und glitzerten im Lichtschein der untergehenden Sonne.

»Ich bin zum Horseshoe zurückgekehrt, um die Gebeine eines Jungen zu begraben«, sagte Osceola. »Ich glaube, er war nicht alt genug, ein richtiger Krieger zu sein.«

»War er ein Freund oder ein Clanbruder?«

»Ich kannte seinen Namen nicht, hatte ihm aber versprochen, ihn zu begraben. Ich schälte den Wollstoff einer blauen Jacke von seinen Knochen. Ich begann, die Arm- und Beinknochen und die Rippen wie Feuerholz auf meinen Arm zu stapeln. Ich zählte sämtliche Fingerknochen und die Zehenknochen, damit keiner fehlte. Obendrauf legte ich den Schädel.«

»Hast du das in dieser Welt oder in der Traumwelt getan?« Mad Dog und Morning Dew wandten ihm jetzt ihre volle Aufmerksamkeit zu. Mad New Towns Geist hatte eine Botschaft übermittelt, und sie mußten sie entziffern.

»In beiden. Bevor wir alle in den Süden kamen, bin ich noch einmal zum Horseshoe zurückgekehrt. Ich begrub die Gebeine. Im Traum jedoch vervielfältigten sie sich ständig. Der Stapel reichte mir schon bis über die Augen. Ich stolperte über Haufen von Knochen. Ihr Gewicht ließ meine Arme schmerzen, aber ich wußte, daß ich alle begraben mußte.« Obwohl er am Feuer saß und die Morgensonne ihm warm auf die Brust schien, zitterte Osceola. »Zu viele Gebeine, Großvater.«

Mad Dog starrte in die Flammen, als ließe er sich den Traum durch den Kopf gehen. »Was bedeutet er? Was glaubst du?« fragte er schließlich. Es war immer besser, wenn der Traumjäger eigene Antworten fand.

»Ich glaube, er wollte mir sagen, daß ich mit den weißen Männern zusammenarbeiten soll, um Krieg zu vermeiden. Und die Knochen, denke ich, bedeuten, daß ein Kampf zum jetzigen Zeitpunkt für uns alle den Tod bedeuten würde.«

»Dann laßt uns kämpfen. Laßt uns sterben.« Morning Dew erschreckte sie. Sie war so zornig, daß sie fast die Stimme hob. »Frauen aus Mad Partridges Stadt haben das Reservat verlassen«, sagte sie. »Sie sind an die Küste gegangen, um Salz zu sammeln. Weiße Männer fingen sie. Auf dem Rückweg trieben sie die Frauen so hart an, daß eine von ihnen eine Frühgeburt bekam. Die Mutter starb. Das Kind starb. Das ist die Geschichte, die die Frauen erzählen, wenn sie Maismehl mahlen.«

»Sinnmacher Hum-plee sagt, die Soldaten würden uns vor verdorbenen Männern schützen«, sagte Mad Dog sanft.

»Die Soldaten werden uns so beschützen wie das Alligatorweibchen die Schildkröten, die in ihrem Nest brüten«, zischte Morning Dew.

»*Shta,* Geliebte. Beruhige dich.« Osceola ergriff Morning Dews Rock und zog sie zu sich herunter. Mad Dog stand auf und machte sich diplomatisch auf die Suche nach seinen Freunden.

»Denk an den Frieden, den wir hier haben.« Osceola fand Morning Dews Hand auf dem Baumstamm unter ihrem weiten Rock und legte seine darauf. Er konnte fühlen, wie ihre Hand das Kriegsbeil noch immer hartnäckig umfaßt hielt.

Im Herzen war er genauso zornig wie sie, und er wußte, daß sie es wußte. Wenn die Zeit für den Krieg kam, würde Osceola ihn begrüßen. Die Schwierigkeit bestand nicht darin zu kämpfen, sondern auf den Kampf zu warten. Mad New Town wußte das. Das war der Grund, weshalb sein Geist den Traum geschickt hatte.

»Es hat schon immer verdorbene Männer gegeben. Wir dürfen nicht zulassen, daß sie unser Leben ruinieren.«

»In der Vergangenheit haben wir gegen unsere Feinde gekämpft.«

»Rote Männer kämpfen kurze Kriege«, erwiderte Osceola geduldig. »Wenn sie sich Kriegsehren verdienen, wenn sie ihre Toten rächen oder das Wetter kalt wird, gehen sie nach Hause. Die Kriege weißer Männer sind lang. Sie sind ruinös. Weiße Männer kämpfen, bis sie ihre Feinde vernichtet haben, bis sie das Feuer einer ganzen Nation ausgelöscht haben.«

»Wie lange müssen wir noch Demütigungen ertragen?«

»Bis die neue Generation von Kriegern alt genug ist, die zu ersetzen, die am Horseshoe gestorben sind. Abihka hat mich gebeten, mit ihm in die neue Soldatenstadt zu gehen. Wir werden dort mit Sinnmacher Hum-plee Rat halten. Er ist ein ehrlicher Mann. Er wird die verdorbenen Männer bestrafen.«

Morning Dew blieb lange Zeit sitzen, ohne etwas zu sagen.

»Wenn er unsere Bitten nicht erfüllt, werden wir dich mit deinem Kriegsbeil auf den Kriegspfad schicken.« Osceola preßte Morning Dews Hand fester um den Beilgriff.

Unfähig, ihm zu widerstehen, lächelte sie traurig. »Vergib mir, Geliebter. Ich weiß, daß es für dich schwieriger ist als für mich. Ich habe nicht deine Kraft.«

Sie erhob sich, grub die Beilklinge in den Baumstamm und begann Mais zu mahlen. Das Geräusch ihres Eichenstößels vermischte sich mit den Lauten der anderen, als die Frauen ihren gewohnten morgendlichen Rhythmus fanden. Welpen knurrten, und Kinder lachten. Fighting in a Lines Schweine grunzten, als sie nach Eicheln wühlten. Das Gekreisch der Vögel war fast ohrenbetäubend. Osceola saß still da und begrüßte die Rückkehr der gewohnten Ruhe.

Seine neue Siedlung lag etwa fünfzehn Meilen südlich der

Prärie namens Latchua, des Great Bottomless Jug. Hundert Jahre lang hatte Vieh der Seminolen auf der Prärie gegrast, obwohl das Loch in dem Kalkstein-Urfelsen von Zeit zu Zeit verstopft war. Dann füllte sich der Great Bottomless Jug mit Wasser und verwandelte sich in einen See.

Vor kurzem erst war das Wasser wieder abgelaufen. Wieder einmal grasten Vieh, Wild und Pferde darauf, obwohl diese jetzt den weißen Siedlern gehörten. Der Great Bottomless Jug lag außerhalb der Reservatsgrenzen. Osceolas Stadt lag jedoch direkt an seinem Rand und war nur drei Meilen von der schönen kristallklaren Quelle entfernt. Dies war üppiges Land mit wogenden Hügeln, Savannen, Kiefern- und Hartholzwäldern.

Das Dorf war nicht groß. Es bedeckte eine Fläche, die kaum so groß war wie der Zeremonienplatz von Mad Partridges Stadt, die fünf Meilen entfernt lag. Als Abihkas Volk in dem neuen Land ankam, entschieden sich acht Familien dafür, Osceola und Morning Dew zu folgen. Es waren meist junge Familien, angeführt von *tasikayalgee*, gewöhnlichen Kriegern.

Sie nannten Osceola jetzt *Talasee Tastanagee*. Er war vierundzwanzig, aber sie sahen ihn als einen Ältesten an, einen Mann von riesiger Erfahrung und größten Fähigkeiten. Vielleicht werde ich alt, dachte er. Ich kann sehen, wie leicht sie sich beeindrucken lassen. Ich kann sehen, wie die Geschichten nicht ganz zu den Ereignissen passen, die sie beschreiben.

In der kleinen Siedlung herrschte eine lebhafte, unbekümmerte Atmosphäre. Sie unterschied sich von den älteren Gemeinden mit ihren uralten Rivalitäten und Vorurteilen zwischen Maskokee und Mikasukee. Wie Osceola und Morning Dew waren mehrere der Paare gemischt, Red Stick und Mikasukee.

Vor eineinhalb Jahren hatten sie alle unter den riesigen Eichen und Lorbeerbäumen gestanden und beschlossen, wo sie bauen würden. Sie hatten ihre Hütten errichtet und dazu mühsam Planken gespalten und sie mit Eichenstreifen an den Holzrahmen befestigt. Sie hatten die Wände mit Lehm verfugt und die Häuser mit Zypressenrinde oder Kohlpalmwedeln gedeckt.

Die Stützbalken waren gut dreieinhalb Meter hoch, und die Dächer waren stark geneigt, damit das Wasser der schweren

Sommerregenfälle leicht abfließen konnte. Um die Strohdächer festzuhalten, banden sie kurze Zypressenschößlinge zu zweit zusammen, die wie Scheren auf den Firstbalken saßen.

Kaum waren die Hütten fertig, zogen die Eidechsen, Grillen, Mäuse und Laubfrösche in die Dächer ein. Spinnen begannen an jedem Firstbalken ihre Netze in dem steilen Dreieck zu weben. Die Frauen verstauten ihre Geräte und Angelruten in den Deckenbalken. Sie hängten ihre Alltagskleidung auf Haken und breiteten Rehhäute auf den Lehmböden zwischen den Betten aus Fächerpalmwedeln aus. Sie ließen Decken von den Balken hängen, um einen Eindruck von Privatheit zu erreichen.

In jenen frühen Tagen überreichte Osceola jedem Mann ein Bündel mit Stöcken, wie es sein Großonkel getan hatte. Die Stöcke entsprachen der Größe und der Zahl der Baumstämme, die jeder Haushalt am Standort des Dorfplatzes abliefern mußte. Als das gesamte Material da war, setzten die Männer daraus die Clanunterstände zusammen.

Sie ebneten das Spielfeld ein und schleppten Körbe mit sauberem Flußsand herbei, um seine Oberfläche damit zu bedekken. Abends versammelten sie sich auf dem Platz. Von den heranwachsenden Gerüsten der Clanunterstände umgeben, tanzten und feierten sie, erzählten Geschichten und sangen die alten Lieder.

Abihkas Stadt lag eine gute Stunde Fußmarsch weiter südlich. Zwischen den beiden lag die kleine Schwarzensiedlung, in der Dahomey und Mink und Aury's Black lebten. Schon jetzt waren Füße und Hufe dabei, die Pfade zu den Quellen und den anderen Siedlungen festzutreten und in bequeme, flache Einschnitte zu verwandeln, die gerade so breit waren, daß ein Pferd passieren konnte.

Als die Weinstöcke und Hanfpflanzen, die Wachsmyrtenbüsche und harten Fächerpalmen gerodet und verbrannt worden waren, fanden die Männer die alten Maishügel früherer Bewohner. Zu Ehren Osceolas hätten sie die Stadt ohnehin Talasee genannt, aber jetzt hatte der Name Old Fields eine doppelte Bedeutung.

An ruhigen und müßigen Tagen wie diesem hatte Osceola das Gefühl, als hätte er schon immer hier gelebt. Er zerkrümelte ein Wachsmyrtenblatt zwischen den Fingern und schnupperte den Duft. Er erinnerte ihn an die frühen Tage, als die Äxte und Breithacken der Männer diesen Weihrauchduft freigesetzt hatten. Sie hatten auch Obstbäume gefunden, uralte Pflaumenbäume und die süßsauren Orangen, die von jenen längst verstorbenen Bewohnern gepflanzt worden waren.

Mink trat über den niedrigen Sandhügel hinweg, das Ergebnis von Morning Dews täglichem Fegen. Auf dem Kopf trug sie einen Korb mit Mais von Dahomeys Feldern, ein Geschenk für Morning Dew. Auf ihrem Rücken baumelte eine große Kürbisflasche. Bevor sie nach Hause ging, füllte sie sie an der von Felsen gesäumten Quelle in der Nähe von Morning Dews Lager. Jeder glaubte, daß die Quelle heilende Kräfte besaß.

»Ich bin gekommen«, sagte Mink.

»Gerade rechtzeitig für ein Spiel, Schwester.« Morning Dew ließ ihren Lederball an Osceolas Hinterkopf abprallen. »Hier ist unser Zielpfosten.«

Osceola schnappte nach ihrem Fußknöchel, aber sie täuschte ihn und wich aus. Mink fing den Ball auf und warf ihn gegen Osceolas Rücken. Er wirbelte herum und jagte hinter ihr her, was Morning Dew eine Chance gab, ihn erneut zu treffen. Little Warrior kreischte vor Lachen und stand allen im Weg. Die anderen Kinder setzten sich in eine Reihe, spielten mit den Zehen in dem Sandwall auf dem Hof und sahen zu.

Mad Dog, Swamp Singer und Old Squat machten ebenfalls eine Pause, um zuzusehen. Mad Dog kratzte sich ungerührt im Schritt und wackelte mit dem Unterleib, bis sein runzliges Skrotum unter seinem langen Hemd eine etwas bequemere Position eingenommen hatte, obwohl rätselhaft blieb, wie es sich in einem derart ausgebeulten Lendenschurz eingeengt gefühlt haben konnte.

»Was ist das? Was machen sie?« Old Squat hatte seine Vorderzähne verloren, und Nase und Kinn bewegten sich aufeinander zu, als wollten sie eine Abwehrposition einnehmen. Er war hochaufgeschossen und runzlig und bestand nur aus Kanten und Knöcheln. Er bekam allmählich Hängeschultern, weil er ständig den ausgefransten Saum seines langen Hemdes ansprach, den er vor sich hielt. In jüngster Zeit hatte er recht oft zu seinem Hemd gesprochen. Old Squat hatte begonnen, sich in wachem Zustand Träumereien hinzugeben. Mad Dog fing Osceolas Blick auf und warf ihm einen kurzen verzweifelnden Blick zu. Dann nahmen die drei Freunde ihren Morgenspaziergang wieder auf.

»Ich habe gestern gesehen, wie deine Frau ihre Schweine kastrierte, Bruder«, sagte Swamp Singer. »Ein Kniff. Ein Schnitt. Dann ist alle Freude aus ihrem Leben verschwunden. Du solltest lieber nicht zu tief schlafen. Sie entschließt sich vielleicht, dich zu verändern.« Swamp Singer gluckste. Mit den Händen hielt er die Vorderseite seines Lendenschurzes umklammert und machte einen kleinen Hopser.

Der Spaziergang der alten Männer endete wie immer auf dem Platz der Stadt. Sie breiteten ihre Rehhäute wie gewohnt unter einem Magnolienbaum aus, dessen ungeheure Größe sie winzig erscheinen ließ. Die gewaltigen, wächsernen weißen Blüten der Magnolie parfümierten das gesamte Dorf. Die alten Männer teilten mit Schöpfkellen den Morgen-*sofkee* aus. Sie zündeten ihre Pfeifen an und setzten sich dann bequem zurecht, um den Tag zu genießen.

Als die Sonne am Himmel träge ihre Bahn zog, blieben Menschen stehen, um sich zu ihnen zu setzen. Sie fragten sie um Rat oder baten sie bei der Schlichtung von Streitigkeiten um Hilfe. Oder sie erzählten einfach nur den jüngsten Klatsch oder setzten sich hin und rauchten und sagten gar nichts.

Die Kinder erschienen auch. Sie fühlten sich durch die Tatsache ermutigt, daß die alten Pumas nicht so waren wie die Männer, die nichts zur Kenntnis nahmen, was nicht über ihre Gürtel hinausragte. Die Kinder brachten zerbrochene Bogen zur Reparatur oder erschienen mit abgeschürften Schienbeinen, um sich behandeln zu lassen. Manchmal baten sie um eine Geschichte oder um einen Zauber gegen Insektenstiche. Und als Bezahlung brachten sie immer etwas zu essen oder Tabak mit.

Während Morning Dew arbeitete, schmolz Osceola in einer eisernen Pfanne Blei und goß es in seine Kugelform. Morgen würde er auf die Jagd gehen. Von Morning Dews Hof aus konnte Osceola durch die offenen Seiten des östlichen Clanbetts sehen, wie die alten Männer sich mit ihrem steten Besucherstrom unterhielten. Er konnte hören, wie Mink die Spottdrosseln imitierte, welche die Quelle bewachten.

Little Warrior war eifrig damit beschäftigt, die Hühner über den Hof zu jagen, als sie mit dem Zeh gegen eine Wurzel stolperte, hinfiel und auf allen vieren landete. Morning Dew hob sie auf und wischte ihr die Tränen ab. Sie setzte sich neben Osceola und hielt Little Warrior auf dem Schoß, damit sie den beschädigten Zeh inspizieren konnte. Als sie sich vorbeugte, erinnerten die Haarsträhnen, die sich immer aus ihrem Knoten lösten, Osceola an die glänzenden schwarzen Daunen eines Ibiskükens. Wie bei Wellen, die an den Strand schlagen, folgte auf Lust Liebe, der sich eine überwältigende Zärtlichkeit anschloß.

Als Osceola seine Frau und seine Tochter studierte, verblaßte das durch seinen Traum vom Horseshoe ausgelöste Unbehagen. Er staunte darüber, daß der Atemmacher so schöne Geschöpfe dazu erschaffen hatte, das Leben mit ihm zu teilen. Ihm ging auf, daß er weit glücklicher war, als er je geglaubt hatte sein zu können.

18

Das provisorische Büro des Agenten Gad Humphreys befand sich in einem Schuppen, der mit dem Holz von Packkisten gedeckt war. Er war fast zu klein, um Gouverneur William DuVal und Agent Humphreys zu fassen, geschweige denn sechs Seminolen, den Armeedolmetscher und Aury's Black, dessen Federn die Decke berührten. Die Seminolen setzten die heiße, träge Luft mit Fächern aus Truthahnflügeln in Bewegung. Schweiß hatte an den Kleidern der weißen Männer große dunkle Flecke gemacht. Ihr beißender Gestank ließ Osceolas Nasenflügel zucken.

»All das ließe sich abwenden, wenn ihr Leute euch entschließen könntet, nach Westen zu ziehen und euch dem Rest der Creek auf dem Land jenseits des Mississippi anzuschließen.« Gouverneur DuVal schritt ruhelos auf und ab. Von seiner gnomenhaften Gutmütigkeit war keine Spur zu sehen.

Aury's Black übersetzte DuVals Worte gleichmütig und leise für Osceola, Alligator, Abihka und Chalo Emathla. Chalo Emathla war die Ursache für DuVals Irritation, aber nicht die Ursache des Problems. Er hatte sich in den Maschen der gewohnten Intrigen der Sklavenhändler verfangen.

Chalo Emathla war fast sechzig Jahre alt, hielt sich aber aufrecht wie eine Zypresse. Seine vollen Lippen und der vorstehende Unterkiefer verliehen ihm das Aussehen eines kampflustigen Barschs; seine kleinen Augen aber waren traurig und sanft. Die ausgeblichene blaue Uniformwolljacke spannte auf seiner mächtigen Brust. Dunkelblaue Streifen markierten die Stellen, an denen einmal die Offizierslitzen gesessen hatten.

»Wir haben uns bewaffnet, weil man uns gewarnt hat, die verdorbenen Männer würden unsere schwarzen Menschen mit wilden Hunden hetzen«, sagte er mit ruhiger Stimme. »Die Verdorbenen haben den weißen Siedlern erzählt, wir bereiteten uns auf den Kriegspfad vor, als wir nur die Absicht hatten, uns zu verteidigen. Die Siedler haben sich bei euren Kriegsführern beklagt. Die Soldaten kamen. Sie nahmen uns unsere Gewehre weg. Sie ließen uns hilflos zurück. Am nächsten Tag überfielen die Verdorbenen unsere Siedlungen. Sie lachten, als sie unsere schwarzen Menschen entführten. Unsere schwarzen Menschen sind wie unsere Kinder. Wir weinen um sie.«

»Wir werden versuchen, sie euch zurückzugeben.« DuVal stürmte von einer Seite des Schuppens zur anderen, wie eine Maus im Käfig. Osceola fragte sich, ob weiße Männer ihre Räte oft im Laufen abhielten.

»Agent Humphreys wird die entsprechenden Formulare ausfüllen, um beim Kongreß eine Entschädigung zu erbitten, damit euch der Verlust ersetzt wird.« DuVal sprach für die Dolmetscher nicht etwa langsamer, sondern nur lauter. Er ignorierte die Tatsache, daß Chalo Emathla kein Geld wollte. Er wollte seine Leute wiederhaben. Während Black damit kämpfte, die Idee des Ausfüllens von Formularen zu erklären, wandte sich Gouverneur DuVals Zorn gegen Gad Humphreys.

»Diese Garnison ist dazu da, sie vor diesem Abschaum zu schützen.«

»Diese Garnison verfügt über alles Nötige, um rechtzeitig vor dem Winter Unterkünfte zu bauen.« Humphreys zeigte mit einer Geste auf die große Bleistiftskizze, die an die grobe Wand hinter seinem Schreibtisch genagelt war. Die Zeichnung der vorgeschlagenen Indianeragentur hing inmitten von Flugblättern, mit denen entlaufene Sklaven gesucht wurden. Die Zettel wurden in der Hitze schon gelb und rollten sich zusammen.

Gad Humphreys' Pläne für die Agentur waren ehrgeizig und sorgfältig ersonnen, die Finanzierung jedoch nicht. Da die Zuwendungen für Fensterglas, Ziegelsteine, Kalk und Fußbodendielen verweigert worden waren, improvisierten die Männer. Durch die offene Tür konnte Osceola den steten Lärm ihrer Äxte, Sägen und Spaltmesser hören.

»Diese Menschen sind den kriminellen Elementen gegenüber hilflos.« William DuVal schlich um seinen zerknüllten Schlapphut herum, der neben der Tür an einem Haken hing.

»Sie haben nicht einmal ein Wort für Kriminelle, Billy. Natürlich sind sie hilflos«, warf Humphreys ein.

DuVal wirbelte zornig herum, während selbst Chalo Emathla mit schwermütigem Amüsement zusah. DuVal ignorierte die Tatsache, daß Black seine Tirade fortlaufend übersetzte.

»Versuchen Sie ja nicht, *mir* zu sagen, wofür sie Worte haben. *Ich* habe die letzten vier Monate damit zugebracht, bis zum Arsch in diesem vier Millionen Morgen großen Morast herumzustapfen, den sie ein Reservat nennen.« Zu William DuVals Ehren sei gesagt, daß er sich die Mühe gemacht hatte, das neue Land seiner Schutzbefohlenen zu inspizieren, und er hatte es für mangelhaft befunden. Er hatte unter der Hitze, den Moskitos, der Dysenterie, unter Fieber und Schuld gelitten. »*Ich* habe sie hungern sehen, während Sie nach New York und damit nach Hause geschippert sind.«

»Die ungesunde Jahreszeit –«

»Sie sind verschwunden, ohne mich zu benachrichtigen! Ich

habe immer wieder Depeschen an Präsident Adams geschickt – ›Agent Humphreys ist in den letzten Monaten schwer zu erreichen gewesen‹. Sie haben mich als Idioten dastehen lassen.« DuVal drückte sich den weichen Filzhut über seine ansehnlichen abstehenden Ohren.

»Und noch etwas«, sagte er. »Dem Präsidenten gefällt es ganz und gar nicht, wie Sie sich immer auf die Seite der Indianer schlagen. Sie sind hier, um die Politik der Regierung durchzusetzen und nicht, um nach der Pfeife der roten Unzufriedenen zu tanzen.« Wenn sein Gewissen an ihm nagte, versuchte DuVal es zu übertönen.

Osceola stellte sich vor, wie dieser behäbige kleine Mann den furchterregenden Neamathla und dessen Krieger in dessen eigenem Dorf durch seine Blicke einzuschüchtern versuchte. Verrückt, dachte Osceola mit amüsierter Bewunderung. Er verdient, daß man ihn Mad Billy nennt.

Die Luft im Schuppen schien wie in einem Wirbel hinter DuVal hergezogen zu werden, als er ging. Mehrere Herzschläge lang blieben alle stumm. Dann gingen Chalo Emathla, sein Sinnmacher, sein Stellvertreter und der Armeedolmetscher still hinaus in das gleißende Sonnenlicht und den Lärm.

Gad Humphreys blickte von seiner Suche nach den verschwundenen Antragsformularen auf. Der buschige, ergrauende Backenbart, der ihm von den Ohren bis zum Kinn wuchs, erinnerte Osceola an Eichhörnchenschwänze.

»Kann ich euch helfen?« Kaum hatte Humphreys es gesagt, bereute er seine Frage. Jeder Indianer, der durch die Tür kam, hatte irgendein tragisches Problem auf dem Herzen oder eins, das ihn wütend machte.

»Vielleicht können wir dir helfen«, ließ Osceola durch Black sagen.

»Das wäre eine willkommene Abwechslung.«

»Mein Name ist Asee Yaholoe, Black Drink Singer. Dies ist Abihka *Tastanagee Thloko*.« Er neigte den Kopf zu Abihka hin. »Halpata ...« Alligator ließ seine Feder wippen. »Luhstee, Black.«

Abihka hatte Osceola gebeten, sein Sinnmacher zu sein. Abihka liebte es, von einer unauffälligen Position im Hintergrund aus zu operieren. Es fiel ihm nicht schwer, unauffällig zu sein. Er sah aus wie ein harmloser, ungepflegter alter Mann, der zum Marketender gekommen war, um seinen gesalzenen Fisch zu verkaufen. Er ähnelte in Aussehen und Aroma seiner Ware. Die Soldaten behandelten ihn mit gutmütiger Verachtung und hatten sich angewöhnt, ihn nach dem Fischer in einem beliebten komischen Gedicht Sam Jones zu nennen.

Direkt vor dem Büro stand der große Korb mit getrockneten Makrelen und Schnappbarschen, die Abihka mitgebracht hatte. Die Fische waren Konterbande. Sie waren von Abihkas Neffen bei einem heimlichen Ausflug an die Golfküste gefangen worden. Niemand hielt sich allzulange bei der Tatsache auf, daß dies Salzwasserfische waren.

»Wir bringen dir ein kleines Geschenk.« Osceola überreichte eine schmale Pfeife, dessen Kopf auf einer Seite mit einem geschnitzten Alligator verziert war und auf der anderen mit einem fliegenden Reiher. Die Pfeife war in einen schmalen Lederbeutel gehüllt, der so weich war wie Satin. »Der Große Krieger Abihka läßt dir sagen, er wünscht dir Erfolg bei deinen Unternehmungen hier.«

»Mein Herz dankt dem Großen Krieger Abihka für seine Großzügigkeit.« Gad Humphreys' Gesicht hellte sich auf. Endlich mal ein Mann, der nicht um etwas bat. Tatsächlich standen hier sogar vier Männer, die so aussahen, als wären sie durchaus fähig, ihre eigenen Probleme zu lösen. »Du bist Osceola, der Mann, den sie Billy Powell nennen? Die Landmesser erzählen wilde Geschichten über dich. Ist es wahr, daß du tagelang neben ihren Pferden hergelaufen bist und deren Tempo mitgehalten hast?«

»Ja.« Osceolas Volk hielt Bescheidenheit zwar nicht für eine Tugend, aber den ganzen Tag zu laufen war kaum etwas, womit man prahlen konnte. Er fuhr mit der Angelegenheit fort, die geregelt werden mußte. »Dein Bote sagt, drei unserer Männer hätten die Linie überschritten. Sie haben Vieh getötet.«

»Ja. Ich hielt es für besser, wenn eure berittene Seminolen-Polizei sich selbst um eure ... verdorbenen Männer kümmert.«

»Wir haben sie zurückgebracht. Sie sagen, sie hätten die Kühe getötet. Sie sagen, ihre Familien hätten Hunger.«

»Ich beneide dich um deine Arbeit, Powell. Für dich ist es leicht, Polizist zu sein. Eure verdorbenen Männer geben ihre Missetaten zu.«

»Wenn sie lügen, werden ihre Seelen nach dem Tod heimatlos durch die Ewigkeit wandern.« Osceola zuckte die Achseln. »Geben eure heiligen Männer nicht den gleichen Rat?«

»Das tun sie, aber nur wenige befolgen ihn.«

»Wir werden die Verirrten in ihr Dorf zurückbringen. Die Ältesten werden über ihre Bestrafung entscheiden.« Mad New Town hatte Osceola beigebracht, immer so zu verfahren, als wäre der von ihm eingeschlagene Weg der einzig richtige. Mad New Town sagte immer, das erspare einem stundenlange fruchtlose Diskussionen.

Osceola wußte, daß die Räte der weißen Männer die Worte, die ein Seminole zu seiner Verteidigung sprach, nie beachteten. Er wußte von Kriegern, die in den feuchten Zellen des alten spanischen Forts in Saint Augustine an Verzweiflung gestorben waren. Er hatte nicht die Absicht, dafür verantwortlich zu sein, daß jemand zu einer derart grausamen Strafe verurteilt wurde, nur weil er Hunger gehabt hatte.

Humphreys ließ sich den Vorschlag durch den Kopf gehen, während Osceola wartete, als wäre die Angelegenheit schon geregelt. Humphreys war zu erleichtert, um es mit Haarspalterei zu versuchen. Er wußte, daß er manipuliert wurde, hatte aber schon immer gesagt, der er sich lieber von einem scharfen Rasiermesser rasieren ließ als von einem stumpfen. Er erkannte an, daß der junge Osceola tatsächlich ein sehr scharfes Rasiermesser war.

»Also gut«, sagte er. »Falls sie die Schwere des Vergehens einsehen. Sag den Männern des Rats, daß DuVal *miko* ihnen die Erlaubnis gibt, sich zum Fischen zu den westlichen Gewässern zu begeben. DuVal *miko* ist ein tapferer Krieger, aber ein ehrlicher Mann. Das Wohlergehen deines Volkes liegt ihm am Herzen.«

»Uns ging es viel besser, bevor sich weiße Männer um unser Wohlergehen kümmerten«, knurrte Alligator.

»Halpata sagt, er sei dankbar für die Fürsorge des amerikanischen Friedenshäuptlings.« Black nahm sich ein paar Freiheiten mit Alligators Worten. Seine Seminolen-Freunde würden nie lügen, doch Black tat es. Er behauptete, weiße Menschen seien so wenig an die Wahrheit gewöhnt, daß sie sie nur verwirre.

»Es ist mir ein ausgesprochenes Vergnügen gewesen, dich kennenzulernen.« Humphreys stand auf und streckte seine fleischige Hand aus. Humphreys war seit dreizehn Jahren Oberst der Miliz. Er war ein großer, stämmiger Mann, der allmählich aus dem Leim ging. Er überragte immer noch jeden außer Black.

»Er will, daß ihr seine Finger schüttelt«, sagte Black. »Das ist eine Sitte des weißen Mannes.«

Als Osceola die dicke, verschwitzte Hand Humhreys' in seine schlanken Hände nahm, konnten sie sie kaum fassen. Er pumpte den Arm, bis er sich an der Schulter zu lösen drohte. Alligator und Abihka taten es ihm mit feierlichen Gesichtern nach. Black hütete sich, seine Hand auszustrecken. Wenn er es in der Vergangenheit mal getan hatte, ließ ihn der Ausdruck von Abscheu in den Gesichtern der Weißen wünschen, ihre Hände zu übersehen und ihnen statt dessen an die Kehle zu gehen.

»Geh beim Büro des Zahlmeisters vorbei und gib ihm diese Notiz.« Humphreys reichte Osceola ein Blatt Papier. »Er wird dir für jeden Mann, den du zurückgebracht hast, drei Dollar geben, den gleichen Betrag, als wenn sie Deserteure wären.« Dann kam ihm ein Gedanke. »Powell, die Armee könnte dich dazu gebrauchen, Deserteure aufzuspüren. Die Feldmesser behaupten, du könntest einer Fliege um Mitternacht bei Sturm folgen.«

»Die Maßnehmer sind mit ihren Worten nicht so genau wie mit ihren Gewichten und ihren Ketten.« Osceolas argloses Lächeln bezauberte Humphreys so vollständig wie jeden anderen.

Der Agent unterdrückte einen plötzlichen Wunsch, Osceola einen Arm um die Schultern zu legen und mit den vier Männern einen Spaziergang zu machen. Er wollte den Nachmittag mit ihnen verbringen und beim Angeln in DuVals nahegelegenem Paradies namens Silver Springs reden.

»Diese Geschichten sind falsch«, sagte Alligator. »Black

Drink Singer kann eine Gnitze bei Mitternacht durch einen Sturm verfolgen.« Als er sich zum Gehen wandte, zwinkerte er, eine Unart, die er Wococoi Clark abgeschaut hatte. Er und Osceola ließen Gad Humphreys mit dem Gefühl zurück, als wäre die Temperatur um zwölf Grad gefallen, als hätte Gott Moskitos abgeschafft und der Kongreß in der Frage der Ziegelsteine, des Kalksteins und des Holzes nachgegeben.

»Was sind Deserteure?« fragte Osceola, als er mit der Hand auf die drei Übeltäter zeigte, die geduldig in dem spärlichen Schatten hockten, den die Hütte warf. Die drei Männer schlossen sich an, als Osceola, Abihka, Alligator und Black die neunzig Meter zum Standort des Forts gingen.

»Deserteure sind Krieger, die nicht kämpfen wollen. Der Kriegshäuptling der Blaujacken sperrt sie dort oben ein.« Black nickte zu dem kleinen Wachhäuschen hin. Es stand einsam und isoliert inmitten der lärmenden Bautätigkeit. Die Temperatur in dem Wachhaus mußte heiß genug gewesen sein, Blei schmelzen zu lassen.

»Meinst du, sie laufen aus der Schlacht weg?« fragte Osceola.

»Sie haben keine Schlachten. Sie laufen einfach von hier weg.«

»Das kann ich ihnen nicht verdenken.« Alligator musterte die Trupps schweißglänzender Männer mit entblößten Oberkörpern, die in der Hitze arbeiteten, während Unteroffiziere sie anbrüllten. »Sie haben keine Frauen hier. Ich würde auch desertieren. Glatzkopf würde so etwas nie ertragen.«

»Wie können sie einen Mann dafür einsperren, daß er nicht kämpfen will? Es ist die Entscheidung jedes Mannes, ob er kämpfen will oder nicht.« Je mehr Osceola von Weißen sah, um so weniger verstand er sie. Daß er ihre Methoden und Motive nicht durch einfache Beobachtung lernen konnte wie bei anderen Tieren, verursachte ihm Unbehagen.

Ihren Einfallsreichtum jedoch wußte er zu schätzen. Die sieben Männer gingen durch den Lärm und das Durcheinander, das langsam von einem hohen Palisadenzaun aus gespaltenen Baumstämmen umschlossen wurde. Die jüngsten Regenfälle und der ständige Verkehr von Menschen, Tieren und Blockwagen hatten den Platz in eine schlammige Ebene verwandelt. Eine Gruppe von Männern schaufelte den Schlamm auf Haufen und vermischte ihn mit getrocknetem Gras. Eine andere Gruppe verputzte mit der Mischung die Holzkamine, die sich an jedem Ende der Offiziersunterkünfte erhoben. Es war schmutzige Arbeit.

Die Krieger standen am Rand eines der tiefen Gräben der Säger. Ein riesiger, geschälter Kiefernstamm ruhte auf seiner ganzen Länge auf quergestellten Rollen. Sie beobachteten, wie der Säger auf dem Baumstamm entlangging, wobei er die Säge an der mit Kreide bezeichneten Linie entlangzog. In der Grube zog sein Partner die lange Klinge herunter, damit sie den Baumstamm zu Brettern schneiden konnten.

»Vielleicht sollten wir uns auch so eine Vorrichtung anschaffen.« Alligator studierte die Anlage genau.

»Ich glaube nicht.« Abihka trat näher heran, um in die Grube hinunterzusehen. »Auf den ersten Blick scheint es eine gute Idee zu sein. Es spart Zeit. Es spart aber nur Zeit, damit man noch mehr Arbeit schaffen kann. Wie die weißen Männer würden wir damit anfangen, größere Dinge zu bauen, als wir brauchen. Wir würden mehr bauen, als wir brauchen.«

Osceola blieb stehen und starrte die Baracken der Wehrpflichtigen an, die sich auf eineinhalb Meter hohen Spundwänden erhoben. Er bewunderte die Brauchbarkeit dieses Einfalls. Damit schützte man sich vor Überschwemmung und Schlangen und bot überdies Schutz vor Sturm und Wind. Er merkte sich den Einfall und speicherte ihn im Hinterkopf.

In der Nähe breitete ein Bautrupp eine fünfzehn Zentimeter dicke Schicht lavendel- und pinkfarbener Dreiecksmuscheln auf dem Fußboden der Offiziersunterkünfte aus. Die Schaufeln voller winziger Muschelschalen in dem dunklen Schlamm ließen Osceola melancholisch werden. Er erinnerte sich daran, wie er sie einmal in glitzernden Haufen an den Stränden des Golfs gesehen hatte. Plötzlich sehnte er sich danach, den Schrei einer Möwe zu hören. Delphine aus dem Wasser springen zu sehen.

»Black, was werden sie mit all den Muschelschalen machen?«

»Sie verrühren sie mit Kalk und mit Wasser und zerstoßen

sie dann mit schweren eisernen Stößeln. Wenn die Mischung trocknet, erhält man eine harte, glatte Oberfläche.«

Das Geräusch von Äxten und dem Spleißen mit Hammer und Keil hörte keine Sekunde auf. Kutscher ließen ihre Peitschen knallen und brüllten die Ochsen und Maultiere an, die Baumstümpfe aus der Erde zogen oder Nachschub heranfuhren. In dem umgebenden Wald stürzten Bäume krachend zu Boden. Das Hämmern von Schmieden und Nägelmachern und der Arbeiter, die das Eisen von Schlacke befreiten, steigerte den Lärm noch. Vier Männer ließen eine Ladung Holz zur Erde fallen. Osceola zuckte zusammen, als die Bretter hinter ihm klappernd und knallend auf die Erde fielen.

Osceola ließ das Holzhacken und Sägen, das Stoßen, Rufen und Brüllen auf sich einwirken, bis es ihm den Kopf füllte und dröhnte. Dies war die Musik der Weißen, die Musik ihrer Fähigkeiten und ihrer Geschäfte. Noch klang es wie eine Kakophonie, aber vielleicht würde es sich eines Tages zu einem Lied ordnen, zu dem Muster, das das Handeln der Sänger erklären würde.

»Wenn wir unsere Bezahlung erhalten, Brüder«, sagte Osceola, »sollten wir einen Teil davon ihnen geben.« Er zeigte auf die drei Männer, die hinter ihnen gingen.

»Einverstanden«, erwiderte Alligator. »Aber wir sollten mit ihnen in den Laden gehen. Wenn sie die Whiskeyverkäufer finden, werden sie so werden wie Heartless Snake.«

Osceolas Gesichtsausdruck verriet seinen Kummer nicht. Daß er Heartless Snake vor den Schergen McGirths gerettet hatte, hatte diesen mit Dankbarkeit belastet. Die Last schien schwerer zu sein, als er mit Anstand tragen konnte. Er war häufig betrunken. Er verbrachte den größten Teil seiner Zeit mit seiner Frau und dem Kind in der Schwarzensiedlung in der Nähe und besuchte Osceola nur selten.

Manchmal verblaßt Freundschaft, das Wissen darum, was im Herzen eines Bruders vorgeht. Die Trennlinie zwischen Freundschaft und Abneigung verschwimmt. Feuer wird zu Rauch und gibt keine Wärme mehr. So war es auch mit der Liebe, die Osceola für Heartless Snake empfand.

19

Aus irgendeinem unerklärlichen Grund war eins der kleinen Ballspielfelder am Rand von Mad Partridges Stadt leer. Es lag am Ende eines schmalen Pfads, den die üppige Sommervegetation fast überwuchert hatte. Der umgebende Dschungel schickte behutsam sich vortastende Ranken auf das Feld. Unkraut durchstieß die feste Erdoberfläche. Die Zielpfosten standen einsam und verloren an jedem Ende des Felds.

Mad Partridge und sein Volk lebten seit Jahrzehnten in dem nördlichen Mittelteil der Halbinsel. Seine Stadt war gewachsen, bis man eine Stunde brauchte, um von einem Ende zum andern zu gehen. Jetzt wimmelte es dort und in den umliegenden Siedlungen von Besuchern, welche die Zeremonie des Grünen Maises feierten. Hunderte junger Männer übten für die Spiele, die auf den Hauptfeldern von Mad Partridges Stadt stattfinden sollten. Mink und Morning Dew konnten in der Ferne ihre Rufe hören. Die Ballspiel-Rivalitäten waren zahlreich und komplex, und das lebhafte Treiben in der Stadt ließ die verlassene Atmosphäre dieses Feldes erstaunlich erscheinen.

Little Warrior und Mink jagten eine kleine Milchschlange durch das hohe Gestrüpp von Azaleenbüschen, die mit gelbem Jasmin durchsetzt waren, und verfolgten sie bis auf das Feld. Die dreijährige Little Warrior trug nur einen Lendenschurz. Die dreizehnjährige Mink hatte sich den Saum ihres langen Rocks in die Gürtelschnur gesteckt. Ihre mageren braunen Beine waren mit blassen Kratzern der Büsche übersät. Morning Dew lachte darüber, mit welchem Feuereifer sie die Schlange jagten, und folgte ihnen.

Little Warrior umkreiste das gelbgefleckte Reptil, das den Kopf gehoben hatte und ihr mit den Blicken folgte.

»Sprich freundlich mit ihr, Kind«, säuselte Mink. »Sie ist *Da*, die schöpferische Kraft. Für mein Volk versinnbildlicht sie das Leben, die Bewegung.«

Die Milchschlange stieß nach dem Palmwedel, den Mink vor ihr hin und her schwenkte. Mink bückte sich schnell und packte sie hinter den Kiefern. Sie rollte sie sich um den Arm und streckte einen Finger aus, den sie mit einem Halstuch umwickelt hatte. Die Schlange kaute eine Weile darauf herum und ließ es dann zu, daß sie Little Warrior um den Hals gelegt wurde. Dort hing sie friedlich, während das Mädchen sie streichelte.

Morning Dew und Mink überblickten das Feld und lächelten sich dann mit Verschwörermiene an. Normalerweise spielten sie das Spiel mit einem Zielpfosten und nicht mit zwei, aber diese Gelegenheit war zu gut, um sie einfach verstreichen zu lassen. Little Warrior wußte, was der Blick bedeutete. Ihre Mutter und Mink übten bei jeder Gelegenheit das Ballspiel. Wenn sie keine Bälle oder Steinchen auf dem Spann hüpfen ließen, warfen sie sie gegen Bäume, um ihre Zielgenauigkeit zu verbessern.

»Ich will auch spielen.« Little Warrior wickelte sich die Milchschlange vom Hals und setzte sie auf die Erde. Sie glitt davon.

»Du hast nicht mit den Eulen oder den Schlangen geübt.« Morning Dew knotete beim Sprechen ihren weiten Rock zusammen, damit er ein wenig hochrutschte und nicht mehr im Weg war.

»Und wie tue ich das?«

»Geh in der Abenddämmerung allein zu dem Ballfeld«, erwiderte Morning Dew. »Ruf die Eulen, indem du sie nachmachst. Wenn sie herausfinden, daß du sie überlistet hast, werden sie dich angreifen. Wenn du es schaffst, ihren Krallen zu entgehen, bist du bereit für das Ballspiel.«

Little Warrior machte ein zweifelndes Gesicht. Hexen und Geister nahmen die Gestalt von Eulen an. Eulen waren nicht gerade die Wesen, die man reizen durfte, schon gar nicht in der Abenddämmerung, wenn man allein war. »Was ist mit den Schlangen?«

»Nicht einfach nur Schlangen«, entgegnete Mink. »Kletternattern. Wenn du schneller bist als die, kannst du Ballspielen.« Mink war dabei, die Ranken süß duftender Jasminblüten abzureißen, die sich an den Zielpfosten emporrankten.

Sowohl Morning Dew als auch Mink hatten Bälle in den Lederbeuteln bei sich, die sie an der Taille trugen. Wie die von den Männern verwendeten Bälle bestanden auch diese aus Schildkrötenbeinen, die mit Bartflechtenartiger Tillandsie ausgestopft waren, aber die waren nur zum Üben. Sie waren noch nicht besungen worden, um sie mit Zauber zu durchdringen. Sie enthielten auch keine Spannerlarven, um sie vor den Gegenspielern aus dem Weg zu räumen.

Little Warrior postierte sich an den östlichen Pfosten und schlug auf Stöckchen, um den Ball ihrer Mutter zum Ziel zu lenken. Eine Stunde lang waren Morning Dew und Mink die erbittertsten Gegner. Sie stießen und schubsten sich gegenseitig und kreischten vor Lachen, als sie um den Ball kämpften. Keine von beiden bemerkte das Blut. Little Warrior mußte schreien und aufs Spielfeld rennen, um sie auf sich aufmerksam zu machen.

Mink sah entsetzt an sich hinunter. Dicke, tief dunkelrote Blutstreifen strömten an den Innenseiten ihrer Schenkel herab. Blut tropfte ihr von den Knien und bildete im Sand runde Flekken.

»*Iboskee. Iboskee* ist gekommen.« Mink versuchte, das Blut abzureiben, doch es strömte noch mehr herunter. Sie hatte in ihrem jungen Leben schon Entbehrungen und schreckliche Gefahren ertragen, geriet aber bei dem Anblick ihres eigenen Menstruationsbluts fast in Panik.

Sie hatte Grund, es zu fürchten. Wenn der Wind von ihr zu einem Mann wehte, würde er ihn vielleicht für sein Leben entkräften. Wenn ein Mann sie berührte, hatte das vielleicht den Tod zur Folge. Wer die Tabus der monatlichen Zeit einer Frau brach, beging ein Verbrechen, das Mord oder Ehebruch gleichkam.

»Hab keine Angst.« Morning Dew erinnerte sich an das Entsetzen, das sie selbst bei ihrer ersten Blutung empfunden hatte. Mit dem Daumen wischte sie eine verirrte Träne aus dem Winkel von einem von Minks riesengroßen schrägstehenden grünen Augen. »Du bist jetzt eine Frau.«

»Hab keine Angst.« Little Warrior ergriff Minks Hand und hielt sie, als wollte sie sie vor dem Bösen in dem Blut schützen.

»Wir müssen uns beeilen.« Morning Dew steckte ihren Ball ein, knotete ihren Rock auf und schüttelte die Falten aus. Sie klemmte sich Little Warrior an die Hüfte, damit sie sich alle schneller bewegen konnten.

Als sie auf dem Pfad zu ihrem Lager eilte, war sie besorgt. Dies war die schlimmste denkbare Zeit. Mad Partridges Stadt, die nahegelegenen Siedlungen und der gesamte Wald wimmelten im Umkreis von Meilen von Menschen. Um alles noch schlimmer zu machen, waren auch die Weißen hier. Sie verlangten, daß ein Mann gewählt wurde, der für alle Seminolen sprechen sollte. Die Maskokee und Mikasukee waren sich natürlich nicht einig, wer dieser Mann sein sollte. Es herrschte eine gereizte Atmosphäre.

Mink war jung und unerfahren. Es konnte leicht passieren, daß sie aus Versehen jemandem zu nahe kam und schreckliches Elend verursachte, nicht nur für sich selbst, sondern auch für die andere Person. Es gab Frauen, die von Familien ermordet worden waren, weil diese ihnen die Schuld an Krankheit oder Tod eines Verwandten gaben. Morning Dew wußte, daß sie Mink in Sicherheit bringen mußte. Schnell.

Sie und Dahomey verbrachten den Nachmittag damit, eine mit Palmwedeln gedeckte Hütte zu bauen, die weitab von allen anderen lag. An jenem Abend saß Mink allein dort. Sie legte ein paar grüne Zweige ins Feuer, damit der Rauch die Moskitos vertrieb. Sie starrte durch die Nacht zu der Glut, die Eichen an dem Ratsplatz mit ihren überhängenden Zweigen und Ästen schienen im Licht der Flammen zu tanzen. Dicke Rauchwolken von den riesigen Feuern tauchten das Dorf in einen nebligen Dunst.

Dort ist niemand allein, dachte Mink. Sie werden nicht verachtet, sie sind nicht ausgestoßen. Mink saß mit gekreuzten Beinen da. Sie stützte die Ellbogen auf die Knie und das Kinn in die Handflächen. Das Geräusch von Trommeln und Gesang strömte und verebbte und wurde vom Wind in Wirbeln davongetragen. Mink sang flüsternd mit den Sängern mit. Sie hatte eine volle, kehlige und süße Stimme, ein Geschenk ihrer Mutter.

Dahomey hatte den größten Teil des Nachmittags mit Mink verbracht. Sie und Morning Dew hatten ihr etwas zu essen und eine lange Liste mit Anweisungen mitgebracht. Mink durfte kein Salz essen. Sie durfte sich nicht das Haar kämmen. Sie durfte nicht an der gewohnten Stelle baden, sondern mußte es viel weiter stromabwärts tun. Sie durfte nicht in die Nähe der Gärten kommen, denn sonst würden die Ernten verdorren. Sie mußte in bestimmten Töpfen kochen und aus ihnen essen. Und wenn sie ihre monatliche Blutung hatte, durfte sie auf keinen Fall für Männer kochen.

»Warum mußte die Blutung gerade jetzt kommen?« hatte Mink mehr als einmal gefragt. »Ich werde die Feier des Grünen Maises verpassen.«

Dahomey hatte gelacht. »Kind«, sagte sie. »Die Blutung kommt immer zur schlimmsten Zeit, etwa wenn dein Mann weg gewesen ist und dann wiederkommt. Du möchtest ihn zwischen deinen Decken auf die beste Weise willkommen heißen, die du kennst. *Das* ist der Augenblick, in dem die Blutung kommt.«

Nachdem die Frauen gegangen waren, versuchte Mink sich vorzustellen, wie es sein würde, ihr Bett mit einem Mann zu teilen. Sie erinnerte sich an die Nächte, in denen sie steif und hellwach dagelegen und den Lauten von der anderen Seite des Kalikovorhangs gelauscht hatte. Sie kannte das hörbare Muster der Liebe gut – das Murmeln, die Seufzer, das unterdrückte Lachen. Sie wußte, daß das Rascheln, das Quietschen und das Klatschen von Fleisch auf Fleisch heftiger wurden, je weiter die Nacht fortschritt.

Die Darbietung endete stets mit einem überraschten Keuchen von Aury's Black und einem sehnsuchtsvollen Stöhnen Dahomeys. Das Keuchen schien besonders absurd angesichts der Tatsache, daß es von einem Mann von Blacks Körpergröße und Wildheit kam.

Mink kannte auch die Mechanik der Liebe. Sie hatte gesehen, wie sich Vögel und Tiere ihrer Fortpflanzungspflichten entledigten. Und beim Mahlen von Maismehl hatte sie oft gehört, wie Morning Dew und ihre Schwestern das Thema besprachen, während sie mit Stößeln und Mörsern arbeiteten.

Der sorglose Strom ihrer Unterhaltung flog ihr um den Kopf wie ein rauschender Bach um einen Felsen. Die weichen, demütigen Stimmen der Frauen und das fröhliche Trällern der Mikasukee-Sprache tarnten die geschilderten Intimitäten, die sie mit solchem Genuß schilderten. Wenn ein Mann näher kam, verfielen die Frauen übergangslos in ihren gewohnten Klatsch. Und wenn der Mann wegging, lachten sie gutmütig hinter ihm her.

Mink dachte gerade über dieses widersinnige Arrangement zwischen Mann und Frau nach, als sie die Fackel sah. Sie tauchte und schwankte wie eine betrunkene Feuerfliege den gewundenen Pfad entlang. Der Pfad selbst gehörte zu dem Geflecht von Wegen, welche die Siedlungen und Familienlager um Mad Partridges Stadt herum verbanden. Als die Fackel näher kam, hörte Mink, wie Fighting in a Line ihre gewohnten unzähligen Variationen dreier Noten sang.

Das Flackern der Fackel gab einen Blick auf Teile von Fighting in a Line frei, mal eine Schulter, mal eine Hand, mal das Gestrüpp borstiger Haare. Als sie den Kopf in die offene Hütte steckte, fiel ihr der Lichtschein der Fackel in die tiefen Falten um die Augen. Das eindrucksvolle Massiv ihrer Nase warf einen dreieckigen Schatten quer über die rechte Seite ihres Gesichts. Er schwärzte Mund, Nasenlöcher und Augenhöhlen und verwandelte ihr Gesicht in einen Totenschädel. Der Totenschädel lächelte.

»Ich bin gekommen.« Sie schnippte gerade oft genug mit ihrem Wedel, um die Moskitos zu verjagen, ohne sich die Mühe zu machen, mehr Bewegungen zu machen. Sie löschte den lodernden Stock aus Pechkiefer, indem sie ihn in den Sand steckte. Dann wühlte sie in ihrem Sack herum und zog vier Maiskolben heraus, die vom Rösten noch warm waren. »Iß, Night Daughter.« Sie verwendete ihren Kosenamen für Mink.

Eine Zeitlang waren nur das Knistern der Flammen und das feuchte Knirschen des Maises zu hören. Dann zog Fighting in a Line zwei in der Schale geröstete Bitterorangen hervor. Sie stellte einen kleinen Schildkrötenpanzer mit Honig zwischen sich und Mink, damit beide die saure Frucht darin eintauchen konnten.

»Du wirst das Tanzen verpassen, Großmutter«, sagte Mink sehnsüchtig.

»Ich habe schon gesehen, wie getanzt wird.« Fighting in a Line schälte eine der Orangen und ließ deren beißenden Duft in die Luft entweichen. Sie spaltete sie mit ihren langen Daumennägeln und gab Mink die Hälfte. »Tanzen ist für junge Leute«, sagte sie. »All dieses Tändeln und Flattern, der Lärm läßt mir den Kopf summen wie ein Wespennest. Dies ist jedoch ein guter Tanz. Wie in alter Zeit, wenn ich von dem Zorn absehe.«

Fighting in a Line verstummte. Sie hatte die Spannung in Mad Partridges Stadt gespürt. Von der gewohnten Aura von Magie und Erregung, die sonst immer die Zeremonie des Grünen Maises begleitete, war nichts zu spüren. Die Luft vibrierte vor Feindseligkeit wie ein Sommermorgen vor Zikaden.

Gouverneur DuVal wollte, daß sein Kandidat zum Großen König gewählt wurde statt Mikanopees, der seiner Abstammung nach der rechtmäßige Anführer der südlichen Maskokee war. Mikanopees Anhänger, meist die großen und einflußreichen Alachua-Gruppen, wurden gegen die Mikasukee und Talasee aufgebracht, die DuVals Wahl unterstützten, Mole Leader. Und um ehrlich zu sein, der hochgewachsene und gutaussehende Mole Leader sah wie ein Häuptling aus. Mikanopee nicht.

»Haben sie den Großen König gewählt?« fragte Mink.

»Nein. Morgen werden die Männer des Rats die Entscheidung verkünden.«

Als sie die Orange aufgegessen hatte, wischte sich Fighting in a Line die Finger an ihrem Rock ab. Sie zog fünf Schnüre mit blauen kleinen Perlen aus dem kleinen Beutel, der unter den Amuletten und Beuteln mit schützenden Kräutern auf ihrer knochigen Brust hing. Sie legte Mink die Schnüre um den Hals und verknotete sie zu verschieden langen Reihen.

»Du hast den Hals eines Schlangenhalsvogels, Night Daughter«, sagte sie.

»Aber dies sind deine schönsten Halsbänder.« Mink rieb die kühlen, glänzenden Rundungen der Perlen.

»Ich trauere um meinen Bruder. Ich brauche sie nicht.«

»Großmutter ...« Mink verstummte, da sie nicht wußte, wie sie fortfahren sollte.

Fighting in a Line wußte, was in Mink vorging. Es war das gleiche, was im Kopf jeder jungen Frau vorging, die ihre erste Blutung erlebte. »Ich kann dir nicht sagen, was es mit Männern auf sich hat«, sagte sie. »Das kann niemand.« Sie zog den Rock hoch, der ein vor Arthritis angeschwollenes Knie entblößte. Ihre zernarbten, verwachsenen braunen Füße und Beine sahen so verwittert aus, als bestünden sie nur noch aus dem harten Kernholz.

»Als ich jung war, waren meine Beine die schönsten in Talasee. Ich konnte sie einem Mann um den Arsch wickeln. Ich konnte ihn die ganze Nacht reiten. Und ich habe wirklich ein paar muntere Mondscheinritte erlebt.« Sie gluckste leise bei der Erinnerung. »Als ich jung war, glaubte ich, ich würde eines Tages weise sein. Daß ich die Männer verstehen würde. Aber das tue ich nicht. Sie sind wie junge Bären. Wir können sie gefangennehmen.« Sie warf Mink einen listigen Blick zu. »Wir können sie halb zähmen. Wir können unsere Hütten mit ihnen teilen, aber verstehen können wir sie nicht. Du solltest es gar nicht erst versuchen. Es wird dich nur unglücklich machen.«

Das waren nicht die Äußerungen, die Mink von Fighting in a Line erwartete, obwohl sie wußte, daß die alte Frau nur selten das Erwartete sagte.

»Welche Geschichte möchtest du hören?« Mit einem Schnippen ihres Palmwedels tat Fighting in a Line das Thema Männer ab.

»Sag mir, was dein Name bedeutet«, erwiderte Mink.

»›Fighting in a Line‹ ist ein alter Name. Die Mutter meiner Mutter hat ihn mir gegeben. Er soll an die erste Begegnung unseres Volkes mit den Rotjacken-Soldaten erinnern.«

Fighting in a Line begann zu beschreiben, wie der Trupp britischer Soldaten vor fünfundsiebzig Jahren im Laufschritt in Talasee eingedrungen war. Sie waren gekommen, um Maskokee-Krieger für ihren Krieg gegen die Franzosen zu rekrutieren. Fighting in a Line marschierte vor der Hütte steifbeinig auf und ab. Sie spielte den Part des britischen Obersten, der seine Soldaten auf dem städtischen Platz drillte, um die amüsierten Wilden zu blenden. Mink lachte über ihr Possenspiel.

»Unser Volk zeigte sich von einer so albernen Art zu kämpfen nicht beeindruckt«, schloß Fighting in a Line. »Die roten Jacken der Soldaten gefielen den Leuten aber. Sie machten mit den Briten ein Feuer. Die Männer rauchten mit ihnen. Sie wurden ihre Verbündeten. Der Vater meiner Mutter sah in seinem knallroten Rock sehr gut aus.«

Fighting in a Line wurde nachdenklich. »Vielleicht war ihre Art, in Reihen zu kämpfen, schlechter Zauber«, sagte sie. »Die Blaujacken versteckten sich wie Pumas in den Bäumen. Sie kämpften wie wir. Sie schlugen die Rotjacken. Jetzt sagen uns die Blaujacken, wo wir leben müssen. Sie sagen uns, was wir essen müssen. Sie sagen uns, wer unser Großer König sein soll.«

Fighting in a Line dachte an die Männer, die angewiesen worden waren, die Hunde und Schweine zu vertreiben, die auf der Suche nach verkohlten Bärenrippen, die nach einem Festmahl übriggeblieben waren, auf dem Platz herumlungerten. Sie treiben uns wie Hundetreiber vor sich her, dachte sie.

20

Der riesige Alligator kam aus dem Wasser, als wäre er mit Luft vollgepumpt, was er in Wahrheit auch war. Er hob seine lange stumpfe Schnauze in einem scharfen Winkel und schlug mit dem Schwanz aufs Wasser. Es knallte wie bei einem Peitschenhieb. Seine Kehle wölbte sich. Sein Körper zog sich in kräftigen, zuckenden Bewegungen zusammen.

Als der schwarze Panzer seiner Haut vibrierte, erhoben sich an seinen Seiten hunderte fingergroßer Wassersäulen wie Geysire. Sie tanzten und glitzerten im Sonnenlicht und schickten in anmutigen, konzentrischen Kreisen kleine Wellen aus. Der Alligator bellte, worauf im Umkreis von Meilen herausfordernd geantwortet wurde. Sein dröhnender Ruf kräuselte das Wasser. Er ließ Little Warriors Zwerchfell erzittern und ihr das drahtige Haar im Nacken zu Berge stehen, als sie im Gras kauerte.

»Ein Zeichen, Vater?«

»Ja.« Osceola lächelte. »Ganz entschieden ein Zeichen.«

Bei Expeditionen mit ihrem Vater hatte Little Warrior gelernt, Zeichen zu erkennen. Obwohl sie eine unendliche Vielfalt von Formen annahmen, ließen sie sie urplötzlich mit dem innehalten, was sie gerade tat. Sie sprachen zu ihr in einer Sprache jenseits aller Worte. Es waren Blitze sichtbarer Magie.

Sie versicherten ihr, daß sie ebensosehr ein Teil der Magie des Waldes sei wie die braungelben Pumas, die durch die Bäume huschten. Daß sie im Herzen genauso frei sei wie der große blaue Reiher, der in geringer Höhe am Himmel dahinglitt und von dem nichts zu hören war außer einem schwachen Rauschen von Federn. Das waren Hinweise, daß sie zu dem großen Spiel des Atemmachers gehörte.

Der Alligator beendete seine Darbietung und machte sich wieder daran, seinen Bau zu vergrößern. Als er rückwärts das Loch in der Uferböschung verließ, wurden Schlamm und Wurzeln aufgewühlt und von seinen Schwimmfüßen herausgeschoben. Er ließ den Schwanz im Wasser hin und her peitschen und zerstreute so den Schlamm, bevor er wieder im Bau verschwand. Die Weide am Ufer erzitterte, als er von unten an ihren Wurzeln zerrte und sie abbiß, um sie aus dem Weg zu räumen.

»War der Alligator, den du erlegt hast, so groß wie dieser?«

»Nein. Er war so lang wie dein Onkel Alligator groß. Aber als wir das Spiel spielten, war dein Onkel viel kleiner.« Osceola wußte, daß Little Warrior das wußte. Sie hatte die Geschichte schon oft gehört, wollte sie aber immer wieder hören. Von den Hunderten von Erzählungen, die Talasees Sagenschatz ausmachten, gab Little Warrior den Geschichten über die Abenteuer und das Unglück aus der Kindheit ihrer Eltern den Vorzug.

»Das Alligatorenweibchen schlief auf ihrem Nest. Dein Onkel ging als erster, weil er ein Bruder des Alligators ist, aber Heartless Snake protestierte. ›Geh mit deinem Haken da rein und weck sie auf‹, sagte er. Alligator zeigte sein liederliches Grinsen.«

»Wie sah Onkel Alligator aus, als er noch klein war?«

»Wie seine frischausgebrüteten Namensvettern. Als er auf

den Hügel zulief, auf dem der Alligator döste, ließ Heartless Snake den Notschrei hören.«

Little Warrior preßte die Lippen zusammen, sog sie in den Mund und ließ das hohe, schrille Quieken eines Alligatorbabys hören. Der Alligator in dem nahegelegenen Teich hörte mit seiner Arbeit auf und stieß wieder seinen dröhnenden Laut aus. Osceola und Little Warrior schoben das Kanu in den Kanal, den der Alligator im Schneidegras freigeräumt hatte. Little Warrior krabbelte über die Körbe mit getrocknetem Fisch, die sie und ihr Vater von der Küste mitgebracht hatten, und setzte sich in den Bug des Kanus.

»Alligator mußte ziemlich hüpfen, um dem Weibchen auszuweichen.« Osceola erzählte beim Staken weiter. »Er nagelte die Spitze ihres hin und her schlagenden Schwanzes fest. Dann warf er ein Seil aus Schlingpflanzen in die Gabelung einer Eiche. Während der Alligator Alligator anzischte, berührte Heartless Snake den Schwanz des Weibchens und rannte dann weg.«

»Dann warst du an der Reihe.« Wenn andere in der Nähe gewesen wären, hätte Little Warrior ihn nicht unterbrochen. Wenn sie aber mit ihrem Vater allein war, konnte sie an der Geschichte teilnehmen, die sie schon auswendig kannte. »Bist du schnell gelaufen?«

»Ich bin auf sie zugegangen. ›*Hadjo!*‹ rief Alligator zu mir herunter. ›Du bist verrückt!‹ Ich schlug sie auf die Spitze ihrer Schnauze. Sie biß mir fast die Hand ab. Während ich von ihr wegrannte, kletterte Alligator herunter und begann sie mit Schlamm zu bewerfen, um sie zu blenden.«

»Was tat Onkel Heartless Snake?«

»Er dachte wie immer an seinen Magen. Er sammelte so viele Eier aus dem Nest, wie er tragen konnte. Wir aber bewarfen den Alligator weiter mit Schlamm. Wir jagten das Weibchen ins Wasser. Es schwamm weg. Wir waren mit Schlamm bedeckt. Wir fingen Heartless Snake, hielten ihm die Arme fest, schleiften auch ihn in den Schlamm. Die Eier zerbrachen und ergossen sich über ihn.«

»Und was passierte dann?« Was jetzt kam, war der für sie schönste Teil der Geschichte.

»Wir haben uns weder gewaschen noch angezogen. Alligator klebte sich noch mehr Schlamm auf den Kopf. Er steckte sich Fächerpalmwedel in den Schlamm. Wir liefen durch die Stadt. Die Mädchen kicherten. Sie verbargen die Gesichter.« Um es zu illustrieren, hielt sich Osceola eine Hand vor die Augen, blinzelte Little Warrior aber zwischen den Fingern hindurch an.

Little Warrior lachte, wie sie es immer tat, wenn sie sich das Bild vorstellte, wie ihr Vater nackt durch die Stadt lief.

»Hat Großmutter dich bestraft?«

»Nein. Ich war schon zu groß, um von ihr gekratzt zu werden.« Osceola fiel wieder ein, wie sehr Fighting in a Line sich bemüht hatte, nicht zu lachen, als sie ihn ausschimpfte, weil er die jungen Frauen in Verlegenheit gebracht hatte.

Osceola stakte sie aus der glitzernden Wasserfläche der nassen Prärie und in das schwach erleuchtete Labyrinth aus Sumpfeichen und Lorbeerbäumen, Alligatoräpfeln und den gewaltigen, flaschenförmigen Zypressen. Die grauen Vorhänge der Bartflechtenartigen Tillandsien hingen bis auf die schwarze Wasseroberfläche. Tausende kegelförmiger grauer Knie, große und kleine, erhoben sich um die gewölbten Stammenden der Zypressen aus dem Wasser.

Von Zeit zu Zeit glitt eine dicke Mokassinschlange von einem Baum und schwamm davon, wobei sie lange, sich kräuselnde Wellen hinter sich herzog. Die aus den Nestern in den guano-geweißten Ästen der Zypressen gefallenen Eier und halbflüggen Vögel verbreiteten einen kräftigen Gestank. Ein Gewirr von Klapperschlangen, die wie überreife Melonen rochen, machten sich über das Aas her. Von den Ästen herabhängende Trauben von Orchideen fügten dem schweren, beißenden Geruch ihren Duft hinzu.

Osceola sah, wie Little Warrior sich über den Bug des Kanus lehnte und wie ein Welpe die stille Luft schnupperte. Sie atmete mit den Gerüchen das Mysterium des Gewirrs dunkler Zypressen ein. Nachdem er Jahre in den Sümpfen verbracht hatte, hatte Osceola gelernt, in ihnen zu überleben und ihre schöne Bedrohlichkeit sogar zu schätzen. Little Warrior war jedoch in der Nähe der Sümpfe aufgewachsen. Sie fühlte sich hier zu Hause.

Wenn sie durch ihre Pflichten im Haushalt daran gehindert wurde, den sauber gefegten Hof ihrer Mutter zu verlassen, war sie so unruhig wie ein gefangener Silberreiher, den man an einem Pfosten festgebunden hatte, um seine Federn rupfen zu können. Ihre grenzenlose Neugier und ihre Begeisterung brachten sie immer wieder in Schwierigkeiten. Ihre stämmigen Arme und Beine waren mit den Kratzspuren ihrer Mutter und Großmutter bedeckt. Aber hier galten die Anstandsregeln nicht, die ihren Geist fesselten, und sie zitterte fast vor Aufregung.

»Werden wir in Some Whiskey There lagern?« fragte sie.

»Vielleicht.« Osceola freute sich selbst schon darauf, in dem Quellwasser zu schwimmen. Mochte der dunkle Zauber der Zypressen auch eine düstere Atmosphäre verbreiten, so war die Quelle Sonnenschein und Vogelgesang und reine, blitzende Farbe.

Allmählich öffnete sich der Sumpf, so daß mehr Licht durch das blaßgrüne Blätterdach der Zypressen drang. Das Wasser wurde klarer und bewegte sich schneller. Schieferfarbene Reiher schritten zierlich durch das flache Wasser. In den Ästen der Bäume blickten Kormorane in die Sonne und breiteten die Flügel aus, um sie zu trocknen. Während Osceola den Einbaum weiter stromabwärts in dem Unterholz versteckte, das bis in den Fluß hinein wucherte, lief Little Warrior zum Rand des Teichs.

Das klare azurblaue Auge der Quelle, das einen Durchmesser von dreißig Metern hatte, starrte den sommerlichen Himmel an. Schwärme von Seebarben und Silberfischen schienen inmitten der Wolken zu hängen, die sich auf seiner Oberfläche spiegelten. Die verblichenen Knochen von Alligatoren und Rundschwanzseekühen vermischten sich mit dem strahlend weißen Muschelkalk, der den Boden und die steilen Uferböschungen der Quelle bedeckte.

Ueho'mee Sassa, Some Whiskey There, war für das Volk der Halbinsel schon immer ein bevorzugter Lagerplatz gewesen. Die Quelle hatte ihren Namen von den Spaniern und Engländern, die dort ihren Rum von den Bahamas entladen hatten. Alte Herdfeuer schwärzten den Erdboden. Ein halbes Jahrhundert zuvor hatte jemand am Rand des grasbewachsenen Abhangs an dem Sandstrand der Quelle ein paar Orangen- und Pfirsichbäume gepflanzt. Jetzt lag die Quelle jenseits der Reservatsgrenzen, und so lagerten weiße Männer dort.

Ihre Decken, Töpfe und schimmeligen Getreidesäcke, ihre leeren Whiskeyfässer, Lebensmitteldosen und Tierknochen bedeckten die Lichtung. Eine schwankende Laube aus Fächerpalmwedeln schützte ein aufgestapeltes Klafter entrindeten Eichenholzes, drei Eichenfässer und einen rübenförmigen Kupferkessel, der groß genug war, Little Warrior darin zu kochen. Kupferrohre verliefen von dem Kocher zu dem nahegelegenen, von der Quelle gespeisten Bach, wo sich die Röhren auf dem Grund wie eine glänzende Schlange rollten. Das andere Ende führte aus dem Bach und hügelabwärts zu einem kleineren Faß. Unter dem Kocher brannte ein niedriges Feuer.

»Tochter«, rief Osceola leise.

Als sie neben ihm war, zog er sie in die Deckung der Schlingpflanzen und Azaleenbüsche. Beide kauerten sich hin und studierten das verwirrende Muster von Stiefelabdrücken in dem feuchten Sand der Lichtung. Osceola spürte, wie die heiße Flut der Wut in ihm aufwallte.

»Geh zum Kanu«, flüsterte er. »Bleib dort.«

Little Warrior blickte über die Schulter und ging dann schnell den vertrauten Tunnel entlang, den das Wild beim Durchstreifen des Dickichts in die Vegetation geschlagen hatte. Sie wollte nicht gehen; doch obwohl es im Lager gelegentlich vorkam, daß sie ungehorsam war, war sie ihrem Vater im Wald nur einmal ungehorsam gewesen. Er war verschwunden und hatte sich versteckt gehalten, bis sie sich völlig verloren und verängstigt gefühlt hatte. Danach war sie nie mehr ungehorsam gewesen.

Osceola geisterte am Rand der Lichtung herum, bis er das erste Faß erreichte. Er hob den schweren Deckel hoch und sah hinein. Blasen aus Kohlendioxid hatten auf dem gärenden Mais eine dicke, schäumende Haube gebildet. Das Gas hielt die Maische in Bewegung und setzte einen starken, süßsauren Geruch frei.

Osceola wußte, daß er schnell handeln mußte. Die Schwarzbrenner mußten in der Nähe sein. Weiße Männer ließen ihre

Brennereien nie unbewacht. Selbst wenn keine anderen verdorbenen Männer in der Nähe waren, um den Whiskey zu stehlen, so liebten Bären die Maische ganz besonders.

Osceola nahm die Deckel von den beiden anderen Fässern. Er stützte sich mit der Schulter dagegen und kippte eins nach dem anderen um. Die dicke gelbe Flüssigkeit strömte auf die Erde. Der kupferne Kocher war schon eher ein Problem. Wenn er versuchte, ihn mit seinem Kriegsbeil zu zerstören, würde der Lärm die Schwarzbrenner aufmerksam machen. Er konnte entweder Wasser auf das heiße Metall gießen, das sich dann verbiegen würde, oder es in die Luft jagen. Es zu sprengen sagte ihm mehr zu.

Er legte Holzscheite ins Feuer und fächelte sie mit seinem Lendenschurz. Er nahm etwas Schlamm von dem Haufen neben dem Kocher und klebte eine besonders dicke Schicht davon auf den gehärteten Schlamm, mit dem der Deckel schon versiegelt war. Als er spürte, daß sich in dem Kessel gefährlicher Druck aufbaute, zog er sich rückwärts auf der Lichtung zurück.

Beim Gehen blieb er von Zeit zu Zeit stehen, bückte sich und wischte mit der Handfläche leicht über jeden Fußabdruck, um seine Spuren im Sand zu beseitigen. Als er eine grasbewachsene Stelle überquerte, zog und zerrte er an jedem verdrehten Grashalm, so daß er wieder die frühere Form annahm. Sein Onkel hatte ihn schon vor langer Zeit gelehrt, daß man sich unsichtbar machte, wenn man durch die Welt ging, ohne eine Spur zu hinterlassen.

Als er zu dem Wildwechsel kam, nahm er seine Muskete vom Rücken. Er ließ sich auf Hände und Knie nieder und hielt die Waffe vor sich, als er sich in den Tunnel im Unterholz zurückzog. Er legte sich auf den Bauch und beobachtete die Lichtung. Er brauchte nicht lange zu warten.

Der Schwarzbrenner pfiff leise vor sich hin, zog seine ausgebeulten Hosen aus selbstgewebtem Stoff hoch, knöpfte sich den Hosenschlitz zu und band seine Hosenträger wieder fest, als er auf die Lichtung trat. Als er die umgekippten Fässer und den goldenen Strom der Maische sah, feuerte er sein Gewehr auf die Sonne ab.

»Beweg deinen Arsch her, Billy«, rief er. »Wir haben Bären zu Besuch.«

Er lud die Waffe und hielt das Gewehr mit halb gespanntem Hahn bereit und suchte die Büsche nach dem Geschöpf ab, das die Fässer umgekippt hatte. Als er sich dem Wildwechsel näherte, umfaßte Osceola sein Kriegsbeil fester. Der Mann kam so nahe, daß Osceola nur die ausgefransten Säume seiner schlammbedeckten Hosen und die Risse in dem getrockneten Leder seiner Stiefel an der Öffnung des Tunnels sehen konnte.

»Was für Bären?« Der Partner des Mannes tauchte auf der anderen Seite der Lichtung auf.

»Sieh doch selbst.« Der Schwarzbrenner war wie der Blitz herübergekommen und stand vor Osceola. Seine Stimme dröhnte Osceola in den Ohren.

Als der Mann sich umdrehte und auf die Laube zuging, konnte Osceola nicht nur die Säume der Hosen sehen, sondern auch die ausgebeulten Knie, dann ein paar massige Hinterbakken und die schmutzigen Hosenträger.

Die beiden Schwarzbrenner erreichten den Destillierapparat gerade in dem Augenblick, in dem der gefangene Dampf genug Druck aufgebaut hatte, um die Seiten des Kessels zu sprengen. Er ließ kochende Flüssigkeit und Maische auf sie hinabregnen.

Als Osceola auf dem Wildwechsel weiterkroch und den Punkt erreichte, an dem Little Warrior und das Kanu warteten, waren die Wut- und Schmerzensschreie der Männer Musik in seinen Ohren. Sein Zorn tanzte dazu und wurde zu Gelächter.

21

Die schäbige graue Pyramide einer Decke bewegte sich ruckartig. Sie glitt mit einer schwankenden Bewegung etwa einen Meter quer über Dahomeys Küchenhof und hielt dann inne. Ein sonderbarer Pfiff ertönte aus ihren zeltähnlichen Falten.

Mink hockte im Staub und sah zu, wie sich die Decke dreimal auf der Stelle drehte und dann wieder pfiff wie ein Damhirsch, der den Jäger wittert.

Dahomey und ein gutes Dutzend neugieriger Nachbarinnen standen schweigend hinter Mink. Die schwarzen Frauen hatten sich bunte Tücher um den Kopf gewickelt, die sie im Nacken kunstvoll verknotet hatten. Dort, wo ihre gerüschten Blusen über den Rockbünden endeten, hielten sie die Arme verschränkt. Ihre nackten Kinder kicherten einander nervös an und lugten hinter dem Schutz der langen Frauenröcke hervor, sie hörten auf zu kichern und warteten mit aufgerissenen Augen darauf, daß die Wahrsagerin in der erwartungsvollen Stille auftauchte. Sie ließ sich Zeit. Der Erfolg von Prophezeiungen liegt hauptsächlich in der Spannung. Mink legte einen breiten Fächerpalmwedel auf die Erde. Darauf breitete sie ihre Geschenke aus, Lebensmittel aus dem alten Land – gekochte Süßkartoffeln und Maisklößchen in Fischsauce mit Tomaten und feurigen Chilischoten aus ihrem Garten. Sie legte noch einen Spiegel und zwei Perlenschnüre dazu, während Dahomey mißbilligend zusah.

Der Inhalt der grauen Decke erklärte, daß sie während ihres Aufenthalts in Saint Augustine zweimal in einem Himmelsschiff zum Himmel aufgestiegen war, das zweimal so hoch wie eine Hütte und rot und rund wie die untergehende Sonne war. Dahomey bezweifelte es; aber schließlich war Dahomey noch nie in Saint Augustine gewesen. Nie hatte sie Rich and Rows riesigen Zirkus mit dem Paketschiff aus Charleston ankommen sehen, das dann wie eine Arche Noah aussah, beladen mit exotischen Tieren, Clowns, einer Dampfpfeifenorgel sowie einem Heißluftballon, der fünfeinhalb Meter hoch war und einen Umfang von sechzehn Metern hatte. Es war unwahrscheinlich, daß die Wahrsagerin tatsächlich mit dem Ballon gefahren war, aber sie hatte im Dorf mit ihren Behauptungen und Prophezeiungen für erheblichen Wirbel gesorgt.

Die Kinder sprangen mit einem Satz zurück, als der zerfetzte Rand der Decke plötzlich hochflog und eine dünne junge Frau enthüllte. Sie war sechzehn, aber ihr verwelktes Gesicht wirkte viel älter. Sie trug nur ein weites Baumwolltuch, das sie sich um die spindeldürren Hüften geschlungen hatte. Schweiß hatte ihre eingesunkene, knochige Brust in glänzendes, poliertes Ebenholz verwandelt.

Sie blinzelte in das schrägstehende Sonnenlicht des späten Nachmittags. Ihre vorstehenden Augen, von denen eins gelb und eins grün war, erinnerten Mink an eine Winkerkrabbe. Eine wollige Haarmähne stand ihr in dicken, staubigen Strähnen von dem schmalen Kopf ab. Ihre Nase sah aus, als hätte jemand einen Daumen darauf gelegt und sehr fest zugedrückt. Ihr schrägstehendes linkes Auge verlieh ihr das Aussehen einer Geistesgestörten.

»Sankt Erzulie hat mich besessen«, zischte die Wahrsagerin. »Sie hat gesprochen.«

Dahomey runzelte ärgerlich die Stirn. Dieser pfeifende Neuankömmling, der sich so in Positur setzte, war eine Schwindlerin. Dahomey war eine *vodu*-Priesterin, und bei dem *vodu*, das sie praktizierte, gab es keine Heiligen. Immer noch verärgert rieb sie mehrere trockene Fischschuppen in der Hand, bis sie quietschten. Es tat ihr gut, die Besorgnis zu sehen, die im Gesicht der jungen Frau aufflackerte. Wenn die Decken-Wahrsagerin selbst keinen wirklichen Zauber besaß, so erkannte sie ihn aber bestimmt, wenn sie einen hörte.

Mink ignorierte die Attacke ihrer Mutter. Mink würde heute nacht *Talasee Tastanagee* in ihrem Bett empfangen, und sie war entschlossen, sich jede nur mögliche Weissagung zu verschaffen. Selbst wenn es bedeutete, daß sie ihre mächtige Mutter herausfordern mußte.

Mink und Morning Dew hatten das Bündnis beim Zerstoßen der täglichen Maisration besprochen. Ihre Stößel schlugen in demselben massiven Mörser aus Eichenholz einen gleichmäßigen Rhythmus. Vor sieben Tagen hatte Morning Dew ihre Entscheidung zusammen mit Osceolas Morgen-*sofkee* serviert.

Morning Dews Feuer war der Treffpunkt für Krieger, die bis zu drei Tagen reisten, um mit *Talasee Tastanagee* zu sprechen. Sie wohnten in ihrem Gästehaus. Sie aßen aus ihren Kesseln. Morning Dew brauchte Hilfe. Sie wollte ihren Mann und ihre Pflichten mit Mink teilen, dem Sklavenkind, das inzwischen herangewachsen und ihre dunkle Schwester geworden war.

»Was sagt Sankt Erzulie?« fragte Mink.

»Deine Ehe wird mit Glück gesegnet sein«, erwiderte die Wahrsagerin.

Mink lächelte und griff nach den Perlen und dem Spiegel, um sie als Bezahlung anzubieten.

»Dann wirst du großes Unglück erleiden.« Die ungleichen Augen der Wahrsagerin weiteten sich in Furcht vor ihrer inneren Vision. »Es wird Verrat geben. Tod.«

»Wer wird verraten werden?« Mink war besorgt. Dies entsprach nicht der Weissagung ihrer Mutter.

»Böses. Verrat. Tod.«

»Scher dich aus meinem Haus, Frau.« Dahomey hatte genug. »Verschwinde!« Sie hob die Hand und rasselte mit den Fischschuppen. Die Tatsache, daß das Geräusch so leise klang, so leise wie ein Skorpion in nächtlichem Stroh, machte es noch unheilvoller. Dahomeys leise, rauchige Stimme klang so unheilverkündend wie die Fischschuppen. »Achte sorgfältig auf deine Schattenseele«, flüsterte sie. »Jemand könnte einen Dorn hineintreiben.«

»Böses! Verrat! Tod!« Die Wahrsagerin schnappte Minks Geschenke. Doch als sie davontrippelte, sah sie sich nervös nach dem verwundbaren, langen, spätnachmittäglichen Schatten um, der sie verfolgte.

Dahomey balancierte ihren hölzernen Wassereimer auf dem Kopf und setzte den unterbrochenen Weg von der Quelle fort. Bis vor kurzem war die Quelle vom Geist eines Krugs heimgesucht worden, aber Dahomey hatte es schließlich geschafft, ihn auszutreiben. Sie füllte die Kürbisflasche, die an den Deckenbalken der Hütte hing, in der sie, Mink und Black schliefen, mit Wasser. Wenn in der Nacht kein Wasser in der Nähe war, konnte es sein, daß eine durstige Seele sich auf der Suche danach auf die Wanderschaft machte, während der Körper schlief. Es konnte passieren, daß die Seele aus Pfützen mit verdorbenem Wasser trank oder in einer Quelle ertrank. Eine durstige Seele war in ständiger Gefahr.

»Die da ist ein Dummkopf, so wie sie unter ihrer schmutzigen Decke herumhüpft. Sie pfeift wie ein krankes Pferd, ein Lungenpfeifer.« Dahomey schritt von ihrem Garten zu der kleinen Brauthütte, die Black für Mink gebaut hatte. »Sie ist ein Dummkopf, der die Absicht hat, von noch größeren Dummköpfen gut zu leben.«

»Was hat sie gemeint? Was glaubst du?« Mink folgte ihrer Mutter so dicht auf den Fersen, daß sie fast mit ihr zusammenstieß, als Dahomey sich abrupt umdrehte.

»Sie meint gar nichts«, sagte Dahomey mit fester Stimme. »Sie weiß nichts. Kein Geist spricht durch sie.« Sie weiß nur, daß ich hier ihre Rivalin bin. Sie muß mit allen Mitteln gegen mich vorgehen, dachte Dahomey. »Vergiß eins nicht, Tochter. Wenn der Atemmacher dir Krankheit gibt, gibt er dir auch Medizin. Er gibt dir Kraft, jedes Unglück zu überwinden, das er dir schickt.«

»Was hat ihr *sabia* zu meiner Heirat mit *Talasee Tastanagee* gemeint?«

»Heirat? Kind, wir könnten von hier bis nach Saint Augustine gehen und nur über die Ehe sprechen, ohne damit zu Ende zu kommen.« Dahomey hatte Geduld mit Mink, die den afrikanischen Geist *vodu* mit dem Seminolen-Geist *sabia* durcheinanderbrachte. Sie verstand auch, mit welcher Beharrlichkeit Mink die Deckenschüttlerin ernst nahm.

Für eine Frau war die Ehe die Jagd. Sie war ihr Lebensunterhalt, ihr Mittel zum Überleben. Sie spürte die sichtbaren und unsichtbaren Bindeglieder zwischen den Menschen, so wie der Jäger die Luft schnuppert, um auch die schwächste Spur von Wild aufzuspüren.

»Du stammst von einem kühnen Geschlecht von Kriegerfrauen ab.« Dahomeys heiserer Akzent wurde immer stärker und langsamer, wenn sie von dem alten Land sprach. »Deine Ururgroßmutter marschierte an der Spitze einer Heerschar von Frauen. Sie kämpfte gegen die Oyo-Yoruba, als die Hauptstadt geplündert wurde. Du hast die Kraft, Schwierigkeiten zu überleben oder mit Anstand zu sterben. Weder das Leben noch der Tod können eine Bedrohung für dich sein. Und jetzt geh. Mach dich bereit für deinen Mann.«

»*Abayi, nana*«, murmelte Mink in der alten Sprache. »Danke dir, Mutter.«

Eine schwarze Kette von Vögeln flatterte auf den Rand der

Welt zu. Bäume seufzten unter der Liebkosung des Windes. Die ersterbende Sonne tauchte den Himmel für Minks Hochzeitsnacht in eine flammende Farbe.

Die Dunkelheit war angebrochen, als Osceola vor der kleinen Hütte absaß und die Zügel seines grauen Wallachs um einen Busch schlang. Der aufgehende Mond war mißgestaltet. Es war noch nicht ganz Vollmond. Er hing fleckig und schimmernd am Himmel wie eine von Dahomeys Fischschuppen. Er bestäubte die Dächer und Bäume und die untätigen Mörser und Stößel mit Platin.

»Frau«, rief er sanft.

»Ich bin hier.« Mink kniete und ruhte mit den Lenden auf den Unterschenkeln. Dahomey hatte ihr Bänder in den dicken Zopf geflochten, der wie eine Keule an Minks Taille ruhte und in einer engen Haarschlinge endete. Der Zopf konnte ihre drahtige schwarze Mähne kaum fassen. Schon jetzt lösten sich einzelne Strähnen und rollten sich ihr in dichten Windungen um Gesicht und Hals.

Als Osceola Minks Haar löste, wurde es zu einem Gewirr von Marienfäden. Mondlicht, das durch die Türöffnung hereinfiel, blitzte wie Feuerfliegen, die in seinen Maschen gefangen waren.

Osceola streckte die Hand aus und drehte Minks Gesicht behutsam um, so daß der Mond darauf schien. Minks Oberlippe bildete unter ihrer kräftigen breiten Nase und den bebenden Nasenlöchern ein wollüstiges Dreieck. Ihr voller Mund war gespannt und glänzte dunkel und süß wie eine reife Pflaume. Ihre großen Augen waren stets nichts als überraschte Unschuld. Ihr Leuchten war Mondschein auf einer flachen Meeresbucht. Aus ihren grünen Augen starrte der portugiesische Abenteurer, der Minks Urgroßmutter geliebt hatte.

Ihr Teint hatte die Farbe und den Glanz von Nerz. Die ununterbrochene Neigung von Schädel, Stirn, Nase und Kinn verschmolz mit ihrem anmutigen, geschwungenen Hals. Als Osceola mit der Wange ihr Haar zur Seite schob und an ihrem Ohr knabberte, fiel ihr Kopf in den Nacken und entblößte die Kehle. Osceola huschte mit den Lippen leicht über die zarte Haut in der Höhlung am Halsansatz. Er spürte, wie ihre Muskeln dort vibrierten, als sie aufstöhnte.

Sieben Jahre lang war Mink ein hilfreicher dienstbarer Geist in Morning Dews Haushalt gewesen. Sieben Jahre lang hatte sie Osceola stumm von ihrem Platz auf der anderen Seite des Abendfeuers aus geliebt. Daß sie jetzt als Geliebte mit ihm schlafen sollte, versetzte sie fast in Panik. Osceola konnte das Pochen ihres Herzens hören.

Sie bot ihm ihre Liebe dar wie einen Blumenstrauß, einfach und doch einzigartig. Ein einfaches, unfaßbares Wunder. In dem zarten, beharrlichen Druck ihrer Körper, der ineinander verschlungenen Arme, in der weichen, feuchten Wärme ihrer Haut und dem leisen Hauch ihres Atems schlossen sie einen unausgesprochenen Pakt.

Osceola lag da, während Mink ihre langen Beine wie Schlingpflanzen um seine wickelte. Seine Wange ruhte in der Höhlung unter ihrer Schulter. Die feste, reife Wölbung ihrer dunklen Brust strich ihm gegen das Gesicht, als sie sich hob und senkte. Ihre geschmeidigen Finger strichen ihm über die Erhebung seiner Wirbelsäule und liebkosten das flache Tal am Ende des Rückgrats. Osceolas ganzes Sein zog sich in dem Punkt unter ihren Fingerspitzen zusammen.

Sie hörten die Grillen im Strohdach über sich, hörten dann einen Wolf heulen und Hunde, die zur Antwort bellten. Sie hörten ein Baby weinen. Jemand hustete, und eine Spottdrossel sang ihr nächtliches Lied. Die Laute waren jedoch gedämpft, als kämen sie aus einer Höhle.

Dann hörten sie ein Schwein vor der Tür grunzen. Wahrscheinlich hielt der Eber nach seiner Lieblingsdelikatesse Ausschau, dem Rehhirn, das die Frauen in Bartflechtenartige Tillandsie wickelten, um es später beim Gerben von Häuten zu verwenden.

»Sch!« Ohne die Hand von Osceolas glattem Rückgrat zu nehmen, griff Mink nach einem kleinen dreibeinigen Hocker. Black hatte ihn aus einem einzigen Stück Kiefernholz geschnitzt, und er ließ sich gut in der Hand halten. Sie hob ihn hoch und traf die Schweineschnauze, die in der Türöffnung aufgetaucht war. Das Schwein quiekte vorwurfsvoll und verschwand. Mink und Osceola lachten leise, bevor sie in Schlaf und angenehme Träume sanken.

Es war nach dem Leben selbst das größte Geschenk des Atemmachers, eine liebevolle Gefährtin zu finden. Osceola hatte zwei gefunden. Er war ein sehr glücklicher Mann.

Als Osceola nach Talasee zurückkehrte, war Morning Dew schon dabei, ihren Onkeln Anweisungen zu geben, wie sie für Mink eine Hütte bauen sollten. Minks Zuhause würde immer das Grundstück ihrer Mutter sein, aber sie verbrachte den größten Teil ihrer Tage bei Morning Dew. Als sie an der Reihe war, mit Osceola zu schlafen, drapierte sie sich diskret ihre Lieblingsmilchschlange um den Hals und kehrte nach Swamp Town zurück. Osceola folgte.

Das neue Arrangement verschmolz mit einer kaum wahrnehmbaren Kräuselung mit dem Strom des Lebens. Der einzige Unterschied bestand vielleicht darin, daß Morning Dew und Mink eine Aura von Einigkeit ausstrahlten, die an Ausschließlichkeit grenzte. Wenn sie gemeinsam Mais zerstießen und auf je einer Seite des Mörsers aus Eichenholz standen, kam es gelegentlich vor, daß sie in einer Weise lächelten, die man nur als verschwörerisch bezeichnen kann.

Osceola hatte dies von Alligator und den anderen gehört. Bei den abendlichen Gesprächen der Männer waren die Mütter von Frauen und Frauenpaare ständige Gesprächsthemen. Nicht in allen Haushalten mit zwei Frauen ging es so harmonisch zu, wie es Außenstehenden erschien. Jetzt fand Osceola heraus, daß Alligators Aussage den Tatsachen entsprach. Wenn es zwei Frauen nicht auseinandertrieb, wenn sie einen Mann teilten, machte es sie unzertrennlich. Osceola hätte gern gewußt, ob seine Frauen je über seine Leistungsfähigkeit im Bett sprachen, fragte aber nie danach.

22

»Ich bin eine Zauberin«, sang Little Warrior. »Ich kann meine Feinde aus der Ferne verzaubern.«

Sie stieß einen Jubelruf aus, als sie wieder auf die Blaujackensoldaten schoß, die sich im Fächerpalmendickicht versteckt hatten. Die Waffe ihrer Wahl war eine Muskete, die Osceola ihr aus einem Kiefernzweig geschnitzt hatte. Sie trug sie lose in einer Hand und neigte sie, um das imaginäre Zündpulver von dem imaginären Zündloch fernzuhalten.

Mit ihrem hölzernen Kriegsbeil, das sie kampfbereit über dem Kopf hielt, ging sie steifbeinig in das Palmendickicht, um nach Überlebenden zu suchen. Ihr hoher, durchdringender Schlachtruf stieg in Spiralen von den Palmwedeln auf. In der Schlinge auf Morning Dews Rücken begann Little Warriors kleine Schwester zu weinen.

»*Shta*, sei still«, rief Morning Dew hinter ihrem ältesten Kind her. »Sonst wird dich Old Mad Jackson erwischen.«

»Ich werde Old Mad Jackson töten«, entgegnete Little Warriors körperlose Stimme.

»Achte auf Klapperschlangen«, fügte Mink hinzu.

Klapperschlangen in den Fächerpalmen waren eine Selbstverständlichkeit, aber Old Mad Jackson war es nicht. Er war zu einem Schreckgespenst geworden, zu einem Dämon mit schrecklichen Zähnen, mit dem man ungehorsamen Kindern angst machen konnte. Als er 1828 zum Präsidenten gewählt wurde, hatte das auch die Ältesten alarmiert. Er hatte jedoch seinen alten Feinden gegenüber keine Drohungen geäußert. Die früheren Red Sticks und ihre Mikasukee-Verbündeten nahmen an, daß er sie so behandeln würde, wie die Creek die von ihnen im Kampf besiegten Stämme behandelten. Er würde einen Tribut verlangen und sie als einen Teil seiner Nation ansehen, der die Freiheit hatte, so zu leben, wie es ihm gefiel.

In den Talasee Old Fields ging das Leben weiter, als wäre Jackson vor vierzehn Jahren nicht in Florida eingefallen. Als hätte eine ungehobelte Privatarmee von Männern aus Georgia weitere fünf Jahre früher die Maskokee nicht aus dieser Gegend vertrieben. Als wären die Yemasee nicht vor mehr als einem Jahrhundert hier eingefallen, um für den unersättlichen amerikanischen Sklavenmarkt Timacuaner einzufangen.

Als Morning Dew den sandigen Boden des Waldes bearbeitete, brachte ihre schwere Hacke wieder eine Pfeilspitze ans Licht. Dies war der alte Typ, der von Hand aus Flintstein herausgeschlagen worden war. Morning Dew drehte sie in den Fingern und stellte sich die Hände vor, die sie erschaffen hatten. Wie gewohnt ließ sie das an die Frauen denken, die vor Generationen als erste diese Maishügel gebaut hatten. An Tagen wie diesen, wenn die Luft heiß und staubig war und vor Zikaden vibrierte, konnte sie die Geisterfrauen fast singen hören.

In Talasee wuchsen die Herden von Pferden und zähen kleinen spanischen Rindern heran. Sie hielten das Gras kurz und grasten die niedrigeren Blätter im Wald bis zu einer Höhe ab, was dem Dorf inmitten des wildwuchernden Dschungels ein manikürtes Aussehen verlieh. Das uralte, zugewachsene Geflecht von Pfaden zwischen den Siedlungen war in dem dichten Grün zu einem gepflegten Tunnelsystem geworden. Als die jungen Familien wuchsen, lachten immer mehr Kinder und riefen durch die Dorfstraßen und spielten in den Ästen der Eichen. Mehr Männer brachten Osceola ihre Neffen, damit er sie ausbildete.

Fighting in a Lines Schweine wühlten in den Tiefen des Waldes. Reh- und Damwild strichen wie Geistertiere durch das Unterholz und die Baumfallen, die alle durch Schlingpflanzen und die dornigen, verwachsenen Schlingen von Stechwinden miteinander verwoben waren. Nachts heulten Wölfe aus der Dunkelheit.

Ein lahmer Puma beanspruchte diesen Wald als Jagdgrund für sich. Er war ein gutes Omen. Hier siedelten vor allem Angehörige des Pumaclans. Die Menschen von Talasee nannten ihn Onkel und hielten ihn für ein Mitglied des Rats der *pawalgee,* der Ältesten.

Talasees Lebensrhythmus war im Winter am langsamsten.

Morning Dew wachte auf und sah, daß die Hütten auf einem See aus Bodennebel dahintrieben. Es war Winter, wenn sie ihren Atem sah. Wenn Nebel wie Atem von dem nahegelegenen Fluß aufstieg.

Im Frühling ließ der Modergeruch von Kohlpalmenblüten die Luft dick werden. Eichhörnchen, vor Brunst fast außer sich, stolperten fast in die Kochtöpfe. Männlichen Silberreihern wuchsen lange, schmächtige weiße Federn. Paare von Dünenkranichen tanzten auf ihren dünnen Beinen ihre Balztänze auf den nassen Prärien.

Der Sommer schmeckte nach geröstetem süßem Mais und nach Honig mit dem Aroma von Orangenblüten. Im Sommer ließen die Winde die Wolken jeden Nachmittag zu kunstvollen Gebirgen werden, die sich am Horizont kilometerweit erhoben. Sie wurden braun und schieferfarben und purpurn, als hätte sie jemand verletzt. Regen fiel mit lärmendem Getöse, kühlte die Luft und wusch sie frei von Staub. Die Feuchtigkeit ließ Morning Dews und Minks Haar in fedrigen schwarzen Wolken an den Gesichtern kleben. Auf den Lederbeuteln bildeten sich grüne Schimmelflecke.

Im Herbst flammten die Blätter des Roten Ahorns karneol- und goldfarben. Winzige Zypressennadeln fielen mit einem stetigen flüsternden Rascheln. Inmitten der zerzausten Wedel der Kohlpalmen hingen Trauben von Beeren und hüpften unter der Last der nach Süden ziehenden Wanderdrosseln.

Im Herbst schwammen ganze Teppiche von Enten auf den Teichen. Wenn Alligatoren sie mit seitlichen Attacken ihrer gähnenden Mäuler auseinanderrissen, explodierten die Enten in einem Gewirr von Flügeln und hysterischem Quaken. Nachts stiegen die Schwärme in einem leuchtenden Schauer fluoreszierenden Lichts auf.

In jedem Herbst beluden Osceola und seine Familie das Kanu zu einem Ausflug in ihr Jagdlager. Dahomey und Black folgten in einem zweiten Kanu. Sie fuhren den Oklawaha hinunter, dann auf den schmalen Wasserwegen durch die schlammigen Savannen nördlich des oberen Withlacoochee.

Der Lagerplatz war ein weiterer Ort, den Osceola bei der Führung der Landmesser gefunden hatte. Er wußte, daß es ein Ort war, den weiße Männer vermutlich nie wieder aufsuchen würden. Die überflutete Prärie war zu flach für ihre Boote und zu tief, um dort zu lagern oder Messungen vorzunehmen. Die Landmesser hatten es für wertloses, elendes Ödland erklärt. Sie sagten, der Atemmacher habe Gras erschaffen und vergessen, Land darunter zu legen.

Als Osceola stakte, erstreckte sich das Gras ebenmäßig und hellbraun um ihn herum. Die Weite wurde nur durch Haine gebeugter Kohlpalmen oder Eichen unterbrochen, die auf höherem Grund standen. Der Glühofen der Sonne ließ das Gras, das Wasser und die Bäume zu Messing, Zinn und Grünspan werden. Die Welt schimmerte in einer vibrierenden, metallischen Farbe.

Schlangenhalsvögel und Silberreiher, silbrig glänzende Kraniche, leuchtend pinkfarbene Löffelreiher sowie Reiher in der Farbe matten Stahls flogen zu Tausenden über die Landschaft. Ein Rotschulterbussard ließ seinen gebieterischen Schrei hören und wippte dann mit den Flügeln wie zum Gruß.

Die Insel, die das Jagdlager beherbergte, befand sich am Rand der riesigen Marsch, der man den Namen Bucht des Withlacoochee gegeben hatte. Die Vegetationsmauer des Waldes sah undurchdringlich aus, aber Osceola dirigierte das Kanu auf zwei Kohlpalmen zu, die den Landeplatz markierten. Die beiden Familien leerten die Kanus und stapelten ihre Ausrüstung auf dem schmalen Uferstreifen. Sie schulterten ihre Ladung und folgten dem schmalen Pfad durch die Farne und Fächerpalmen, die Schilfpalmen und Zwerglorbeerbäume, die Myrten und Hartholzbäume.

Die Vegetation war so dicht, daß sie das Lager nicht sehen konnten, bis sie fast in dessen Mitte standen. Außer den drei kleinen Schlafhütten hatten Osceola und Black die üblichen Küchenlauben gebaut. Osceola hatte noch eine weitere *chikee* mit einer erhobenen Plattform gebaut, um den Hausrat vor Schlangen, Wildschweinen und Hochwasser zu sichern. Little Warrior hatte sich angewöhnt, dort zu schlafen, damit sie sich den Sternenhimmel ansehen konnte.

Die Lichtung enthielt einen Garten, der von einem niedrigen Palisadenzaun aus Palmenstämmen umschlossen war. Eine tote Kiefer auf dem Hof war mit Kürbissen behängt, daneben gab es noch ein paar Orangen-, Kakao-, Pflaumen- und Papayabäume, drei Maismörser und zwei *koontee*-Tröge. An einem Lederriemen hing ein Kuhhorn. Es wurde benutzt, um Lagern in nahegelegenen Wäldern Signale zu übermitteln.

Da waren auch Rahmen zum Trocknen von Häuten, Wild und Fisch und ein halbfertiges Kanu. Jenseits der Lichtung befand sich ein Müllhaufen voller Schalen von Dosenschildkröten, Reh- und Damwildknochen sowie Fischgräten. Trinkwasser kam aus einer nahegelegenen kleinen Quelle.

Mink wischte die verlassenen Spinnweben in den Dachbalken weg, damit die Spinnen Platz hatten, neue Gewebe zu spinnen. In der Küchenlaube hängte sie einen Beutel mit Mais auf, ein paar Kürbisflaschen für Wasser und mehrere geflochtene Siebe. An den Eckpfosten hingen schon einige Töpfe und Bratpfannen in Trauben zusammen.

Little Warrior schnitt sich ganze Arme voll Fächerpalmwedel für ihr Bett, das sie in der überfüllten *chikee* bauen wollte. Sie stapelte sie übereinander, so daß sie sich überlappten wie Schlangenschuppen und auf der Plattform mehrere Zentimeter hoch waren. Sie hüpfte darauf herum, damit sie weniger federten, und legte dann ihre Decken darauf. Dann errichtete sie einen wackligen Stapel aus Schachteln und kletterte darauf, um das geflickte Moskitonetz an den Deckenbalken zu befestigen.

Dahomey schnitt eine Handvoll Unterholz, um Unrat vom Hof zu fegen. Als sie damit fertig war, sammelte sie Feuerholz. Morning Dew hängte eine Hängematte aus Leinwand für das Baby auf, das Little Warrior nach den Braunsichlern, deren klagende Laute sie nachts wach hielten, Crying Bird nannte. Dann schnitt sie halbverbrannte Baumstämme zu Speichen für ein Feuer zurecht. Sie begann mit der mühseligen Arbeit, einen kleinen Haufen Schießpulver und Zunderholz durch Funken in Brand zu setzen. Black saß auf dem unfertigen Kanu und inspizierte die Angelschnüre.

Little Warrior nahm Osceolas Hand und zog ihn weg, bevor ihre Mutter von ihr Arbeit verlangen konnte. Als sie zu einer nahen Wiese kam, kroch sie durch das harte Gras. Osceola folgte und lächelte über ihre schmutzigen, schwieligen Fußsohlen.

Wäre Little Warrior ein Junge gewesen, hätten Morning Dews Onkel ihn geschult und ihm Disziplin beigebracht. Mit einem Mädchenkind würden sie sich aber kaum Mühe machen. Osceola war froh darüber. Mit seinen acht Jahren war dieses besondere Mädchenkind schon eine gute Spurenleserin.

Little Warrior hielt nach der Eulenfamilie Ausschau, die auf der Wiese lebte. Sie fand sie im Halbkreis vor dem Eingang zu ihrer unterirdischen Höhle. Die ausgewachsenen Tiere waren nicht viel größer als Osceolas Hand. Ihre sechs winzigen Nachkommen waren Miniaturausgaben ihrer Eltern.

Little Warrior wölbte die Hände um den Mund und ahmte das sanfte Koo-koo, Koo-koo der Eule nach. Das Weibchen und die Jungen verschwanden in dem Erdloch. Das Männchen blieb zurück, eine Handvoll flauschiger Federn, bereit, seinen Bau zu verteidigen. Der komische Effekt seiner spindeldürren Beine und der vorstehenden, leicht schielenden gelben Augen wurde durch das unablässige Hüpfen noch verstärkt.

Als Osceola einen herausfordernden Ruf hören ließ, streckte das Eulenmännchen die Flügel aus, um größer auszusehen. Es schrie entrüstet und bewegte sich auf seinen Nebenbuhler zu. Little Warrior gurrte, um es zu beruhigen, bevor sie ihren Erkundungsgang fortsetzte.

Osceola machte nach der Ankunft immer einen Rundgang durch den Wald. Little Warrior ging immer mit ihm und machte große Schritte, um in seinen Fußstapfen gehen zu können. Er machte ihretwegen keine kleineren Schritte und verlangsamte auch nicht das Tempo. Um überleben zu lernen, mußte dieses Kind immer weiter getrieben werden, als es gehen zu können glaubte. Aber die Kleine beklagte sich nie, wie furchterregend das Tempo auch war. Außerdem schien sie mit dem Sonnenlicht auch Wissen durch die Haut aufzunehmen.

»Ist dies ein Hund oder dein Bruder, der Puma?« Sie kauerten über einigen großen runden Abdrücken in dem feuchten Sand am Wasser.

»Mein Bruder.«

»Woher weißt du das?«

»Die Spuren eines Pumas sind größer als die eines Hundes, dafür aber flacher.« Mit den Fingerspitzen fuhr Little Warrior über den Eindruck. »Ein Puma setzt seine Hinterpfoten in die Spuren der Vorderpfoten. Seine Abdrücke zeigen nur dann Spuren von Krallen, wenn er rennt.« Sie studierte die Abdrücke, die am Ufer entlangführten. »Ein Hund wendet sich auf der Jagd mal hierhin, mal dorthin. Ein Puma verfolgt unbeirrt seinen Kurs.«

»Wie oft wird ein Puma zurückkehren, um von einem Beutetier zu fressen?«

»Manchmal zweimal. Dreimal aber so gut wie nie.«

»Sind diese Abdrücke frisch?«

»Vielleicht drei Tage alt.«

Sie gingen zu dem tieferliegenden Ende der Insel weiter und blieben vor dem Ibishorst in der alten Zypresse dort stehen. Dann untersuchten sie das Alligatornest. In dem umliegenden Schlamm fanden sie Schalenreste und ein Gewimmel kleiner Krallenspuren, die zum Wasser führten. Die Jungen waren geschlüpft.

Osceola stand plötzlich auf. Er schnappte Little Warrior und ließ ein wildes Alligatorgrunzen hören, während er ihr den Rücken und die Seiten kitzelte. Sie kreischte vor Lachen und zerrte an den Zöpfen seiner Skalplocke, damit er aufhörte. Das war das Zeichen, daß ihr Rundgang beendet war. Es war eine Belohnung für das, was sie geleistet hatte.

Als sie ins Lager zurückkehrten, war die Sonne schon fast untergegangen. Wolken von Moskitos surrten ihnen in den Ohren. Lichtbündel schnitten tiefe Diagonalen durch den dichten Rauch auf der Lichtung.

Black hatte unter den Dutzenden von Seenadeln, die auf der Leeseite eines untergetauchten Baumstamms wie Klafterholz übereinandergestapelt lauerten, ein neunzig Zentimeter langes Exemplar gefangen. Jetzt blickte der Fisch tückisch von den Holzkohlen in der Mitte des Feuers. Die Hitze hatte dem Fisch die Haut von den langen schmalen Kiefern weggezogen und Reihen nadelspitzer Zähne entblößt. Dahomey backte den Fisch in der Haut, und seine bunt glänzenden Schuppen schillerten in allen Farben des Regenbogens.

Der gerupfte Kadaver eines Silberreihers, dessen lange dünne Beine säuberlich zusammengebunden waren, wurde an einem Spieß geröstet. Das Fett, das von dem Vogel herabtropfte, landete zischend auf der Holzkohle. Neben dem üblichen Kessel mit *sofkee* wurden Scheiben von Kürbisbrot, die in Maisliesschen gehüllt waren, in der Asche gebacken.

Alle paßten sich schnell an den Alltag im Jagdlager an. Jeden Morgen brachen Osceola und Black in dem Kanu auf, um in einem überfluteten Land ohne Deckung Reh- und Damwild aufzuspüren. Schon bald stand die ganze Lichtung voller Gestelle mit trocknendem Wildfleisch. Auf den drei großen Rahmen waren Damwildhäute gespannt. Fischotter- und Waschbärfelle hingen an Gruppen kleinerer Gestelle aus Palmenrippen.

Jeden Abend saßen alle am Feuer, sprachen miteinander und erzählten Geschichten. Wenn die Schlafenszeit kam, schüttelten sie die winzigen, durchsichtigen grünen Frösche aus ihren Decken. Die letzten Unterhaltungen schwirrten zwischen den *chikee* und den Unterständen hin und her. Dann lauschten sie den nächtlichen Lauten des Sumpfs, die durch die Leere der Prärie hallten.

Eines Abends, als sie ihre Mahlzeit aus Wildbret, Honig und Kürbis beendet hatten, saßen sie wie gewohnt um das Feuer. Mink erzählte ihnen die Sage, weshalb Moskitos den Menschen in den Ohren surren. Es war eine komplizierte Geschichte aus ihrer Heimat. Es ging darin um Tanzen, Trommeln und Geräusche, die teilweise von den Moskitos stammten.

Als Mink geendet hatte, räusperte sich Abihka jenseits des Feuerscheins. »Ich bin gekommen.« Seine knochigen, gekrümmten Beine sahen wie ein Gabelbein in Beinlingen aus. Seine Ausrüstung rasselte und klirrte um ihn. Er senkte sich auf einen der Baumstämme des Feuers und nahm den Tabak an, den Osceola ihm anbot.

»Ich komme von der Küste.« Er räusperte sich und spie in die Nacht, bevor er seine Pfeife anzündete. »Ich habe bei Ueho'mee Sassa haltgemacht, Some Whiskey There. Die weißen Männer machen immer noch Dummheitswasser. Sie haben den Topf repariert, den du zerbrochen hast.« Abihka erwähnte nicht, daß er den weißen Männern eine Flasche mit Dummheitswasser abgekauft hatte. Abihka mißbilligte Whiskey sehr, aber nur wenn andere ihn tranken.

»Hast du die Blätter mitgebracht, Onkel?« fragte Osceola höflich. Wann immer Abihka sich an die Küste begab, sammelte er Blätter für die Zeremonie des Schwarzen Getränks.

»Das habe ich.« Abihka fand in einem seiner Beutel eine grüne Kokosnuß und öffnete sie mit seinem Kriegsbeil. Er zog einen verbeulten Zinnlöffel hervor, und jeder der Anwesenden löffelte anschließend etwas von dem süßen Kokosnußfleisch, das so weich war wie Pudding aus Milch und Eiern.

Schließlich kam Abihka auf den Grund seines Umwegs zu diesem abgelegenen Lager zu sprechen. »Die Amerikaner haben mit den *mikalgee* der größten Städte Rat gehalten. Old Mad Jacksons Sinnmacher hat uns gebeten, nach Westen zu ziehen, unser Feuer jenseits des breiten Flusses anzuzünden.«

»Hast du Old Mad Jackson gesehen?« fragte Osceola.

»Nein. Nur seinen Sinnmacher. Nur seine Stellvertreter. Nur den *Tastanagee Thloko* der Blaujacken.«

»Hast du die Blätter abgezeichnet?«

»Ja, aber wir haben uns nur darauf geeinigt, Anführer nach Westen zu schicken, die das Land dort in Augenschein nehmen sollen. Die Amerikaner wollen, daß wir das Land dort mit unseren Feinden teilen, den nördlichen Maskokee. Das ist unmöglich. Wenn die Anführer zurückkommen, werden wir alle Rat halten. Selbst wenn das Land dort ein Paradies ist, werden wir dafür stimmen, hier zu bleiben.«

»Sie wollen, daß *du* den Mississippi überquerst«, sagte Black. »Aber uns werden sie hierbehalten, damit wir auf ihren Feldern arbeiten können.«

»Wir werden die Kriegsboten losschicken, wenn sie uns zu verjagen versuchen«, sagte Osceola. »Oder wenn sie versuchen, unsere schwarzen Menschen zu stehlen. Wir werden darüber mit Sinnmacher Hum-plee Rat halten.«

»Hum-plee ist durch einen Dummkopf von Mann ersetzt worden«, erwiderte Abihka. »Sein Name ist Fay-kahn. Er ist mit Jumper, Chalo Emathla, Mad Wolf, Mad Partridge, Blue King, Mole Leader und Black Dirt nach Westen gegangen.« Abihka hätte sich ebenfalls nach Westen begeben sollen, daher sein plötzlicher Ausflug an die Golfküste. Abihka hegte ein glühendes Mißtrauen gegen weiße Männer und ihre Vorschläge. Besondere Abneigung empfand er gegen Old Mad Jacksons neuen Indianeragenten John Phagan.

»Fay-kahn sieht aus wie ein Hund, dem das Scheißen

schwerfällt«, sagte Abihka. »Er brüllt uns an, als wären wir Kinder. Er hört nicht zu. Er lacht nicht. Ich mag ihn nicht. Ich traue ihm nicht.«

Little Warrior packte Minks Rock mit zwei Fäusten und hielt sich daran fest, als würden jeden Augenblick die weißen Männer kommen und sie entführen. »Werden wir in ein anderes Land ziehen müssen? Werden die weißen Männer Black Mother holen?«

»Sie werden uns nie dazu bringen, nach Westen zu ziehen«, entgegnete Osceola. »Sie werden niemals deine Mutter holen. Das verspreche ich.«

»Wir hätten nie zulassen dürfen, daß die weißen Männer ihre Decken in unserem Land ausbreiten.« Der Rauch aus Abihkas Pfeife stieg kräuselnd auf, vermischte sich mit dem Rauch des Feuers und verschwand. »Sie sind wie der Teufelszwirn. Der ist erst ganz klein, nur eine zarte Ranke am Stamm der kräftigen Eiche. Dann wachsen weitere Ranken, die ihre Wurzeln von den Ästen der Eiche herunterlassen. Die Wurzeln werden kräftiger und umschließen die Eiche. Schließlich stirbt die Eiche. Sie verfault, bis nur noch der Teufelszwirn in dem Wald gedeiht.«

»Wenn der Krieg kommt, Onkel«, sagte Osceola, »werden wir den weißen Männern die Lebenswurzeln abschneiden. Wir werden zusehen, wie sie erst verdorren und dann sterben.«

23

Osceola richtete sich auf und stand in gelöster Haltung da. Er trug nur einen Lendenschurz. Vor ihm kauerte sich der Ire leicht hin. Sein sonnenverbranntes Gesicht, der Hals und die Hände hatten die Farbe von rohem Beefsteak. Der Rest von ihm sah aus wie alter gekochter Haferschleim. Seine dicken Arme baumelten ihm tief an den Seiten, wo sie bei den meisten Männern schon zu Ende gewesen wären. Die dicken Muskelpakete ließen sie wie zwei Schiffstrossen aussehen, die an den Enden mit riesigen, knochigen Fäusten beschwert waren.

Seine spärlichen rötlichgrauen Haare wirkten wie Fussel, die ihm an den Seiten seines kahlen Schädels klebten. Die Haare endeten jedoch nicht im Nacken. Sie bedeckten seine Schultern, die entblößte Brust und den Rücken wie eine verfilzte, graurote Matte. Die Temperatur war für März der Jahreszeit entsprechend zu warm, jedoch nicht das, was Osceola als heiß ansah. Trotzdem legte sich Schweiß wie schwerer Tau auf das Haar des Iren.

Die schmutzigen Hosen seiner Sommeruniform hingen ihm so tief auf den mageren Hüften, daß sie die Spalte zwischen seinen Hinterbacken entblößten und das bleiche Tal unter seinem riesigen Bauch. Selbst vornübergeneigt überragte er Osceola und war mindestens fünfzig Pfund schwerer.

Er beschrieb tänzelnd einen behäbigen Kreis innerhalb des im Sand gezogenen groben Kreises. Osceola drehte sich langsam auf der Stelle, um ihm bei jeder Bewegung zu folgen und ihn im Auge zu behalten. Eine dichte Traube von Männern umstand die Arena vor dem Haupttor von Fort King. Einige, die weiter hinten standen, hatten sich auf Holzkisten gestellt, um über die Köpfe der anderen hinwegblicken zu können. Die einzige Frau in der Menge war Fighting in a Line. Sie hatte ihre spitzen Ellbogen dazu benutzt, sich einen Weg bis nach vorn zu bahnen, und kreischte ihre Wetteinsätze hinaus.

Wie bei den meisten Ringkämpfen gab es auch hier keine Regeln. Die Zuschauer stellten sich vor, wenn sie Glück hatten, vielleicht ein Auge ausgequetscht zu sehen oder daß zumindest etwas Blut vergossen wurde. Als die Soldaten sahen, welche Größe der Champion der Seminolen hatte, setzten die meisten hohe Summen auf den Iren.

Fort King war seit fast zwei Jahren geschlossen gewesen. Diese Männer waren Neuankömmlinge, Angehörige der Fourth Infantry, die hierher beordert worden waren, es wieder aufzubauen. Sie hatten als Zimmerleute gearbeitet und sich pro Tag fünfzehn Cents zusätzlich verdient, um ihren Armeesold von fünf Dollar im Monat aufzubessern. Für sie war Osceola nichts weiter als ein weiterer gezähmter Indianer, der nur etwas zarter gebaut war und weibischer aussah als die meisten. Mit Gewißheit kein ebenbürtiger Gegner für ihren Mann.

»Sieh zu, daß du die Sonne im Rücken hast, Ire.«

»Ich setze einen Ingwerkuchen auf das Leben des Indianers.«

Als die Seminolen erkannten, daß die Blaujacken auf ihren Soldaten setzten, konnten sie ihre Schadenfreude kaum verhehlen. Es wurden immer wildere Wetten abgeschlossen, als die Krieger Arm- und Halsbänder, Armreifen und ihre grellbunten, mit Besätzen verzierten Hemden auszogen. Sie stapelten alles, was sie zusammenbringen konnten, auf Decken auf, darunter auch ein paar Gewehre.

Einige Älteste der Dorfräte hielten mit ernsten Gesichtern an den Wetteinsätzen Wache. Die kostbaren Musketen des Kalibers sechzehn mit den Messingdrachen auf den Schloßblechen hätten erfahrenere Soldaten besorgt gemacht. Ein Seminole trennte sich nur dann von seiner Waffe, wenn er absolut sicher sein konnte, sie auch zurückzuerhalten.

Als es schließlich aufhörte, Gegenstände auf die Decken zu regnen, traten der Ire und Osceola vor und packten einander bei den Armen. Sie nahmen Maß. Sie standen starr und reglos da, während ihre Muskeln spielten. Der Ire sah leicht überrascht aus, als es ihm nicht gelang, Osceola von der Stelle zu bewegen. Eine schwach aufflackernde Besorgnis erhellte die Dunkelheit zwischen seinen Ohren.

Kraft war die geringste von Osceolas Stärken. Er griff nur dann darauf zurück, wenn seine Wendigkeit und Schlauheit versagten. Er sah, daß die Füße des Soldaten zu weit auseinanderstanden, was seine Standfestigkeit schwächte, und so trat er einen Schritt zurück, als wollte er ausweichen. Als der große, kräftige Mann nachsetzte, um seinen Vorteil zu nutzen, duckte sich Osceola und stieß sich mit seinem hinteren Fuß ab. Mit einer flüssigen Bewegung stieß er dem Iren den Kopf in den Bauch, hakte einen Arm unter dessen Knie fest und wuchtete ihn hoch.

Der Ire verlor das Gleichgewicht und fiel mit einem dumpfen Aufprall hin. Er schnappte keuchend nach Luft, schlang die Arme um Osceolas Knöchel, vergrub die Absätze im Sand und warf die Schulter gegen Osceolas Knie.

»Der Behaarte hat genauso viele Chancen wie ein Fisch, hinter dem ein Fischotter her ist.« Heartless Snake war angewidert.

»Ein Fisch kann wenigstens schwimmen.« Black war in einer selten guten Stimmung bei der Aussicht, daß Osceola einen weißen Mann demütigen würde. Er sah in seiner Seminolen-Kriegstracht und mit seinem gewohnten Piratenarsenal besonders großartig aus. Er trug seine Muskete trotz des neuen Territorialgesetzes, das Schwarzen das Tragen von Waffen verbot. Bis jetzt war noch niemand selbstmörderisch genug gewesen, den Versuch zu wagen, sie ihm wegzunehmen.

»Der Dicke schafft es nicht einmal, sich morgens aus seinen Decken zu befreien.« Alligator fühlte sich schon jetzt gelangweilt. Er fragte sich, wo es ein gutes Würfelspiel gab, bei dem er seine Gewinne aus diesem Kampf einsetzen konnte.

Osceola und der Ire glänzten vor Schweiß, und der massive Rumpf des Soldaten bot den Händen nicht viel Halt. Die beiden kämpften im Sand. Sie rissen an Haaren und Ohren. Sie quetschten und traten und ruderten mit den Armen herum. Der Ire stieß Osceola einen Zeigefinger in das linke Nasenloch und zog ihn zur Seite, bis er die Haut und den Knorpel zerfetzte. Beim Anblick von Blut, das Osceola in die Augen schoß, drängte sich die Menge näher heran. Die Soldaten brüllten aufmunternd.

Osceola machte den Kopf frei und biß in den fleischigen Daumenballen des Iren. Der Ire heulte vor Schmerz auf. Osceola rollte sich zur Seite und wischte sich das Blut aus den Augen. Der Ire kam japsend und keuchend und leicht torkelnd auf die Beine. Blut tropfte ihm von den Fingern. Er schrie auf und stürmte vor. Seine Arme umschlangen jedoch nur Luft.

Osceola leitete die volle Kraft seines Körpers durch den Ellbogen in die Niere des Iren. Der Soldat brach mit einem Grunzen zusammen wie ein betäubtes Ferkel, und Osceola nagelte ihn auf der Erde fest. Die Soldaten zischten, johlten und stampften. Während der Ire weghumpelte, wandten sich alle anderen dem lärmenden Geschäft zu, die Wetten zu regeln.

»Black, such einen anderen, der mit *Talasee Tastanagee* ringen kann.« Fighting in a Line zupfte ungeduldig an Blacks Gürtel. Sie konnte kaum viel höher langen, ohne sich auf die Zehenspitzen zu stellen. »Mein Enkel kann jeden von ihnen schlagen.«

Black befreite sich sanft von ihren Fingern. »Das wissen sie inzwischen alle, Großmutter. Es ist nicht sehr wahrscheinlich, daß sie heute noch einmal gegen ihn wetten.« Er gewährte ihr ein Lächeln wie Sonnenlicht durch Sturmwolken. »Bleichaugen haben aber ein kurzes Gedächtnis. Gib ihnen einen Tag oder zwei zum Vergessen.«

»Du hättest ihn länger zappeln lassen sollen.« Alligator reichte Osceola seine Kleider.

»Es war wie ein Versuch, sich an einem Sack mit warmem Schweineschmalz festzuhalten.« Osceola wischte sich mit seinem größten Halstuch Gesicht und Schultern ab. Er hielt sich ein anderes Tuch an die blutende Nase, während Alligator ihm in sein langes Hemd half.

Osceola nahm seinen Gürtel an sich, die Beutel, Schärpen, den Turbanschal, seinen Schmuck, das Pulverhorn und die Muskete und machte sich dann auf den Weg zum Fluß, um zu baden. Alligator und Black machten sich auf die Suche nach einem Würfelspiel. Heartless Snake begann mit seiner gewohnten Suche nach einem Whiskeyverkäufer. Fighting in a Line ging los, um von dem unglücklichen *Tastanagee Thloko* der Bleichaugen Tabak zu schnorren.

Nach einem kalten, harten Winter und monatelanger Arbeit waren die Soldaten mit dem Wiederaufbau des Forts endlich fertig geworden. Jetzt feierten sie. Weiße Siedler von der Alachua-Savanne im Norden waren auf ihren ausgemergelten Ponys hergeritten, um an dem Spaß teilzunehmen. Ihre zweirädrigen Maultierkarren waren mit abgearbeiteten Frauen und struwwelköpfigen Nachkommen beladen. Es gab eine Menge struwwelköpfiger Kinder. Die Siedler und die Seminolen hatten ihren Groll vorübergehend begraben, um gemeinsam Schieß- und Messerwurfwettbewerbe zu bestreiten und Ballspiele.

Einem Soldaten war nicht nach Feiern zumute. Osceola fand ihn hinter den Offiziersunterkünften außer Sichtweite der Feier. Er trug nur einen Lendenschurz. Er lag bäuchlings und mit gespreizten Beinen auf einem Baumstamm, der auf zwei

Böcken ruhte. Seine Arme waren unter dem Stamm festgebunden, und seine gefesselten Fußknöchel waren darauf festgehakt, was ihn zu einem hilflosen Opfer der gnadenlos strahlenden Sonne und der Insektenschwärme machte.

Er lag seit dem Morgenappell so da. Seine Lippen waren aufgeplatzt und bluteten. Sein nackter Rücken, Arme, Beine und sein Gesicht waren mit Moskitostichen bedeckt und so sonnenverbrannt, daß er gehäutet aussah. Osceola hatte diese Bestrafung schon oft gesehen, so wie er Soldaten in dem winzigen Wachhäuschen eingesperrt gesehen hatte.

In den Jahren vor der Schließung des Forts hatte Osceola Deserteure aufgespürt. Manche von ihnen waren schwere Fälle gewesen, aber viele waren kaum mehr als halbe Kinder gewesen, die Heimweh gehabt hatten. Manchen waren vorher nie über das nächste Tal in der Nähe ihrer Bergdörfer in Georgia, Tennessee und in den beiden Carolinas hinausgekommen. Ihre niedrigen Armeestiefel waren die ersten Schuhe, die sie je getragen hatten. Ihre Schnürsenkel machten ihnen besonders zu schaffen.

Sie hatten die Einsamkeit in diesem verlassenen Vorposten ertragen, so gut es ging. Dann hatten sie die schmerzenden Schuhe abgeworfen, waren in den gewaltigen Hochwald gegangen und nach Norden marschiert. Viele von ihnen waren untröstlich und erzählten Osceola auf dem Rückweg zum Fort von ihrem Kummer. Er hörte ihre Lebensgeschichten. Er hörte von ihren Mädchen, ihren Müttern, ihren Hunden. Er hörte von ihren bescheidenen Plänen für die abgelegenen Felder der Familienfarm. Er verstand nicht viel von dem, was sie sagten, so wie er auch nicht verstand, weshalb man Männer dafür bestrafte, daß sie nach Hause gingen.

Für Osceola war es nur eine bezahlte Arbeit, Deserteure aufzuspüren. Sie brachte seiner Familie ein zusätzliches Einkommen. Überdies bot sie ihm die Herausforderung, das schlaueste aller Tiere zu jagen. Doch Menschen aufzuspüren war so, als spürte er Tiere auf. Obwohl Osceola der Jäger war, galt seine Sympathie der Beute.

Der körperliche Schmerz der Strafen der weißen Männer kümmerte Osceola nicht. Männer mußten auf die Probe gestellt werden, allerdings nur freiwillig. Die beabsichtigte Demütigung dieser Strafen machte Osceola zornig.

Er füllte an der nahegelegenen Quelle einen Eimer aus Zedernholz und brachte ihn zurück. Das Gesicht des Soldaten war gegen den Baumstamm gepreßt. Er lag mit geschlossenen Augen da. Seine Wangen waren mit spärlichem blondem Flaum bedeckt.

Osceola tauchte sein Halstuch in das Wasser und hielt es dem Jungen an die Lippen. Der Soldat stöhnte. Osceola preßte das Tuch, damit dem Jungen Feuchtigkeit in den Mund tröpfelte. Er konnte die Hitze spüren, die von der verbrannten Haut abstrahlte. Er ließ dem Jungen Wasser auf Rücken und Beine tröpfeln, aber selbst das Fallen von Tropfen bereitete diesem große Schmerzen. Der Soldat stöhnte wieder auf und wand sich. Osceola legte ihm das feuchte Tuch auf den Kopf, um ihn vor der Hitze zu schützen.

Osceola bedauerte, seine besondere Medizin in Talasee zurückgelassen zu haben, vor allem die Salbe, die das Leiden des Jungen lindern und den brennenden Schmerz seines eigenen zerfetzten Nasenlochs lindern würde. Er konnte nur einen heilenden Gesang summen und darauf vertrauen, daß der irgendeine Wirkung hatte. Ohnehin würde die Sonne bald untergehen und der Junge damit befreit werden. Der weiße *Tastanagee Thloko* verurteilte Störenfriede meist zu einem Tag mit dieser Strafe, und die meisten überlebten sie. Der Übeltäter würde eine Woche lang herumhumpeln, unfähig, die Knie zu beugen oder nachts zu schlafen. Unter der steifen, schlechtsitzenden Leinenuniform würde die Haut erst jucken, dann Blasen bilden, um sich zuletzt in feuchten, spröden Schuppen abzuschälen.

Als Osceola gebadet und sich angezogen hatte, war die Sonne untergegangen. Er ging durchs Tor und machte einen Umweg um die Festlichkeiten auf dem Paradeplatz. Er setzte sich auf die Wallbank, die an dem Palisadenzaun entlanglief. Er zog die Beine hoch und kreuzte die Füße. Er nahm seinen Tabak aus den Falten seines Turbans und stopfte langsam seine Pfeife. Er schlug mit seinem Flintstein an der Messerklinge Funken und sog an dem Mundstück, bis er es geschafft hatte, die Pfeife anzuzünden.

Er saß reglos da. Nur gelegentlich zog er an der Pfeife und sah sich aufmerksam um. Er fühlte sich wohl hier in dieser Stadt der Krieger. Heute diente der Paradeplatz auch als Tanzboden und erinnerte Osceola an den Festplatz in Talasee. Die Krieger der Bleichaugen hatten eine Rangordnung, die Osceola verstehen konnte. Die Männer, die hier lebten, folgten einem Kriegerkodex. Ihr Handeln mochte gelegentlich zwar albern erscheinen, aber Osceola zweifelte nie an ihrem Mut.

In der Mitte des Paradeplatzes spielte ein Sklave auf seiner Fiedel einen Reel. Männer, die keine Partnerin hatten, tanzten miteinander. Einer der Siedler, der offensichtlich schon reichlich gefeiert hatte, tanzte allein. Sein weiter Overall hüpfte an den Enden der Hosenträger.

»Sprechen Sie englisch?« Der Lieutenant hatte sich so leise genähert, daß Osceola ihn nicht bemerkt hatte. Er hielt die neunjährige Little Warrior an der Hand.

»Vielleicht 'n bißchen.« Wann immer Osceola mit Landmessern, Agenten, Händlern, Deserteuren und Soldaten zu tun gehabt hatte, hatte er nie erkennen lassen, daß er etwas von dem verstand, was sie sagten. Daß er es jetzt zugab, überraschte ihn selbst. Die sanften Augen des Lieutenant verrieten Verantwortungsgefühl. Sie hatten das klare, intensive Blau einer sehr heißen Flamme.

Osceola wurde überdies von Little Warrior abgelenkt. Sie trug ein paar leinene Unterhosen, die sie in eine vertraut aussehende Fremde verwandelten. Das Zugband der weißen Unterwäsche war bis zur Brust hochgezogen. Die Säume reichten bis über die zerschundenen Knie. Die Kleidung wurde von einem schwarzen Herrentuch aus Satin gehalten, das zweimal um ihre Körpermitte geschlungen war.

»Ich wußte nicht, ob es sich für mich schickt, in das Biwak zu gehen, um ihre Mutter zu suchen ...« Der Lieutenant verstummte, da er unsicher war, wie er erklären sollte, daß er zu schüchtern war, durch ein vorwiegend von Frauen bewohntes Seminolenlager zu gehen.

»Was ist passiert?« fragte Osceola Little Warrior auf Mikasukee.

»Ich habe gekämpft.« Sie kletterte auf die Wallbank und

inspizierte die verletzte Nase ihres Vaters. Ein Ratscher verlief von dort quer über die Wange. »Du hast auch gekämpft?«

»Ja.«

Little Warrior zeigte auf den Platz neben sich. Der Lieutenant zog es vor zu stehen, konnte ihre Bitte aber nicht ablehnen. Er hatte nur begrenzte Erfahrung mit Kindern, aber dieses hatte die klügsten Augen, die er je bei einem so jungen Menschen gesehen hatte. Sie hatte in ihrer Arglosigkeit einen Bann gewebt und ihn darin gefangen.

Der Lieutenant setzte sich ein wenig geziert hin und ließ viel Raum zwischen sich und Little Warrior sowie ihrem Vater. Er war erst zwanzig Jahre alt und ganz neu hier. Er hätte um nichts in der Welt vorhersagen können, wie dieser Primitive mit seinem Federschmuck auf die Nachricht reagieren würde. Osceolas Gesichtsausdruck war unergründlich, als er darauf wartete, daß Little Warrior ihm mehr erzählte.

»Es waren vier«, sagte sie. »Bleichaugen-Jungen. So groß.« Sie hielt die Hand über den Kopf.

»Es war nicht ihre Schuld.« Dem Lieutenant waren die Reihen winziger Narben an Little Warriors Armen und Beinen aufgefallen. Vielleicht folterten die Seminolen ihre Kinder, um ihnen Disziplin beizubringen. Er hatte die üblichen Soldatengeschichten über die Grausamkeit der Indianer gehört.

»Vier große zerlumpte Kerle haben sie mit Steinen beworfen.« Er zeigte es pantomimisch, um zu verdeutlichen, was er meinte. »Ich fürchte, sie haben sie auch beschimpft. Einigen dieser Leute fehlt jeder Anflug einer moralischen oder schulischen Bildung. Bitte berücksichtigen Sie das.«

Mein Gott, was ist, wenn er beschließt, sich zu rächen? Eine plötzliche Vision von seiner Truppe, die sich plötzlich im Kriegszustand befand, schoß dem Lieutenant durch den Kopf.

»Ich habe einem von ihnen in die Nase gebissen.« Im großen und ganzen war Little Warrior mit ihrer Leistung zufrieden. »Ich glaube, ich habe einem anderen den Finger gebrochen. Er weinte wie Baby Schwester.«

»Sie richtete erheblichen Schaden an, bevor sie sie dort neben dem Kochhaus in ein Faß mit Rundschwanzseekuhfett warfen.« Der Lieutenant kam zu dem Schluß, daß Ehrlichkeit die beste Politik war. Es war ohnehin die einzige, die er kannte. »Die Sonne hatte es weich gemacht, und sie sah scheußlich aus, als ich sie herauszog. Ich brachte sie zu der Wäscherin, damit sie baden konnte, aber dies war alles, was ich für sie zum Anziehen finden konnte. Ihre kleine, äh, Schürze habe ich der Wäscherin zum Kochen dagelassen.«

Tatsächlich war Little Warrior klein für ihr Alter, und der Lieutenant hatte überrascht festgestellt, daß sie ein Mädchen war. Er hatte sie für den kurzen Weg zu seinem Zelt in seinen Uniformrock gehüllt. Während er sich aufgemacht hatte, um etwas zum Anziehen für sie zu finden, hatte sie auf Mikasukee auf ihn eingeredet und in seiner Unterkunft jeden Winkel untersucht.

Jetzt machte er sich darauf gefaßt, sie gegen den Zorn ihres Vaters zu verteidigen. Doch Osceola grinste, zwinkerte ihr wie Wococoi Clark zu und nahm sie in die Arme und drückte sie an sich. Sie setzte sich neben ihn und zog sich seinen Arm über die Schulter. Es dauerte nicht lange, da hatte sie die Demütigung vergessen, in das Tierfett geworfen zu werden, und starrte auf die Tanzenden.

Der Lieutenant nickte zu dem Farmer hin, der in seinem weiten Overall immer noch herumhüpfte. »Sieht er nicht aus wie zwei Katzen, die unter einer Decke Liebe machen?«

Osceolas Lächeln wurde breiter, er mochte den Lieutenant.

»Mein Name ist Goode«, sagte der Lieutenant. »Lieutenant John Goode. West Point. Jahrgang zweiunddreißig«, fügte er automatisch hinzu. Er streckte die Hand aus.

»Ich bin Powell.« Osceola schüttelte Johns Finger so fest, daß die Goldfransen an dessen rechtem Schulterstück hüpften.

»Nun, Ihre Kleine ist eine ganz schöne Nervensäge, Mr. Powell, wenn man bedenkt, wie klein sie ist. Sie müssen stolz auf sie sein.«

Osceola lächelte nur zur Antwort. Die Nacht war angebrochen, und die Soldaten zündeten auf hölzernen Plattformen, auf die sie Sand gestreut hatten, Freudenfeuer an. Ihr flackerndes Licht glitzerte in Lieutenant Goodes Haar, das die Farbe von frischem Maissirup hatte.

»Sie haben mir heute nachmittag eine ziemliche Menge Geld eingebracht«, sagte John Goode.

»Warum haben Sie auf mich gesetzt?« Osceola kam seinem holprigen Englisch mit Gesten zu Hilfe.

»Bei uns gibt es ein Sprichwort: ›Je größer sie sind, um so tiefer fallen sie‹.«

Osceola nickte nachdenklich. Diese Idee sagte ihm zu.

»Sie erinnerten mich ein wenig an den kleinen David, der sich Goliath entgegenstellt. Kennen Sie die Geschichte?«

»Nein.«

Lieutenant Goode rutschte näher heran. Er zog seine glänzenden Armeeschuhe hoch, die sorgfältig mit Ruß und Fett geschwärzt waren. Er lehnte sich gegen die Palisade. Er hatte gerade genug Brandy getrunken, um etwas von der West-Point-Steife aus dem Rückgrat zu spülen.

»Also, das mit David und Goliath war so«, begann er.

24

»Onkel! Onkel!« Little Warrior zog ihren langen Rock hoch und rannte neben John Goodes großem gescheckten Wallach her. Er beugte sich hinunter, hob sie in die Luft und setzte sie vor sich. Ihr Rock rutschte ihr bis zu den Schenkeln hoch, und ihre nackten Beine baumelten dem Wallach nur knapp über die Schultern. Sie nahm die Zügel, schnalzte mit der Zunge und trat dem Pferd mit den Fersen in die Flanken, obwohl der Schecke den Weg zu Morning Dews Hof inzwischen kannte. Er wußte auch, daß Little Warrior ihm ganze Arme voll saftigen Grases und ein paar Kolben süßen Maises bringen würde, wenn er dort ankam.

Die Menschen von Talasee waren so daran gewöhnt, Goode zu sehen, daß sie kaum davon Notiz nahmen, wenn er vorbeikam. Was nicht heißen soll, daß sie ihn nicht bemerkten. Viele der unverheirateten Frauen sahen ihm nach und beobachteten ihn, als er vorbeiritt. Vor allem eine hielt ihren schweren

Eichenstößel etwas länger über den getrockneten *koontee*-Wurzeln und unterbrach den von ihren Schwestern vorgegebenen Rhythmus. John hörte nicht das leise Lachen und das Necken, das hinter ihm verebbte.

Er zog ein bernsteinfarbenes Stück Laugenseife aus seinem Uniformrock, streckte den Arm vor Little Warrior aus und hielt die Seife hoch, so daß sie sie sehen konnte. »*Nakita?*« fragte er. »Was ist das?«

»*Suhkos'kuh.*« Little Warrior kannte dieses Spiel. In seinem Eifer, Maskokee und Mikasukee zu lernen, spielte John es so oft, daß Morning Dew ihm den Namen Nakita gegeben hatte.

»Was heißt es auf englisch?« Die Abmachung bestand darin, daß er ihr Englisch dafür beibrachte, daß sie ihm mit dem Maskokee und dem Mikasukee half.

»Seife.«

»Hast du Geschenke mitgebracht?« Little Warrior rieb spekulativ die Seife. Dann schnupperte sie daran, leckte sie und verzog das Gesicht.

»*Momes echustee,* das könnte sein, Tochter.«

John pflockte sein Pferd auf der kleinen Weide an und überließ es der Fürsorge Little Warriors. Er brachte die Satteltaschen in die Küchenlaube zurück und legte sie quer über einen der Baumstämme des Sternenfeuers.

Morning Dew saß mit den Beinen unter sich auf einer Rehhaut in der Nähe des Feuers. Sie war dabei, gespaltenes Rohr, das schwarz, orange und rot gefärbt war, zu einer Matte für ihren Hüttenfußboden zu weben. Die langen Streifen schwankten und zitterten und flüsterten, als wäre Morning Dew dabei, in ihre komplizierten Muster Leben hineinzuweben. »Du bist gekommen, Nakita.« Sie lächelte ihn an.

»Das bin ich.« John beobachtete, wie Osceola die letzten Rindenstücke von einem jungen Zypressenstamm schälte.

»Schieb den Stamm hinein, Bruder«, sagte er. Während John den großen Kiefernstamm behutsam zur Mitte des Feuers hin schob, tat Osceola mit den drei anderen das gleiche. Als die Enden Feuer fingen und es heißer zu brennen begann, legte er das dicke Ende des Zypressenstabs an den Rand des Feuers.

John zog die Schöpfkelle zwischen den Utensilien hervor, die am Eckpfosten der Küchenlaube hingen. Er tauchte sie in den Kessel und nippte an dem sauren *sofkee.* Dann zeigte er auf den Zypressenstab. »Für die Alligatorjagd?«

»Ein Alligatorspeer ist länger.« Osceola antwortete geduldig auf alle Fragen Nakitas; er war jedoch oft verblüfft darüber, wie wenig sein Freund wußte. »Mit dem hier stakt man das Kanu. Das Feuer härtet das Ende, damit das Holz im Wasser nicht aufplatzt.«

»Nakita, zeig uns, was du mitgebracht hast.« Little Warrior und die zweijährige Crying Bird standen erwartungsvoll neben den Satteltaschen. Little Warrior trug einen langen Rock und eine kurze Bluse wie ihre Mutter. Diese Sachen waren sogar aus einem von Morning Dews alten Kleidern gemacht worden. Crying Bird trug ein paar Perlenschnüre und eine Kruste aus Staub. John hielt eine der Taschen auf, damit die Kinder hineinsehen konnten. Little Warrior zog zwei rüschenbesetzte Hängerkleidchen aus leuchtend rotem Kaliko hervor, ein kleineres und ein größeres.

»Zwei Kleider für mich!« Sie preßte sie an die Brust und lächelte John schelmisch an. »Danke dir, Nakita.«

Crying Bird begann zu jammern, als würde sie gefoltert. Morning Dew sagte nichts. Little Warrior gab Crying Bird ihr Kleid, und das Kind hörte urplötzlich auf zu schluchzen.

John überließ es Mink, ein Stück Sackleinen naß zu machen und Crying Bird zu waschen, damit sie ihr Kleid anprobieren konnte. Little Warrior nahm ihres mit in die Hütte, um sich umzuziehen. Sie würden die Kleider für den Rest des Abends tragen, sich überall bewundern lassen und sie dann für besondere Gelegenheiten weglegen.

John schulterte seine Satteltaschen und ging zu der Gästehütte. Wie die meisten war sie in zwei Räume aufgeteilt. Er fand Old Squat, der in seiner Hälfte auf seinen Decken saß. Er war dabei, seine Mokassins in einem Rechteck von Licht, das durch die offene Tür schien, zu flicken. Bei der Arbeit hustete Old Squat von Zeit zu Zeit und spie in sein Halstuch. Manchmal nahm er den Rand seines Jagdhemds in die Hand und unterhielt sich angeregt mit ihm. Ein faltiger Schmutzfleck am Saum zeigte, wo seine Finger es meist umklammert hielten.

Old Squat war eines Nachts mit all seinen persönlichen Habseligkeiten in zwei großen Bündeln am Kochfeuer erschienen. Er hatte verkündet, er sei hier zu Hause. »Das bist du, Großvater«, hatte Morning Dew geantwortet. Old Squat gehörte ihrem Clan an und war willkommen, so lange zu bleiben, wie er wünschte. Er schien lange Zeit bleiben zu wollen. Immer wenn John in der Gästehütte wohnte, schlief er zu der Serenade von Old Squats Husten, Murmeln und seinem keuchenden Atem ein.

»Ich hoffe, es geht dir gut, Großvater.« John verneigte sich leicht, als er Old Squat eine Zigarre reichte. Old Squat neigte den Kopf zum Dank wie ein Monarch, der seinen Tribut entgegennimmt. Er stand auf und steckte die Zigarre in das Fächerpalmendach über seinem Bett. Dann ging er wieder zu seinen Mokassins und zu seiner Unterhaltung mit dem Hemd.

John ging über die abgenutzten Strohmatten zu dem Haufen mit frischer Bartflechtenartiger Tillandsie in der Ecke. Säuberlich darauf zusammengefaltet lag ein neues Paar Lederbeinlinge, die mit roter Mangrovenrinde gefärbt waren. Er hob sie auf und entrollte seine Bettrolle. Er machte sich nicht die Mühe nachzusehen, ob die Tillandsien angesengt worden waren, um Erntemilbenlarven zu töten. Um solche Dinge kümmerte sich Morning Dew.

Er löste den Knoten des Moskitonetzes und ließ es über sein Bett fallen, damit es an Ort und Stelle war, wenn die Moskitos in der Abenddämmerung angriffen. Er zog seine Stiefel und seine weiße Sommeruniform aus. Er griff nach dem Lederbeutel, der auf einem der verstaubten Dachbalken lag, und zog das Paar Mokassins und das knielange Jagdhemd heraus, die Mink für ihn gemacht hatte.

Er stopfte seine Jacke in den Beutel und legte ihn wieder zu den anderen Taschen und Geräten, Säcken mit Saatmais und den zu Bündeln zusammengeschnürten braunen *koontee*-Wurzeln auf den Dachbalken. Er stellte seine Armeeschuhe am Fußende des Bettes säuberlich nebeneinander und hängte seine Satteltaschen an einen Haken. In Morning Dews Hütten hatte alles seinen Platz, und er achtete sorgfältig darauf, die Ordnung nicht durcheinanderzubringen. Die aufmerksame Gegenwart einer Frau hier, so weit von dem Haus seiner Mutter entfernt, erfüllte ihn mit einem sehnsüchtigen Verlangen.

Mit behutsamen Schritten kehrte er zum Feuer zurück. Es war das erstemal, daß er Beinlinge trug. Das lange Jagdhemd bedeckte ihn fast ganz, aber die ungewohnte Zugluft hinten verursachte ihm Unbehagen.

Auf einer niedrigen Plattform in der Küchenlaube stand ein Kessel mit Wildfleisch und Kürbis, die in Bärenöl gedünstet worden waren. Mink hatte Schildkrötensteaks flachgeklopft, um sie zart zu machen, und jetzt brieten sie auf erhitzten Steinen. Nakita nahm eine der blassen Scheiben und tauchte sie in eine kleine Kürbisflasche, die eine salzige Paste aus Holzasche enthielt, um sie zu würzen. Er spülte das Fleisch mit *sofkee* herunter. Der Rest der Familie bediente sich, wann immer jemand Hunger hatte.

Schatten erstreckten sich wie Nachtfetzen durch das Dorf. Wolken von Vögeln flatterten laut zu ihren Nistplätzen zurück. Little Warrior häufte grüne Kiefernzweige auf das Feuer, damit der Rauch die Moskitos auf Abstand hielt. Sie sahen ihr Vorhaben durchkreuzt und surrten außerhalb der dicken Wolken, während die Familie sich zu dem abendlichen Gespräch versammelte.

Heute abend schlossen sich ihnen Mad Dog, Old Squat, Swamp Singer, Dahomey, Fighting in a Line, Black und Alligator an. Sie waren gekommen, um Nakitas Waren zu probieren. Er war nämlich eine Art fliegender Händler, und die Ware, die er mitgebracht hatte, war unbezahlbar. Er brachte Nachrichten, Geschichten, sogar Lieder mit. Er brachte Neuigkeiten in den Alltag des Dorfs.

Da Black dolmetschte, verlor Alligator keine Zeit, bevor er mit seinem Studium der Weißen fortfuhr.

»Nakita, lassen eure Frauen Kinder in Würfen fallen wie Schweine?« Alligator erschien das als eine vernünftige Frage. Wie sonst konnten sich die Weißen in so besorgniserregenden Zahlen vermehren? »Oder legen sie Eier wie Alligatoren?«

John Goode konnte sich mit jedem Aspekt des Seminolenlebens abfinden, nur nicht mit ihrer Offenheit. Sein Gesicht wurde knallrot.

»Bist du krank, Onkel?« Little Warrior sah ihn besorgt an.

»Nein, Nichte.« Er wandte sich an Alligator, obwohl alle Anwesenden aufmerksam zuhörten. »Unsere Frauen tragen ein Kind zur Zeit. Manchmal zwei. Sie tragen sie neun Monate.« Er war dankbar, daß Alligator es ihm zumindest erspart hatte, detaillierte Fragen nach seiner Anatomie zu beantworten.

»Wie viele Frauen hast du?«

John errötete noch tiefer. »Keine.«

»Keine!« Alligator war erstaunt. »Gibst du Männern den Vorzug wie die Chickasaws?«

»Nein. Ich bin auf der Jagd nach einer Frau.«

»Ich hoffe, du verstehst dich besser auf die Jagd nach Frauen als auf die Jagd auf Wild«, sagte Alligator.

John lächelte verlegen. Jetzt war es entschieden an der Zeit, das Thema zu wechseln. Er hielt ein Stück Pergament hoch, das zusammengefaltet war. »Ich habe einen Brief erhalten.«

Der Verlesung von Johns Briefen von zu Hause folgten immer ausgiebige Diskussionen, die von Old Squats leisen Schnarchern unterbrochen wurden. John mußte die Lebensgeschichte jeder erwähnten Person wiedergeben und bestätigen, ja, es sei eine traurige Sache, daß seine Verwandten keinen Clan hätten, der sie trösten und beschützen könne.

Als die Sterne und der Mond ihre Bahn am Himmel weiterzogen, wurden die stille Unterhaltung, das Bellen der Hunde und die Medizingesänge von den Höfen der anderen Frauen allmählich leiser und verstummten dann ganz. Einer nach dem anderen standen Morning Dews Gäste auf und gingen zu ihren Betten, um Träume zu jagen. Morning Dew trug die schlafende Crying Bird in ihre Hütte, und Little Warrior folgte.

Mink verstreute überall auf dem Hof Asche. Es ging das Gerücht, daß eine Hexe sich in der Gegend herumtreibe, und Hexen liebten es nicht, auf Asche zu gehen; aber Mink wollte nichts dem Zufall überlassen. Als zusätzlichen Schutz steckte sie noch eine Eulenfeder zwischen die Baumstämme über der Türöffnung jeder Hütte.

Mad Dog klopfte die Tabakreste aus seiner Pfeife und grinste zu John hinüber, der sich gerade zurückziehen wollte. John zögerte noch, um zu sehen, mit welcher Frau Osceola die Nacht verbringen wollte. Die Praxis, daß sich zwei Frauen einen Mann teilten, entsetzte ihn, faszinierte ihn aber auch wider Willen. Obwohl das Arrangement hier recht gut zu funktionieren schien, lag er oft wach und dachte darüber nach.

Als Mad Dog aufstand und ihm ein Zeichen gab, sah John zu Osceola hinüber.

»Er will, daß du mitkommst«, sagte Osceola.

»Warum?«

»Weil du einsam bist.«

John wußte, daß er keine bessere Erklärung erhalten würde; Osceola zog es vor, seine Erklärungen in Rätseln abzugeben. John folgte Mad Dog durch das Dorf, ging mit ihm an den eng zusammenstehenden dunklen Hütten und den mit Asche bestreuten Feuern vorbei und überquerte den leeren Festplatz. Mad Dog blieb an einem der gemeinschaftlichen Lagerhäuser stehen und öffnete die Tür. Er packte Johns Arm mit einem Griff, der so fest war, als hätte er ihn mit der Zange eines Schmieds gepackt, und stieß ihn hinein.

»Was soll ich hier?« fragte John aus der Dunkelheit.

»*Huhte'tuhs.* Warte eine Weile.«

Mad Dog schloß die Tür und war verschwunden. John stand in der Dunkelheit und fühlte sich albern. Er atmete flach. Die Luft war dick von dem beißenden Gestank der Häute, die mit Terpentin behandelt worden waren, um Würmer, Motten und Ratten fernzuhalten. Er wußte nicht, ob das Terpentin bei Würmern und Motten wirkte, aber die Ratten konnte er hören.

Streifen von Mondlicht schienen durch die Ritzen zwischen den Baumstämmen der Wände. Als sich seine Augen an die Dunkelheit gewöhnt hatten, konnte John Körbe mit Mais, Trockenfisch sowie Kürbisflaschen mit Bienenwachs erkennen. Dann sah er die schwarzen, aufgedunsenen Umrisse von Körpern, von verwelkten Gliedmaßen, die sich grotesk streckten und mit den Köpfen nach unten an den Deckenbalken hingen. War dies ein Spaß oder etwas weit Unheilvolleres? Hatten sie nur so getan, als hätten sie ihn gern? Wollten sie ihn töten?

Er streckte die Hand aus und fühlte die kühlen steifen Borsten an einem der hängenden Körper. Entweder war dies eine

Rehhaut oder eine stark behaarte Leiche. Da fiel ihm ein, daß Morning Dew geklärtes Bärenöl in Rehkadaver goß und sie zum Lagern aufhängte; trotzdem brauchte sein Herz eine Weile, um nicht mehr so heftig zu pochen.

Er war fast zu dem Schluß gekommen, daß dies wieder einer von Alligators und Mad Dogs Streichen war, als er das Knarren lederner Scharniere hörte. Ein Band von blassem Blau wurde breiter, als die Tür aufging und ein Schatten hereinschlüpfte.

»Wer ist da?« flüsterte John.

»Third Sister. Vom Pumaclan.« Sie trat so dicht an ihn heran, daß er den rauchigen Duft ihres Haars riechen konnte.

Als er sie sanft wegzuschieben versuchte, preßten sich seine Finger in die weichen runden Brüste unter ihrer dünnen Baumwollbluse. Er riß die Hände zurück, als wären sie versengt worden. Er hatte noch nie mit einer Frau geschlafen. Er hatte nie die Absicht gehabt, mit einer zu schlafen, bevor der Akt durch die Ehe geheiligt war. Er spürte mit urplötzlicher, klarer Gewißheit, daß seine Eltern steif, fromm und zutiefst entsetzt hinter ihm standen.

»Geh weg.« Johns Kasernenhofstimme wurde rauh und drohte ihm den Dienst zu versagen. Die Worte der Mikasukee-Sprache, die er kannte, verließen ihn und ließen ihn gestrandet in einer dunklen Wildnis sexueller Zweideutigkeit zurück. »Es hat ein Mißverständnis gegeben. Bitte geh weg.«

Third Sister konnte ihn natürlich nicht verstehen. Sie breitete die Decke aus, die sie mitgebracht hatte, und begann sich auszuziehen. John konnte ihr Gesicht nicht erkennen; doch der Mond, der durch die halboffene Tür schien, strich über die Rundungen ihrer entblößten Schultern und ihrer schweren Brüste und tauchte sie in fahles Licht. John hatte Mühe zu atmen. Die Füße gehorchten seinem Willen nicht mehr. An einen Rückzug aus dem Lagerhaus war nicht zu denken.

Third Sister sagte etwas anderes. Sie sprach mit weicher und flehender Stimme. Als John sich nicht bewegte, ergriff sie seine Hände und hielt sie sich gegen die Brüste. Er konnte spüren, wie ihre Brustwarzen an seinen Handflächen steif wurden. Er konnte fühlen, wie ihr Herz unter der glatten Haut schlug. Sie zog seine Hände nach unten über ihren gerundeten Bauch und die Hüften. Er mußte sich vorbeugen und vergrub das Gesicht in ihrem duftenden Haar.

Er leckte sich die ausgedörrten Lippen und stöhnte, als seine Hände plötzlich auf dem festen, gepolsterten Hügel zwischen ihren stämmigen Schenkeln ruhte. Third Sister stöhnte und preßte seine Handflächen hart an sich.

Mit einer Hand hielt Third Sister John zwischen den Schenkeln gefangen. Ihm war in seiner gebückten Stellung unbehaglich zumute, aber er brannte vor Verlangen. Mit ihrer freien Hand löste sie seinen Gürtel. Sein Lendenschurz und seine neuen Beinlinge fielen ihm um die Füße, und sie griff unter sein Hemd.

Als sich ihre Finger um ihn schlossen, überfiel ihn die Ekstase. Mit einem Ausruf des Triumphs, der Reue und des Erstaunens explodierte er; und anders als seine Armeemuskete feuerte er weiter. Er bedeckte sich und Third Sister mit einem warmen, schlüpfrigen Strom. Es tropfte ihr durch die Finger auf sein Hemd und seine neuen Beinlinge. Third Sister kicherte und verrieb ihn auf seinem flachen Bauch und den straffen Lenden. Jetzt war es an ihm, ihre Hände festzuhalten.

»Vergib mir«, stammelte er. »Ich muß gehen.« Er tastete nach seinem Lendenschurz, dem Gürtel und den Beinlingen. Seine Finger zitterten, und sein Gesicht brannte, als er sich hastig anzuziehen versuchte. Third Sister murmelte ihm etwas zu und stieß seine Hände weg. Sie zog ihn in dem Dämmerlicht an und rückte sorgfältig sein Hemd zurecht. John war zu aufgewühlt, um zu bemerken, daß diese Fürsorge besitzergreifend war.

Sie stand schweigend, nackt und reglos da, als er in die warme Luft hinausrannte. Als er zu Morning Dews Hütten zurücklief, überspülten ihn Wellen des Ekels über sein schändliches Verhalten. Am schlimmsten war, daß er nicht einmal wußte, wer sie war, so daß er ihr nicht mal aus dem Weg gehen konnte.

Er konnte nicht hierher zurückkommen. Er würde das Lachen in den Augen jeder Frau nicht ertragen können. Er konnte sich nicht fragen, welche von ihnen sie war. Und wem sie es erzählt hatte.

Doch als er immer noch zitternd unter seiner Decke lag, ging ihm Third Sister nicht mehr aus dem Kopf. Er hob die Hände ans Gesicht und roch sie. Ihr Geist klebte ebenso an seiner Haut wie ihr moschusartiger Duft. In seinem Herzen. In seinen Knochen. Ein Teil von ihm wünschte sich, ihr nie wieder zu begegnen. Ein anderer Teil von ihm wußte, daß er langsam dahinsiechen würde, wenn er sie nicht wiedersah.

25

John Goode kehrte natürlich doch nach Talasee zurück. Für John war Liebe ein anhaltendes Jucken an einer Stelle, an der er sich nicht kratzen konnte. Nur die geheimnisvolle Sirene, eine weiche, rauchige, wollüstige Gestalt, deren Umrisse sich im Mondschein abzeichneten, konnte die Qual lindern. Als er das erste Mal zurückkehrte, betrat er das Dorf jedoch nach Einbruch der Dunkelheit und machte einen Umweg zu Morning Dews Hütten. Er zog Osceola beiseite und erklärte ihm seine mißliche Lage, wobei er den wahren Grund für seine Leidenschaft verschwieg.

»Ich weiß nicht, wer sie ist«, bekannte er. »Ich weiß nicht einmal, wie sie aussieht.«

»Ihr Name ist Third Sister.« Osceola fiel wieder ein, wie er sich gefühlt hatte, als er weder Morning Dews Namen noch den ihres Clans kannte. »Sie gehört zum Clan meiner Frau.« Er verstummte. John spürte, daß er ihm etwas vorenthielt.

»Kann ich sie wiedersehen?« Bei dem Gedanken, daß er sie nicht würde wiedersehen können, geriet er plötzlich in Panik.

»Aber gewiß.«

»Und was ist, wenn sie mich nicht sehen will?«

»Sie wird es dir sagen.«

»Hilf mir, Bruder.«

»Das werde ich.« Und Osceola hielt Wort. Er erzählte John

aber nicht, daß Third Sister zwei ältere Schwestern hatte, die selbst einen Ehemann finden mußten, bevor sie heiraten konnte.

Mad Dog hatte vorgeschlagen, John mit Third Sister bekannt zu machen, um ihm seine Einsamkeit zu nehmen, solange er hier lebte, so weit weg von seinem heimatlichen Feuer. Sie würde den Trieben Linderung verschaffen, die den wichtigeren Tätigkeiten eines Mannes so oft im Weg stehen. Niemand erwartete, daß John sie heiratete, es sei denn Third Sister selbst.

John und Third Sister begannen sich auf einer winzigen grünen Lichtung zu treffen, die mit Sonnenlicht gesprenkelt und von dem schweren Duft von Spinnen-Ragwurz erfüllt war. Dieses sumpfige Stück Wiese wurde seit Jahren von den Liebenden Talasees benutzt. Die Leidenschaften hatten diesen Ort schon so oft erfüllt, daß er jetzt verzaubert war.

John hatte sich in Third Sisters Stimme, ihre Berührung und ihren Geruch verliebt, bevor er sie auch nur gesehen hatte. So hielt er sie auch in dem unnachsichtigen Tageslicht für schön. Er war vermutlich der einzige, der es tat. Ihre Augen standen ein wenig zu eng zusammen, ihre Nase war zu platt, ihr Mund zu breit. Sie war klein und breit. Ihre üppigen Brüste und Hüften waren offenkundig für jemanden bestimmt, der etliche Zentimeter größer war. Mad Dog hatte jedoch gut daran getan, sie vor ihren älteren Schwestern auszuwählen.

Third Sister war wie ein Flußkiesel, unansehnlich und gewöhnlich, bis ein schnell dahinfließender Strom ihn blank polierte. Ihre Leidenschaft für John verwandelte sie. Sie leuchtete wie ein Regenbogen. Sie liebte John mit einer Reinheit, einer Intensität und einem Einfallsreichtum, der ihn atemlos machte. Und obwohl keiner von beiden die Sprache des anderen verstand, kommunizierten sie auf eine Weise, die keine Worte brauchte.

Jedesmal, wenn John die fünf Meilen lange Reise von Fort King unternahm, brachte er ihr Geschenke mit, Seidenschals und Perlen, Armbänder und Baumwollstoffe. Sie versteckte sie jedoch am Boden ihres ledernen Kleidersacks in einer fernen Ecke der Dachbalken; und sie trug sie nur für ihn. Es dauerte einige Zeit, bis John aufging, daß ihr Volk ihn ebensosehr mißbilligte, wie seins sie mißbilligt hätte, wenn es nur von ihr gewußt hätte.

Ihre Affäre war so diskret, daß man in der besseren Gesellschaft höflich darüber sprechen konnte. Die anglikanischen Damen von Johns Mutter hätten den äußeren Schein nicht besser wahren können. John redete sich sogar ein, daß nur Mad Dog und Osceola von der Affäre wußten. Er irrte sich natürlich. Jeder in Talasee wußte davon.

Fighting in a Line hatte Befürchtungen wegen Mad Dogs Mittlertätigkeit. Sie mochte Nakita zwar, aber Third Sister auch. Fighting in a Line konnte ebenso klar in die Zukunft sehen wie in die Vergangenheit. Wenn diese Affäre zu Ende war, würden im besten Fall Tränen fließen; schlimmstenfalls Blut.

Als sich die Familie eines Abends versammelte, unterbrach Fighting in a Line abrupt die Diskussion der Erwachsenen über das Wetter, die Ernte und das Vieh.

»Erinnert ihr euch an Me-le?« fragte sie.

»Ja, Großmutter.« Osceola wußte sofort, was jetzt kam.

»Diese Geschichte ist vor langer Zeit passiert.« Fighting in a Lines arthritische Finger kämpften mit ihrer Pfeife, und Little Warrior beeilte sich, sie für sie anzuzünden. Dann zog sie sich wieder auf die andere Seite des Feuers zurück und setzte sich zu ihren Cousinen.

»Diese Geschichte ereignete sich, als Old Mad Jackson uns Red Sticks in den Süden folgte. Als dein Vater nicht viel älter war als du.« Fighting in a Line sah Little Warrior an. »Mein Bruder führte einen Kriegstrupp hinaus. Sie kehrten mit einer Blaujacke zurück. Sie nahmen ihn gefangen, als er gerade über seiner Angelschnur döste.« Fighting in a Line lächelte bei der Erinnerung an den armen Duncan McKrimmon.

Soldat McKrimmon war mitten in einem Krieg, inmitten von mehreren hundert Quadratmeilen feindlichen Territoriums, auf den Einfall gekommen, Katzenfische zu angeln. Er hatte fünf Haken mit gepökeltem Schweinefleisch bestückt und sie an Senkern aus Musketenkugeln befestigt. Er hatte seine Schnur mit zugekorkten Tonkrügen als Schwimmern ausgeworfen und ein Glöckchen daran festgebunden, das ihn aufmerksam machen sollte, wenn ein Fisch anbiß. Dann hatte er sich den engen Kragen seines wollenen Uniformrocks aufgeknöpft, die Beine ausgestreckt und sich an eine Kohlpalme gelehnt.

Die warme Sonne und die Beobachtung der langsamen Pirouetten, die der Korkschwimmer drehte, ließen ihn bald einschlafen. Er wurde von dem scharfen Knall der Klinge eines Kriegsbeils an seiner Schuhsohle geweckt. So kam es, daß er kurz darauf nackt an den hohen Skalppfahl im Dorf von Crazy Medicine gebunden wurde, Fighting in a Lines Vetter.

»Zunächst war ich glücklich, ihn dort zu sehen«, sagte Fighting in a Line. »Die Blaujacken hatten alle unsere Städte niedergebrannt. Sie töteten unser Volk. Stahlen unser Vieh. Vertrieben uns aus unseren Häusern. Ich sang, als die Männer um den Pfahl tanzten, an den die Blaujacke gebunden war. Wir Frauen lachten, wenn er sich naß machte. Einige der Frauen erhitzten ihre Messerklingen an den Feuern, um sie an seine blasse Haut zu legen. Manche rührten den Lehm in der Schüssel um.«

»Wozu war der Lehm gedacht, Großmutter?« fragte Little Warrior.

»Wir wollten ihm damit den Kopf bedecken, damit sein Haar nicht verbrannte, wenn wir ihn mit Feuer auf die Probe stellten. Wir wollten seinen Skalp nehmen, bevor er starb. Er hatte Haar wie Maisfasern. Wir hätten uns damit eine ungewöhnliche Trophäe an den Pfahl hängen können.«

Die Mädchen hingen mit verzückten Gesichtern an ihren Lippen. Alles, was sie vom Krieg kannten, waren die Prahlereien der alten Männer bei den Tänzen. Doch dies war anders als die Geschichten, die sie sonst zu hören bekamen. Sie fühlten sich abgestoßen und zugleich fasziniert. »Habt ihr die Blaujacke verbrannt, Großmutter?«

»Niemand verbrannte ihn. Ein dummes Mädchen rettete ihn.«

»Liebte sie ihn?« Jetzt hatten alle Cousinen plötzlich Fragen.

»Vielleicht. Ihr Name war Me-le. Sie war die Tochter meines Vetters Crazy Medicine.«

»Wo ist sie jetzt?«

»Darf ich die Geschichte vielleicht erst zu Ende erzählen?«

»War sie schön?«

»Sie war sehr schön. Alle Jungen waren verrückt nach ihr.«

»Was hat sie getan?«

»Sie stellte sich vor die Blaujacke. Sie schlug den Frauen die Schüssel mit Lehm aus den Händen.« Fighting in a Lines Augen trübten sich, als sie an Me-le dachte, die schlank und unbeirrbar inmitten der Aufregung des Fests stand. Ihr neues Rehlederkleid war mit dem roten Lehm bespritzt. »Die Wellen der Gefühle schlugen so hoch, daß die Leute sich vielleicht entschlossen hätten, sie mit der Blaujacke an den Pfahl zu fesseln. Ihr Vater war zornig auf sie. Jeder war zornig.«

»›Er ist zu jung zum Sterben.‹« Fighting in a Line übernahm die Rollen von Me-le und ihrem Vater.

»›Wir müssen alle sterben. Man fragt uns nicht, wie oder wann es geschehen soll.‹«

»›Die Spanier werden ein hübsches Sümmchen für ihn bezahlen. Es würde ihnen gefallen, Old Mad Jackson diesen Mann als Geschenk zu präsentieren, um ihn zu besänftigen.‹«

»›Mir ist es egal, ob Old Mad Jackson besänftigt wird oder nicht.‹«

»Dann ging mein Bruder dazwischen.« Fighting in a Line spielte jetzt auch Mad New Towns Rolle. »›Eine tote Blaujacke ist nutzlos. Lebendig kann er uns Pulver, Blei und Musketen verschaffen.‹« Fighting in a Line lachte. »Pulver, Blei, Musketen. Das waren die Dinge, welche die Krieger haben wollten. Mein Bruder verstand sich darauf, das zu bekommen, was er wollte.«

»Warum ist *er* nicht dazwischengegangen, wenn er nicht wollte, daß die Blaujacke stirbt?«

»Er war ein Kriegsführer. Manchmal kann ein Mann nur dann ein guter Anführer sein, wenn er anderen folgt. Er wußte, daß seine Männer es brauchten, diesen Mann leiden zu sehen. Er wußte, daß der Soldat ein Wetzstein war, an dem seine Männer ihren Kriegseifer geschärft hätten.«

»Was geschah mit Me-le?« Little Warrior wollte ihre Großmutter daran hindern, allzusehr von dem wichtigen Teil der Geschichte abzuschweifen.

Fighting in a Line starrte so lange ins Feuer, daß Little Warrior schon fürchtete, sie könnte eingeschlafen sein. »Der Junge, den Me-le gerettet hatte, zeigte den anderen Blaujacken, wo sie ihren Vater gefangennehmen konnten. Crazy Medicine war ein großer Anführer. Er war ein Prophet unter den Red Sticks. Old Mad Jackson schlang ihm ein Seil um den Hals. Er hängte ihn auf wie einen Rehkadaver.«

»Ist er gestorben?« Der Tod durch Erhängen war den Kindern unbekannt.

»Ja.«

»Was geschah mit Me-le?«

»Sie, ihre Mutter und ihre Schwestern ergaben sich Old Mad Jackson. Er schickte sie weg, damit sie ihr Feuer in einem fernen Land anzündeten. Er schickte sie in das Land, in das er jetzt auch uns schicken will. Seitdem hat niemand etwas von Me-le gesehen oder gehört.«

»Was geschah mit der Blaujacke?«

»Er bat Me-le, ihn zu heiraten. Er sagte, er liebe sie.«

»Sie hat doch nicht den Mann geheiratet, der sie verraten hatte!« Little Warrior war so aufgebracht, daß sie von ihrem Sitz auf dem Baumstamm aufsprang.

»Nein. Me-le weigerte sich, ihn zu heiraten.«

Fighting in a Line zog keine Moral aus ihrer Geschichte. Sie setzte sich hin und zog sich in ihre Erinnerungen zurück, während die Mädchen auf der anderen Seite des Feuers leise über Me-les Schicksal diskutierten.

Fighting in a Line hatte den Teil der Geschichte ausgelassen, der ihre eigene Schwäche zeigte. Sie war schon damals alt gewesen. Sie konnte nicht die Verliebtheit einer jungen Frau als Entschuldigung vorbringen, wie Me-le es konnte. Fighting in a Line schämte sich der Tatsache, daß auch sie versucht hatte, die Blaujacke zu retten.

Sie hatte ihm eine besonders einfallsreiche Schmähung ins Gesicht geschrien, als er den Kopf gehoben hatte und sie anstarrte. Die Sonne Floridas hatte seine Augenbrauen weiß gebleicht und ihm das Aussehen überraschter Unschuld verliehen. Es schien ihn verblüfft zu haben, daß ihm soviel Haß entgegenschlug, obwohl er selbst keinen empfand. Seine arglosen Augen hatten sie angefleht, ihm zu helfen.

Seine blaßblauen Augen und buschigen weißen Augenbrauen hatten Fighting in a Line an ihren Vater erinnert. Der alte James McQueen hätte dies nicht gebilligt. *Wilde!* Sie konnte es ihn in dem irischen Akzent sagen hören, den er nie verloren hatte, nicht einmal, nachdem er neunzig Jahre bei den Creek gelebt hatte. Am Ende hatte ein toter Mann über mehrere hundert lebende Männer gesiegt.

In der Erinnerung sah sich Fighting in a Line durch die Tänzer und die Frauen schlängeln, welche die Blaujacke vom Zuschauerplatz aus verhöhnten. Sie hatte Neamathla gefunden, den einflußreichsten Anführer in jenem Teil des Landes.

»Old Snake Bone ...« Er war so hochgewachsen, daß sie den Kopf auf die Schulter legen mußte, um sein Gesicht zu sehen. »Gebiete ihnen Einhalt. Er ist nur ein Junge. Gib ihn mir als Sklaven. Ich verspreche, ihm das Leben schwerzumachen.«

»Ich werde erst glücklich sein, wenn die Hitze des Feuers ihm die Haut aufplatzen läßt. Bis das Fett in ihm kocht.« Neamathlas Augen hatten im Lichtschein des Feuers geglitzert. »Die Blaujacken haben mein Dorf niedergebrannt. Sie haben vier meiner Krieger getötet. Sie haben eine meiner Frauen getötet. Ihretwegen ist mein Volk heimatlos.«

Old Snake Bone, dachte sie, als du die sprechenden Blätter der Bleichaugen unterzeichnet hast, dachtest du, du könntest mit weißen Menschen feilschen. Statt dessen haben sie dich vor deinen Kriegern gedemütigt. Wo bist du jetzt, Old Snake Bone? Wo ist die arme Me-le?

»Ich bin gekommen.« John Goodes Stimme riß Fighting in a Line aus ihrer Träumerei. Er tauchte so bleich wie ein Geisterwesen aus der Dunkelheit auf. »Ich komme aus Tampa. Ich habe dir viel zu erzählen.«

Osceola hatte Nakita beizubringen versucht, daß man mit Würde Rat und seinen Gesichtsausdruck unter Kontrolle halten muß. Doch jetzt zeigte sich der Zorn in dessen Augen nur zu deutlich. »Eure Anführer sind soeben dort gelandet, sie sind aus dem Westen zurückgekehrt. Sie haben euch alle verraten!«

26

Jetzt, wo alle wußten, daß der Krieg wahrscheinlich war, spürte Osceola, wie ein warmes Gefühl der Ruhe ihn durchdrang. Er hatte recht gehabt. Das Warten war vorbei. Wenn sie morgen nicht Medizin machten und sich auf den Kriegspfad begaben, würden sie zumindest mit den Vorbereitungen beginnen. Die jungen Männer würden die Chance erhalten, sich Kriegsehren zu verdienen. Ihre Frauen würden Grund bekommen, wieder stolz auf sie zu sein.

Osceola machte sich keine Illusionen, daß der Kampf leicht werden würde. Er war sich nicht einmal sicher, ob sein Volk gegen die Gewehre und die Zahl der Blaujackensoldaten gewinnen konnte. Doch nach Jahren des demütigen Nachgebens gegenüber den Forderungen der weißen Männer war er bereit zu kämpfen, wie hoch der Preis auch sein mochte.

Er warf einen Blick zu Wild Cat hinüber, der in dem langen Unterstand auf der anderen Seite des Platzes in der Sektion des Pumaclans saß. Wild Cat hob zum Gruß eine Augenbraue. Wahrscheinlich würde keiner von ihnen im Rat etwas sagen. Obwohl er der Sohn eines wichtigen Mikasukee-Anführers war, war Wild Cat sogar noch jünger als Osceola. Und in Talasee wohnten nur wenige Menschen. Osceola war bestenfalls ein unbedeutender Kriegsführer.

Er hatte ein ebenso steinernes Gesicht aufgesetzt wie die anderen Männer in den Clanunterständen. Doch dieser Rat würde nur für einen Außenseiter ruhig aussehen. Hinter den stoischen Gesichtern tobten Wut und Scham, alter Verdacht und Haß. Nakita hatte tatsächlich schlechte Nachrichten mitgebracht.

Die weißen Männer behaupteten, die sieben Anführer, die nach Westen gegangen waren, hätten an dem für sie und die nördlichen Creek reservierten Territorium Gefallen gefunden. Die weißen Männer sagten, mit der Unterzeichnung des Vertrags in Oklahoma hätten sich die Maskokee- und die Mikasukee-Anführer damit einverstanden erklärt, *alle* ihre Menschen nach Westen zu bringen. Sie sagten, die Häuptlinge hätten sich damit einverstanden erklärt, sich dort mit den verhaßten Creek zu vereinen.

Innerhalb weniger Tage war Abihka zum Anführer der Fraktion geworden, die sich dem Umzug vehement widersetzte. Dieser Rat fand in seiner Stadt statt. Er hatte seine schnellsten Läufer mit Holzbündeln losgeschickt, die sie den Anführern der anderen Städte übergeben sollten. Jeder Stab symbolisierte einen Tag und wurde bei Sonnenuntergang aus dem Bündel herausgezogen und zerbrochen. Als keiner mehr übrig war, erschienen die Männer zum Rat.

Jetzt mußte jeder Anführer, der den Vertrag von Oklahoma unterzeichnet hatte, einzeln aufstehen, um sein Handeln zu verteidigen. Sie sprachen ausführlich, aber der Kern ihrer Aussagen war einfach. Sie leugneten, die Feder angerührt zu haben, mit der Phagan ihre Namen hingeschrieben habe, oder behaupteten, man habe sie hereingelegt oder zur Unterzeichnung gezwungen.

»Fay-kahn hat uns bedroht.« Weil die weißen Männer Mole Leader unterstützt hatten, als er vor fünf Jahren Mikanopee abgesetzt hatte, war er jetzt besonders auf der Hut. »Er sagte, wir würden heimatlos werden, wir würden uns auf eigene Faust auf den Rückweg aus den Ländern im Westen machen müssen, wenn wir nicht unterzeichneten. Ich werde alt. Ich wünsche, daß meine Gebeine hier begraben werden. Ich habe die weißen Anführer gefragt, warum sie uns so mit der Forderung quälen, wir sollten den Mississippi überqueren. Wir tun auf diesem Land niemandem und nichts weh.«

»Das Land im Westen ist von wilden Stämmen überrannt, die ständig Krieg führen«, fügte Mad Partridge hinzu. »Wir werden uns nie damit einverstanden erklären, dorthin zu gehen.«

»Fay-kahn ist ein leidenschaftlicher Mann. Er hat die ganze Zeit mit uns gestritten.« Chalo Emathla, Trout Leader, erweckte immer den Eindruck, als hielte er das Leben für eine Reihe von Prüfungen, die man mit Seelenstärke ertragen müsse. Seine kleinen schwarzen Augen blinzelten in eine Welt, die nicht so war, wie er sie wollte oder erwartete. Jetzt sah er noch trauriger aus als sonst.

Er ging auf die sechzig zu, hatte sich aber schon immer vollkommen aufrecht gehalten. Seit seiner Rückkehr hatte er sich eine leicht gebückte Haltung angewöhnt und sah aus wie ein alter Bogen, der nicht mehr gerade wird, wenn man die Sehne lockert. Sein schwerer Unterkiefer und das Kinn hingen ihm herunter. »Ich habe unterzeichnet, weil ich dachte, der Vertrag würde uns nur dann binden, wenn sich die ganze Nation damit einverstanden erklärt.«

»Die weißen Männer haben uns überlistet.« Jumper war Mikanopees Schwager und Sinnmacher. Mikanopee hatte einen Vorwand gefunden, um die anstrengende Reise in den Westen nicht machen zu müssen, und an seiner Stelle war Jumper aufgebrochen. Wie sich herausstellte, war Mikanopee schlau gewesen. Doch bei Mikanopee war es schon immer schwer gewesen, Trägheit von Tücke zu unterscheiden.

Jumper war etwa vierzig Jahre alt. Er war hochgewachsen und schlank, mindestens 1,85 Meter groß. Er hatte ein schmales Gesicht, eine hohe Stirn und undurchdringliche Augen. Seine Augen waren wie Teertümpel, die Licht absorbierten und keinerlei Gefühle reflektierten. Er sprach mit hoher Stimme fast wie im Singsang; und wie immer sprach er gut.

»Ich sage euch dies, Brüder«, begann er. »Die weißen Männer haben uns belogen. In dem ersten Vertrag hieß es, wir würden umziehen, wenn die gesamte Seminolennation einverstanden sei. In dem Vertrag, den wir im Westen unterzeichnet haben, hieß es, ›*Wenn diese Delegation einverstanden ist*‹, würden wir umziehen, aber das hat uns niemand gesagt. Ich frage euch: Wie konnte das passieren?«

Alle drehten sich um, um den schlanken schwarzen Mann anzusehen, der in Mikanopees gewaltigem Schatten saß. Als Jumper sich setzte, stand der langsam auf.

Sein Name war Abraham. Er war Mikanopees früherer Sklave und ein Sohn von Sklaven. Er war im Haushalt eines Arztes in Pensacola aufgewachsen, bevor Mikanopee ihn kaufte. Mikanopee hatte ihn vor sieben Jahren aus Dankbarkeit für die erwiesenen Dienste freigelassen. Sein großer, keilförmiger Kopf wurde zu einem spitzen Kinn hin schmal. Seine Augen waren Schlitze unter dem gewölbten Vorsprung seiner Augenlider.

Abraham diente seinem König immer noch mit der Ergebenheit eines Höflings und hielt sich selbst wie einer. Er ging leicht vornübergebeugt, als wollte er sich gerade höfisch verneigen. Unter seinem geblümten Turban mischten sich ein paar silberne Strähnen in die dichten schwarzen Locken. Trotz der Tatsache, daß sein rechtes Auge zu seiner großen Hakennase hin schielte, verliehen ihm seine makellosen Manieren eine Aura vornehmer Herkunft und Würde. Seine spanischen, englischen und Maskokee-Sprachkenntnisse machten ihn zu dem Berater, dem Mikanopee am meisten vertraute.

Er hatte bei den meisten Treffen der Weißen und Seminolen in den letzten zehn Jahren gedolmetscht. Er hatte die Reise nach Oklahoma mitgemacht. Während er dort war, hatte er den Vertrag übersetzt, der die Seminolen nun ihrer Heimat zu berauben drohte. Er stand jetzt hier vor Gericht und wußte es.

»Einige Männer sagen, ich hätte gelogen. Sie sagen, ich hätte euch verraten. Sie sagen, ich hätte zweihundert von den Metallperlen der weißen Männer angenommen, um die Seminolen zu täuschen, die meine Freunde und meine Beschützer gewesen sind.«

Abraham kannte das Ratsprotokoll. Erst brachte er die Argumente gegen ihn vor. Dann würde er sie zurückweisen.

»Ich sage euch dies: Ich habe keinen Grund, euch zu belügen, meine roten Brüder. Alles Gute, das ich besitze – meine Freiheit, meine Familie, meine Stellung, mein Zuhause –, ist ein Geschenk der Großzügigkeit meines Königs. In dem Wissen, daß ich unter euch leben muß und auf eure Duldung angewiesen bin, würde ich euch nicht verraten. Abgesehen davon sind zweihundert Metallperlen nicht genug für ein Leben in Ketten.

Wir alle wissen, daß die weißen Männer vorhaben, das rote Volk nach Westen zu schicken. Wir alle wissen, daß sie beabsichtigen, das schwarze Volk hierzubehalten. Sie werden uns kaufen, verkaufen, auspeitschen wie Vieh. Kein weißer Mann betritt dieses Territorium, ohne sofort mit der Spekulation in schwarzem Fleisch zu beginnen. Ich frage euch, edle Krieger, würdet ihr euch für zweihundert Metallperlen in die Sklaverei verkaufen? Würdet ihr eure Frauen verkaufen, eure Kinder?«

Abraham wartete, bis sich die Anwesenden das hatten durch den Kopf gehen lassen, bevor er fortfuhr.

»Dies ist in dem Land im Westen geschehen. Fay-kahn las mir die sprechenden Blätter auf englisch vor. Ich habe sie unseren Anführern in ihre Sprachen übersetzt. Weil ich nicht lesen kann, wußte ich nicht, daß Fay-kahn mir die falschen Worte vorgesagt hatte. Er hat die Worte ›sollten sie einverstanden sein‹, womit die gesamte Nation der Seminolen gemeint war, durch die Worte ersetzt ›sollte die Delegation einverstanden sein‹. Er hat uns alle überlistet. Einige von euch werden vielleicht fragen, warum er das getan hat. Ich werde es euch sagen. Fay-kahn ist ein verdorbener Mann. Der amerikanische König, Old Mad Jackson, wird denjenigen Metallperlen zahlen, die euch bei der Reise nach Westen mit Wagen und Lebensmitteln beliefern. Ich denke, daß Fay-kahn vorhat, einige dieser Perlen an sich zu bringen. Ich glaube, daß er plant, sich noch mehr davon zu beschaffen, indem er euer Eigentum, euer Vieh, eure schwarzen Menschen billig kauft, um sie den anderen Weißen dann teuer zu verkaufen.«

Die Diskussion dauerte den ganzen Tag und setzte sich bis in die Nacht fort. Als der Vollmond direkt über ihnen hing, schliefen viele der Männer auf ihren Plätzen auf den Matten der Plattformen des Clanunterstands. Abihka bahnte sich den Weg durch sie, bis er Osceola und Alligator fand, die auf den Ellbogen ruhten und sich leise unterhielten. Er legte Osceola eine Hand auf die Schulter.

»Komm mit.« Er führte ihn zu seinem Feuer und teilte Tabak mit ihm. Sein feines weißes Haar sah aus wie Mondschein, der von seinem knochigen Schädel herabströmte. »Du wirst für mich sprechen«, sagte er.

»Du ehrst mich, Onkel.«

»Unsere Gedanken sind in dieser Frage die gleichen. Du besitzt die Gabe, die Herzen von Männern zu überzeugen. Höre nun, was du sagen sollst.« Abihka und Osceola sprachen mit leisen Stimmen, bis der erste Hahn krähte und die anderen einfielen.

Kurz nach Tagesanbruch ging der Rat weiter. Nach einem weiteren Tag mit Debatten stand Osceola auf und ging zur

Mitte des Platzes. Seine hohe Stimme war selbst auf den hinteren Plattformen der Clanunterstände leicht zu hören.

»Der Große Krieger Abihka hat mich zu seinem Sinnmacher ernannt.« Die alten Männer hörten höflich zu, doch Osceola wußte, daß es sie ärgerte, daß Abihka einen so jungen Mann dazu ausersehen hatte, für ihn zu sprechen.

»Dies ist, was er mich zu sagen gebeten hat. Die alten Anführer, die uns den Rat geben, den Forderungen der weißen Männer nachzugeben, sind müde. Ihre Gedanken sind verwirrt. Sie sind alte Frauen.« Er ignorierte das schwache Rascheln, als einige Männer auf ihren Sitzen hin und her rutschten, was einem hörbaren Protest der alten Anführer am nächsten kam. Er hatte es erwartet. Er hatte sie zutiefst beleidigt.

»Einst waren sie tapfere junge Krieger, deren Kriegsbeile nach dem Blut ihrer Feinde riefen. Als der Kriegswimpel erhoben wurde, bestiegen sie ihre Ponys. Sie reihten sich hinter ihm ein. Sie kämpften ohne Furcht. Jetzt sind sie wie die untergehende Sonne. Das Licht des Muts in ihnen ist schwach. Schon bald wird es zu schwach sein, um uns auf dem Kriegspfad zu leiten.

Abihka sagt dies: Jeder Mann, der unser Land durch Vertrag verschenkt oder sich einverstanden erklärt, nach Westen zu ziehen, muß getötet werden. Wir werden unser Land nicht verlassen. Wenn die alten Männer nicht kämpfen werden, werden die jungen es tun.

Sagt euren Frauen, sie sollen alles Fleisch trocknen, das sie entbehren können. Legt allen Mais beiseite, den ihr erübrigen könnt, denn vor uns liegen hungrige Zeiten. Krieg ist mehr als nur Töten. Krieg bedeutet Überleben.

Sagt euren Männern, sie sollen Waffen kaufen, Pulver, Blei. Kauft die neuen Gewehre, in deren Läufe Spiralen eingeritzt sind. Die schießen genauer. Sagt den weißen Männern, wir brauchten die Gewehre für die Jagd. Wir müssen sie einlullen, damit sie keinen Verdacht schöpfen, solange wir pflanzen. Während wir unsere Ernten einbringen. Während wir uns auf den Krieg vorbereiten.«

Als Osceola zu seinem Sitz zurückging, spürte er die Spannung, die in der Luft lag, so deutlich wie die Morgenbrise, die das lange Haar kräuselte, das sein Gesicht einrahmte. Als er den Unterstand des Schlangenclans erreichte, sah er drei Reihen von Gesichtern prüfend an und versuchte, an ihnen die Wirkung seiner Rede abzulesen. Er sah Abihkas Mund zustimmend zucken. Über Abihkas Schulter hinweg sah er seinen Onkel auf dem gewohnten Platz in der hinteren linken Ecke der dritten Bankreihe sitzen. Mad New Towns Federn hüpften, als er lächelte und nickte. Osceola zwinkerte, und der Geist war verschwunden.

»Die Bleichaugen klagen über Moskitos, die so groß seien, daß sie sie in Kleider stecken könnten. Sie behaupten, sie könnten ihre Häute gerben«, rief Alligator aus. »Sagt den Amerikanern, wir brauchten die Gewehre, um Moskitos zu schießen.«

Das Lachen, das diesen Worten folgte, war zwar bitter, linderte jedoch zumindest den Zorn.

Die Entscheidung des Rats war nicht einstimmig. Viele der Männer rieten immer noch zu einem Nachgeben, während die jungen Krieger nur von Krieg sprachen. Während die Anführer nacheinander die Clanunterstände verließen, zählte Osceola diejenigen, auf die Abihka für den Kampf zählen konnte.

Das Starren eines Raubtiers verdrängte seinen sanften Gesichtsausdruck. Sein Kiefer spannte sich, und sein Mund wurde zu einem schmalen Strich. Seine dunklen Augen wurden schmal, als er die Männer beobachtete, die wegen des Umzugs nach Westen noch immer unentschlossen waren.

»Wählst du deinen Kriegstrupp aus, Bruder?« Jetzt, wo Krieg in der Luft lag, war Wild Cat jovial.

»Nein, Bruder. Ich frage mich, welche Anführer wir werden töten müssen.«

Fighting in a Line benutzte ihre zurückhaltende, so-spricht-man-mit-Weißen-Stimme. Sie sah zur Erde. Sie sprach so leise, daß Erastus Rogers' schwarzer Dolmetscher sich anstrengen mußte, um sie zu hören. Aber Rogers täuschte sie nicht. Sein saures Aussehen wurde zu gequältem Abscheu, wann immer er sie durch das Gewimmel von Fußgängern und Pferdewagen vor dem Laden wieseln sah. Er wies immer einen Verkäufer an, sich ausschließlich um sie zu kümmern. Dann war er anderweitig stark beschäftigt, bis sie verschwunden war.

Fighting in a Line legte ihr Bündel mit Silberreiherfedern auf den Tresen, bevor sie mit ihrer Inspektion des Marketenderladens begann. Mink hob das Bündel mit Alligatorhäuten vom Kopf und legte sie auf den Fußboden aus groben Dielenbrettern. Little Warrior stellte die vier Gopherschildkröten ab. Sie hatte sie in zwei Netzen mitgebracht, in jeder Hand ein Paar. Little Warriors Gesicht war aufgedunsen, und ihre Augen waren fast zugeschwollen. Sie hatte Hornissennester gesammelt, um sie als Polsterung für die Muskete ihres Vaters zu benutzen.

Morning Dew trug Crying Bird auf der Hüfte, damit das Kind nichts zerbrach. Die drei Frauen gingen langsam an den grob zusammengezimmerten Regalen entlang, die die Blockhauswände füllten. Sie hielten in der Ecke inne, wo Rogers die Waren für den Indianerhandel lagerte. Sie starrten die Ballen bunter Kalikostoffe an, die in Blechdosen aufgehäuften Perlenschnüre und die Schachteln mit farbigen Taschentüchern und geschmacklosem Flitterkram. Sie wußten, daß sie nichts davon nach Hause mitnehmen würden.

Little Warrior hatte ihre Schritte nur wenig verlangsamt, als sie an den verstaubten braunen Zuckerhüten vorbeikam. Sie stand in der Türöffnung zu Rogers' Hinterzimmer und starrte auf die dort gestapelten langen Holzkisten. Sie wußte, daß jede davon sechs Gewehre enthielt, von denen jedes einzelne in Sämischleder gehüllt war.

Auf Zucker und Perlen, Nähseide und Stahlnadeln zu verzichten, fiel Little Warrior nicht sonderlich schwer. Was sie wirklich wollte, war ein glänzendes neues Gewehr. Sie drehte sich um und entdeckte, daß Mink sie quer durch den Raum anstarrte.

Little Warrior wußte, was dieser Blick zu bedeuten hatte. Mink wollte ebenfalls ein Gewehr. Es hätte jedoch Verdacht erregt, wenn eine erwachsene Frau Interesse an dem Waffenlager des Marketenders gezeigt hätte.

»Was willst du?« Rogers mochte es nicht, wenn Kinder sich in der Nähe der Waffen aufhielten. »Deine Gopherschildkröten sind fünfzig Cent wert.«

Little Warrior langte hinauf und legte eine Hand auf die kleinen Schachteln auf dem Tresen.

»Feuersteine? Was willst du denn mit Feuersteinen?«

»Ich will sie meinem Vater schenken«, murmelte Little Warrior höflich.

»James, gib dieser jungen Dame Feuersteine.«

Little Warrior, ihre Mutter und ihre Großmutter konnten nur das Allernotwendigste kaufen. Alles, was sie zusätzlich zum Tauschen in die Stadt brachten, wurde für den Kauf von Pulver, Blei und Saatmais verwendet. Das hielt Fighting in a Line jedoch nicht davon ab, ihrer Lieblingsunterhaltung zu frönen.

Während der geduldige Verkäufer ihr auf den Fersen blieb, öffnete sie jede Schublade und jede Schachtel. Sie blickte in jedes Faß. Sie prüfte jeden Gegenstand im Marketenderladen von Fort King einschließlich des begrenzten Vorrats an Männerunterwäsche. Dann wickelte sie ihre mageren Einkäufe in ein rotes Kopftuch und verknotete die vier Ecken. Sie marschierte in königlicher Haltung hinaus, während Rogers und seine Verkäufer über das Trümmerfeld, das sie zurückgelassen hatte, den Kopf schüttelten.

27

»Krieg zu führen ist eine so männliche Übung.« Abihka paffte zufrieden an seiner Pfeife. »Es gefällt mir zu sehen, daß die jungen Männer sich wieder auf die Kriegskunst verstehen.« Trotz der ständigen Schikanen der Bleichaugen, sowohl offiziellen wie inoffiziellen, hatte Abihka nie zufriedener ausgesehen. Ein schmallippiges Lächeln spaltete sein zerfurchtes Gesicht wie ein Riß in altem Leder.

Während Abihka im Schatten rauchte, saßen Jumper, Alligator, Black und John Horse in der Nähe um ein Bett aus glühender Holzkohle. Sie warteten darauf, daß Bleiklumpen in drei alten Bratpfannen schmolzen. Während sie arbeiteten, beobachteten sie, wie Osceola den jungen Kriegern von Talasee Anweisungen erteilte. Wild Cat hatte sich inmitten der Orchideen und der Grauen Tüpfelfarne, die einen breiten Eichenast bedeckten, auf dem Bauch ausgestreckt. Seine Wange ruhte auf dem Rücken seiner gefalteten Hände. Ein Bein ragte bis zum Knie in die Höhe, und der Fuß schwankte sanft hin und her. Er hatte nur einen Lendenschurz an. Bei flüchtigem Hinsehen ähnelte er einem sandbraunen Puma, der mit halbgeschlossenen Augen daliegt und träge den Schwanz bewegt.

Die jungen Männer, die Osceola unterrichtete, waren zehn bis zwanzig Jahre alt. Einige von ihnen waren immer noch zu jung, um einen Turban auf dem rasierten Scheitel zu tragen. Black interessierte sich vor allem für Osceolas Unterrichtsmethoden, er selbst hatte die Männer von Swamp Town ausgebildet.

Vier Hütten mit Seitenwänden aus Palmwedeln säumten diese Lichtung tief in dem Gestrüpp des Laubwalds. Drei von ihnen beherbergten Holzkisten mit Blei sowie Fünfzig-Pfund-Fässer mit Pulver, die fest mit wasserdichter Leinwand umhüllt waren. Osceola hatte auf Leinwand bestanden, obwohl sie dafür pro Faß zwanzig Cent extra hatten zahlen müssen. Die Munitionsvorräte wuchsen nur langsam, weil die Männer Pulver und Blei für die Jagd brauchten.

Die vierte Hütte sah genauso unscheinbar aus wie die drei anderen, war es aber nicht. Dort unterrichtete Abihka die Jungen und füllte das unansehnliche Bauwerk mit Kraft. Abihka und sein Wissen um die Kriegskunst waren in diesen Tagen sehr begehrt. So viele Männer brachten ihm ihre Neffen, damit sie die Zauberkünste und Medizin eines Kriegers erlernen konnten, daß Abihka Osceola gebeten hatte, ihm beim Unterricht zu helfen. Wie die Hütte war jetzt auch die Lichtung von der mit dem Tod verbundenen Magie durchdrungen. Abgesehen von der Tatsache, daß die Jungen hier übten, hatte Abihka seine mächtigste Kriegsmedizin in der Höhlung eines nahen Baums versteckt.

Die Lichtung schien kaum ein dem Tod geweihter Ort zu

sein. Der Schatten der eindrucksvollen Eichen kühlte die Augusthitze. Vögel trieben in den grünen Tiefen des umgebenden Dschungels lautstark ihr Unwesen. Der Wald summte vor Leben.

»Jeder von euch, der eine Waffe hat, tut sich mit einem zusammen, der keine hat.« Osceolas Anweisungen wurden durch die knirschenden Laute der Kugelformschneider unterstrichen, als die Männer die frischgegossenen Bleikugeln zurechtfeilten. Jedem Knirschen folgte ein gedämpftes Klirren, als die Kugel in einen Lederbeutel fiel.

Osceolas Schüler nahmen von dem eintönigen Geräusch der Unterhaltung der Männer nicht mehr Notiz als von dem Summen der Bienen in den Blumen um sie herum. Selbst die, die schon schießen konnten, fixierten Osceola mit ihren schwarzen Augen. Sie gehorchten ihm so schnell, daß sie seine Worte vorwegzunehmen schienen.

Osceola stand mit einer starken Quelle von Magie offensichtlich auf gutem Fuß. Er konnte schneller laufen und besser schießen als jeder, der ihn herausforderte, und blieb auch beim Ringkampf immer Sieger. Wenn es den Jungen gelang herauszufinden, was ihn so besonders machte, konnten sie den Geistern vielleicht ähnliche Macht für sich selbst entlocken. Folglich behielten sie ihn ständig im Auge.

Viele der älteren Anführer konferierten ebenfalls mit Osceola. Er war der Mann, den der Große Krieger Abihka zu seinem Sinnmacher ernannt hatte. Er war mit den weißen Männern und den seltsamen, lautstarken Ritualen ihrer ummauerten Städte vertraut. Er verstand die Botschaften der Trommeln, deren Dröhnen gegen die hohen Palisaden von Fort King hallte. Er konnte die munteren Lieder der Pfeifer summen. Die weißen Soldaten trauten ihm. Sie setzten ihr Vertrauen in ihn.

»Bevor ihr schießt, werdet ihr lernen, eure Waffen zu reinigen.« Osceola wußte, daß dies nicht gerade das war, was die Jungen hören wollten, aber es war wichtiger als das Zielschießen. Viele der Krieger ließen ihre Waffen hoffnungslos verschmutzen. »Ihr müßt das Zündloch nach jedem dritten Schuß reinigen. Die Schwanzfeder eines Vogels eignet sich gut dafür.«

Er hielt jede Waffe hoch, damit das Sonnenlicht in das Zündloch scheinen und den Lauf erhellen konnte. Bei vielen der Gewehre mußten die eingeritzten Spiralen nachgezogen werden. Die Feuersteine waren angestoßen oder die Kerben in den Nüssen abgenutzt, und manchmal waren die Einzelteile der Schlösser schlecht getrimmt. Er merkte sich die Probleme, um später darauf zurückzukommen. Er würde mit jedem Jungen über seine Waffe sprechen.

Osceolas eigenes Gewehr mit gezogenem Lauf hatte schon harte Dienste geleistet. Ein fest angenähter Lederflicken hielt den Lauf an dem gesprungenen Kolben direkt über dem Schloßmechanismus. Die Schuppen des sich windenden Messingdrachens auf dem Schloßblech waren durch langen Gebrauch glatt geworden. Der zerkratze Lauf aus Ahornholz war durch das Öl seiner Hände im Lauf der Zeit zu einem feinen Glanz poliert worden. Der stählerne Ladestock war schon längst zerbrochen und durch einen aus Hickoryholz mit einer Hornspitze ersetzt worden. Das Kaliber war durch wiederholte Aufbohrungen des gezogenen Laufs vergrößert worden, so daß die Visierklappe mit einem Block hatte erhöht werden müssen. Die Waffe war jedoch für das Töten von Wild in Menschengröße besser geeignet als seine wunderschöne spanische Vogelflinte.

Die Jungen und die jungen Männer hatten eine bunt zusammengewürfelte Sammlung von Waffen, von denen die meisten ihren Vätern oder Großvätern gehört hatten. Manche der Waffen waren dort abgesägt worden, wo Kugeln im Lauf geklemmt hatten und das explodierende Pulver ihn aufgerissen hatte. Es waren meist die uralten Musketen, die für den Indianerhandel billig hergestellt worden waren. Sie waren wegen ihrer geringen Länge jedoch leicht zu tragen. Die schmale Bohrung der Läufe bedeutete, daß aus einem Pfund des kostbaren Bleis mehr Kugeln gegossen werden konnten.

Osceola ließ sich auf ein Knie nieder, damit die Jungen ihm über die Schulter sehen konnten. Er legte sich eine Kugel von einer halben Unze Gewicht in die linke Handfläche. Er goß feinkörniges Zündpulver aus seinem Horn darauf, bis der Pulverkegel die Kugel eben bedeckte. Dann hielt er die Hand hoch.

»Wenn ihr keinen Lader habt, müßt ihr das Pulver für jeden

Schuß so messen.« Er hielt seinen Pulverlader aus Elfenbein zwischen dem Daumen und dem schlanken Mittelfinger seiner rechten Hand hoch. Es war einer von Grandfather Squints hohlen, zehn Zentimeter langen Schneidezähnen, in dessen Öffnung an der Wurzel ein hölzerner Stopfen steckte. Die Jungen schätzten im stillen die Größe des Alligators, der einmal hinter diesem Zahn hergekrochen war.

Osceola goß einen Teil des Pulvers wieder in das Pulverhorn. Den Rest hielt er dem besten Schützen der Gruppe hin. »Lade damit«, sagte er. »Füll die Pfanne nicht ganz, denn sonst wird etwas Pulver in das Zündloch fallen. Dann wird die Waffe versagen. Geh ans hintere Ende des Schießplatzes.«

Während der junge Mann das Zündloch durchstach, die Pulverladung und die Kugel in den Lauf preßte und Zündpulver in die Pfanne schüttete, schritt Osceola zum entgegengesetzten Rand der Lichtung.

»Schieß mir in die Brust«, sagte er.

Die Jungen zogen sich von dem jungen Mann mit dem Gewehr zurück und schwärmten aus, damit sie deutlich sehen konnten. Ihre Gesichter waren ausdruckslos, aber ihre Blicke flackerten von Osceola zu der Muskete und wieder zurück. Die Männer unter dem Baum hielten mit ihrer Arbeit inne und starrten. Der Krieger hob die Muskete, zielte und zögerte dann.

»Schieß auf mich«, sagte Osceola geduldig. Der junge Mann feuerte gerade in dem Augenblick, in dem Little Warrior auf dem Pfad herangetrottet kam und die Lichtung betrat. Der Knall hallte zwischen den Bäumen wider und brachte die Vögel zum Schweigen. Rauch stieg auf und kräuselte sich über der Muskete. Die Kugel traf Osceola mit einem dünnen, klatschenden Laut an die Brust und fiel dann zur Erde. Sie rollte ein kurzes Stück und blieb in einem drahtigen Grasbüschel hängen.

Little Warrior sah die Kugel nicht wegrollen. Sie wußte nicht, warum der Krieger auf ihren Vater geschossen hatte. Sie fragte auch gar nicht erst, weshalb Osceolas Freunde ihm nicht halfen.

Sie rannte auf die Lichtung und stürzte sich wie eine zweiunddreißig Pfund schwere Kanonenkugel auf die Kniekehlen des Kriegers. Sie schickte ihn zu Boden, wo er auf allen vieren liegenblieb, und warf sich über ihn. Sie biß ihm so hart in die Schulter, daß es blutete. Er lachte sie an, als er die Arme hochriß, um das Gesicht zu schützen. Sie trommelte unbeirrt weiter mit den Fäusten auf ihn ein.

Als Alligator und Wild Cat sie wegzogen, trat sie um sich, wehrte sich verzweifelt und stieß Alligator die Faust genau auf die mächtige Nase. Er rollte sich in gespieltem Schmerz auf der Erde herum. Er hielt sich die blutende Nase und heulte vor Schmerz, während seine Freunde lachten.

»Ich bin nicht verletzt, Tochter.« Osceola kauerte sich hin und zeigte ihr die blaßrote Druckstelle, die mitten auf seiner Brust zu blühen begann. »Ich zeigte ihnen, warum sie für ihr Pulvermaß einen Lader brauchen. Wenn sie zuwenig hineinschütten, hat die Kugel keine Kraft. Sag ihnen, was passiert, wenn sie zuviel hineinschütten.«

Little Warrior machte immer noch den Eindruck, als würde sie am liebsten auf der Stelle jemanden umbringen, krümmte dann aber die beiden obersten Glieder ihres rechten Zeigefingers und hielt ihn mit der Handfläche nach innen hoch. Die Hand sah aus, als fehlte ihr der Finger. Die Männer lachten lauter. Wem nicht selbst ein Gewehr vor der Nase explodiert war, hatte es bei anderen erlebt.

Mit einem frischen Halstuch begann Osceola ihr den Schmutz vom Gesicht zu wischen. Little Warrior schob seine Hand weg. Sie war wütend. Erst hatte ihre Mutter darauf bestanden, daß sie im Lager half, statt mit den Jungen schießen zu lernen. Dann hatte Wild Cat sie gesehen, als sie versucht hatte, ihren Vater zu verteidigen. Und Little Warrior hatte sich sehr in ihren Onkel Wild Cat verguckt.

»Wann ist Nakita angekommen?« wollte Osceola wissen.

»Vor ein paar Minuten. Woher weißt du, daß er hier ist?«

»Du trägst immer dein neues rotes Kleid, wenn er zu Besuch kommt.«

»Mutter spielt mit ihm das Mokassinspiel, damit er nicht nach dir sucht. Sie erzählte ihm die Geschichte, wie der Mokassinspieler alles Wasser der Welt verwettete.«

Schweigend verschwanden die Jungen in den sie umgebenden Dschungel. Innerhalb von Sekunden war die Lichtung bis auf Little Warrior und die älteren Männer leer. Kein Blatt regte sich. Kein Zweig knackte. Kurz darauf begannen die Vögel und Insekten mit ihrem Aufruhr. Osceola hob seine Muskete hoch und reichte sie Little Warrior. Sie trug sie meist für ihn, aber jetzt blieb sie, in der Hoffnung, daß Wild Cat sie einholen würde, absichtlich hinter ihm zurück. Sie wurde enttäuscht.

»Ist es klug, dieser Blaujacke Besuche zu erlauben?« fragte Wild Cat, als Osceola und Little Warrior außer Sichtweite waren.

»Osceola ist ständig mit ihm zusammen«, erwiderte Alligator. »Sie sind so unzertrennlich wie Gesäßbacken, die sich in einem Lendenschurz reiben.«

»Nakita ist wertvoll.« Black streckte sich, gähnte und kratzte sich die tiefe Narbe, die quer über seine platte Nase und die Wange verlief. »Er bringt uns Neuigkeiten, die wir sonst nicht erfahren würden. Aber er ahnt nichts von unseren Plänen. Er sieht, wie die Frauen Kuhhufe kochen, um Öl für unsere Gewehre zu gewinnen, damit sie nicht rosten. Er sieht die Mengen trocknenden Fleisches, die Säcke mit zerstoßenem Mais, die sich in unseren Lagerhäusern immer höher stapeln. Ich glaube, wir könnten die rote Kriegsflagge an dem Pfosten flattern lassen, an dem jetzt die weiße Flagge hängt. Er würde es nicht bemerken.«

»Er ist wie der Blutegel, der im Maul des Alligators lebt.« Abihka stand auf und rieb sich sein nacktes Hinterteil, das so knochig war wie ein Kiefernknoten. »Er sieht nur die Bissen von Nahrung zwischen den Zähnen. Er bemerkt nicht das wilde Tier, das sie umgibt.«

Sie deckten das Feuer ab. Dann sammelten sie die Kugelformen, Bratpfannen und Geschosse ein und schlenderten den Pfad hinunter. An Morning Dews Feuer trafen sie wieder zusammen.

John saß grinsend da, als seine Freunde die Köstlichkeiten musterten. Er glaubte schon zu platzen, bevor sie mit dem Essen fertig waren, ihre Pfeifen anzündeten und zu plaudern begannen.

»Fay-kahn ist verschwunden«, sagte er. »Old Mad Jackson hat ihn entlassen. Fay-kahn hat die Gutscheine für die Händler gefälscht, die euch eure Lebensmittelrationen und die im Vertrag versprochenen Güter liefern. Er hat den Unterschied von der Regierung kassiert. Er hat sogar Abraham um das Geld betrogen, das er ihm für seine Dienste als Dolmetscher schuldete.«

»Wer wird ihn ersetzen?« fragte Osceola.

»Ich weiß nicht. Aber er wird besser sein müssen als Faykahn.«

»Was ist mit dem Vertrag, in dem es heißt, daß wir wegziehen müssen?« fragte Abihka.

»Ich weiß nicht. Vielleicht wird der neue Sinnmacher vernünftiger sein.« John wünschte von ganzem Herzen, es möge so sein. Seine Augen blitzten vor Vergnügen, weil es ihm möglich war, seinen Freunden nach so vielen schlechten Nachrichten gute Neuigkeiten zu bringen. Er hatte auch zwei Flaschen guten Brandy mitgebracht, die er aus diesem Anlaß mit ihnen teilen wollte.

Nach einigen Schlucken hatte Osceola das Gefühl, als würde ihm Meerschaum brausend durch die Adern prickeln, als hörte er Wellenschlag in den Ohren.

»Gattverfluchte Cheiße.« Von Zeit zu Zeit führte Alligator gern seine englischen Sprachkenntnisse vor, die er in Fort King aufschnappte.

»Es ist wirklich eine gottverfluchte Scheiße.« John vertrug nicht viel Alkohol. Er war schon zu angesäuselt, um zu bemerken, wie sich Jumpers Hand reflexhaft um den Knochengriff seines Skalpmessers schloß, als er nach seinem Pulverhorn griff.

»Meine Freunde«, sagte er, »ich werde euch jetzt zeigen, wie man merkt, ob Whiskey gut ist oder nicht.«

Er schüttete ein wenig Pulver in Morning Dews sandgescheuerte eiserne Bratpfanne. Dann träufelte er Brandy darüber. Er zündete ihn mit einem Stück Pechkiefer an. Die Männer sahen fasziniert zu, wie der Alkohol brannte. Der letzte Rest entzündete das Pulver, das mit einem kleinen Blitz explodierte. »*Dies* ist Feuerwasser. Wenn der Whiskey verwässert wird, macht er das Pulver nur feucht, so daß es nicht brennt.«

John nahm noch einen Schluck und hielt dann die Flasche hoch. Der Lichtschein des Feuers leuchtete verschwommen und bernsteinfarben durch das braune Glas, als wäre ein Geist in der Flasche gefangen. »Dieses Zeug ist weit besser als das, das sie in diesen verfluchten Spelunken verkaufen.« Seine ausholende Armbewegung schloß alle Tavernen ein, die das nördliche Ende des Reservats einkreisten. Sie schloß auch den verwässerten und mit Pfeffer versetzten Whiskey ein, den verzweifelte Seminolen dort kauften.

Osceola starrte ins Feuer, als könnte er in dessen endlosem Tanz die Zukunft sehen. Das *ueho'mee,* das bittere Wasser Nakitas, tat seine launische Wirkung und spukte ihm im Kopf herum. Das Feuer schwoll an, bis er nichts anderes mehr sehen konnte. Es formte eine Flammenfee mit brennendem Haar. Sie schwankte und machte lockende Gebärden.

Er verstand plötzlich, warum Heartless Snake so zielstrebig hinter Whiskey her war. Whiskey befähigt einen Mann, in wachem Zustand zu träumen. Er öffnet dem Geist den verborgenen Spalt zu der anderen Welt, die immer so höhnisch nahe ist. Er sog ihn in den Strudel dieser Öffnung. Seine Macht machte Osceola wachsam. Er war viel gefährlicher als *sabia,* sein Medizingeist, denn Whiskey wirkt in einem Mann von innen. Er kann ihn nicht nur dazu bringen, sich gegen andere zu wenden, sondern auch gegen sich selbst.

28

Wiley Thompson, der neue Indianeragent, war zweiundfünfzig Jahre alt. Er kam am ersten Dezember 1833 während eines von Floridas kühlen Winterregen in Fort King an. Er hatte mit General Andrew Jackson im Krieg gegen die Creek gekämpft und hatte in der Miliz von Georgia sieben Jahre als Generalmajor verbracht. Er war 1,85 Meter groß und kräftig gebaut. Er hatte eine militärische Körperhaltung, die den Seminolen zusagte.

Thompson war ein ehrlicher Mann und ein fähiger Verwalter. Er war so liebenswürdig und gerecht, daß sich Abihka einem unerwarteten Dilemma gegenübersah. Der Krieg schien nicht mehr unmittelbar bevorzustehen, und die jungen Männer waren unruhig. Sie schwenkten ihre Gewehre herum und sangen ihre Kampflieder. Sie stahlen sich nachts davon, um sich emsig mit ihren Schutzgeistern zu beraten. Doch kein Feind erschien.

Keiner von ihnen verstand die Machenschaften des Kongresses der Vereinigten Staaten oder begriff, warum die Amerikaner so viel Zeit brauchten, einen Vertrag zu ratifizieren. Es hatte den Anschein, als hätten die weißen Männer die unvernünftigen Forderungen der in Oklahoma unterzeichneten Papiere vergessen. Während des Jahres 1834 besuchten die Seminolen weiterhin Fort King, Thompsons zweistöckiges Büro und sein Haus.

Abihka erschien weiterhin mit seinen Körben mit getrockneten Makrelen und hörte immer noch auf den Spitznamen Sam Jones der Fischer. Morning Dew und Mink tauschten ihre Waren in dem Marketenderladen ein, der dem Agenturgebäude gegenüberlag. Nachmittags sahen sie zu, wie die Offiziersfrauen in einer Ecke des Paradeplatzes Federball spielten.

Fighting in a Line und Mad Dog suchten den freundschaftlichen Umgang mit dem neuen Kommandeur des Forts, Duncan Clinch, einem Brigadegeneral mit dem Sold eines Obersten. Fighting in a Line tauschte gegrillte Alligatorrippen, die Clinch liebte, und Schildkröteneier, die er verabscheute, gegen Tabak ein. Mad Dog hatte ausgesuchte Höflichkeiten und schlüpfrige Geschichten zu bieten, zu denen Clinch höflich und verständnislos nickte.

Obwohl sie meist Crying Bird auf der Hüfte trug, war das Fort Little Warriors Spielplatz. Sie beschwatzte die Wachen, sie in die Kuppel über dem Tor mitzunehmen, damit sie aus der Vogelperspektive den Anblick des Lebens und Treibens dort unten genießen konnte. Sie umschmeichelte sie, bis sie ihr erlaubten, mit Crying Bird, die sich an ihrer Taille festklammerte, auf den schweren Karrengäulen zu reiten. Am schönsten war, wenn sie von Zeit zu Zeit die riesige Kuhglocke läutete, welche die Arbeitstrupps aus dem Wald zurückrief.

Osceola freundete sich mit dem Agenten Wiley Thompson an. Irgendwann würden er und Thompson vielleicht ein Hühnchen miteinander zu rupfen haben, doch das war kein Grund, jetzt nicht befreundet zu sein. An diesem besonderen Tag im September 1834 saßen Osceola und seine Freunde unter der moosbewachsenen Eiche, die das Agenturbüro beschattete. Thompson mischte ein abgegriffenes Kartenspiel und gab. Er legte die Karten auf eine alte Gewehrkiste. Die Kiste stand auf einer zweiten, um den provisorischen Tisch so hoch zu machen wie die Feldstühle.

Mit weit gespreizten Beinen saß Thompson gefährlich wakkelig auf dem vorderen Rand des Leinensitzes seines Feldstuhls. Osceola, Alligator und Lieutenant John Goode saßen auf umgekippten Schachteln. Alligator und Osceola spielten eine Partie Whist gegen Goode und Thompson. John übernahm die Rolle des Dolmetschers. Sein Mikasukee hatte sich in dem vergangenen Jahr bemerkenswert verbessert.

Osceola und Alligator hätten lieber Craps gespielt, das viel aufregender war. Doch Wiley Thompson hatte erklärt, das sei ein Spiel für Mannschaftsdienstgrade und Unteroffiziere. Er spiele manchmal zwar auch Craps, jetzt jedoch nicht. Die aus zwei abgeplatteten Musketenkugeln gemachten Würfel lagen diskret unter Thompsons Strohhut. Sie wurden versteckt, weil General Clinch in der Nähe saß.

Clinch war kein hochgewachsener Mann, wog aber zweihundertfünfzig Pfund. Sein schwerer Rumpf belastete Leinwand und Holz seines Feldstuhls beträchtlich. Obwohl der Schmied den Rahmen mit Eisenbändern verstärkt hatte, ächzte der Stuhl bemitleidenswert, wann immer Clinch seine Sitzposition wechselte.

»Der *Tastanagee Thloko* der Blaujacken sieht aus wie eine Rundschwanzseekuh in einer Suppenschüssel.« Während er seine Karten ordnete, murmelte Alligator diese Worte auf Mikasukee leise vor sich hin, ohne auch nur den Anflug eines Lächelns zu zeigen. Falls John Goode wußte, daß Alligator nicht über sein Blatt sprach, gab er es nicht zu erkennen.

»Ich wette mein silbernes Armband darauf, daß der Stuhl zusammenbricht, bevor die Knöpfe des *Tastanagee* abspringen.« Osceola ordnete bei diesen Worten mit ernstem Gesicht seine Karten neu.

Alligator musterte verstohlen den blauen wollenen Uniformrock des Generals. Es stand auf der Kippe. Unter der Beanspruchung, Clinchs Bauch zu halten, bildete der Uniformrock zwischen den Knöpfen an der Vorderseite eine Reihe von Ellipsen. »Ich nehme die Wette an«, brummelte Alligator.

Osceola saß in gelöster Haltung da und ließ die Ellbogen auf den Schenkeln ruhen. Sein neues blaues, geblümtes Jagdhemd war am Hals offen. Es hing ihm in anmutigen Falten an dem mageren braunen Körper. Thompson musterte Osceola über seine Karten hinweg, als versuchte er zu erraten, was für ein Blatt er in der Hand hielt. In Wahrheit waren es jedoch Osceolas Augen, die ihn gefangennahmen. Am Tag zuvor hatte er ihn in einem Brief nach Hause beschrieben. »Adleraugen«, hatte er geschrieben. »Ein feingemeißelter, sinnlicher Mund mit einem wilden und zugleich angenehmen Ausdruck. Ein bezauberndes Lächeln. Ein kühner Jäger.«

»Was bedeutet Osceola?« fragte er.

»Black Drink Singer. Wegen des Schreis, den wir bei der Zeremonie des Schwarzen Getränks hören lassen.« Osceola war gewohnt, danach gefragt zu werden. Weiße Männer schienen von ewiger Neugier nach indianischen Namen geplagt zu sein. »Warum nennt man dich Sly?«

»Wiley.« Thompson kaute auf den Enden seines buschigen grauen Schnurrbarts herum und starrte auf seine Karten. »Mein Name ist Wiley.«

»Bedeutet ›sly‹ nicht das gleiche wie ›wily‹?«*

»Doch, das tut es. Aber Wiley ist ein alter Familienname.«

»Wurde Crane *Tastanagee* so genannt, weil er wie ein Kranich aussieht?« fragte Alligator. Crane war hochgewachsen, dünn und tölpelhaft. Sein steifes Haar stand ihm wie ein graubrauner Kamm aus zerzausten Federn vom Kopf ab. Sein Adamsapfel erweckte den Eindruck, als wäre ihm ein Ei in der Kehle steckengeblieben.

»Nein«, rief Colonel Crane von dem Schaukelstuhl auf der

* Sowohl *sly* als auch *wily* bedeuten »schlau, durchtrieben« (A. d. Ü.)

Veranda, die drei Seiten der Agentur umschloß. »Reiner Zufall. Mein erster Name Ichabod bedeutet ›Ah, auf die gute alte Zeit‹.«

»Und ist es Zufall«, krächzte Clinch über den Rand seines *Saint Augustine Herald* hinweg, »daß der Held in der Geistergeschichte dieses Burschen Crayon den gleichen Namen hat wie du?«

»Ich nehme es an. Dort, wo ich zu Hause bin, ist Ichabod ein häufiger Name.«

Ungeachtet dessen, was weiße Männer sagten, wußte Osceola, daß, wenn Namen nicht gegeben wurden, um an Taten oder den äußeren Anschein zu erinnern, Taten und äußerer Anschein sich so entwickelten, daß sie zu den Namen paßten. Sein Freund John Goode war ein Beweis dafür.

Das Spiel ging weiter. General Clinch rückte seine Brille zurecht, bis sie wieder auf seinem stumpfen Nasenrücken saß, und wandte sich wieder seiner Zeitung zu.

»›Das abscheuliche Laster beschert seinen Opfern einen Körper voller Krankheit und einen ruinierten Geist‹«, las er laut. »›Ein fortgeschrittenes Stadium der Degeneration zeigt sich in fahler Blässe und in einer geschrumpften äußeren Erscheinung, in zahnlosen Gaumen voller Geschwüre und einem zwergenhaften, krummen Körper.‹« Clinch blickte triumphierend auf. Die Wissenschaft hatte seinen schlimmsten Verdacht bezüglich der Masturbation bestätigt. »Colonel Crane, erinnern Sie mich daran, daß dieser Artikel den Männern vorgelesen wird.«

»Zu Befehl, Sir.«

Duncan Clinch war ein gütiger Mann. Er mochte viele der Seminolen, die Fort King besuchten. Osceola und Alligator mochte er sehr. Little Warrior hatte es ihm besonders angetan, die ihn *Pucha Chobee* nannte, Mächtiger Großvater. Er mochte sogar Osceolas Großmutter, die Farbe und Konsistenz einer harten Fächerpalmenwurzel hatte und immer so aussah, als würde sie jeden Augenblick in dem umgedrehten Trichter ihrer Perlenschnüre verschwinden.

Trotz all seines Wohlwollens unterstützte Wiley Thompson Präsident Andrew Jacksons Vertreibungspolitik nachdrücklich; Duncan Clinch jedoch taten die Seminolen von Herzen leid. Ein

Artikel im *Herald* machte ihn traurig. Der Nachmittag war zu angenehm, um ihn durch ein Vorlesen dieses Artikels zu trüben. Er berichtete über die Sitzungen des Gesetzgebungsrats von Florida. Darin hieß es unter anderem:

> »Der Teil des Territoriums, der bislang von den Seminolen-Indianern bewohnt worden ist, wird künftig eine zahlreiche Bevölkerung anlocken.«

Soweit es die Männer in Tallahassee betraf, der Hauptstadt des Territoriums, würde Andrew Jacksons Vertreibungspolitik schon bald eine vollendete Tatsache sein.

Die dichten, geringelten Strähnen der Bartflechtenartigen Tillandsie glitzerten silbern im Sonnenschein. Die Blätter waren so grün und dick wie immer im Sumpf. Die Blüten der Geisterorchideen baumelten jedoch nicht mehr wie große weiße Frösche von den Ästen der Eichen. John wußte, daß der Herbst gekommen war. Er konnte die Kühle in der feuchten Luft spüren. Im letzten Winter hatten sie sich in einer verlassenen Hütte getroffen, die Third Sister gefunden hatte. Sie war von Schlingpflanzen und Sträuchern fast überwuchert gewesen. In diesem Winter würde ein solcher Treffpunkt nicht notwendig sein. John würde gar nicht dasein.

»Ich muß weggehen.« Er hatte diese Worte auf Mikasukee geübt, seitdem er den Befehl erhalten hatte.

»Für wie lange?« Third Sisters Lächeln erstarb. Sie starrte über seine Schulter hinweg und wartete darauf, die Nachricht zu hören, die sie vom ersten Augenblick an gefürchtet hatte. Er ging und würde nicht wiederkommen.

John strich ihr übers Haar und wischte die Träne weg, die ihr über die Wange lief. Er hob ihr Kinn hoch und küßte ihren vollen Mund. »Sechs Monate. Ich werde Ende März wiederkommen, im Monat Des Kleinen Frühlings.«

»Wohin gehst du?«

»*Tastanagee Thloko* will, daß ich mich zum Golf begebe und in der Soldatenstadt dort bleibe.«

»Gegen wen wirst du Krieg führen?«

»Gegen niemanden. Die Soldatenstadt ist seit einem Jahr oder mehr verlassen. Die Mauern und die Unterkünfte sind verfallen. Mein Anführer bittet mich, den Wiederaufbau zu leiten.«

»Wenn dein Anführer es von dir verlangt, mußt du gehen.« Third Sister ließ es nicht zu, daß weitere Tränen ihr Schande machten. Ihr Mann war ein Krieger. Sie war ein Puma. Sie würde sich seiner als würdig erweisen, selbst wenn er sich nicht auf den Kriegspfad begab.

»Ich werde auf dich warten«, sagte sie. »Ich werde Abihka bitten, für dich Medizin zu machen. Vergiß nicht, das grüne Holz zu töten, wenn du die neue Kriegsstadt erbaust, damit dir nichts Böses geschieht, wenn du die Gebäude betrittst. Weißt du noch wie?«

»Ja.«

John wickelte wickelte ein Geschenk aus rosafarbenem Kalikostoff aus, das er mitgebracht hatte, und reichte es ihr.

Third Sister ergriff die rechteckige Blechpfanne und inspizierte sie. »Ist sie zum Kochen?«

»Sie wird dich in diesem Winter warmhalten, wenn ich nicht da bin.« John öffnete den Deckel. »Hier legst du glühende Holzkohle hinein. Dann verschließe den Deckel so. Hülle die Pfanne in Tücher. Leg sie in dein Bett. Wenn du dich zudeckst, werden die Decken warm sein. So warm, als hätte ich mich gerade zur Seite gerollt.«

Third Sister nahm das Geschenk ohne Kommentar entgegen. Sie hätte am liebsten gesagt, eine Blechpfanne werde sie nicht so warm halten wie Nakita. Die Frau eines Kriegers sagte jedoch nichts, was einen Mann dazu bringen konnte, seine Pflicht zu bedauern. Sie faltete den Baumwollstoff säuberlich zusammen und legte ihn in die Bettpfanne.

Dann wickelte sie ihr Geschenk aus dem aufgerauhten Halbwollstoff, in den sie es gehüllt hatte. Sie hatte ihm eine fransenbesetzte Lederhülle für sein Armeegewehr gemacht, einen Vorderlader mit glattem Lauf. Sie hatte das Leder mit besonderer Sorgfalt gegerbt, um es geschmeidig zu machen. Sie hatte es mit Mangrovenrinde rot gefärbt und geräuchert, um es wasserdicht zu machen. Ein Abschiedsgeschenk sollte es jedoch nicht sein.

»Ich danke dir, Geliebte«, sagte John.

Third Sister setzte sich auf die Decken, die sie auf dem Erdboden ausgebreitet hatte, und lächelte zu ihm hoch, als sie sich zurücklegte. Er begab sich nicht auf den Kriegspfad. Sie konnten sich lieben, bevor er aufbrach.

John kniete sich hin und zog sie auf die Knie, so daß er sie von Angesicht zu Angesicht vor sich hatte. Er hielt ihre kleinen Hände in seinen und nahm das Risiko auf sich, ihr Unbehagen zu bereiten, indem er ihr direkt in die Augen sah.

»Third Sister«, sagte er, »Tochter von Running, Frau des Pumaclans, willst du mich heiraten?«

»Ich kann nicht.« Third Sister senkte den Blick. »Meine älteren Schwestern sind noch nicht verheiratet. Meine Onkel würden es nie erlauben.« Third Sister erzählte ihm nicht, daß ihre Onkel ihr nie erlauben würden, ihn zu heiraten, ob ihre Schwestern nun Ehemänner fanden oder nicht.

»Wir werden es deinen Onkeln nicht sagen. Bei meiner Rückkehr werde ich sie überreden, uns die Heirat zu erlauben. Bis dahin wollen wir unser Treuegelöbnis besiegeln, und Der Eine, Der Über Uns Lebt, soll unser Zeuge sein.«

John hatte sich monatelang in seiner spartanischen Unterkunft auf seiner ungleichmäßig mit Bartflechtenartiger Tillandsie gestopften Matratze hin und her gewälzt. Schließlich war er zu einem Entschluß gekommen, wußte, was er zu tun hatte, und hatte seitdem friedlich geschlafen. Er hatte eine Woche gebraucht, um die Worte, die er ihr sagen wollte, aus seinem kleinen ledergebundenen Gebetbuch auszuwählen und in die Mikasukee-Sprache zu übersetzen. Jetzt sprach er sie, immer noch ihre Hände behutsam in den seinen haltend.

»Teure Geliebte, wir versammeln uns hier im Angesicht Des Einen, Der Über Uns Lebt, um diesen Mann mit dieser Frau zu vereinen. Die heilige Ehe ist ein ehrenwerter Stand, in den man nicht leichtfertig, sondern ehrfurchtsvoll eintreten soll. Falls irgend jemand einen vernünftigen Grund dafür anführen kann, sie ihm nicht zu geben, soll er jetzt sprechen oder aber von nun an für immer schweigen.«

Mehrere langsame Herzschläge lang knieten John und Third Sister schweigend nebeneinander. Sie hatten die Arme umeinandergelegt. Sie warteten, als würden sie jeden Moment die Stimmen der zahlreichen Freunde und Verwandten hören, von der Armee ganz zu schweigen, die gegen ihre Verbindung Einwände erheben würde. Dann fuhr John fort.

»Ich nehme dich, Third Sister, zu meiner angetrauten Ehefrau, die ich von diesem Tag an haben und halten will. Ich werde dich für immer lieben, an guten wie an bösen Tagen, in Zeiten des Friedens, in Zeiten des Krieges, in Gesundheit und Krankheit. *Chee' noh a cho-le.* Ich liebe dich. Ich will dich lieben, bis daß der Tod uns scheidet.«

John zog ein weißes Leinentuch aus seinem Hemd hervor. Er faltete es vorsichtig auseinander und legte es sich auf die Handfläche, damit Third Sister den schmalen, glänzenden gelben Ring sehen konnte. John hatte ihn mit großer Mühe aus einem unbrauchbaren Abzugsbügel aus Messing hergestellt. Er hatte ihn mit einem Stück Leder poliert, bis er matt glänzte. Er mußte genügen, bis er ihr einen Ring aus Gold kaufen konnte.

Er steckte ihn auf ihren Ringfinger.

»Mit diesem Ring nehme ich dich zur Frau.« John nahm Third Sister in die Arme und preßte sie fest an sich. »In Zeiten des Friedens, in Zeiten des Krieges«, murmelte er, »werde ich dich lieben.«

29

Osceolas und Minks Atem hing ihnen in feuchten Wolken um den Kopf. Ein eisiger, schneidender Wind stach ihnen wie mit Nadeln in die Gesichter. Sie hatten ihre Mokassins mit Gras ausgestopft und sie mit Streifen alter Decken umwickelt, aber ihre Füße waren trotzdem taub und schwer wie Blei. Mink trug zwei Blusen und drei Röcke. Sie hatte sich einen Futtersack um die Schultern gelegt und festgesteckt. Darüber hielt sie eine fadenscheinige Decke umklammert, deren Falten ihr Gesicht einhüllten. Der Wind ließ den Saum der Decke flattern. Osceola hielt die Arme auf der Brust gekreuzt. Er versuchte zu verhindern, daß der Wind durch sein baumwollenes Jagdhemd drang, dessen gefältelter Saum tiefer reichte als seine blaue, wollene Uniformjacke. Seine Lederbeinlinge fühlten sich an den Beinen feucht und klamm an. Mink hatte ihm die Hände in Sackleinenlumpen gewickelt, so daß nur die roten, wunden Finger zu sehen waren.

Mit einem Seufzen rückte Osceola den Riemen auf der Brust zurecht und schob sein neues Gewehr auf die andere Seite. Danach setzte er mit Mink die Suche fort. Sie fanden die ersten drei Kühe eng zusammenliegend, unter ihnen ein Jährlingskalb. Sie mußten sich während der langen, kalten Nacht zusammengekauert und gegenseitig gewärmt haben.

Die kleine Viehrasse der Seminolen waren die harten, reizbaren Nachkommen von Vieh, das die Spanier vor zwei Jahrhunderten mitgebracht hatten. In besseren Zeiten wateten sie hüfttief in den Sümpfen auf der Suche nach dem dort wachsenden Süßgras. Sie ertrugen geduldig die Qualen, die ihnen vollgesogene rote Zecken und Moskitoschwärme bereiteten, sowie die Attacken von Pumas und Mähnenwölfen.

Sie waren an die meisten Entbehrungen und Widrigkeiten gewöhnt, einschließlich der Gluthitze des Sommers in Florida.

Im Februar 1835 aber, als die Temperatur auf dreizehn Grad unter Null fiel und dort blieb, ließen sie die Köpfe hängen, bis ihre Unterlippen den Erdboden berührten. Ihre Vorderbeine knickten ein, und dann starben sie. Mit seinem Mokassin stieß Osceola ein starres Bein an, das aus dem Gewirr herausragte. Die Augen der Kuh, glänzend und leblos wie Achat, starrten mit einem stummen Vorwurf in den Himmel.

Ein Windstoß fuhr stöhnend durch den Wald und ließ die brüchigen Blätter erzittern. Osceola erzitterte ebenfalls. Wie das spanische Vieh für wärmere Klimazonen gezüchtet war, war er nicht mehr an den rauhen Atem des Winters gewöhnt. Er dachte an Morning Dew, Little Warrior und Crying Bird, die sich am Feuer in Talasee zusammenkauerten.

An jenem Morgen mußten sie eine dicke Eiskruste durchstoßen, um baden zu können. Das harte Wasser hatte Little Warrior fasziniert. Sie hatte es mit nackten Füßen durchbrochen und war gleichmütig in den Fluß gegangen. Crying Bird war in letzter Sekunde zurückgezuckt. Mit ihren in die Seite gestemmten Armen und der rosigen, zusammengekniffenen Knospe ihres Mundes rief sie Osceola urplötzlich die eigene Kindheit ins Gedächtnis zurück. Er erinnerte sich daran, wie er zitternd an einem gefrorenen Flußufer gestanden hatte, gefangen zwischen Fighting in a Lines scharfem Kratzer aus Truthahnknochen und den flachen scharfen Eisschollen, die auf dem Wasser schwammen.

Damals war er noch sehr jung gewesen. Als er sechs oder sieben war, hatten er und seine Freunde Wettbewerbe veranstaltet, wer am längsten unter der Eisfläche untergetaucht bleiben konnte. Meist war er der letzte, der auf Beinen, die wie Anmachholz aussahen, aus dem Wasser torkelte. Seine Lippen und Fingernägel waren von metallischem Blau gewesen. Seine Haut hatte gekribbelt. Bis er viele Jahre später die Freuden der Liebe kennenlernte, hatte er sich nie lebendiger gefühlt.

Diese Kälte war anders. Ihre Feuchtigkeit drang bis ins Mark, und Osceolas Volk war nicht darauf vorbereitet. Nur wenige hatten isolierte Erdhöhlen gebaut, in denen sie im Winter schlafen konnten, wie sie es in dem Land im Norden getan hatten. Ihre Hütten waren nachlässig verfugt, und sie trugen Kleidung aus Baumwolle.

Osceola rieb ein geschwärztes Blatt eines Bitterorangenbaums zwischen den Fingern. Die Äste des Baums bogen sich unter den Früchten, die von einem noch leuchtenderen Gelb als gewohnt waren. Die plötzliche grelle Verfärbung war ein Vorbote des Todes. In einer Woche würden die Orangen in Haufen unter den Bäumen liegen. Ihr scharfer Fäulnisduft würde den Wind verpesten.

Die Bäume waren bis zu den Wurzeln befallen. Die Zeit würde vergehen. Die Sonne würde die Luft erwärmen. Diese Bäume jedoch würden keine Schößlinge mehr emporsprießen lassen. Ihre brüchigen Äste würden gen Himmel ragen, bis Feuer sie verzehrte oder sie verrotteten.

Nie mehr würden Osceola und seine Familie in dem Hain ihr Lager aufschlagen, ihre Decken ausbreiten und die Orangen darauf aufhäufen. Nie mehr würden sie die saure Frucht braten und essen. Ebensowenig würden sie den Saft mit Honig süßen und die damit gefüllten Tonkrüge für fünfundzwanzig Cent pro Gallone an die Offiziere von Fort King verkaufen.

Mit steifen Fingern schälte Mink eine Orange. Die Hälfte davon reichte sie Osceola. Die Frucht schmeckte schon jetzt leicht verfault.

Während sie aßen, sah Mink zum Himmel und folgte dem trauervollen Blick der Kuh. Die wie gesteppt wirkenden aschgrauen Wolken hingen tief. Sie sahen aus wie die frisch aufgeworfenen Erdwälle auf einem gepflügten Feld. Sie schienen zur Erde zu fallen und sie zu ersticken.

»Wir können etwas von dem Fleisch räuchern«, sagte Osceola. »Aber da so viele Tiere tot sind, wird der größte Teil verrotten.«

Mink zog ihre Decke enger um sich. Sie stellte sich vor, wie das Skelett des Todes auf den Straßen Talasees herumspazierte. Dahomey sagte, die Augenhöhlen des Todes seien leer, aber er besitze Ohren. Der Tod war blind, aber nicht taub. Sie stellte sich vor, daß er ihnen jetzt lauschte.

Mink vergeudete nur selten Zeit mit Reue oder Verzweiflung. Dazu hatte sie schon zu viele Zeiten der Entbehrung erlebt. Aber sie fürchtete sich vor den Hungerschreien der Kinder und den schuldigen Blicken ihrer verzweifelten Mütter und Väter.

Osceola machte sich Sorgen, die Medizin in den heiligen Bündeln seines Volkes könnte trotz Abihkas Sorgfalt bei den Ritualen böswillig geworden sein. Nur die bewußte Einmischung der Geister konnte die Ereignisse der vergangenen Monate erklären.

»Mein *sabia* hat mich im Stich gelassen«, sagte Osceola.

»Manche sagen, Old Mad Jackson sei die Quelle all unserer Schwierigkeiten.« Mink wischte sich den Saft vom Mund, bevor er gefror. »Manche sagen, Jackson sei Old People Burner, der Teufel. Sie sagen, er habe den Regen dazu gebracht, im letzten Sommer auszubleiben. Sie sagen, er habe die Ernten verdorren lassen.«

»Ich möchte lieber das Handeln der Natur als die Taten Jacksons ertragen. Wenn die Geister uns Katastrophen schicken, tun sie zumindest nicht so, als täten sie es zu unserem Wohl. Jackson sagt, er handle aus Liebe für seine roten Kinder, aber das ist eine Lüge. Ihn treiben Geld- und Machtgier. Ich kann verstehen, daß ein Mensch einem anderen ein Übel antut. Ich kann nicht verstehen, wenn er behauptet, es aus Liebe zu tun.«

Als sie weitergingen, fanden Osceola und Mink die Kadaver von Damhirschen auf den kleinen Weiden sowie die gefrorenen Überreste des Viehs. In diesem Frühjahr würde es keine gute Jagd geben. Das Heulen der Wölfe würde einen hartnäckigen und hungrigen Unterton haben.

Der Frühling war ohnehin eine grausame Jahreszeit, in der ein Mantel aus Laub und Blumen das Skelett des Hungers bedeckte. Im Frühjahr schmolz der Vorrat an Mais und Bohnen, an Dörrfleisch und Kürbis dahin. Der Frühling war die Zeit, in der auf dem Boden der Körbe nur noch Staub und Spreu übrig waren. Die Herden hätten Nahrung liefern sollen, bis die neuen Ernten gepflanzt und eingebracht werden konnten. Jetzt hatte es den Anschein, als würden die Seminolen die Lebensmittel essen müssen, die sie für Kriegszeiten gehortet hatten.

Mink trat stumm beiseite, als Osceola stehenblieb, um mit den Eigentümern des toten Viehs einige leise Worte des Mitgefühls und der Ermutigung zu sprechen. Die meisten von ihnen standen reglos da, als wären auch sie erfroren, und starrten auf die Tierkadaver.

»Was ist mit den Zählstöcken, *Tastanagee?*« Das runde Gesicht des Mannes war mit den flachen Kratern der Pocken übersät. Seine leicht vorstehenden Augen waren von Kummer umschattet. Er suchte mit Osceola in den von Schlingpflanzen überwucherten Baumfallen um die Weide herum nach einem fehlenden Kalb. Sie konnten das schwache Brüllen des Tiers hören, das die eisige Stille des Waldes brach. Mink muhte zur Antwort, damit das Kalb weiterbrüllte.

»Wann werden wir die Lebensmittel der Bleichaugen in Empfang nehmen?« fragte der Mann.

»Die Friedensführer der Städte machen keine Bündel mit Zählstäbchen für Lebensmittel, Bruder.« Osceola hatte es immer und immer wieder erklärt; aber er wußte, daß Verzweiflung das Gedächtnis des Mannes umwölkte. Dieser Krieger hatte Kinder und Verwandte zu ernähren. Wenn er verzweifelt und ängstlich war, dann nur ihretwegen. »Wir haben auch früher überlebt, auch ohne die knappen Rationen des weißen Mannes. Wir werden jetzt auch überleben.«

»Es wird sein, wie du sagst, *Tastanagee.*«

Wenn es nur so sein könnte, wie ich sage. Osceola war für die Kinder von Talasee ein geduldiger Lehrer. Wie es ein Anführer tun soll, verteilte er Lebensmittel und Geschenke, die mit dem Geld gekauft worden waren, das ihm die Armee für das Aufspüren von Deserteuren gezahlt hatte. Man suchte häufig seinen Rat, der sich unfehlbar als gut erwies. Jetzt würde er den Preis dafür bezahlen, *tastanagee* zu sein.

Er wußte, daß die Vorräte in den gemeinschaftlichen Maisspeichern in den kommenden Monaten zur Neige gehen würden. Bestürzte Mütter und Väter würden sich zögernd dem Feuer seiner Familie nähern. Sie würden viel Zeit brauchen, um auf den Grund ihres Besuchs zu sprechen zu kommen. Sie würden ihre Bitten um Lebensmittel mit so leiser Stimme vortragen, daß Osceola sich würde bemühen müssen, sie zu hören. Er fragte sich, ob er in der Lage sein würde, ihnen allen zu helfen. Er fragte sich, was seine eigene Familie essen würde.

Nachdem sie das Kalb und dessen tote Mutter gefunden hatten, setzten Osceola und Mink ihren Weg auf dem Pfad fort. Dieser war ein gewundener Tunnel, der kaum breit genug war, sie beide durch das dichte Unterholz und die Baumfallen des Waldes passieren zu lassen. Mink trat so leise auf, daß Osceola ebensogut hätte allein sein können. Beim Gehen erging er sich in bitteren Gedanken über Wiley Thompson, der, wie sich herausstellte, seinem Namen alle Ehre machte.

Osceola machte es nichts aus, daß Thompson bei den Gesprächen im vergangenen Oktober einen Wutausbruch bekommen hatte. Er hatte sich Thompsons Wutausbrüchen schon früher ausgesetzt gesehen und trotzdem weiter freundschaftlich mit ihm verkehrt. Es machte ihm nichts aus, daß Thompson die zugesagten Rationen und Zahlungen der Regierung eingestellt hatte. Osceola wünschte, die Amerikaner hätten nie damit angefangen, die Lebensmittel und Waren zur Verfügung zu stellen, die sein Volk abhängig machten.

Es war jedoch nutzlos zu wünschen, die Weißen könnten anders sein, als es ihnen ihre Natur diktierte. Es war so, als wünschte man, Hunde würden die Finger nicht beißen, die ihnen Fleisch anboten. Osceola hatte die Weißen schon immer für eine der zerstörerischen Kräfte der Natur gehalten, mit denen die roten Menschen sich abzufinden hatten. Jetzt wünschte sich Osceola zum ersten Mal, sie wären auf ihren geflügelten Schiffen nie über das große Wasser hergesegelt. Als er mit dem Lauf seines neuen Gewehrs die Ranken der Schlingpflanzen beiseite schob, ergänzte er den Gedanken noch ein wenig.

Geister, dachte er. Warum habt ihr die Bleichaugen nicht auf der anderen Seite des Wassers gehalten? Warum habt ihr nicht nur ihre Messer geschickt, ihre guten Stahlbeile, ihre Gewehre? Vor allem ihre Gewehre.

Osceola wog sein neues Gewehr in der Hand. Die eleganten Linien des Abzugsbügels aus Messing paßten genau in die Rundungen seiner Finger und wurden unter seiner Berührung warm. Die Waffe hing so leicht und ausgewogen in der Hand, daß sie ein Eigenleben zu haben schien. Sie war so schlank und anmutig wie ein Schlangenhalsvogel, der mit angelegten Flügeln und mit gestrecktem Hals tauchte.

Das Gewehr war fast so lang wie Osceola. Sein Schaft aus Walnußholz war mit Schnörkeln verziert, die kurz vor dem Ende des Laufs endeten. Der unbekannte Büchsenmacher hatte das Holz mit Ruß dunkler gemacht und mit Öl zu einem samtigen Glanz poliert. Die kunstvolle Gestalt eines Vogels schmückte das Schloßblech aus Messing. Das Backenstück war mit einer Einlegearbeit verziert, einem achtzackigen Messingstern. Osceola hatte den abgegriffenen Messingdrachen von seiner alten Muskete abgenommen und auf das neue Gewehr geschraubt. Abihka hatte seine Medizin wirken lassen, um ihm Macht zu geben.

Wiley Thompson hatte Osceola das Gewehr gegeben, nachdem dieser drei betrunkene Krieger davon abgehalten hatte, den Agenten mit einem Zinnlöffel zu skalpieren. Die Männer hätten Thompson wahrscheinlich getötet, wenn Osceola ihn nicht gerettet hätte. Thompson wußte das.

Trotz der blumigen Ansprache, mit der Thompson ihm das Gewehr überreicht hatte, hatte Osceola den Verdacht, daß der Agent ihn mit dem Gewehr bestechen wollte. Osceola vermutete, daß Wiley offenbar vorhatte, wenn schon nicht sein Herz, so zumindest seine Zunge zu kaufen sowie seinen Einfluß bei den älteren Anführern. Wenn das Geschenk als Bestechung gedacht gewesen war, mußte Thompson tatsächlich enttäuscht gewesen sein.

Osceola lächelte in sich hinein, als er sich an Thompsons Gesichtsausdruck erinnerte, als sein sorgfältig geplanter Rat im Oktober nicht den gewünschten Verlauf nahm. Thompson hatte das Treffen nicht anberaumt, um zu diskutieren, ob die Seminolen nun nach Westen ziehen würden oder nicht. Er hatte ihn einberufen, um sie zu fragen, welcher Transportart sie den Vorzug gaben, wie sie sich ihres Eigentums zu entledigen gedächten und ob sie ihre jährlichen Zuwendungen in Form von Waren oder Bargeld wünschten.

Seine ausgeklügelten Pläne zerschellten an einem Riff hartnäckigen Seminolenstolzes. Mole Leader war gestorben, ein Mißgeschick für die Bleichaugen. Jetzt war Mikanopee wieder an der Macht. Mikanopee war zwar gefügig, doch seine Ratgeber waren es nicht. Er stand unter dem Einfluß von Abihka, Jumper und den übrigen Gegnern von Old Mad Jacksons Vertreibungsplan.

»Eure Gesetze werden außer Kraft gesetzt werden.« Thompson hatte in dem kleinen Raum viel zu laut gesprochen. Die vier Wände hatten seine Worte verstärkt, bis sie Osceola Kopfschmerzen bereiteten. »Eure Häuptlinge werden keine Häuptlinge mehr sein. Schlechte weiße Männer werden Ansprüche auf eure Schulden und eure Neger erheben.« In diesem Tonfall war Thompson unerbittlich fortgefahren.

»Euer Los wird Hoffnungslosigkeit und Not sein. Ich sage euch zum letzten Mal, daß ihr gehen müßt. Wenn ihr nicht einverstanden seid, wird man euch zwingen zu gehen. Hier werden euch keine Zuwendungen mehr gezahlt werden.«

Osceola sah auf Mikanopees schwerem Gesicht die Unentschlossenheit aufflackern. Er beugte sich hinüber und flüsterte Mikanopee in sein kleines Ohr: »Du darfst dir von ihnen nicht drohen lassen.«

Thompson geriet vollkommen außer sich. Er drohte Osceola mit einem schwieligen Finger. »Was sagt dieser Mann da?« brüllte er.

Osceola erhob sich langsam, während Abraham die Frage übersetzte. Osceola wußte, daß es Thompson noch mehr in Wut bringen würde, wenn er so tat, als verstünde er kein Englisch, aber er genoß es, den Mann zu reizen. Das war ohnehin keine ausreichende Rache für Thompsons Arroganz, dafür, wie er Osceolas Freundschaft und Vertrauen, die ihm so bereitwillig und ohne jeden Vorbehalt entgegengebracht worden waren, verraten hatte. Als Thompson die Selbstbeherrschung verlor, gewann Osceola die Oberhand über ihn.

Er pflanzte den Schaft seines neues Gewehrs, Thompsons Geschenk, fest auf den blankgescheuerten Kalksteinboden. Er hielt das Gewehr am Lauf und ein wenig vom Körper ab wie eine Autoritätsperson. Die Ironie dieser Geste konnte Thompson nicht entgangen sein.

»Ich sage, daß es mir egal ist, wenn keine weiteren Zuwendungen mehr geleistet werden.« Osceola machte eine Pause. Als Abihkas Sinnmacher hatte er im Rat oft mit den Anführern der Seminolen gesprochen, aber er war kein Friedensanführer. Er war auch noch nicht *Tastanagee Thloko*, ein Kriegsanführer. Bei offiziellen Gesprächen mit den Bleichaugen hatte er nie die Stimme erhoben.

Als er Thompson offen ins Gesicht sah, hörte er den Schrei eines Bussards, einen Windstoß und den Schlachtruf seines Onkels. Er hatte das Gefühl, als wäre er auf einem schmalen Pfad vorgestürmt, nur um zu entdecken, daß dieser an einem jähen Abgrund endete.

Er hob langsam seinen freien Arm, bis die geballte Faust über seinem Kopf ruhte. Als die Faust hochging, zog sie die Aufmerksamkeit aller auf sich. Ein kribbelndes Gefühl wanderte an Osceolas kräftigem Arm herunter und breitete sich im ganzen Körper aus.

»Ich bedenke eine Frage«, sagte Osceola ruhig. »Dann treffe

ich meine Entscheidung. Ich äußere meine Gedanken im Rat, dann tue ich, was ich ankündige. Mit meinem Volk steht es so: Sie haben diese Angelegenheit besprochen. Sie haben beschlossen, in dem Land zu bleiben, in dem ihre Vorfahren begraben sind. In dem das Blut, das bei ihrer Geburt strömte, auf den durstigen Erdboden gefallen ist. Sie haben ihre Anführer beauftragt, diese Entscheidung zu verkünden. Ihre Anführer können nicht anders handeln. Mehr bleibt nicht zu sagen.«

Manchmal trieb Osceola zwei geschwungene, parallele Reihen von zwanzig Fuß langen Pfählen in den Erdboden. An das Ende legte er ein Stück verfaultes Fleisch. Wenn ein Alligator zwischen die Pfähle kroch, um den Köder zu erreichen, entdeckte er, daß sein Schwanz zwischen den Pfählen gefangen war, wenn er versuchte, rückwärts wieder herauszukriechen. Er saß in der Falle. So wurde Mikanopee durch Osceolas Worte gefangen. Er hatte recht. Ein Anführer muß die Entscheidung seines Volkes mittragen.

»Wenn der Wind heult, werden die Blumen zu Boden gedrückt«, fuhr Osceola fort. »Die kräftige Eiche hebt ihre Äste in den Himmel. Gerade und ungebrochen überlebt sie den Sturm.«

Als Osceola sich setzte, herrschte um ihn herum tiefes Schweigen. Osceola hatte mehr getan als nur eine kunstvolle Kriegserklärung ausgesprochen. Er hatte denen die Führung entrissen, die gezögert hatten, sie auszuüben. Falls Thompson nicht ahnte, was Osceolas Rede bedeutete, war es bei Mikanopee anders. Er erhob sich mühsam und sah sich unglücklich um.

»Ich habe nicht die Absicht wegzuziehen«, murmelte er.

Osceola hatte gesiegt. Vorläufig.

30

Als John Goode am Rand der Veranda des Agenturgebäudes stand, durchbrach ein Anfall von Verlangen die kräftigen Abwehrmauern seiner Erziehung in West Point. Er roch urplötzlich das rauchige Parfum von Third Sisters Haar. Das Verlangen nach ihr war so stark, daß er sich benommen fühlte.

Seit der Rückkehr aus Tampa hatte er sie mehrmals gesehen, doch das ließ ihn sie um so mehr vermissen. In Gedanken hatte John schon Briefe nach Hause geschrieben und von seiner Entscheidung berichtet, Third Sister zu heiraten, wie es sich gehörte. Er machte sich kaum Illusionen. Seiner Familie würde es nicht gefallen.

John versuchte dem rauchigen Duft auf die Spur zu kommen, der ihm das Herz zum Pochen gebracht hatte. Er roch jedoch kaum etwas mit Ausnahme des Mülls in der nahegelegenen Schlucht und des Pferdemists von den Korrals der Agentur. Er fühlte sich ein wenig albern dabei, still dazustehen und zu schnuppern wie ein für die Niggerjagd abgerichteter Spürhund, aber er wollte nur ein wenig länger Nakita sein.

Wenn er Nakita war, bewegte er sich leichtfüßiger. Ein hellwaches Bewußtsein hing geduldig in der Mitte seines Seins wie eine Spinne in ihrem Netz. Selbst die leichtesten Variationen von Geräuschen und Gerüchen entgingen ihm nicht. Wenn er Nakita war, sprach der Wind mit ihm. Nakita war schnell, tüchtig und vom Zauber angerührt. Er wurde von einer scheuen, leidenschaftlichen Frau geliebt.

John Goode war trotz seines militärischen Rangs ein gewöhnlicher Mann. Und hier war John nicht Nakita. Er war Lieutenant in der Armee der Vereinigten Staaten. Ein Soldat hatte ihm eine Botschaft überbracht, die ihm befahl, sich im Büro der Agentur zu melden.

John hatte noch einen weiteren Grund zu zögern, bevor er die schattige Galerie überquerte und die Tür öffnete. Richard Keith Call, ein geachteter Anwalt aus Tallahassee, befand sich im Haus. Der widerliche Geruch von Calls Kölnisch Wasser wurde durch das offene Fenster ins Freie geweht. Call war ein

Freund Präsident Jacksons und in der Politik des Territoriums ein einflußreicher Mann. John Goode mochte ihn nicht, aber damit stand er nicht allein. Zu Ehren Wiley Thompsons muß gesagt werden, daß er ihn verabscheute.

»Erkennen Sie denn nicht, Sir, daß die Neger das Haupthindernis für den Umzugsplan sind?« Thompson zeigte auf Richard Calls zusammengefalteten Brief, der auf dem überladenen Schreibtisch lag. Das steife Papier widersetzte sich den Falten und öffnete sich langsam wie eine rechteckige Blüte.

Der Brief war von einigen sehr wichtigen Bürgern Tallahassees unterzeichnet. Darin wurde Thompson gebeten, Call den Ankauf von Schwarzen von den Seminolen zu erlauben. Die Bitte hatte Präsident Jacksons Zustimmung gefunden.

»Die Seminolen fürchten, daß skrupellose Weiße ihnen ihre Neger wegnehmen werden, wenn sie sich mit dem Umzug einverstanden erklären.«

»Wenn die Nigger legal verkauft werden, kann man sie nicht stehlen«, entgegnete Call. »Das Haupthindernis gegen den Umzug wird dann ebenfalls aus dem Weg geräumt werden.«

Jetzt, wo Richard Call einige der Schwarzen der Seminolen gesehen hatte, kaufte er wie im Rausch möglichst viele für sich selbst. Er erklärte sie für großartige Exemplare, kräftig, gesund und muskulös. Weiter nördlich würden sie exzellente Preise bringen. Call hatte einen sehr gesunden Erwerbssinn.

»Ich verlange, daß Sie dieser Bitte entsprechen.« Call fuchtelte mit dem Brief wie mit einem Fehdehandschuh vor Thompsons Gesicht herum.

»Ich werde Ihnen sagen, welche Konsequenzen *legale* Bitten wie die Ihrer Freunde haben werden.« Wiley Thompson bemühte sich, sein Temperament einigermaßen im Zaum zu halten. Sich einem von Andrew Jacksons Spießgesellen zu widersetzen, würde alles nur noch schlimmer machen.

»Ich bin soeben mit Blount von einer Reise nach New Orleans zurückgekehrt. Blount ist einer der Häuptlinge, die sich mit der Umsiedlung einverstanden erklären. Er und sein Volk haben in der Nähe von Tallahassee gelebt. Vielleicht kennen Sie ihn.« Thompsons Ironie wurde zu Sarkasmus. Einer der Schurken in dieser Geschichte hatte Calls Brief unterschrieben.

»Weiße, die Ansprüche erheben, und ihre Anwälte versammelten sich wie Haie im Hafen. Ich habe sie abgewiesen. Ich habe Blount und sein Volk bis nach New Orleans begleitet. Ich habe sie unterhalb der Stadt an Land gesetzt, um diesen räudigen Hunden von der Juristenzunft zu entgehen. Aber einige von ihnen haben Blount trotzdem vor Gericht gezerrt. Sie verklagten ihn wegen zweitausend Dollar Schulden und weil er sich mit verpfändeten Sklaven aus dem Staub gemacht habe. Blount zahlte mit seinem Geld von der Regierung, und ich kehrte nach Florida zurück. Doch die Anwälte erfanden noch *weitere* Forderungen.«

»Die Herren wollten nur, was man ihnen schuldete.« Seit John Goode den Raum betreten hatte, strich sich Call jetzt schon zum fünften Mal das mit Pomade eingeriebene Haar glatt. John ertappte sich dabei, daß er mitzählte. Er konnte nicht entscheiden, welche der Todsünden Call am besten repräsentierte – Stolz, Eitelkeit, Habgier oder Arroganz.

Thompson stieg die Röte ins Gesicht, und seine Stimme hörte sich angestrengt an. »Die Geier im Gehrock hatten den Kadaver noch nicht kahlgefressen. Blount und zwanzig seiner Gefolgsleute wurden ins Gefängnis geworfen. Und dort sitzen sie immer noch.«

»Nun ja, das ist Louisiana.« Entweder begriff Richard Call nicht, worum es ging, oder er zog es vor, es zu ignorieren.

»Natürlich haben die hiesigen Indianer davon gehört, bevor ich es erfuhr.« Thompsons Zorn war anzumerken, daß er auf seinen Vorteil bedacht war. »Erkennen Sie denn nicht, um wieviel schwieriger dies meine Arbeit macht?«

»Die Klagelieder irgendeines Analphabeten von Wilden, der in New Orleans im Gefängnis sitzt, gehen mich nichts an. Meine geschätzten Kollegen wünschen von Ihren Seminolen Sklaven zu kaufen. Und ich wünsche Genugtuung.«

Call rückte den Samtkragen auf seinem tabakbraunen Cutaway zurecht. Der Rock mit dem Schwalbenschwanz kniff ihn in der Taille.

»Vergessen Sie nicht, General Thompson, der Präsident schätzt es nicht, wenn seine Beamten diese Eingeborenen verhätscheln.« Call setzte sich behutsam seinen Zylinder aus schwarzer Seide auf, um das Haar möglichst wenig in Unordnung zu bringen. Dann stapfte er aus dem Raum.

Lieutenant Colonel Alexander Campbell Wilder Fanning rieb sich geistesabwesend den Stumpf seines linken Arms in dem hochgesteckten Ärmel seines blauen Uniformrocks. Nach Osceolas Drohungen bei dem tumultuarischen Rat im Oktober wurde Thompson besorgt und bat um Verstärkungen. Er bekam diesen kleinwüchsigen, feurigen, einarmigen Mann sowie vier Kompanien Artillerie und Infanterie.

»Anscheinend entsprechen die Geschichten über Mr. Call den Tatsachen«, sagte Fanning. »Es scheint ihm an Urteilsfähigkeit und an männlicher Aufrichtigkeit zu fehlen. Und ich glaube sogar, er trug ein Korsett.«

»Das Gesäß seiner Hosen war auch ausgestopft«, bemerkte Colonel Crane trocken. »Ein regelrechter Hanswurst ist er.«

»Trotzdem ...« Fanning zuckte die Achseln. »Ich würde meinen, daß Call in einem Punkt recht hat. Wie ich höre, sind diese Indianer Diebe.«

»Bei allem gebotenen Respekt, Sir ...« Lieutenant Goode konnte nicht mehr schweigen. »Diese Meinung wäre falsch.«

»Ich habe Lieutenant Goode dazugebeten, Colonel, weil er unser hiesiger Experte für Osceola und Sam Jones und deren unzufriedene Indianer ist.« Thompson ließ sich erschöpft auf einen Stuhl fallen und winkte den anderen zu, es ihm nachzutun. Er spürte einen nagenden Schmerz im Magen. Es fühlte sich an wie Hunger, war es aber nicht.

»Vergeben Sie dem Lieutenant seinen Mangel an Disziplin«, fuhr Thompson fort. »Vielleicht haben einige Manieren der Wilden auf ihn abgefärbt.« Seit Oktober hatte sich Thompson herablassend über Johns Freundschaft mit Osceola geäußert. Er tat, als hätte sich John einen schlauen Lagerköter als Haustier ins Haus geholt. In Wahrheit benahm er sich etwa wie ein verschmähter Liebhaber.

»Ich habe in einem Seminolendorf noch nie ein Schloß gesehen«, sagte John. »Können Sie über eine weiße Stadt das gleiche sagen?«

»Die armen Teufel besitzen nichts, was sich zu stehlen lohnte, meinen Sie nicht auch, Ichabod?« Thompson gluckste, als er Goode, Fanning und Crane aus einer Schildpattschatulle dicke Havannas anbot.

»Sie verhungern, Colonel Fanning.« Ichabod Crane beschnitt eine Zigarre, zündete sie mit einem langen Streichholz an, sog ein paarmal heftig daran, um sie in Brand zu setzen, und zeigte dann damit auf Fanning. »Die Dürre im Sommer und der kalte Winter waren Glücksfälle für die Politik Jacksons. Der Hunger ist uns ein überzeugender Verbündeter. Die Seminolen haben von Wurzeln gelebt, und davon, was irgendwelche irregeleiteten Menschenfreunde ihnen zusteckten.«

John wußte, daß Colonel Crane auf ihn anspielte. John hätte ohnehin mit seinen Freunden und mit Third Sister geteilt. Aber es war ihm auch ernst mit den Worten des Ehegelöbnisses »und ich will alle weltlichen Güter mit Dir teilen«.

»Ich versichere Ihnen, Colonel Fanning, daß die Gerüchte um Schwierigkeiten mit den Indianern jeglicher Grundlage entbehren.« Thompson schien vergessen zu haben, daß er selbst mit seiner Bitte um Verstärkung einige der Gerüchte in Umlauf gebracht hatte. Er stieß eine dicke Wolke Zigarrenqualm aus, wie ein Paketboot, das sich den Oklawaha hinaufquält.

»Der Seminole von heute unterscheidet sich ganz grundlegend von den früheren Kriegersöhnen der Wildnis«, sagte Thompson. »Ich erwarte keine ernsthaften Schwierigkeiten bei der Beseitigung dieses kläglichen Überrests des Stammes, sofern Call und seinesgleichen uns unsere Arbeit tun lassen. Wir können uns ohnehin schon der Schwärme von Slavenjägern kaum erwehren.«

Vielleicht färben einige Manieren der Wilden wirklich auf mich ab. John inhalierte tief den Zigarrenrauch und schloß die Augen, als würde er das Aroma genießen. Osceola hatte recht. Die Weißen Männer waren blind. Er mußte zugeben, daß er selbst blind gewesen war. Erst seit seiner Rückkehr von Tampa war ihm klar geworden, daß die freundlichen, sanften Leute, die ihn so gastlich aufgenommen hatten, sich auf den Kampf vorbereiteten.

Er erinnerte sich an den letzten Besuch in Talasee und die Veränderung, die er dort gespürt hatte. Jeder war so gastfreundlich gewesen wie bei seinem ersten Besuch im Dorf. Das war ein schlechtes Zeichen. Ständig war jemand bei ihm gewesen, hatte mit ihm geplaudert, ihm etwas zu essen angeboten, mit ihm geraucht. John wußte, daß die Seminolen diejenigen, denen sie nicht trauten, so behandelten. Freunde konnten sich frei bewegen, während die anderen ihrer täglichen Arbeit nachgingen. Nur Third Sister hatte sich verhalten, als hätte sich nichts verändert. Er hatte ihr von seinen Plänen erzählt, sie mit in den Norden zu nehmen, wenn sein Dienst hier zu Ende ging.

Er hatte Osceola von der Dummheit jedes Widerstands gegen die Armee der Vereinigten Staaten zu überzeugen versucht. Er beschrieb die Fabriken im Norden, die Felder und die von Menschen wimmelnden Städte, die Regiment um Regiment nach Florida schicken konnten, falls es notwendig wurde. Wie immer hatte Osceola mit vollkommener Aufmerksamkeit und vollendeter Höflichkeit zugehört.

»Deine Worte sind weise, mein Bruder«, hatte er gesagt. »Doch sie sind wie gute Medizin, die trotzdem die Krankheit nicht heilt. Wir werden unser Land nicht verlassen. Wir haben versucht, in Frieden hier zu leben. Die weißen Männer lassen uns keine andere Wahl, als gegen sie zu kämpfen. Selbst ein Stein brennt, wenn das Feuer heiß genug ist.«

John spürte eine schreckliche, bedrückende Last von Hilflosigkeit. Er konnte Wiley Thompson nicht erzählen, was er über die Vorbereitungen der Seminolen erfahren hatte, doch gleichwohl wußte er, daß er seinem Auftrag nicht gerecht wurde und sein Land verriet.

Für einen Moment sah John Goode die Männer im Raum so, wie Osceola und Third Sister sie sahen. Sie wurden durch ihr starres Denken ebenso eingeschränkt, wie ihre hohen Hemdkragen sie einengten. Osceola hielt sie nicht einmal für verdorbene Männer, sondern nur für dumm. Der schlimmste Kraftausdruck, den ein Seminole einem anderen Mann entgegenschleudern konnte, war: »*Istee toko*, Person, nicht. Du bist ein Niemand.« Das schien sehr passend zu sein.

Richard Keith Call blickte nervös über den Rand der Ratsplattform. Die Zwergpalmen und Zwergeichen schienen tief unter ihm zu wachsen. Dann warf er einen Blick zu Colonel Clinch hinüber, der auf der Bank neben ihm fast überzuquellen schien, und fragte sich, ob das Gerüst halten würde. Im März 1835, vor einem Monat, war eine in aller Hast errichtete Plattform zusammengebrochen. Die Regierungsbeauftragten und Anführer der Seminolen waren in einem Gewirr von Leibern und zersplitterten Brettern drei Meter hinuntergestürzt.

Nicht einmal die Polsterung in Calls Hosen hatte ihn vor Verletzung geschützt. Der Arzt des Forts hatte entzündungshemmende Mittel aufgetragen sowie Blutegel verordnet, aber die Schürfwunden an der unteren Hälfte von Calls Hinterbakken waren erst vor kurzem zu einem bleichen Violett verblaßt. Call war in Fort King nicht beliebt. Dort ging das Gerücht, das bleiche Hinterteil des Anwalts aus Tallahassee sehe aus wie der aufgehende Vollmond an einem fahlen Abendhimmel. Call veränderte seine Sitzposition, um seinem schmerzenden Hinterteil auf der Eichenbank Linderung zu verschaffen, und wandte seine Aufmerksamkeit wieder dem Agenten Thompson zu. Nach tagelanger Diskussion versuchte Thompson immer noch, die Seminolen-Anführer zur Zusammenarbeit zu bewegen. Call war außer sich vor Wut. Er war wütend, weil Präsident Jackson seine wiederholten Forderungen, das Kommando über die Armee in Florida zu übernehmen, abgelehnt hatte. Call war sicher, dieser Farce ein Ende machen zu können, wenn er statt dieses krächzenden Walrosses Clinch das Kommando führte.

Kiefernäste beschatteten die neue Plattform, aber trotzdem schwitzte jeder in einer Hitze, die für April sehr intensiv war. Angesichts der Hitze, der Feuchtigkeit und der Tatsache, daß weiße Beamte den Seminolen seit zwei Jahren in den Ohren lagen, ihre Heimat zu verlassen, herrschte verständlicherweise eine gereizte Stimmung. Call war nicht der einzige, der zornig war.

»Abraham, sagen Sie Bolek, daß ich mich gezwungen sehen werde, die weißen Krieger zu holen, um ihn zu zwingen, wenn er sein uns gegebenes Wort bricht.« Wiley Thompson hatte es schon mit Bestechung, Schmeichelei und seiner Version von Vernunft versucht. Drohungen waren alles, was ihm noch geblieben war. Er funkelte die Friedens- und Kriegsanführer mit ihren Turbanen an, die auf der anderen Seite der Plattform auf Bänken saßen.

Thompson wußte, daß sich Bolek nicht so leicht einschüchtern ließ wie Mikanopee. Aber Mikanopee glänzte durch Abwesenheit, wie so oft, wenn Gefahr drohte. Er hatte an seiner Stelle Bolek und Jumper geschickt, seinen Sinnmacher. Als Mikanopees Neffe gehörte der junge Bolek zu der erblichen Linie von Maskokee-Königen.

»Sprich mir nicht von Krieg.« Bolek streckte beim Sprechen die Arme weit aus. Er hatte eine große Nase und einen breiten Mund in einem eckigen, traurig wirkenden Gesicht, das seinen hellwachen Verstand Lügen strafte. »Bin ich ein Kind, daß ich den Krieg fürchten müßte? Nein! Als ich das Kriegsbeil begrub, habe ich es tief unter einem Stein vergraben. Aber ich weiß noch, wo ich es gelassen habe. Ich kann es wieder ausgraben, um mein Volk zu schützen. Es würde mir leid tun, die Krieger des weißen Mannes zu verletzen, aber ich werde für mein Land kämpfen.«

»Werden sie angreifen?« flüsterte Mink Morning Dew zu.

»Ich weiß nicht«, erwiderte diese. Normalerweise würden weder Morning Dew noch Mink an so etwas überhaupt nur denken. Hier wehte die weiße Flagge des Friedens. Männer im Rat waren immer vor Angriffen sicher. Die Anführer hatten jedoch schon zu viele Demütigungen hinnehmen müssen. Es war denkbar, daß Thompson ihre Geduld auf eine zu harte Probe stellte. Die Krieger hatten ihre Gewehre und Musketen mit. Sie waren den weißen Soldaten im Verhältnis zwei zu eins überlegen.

Morning Dew, Mink und die anderen Frauen warteten in dem Eichenhain unter einem grauen Dach aus Moos und breiten, zerfurchten Eichenästen. Babys schliefen auf den Hüften ihrer Mütter oder auf Tüchern, die auf dem trockenen Eichenlaub ausgebreitet waren, das den Erdboden bedeckte. Andere Kinder malten im Sand oder spielten stumme Spiele wie etwa ›Roll die Kugel‹. Die Männer, die nicht an den Verhandlungen teilnahmen, standen abseits von den Frauen und Kindern.

Unter den Bäumen lauschten etwa fünfzehnhundert Seminolen. Viele von ihnen waren in der Hoffnung gekommen, der

Agent werde nachgeben und Lebensmittel und Geld verteilen. Jeder von ihnen spürte den Würgegriff des Hungers, und in den meisten Städten war die Situation verzweifelt.

Morning Dew und Mink standen den Nachmittag hindurch fast reglos da. Sie bewegten sich nur, um Crying Bird und Little Warrior mit ihren Röcken zu schützen, wenn ein kurzes Gewitter vorbeizog. Als die Brise des späten Nachmittags die Kleider der Frauen getrocknet hatte und die staubigen Säume ihrer langen Röcke flattern ließ, rief Wiley Thompson die Anführer dazu auf, diese jüngste Umsiedlungsvereinbarung zu unterzeichnen. Er mußte zweimal fragen: »Wer wünscht zu unterzeichnen?«

Abihka, Alligator, Bolek und Jumper sagten »nein«. Acht andere Anführer gingen im Gänsemarsch zu dem Tisch und berührten den Federkiel. Osceola saß mit verschränkten Armen da. Seine Augen wurden zu schmalen Schlitzen. Sein Mund preßte sich zu einem blassen Strich zusammen. Minks Herz machte einen Satz vor Furcht, er könnte etwas Unüberlegtes tun, und hoffte es zugleich.

»Wo ist Mikanopee?« rief Thompson.

»Krank«, erwiderte Alligator auf englisch.

»Das glaube ich nicht. Er hat die unangenehme Angewohnheit, Ausflüchte zu machen und seine Pflicht zu vernachlässigen.« Thompson wandte sich an Jumper. »Du bist sein Sinnmacher. Sag uns, ob Mikanopee die Absicht hat, den Vertrag zu erfüllen.«

»Er wird es nicht.« Jumper verschränkte herausfordernd die Arme. Die Menschen unter den Bäumen bewegten sich leicht, als würde die Menge durch den Wind gekräuselt, der einen Hurrikan ankündigt.

Thompson nahm den Federkiel und tauchte ihn in das Tintenfaß. Er verspritzte Tinte, als er auf einem der Papiere ein großes X malte. Aus der Ferne, von Minks Position aus, wirkte der Tisch zerbrechlich, häßlich und hochbeinig, und das Papier sah aus, als könnte man es leicht zerreißen oder verbrennen. Wie konnten so fragile Gegenstände soviel Trauer auslösen?

»Ich habe fünf Namen von der Liste der Häuptlinge gestrichen«, rief Thompson. »Mikanopee, Jumper, Abihka, Bolek und Alligator vertreten das Volk der Seminolen nicht mehr.«

Abihka sprang mit einem Aufschrei hoch, der von den anderen wiederholt wurde. Es war unvorstellbar, daß ein Mann erbliche und gewählte Anführer absetzte.

Als Abihka quer über die Plattform stapfte, rief er aus, was in der Mikasukee-Sprache Verwünschungen am nächsten kam. Clinch kam mühsam auf die Beine und brüllte zurück. Seine Hosen spannten über dem Bauch und den schweren Schenkeln und zogen sich im Schritt zusammen, so daß die Hosenbeine über die Schuhe hochrutschten.

»Ich werde die Seminolen mit Gewalt aus Florida vertreiben!« Der gutmütige General Clinch explodierte schließlich. »Ich verfüge über genügend Krieger, es zu tun.«

Nur Abihkas kurze Statur und der mächtige Bauch des hohen Offiziers verhinderten, daß die beiden einander von Angesicht zu Angesicht mit Schmähungen überschütteten. Den ohrenbetäubenden Lärm um sie herum nicht beachtend, fuhren sie fort, einander Charakter, anständige Herkunft sowie militärische und sexuelle Leistungsfähigkeit abzusprechen.

Als Abihka sich so weit beruhigt hatte, daß er wieder zu seiner Bank zurückstapfen konnte, vibrierten die Dielenbretter unter seinen Mokassins. Die Soldaten waren aufmerksam geworden und rasselten auffällig mit Säbeln, Bajonetten und Musketen. Währenddessen behielten Morning Dew, Mink und Little Warrior Osceola im Auge. Er saß reglos da, während acht unbedeutendere Anführer ihre Namen auf das verhaßte Papier setzten.

»Osceola«, rief Thompson. Osceola schien ihn nicht zu hören. »Powell!«

Little Warrior hatte einen Eichenknüppel aufgehoben und hielt ihn wie eine Keule. Crying Bird packte mit der Faust den Rock ihrer Mutter. Ihr zottiges schwarzes Haar verdeckte fast ihr Gesicht. Der Ausschnitt ihres verblichenen Kleides war ihr über eine der braunen Schultern heruntergerutscht. Das geringe Gewicht ihres Arms auf dem Hemd zerrte auch an Morning Dews Herz.

»Tochter«, flüsterte sie Little Warrior zu, »nimm deine

Schwester, wenn es zum Kampf kommt. Lauft weg und versteckt euch im Sumpf.«

»Powell, wirst du unterzeichnen?« rief Wiley Thompson.

Osceola schüttelte sich leicht, als wäre er gerade aus einem Traum aufgewacht. Er ging langsam zum Tisch hinüber und starrte auf das Papier. Die schwarzen Haarfransen kräuselten sich um sein Gesicht und entzogen es den Blicken. Er sah in seinem neuen roten Jagdhemd und den mit Blau und Weiß abgesetzten Beinlingen sehr gut aus. Morning Dews Brust schmerzte unter der Heftigkeit ihrer Liebe.

Mit einer einzigen geschmeidigen Bewegung zog Osceola sein Jagdmesser und stieß die Klinge in den Tisch. Die Geschwindigkeit und Kraft, mit der dies geschah, das Geräusch sowie die grobe Endgültigkeit dieser Tat waren beredter als alle Absprachen.

Bänke stürzten um, als die Seminolen aufsprangen und ihre Zustimmung hinausriefen. Die Krieger in dem Eichenhain nahmen den Schlachtruf auf. Er hallte zwischen den Bäumen wider. Die Soldaten rückten gegen die Plattform vor, aber Osceola stand kerzengerade und reglos inmitten des Tumults.

Morning Dew bat die Geister, nicht zuzulassen, daß die Blaujacken ihren Mann töteten. Minks dunkles, feingeschnittenes Gesicht war ruhig, schön und unversöhnlich. Sie zog ihr Häutmesser. Morning Dew löste Crying Birds Finger von ihrem Rock. Sie zog den Rock hoch und verknotete den Saum, um die Soldaten unbehindert angreifen zu können. Little Warrior stieß den Schlachtruf aus, als Morning Dew ihre Hand nahm und Crying Birds kleine Faust hineinlegte. Dann zog sie selbst ihr Messer.

Während Thompson, Clinch, Call und die anderen weißen Männer sprachlos zusahen, riß Osceola das Messer aus dem Tisch und steckte es in die Scheide. Er ging langsam durch den schweigenden Korridor von Soldaten die Treppe hinunter. Er überquerte den festgetretenen Boden und ging zu Morning Dew und Mink.

Er reichte Morning Dew sein Gewehr. Er nahm Crying Bird auf den Arm. Als er auf die Pferdeweide zuging, hielt er Little Warrior bei der Hand. Little Warrior hielt die Eichenkeule mit einer Hand wie ein Gewehr an der Seite. Morning Dew schulterte das Gewehr. Mink folgte, als wollte sie die Flanke der Familie schützen.

31

Kurz vor Tagesanbruch kam in Tallahassee ein nacktes schwarzes Kind angerannt. Der Junge scheuchte schläfrige Hühner auf, als er zu Morning Dews und Minks Hütten lief. Er war mit Schlamm bedeckt, und Blut aus den Kratzern und Schürfwunden, die seinen Körper bedeckten, lief an ihm herab. Blätter, kleine Zweige und trockenes Gras waren mit seinem Haar verfilzt, das ihm in kleinen Knoten vom Kopf abstand wie Gewürznelken an einer Duftkugel. Er rang nach Luft und torkelte vor Erschöpfung.

Er kauerte sich neben der Kuhhaut, die in Minks Türöffnung hing, in den Staub. Er holte tief Luft, bis er wieder ruhig atmen konnte. Dann zirpte er leise wie ein Kardinalvogel. Er lauschte. Dann trillerte er wie eine Spottdrossel. Seine Aschanti-Großeltern hatten ihn gelehrt, einen Menschen behutsam zu wecken, damit die Seele Zeit hatte, in den Körper zurückzukehren. Er wollte Minks Seele nicht dazu verdammen, in Ewigkeit umherzuirren. Seine Nachricht würde ihr ohnehin genug Kummer machen.

Als seine Vogelrufe keinerlei Reaktion auslösten, rief er leise »Kleine Mutter«. Er wartete keuchend im Staub, während ein paar Hunde aus der Dunkelheit unter der Lager-*chikee* eher beiläufig und uninteressiert knurrten.

»Was ist?« Mink hatte sich in eine Decke gehüllt. Sie lugte zwischen dem Türbalken und dem ungleichmäßigen Rand der Kuhhaut nach draußen. Ihr Haar stand ihr vom Kopf ab. Osceola blickte über ihre nackte Schulter.

»Creek«, sagte das Kind. »Sie haben deine Mutter mitgenommen.«

Bevor Mink die Worte mit der Tatsache in Verbindung bringen konnte, daß etwas Schreckliches geschehen war, rannte Crying Bird nackt aus Morning Dews Hütte, um die Nachricht zu verbreiten.

»Sie haben Swamp Town überfallen?« Morning Dew zog sich an, während sie den kleinen Boten ausfragte.

»Corn Womans Lager. Sie haben jeden mitgenommen, den sie fangen konnten, aber ich habe mich im Sumpf unter einem hohlen Baumstamm versteckt. Sie sind über mich hinweggegangen.« Um zu zeigen, wie nahe sie gewesen waren, ließ der Junge die Handfläche über das Haar gleiten.

»Corn Womans Lager?« Das war so unwahrscheinlich, daß es Mink verwirrte. Dahomey lebte nicht in Corn Womans Lager. Dieses Kind mußte sich irren.

»Die Pocken hausten unter uns. Die Ältesten hatten deine Mutter gebeten, die Götter um Hilfe zu bitten. Sie sollte sie überreden, die Kranken zu heilen.«

»Hast du es ihrem Mann gesagt?« Osceola nahm sein Gewehr von den Deckenbalken und stellte es gegen die Türöffnung.

»Ihr Mann hat sich aufgemacht, sie zu suchen. Aber er ist allein. Die Creek sind gut bewaffnet.«

»Was ist mit Heartless Snakes Frau?«

»Sie haben sie mitgenommen. Sie haben auch ihre Söhne mitgenommen.«

Mink nahm Osceolas in eine Decke gehüllte Muskete herunter, die er ihr geschenkt hatte, als er sein neues Gewehr bekam. Sie prüfte das Pulverhorn und den Kugelbeutel.

Sie führte den kleinen Boten zum Feuer. Sie begann, in die Glut zu pusten, um im *sofkee*-Kessel Wasser zu erhitzen.

»Was ist mit deiner Familie passiert?« fragte sie.

»Alle weg.« Das Kind unterdrückte ein Schluchzen, verschränkte die Arme auf den blutigen Knien und vergrub den Kopf darin. Der Junge war eingeschlafen, bevor das Wasser kochte.

Osceola zog seinen besten Lendenschurz aus marineblauem grobem Wollstoff an. Dann zog er seine Beinlinge aus blauweißer Wolle an, auf deren Außennähte Messingknöpfe genäht waren.

»Du ziehst dich nicht für den Kriegspfad an.« Mink schritt in der Hütte auf und ab, während Morning Dew in der Türöffnung stand.

»Ich muß den Sinnmacher der Bleichaugen in seinem Haus aufsuchen.« Er streifte sich sein neues rotes Jagdhemd mit blauen und orangefarbenen Rüschen auf Brust und Schultern und um die Armlöcher über.

»Wir haben keine Zeit.« Mink war fast außer sich.

»Der Sinnmacher hat uns schon früher vor Sklavenjägern beschützt. Er hat einige von denen zurückgebracht, die gestohlen worden waren. Er kann uns helfen. Auf jeden Fall brauche ich seine Erlaubnis, um die Creek aufzuspüren, denn sonst werden die Soldaten mich aufhalten.«

Morning Dew verstaute getrocknetes Wildfleisch und Trokkenmais in einen kleinen Ledersack, den sie in seinen Beutel steckte. Osceola zog sich den langen Riemen über den Kopf und legte den Beutel auf der Hüfte zurecht. Er griff nach seinem Pulverhorn und der Kugelschachtel.

Dann hielt er Mink an den Armen. »Sobald ich den Sinnmacher gesprochen habe, gehe ich in Corn Womans Stadt. Ich werde deine Mutter aufspüren. Warte hier auf mich.«

Mink sah auf die Erde. Tränen ließen glitzernde Spuren auf ihren Wangen zurück. Osceola schüttelte sie sanft.

»Warte hier.«

»Das werde ich.« Ihre Antwort war fast unhörbar.

»Ich werde deine Mutter finden.« Er hielt sie eng bei den Armen und drückte sie kurz an sich. »Ich werde sie finden, Geliebte.«

»Mann«, sagte Morning Dew, »wenn die weißen Soldaten dein Gewehr sehen, werden sie es dir vielleicht wegnehmen.«

Osceola dachte kurz nach und legte die Waffe wieder auf die Deckenbalken. Nachdem er sein Messer vor etwas mehr als einem Monat in die Tischplatte gestoßen hatte, hatte Thompson den Verkauf von Pulver, Blei oder Waffen an die Seminolen verboten. Als die Männer auf die Jagd gingen, um ihre Familien zu ernähren, waren die Munitionsvorräte fast völlig zusammengeschmolzen. Einige, vor allem diejenigen, die mit der

Umsiedlung einverstanden waren, knurrten, der junge Heißsporn Asee Yahola bereite ihnen allen erheblichen Ärger.

Osceola wußte, daß Heartless Snake in der Nacht zuvor in Talasee gewesen war, und machte sich schnell auf die Suche nach ihm. Heartless Snake würde seine Hilfe wollen, um seine Frau und seine Söhne zurückzubekommen. Als er ihn nicht fand, ging Osceola zum Fluß, um zu sehen, ob Heartless Snakes Kanu verschwunden war. Es war aber noch da. Sein Bug steckte mit den anderen in dem dicken Schlamm. In der Nähe lagen drei leere braune Flaschen. Osceola hörte, wie die Stimme seines Freundes, die nicht zu einem Körper zu gehören schien, aus dem Kanu tönte.

Heartless Snake lag auf dem Rücken in der schlammigen Bilge seines Kanus. Er trommelte mit den Fingern rhythmisch auf der nackten Brust und summte seinen endlosen Medizingesang. Er machte eine Reise im Wachtraumland des Bitterwassers der Weißen. Er würde für einige Zeit nicht daraus zurückkehren.

Osceola verlor die Geduld mit seinem alten Freund. Er legte die Hand auf den Bug, spannte sich an und schob. Seine Füße versanken im Schlamm, aber das Kanu begann rückwärts ins Wasser zu gleiten. Als es sich vom Ufer löste, versetzte Osceola ihm einen harten Stoß. Es bewegte sich in die Mitte des Flusses hinaus. Als es von der langsamen Strömung erfaßt wurde, trieb es stromabwärts.

Osceola seufzte und ging auf die Weide. Er fing seinen nervösen grauen Wallach mit dem Stutzschwanz und ließ sein Pferd auf den fünf Meilen langen Pfad nach Fort King leicht kantern. Als er die Agentur erreichte, sprang er von dem Grauen, bevor er stehenblieb. Osceola ignorierte den großen Ring zum Festmachen, der in die Eiche neben dem Büro getrieben war. Er band die Zügel um einen der hohen Pfähle, die die Veranda trugen.

Das Holzhaus, das Thompson und dessen Büro beherbergte, stand auf eineinhalb Meter hohen Pfählen. Die Schweine der Agentur dösten in dem Schatten darunter. Die Zikaden waren gerade dabei, ihren schrillen Gesang anzustimmen, als sich die kühle Morgenluft allmählich erwärmte.

Osceola nahm zwei Treppenstufen auf einmal. Von der Veranda aus gab er Thompsons Dolmetscher Sanchez ein Zeichen. Sanchez war ein hochgewachsener, hagerer Mann unbestimmter Herkunft. Er besaß das buschige Haar eines Afrikaners, die schmale Nase eines Kaukasiers, die Wangenknochen eines Indianers und den Namen eines Spaniers. Er saß auf einem uralten Holzstuhl, dessen Rückenlehne an der Seitenwand des Lagerraums ruhte. Sanchez war immer dort anzutreffen, als wären sein Gewicht und der Stuhl nötig, um die Wand zu stützen.

Im Büro sah Wiley Thompson die Stapel von Berichten und Anforderungen auf seinem Schreibtisch durch. Trotz des katastrophalen Rats im April und des herausfordernden Messerschlitzes in der Tischplatte plante er, mit der Umsiedlung der Seminolen von ihren Ländereien im Januar zu beginnen. Jetzt war zwar erst der erste Juni, doch es war nicht zu früh, mit den Vorbereitungen zu beginnen.

Zu den allseitigen Schwierigkeiten kam hinzu, daß General Clinchs Frau vor kurzem an Scharlach gestorben war. Sie hatte dem Kommandeur von Fort King acht mutterlose Kinder hinterlassen. So hatte der Kommandeur von Fort King verständlicherweise im Augenblick andere Sorgen. Zu seiner Trauer kam der Frost hinzu, der die Orangenernte auf seiner zwanzig Meilen nordwestlich gelegenen Plantage ruiniert hatte. Infolgedessen besuchte Clinchs Stellvertreter Colonel Fanning Thompson oft in dessen Büro, um mit ihm Probleme und Bedürfnisse der Garnison zu besprechen.

An diesem Morgen lümmelte Fanning auf einem Stuhl mit leiterförmiger Rückenlehne. Seine schwarzen Halbstiefel hatte er auf die Rücklehne eines anderen Stuhls gelegt. Er und Thompson sahen hoch, als Osceola den Raum betrat. Sanchez folgte ihm auf den Fersen.

»Sklavenjäger der Creek haben uns überfallen. Sie haben unsere schwarzen Menschen gestohlen. Sie haben die Mutter meiner Frau gestohlen.« Osceola vergeudete keine Zeit mit Höflichkeiten. Nach seinen Erfahrungen wußten die meisten Weißen Höflichkeit nicht zu schätzen, wenn sie ihr begegneten.

»Ich brauche Pulver und Blei«, sagte Osceola. »Ich muß ein

sprechendes Papier haben, das mir die Erlaubnis gibt, sie außerhalb der Linie aufzuspüren, die ihr um uns gezogen habt.«

Während Thompson und Clinch die Seminolen für schwach und abhängig hielten, so dachten doch die Siedler, die in der Nähe des Reservats wohnten, anders darüber. Ein Empfehlungsschreiben Thompsons bot jedenfalls kaum Schutz gegen weiße Farmer, die arg von Furcht und Gewalt gebeutelt wurden. Sie schossen auf jeden, der dunkle Augen und hohe Wangenknochen hatte.

»Ich kann dir weder Blei noch einen Brief geben, Powell.« Thompson genoß es, diese Worte zu äußern. Mit seinem Messer und seinem theatralischen Auftritt hatte dieses arrogante Viertelblut Thompsons Pläne bei den Vertragsverhandlungen zunichte gemacht. Er hatte Mikanopee und die meisten der Seminolen dazu gebracht, sich nachdrücklich gegen die Umsiedlung auszusprechen, und das in einem Moment, in dem Thompson sich gerade durchzusetzen begann. Wenn er Osceola jetzt Widerstand entgegensetzte, war das als Rache für dessen Unverschämtheit kümmerlich genug.

»Bin ich ein schwarzer Mann? Bin ich ein Sklave?« Osceola stützte seine Hände auf den Tisch. Er beugte sich vor, bis er Thompson fast von Angesicht zu Angesicht gegenüberstand. Für einen Indianer war das eine untypische Haltung.

»Meine Haut ist dunkel«, zischte Osceola. »Aber ich bin nicht schwarz. Du kannst mich nicht den gleichen Gesetzen unterwerfen wie Sklaven. Du kannst mir Pulver nicht verweigern.«

Colonel Fanning ließ die Füße in einem weiten Bogen herumwirbeln und setzte seine Halbstiefel leise auf den Fußboden. Thompson ließ seinen Stuhl kaum merklich zurückgleiten. Noch nie hatte ihm ein Seminole direkt ins Auge geblickt.

Lieutenant Goode hatte erklärt, daß es der indianischen Vorstellung von Höflichkeit entsprach, sich gegenseitig nicht in die Augen zu sehen, aber Thompson waren die Indianer trotzdem immer unbeständig und unterwürfig erschienen. Vielleicht war dies einer der Gründe dafür, daß er sie wie Kinder behandelte.

Jetzt entnervte Thompson die nackte Wut in Osceolas starrendem Blick. In seinen fünfunddreißig Jahren Dienst für

Armee und Regierung war er noch nie einer so zwingenden Macht in einem Augenpaar begegnet, ausgenommen vielleicht die Augen Andrew Jacksons. Für einen Augenblick hielten ihn diese wilden dunklen Augen gefangen. Sie drangen in ihn ein und lasen seine Gedanken. Sie vernichteten seine Entschlossenheit. Thompson mußte den Kopf schütteln, um sich aus ihrer Herrschaft zu befreien.

»Du hast mir mehr Steine in den Weg gelegt als jeder andere.« Thompson stand auf und beugte sich quer über seinen Schreibtisch. »Du hast dein Volk aufgestachelt, damit es sich Vater Jacksons Umsiedlungspolitik widersetzt, die er zu eurem eigenen Wohl vorgeschlagen hat. Ich werde dir weder Munition liefern noch erlauben, daß du hier umherstreifst und zum Aufruhr anstiftest.«

Osceola hörte ein Rauschen in den Ohren, als näherte sich ein Sturmwind durch Bäume. Er spürte Raserei, spürte, wie ein wildes Tier mit Krallen und Reißzähnen in ihm aufstieg. Er machte keine Anstrengung, es im Zaum zu halten. Es kam für ihn nicht mehr in Frage, seinen Stolz zu verpfänden, um seinem Volk so mehr Zeit für die Aussaat und für Kriegsvorbereitungen zu kaufen.

»Die weißen Männer werden mich nicht zum Sklaven machen.« Er sprach schnell. Es war ihm gleichgültig, ob Sanchez folgen konnte oder nicht. »Sie werden mich nicht mit den Gesetzen binden, mit denen man Sklaven regiert.«

Während Sanchez übersetzte, zog er sich zur Tür zurück. Die Amerikaner mochten der Phantasievorstellung erliegen, daß die Seminolen schwach und demoralisiert waren, aber Sanchez wußte es besser. Er wollte ein paar zusätzliche Worte in seine Übersetzung einfügen. Er wollte Thompson davor warnen, sich eine Klapperschlange zum Gegner zu machen, die sich zusammengerollt zum Angriff bereit machte. Er war jedoch nicht daran gewöhnt, seine eigenen Worte zu äußern. Er wußte nicht, wieviel Englisch Osceola verstand. Außerdem entwickelten sich die Dinge zu schnell für ihn, und er wußte, daß Thompson ohnehin nicht zuhören würde.

»Ich werde die weißen Männer rot vor Blut machen.« Osceola triumphierte in seinem Zorn. »Ihre Leichen werden in der

Sonne schwarz werden. Der Truthahngeier wird ihnen das Fleisch vom Leib reißen. Der Wolf wird ihre Knochen abnagen.« Er zog sein berühmtes Messer, dessen Klinge durch langjährigen Gebrauch dünn und rasiermesserscharf geworden war. Er hielt Thompson die Spitze zwei Zentimeter vor das purpurrote Gesicht. »Wir werden euch vernichten!«

Die Finger von Fannings einziger Hand tasteten langsam nach der alten Schlagbolzenpistole, die in seinem Gürtel steckte. Sie war natürlich ungeladen, besaß aber ein Schnappbajonett, das nach vorn schoß, wenn man die Sicherung löste. Für einen einhändigen Mann war es eine nützliche Waffe. Fannings Fingerspitzen berührten den mit Metallplatten belegten Kolben aus Walnußholz. Er wagte nicht, die Pistole zu ziehen, weil er fürchtete, das könnte Osceola dazu provozieren, den Agenten zu ermorden. Er bezweifelte nicht mehr, daß Osceola zu einem Mord fähig war.

Bevor jemand reagieren konnte, steckte Osceola sein Messer in die Scheide. Er wirbelte auf den weichen Sohlen seiner Mokassins herum und verließ steifbeinig das Büro.

»Colonel, legen Sie diesen Mann in Eisen.« Thompsons Hände zitterten vor Wut. Er spürte einen stechenden Schmerz in der Magengegend. Die Magenbeschwerden, die ihn seit zwei Jahren quälten, attackierten ihn mit überraschender Heftigkeit.

Falls Fanning die Weisheit von Thompsons Befehl bezweifelt haben sollte, vergeudete er keine Zeit damit, darüber zu diskutieren. Er brüllte durchs Fenster die vier Soldaten an, die in der Nähe postiert waren. Normalerweise bestand ihr Dienst darin, betrunkene Indianer einzusperren, aber seitdem Thompson den Verkauf von Waffen verboten hatte, kamen nur wenige Seminolen hierher. Die Soldaten ergriffen Osceola, als er gerade aufsaß.

Er spürte, wie sich ihre Finger um Fußknöchel und Beine schlossen. Daß sie es wagten, Hand an ihn zu legen, als wäre er ein ungehorsames Kind, versetzte ihn in rasende Wut. Er riß das linke Bein los, ließ es über den Rücken des Schimmels gleiten und stürzte sich auf die Männer. In der Sekunde, bevor er umringt wurde, sah Osceola, wie Fanning, Thompson und Sanchez ihn von der Veranda aus beobachteten. Er sah Erastus

Rogers und die Kunden, die sich vor dem Marketenderladen aufgereiht hatten. Auch sie starrten ihn an.

Er hörte die Rufe von Wachen, die um Hilfe riefen. Er erinnerte sich kurz, daß John Goode nicht mehr da war, und war dankbar, daß sein Freund diese Szene nicht mitansehen mußte. Dann beschränkte sich sein Blickfeld auf die Männer, die ihn umgaben. Er sah die Adler auf ihren Messingknöpfen und das grobe Gewebe ihrer Leinenuniformen, die Flecken auf ihren Kreuzbandelieren. Er hörte ihren rauhen Atem und das Grunzen, wenn seine Fäuste oder die Ellbogen oder Fersen ein Ziel gefunden hatten.

Die Sommeruniformen der Soldaten waren schon bald schmutzig. Osceola wurde der Turban vom Kopf geschlagen und in den Staub getreten. Sein neues Hemd wurde zerfetzt. Als sich zwei weitere Soldaten ins Getümmel stürzten, schafften sie es, Osceola zu Boden zu zerren. Zwei Männer warfen sich ihm auf die Brust, während ein dritter seine Füße festhielt. Zwei weitere knieten auf seinen Armen, während der letzte seine Handgelenke fesselte. Sie ließen einfallsreiche Flüche hören, als Osceola unter ihnen bockte und sich zu befreien suchte.

Er versuchte, um sich zu treten, aber eine Kette riß ihn urplötzlich mit einem Ruck hoch. Er fühlte das Gewicht von dicken Eisenbändern, die ihm durch die Beinlinge und in die Fußknöchel schnitten. Obwohl seine gefesselten Arme auf dem Rücken über den Griff einer Hacke gezogen waren, hatten die sechs Soldaten immer noch alle Hände voll zu tun, ihn auf die Beine zu bekommen.

Als Osceola sich losriß, zogen die Männer, die die Hacke hielten, den Griff nach oben und renkten ihm dabei fast die Arme aus. Er ignorierte den Schmerz und sah zu der Veranda hoch, auf der Thompson stand. Dieser stand mit gekreuzten Beinen da und beugte sich, die Ellbogen auf das Geländer gestützt, vor, um den Schmerz seines Magengeschwürs zu lindern.

»Ich werde mich an diese Stunde erinnern.« Bei diesem Ausruf rasselte Osceola mit der Kette, welche die Handschellen an den Handgelenken miteinander verband. »Der Agent hat seinen Tag. Meiner wird noch kommen!«

Die Soldaten schleiften ihn den Hügel hinauf und stießen ihn in die winzige Zelle, die im Mittelpunkt des Paradeplatzes stand. Draußen versammelte sich eine Menschenmenge. Drinnen hatten die sechs Männer kaum genug Raum, ihn anzuketten. Als sie es geschafft hatten, waren seine Handgelenke und Fußknöchel von dicken Eisenbändern umschlossen. Von jedem Band erstreckte sich eine schwere Kette zu einem eisernen Ring, der in einer Ecke der Holzwand befestigt war.

Als die Soldaten gingen, schlug die massige, mit Eisenplatte belegte Tür mit einem Knall hinter ihnen zu. Das Geräusch dröhnte Osceola im Kopf. Der schwere Eisenriegel wurde zugeschoben. Die Tür sperrte den größten Teil des Sonnenlichts aus, aber nichts von der Hitze. Luft und Licht konnten nur durch schmale Schlitze an den Wänden unter den Dachtraufen eindringen. Ratten trippelten auf den von Termiten zerfressenen Deckenbalken herum. In der Ecke lag eine tote Ratte, um die Fliegen herumsurrten.

32

Osceola zerrte nacheinander an allen Ketten, aber sie waren zu gut geschmiedet. Die riesigen Ringbolzen waren dreißig Zentimeter tief in die Eichenstämme der Wand getrieben. Sie bewegten sich keinen Millimeter. Er versuchte, die Hände aus den Handschellen zu ziehen, bis die aufgerauhten Metallränder so viel Haut abgeschürft hatten, daß es blutete.

Osceola warf den Kopf in den Nacken und heulte, als könnte er sich aus Fleisch in reinen Geist verwandeln und mit dem Laut entkommen. Die Männer sahen von ihrer Arbeit auf, als seine Wut im Fort widerhallte.

Soldat Wilson war dabei, draußen vor den Küchenräumen einen kleinen Berg Zuckermais zu enthülsen. Er hatte sich einen Lederriemen um die Finger geschlungen, damit der Schälzapfen nicht verrutschte. Er hielt in seiner Arbeit inne und lauschte.

In den drei Jahren, seit Osceola den Jungen an den Baumstamm gefesselt gefunden hatte, hatte sich Soldat Wilson verändert. Die Sonne Floridas nahm manchen Männern die Kraft, ließ andere jedoch stärker werden. Wilson gehörte zu der zweiten Kategorie. Sein Haar und seine Augenbrauen waren ausgebleicht und hatten die Farbe von roher Baumwolle. Unter seiner dunkel gebräunten Haut spielten gehärtete Muskeln.

Soldat Wilson hatte sich an das Klima besser angepaßt als an die Armee. Er hatte erhebliche Zeit hinter den gleichen Mauern verbracht, hinter denen jetzt Osceola saß. Aber selbst Wilson versuchte, sich in den Sommermonaten aus allen Schwierigkeiten herauszuhalten. Er wußte, daß die Temperatur im Wachhäuschen in die Höhe schoß, wenn die Sonne höher am Himmel stand. Es war schon vorgekommen, daß Männer dort an der Hitze gestorben waren.

Während Wilson arbeitete, lauschte er den ganzen Tag den Schreien Osceolas und hörte, wie er mit seinen Ketten rasselte. Er versuchte, über den Mann nachzudenken, der solche Laute hervorbringen konnte. Sie hatten nicht einmal entfernt etwas Menschliches an sich. Als die Nachmittagsschatten länger wurden, wurden die Schreie rauher und kürzer. Sie hörten sich an wie das Fauchen eines Pumas. Schließlich hörten sie auf. Doch die Stille war noch beunruhigender als der Lärm.

Während die Garnison schlief und Wachposten das Gebäude umschritten, saß Osceola in einer Dunkelheit, die so vollständig war, daß er nicht die Hand vor Augen sehen konnte. Er entleerte seinen Geist von allen Gedanken, seinen Körper von Empfindungen, von denen die meisten ohnehin nur Schmerz und Durst waren. Seine Haut wurde zu einer denkbar dünnen Membran, welche die Dunkelheit draußen kaum von der trennte, die in ihm herrschte. Er befand sich nicht mehr in der Dunkelheit; er *war* die Dunkelheit. Er war unsichtbar. Er war die Nacht selbst, auf der Jagd nach dem Traum, der ihm den Pfad aus diesem Gefängnis zeigen würde.

Schmerz und Erschöpfung, Hitze, Durst und Hunger wurden seine Freunde. Sie brachten ihm Visionen. Geister sangen für ihn. Sich ständig verändernde Gestalten und Farben und zukkende Lichter tanzten für ihn. Er verstand die Unterhaltungen der Ratten, als diese näher krochen, um den blutgetränkten Sand zu lecken wie Katzen, die sich über einen Sahnetopf hermachen.

Gegen Mitternacht schien ein blasser Lichtstrahl des Mondes durch den Schlitz in der Ostwand. Ein paar Feuerfliegen drangen ein, als ritten sie auf dem Lichtstrahl. Eine von ihnen schwirrte vor Osceola in der Luft. Sie wurde größer und schimmerte und veränderte ihre Form, bis sie schließlich die Gestalt von Mad New Town annahm. Er saß mit gekreuzten Beinen direkt vor Osceolas Ketten. Er glühte mit dem geisterhaften Leuchten von Feuerfliegen, die Kinder in der Hand zerquetscht haben. Durch ihn hindurch konnte Osceola die schwachen Umrisse der Tür sehen. Die zweite Feuerfliege wurde zu dem Licht in Mad New Towns Geisterpfeife.

»Du bist gekommen, Onkel.«

»Das bin ich, Neffe.« Mad New Towns Gesicht war undeutlich, doch seine Stimme war unverkennbar. »Dein Jähzorn hat dich in die Klemme gebracht.«

»Ich schäme mich, daß du mich so gefunden hast.«

»Wenn du nicht hier wärst, würdest du mich nicht brauchen. Ich würde nicht kommen. Wenn ich du wäre, würden mich zwei Dinge beschäftigen. Flucht. Rache. Welchen Plan hast du, um hier herauszukommen?«

»Ich kann die Wachen überwältigen, wenn sie kommen.« Osceola machte eine Pause. »Wenn sie kommen. Wenn sie meine Ketten lösen.«

Mad New Town antwortete nicht, was bedeutete, daß er den Plan nicht für gut hielt.

»Ich könnte sie hereinlegen, so wie Großmutter vor Jahren Old Mad Jackson hereinlegte.« Osceola sagte es nur zögernd. Dieser Plan sagte ihm nicht zu. Er bedeutete, daß er seinen Stolz würde herunterschlucken müssen. Dazu gehörten Täuschung und Ehrverlust. »Ich könnte vorgeben zu tun, was sie wollen.«

»Was wollen sie?«

»Sie wollen, daß ich ein sprechendes Papier unterzeichne. Sie wollen mein Einverständnis, daß wir unser Land aufgeben und uns verjagen lassen wie Hunde.«

»Unterzeichne das Papier. Unterzeichne hundert Papiere, wenn dir das die Freiheit bringt. Hier kannst du nicht gegen sie kämpfen.«

»Wie kann ich eins sagen und dann etwas anderes tun?«

»Sind die Männer, die dich hier eingesperrt haben, ehrenwert?«

Osceola lachte so laut und bitter, daß die Wachposten draußen von ihrem Würfelspiel aufsahen. »Nein, sie sind nicht ehrenwert.«

»Was muß ein Jäger tun, um erfolgreich zu sein?« Mad New Town setzte seine Befragung fort, so wie er es getan hatte, als Osceola noch ein Kind war.

»Er muß wie seine Beute denken.«

»Was muß ein Krieger tun, um Erfolg zu haben?«

»Er muß wie sein Feind denken.«

»Er muß wie sein Feind denken.« Mad New Towns Stimme wurde tiefer, wirkte dicker und rollte, als spräche er unter Wasser. Er schwankte, seine Gestalt verzerrte sich und zog sich zusammen, bis er wieder zu einer Feuerfliege wurde. Dann war er verschwunden.

Osceola hörte, wie der Wachposten die Ablösung zum dritten Mal nach dem Losungswort fragte. Die magische Mitternachtsstunde war verstrichen. Jetzt war er mit dem Quieken der Ratten und einem schrillen, stetigen Zirpen wie von Zikaden in seinem Schädel allein. Er saß reglos da und bewegte sich nur, um die kühneren Ratten abzuschütteln, bis die Hähne zu krähen begannen und die Köche mit ihren Töpfen klapperten.

Der Weckschuß ertönte, als der Trommelwirbel zur Reveille zu hören war. Osceola hörte die Rufe der Sergeants. Im Stall wieherten Pferde, und Trommelwirbel riefen zum Morgenappell. Er hörte das Knirschen von Hartholzrollen und Geschirr, als der knochige alte Armeemaulesel Harmon mit einem Blinzeln seiner kummervollen Augen mit der Arbeit begann. Den ganzen Tag würde er den schweren Schaft in endlosen Kreisen ziehen und dabei Tonnen von Zuckerrohr zermalmen.

Nachdem das Geklapper von Blechtellern, Gabeln und Bechern im Messegebäude erstorben war, begann Sonnenlicht in einem breiter werdenden Strahl durch den Schlitz in der östlichen Wand hereinzuscheinen. Der Winkel des Lichts wurde steiler, als die Sonne höher stieg. Das Licht verschwand, als der Dachvorsprung es abschnitt. Als das stetige *Tock* der Federballschläger der Offiziersfrauen einen gleichmäßigen Rhythmus bildete, hörte Osceola, wie der Metallriegel in seiner eisernen Manschette zur Seite gezogen wurde.

Soldat Wilson trug einen weißen Arbeitsanzug aus Leinwand. Er kam mit einer Schaufel und vier Eimern herein. Ein Eimer war leer, zwei waren mit Sand gefüllt, und der letzte enthielt Trinkwasser. Er pfiff fröhlich vor sich hin, als er den blutigen, uringetränkten Sand in den leeren Eimer schaufelte und dann frischen Sand auf dem Boden verstreute. Er blickte verstohlen zu dem gleißenden Lichtschein in der offenen Tür hin.

Er faltete ein Halstuch auseinander, das fettige Stücke gebratenen Specks und Maisbrotkrümel enthielt. »Ich habe um diese Arbeit gebeten«, sagte er. »Dachte mir, ich könnte dir ein paar Fressalien reinschmuggeln.«

»Ich bin nicht hungrig.« Osceola sprach sanft. Er erkannte Wilson, der vor Jahren zur Strafe an einen Baumstamm gebunden worden war. Er erinnerte sich daran, wie er dem Jungen sein feuchtes Halstuch auf den Kopf gelegt hatte, um sein Leiden zu lindern.

»Iß. Du wirst deine Kraft noch brauchen.« Wilson kauerte sich hin und fütterte Osceola. Dann bot er ihm eine Schöpfkelle mit kühlem Quellwasser an. Beim Anblick von Osceolas Handgelenken zuckte er fast zurück. Die Eisenbänder hatten Haut und Muskeln durchschnitten und kratzten am Knochen.

»Mein Herz dankt dir, mein Freund.« Osceolas Ketten rasselten, als er zum Zeichen des Danks die Hand zu heben versuchte.

»Das war nicht mehr, als du für mich getan hast.«

»Sag dem Agenten, daß ich sein Papier abzeichnen will.«

»Wird gemacht.« Wilson salutierte und ging.

Draußen ging das Federballspiel zur Begleitmusik des Lachens der Frauen weiter. Um das kleine Blockhaus herum begann das geschäftige Treiben eines normalen Tages, dem die schrecklichen Konsequenzen der Fesseln eines Mannes gleichgültig waren. Nicht lange, nachdem Soldat Wilson gegangen war, erschienen Wiley Thompson und Sanchez. Direkt vor der Tür bauten sich zwei Wachposten mit aufgepflanzten Gewehren auf.

»Was hast du heute zu sagen?« Thompson stand breitbeinig und mit verschränkten Armen da.

»Ich will dein Papier abzeichnen.« Osceola gab sich die größte Mühe, kooperativ zu klingen, jedoch nur zögernd. Er log nicht. Er würde das Papier unterzeichnen. Aber es gab noch Möglichkeiten der Täuschung ohne Lüge. Als sich Osceola dazu durchgerungen hatte, die Weißen zu täuschen, tat er es mit dem gleichen Geschick und der gleichen Gründlichkeit wie alles andere.

»Das genügt nicht. Ich traue dir nicht.«

»Was muß ich tun, um dich zu überzeugen?«

»Laß den Rest deiner Gruppe holen. Laß diejenigen kommen, die noch nicht unterzeichnet haben.« Thompson hatte sehr viel über diesen Punkt nachgedacht. »Wenn sie herkommen, um deine guten Absichten zu bezeugen und den Vertrag zu unterzeichnen, darfst du gehen.«

»Ich werde einem Läufer eine Botschaft geben, die er nach Talasee bringt.«

»Gut. Du wirst gleich etwas zu essen und Wasser bekommen. Und Stroh zum Schlafen.« Thompson war enttäuscht, daß Osceola sich so leicht geschlagen gab. Wenn er mehr gekämpft hätte, wäre dieser Sieg noch süßer gewesen. Dennoch sah Thompson einigermaßen befriedigt aus, als er hinausging und die Tür hinter sich zuschlug. Endlich hatte er diesen Störenfried gezähmt. Dazu war nur eine feste Hand nötig gewesen.

Am frühen Nachmittag, als die Sonne den größten Teil der Garnison in den Schatten getrieben hatte, stieß Chalo Emathla, Trout Leader, die Tür mit der Schulter auf. Die Eisenplatten waren zu heiß, um sie zu berühren. Die Knie des alten Mannes knackten, als er sich langsam zu Boden senkte und die Beine kreuzte.

Dunkelrote, halbmondförmige Tränensäcke hingen ihm unter den traurigen Augen. Das Haar, das schlaff unter seinem Wollturban hervorlugte, war dünn und grau. Seitdem er in Oklahoma den infamen Vertrag unterzeichnet hatte, hatten sich tiefe Sorgenfalten in seine lederne Haut gegraben. Seine Schultern zeigten eine Neigung herabzuhängen, doch er gab sich besondere Mühe, aufrecht zu sitzen. Er war würdevoll, aber die Würde war bemitleidenswert.

Osceola hatte Trout Leader in dem ersten Talasee gekannt, in dem halbvergessenen Land im Norden, das es schon lange nicht mehr gab. Als Osceola noch ein kleines Kind gewesen war, war Trout Leader einer der ungestümen jungen Krieger gewesen, die er so bewunderte. Jetzt verschleuderte er das Land, das die Seminolen mit ihrem Blut erkauft hatten.

»Es bekümmert mich, dies zu sehen, mein Neffe.« Trout Leader wischte sich mit einem von drei Taschentüchern, die er sich um den Hals geschlungen hatte, die hohe, gewölbte Stirn. Sein energisch vorspringendes Kinn wurde mit zunehmendem Alter immer betonter. Es verlieh ihm ein halsstarriges Aussehen.

»Es bekümmert mich, hier zu sein, Onkel.« Mit der Hand, die der Wachposten befreit hatte, nahm Osceola die Pfeife entgegen, die Trout Leader ihm anbot. Er füllte die Lungen mit Rauch und genoß das Gefühl von Leichtigkeit und geistiger Klarheit, die er brachte.

»Meine Frau hat dies für dich gewaschen.« Trout Leader hielt ihm den geblümten Seidenschal hin, den Osceola als Turban benutzte. Trout Leaders Frau hatte ihn nicht nur gewaschen, sondern auch säuberlich ausgebreitet, damit er ohne Falten trocknete, und dann säuberlich zusammengelegt. Osceola steckte ihn ins Hemd. Kurz darauf war er genauso schweißnaß wie das Hemd.

»Ich habe Abihka benachrichtigt.« Trout Leader keuchte ein wenig in der Hitze. »Er wird herkommen, um das Papier zu unterzeichnen. Ich habe einen weiteren Läufer losgeschickt, um deiner Familie Bescheid zu sagen.«

»Ich danke dir, Onkel.«

»Wenn du willst, kannst du gleich hinter dem Boten herlaufen. Ich habe dem Agenten gesagt, daß ich als Geisel hierbleiben würde, um deine Rückkehr mit deinem Volk zu garantieren. Ich habe ihm gesagt, daß ich auch für deine Unterzeichnung des Papiers einstehen würde. Du bist frei. Du kannst gehen.« Trout Leader machte eine ablehnende Handbewegung, als Osceola protestieren wollte.

Trout Leader wußte, daß Osceola keineswegs die Absicht hatte, den Vertrag zu erfüllen, und Osceola wußte, daß er es wußte. Einen Kriegsanführer in einen Käfig zu sperren war jedoch ein Affront gegen alle. Überdies hatte Trout Leader Osceola gern. Daß er und der hitzige junge *tastanagee* Feinde waren, bereitete ihm nicht geringe Qual.

»Ich bin stolz, daß mein Volk einen so tapferen Krieger wie dich hervorgebracht hat«, sagte er. »Es ist unvorstellbar, daß du hier angekettet bist. Ich hingegen bin ein alter Mann. Diejenigen von uns, die die Papiere unterzeichnet haben, werden mit dem Tod bedroht. Ich bleibe ohnehin in der Nähe der Mauern des weißen Mannes, die mir Schutz bieten. Es wird kaum einen Unterschied machen, wenn ich mein Lager auf dem Hof des Agenten aufschlage. Ich bin schon jetzt eine Geisel.«

»Ich werde bleiben, bis mein Volk kommt und mich holt.«

»Du wirst tun, was du tun mußt.« Trout Leader wußte, daß Osceola sich einem Mann, den er vielleicht würde töten müssen, nicht verpflichtet fühlen wollte. Trout Leader klopfte seine Pfeife an der Blockhauswand aus und steckte sie dann in seinen Turban. Er stand auf, um zu gehen, blieb aber mit einer Hand an der Tür stehen. »Dies sind traurige Zeiten, mein Neffe.«

»Das sind sie, Onkel.«

Little Warrior führte Old Squat wieder zu Morning Dews Hof. Er wanderte oft zu den Hütten anderer, und Little Warrior hatte den ständigen Auftrag, ihn zurückzuholen. Sie fand ihn meist, wie er sich mit deren amüsierten Bewohnern unterhielt, als wären sie seine tote Frau und sein Kind, die er vor zwanzig Jahren am Horseshoe verloren hatte.

Old Squat mochte in vielen Dingen unberechenbar und launisch sein, aber wenn es um das Spiel ›Roll die Kugel‹ ging, war er immer der gleiche. Little Warrior war seine häufigste Gegnerin. Sie hatte herausgefunden, daß es leichter war, ihn zu unterhalten, als nach ihm zu suchen.

Mit ihrer schmutzigen, schwieligen Ferse grub sie einen langen, flachen Pfad, der in einer ovalen Mulde endete. Innerhalb des Ovals grub sie fünf tiefere Löcher aus, die eine Linie bildeten. Jedes Loch ergab eine andere Punktzahl, wenn ein Stein oder eine Musketenkugel die Furche entlangrollte und in eins der Löcher fiel.

Während Little Warrior die Furche und die Löcher glattstrich, beriet sich Old Squat laut mit dem ausgefransten Saum seines Lendenschurzes und massierte das glänzende Ingwerbiergläschen, das Nakita ihm geschenkt hatte. Als er sich hinhockte, um zu schießen, umrahmten seine dürren, knochigen Beine den kleinen schlaffen Bauch und seinen baumelnden Lendenschurz. Beim Zielen wackelte er mit dem Kopf von einer Seite zur anderen wie ein balzender Kranich.

»Was hat du zu verwetten, Sunflower?« fragte er.

Little Warrior war daran gewöhnt, daß Old Squat sie mit seinem längst verstorbenen Sohn verwechselte.

»Ich verwette meine Schwester, Onkel.«

»Das kannst du nicht tun!« Empört begann Crying Bird rückwärts die Treppenstufen von der Plattform der Lager-*chikee* herunterzuklettern. »Ich werde es Mutter sagen!«

»Er könnte immer noch da unten sein.« Little Warrior lächelte spitzbübisch.

Crying Bird kletterte schnell wieder auf die Plattform hinauf, legte sich auf den Bauch und setzte ihre nackten Lenden der Luft aus. Sie ließ den Kopf vorsichtig über den Rand baumeln, und ihre Perlenschnüre fielen ihr dabei in den Mund. Sie warf einen prüfenden Blick auf das Unkraut und die Schatten unter der Plattform. »Du bist eine Lügnerin«, sagte sie. »Er ist nicht da.« Aber sie begann trotzdem zu weinen.

»Hör auf, sie zu ärgern, Kind.« Fighting in a Line schritt quer über den Hof, und Mad Dog folgte ihr dicht auf den Fersen. Beide waren ungewöhnlich niedergeschlagen. »Ignoriere sie, Kleines. Old Mad Jackson ist nicht unter der *chikee.*« Fighting in a Line hob das Kind hoch und setzte es auf die

Erde. Dann wandte sie sich an Little Warrior. »Wo sind deine Mütter?«

»Am Fluß.« Little Warrior spürte, daß etwas nicht stimmte. »Was ist?«

»Die Blaujacken halten deinen Vater gefangen.« Fighting in a Line hielt es nicht für klug, den Kindern unangenehme Wahrheiten vorzuenthalten. »Los, hol deine Mütter. Schnell.«

Little Warrior vergeudete keine Zeit mit Fragen oder Tränen. Sie drehte sich um und rannte los. Ihre nackten Füße kannten jede Mulde und jede Biegung des Pfads zum Fluß. Sie und die anderen waren schon so oft auf diesem Pfad gegangen, daß sie ihn ausgetreten hatten, bis er so bequem paßte wie ein alter Mokassin.

Mad Dog kauerte sich neben Old Squat und legte ihm eine Hand auf die Schulter. »Komm, Bruder«, sagte er sanft. »Wir müssen uns für eine Reise umziehen.«

Der silberhaarige Abihka führte die Kolonne von siebenundneunzig Männern, Frauen und Kindern am nächsten Tag auf den Hof der Agentur. Er ritt mit den einundzwanzig Kriegern von Talasee, die ihre besten Hemden und Beinlinge, ihren Schmuck und ihre Federn angelegt hatten. Alle Männer saßen zu Pferde, obwohl Abihka etliche Tiere hatte leihen müssen, um diese tapfere Schau zustande zu bringen. Einige Familien hatten ihre Pferde gegessen, um das Frühjahr zu überleben.

Hinter den Kriegern und Jungen ritt Morning Dew an der Spitze der Frauen und Kinder, von denen die meisten zu Fuß gingen. Crying Bird saß vor Morning Dew. Little Warrior ritt ein geschecktes Pony. Mink ritt einen dunklen Braunen, den sie aus Fighting in a Lines Herde geliehen hatte. Fighting in a Line hockte wie eine Elster auf dem Rücken ihrer großen Stute und ritt neben Mink.

Die Menschen von Talasee füllten den Hof der Agentur. Jung und alt warteten schweigend, während Abihka und Alligator mit Wiley Thompson konferierten. Morning Dew, Mink und Little Warrior sahen mit ausdruckslosen Gesichtern zu, als Osceola und seine Eskorte aus Soldaten den Hügel vom Fort herunterkamen. Nach der Dunkelheit in der Zelle blinzelte Osceola in dem hellen Sonnenlicht.

Jemand hatte ihm Handgelenke und Fußknöchel bandagiert, doch Blut sickerte durch das Leinen. Sein linkes Auge war von seinem Kampf mit den Soldaten vor zwei Tagen geschwollen, und das Gericht wies Schürfwunden auf. Er sah dünner aus als zu dem Zeitpunkt, zu dem er Talasee verlassen hatte. Das schöne rote Hemd, das Mink für ihn gemacht hatte, war zerfetzt und schmutzig. Seine wollenen Beinlinge hingen ihm in Fetzen um die Knöchel, wo die eisernen Fußfesseln sie zerrissen hatten.

Osceola, Alligator und Abihka berührten den Federkiel, mit dem Thompson ihre Namen schrieb. Sie lauschten seiner Ansprache mit ausdruckslosen Gesichtern. Dann saßen sie auf. Osceola und seine Familie ritten Seite an Seite auf den Pfad nach Talasee zu. Abihka, Alligator und die anderen folgten. Osceola riß seinen Grauen am Waldsaum herum und entfernte sich von der Prozession.

Er richtete sich in den Steigbügeln auf und betrachtete die gepflegten, von Eichen beschatteten Gebäude der Agentur. Er holte tief Luft und stieß seinen hohen, zitternden Schlachtruf aus. Der unheimliche Schrei hallte lange Zeit wider.

Er trug durch das Fort auf dem Hügel bis zu den Holzfällertrupps in dem dahinterliegenden Wald. Den Männern sträubten sich die Nackenhaare. Ein Spürhund heulte zur Antwort. Alle Tätigkeit hörte auf. Stille begleitete Osceola, als er seinen Grauen herumriß und außer Sichtweite ritt.

»Wie Sie sehr wohl wissen, General Thompson, haben wir soeben den Schlachtruf der Seminolen gehört.« Als Fanning Osceola wegreiten sah, rieb er sich den in dem Hemdsärmel steckenden Armstumpf. »Ich möchte mit allem Respekt die Meinung äußern, daß Ihr früherer Gefangener seine Lektion noch immer nicht gelernt hat.«

»Nun ja, er ist ein wagemutiger Teufel und unverschämt dazu.« Thompson schüttelte den Kopf über Osceolas Kühnheit. Auch ihm hatten sich bei dem unheimlichen Schrei die Haare gesträubt. Selbst nachdem er längst verebbt war, dröhnte er Thompson immer noch in den Ohren.

Er wußte, daß er übertölpelt worden war. Er wußte aber auch, obwohl er es sich nicht einmal selbst eingestehen würde, daß er mit der Gefangennahme Osceolas einen schweren Fehler gemacht hatte. Der Mann strahlte geradezu drohende Gefahr aus, womit Thompson dem, was Osceolas Magie ausmachte, so nahe kam, wie es ihm möglich war. Der Agent war auf einmal erleichtert, daß der Seminole nicht mehr im Wachhaus saß und das Fort verlassen hatte.

33

Strähnen schweißnassen Haars klebten Little Warrior an Gesicht und Hals. Sie hatte sich ihren langen Rock hochgebunden, und ihre Füße und Beine waren grau vor Staub. Sie war mit Insektenstichen und Kratzern von dem Unterholz bedeckt, das sie wegräumen geholfen hatte. Jetzt stand sie auf der Wiese in der Nähe des Jagdlagers ihrer Familie vor dem Loch der Höhleneule. Sie legte einen Pfeil ein und zog die Sehne ihres Bogens zurück, bis sie fast das Kinn berührte.

»Wenn du ihnen was tust, erschieße ich dich.« Wie ihre Mutter war Little Warrior klein, aber stark. Sie meinte, was sie sagte.

Fighting in a Line funkelte ihre Urenkelin unheilverkündend an, doch ihr Zorn war überwiegend gespielt. Sie liebte dieses bezaubernde, eigensinnige Kind. Insgeheim war sie mit dem Charakter des Mädchens sehr einverstanden. Und sie war dankbar für die Gelegenheit, sich auszuruhen.

Das Fächerpalmendickicht, das sie und die anderen Frauen rodeten, glühte in der Julisonne. Es lag unter einer muffig riechenden Staubwolke. Zikaden und Moskitos surrten unaufhörlich. Die Luft pulsierte nicht nur vor Lauten, sondern auch vor Hitze. Das Sonnenlicht auf dem Wasser, das den Wald umgab, blitzte, als würde es von einem mit Silber belegten Spiegel reflektiert. Die Sonne hing wie ein loderndes Feuer über dem halb im Wasser wachsenden Schneidegras, das sich bis zum Horizont in alle Richtungen erstreckte. Rußgraue Wolken türmten sich zu dem nachmittäglichen Gewitter auf. Von Zeit zu Zeit blickten die Menschen sehnsuchtsvoll zu ihnen hoch.

Mit langen spanischen Macheten hackten Osceola und die anderen Männer auf die harten, faserigen Fächerpalmenwurzeln ein, die so dick waren wie seine Schenkel. Die Palmenwurzeln und Baumstämme krochen über der Erde horizontal dahin. Im Lauf der Jahre waren sie zu einer dichten, undurchdringlichen Masse verwoben worden. Die gezackten Ränder der Palmenrippen forderten an Kleidung und Fleisch ihren Zoll. Von irgendwoher in den Tiefen des Dickichts ertönte ein trockenes, schwirrendes Rasseln.

Bislang hatte die Arbeit sechs große Klapperschlangen herausgetrieben, doch alle Arbeitenden traten zurück und ließen sie davongleiten. Niemand wollte riskieren, eine Klapperschlange zu töten. Ihr Geist würde lebende Schlangen dazu anstacheln, Rache zu nehmen. Der Wald beherbergte viele lebende Schlangen.

Die Frauen räumten Schlingpflanzen und kleinere Büsche weg und türmten sie zu einem Haufen. Die meisten von ihnen hatten sich einen Schal um den Mund geschlungen, um den von den Macheten, Hacken und Äxten aufgewirbelten Staub wegzufiltern. Der Schweiß ließ ihre Rüschenblusen und Röcke an den Körpern kleben und durchnäßte die Tücher, die sie sich um den Kopf geschlungen hatten.

Es wäre leichter gewesen, die Felder abzubrennen, aber in diesem flachen, baumlosen Land wäre der Rauch meilenweit zu sehen gewesen. Das war ein Signal, das selbst weiße Männer erkennen konnten. Rauch würde dieses Lager ebenso verraten wie andere, die in den Tausenden kleiner Wälder in der Biegung des Withlacoochee versteckt lagen. Die Wälder waren zwar abgelegen, hätten aber dennoch von der Militärstraße zwischen Fort Brooke und Fort King aus angegriffen werden können. Am Tage machten die Seminolen nur selten Feuer.

Morning Dews zwei Schwestern sowie ihre Ehemänner und Kinder zogen jetzt hierher. Fighting in a Line, Mad Dog und

Alligator sowie dessen Ehefrauen und Kinder waren ebenfalls dabei, ihre Hütten zu bauen. Sie errichteten alle die offenen, mit Palmwedeln gedeckten *chikees. Chikees* erforderten viel weniger Holz, und die Bäume dieses Wäldchens waren als Deckung notwendig. Auf ihren Plattformen war der Hausrat auf dieser tiefliegenden Insel vor Überflutung sicher. Überdies boten sie einen Ausblick in jede Himmelsrichtung. Feinden würde es schwerer fallen, sich heimlich an *chikees* anzuschleichen.

Dieses Waldstück war mit großen Hartholzbäumen bewachsen; es lag auf einem kleinen Hügel mit fruchtbarem schwarzem Humus, der sich aus der nassen Prärie erhob, die ihn umgab. Hier wuchsen Immergrüne Virginia-Eichen ebenso wie Rosenpappeln und Zürgelbäume, Weiden, Magnolien, Lorbeerbäume sowie Geigenholz und Orangen. Der Wald konnte so viele Menschen zwar ernähren, sie würden aber die Wiese kultivieren müssen, auf der die Höhleneulen lebten. Und um das zu tun, mußten sie an Little Warrior und deren Bogen vorbeikommen.

»Ein eigensinniges, unverschämtes Kind möchte an meinem Seenadelzahn knabbern.« Verärgert sog Fighting in a Line ihre Wangen in die Höhlungen, die die fehlenden Zähne hinterlassen hatten.

Fighting in a Line zwang ihre knochigen Schultern so weit zurück wie möglich. Sie versuchte, den Schmerzpunkten auf jeder Seite des Rückgrats Linderung zu verschaffen. Sie waren jetzt ständig zu spüren, zwei brennende Kreise in der Größe der großen Silberscheiben, welche die weißen Männer so begehrten.

»Kinder haben heutzutage keinen Respekt mehr.« Fighting in a Line faltete ihre knochigen Hände um das Ende ihres Grabstocks aus Zypressenholz und stützte sich darauf. Die Messingbänder an ihren Handgelenken klirrten. Der hohe, kegelförmige Stapel von Perlenschnüren um ihren Hals zwang sie, ihn wie ein Reiher vorzustrecken, der einen flachen Tümpel nach Fischen absucht. »Du solltest dich schämen, deine Urgroßmutter so unhöflich zu behandeln.«

»Die Eulen sind meine Verwandten«, entgegnete Little Warrior. »Ich habe ihnen Schutz versprochen.«

»Sie können sich woanders ein Nest bauen.«

»Dies ist ihr Zuhause. Wenn wir sie vertreiben, werden wir genauso schlecht sein wie die Bleichaugen.« Little Warriors Lippen zitterten, aber ihre Hand hielt den Bogen fest gespannt.

»Wir werden um sie herum Platz lassen.« Fighting in a Line begriff plötzlich, weshalb ihrer Urenkelin dies so wichtig war.

Während sie Little Warriors Aufmerksamkeit beschäftigt hielt, langte Morning Dew ihrer Tochter über die Schultern und entriß ihr den Bogen.

»Ziele niemals auf einen Menschen, es sei denn, du willst ihn töten. Die Ältesten werden im Rat wegen dieses schändlichen Verhaltens schlecht von dir sprechen.« Morning Dew packte Little Warrior fest am Ohr und schleifte sie weg.

Als sie außer Sichtweite der anderen waren, begann Little Warrior zu schluchzen. Morning Dew ließ das Ohr los und nahm ihre Tochter statt dessen bei der Hand. Sie gingen zu dem sumpfigen Ende des Waldstücks und setzten sich neben die kleine Quelle in der Nähe der großen Zypresse.

Das flache Dach von Zypressennadeln bot einigen wackeligen Ibisnestern Schutz. Die großen Nester sahen immer so aus, als hätten sie soeben einen Hurrikan überstanden. Der Nistplatz wurde von einer Kakophonie von Kreischen, Glucksen und dem Klappern der jungen Ibisse erfüllt.

Wenn die erwachsenen Vögel Alarm gaben, schreckten sie einige der halbflüggen Jungen auf. Die Vögel verloren das Gleichgewicht und baumelten gefährlich mit herabhängenden Köpfen, wobei sie ihre Flügel mit den schwarzen Spitzen heftig flattern ließen. Morning Dew dachte sich, daß die ungeschickten Ibisse Little Warrior aufmuntern würden.

Das wilde Getöse des Nistplatzes legte sich und wurde zu dem gewohnten Lärm. Morning Dew und Little Warrior legten sich in das Gras neben dem von der Quelle gespeisten Teich und sahen den Ibissen beim Fischfang zu. Fünf von ihnen standen still inmitten der Schneidegräser am Rand des Teichs. Sie hatten die Flügel flach an den Körper gelegt. Sie hatten spindeldürre Beine und ließen die Schultern hängen. Mit ihren faltigen kahlen Köpfen sahen sie wie alte Männer aus, die sich vor dem Grau des aufziehenden Gewitters ernst unterhielten. Blitze zuckten, und in der Ferne grollte Donner.

»Hast du den Eulen gesagt, daß wir hier unsere Nahrung anbauen müssen, weil Talasee angegriffen werden könnte?« fragte Morning Dew.

»Ich habe sie nicht gesehen. Ich glaube, sie haben ihre Erdhöhle verlassen.«

»Wir werden nach dem Regen nach ihnen sehen. Du kannst ihnen erklären, wie groß unsere Not ist. Du mußt auch verstehen. Wenn der Krieg kommt, wird unser Leben hart sein. Wir müssen zusammenarbeiten. Wir sind Mikasukee. Die Mikasukee sind Krieger. Wir kämpfen gegen den Feind. Wir kämpfen nicht untereinander.«

»Ja, Mutter.« Aber da war sich Little Warrior nicht so sicher. Die Gegner und Befürworter unter den Anführern stritten erbittert miteinander. Kinder der beiden Fraktionen hatten sich angewöhnt, einander zu beschimpfen und mit Steinen zu bewerfen, wann immer die Ältesten zum Rat zusammenkamen.

»Du wirst dich bei deiner Urgroßmutter entschuldigen.«

»Ja, Mutter.«

Morning Dew stand auf. Sie zog ihren Rock hoch und watete ins Wasser. Als sie zurückkehrte, trug sie eine mißvergnügte Schnappschildkröte am Panzer.

»Ist sie dick?« Sie hielt sie vor sich, damit Little Warrior das Bein der Schildkröte am Panzer befühlen konnte. Das feste Fleisch füllte die Öffnung zwischen Rückenschild und Brustbein.

»Ja«, erwiderte sie.

Morning Dew legte die Schildkröte mit dem Rücken nach unten auf ein altes Stück Stoff, das sie immer bei sich hatte, um irgendwelche Lebensmittel zurückzubringen, die sie vielleicht fand. Sie hob die vier Enden hoch und band sie zu einer Art Sack zusammen. Die Beine des Tiers ragten durch die Öffnungen an den vier Seiten und ruderten langsam in der Luft herum.

Morning Dew wies mit dem Kinn auf ein paar herabhängende Trauben weißer Blüten, die an der morastigen Austrittsstelle der Quelle wuchsen.

»Sammle Eidechsenschwänze, mit denen wir Umschläge machen können. Nach der harten Arbeit heute werden alle wund sein.«

Little Warrior war immer noch dabei, Eidechsen zu sammeln, als es plötzlich laut donnerte und große Regentropfen auf den Köpfen von Mutter und Tochter kalte weiche Explosionen auslösten. Sie lachten, als sie durch den strömenden Regen ins Lager zurückrannten.

»Ich mag hochgewachsene Frauen«, sagte Mad Dog. »Wenn ich eine hochgewachsene Frau liebe, mag ich es, das Gesicht zwischen ihren Brüsten zu vergraben.«

Swamp Singer gackerte zustimmend.

»Du kannst dich gar nicht daran erinnern, wie es ist, eine hochgewachsene Frau zu lieben«, sagte Alligator. »Das hast du schon seit dreißig Jahren nicht mehr getan.«

»Ich kann mich nicht mehr erinnern, was ich heute morgen getan habe.« Mad Dog korrigierte Alligator mit großer Würde. »Ich weiß aber noch sehr genau, was ich vor dreißig Jahren getan habe. Ich erinnere mich an glatte junge Brüste, die so fest waren, als wären sie aus warmem Wachs geformt. Ich erinnere mich noch an die braunen Spitzchen, wie geschaffen fürs Reinkneifen.« Mit seinen tabakfleckigen Fingern zwickte Mad Dog zweimal kurz in die Luft.

Swamp Singer starrte ins Feuer, als versuchte er, sich an diese Brüste zu erinnern. Seine Greisenhände zitterten jetzt ständig, und er saß sehr dicht vor den Flammen. Selbst im Juli war ihm kalt, wenn die Sonne unterging.

Das Lager war voller Besucher, und die Feier würde die ganze Nacht andauern. Der kleine Landeplatz des Waldstücks war voller Menschen. Die Boote waren zu Dreierreihen zusammengebunden. Man hatte sie einen schleimigen Algenbewuchs ansetzen lassen, damit sie geräuschloser durchs Wasser glitten.

Morgen würden die jungen Männer Ball spielen. Die älteren würden sich unter dem Laubengang treffen, den Osceola und die anderen erbaut hatten. Morgen würden sie Kriegsstrategien besprechen; heute abend jedoch versammelten sich alle, um von dem neuesten Klatsch zu erfahren, Geschichten zu erzählen und zu tanzen. Heute nacht konnten sie die weißen Männer vergessen, die sie gezwungen hatten, sich in diesem Durcheinander von Schneidegras, Wasser und einsam gelegenen Inseln zu verstecken.

Die Frauen und Kinder verbrachten jetzt einen großen Teil ihrer Zeit hier. Während ihre Männer auf die Jagd gingen und die Militärstraße auskundschafteten, trockneten sie Fische und bebauten die Gärten. Sie flochten Körbe aus Spanisch Rohr und Fächerpalmenstengeln, um die Lebensmittel zu lagern. Ihr Leben war einsam in diesen Tagen. Sie sehnten sich nach der Gesellschaft von Freunden und Verwandten, die sie seit Wochen nicht gesehen hatten. Die Stimmung bei dieser Zusammenkunft war fast übermütig.

Aus der Ferne, hinter dem Lichtschein des Feuers, ertönte der aufreizende Rhythmus von Messingglöckchen und Rasseln aus Schneckenhäusern, die auf Leder genäht und den Frauen um die Beine gebunden waren. Das zarte Surren und das Glöckchenklingen einer dahinschreitenden Frau jagte Osceola immer einen Schauer der Erregung durch den Körper.

Die Glöckchen und Rasseln lösten einen sinnlichen Reiz in ihm aus, vielleicht weil sie in der geheimen Dunkelheit unter den Röcken der Frauen getragen wurden. Wenn der Tanz begann, würden sich das Trommeln und der Gesang beschleunigen, würde der Rhythmus hartnäckiger und leidenschaftlicher werden. Vielleicht war es kein Zufall, daß sich Mad Dog gerade jetzt an Frauenbrüste erinnerte, wo sich die Tanzenden in einer Reihe aufstellten.

Fighting in a Line führte die Frauen in den Lichtschein des Feuers und begann mit der gewundenen Spirale des Schlangentanzes. Osceola und Alligator, Wild Cat und John Horse beugten sich vor und sahen sie unverwandt an. Alligator hatte für ihre Tonpfeife trockene Hanfblätter mit Tabak vermischt. Sie schmeckte vermutlich den Hanf, aber es machte ihr nichts aus. Sie war so klein und ausgemergelt, daß sich die Wirkung des Rauchs fast augenblicklich bemerkbar machte. Noch vor Beginn des Tanzes hatte sie mehrere Pfeifenfüllungen geraucht. Jetzt legte sie zwischen den schlurfenden Grundschritten des Tanzes trotz der sperrigen Rasselreihen an den

Beinen immer wieder eine kleine Drehung und einen Hüpfer ein. Sie grinste wie eine gebackene Seenadel.

Wild Cat trug ein orangefarbenes Jagdhemd aus Seide. Er glitzerte vor Silber – Armreifen, Halsschmuck, Armbänder und Ohrringe blitzten. Sein blauer Satinturban war mit einem silbernen Band gebunden. Seine hochmütige Schönheit ließ die Herzen der jungen Frauen schneller schlagen. Den größten Teil des Abends hatte er es nicht vermeiden können, immer wieder mit Little Warrior zusammenzustoßen. Diese wußte, daß sie Wild Cat nie würde heiraten können. Er war ein Clanbruder. Ihr Herz zog es aber vor, diese Tatsache zu ignorieren.

»Deine Großmutter erinnert mich an meinen jungen Freund Maggot«, sagte Wild Cat.

»An den weißen Jungen, der an der Küste lebt?«

»Er ist jetzt ein Mann. Sein Vater ist gestorben. Jetzt gehört Maggot diese riesige Plantage.«

»Ich erinnere mich an sie«, sagte Osceola.

»Als Maggot ein Junge war, fütterte er seinen Hahn immer mit Palmbeeren, die er in Wein getaucht hatte. Der Hahn wurde betrunken. Er torkelte dann auf dem Hof herum und hielt nach Liebe Ausschau. Einmal versuchte er, einen wilden Truthahn zu besteigen.«

»Besuchst du ihn oft?« fragte Alligator.

»Nein.« Wild Cat schwieg einige Augenblicke lang und dachte an das Kind, das ihn bewundert hatte, und an den Mann, der aus dem Jungen geworden war. Und er dachte an den Krieg, der sie zu Feinden machen würde. »Maggot trinkt selbst eine Menge von dem bitteren Wasser.«

Die Männer gluckstén, als Fighting in a Line mitten in einem Lied mit dem Hühnertanz begann, was die Sänger und die übrigen Tanzenden durcheinanderbrachte. Als sie herumhüpfte, mit den Armen ruderte und ein krächzendes Lachen hören ließ, sprang Alligator hinzu, um sich ihr anzuschließen. Er verwandelte den Hühnertanz in den Verrücktentanz. Osceola hob Crying Bird auf und gesellte sich dazu. Er tanzte mit dem Kind auf den Armen.

Während sie tanzten, gaben sie den anderen Zeichen. Niemand ließ sich lange bitten. Erst einzeln, dann zu zweit und zu dritt kamen die Menschen auf die Tanzfläche, bis fast jeder herumsprang und wild zuckte. Wild Cat und John Horse übernahmen die Trommeln, damit auch die Musiker den Spaß genießen konnten.

Die kleinsten Kinder hüpften und stampften zwischen den Füßen der älteren herum. Sie tanzten, bis alle zu müde waren oder zuviel gelacht hatten, um noch weitermachen zu können. Sie taumelten vom Tanzplatz und brachen immer noch lachend zusammen. Sie fielen auf die Baumstämme, Damhirschfelle und die Fächerpalmwedel, die auf der Erde ausgebreitet lagen.

Nur Mink saß still und hielt sich abseits. Dahomey war noch nicht gefunden worden. Aury's Black war nicht zurückgekehrt. Mink wußte, daß nur Blacks Liebe zu Dahomey ihn so lange von seiner zweiten großen Passion ferngehalten hatte, dem Meer. Wenn er Dahomey fand, würde er sie herbringen. Wenn nicht, das wußte Mink, würde sie Blacks wildes, häßliches, liebevolles Gesicht nie mehr wiedersehen.

Als Osceola von seiner Gefangenschaft in Fort King zurückkehrte, warteten Läufer von vielen Anführern der Nation auf ihn. Er war zu einem Rat nach dem anderen gereist. Die ursprünglichen Kriegsvorbereitungen hatten sich wochenlang hingezogen. Wann immer es ihm möglich war, kehrte Osceola nach Talasee zu seinem eigenen Feuer und Minks Schweigen zurück. Eines Nachts, als sie innerlich weit von ihm entfernt und trauernd dalag, erhob er sich auf die Ellbogen und starrte ihr ins Gesicht. Die Spuren ihrer Tränen glitzerten im Mondschein. Er wischte sie mit der Handfläche weg.

»Die Frauen und Kinder sind in Gefahr«, sagte er.

»Ich weiß.«

»Wir müssen sie in Sicherheit bringen. Ich kann sie nicht hierlassen, um nach deiner Mutter zu suchen.«

»Ich weiß.«

»Ich kann dir nur Rache versprechen.«

»Rache wird meine Kinder in den kommenden Jahren nicht in den Schlaf singen.«

»Ich weiß, meine Liebe.«

»Sie hatte eine so angenehme Stimme.«

Osceola senkte den Kopf auf ihre Brüste, nahm sie in die Arme und weinte mit ihr.

34

»Ist es Gelbfieber?« John Goode versuchte seine Besorgnis zu verbergen. Das Gelbfieber hatte in diesem Sommer schlimm gewütet. Wie jedermann sonst fürchtete auch er einen neuen Ausbruch der Krankheit.

»Ich glaube nicht. Der Junge beklagt sich über Bauchschmerzen. Wie es scheint, hat er zu viele grüne Kürbisse gegessen. Es ist ein Wunder, daß in diesem Tollhaus überhaupt jemand gesund ist.« Feldarzt Jacob Motte machte es sich auf seinen Fersen bequem und überblickte die Verwahrlosung und das Elend um sich herum.

»Es ist ein Wunder, daß überhaupt jemand ißt, wenn man bedenkt, daß ein Biskuit für drei Dollar verkauft wird.« John kauerte neben dem Arzt im Staub.

Der siebenjährige Junge lag auf einem schmutzigen Sack aus Leinwand. Nur die unbrauchbare Hälfte eines Armeezelts war ein Schutz vor der Sonne. Seine fünf jüngeren Brüder und Schwestern teilten sich das kleine Fleckchen Schatten. Die mageren Habseligkeiten der Familie waren um das Stück Leinwand aufgetürmt, um etwas Abgeschiedenheit zu schaffen.

Der Lärm im Lager war irritierend. Der Gestank war schlimmer. Obwohl der Himmel grau war und in der Ferne Donnergrollen zu hören war, machte das die Hitze nur bedrückend feucht. Motte hatte Mitte September keine Julihitze erwartet.

»Osceola hat mir beigebracht, wie man Bauchschmerzen heilt.« Goode sprach mit leiser Stimme. Der Krieg war noch nicht erklärt worden, aber Osceolas Name war hier trotzdem nicht beliebt. John wußte, daß die jüngsten Angriffe auf abgelegene Farmen das Werk junger Männer waren, die darauf brannten, sich Kriegsehren zu verdienen. Er wußte, daß weder Abihka noch Osceola oder die anderen Anführer sie beherrschen konnten. Doch unter Weißen war Osceola der bekannteste Seminole. Sie gaben ihm die Schuld an jeder Greueltat.

»Hat er es jetzt getan?« Jacob richtete sich auf. Er war soeben angekommen und war begierig, etwas über die rätselhaften Seminolen zu erfahren. Er beneidete sie. Sie streiften frei in den Wäldern umher, während die verängstigten Siedler in Jauchegruben wie dieser festsaßen.

»Man tötet einen Alligator ...«

»Wie groß muß er sein?« Dies mochte zwar ein Scherz sein, aber Jacob war bereit mitzuspielen. Ein Scherz war jetzt mehr als willkommen.

»Nicht sehr groß.« John sprach in vollem Ernst. »Eine Armeslänge vom Ellbogen bis zur Fingerspitze. Man erhitzt den Bauch des Reptils am Feuer und legt es dem Patienten auf den Bauch.«

»Also so etwas wie ein primitiver Jünger Äskulaps, Ihr Osceola? Ich würde ihn irgendwann gern kennenlernen.«

»Er würde Ihnen gefallen. Und er würde Sie mögen.«

»Sir, eins von meinen Kleinen ist schlimm erkrankt.« Eine kleine, knochige Frau zupfte an Jacobs Ärmel. Ihr glattes Haar war seit Wochen nicht gewaschen worden. Schmutz bildete schwarze Halbmonde unter ihren zerbrochenen Fingernägeln. Sie hatte das abgezehrte, zerzauste Aussehen einer Henne, die in der Hackordnung sehr tief steht. »Bitte sehen Sie nach ihm, bitte, Sir.«

Jacob und John folgten ihrem schmalen Rücken und den klapperdürren Beinen durch das Gewirr schäbiger Hütten aus Fächerpalmen und Leinwand und Zelten. Ein paar hundert Siedler hatten Stühle und Spinnräder, Tische, Maismühlen und Wiegen auf ihre grob zusammengezimmerten Karren aus Kiefernholz geladen. Sie waren von ihren verstreut liegenden Farmen in der Alachua-Savanne geflüchtet. Sie lagerten innerhalb der Palisade, welche die Hauptgebäude von General Clinchs Plantage Auld Lang Syne umgab.

Diejenigen, die als erste angekommen waren, bauten ihre Unterkünfte direkt an die frischen Kiefernstämme der Mauer. Die anderen kampierten, wo immer sie ein paar Fußbreit Platz fanden. Niemand wollte außerhalb der Palisade sein Lager aufschlagen.

Ein Kriegstrupp der Mikasukee hatte vor kurzem den von Weißen verübten Mord an einem ihrer Leute gerächt. Die Krieger hatten sich von den Ästen einer Eiche auf einen Kurier fallen lassen. Die Vorstellung, daß der Tod wie Regen oder Eichkätzchen vom Himmel fallen konnte, war besonders beunruhigend. Siedler, die die verstümmelten Überreste des Kuriers nicht mit eigenen Augen gesehen hatten, hatten wortreiche Schilderungen gehört.

Die Männer der Third Artillery versuchten, Ordnung in das Lager zu bringen und sanitäre Maßnahmen durchzusetzen, doch die Aufgabe war hoffnungslos. Der Unrat türmte sich schneller auf, als die Arbeitskommandos ihn aufladen und wegkarren konnten. Es war schon schwierig, Wagen durch das Lager zu ziehen. Überall streiften Hühner, Hunde, Katzen, Schweine, Kühe und Pferde frei herum.

Kinder spielten, prügelten sich und weinten. Die jüngeren hatten keine Kleider an, und viele hatten die Krätze. Hakenwürmer von dem überall auf der Erde herumliegenden Kot bohrten Tunnel unter der Haut. Die Siedler nannten die daraus resultierenden blutverkrusteten Stellen »kriechende Eruption«. Vielleicht waren die ewige Sonne und das harte Leben die Ursache dafür, daß die Kinder einander unheimlich ähnlich sahen, als wären sie alle Angehörige derselben Familie. Sie waren so dünn und braun wie getrocknete Blätter der Virginia-Eiche. Ihr ungekämmtes Haar sah aus wie Weizenstroh. Ihre großen, wäßrig-blauen Augen starrten aus verkniffenen Gesichtern. Ihre Hängerkleidchen und Hosen aus selbstgewebtem Stoff oder Futtersäcken waren verblichen und hatten den gleichen staubigen Farbton angenommen.

»Wie es scheint, bauen die Leute des Alachua County Mais an, hacken Kartoffeln aus der Erde und zeugen häßliche kleine weißköpfige Verpflichtungen«, brummelte Jacob zu John.

»Magst du Kinder nicht?«

»Sie sind wie Quecksilberchlorid. Nur in kleinen Dosen erträglich.«

Die Frau blieb vor einem großen Faß mit Tabak stehen. Das Faß lag auf der Seite und war zum Teil im Sand vergraben, damit es nicht wegrollte. In der Öffnung saß ein kleiner Junge und blickte teilnahmslos vor sich hin.

»Wie ist dein Name, mein Sohn?« Trotz all seiner harten Worte, zu denen er fähig war, waren Jacobs Hände sanft, als er die verfilzte Matte sahnegelben Haars zurückstrich und dem Jungen in die stumpf dreinblickenden Augen sah.

»Nimrod, Sir.«

»Du bist ein großer Jäger, nicht wahr?«

»In der Heiligen Schrift heißt es ›Nimrod war der erste, der Macht gewann auf Erden, und war ein gewaltiger Jäger vor dem Herrn‹, Sir. Erstes Buch Mose, Kapitel zehn, Verse acht und neun.«

»Und ein mächtig gutaussehender Junge bist du«, log Jacob ritterlich.

»Es ist das Klima«, flüsterte ihm John ins Ohr. »Das warme Klima macht die Eltern gleichgültig, und die Kinder müssen darunter leiden.«

»Es ist dieses Feuer am Himmel, das all unsere Schwierigkeiten verursacht.« Nimrods Mutter stand kurz vor einem hysterischen Anfall. »Es ist das Gericht des Herrn über uns.«

»Madam, Halleys Komet überquert die Erde alle sechsundsiebzig Jahre, so regelmäßig wie das Ticken der unendlichen Uhr des Universums. Das ist kein Grund zur Sorge.« Jacob konnte sehen, daß die Frau ihm nicht glaubte.

Das Territorium war in diesem Jahr von heftigen Stürmen heimgesucht worden. Der Frost im letzten Winter hatte viele Farmer ruiniert. Die Seminolen wüteten, als hätte die Hölle all ihre Dämonen losgelassen. Kein Wunder, daß im Lager von nichts anderem gesprochen wurde als von dem Kometen, der den Tag des Jüngsten Gerichts ankündigte.

Jacob öffnete seine abgenutzte braune Ledertasche, deren Falten zu einem gelblichen Hellbraun verblichen waren. Er entnahm ihr eine schlanke Pinzette.

»Mach den Mund weit auf, mein Sohn.« Er steckte dem Kind die Pinzette tief in den Hals und zog eine Masse von Würmern heraus. John Goode würgte bei ihrem Anblick.

»Hakenwürmer.« Jacob hielt das zuckende Gewimmel hoch, damit jeder es sehen konnte. »Madam, es ist absolut nichts Himmlisches, was die Probleme Ihres Jungen ausgelöst hat, sondern etwas sehr Irdisches.« Scheiße, um es genau zu sagen.

Er zog zwei oder drei der größten Würmer heraus und schob sie in ein kleines Fläschchen. Er verkorkte es und steckte es in die Tasche. Den Rest ließ er auf die Erde fallen und zerquetschte sie mit seiner Stiefelspitze.

»Kommen Sie heute abend in das große Haus, Madam«, sagte er. »Ich werde Ihnen etwas Terpentinöl für den Jungen geben und einen Umschlag mit Salbe. Außerdem sollten Sie Schuhe für ihn besorgen. Die Parasiten dringen durch die Fußsohlen ein.«

»Hab nichts, was ich gegen Schuhe eintauschen könnte, Sir, selbst wenn es welche gäbe.«

»Ich weiß.« Jacob schüttelte den Kopf, als er seine Tasche zumachte.

Er und John gingen zu dem mit Schindeln gedeckten zweistöckigen Holzhaus Clinchs hinüber, in dem die Offiziere untergebracht waren. Die Mannschaftsdienstgrade lebten in Clinchs Sklavenhütten, worüber sie nicht glücklich waren. In den winzigen, fensterlosen Hütten wimmelte es von Läusen, Flöhen, Wanzen und Moskitos. Trotz der Hitze schliefen die Männer in ihrer Kleidung und mit ihren Hüten. Sie zogen sich die pelzgefütterten Ohrenklappen ihrer hohen Ledermützen herunter, um das Surren der Moskitos zu dämpfen.

»Man nennt die armen Weißen hier unten Sandfresser«, sagte John. »Der Name kommt von den Kindern, die Erde essen, wenn sie Würmer haben.«

»Lieutenant, in meiner kurzen Zeit hier habe ich mehr exotische Krankheiten gesehen, als ich sie bei lebenslanger Praxis im Norden kennenlernen würde. Es ist irgendwie auf groteske Weise faszinierend.«

General Clinch entdeckten sie auf der Veranda seines Farmhauses. Er saß in einem Schaukelstuhl und machte ein Nickerchen über seinem zwei Wochen alten Exemplar der *New York Sun*. In der schwülen Mittagshitze hatte sich Mattigkeit auf das von Menschen wimmelnde Flüchtlingslager gesenkt. Für ein paar Stunden würde Clinch von seinen Sorgen erlöst bleiben. Er wachte mit einem Ruck auf, als er Johns und Jacobs Schritte hörte.

»Sie haben schon besser ausgesehen, General«, sagte Jacob fröhlich. Er und John klappten zwei Feldstühle auseinander und setzten sich.

»Ich habe mich tatsächlich schon besser gefühlt, vielen Dank, Doktor.« General Clinch hörte sich immer an, als wollte er sich gerade räuspern.

»Wie ich höre, haben Sie die ganze Nacht bei diesem kranken Soldaten wach gesessen«, tadelte Jacob ihn sanft. »Das ist meine Aufgabe. Ich versuche nicht, dieses Irrenhaus zu leiten. Sie sollten nicht versuchen, meine Patienten zu kurieren.«

»Der Junge war im Delirium. Und noch so jung. Wir verlieren so viele von ihnen, Jacob. Warten Sie, bis Sie einen Sommer hier verbringen. Gelbfieber, Typhus, Gallenfieber, Malaria, Wassersucht. Und Dysenterie. Dysenterie, weil die Männer dieses trübe Wasser hier trinken müssen. Das Wasser wird so schlecht, daß es selbst Whiskey verderben würde. Dysenterie ist ein weit gefährlicherer Feind als Lieutenant Goodes Freund Osceola.«

»Ich bin Osceola nie begegnet, aber mit der Dysenterie habe ich schon Bekanntschaft gemacht. Es würde schon helfen, wenn das Krankenrevier gründlich gesäubert würde.«

»Bei so vielen Kranken ist es schwierig, da Ordnung zu halten.« Clinch hörte sich tatsächlich erschöpft an. Er zuckte zusammen, als er in dem nahegelegenen Wald wieder einen Baum umstürzen hörte. Bei diesem Tempo würde die Plantage bald abgeholzt sein. »Ich werde heute nachmittag einen Trupp darauf ansetzen. Als ich letzten Monat weg war, leckte Salzlösung aus einem Faß mit gepökeltem Schweinefleisch. Drei Männer starben, obwohl ich nie erfahren werde, wie sie es über sich brachten, etwas davon zu essen. Der Gestank war umwerfend. Das löste das Gelbfieber aus.«

»Ich werde tun, was ich kann, um zu helfen, Sir.« Jacob zog das Fläschchen und eine Taschenlupe aus der Jacke. Er legte die Hakenwürmer auf das Geländer und studierte sie.

»Sie erinnern mich an einen Chirurgen, den ich in Pensacola kannte«, krächzte Clinch. »Ein bemerkenswerter Mann. Einmal starb ein Soldat auf dem Operationstisch. Zu unserem Erstaunen schnitt der Chirurg dem Patienten den Kopf ab. ›Dieser Mann hatte eine Augenkrankheit, die mich interessiert‹, erklärte er ungerührt. ›Da ich keine Zeit hatte, sie zu studieren, solange er noch lebte, werde ich es in meiner Freizeit tun.‹ Und dann wickelte er den Kopf in sein Halstuch.«

»Wie schauerlich«, sagte John.

»Das ist noch nicht alles.« Clinch gluckste. »Der Chirurg wurde gerade gerufen, als er sich seinem Haus näherte. Er verstaute das Halstuch und dessen schauerlichen Inhalt in einem seiner Hühnerhäuser. Als er in den dunklen Morgenstunden nach Hause zurückkehrte, bäumte sich sein Pferd auf und warf ihn fast ab. Im Licht der Fackel fand er den abgetrennten Kopf auf der Erde liegend. Nach und nach rekonstruierte er, was sich an diesem Abend ereignet hatte. Wie es scheint, hatte einer der schurkischen Schwarzen der Gegend die Angewohnheit, Hühner zu stehlen. Er hatte ins Hühnerhaus gegriffen und dabei das hübsche Päckchen erwischt. Angesichts der kindlichen Natur seiner Gattung überkam ihn Neugier. Er blieb stehen, um seine Beute zu inspizieren und zu sehen, was für einen Wertgegenstand er da entwendet hatte. Man kann nur ahnen, welche Wirkung es auf ihn hatte, einen menschlichen Kopf zu finden, der in dem fahlen Mondschein zu ihm hochstarrte.«

Die Männer lachten immer noch, als Nimrods Mutter mühsam den Hang hochkam. Sie trug einen Hahn und eine Henne an den Beinen.

»Für den Doktor«, sagte sie. »Sie alle können nicht davon leben, daß ich ›besten Dank‹ sage. Sie brauchen was Nahrhaftes zwischen den Zähnen.«

Jacob sah sich gezwungen, das Federvieh anzunehmen oder zuzulassen, daß die Frau sie ihm flatternd auf den Schoß warf. Sie drehte sich um und flüchtete den Hügel hinunter.

»Was soll ich mit diesem nahrhaften Zeug anfangen?« Jacob hielt Hahn und Henne hoch.

»Essen Sie sie, oder füttern Sie sie«, sagte John.

Ein Windstoß wehte Clinch die Zeitung vom Schoß. Die drei Männer hörten Rufe aus dem Lager. Kleidungsstücke und Zeltplanen bewegten sich auf einmal, flatterten heftig und segelten durch die Luft. Clinch sah zu den Wolken hoch, die am Himmel dahinrasten. Am östlichen Horizont flackerten ständig zukkende Blitze auf.

»Ich glaube, da braut sich ein Hurrikan zusammen.« Clinch sprang überraschend behende aus seinem Schaukelstuhl. Jacob und seine beiden kreischenden Vögel folgten, als große, kalte Regentropfen zu fallen begannen. John Goode blieb einen Augenblick lang stehen und sog den schweren Duft von nassem Staub ein. Er musterte die Bäume im Süden und Westen, an der Biegung des Withlacoochee, Osceolas spurenlosem Zufluchtsort.

Im Juli war John von einem vorübergehenden Dienst in Saint Augustine zurückgekehrt. Kaum hatte er von Osceolas Haft erfahren, hatte er sein Pferd gesattelt und war nach Talasee galoppiert. Er hatte den Ort fast menschenleer vorgefunden.

Nur einige wenige alte Menschen hatten in den Gärten gearbeitet oder von den Kochfeuern hochgeblickt. Unkraut und Schlingpflanzen hatten begonnen, die Küchenhöfe zurückzuerobern, die einst so sorgfältig gefegt gewesen waren. Einige der Dachschindeln aus Zypressenrinde waren von der Hütte heruntergeflogen, in der Third Sister, ihre ältere Schwester, ihre Großmutter und ihr kleiner Bruder geschlafen hatten.

Morning Dews Hof war ebenfalls verlassen. Die Hütten, die einst mit dem Geist derer erfüllt gewesen waren, die in ihnen lebten, bestanden nur noch aus Baumstämmen, Rinde und steifen Eckverbindungen aus Eichenholz. Sie waren seelenlos und verlassen.

John fand Osceola und Mink bei dem kleinen, aus Kiefernstämmen zusammengezimmerten Ratshaus. Osceola war dabei, die Schüsseln und Pfeifen für die Zeremonien zusammenzupacken, während Mink Tanzkostüme in zugedeckte Körbe legte.

»Ich bin gekommen«, sagte John.

»Das bist du.« Osceola ergriff ihn an Hand und Arm und umarmte ihn dann. John war erschüttert beim Anblick der häßlichen, halbverheilten Narben, die Thompsons eiserne Handschellen an den Handgelenken seines Freundes hinterlassen hatten.

»Wo sind denn alle? Wo ist Third Sister?« wollte John wissen.

»Nicht mehr da, Bruder.«

»Nicht mehr da? Wo ist sie denn hin?«

»Nicht mehr da. Du mußt auch gehen. Hier ist dein Leben in Gefahr.«

»Wo ist sie?« John spürte, wie Panik in ihm aufstieg. »Ich muß sie sehen.«

»Das kannst du nicht. Sie ist in die Geisterwelt gegangen.«

»Sie erwartete ein Kind.« John war völlig benommen. Er hörte sein Herz pochen. Er hörte, wie ihm Blut in die Schläfen strömte.

»Frauen ihres eigenen Clans haben sie getötet, damit es keine Vergeltung gibt und keine Blutfehde unter den Clans. Sie fürchteten, sie könnte uns verraten.«

»Vergeltung?« John fürchtete, jeden Augenblick ohnmächtig zu werden.

»Die Frauen haben sie getötet, weil sie mit einem Feind geschlafen hatte.«

»Sie ist tapfer gestorben«, sagte Mink.

»Du elender Lump ...«

»Nakita ...« Osceola ging mit ausgestreckter Hand und mit Tränen in den Augen auf ihn zu. »Ich war nicht da. Ich habe es nicht gewußt. Ich hätte sie aufgehalten.«

»Ihr mörderisches Lumpenpack!«

John hatte sein Pferd bestiegen und war kreuz und quer durch das Dorf geritten. In den zwei Monaten, die seitdem vergangen waren, hatte er seine militärischen Pflichten ohne jeden Tadel erfüllt. Er salutierte, machte Konversation, lächelte sogar. Aber er hatte das Gefühl, hohl zu sein. In seinem Innern wehte ständig ein kalter Wind. Wann immer er versuchte, an Third Sister zu denken, wann immer er sich fragte, wie sie gestorben war und wie er sie hätte retten können, wurde dieser Wind in ihm zu einem tosenden Orkan. Manchmal, wenn er mit seinen Kameraden sprach, hatte er das Gefühl, als müßten sie den Sturm erkennen, der in seinen Augen tobte.

Während die Bäume sich neigten und in dem zunehmenden Wind schwankten, fragte sich John, wo Osceola und sein Volk waren. Er wußte jetzt, weshalb Osceola ihn nie zu seinem Jagdlager im Sumpf von Withlacoochee mitgenommen hatte. John machte sich Sorgen, der Sturm könnte zerstören, was immer sie dort an Unterkünften hatten bauen können. Er fragte sich, was Osceola tat. Was er dachte.

Die Zeit hatte John endlich etwas Frieden gebracht. Er haßte

Osceola nicht mehr und vermißte ihn jetzt schrecklich. Er fragte sich, ob er seinen Freund eines Tages im Visier seiner Waffe wiedersehen würde. Er fragte sich, ob er fähig sein würde, ihn zu töten.

35

Drei Tage lang schritt Little Warrior die Peripherie des heiligen Platzes ab. Jede Nacht stahl sie sich aus der *chikee*, in der sie mit ihrer Schwester und ihrer Mutter schlief. Aufmerksam auf Hexen in Eulengestalt und andere bösartige Nachtwesen achtend, trottete sie durch das stille Lager. Sie versteckte sich in den Schatten nahe der langen, mit Fächerpalmwedeln gedeckten Hütte, in der ihr Vater und siebzig Krieger fasteten und sich für den Kriegspfad reinigten.

Während des Tages konnte Little Warrior den hohen, klaren Gesang ihres Vaters oder den nasalen Singsang Abihkas hören. Oder sie schnappte das leise Murmeln der Krieger auf. Doch auf halbem Weg zwischen Mitternacht und Sonnenaufgang herrschte plötzlich Stille. Dann ging sie gefährlich nahe an die Hütte heran, um zuzusehen und zu lauschen.

In Zeiten wie diesen war Frauen der Zutritt zum Platz verboten. Am Morgen brachten die Frauen den Männern ihre Waffen und Rationen von getrocknetem Maismehl für die Reise. Sie würden die Dinge hundert Schritt vom Platz entfernt ablegen, statt ihn mit ihrer Gegenwart zu besudeln.

Little Warrior wußte, daß sie sich den Zorn ihres Vaters zuziehen würde, wenn sie die Rituale störte. Sie wußte, daß der Rat der Ältesten sie tadeln würde, und ihre Mutter würde sie kratzen. Weit schlimmer jedoch war, daß sie die Geister beleidigen und die Magie ihres Vaters zerstören konnte. Sie konnte sein Leben sowie das seiner Anhänger in Gefahr bringen. Mysterium und Macht des Orts zogen sie jedoch unwiderstehlich an.

Bei den Freunden ihres Vaters war Little Warrior immer willkommen gewesen. Sie behandelten sie wie eine Art Haustier. Doch als sie älter wurde, erkannte sie, daß sie von dem wichtigsten Teil des Lebens ihres Vaters ausgeschlossen war. Sie hatte ihn zu überreden versucht, ihr das Wissen eines Kriegers beizubringen.

»Du hast mich den Zauber eines Jägers gelehrt. Warum kann ich nicht auch etwas über den Krieg lernen?« Sie war ihm durchs Lager gefolgt, als er mit den Männern über diesen Überfall sprach. Mehrmals wäre er um ein Haar über sie gestolpert. Sie hatte mit so verbissener Hartnäckigkeit auf ihn eingeredet, daß er fast die Geduld mit ihr verlor.

»Frauen ziehen nicht in den Krieg.« Osceola fuhr fort, methodisch Blei in die Kugelform zu gießen, es abkühlen zu lassen und die fertige Kugel dann in einen Korb zu werfen. »Frauen lernen den Zauber von Kriegern nicht.«

»Der Krieg kann auch zu uns Frauen kommen, Vater«, entgegnete Little Warrior. »Willst du uns schutzlos zurücklassen?«

Als er sich umdrehte und sie anstarrte, machte es Little Warrior besorgt, wie traurig er aussah.

»Es tut mir leid.« Sie irritierte ihren Vater oft, aber der Gedanke, ihn unglücklich gemacht zu haben, machte sie beschämt. Plötzlich brannten Tränen in ihren Augen. »Ich werde nicht wieder davon sprechen«, sagte sie.

»Du hast recht, Tochter.« Er legte die Kugelform beiseite. »Es kann sein, daß der Krieg zu euch kommt. Ich kann euch nicht schutzlos hier lassen.«

Er wählte einen schlanken Stab aus geschältem Eichenholz aus dem Stapel aus, der in der Nähe des Feuers trocknete. Während sie zusah, wickelte er einen Rindenstreifen darum und versengte dann das freiliegende Holz. Als er die Rinde abnahm, war der Pfeil mit einem schönen, schwarzen, spiralförmigen Streifen verziert. Er schärfte die Spitze und härtete sie im Feuer. Für den Federkranz hatte er die besten Falkenfedern ausgewählt.

»Dies ist ein Schlangenpfeil.« Er reichte ihn Little Warrior. »Wenn ich mich auf den Kriegspfad begebe, mußt du mit ihm auf die Jagd gehen. Du mußt innerhalb von vier Tagen ein Tier töten.«

»Wenn ich es nicht tue, wird mich eine Schlange beißen, ist es nicht so?« Little Warrior wußte über Schlangenpfeile Bescheid. Jungen erhielten sie als Talismane.

»Das ist so.« Osceola lächelte sie an. »Wenn du innerhalb von vier Tagen ein Tier tötest, wird der Pfeil dein Jagdzauber sein. Wenn ich zurückkehre, werde ich dir einige Heilmittel gegen Wunden zeigen und dir einige der Lieder beibringen, die dich im Kampf schützen.«

Little Warrior wußte, daß dies ein Ablenkungsmanöver war, etwas, was sie über manche Dinge im unklaren lassen sollte, während er sich für seinen ersten Kriegszug vorbereitete. Er hatte ihr auch einen Auftrag gegeben, um sie während seiner Abwesenheit beschäftigt zu halten. Der Pfeil war kaum ein Trost für die Tragödie, ein Mädchen zu sein. Aber ihr Vater hatte versprochen, daß er sie weiterhin unterrichten würde, obwohl jeder Angehörige der Kriegsfraktion sich ständig mit ihm beriet und er nur selten zu Hause war. Little Warrior hatte den Pfeil stets bei sich, selbst jetzt nachts auf dem Weg zu dem heiligen Platz.

Der Mondschein verlieh der Ratslaube und den Reihen leerer Holzbänke einen geisterhaften Schimmer, als hätten die Krieger den Ort schon verlassen, während ihre Geister noch da waren und warteten. Little Warrior stand eine Stunde oder länger da und versuchte die Macht durch die Haut in sich aufzunehmen. Dann ging sie zu der kleinen *chikee* ihrer Familie zurück.

Sie lag wach und lauschte dem leisen Atem ihrer neben ihr liegenden Schwester und ihrer Mütter auf der anderen Seite des Leinwandvorhangs. Als sie so dort lag, wünschte sie sich ein Omen. Sie wartete auf einen Traum oder ein Zeichen, das ihr versichern würde, daß ihr Vater sicher und siegreich von seinem ersten Kriegszug zurückkehren würde.

Sie zweifelte nicht an seiner Magie. Sie war rein und stark. Doch obwohl er seine Männer mit Sorgfalt ausgewählt hatte, waren einige von ihnen noch jung. Viele waren noch nie in den Krieg gezogen.

Zwar hatte der Rat Osceola soeben den Rang eines *Tastana-*

gee Thloko verliehen, eines Großen Kriegers. Doch die Männer, die ihn um sein plötzliches Prestige beneideten, verbreiteten Gerüchte. Sie sagten, der Mann, der ihn angekettet habe, sei noch am Leben. Sie sagten, Osceolas Magie sei befleckt, bis er sich an Wiley Thompson räche. Dieser Kriegszug würde beweisen, daß sie unrecht hatten. Als Little Warrior an Wiley Thompson dachte, zitterte sie vor Wut. Sie wünschte sich von ganzem Herzen, sie könnte ihn selbst töten.

Little Warrior trieb langsam dem Schlaf entgegen und ließ sich dann davontragen wie eine Welle, die sanft an den Strand schlägt. Als das Zeichen kam, war sie nicht sicher, ob sie wach war oder träumte. Der Puma stand auf seinen Hinterläufen, legte die Vorderpranken auf die niedrige Schlafplattform und starrte Little Warrior an. Sie sah ihm in die großen gelben Augen, während ihre Haut kribbelte, als kletterten Ameisen darauf herum.

Nach einer Zeit, die ihr wie eine Ewigkeit erschien, ließ sich die große Katze wieder auf die Erde herunter und verschwand. Beim ersten Licht der Morgendämmerung rannte Little Warrior zum Rand der Plattform und blickte hinunter. Wenn der Puma ein Traum gewesen war, hatte sein Geist ein sehr wirkliches Zeichen zurückgelassen. Dort im Sand waren die riesigen, runden, unverkennbaren Abdrücke. Little Warrior wußte, daß die Expedition ihres Vaters erfolgreich sein würde.

Sie legte sich auf den Bauch und ließ den Oberkörper über den Rand der Plattform hängen. Sie zeichnete die Umrisse des Abdrucks mit den Fingerspitzen nach. »Danke dir, Bruder Puma«, murmelte sie.

Die hölzernen Skalpreifen ließen ein weiches, arhythmisches Klicken hören, als die Brise sie gegen die Spitze des mehr als neun Meter hohen Pfahls wehte. Die Ringe aus Weidenruten und die Innenseiten der Skalps waren rot bemalt worden. Sie sahen aus, als tropfte noch immer Blut von ihnen. Siebenhundert Krieger mit rot und schwarz bemalten Gesichtern saßen Schulter an Schulter auf Palmenstämmen, die um den Platz herum in Reihen ausgelegt worden waren. Osceola war einer der Gründe für ihre Anwesenheit.

Er und sein Kriegstrupp waren soeben von der Alachua-Savanne zurückgekehrt. Osceola wußte, daß sein Volk ohne Nachschub nicht Krieg führen konnte, und so hatte er dafür gesorgt, daß die Armee der Vereinigten Staaten sie versorgte. Er hatte eine Wagenkarawane überfallen. Er und seine Männer hatten Skalps genommen und ein Dutzend Pferdewagen erbeutet, die mit Waffen, Munition und Lebensmitteln beladen waren.

Sie hatten die erste Schlacht ihres Krieges gewonnen. Jetzt verteilte Osceola die Beute. Die Nachricht vom Sieg hatte sich in den verstreut liegenden Lagern der Seminolen wie ein Grasfeuer verbreitet. Alle versammelten sich jetzt, um davon zu hören und zu erfahren, welche Pläne die Anführer für den Rest des Krieges hatten.

Im Westen des Ratsplatzes ging eine riesige orangefarbene Sonne an dem grasbewachsenen Rand des Withlacoochee-Sumpfs unter. Kleine braune Fledermäuse stürzten sich von ihren Sitzen in der Bartflechtenartigen Tillandsie der Zypressen und machten Jagd auf Moskitos. Das Himmelsgewölbe war rot- und goldgerändert, leuchtete in Orange und Lavendelfarben, die sich nach und nach zu Kobaltblau veränderten.

Der Sonnenuntergang war ein passender Hintergrund für Abihkas Darbietung. Er war zum einflußreichsten Propheten der Kriegsfraktion geworden. Er war *Imisee,* Der, Der Für Sie Den Schlachtzauber Trägt. Die von ihm erzeugte Magie war gewaltig und furchterregend. Abihkas Magie war es wert, daß man tagelang reiste, um sie zu erleben, so wie es Wild Cat und seine Männer getan hatten.

Hohe Nandufedern wippten in Abihkas geblümtem Turban. Sein gefälteltes Hemd war mit den Farben des Sonnenuntergangs gefärbt. Er stand allein in der Mitte des Platzes, der von eifrigen, gerade ernannten Kriegern sorgfältig gesäubert worden war.

Die Männer, die um den Ratsplatz saßen, sahen Abihka schweigend zu. Er war jetzt beim Höhepunkt seiner Magie angelangt. Er schöpfte eine Handvoll weißen Maismehls aus dem Korb, der zu seinen Füßen lag, und schleuderte es in die Luft. Es breitete sich nach oben und nach außen aus. Die Männer atmeten heftig ein, als sich das Mehl in einen Schwarm großer weißer Silberreiher verwandelte.

Sie hatten die langen Hälse im Flug zurückgezogen, so daß ihre Köpfe zwischen den Schultern ruhten. Ihre schwarzen Beine und Füße hielten sie nach hinten gestreckt. Sie flatterten langsam mit den Flügeln, als wären sie vom Fischfang des Tages erschöpft. Die Hunderte weißer Vögel versammelten sich zu einer Wolke, die nach außen explodierte und sich dann wieder zusammenzog. Als die Silberreiher wegflogen, wurden sie langsam immer kleiner, bis sie wieder die Größe von Maismehl hatten.

Osceola war Abihka im Geist näher als jedermann sonst. Abihka hatte Vertrauen zu ihm. Osceola kannte die Tricks des Alten. Er wußte, daß Abihka so lange gewartet hatte, bis die Macht des Schwarzen Getränks bei den Kriegern Halluzinationen ausgelöst hatte. Er hatte das Maismehl genau in dem Moment in die Luft geworfen, in dem die Silberreiher wie jeden Abend zu ihren Schlafplätzen zurückflogen. Aber dennoch – es war eine gelungene Vorstellung.

Osceola sah nur, wie das Mehl sich beschleunigte und davonflog. Es kam nicht darauf an, wie Abihka es zustande gebracht hatte. Er besaß die Gabe, diese Realität mit einer anderen zu vermischen. Er konnte Menschen sehen lassen, was nicht möglich war.

Mit wippenden Federn tanzte Abihka aus dem Lichtschein des Feuers heraus. Als sein zittriger Gesang verebbte, erhob sich Osceola und ging zum Mittelpunkt des Zeremonienplatzes. Der Dezemberwind war kalt, aber Osceola konnte im Schweiß der Männer, die um den Platz saßen, Erregung und Ungeduld riechen. Er konnte spüren, wie ihre Kraft größer wurde und sich verhärtete wie eine in den Flammen von Abihkas Magie ausgeglühte Speerspitze. Als die Schatten länger wurden, wurde die rote und schwarze Farbe auf den Gesichtern der Männer immer grotesker.

Diese Männer waren die besten. Die Kämpfer. Dies waren die Männer, die entschlossen waren, sich der Vertreibung zu widersetzen. Sie warteten darauf, von dem Angriff auf die weißen Soldaten zu hören. Dies waren Männer, die gefürchtet hatten, sie würden alt werden, ohne die Chance zu erhalten, sich Rang und Ehren zu verdienen. Jetzt konnten sie ihren künftigen Enkelkindern von diesen Schlachten erzählen.

»Wir haben zwei Jahre damit verbracht, die Kriegsstädte der Blaujacken zu beobachten«, sagte Osceola. »Unsere Kundschafter haben ihre Trommelsignale gelernt, haben sich ihre Routine eingeprägt, die Zahl ihrer Männer. Sie haben die großen Kanonen gezählt. Sie haben gesehen, wo das Blei und das Pulver gelagert werden. Die schwarzen Menschen, die ihre Sklaven sind, berichten uns von ihren Maßnahmen und ihren Plänen. Wir haben gelernt, was Disziplin bedeutet. Um die weißen Männer zu schlagen, müssen wir die Art und Weise verändern, in der wir immer gekämpft haben. Wir müssen unseren Anführern gehorchen. Wir müssen das Streben nach Ruhm des einzelnen zugunsten des Allgemeinwohls zurückstellen. Die weißen Männer glauben, wir seien alte Frauen.« Er wartete, bis sich das empörte Flüstern gelegt hatte. »Sie glauben, uns fehlte es an Zielstrebigkeit, um vereint zu kämpfen. Wir werden beweisen, daß sie sich irren. Von jeder unserer Städte haben wir ein Bündel mit Stäbchen erhalten. Die symbolisieren die Männer, die sich an dem Kampf beteiligen werden. Wir haben dreimal so viele Krieger wie die Blaujacken. Wir kennen das Land. Sie nicht. Sie sind wie Fische in den Bäumen. Wir werden die Weißen an drei Orten gleichzeitig überfallen, damit sie einander nicht zu Hilfe kommen können. Emathla wird den Kriegszug mit seinem Sohn Wild Cat leiten. Jumper wird den Überfall im Westen mit Alligator führen. Ich brauche nur eine kleine Gruppe, um in der Mitte zuzuschlagen, in Fort King. Wenn ihr euch entschieden habt, welchem Kriegstrupp ihr euch anschließen wollt, werden die Anführer euch ausführliche Anweisungen geben. Wir sind stark. Wir werden bis zum letzten Atemzug kämpfen, um unsere Häuser zu verteidigen. Unsere Kriegsbeile und Gewehre dürsten nach dem Blut des Feindes. Sie werden schon bald genug davon zu trinken bekommen.«

Osceola warf den Kopf in den Nacken und heulte dem aufgehenden Geistermond seinen Schlachtruf entgegen. Siebenhundert Krieger taten es ihm nach. In der Ferne nahmen Wölfe den Ruf auf. Osceolas Nackenhaar sträubte sich. Freudige Erregung breitete sich in ihm aus, machte ihn leicht, stark, unbesiegbar. Er war berauscht von der Aussicht auf Krieg und seine sehr persönliche Rache.

36

Als Joseph Hernandez die Plantagenbesitzer der Ostküste organisierte, damit sie ihre Familien und ihr Eigentum schützen konnten, gaben sie sich den Spitznamen Mosquito Roarers. Sie waren John von Bülows Nachbarn, doch als sie durch das grüne Gewölbe der Virginia-Eichen auf sein Haus zuritten, erwarteten sie kein herzliches Willkommen. John, den Wild Cat Maggot nannte, hatte in der Gegend von New Smyrna nur wenige Freunde. Seine Trinkgelage und sein wildes Benehmen waren selbst für diese verkommene Gesellschaft zuviel. Schwere Artillerie hatten sie jedoch nicht erwartet.

Neben John kauerte sein kleines spanisches Feldgeschütz wie ein treuer Hund zwischen den großen Holzrädern seiner Lafette. Der Vierpfünder saß hinten auf dem langen Holzschaft seines Schwanzstücks. Die in die Höhe ragende Mündung des Laufs schien den Feind erschnuppern zu wollen. Dessen Geruch war kaum zu verfehlen.

Fünf von Johns Sklaven, die zum Dienst als Kanoniere gepreßt worden waren, warteten nervös in der Nähe. Sie hatten sich gegen die feuchte Dezemberkälte Decken und Leinwandsäcke um die Schultern gebunden. Ihr Artilleriewerkzeug – die Gießkelle mit dem langen Handgriff und den Wischer, die Hebestange, den Krätzer und den Ladestock – hatten sie wie Waffen geschultert. So hatten sie Weihnachten nicht verbringen wollen.

Die Haussklaven lugten hinter den staubigen Vorhängen der Vorderfenster hervor. Zwei von Johns älteren Kindern, welche die Farbe von Kaffee mit Sahne hatten, hatten sich in der hohen

Gabelung einer Eiche versteckt. Rundäugig wie Flughörnchen starrten sie auf die Szene hinunter.

John hielt die lange Rute mit der Zündschnur hoch. Er sog theatralisch an seiner Zigarre und zündete die Lunte damit an. Die Funken sprühten ein wenig, als er in der Nähe des Zündlochs der Kanone damit herumwedelte. Einige der Männer rissen ihre Pferde zur Seite. John hatte getrunken, und er war unberechenbar, nicht von Sinnen. Es konnte sein, daß er die Kanone aus Versehen feuern ließ.

»Machen Sie keine Dummheiten, von Bülow.« General Hernandez saß ruhig auf seinem Pferd direkt in der Schußlinie. »Wir brauchen Ihr Haus, um unsere Truppen unterzubringen. Viele von ihnen leiden an Gelbfieber und an der Ruhr. Schließlich verteidigen wir auch Bülowville, verdammt noch mal.«

»Zum Teufel mit Ihnen und Ihrem Makkaroni-Pöbel und dem schmutzigen Hund, der Sie gezeugt hat.« Johns Hand fuchtelte wieder gefährlich nahe am Zündloch herum. Die Kinder in den Bäumen legten sich die Hände an die Ohren. »Wild Cat ist mein Freund.« John rief so laut, daß Wild Cat es hören konnte. John hatte den Verdacht, daß er sich irgendwo in der Nähe aufhielt. »Sie werden die Gegner nur auf uns aufmerksam machen. Meine Farbigen und ich können uns selbst schützen.«

»Sie sind zu betrunken, um auch nur den Topf zu schützen, in den Sie pissen.«

»Krieg mit Ihnen ist so, als würde man Schweine scheren ...« John fuchtelte mit der Zündschnur herum, als wäre es die Rute eines Schulmeisters. »Großes Geschrei und wenig Wolle.«

»Legen Sie die Lunte beiseite, mein Junge, oder mein Stutzen wird Ihnen nichts mehr lassen, woran Sie Ihre Ohren aufhängen können.« Douglas Dummet stand hinter John auf der breiten Veranda. Seine Muskete mit der trichterförmigen Mündung war auf Johns Kopf gerichtet.

»Sie würden nicht schießen, Sie arschköpfiger Dreckskerl.«

Dummet zeigte ein schurkisches Lächeln. Unter dem verfilzten schwarzen Bart blitzten seine tabakfleckigen Zähne bernsteingelb. »Ich würde schießen. Mit Vergnügen.«

»*Carajo!* An diesem alten Kracher fehlt ja das Verschlußstück.« Hernandez trieb sein Pferd etwas näher heran, um die Kanone zu studieren und John die Zündschnur zu entreißen. »Das Geschütz ist nicht zu gebrauchen. Was für ein Jammer. Beeilt euch, Jungs. Die Baumwollschuppen sind da drüben.«

»Was haben Sie vor?« wollte John wissen.

»Wir werden mit den Ballen eine Brustwehr um das Haus bauen.« Hernandez zeigte mit der Lunte.

»Ebensogut könnten Sie die Tür mit einer gekochten Mohrrübe verriegeln«, sagte John bitter. »Baumwolle wird Wild Cat nicht aufhalten.«

John hatte recht. Zwei Tage, nachdem die Mosquito Roarers abgezogen waren, wobei die Gesunden die Kranken auf Tragen fortgebracht hatten, kam Wild Cat nach Bülowville. Er wußte, daß die Mosquito Roarers dagewesen waren, und nahm an, sein junger Freund habe ihn verraten. Er setzte die sechsundvierzig Sklavenhütten der Plantage in Brand, die Zuckerrohrmühle, die Baumwollschuppen, den Landeplatz und die Ställe. Er rettete den Wein in Johns prall gefülltem Keller, doch als er das Haus niederbrannte, gingen auch die Hunderte von Büchern der Bibliothek in Flammen auf.

Allein am Weihnachtstag brannten Wild Cat und seine Männer fünf Plantagen nieder. Auf einer Strecke von dreihundertfünfzig Meilen, von Saint Augustine bis zu den Florida Keys, zerstörte er Häuser und Ernten und brachte die Sklaven auf seine Seite. Etwa dreihundert Schwarze schlossen sich den Seminolen an, manche freiwillig, manche nicht. Schon bald überwucherten Schlingpflanzen den geschwärzten Schutt. Nur die massiven Kalksteinkamine blieben stehen. Sie erhoben sich aus dem Gestrüpp wie aufragende Gedenksteine für ein einst blühendes Gemeinwesen, das jetzt tot war.

Ein eisiger Regen trommelte auf die platten, einander überlappenden Palmwedel über Osceolas Kopf. Ein noch eisigerer Wind ließ sie rascheln. Osceola lag in dem Fächerpalmendikkicht in der Nähe des Ladens der Agentur auf dem Bauch. Er hatte die Schwanzfeder eines Vogels in das Zündloch seines Gewehrs gesteckt, um es vor dem Regen zu schützen. Er vertraute darauf, daß es feuerte, wenn die Zeit kam.

Die Sonne war vor drei Stunden aufgegangen, obwohl sie hinter dunklen Wolken verborgen war. Osceola lag schon seit dem letzten Nachmittag hier. Sein Kriegstrupp war über das ganze Dickicht verstreut, aber er konnte nur die wenigen Männer sehen, die ganz in seiner Nähe lagen. Den Rest schienen die Fächerpalmen verschluckt zu haben.

Wie die meisten seiner Männer trug Osceola nichts außer den über kreuz geschlungenen Riemen für sein Pulverhorn und den Kugelbeutel sowie die Lederrolle, die seine heilige Medizin enthielt. Die Krieger hatten mit Abihkas Medizin gebadet, was sie unsichtbar machte. Kleidung konnte jedoch gesehen werden. Osceolas schlanker brauner Körper verschmolz mit den Baumstämmen der Palmen. Eine Diamantklapperschlange, die aus ihrem Erdloch herausgespült worden war, hatte sich für ein paar Stunden an der Wärme von Osceolas Seite zusammengerollt. Er hatte sich stumm und liebenswürdig mit ihr unterhalten und ihr dann Lebewohl gewünscht, als sie sich davonschlängelte.

In den vierundzwanzig Stunden, in denen er das Fort beobachtet hatte, hatte Osceola sechsundvierzig Soldaten gezählt, nur fünfzehn mehr als in seinem Kriegstrupp. Seinen Freund John Goode sah er nicht. Er war froh darüber. Es würde leichter gehen, als er geplant hatte. Er hatte mehr Mühe, seine freudige Erregung im Zaum zu halten, als die Krämpfe in den Beinen zu ignorieren. Wenn seine Bitterkeit ihn schon nicht wärmte, stumpfte sie ihn zumindest gegen die Elemente ab. *Wir schätzen unseren Haß ebensosehr wie unsere Liebe.*

Als er dort lag, schenkte Osceola Trout Leader ein paar bittere Gedanken und bedachte, wie sich Liebe in Haß verwandeln konnte. Trout Leader hatte gewußt, daß er mit dem Tod bedroht war. Dennoch hatte er stoisch seine Vorbereitungen fortgesetzt, um mit seiner Familie und seinen einhundert Anhängern nach Westen zu ziehen. Osceola hatte ihn auf dem Pfad von Fort King gefunden.

»Sei gegrüßt, Neffe«, sagte Trout Leader.

»Onkel, im Namen des Nationalrats bitte ich dich, unser Land nicht im Stich zu lassen.« Osceola hatte diesen Moment seit Monaten gefürchtet.

»Sie haben dich also geschickt, Cricket.«

»Ich bin froh, daß ich gekommen bin. Du hast uns verraten. Du verdienst den Tod.«

»Ich liebe mein Volk. Ich kann es nicht mitansehen, daß man die Menschen hinschlachtet. Meine Seele könnte es nicht ertragen. Ich muß sie wegbringen.«

Osceola hob sein Gewehr.

»Überlege, was du da tun willst, *Tastanagee.*« Abraham beugte sich von seinem Pferd herunter und schob den Lauf in den Himmel. Osceola funkelte ihn an und erwiderte ruhig den Blick. Osceola wußte, daß Mikanopee Abraham geschickt hatte, um ein Blutvergießen nach Möglichkeit zu verhindern. »Wenn du ihn tötest, wird Bruder gegen Bruder stehen wie in den alten Tagen«, sagte Abraham.

»*Talasee Tastanagee* muß seine Pflicht tun so wie ich die meine.« Trout Leader richtete sich im Sattel zu voller Größe auf, um ein besseres Ziel zu bieten. Er nahm die Füße aus den Steigbügeln, damit sie seinen Sturz nicht behinderten. Er sah, wie Osceola erneut sein Gewehr hob und feuerte.

Der alte Mann stürzte kopfüber vom Pferd. Während seine Töchter wehklagend ihre Trauer hinausschrien, saß Osceola ab. Er schnitt die lederne Geldbörse von Trout Leaders Gürtel ab und ließ die Silbermünzen in die Hand fallen. Sie waren die Bezahlung der Regierung für den Verkauf von Trout Leaders Vieh. Osceola spie auf die glänzenden Metallscheiben und warf sie in die Luft. Sie glitzerten im Sonnenschein, als sie auf Trout Leaders Leiche fielen.

Drei Wochen lang lag die Leiche neben dem Pfad, bis ein Trupp von Fort King sich herauswagte, um ihn zu begraben. Das war erst vor wenigen Tagen gewesen. Nicht einmal Trout Leaders Familie wagte es, ihn anzurühren. Als die Soldaten kamen, blieben die Münzen unberührt mit Ausnahme einiger weniger, mit denen Krähen davonflogen.

Trout Leaders Hinrichtung hatte sein Volk und auch die Weißen in Panik versetzt. Die Gegend war plötzlich wie leergefegt. Jetzt befand sich der größte Teil von Fort Kings Garnison auf Clinchs Plantage im Norden, um die Siedler dort zu schützen. Das war der Grund, weshalb sich jetzt nur so wenige Männer hier aufhielten.

In der Nähe hörte Osceola das laute Rascheln eines großen Waschbärs. Der Marketender Erastus Rogers und seine Helfer waren neun Meter entfernt bei der Arbeit. Osceola wartete darauf, daß sie das Geräusch bemerkten. Als der Waschbär wegwatschelte, würdigte keiner der weißen Männer das Dickicht auch nur eines Blicks. Die Soldaten, die dabei waren, die Palisaden zu verstärken, ignorierten es ebenfalls.

In ihrer Zeit in Fort King hatten sie schon Tausende von Waschbären gehört, die in dem Dickicht nach Beeren und Vogeleiern suchten. Neuankömmlinge lagen nachts oft wach und lauschten den Waschbären und Skunks. Dem ungeheuren Lärm nach zu urteilen, den sie machten, hätte es sich leicht um eine Gruppe von Bären oder Horden beutegieriger Wilder handeln können, die sich näherten. Mit der Zeit lernten die Soldaten, trotz des Lärms zu schlafen.

Sie hatten sogar gelernt, Trost darin zu finden. Daß Fächerpalmen auf ganzen Morgen von Land raschelten, war sowohl eine Warnung als auch eine Barriere. Der Dschungel war der dornige Zufluchtsort von Skorpionen, Bären und Klapperschlangen. Wenn schon ein Waschbär es nicht schaffte, sich ohne Radau durch das Dickicht zu bewegen, konnte es ein Mann gewiß nicht. Und dreißig Männer schon gar nicht.

Osceola atmete leise aus, als die weißen Männer damit fortfuhren, ihre Lasten zu schleppen, zu fluchen und Dinge in den Schlamm fallen zu lassen. Rogers und seine beiden Helfer luden das Warenlager des Ladens auf einen Wagen. Eine Wagenladung hatten sie schon den Hügel hinaufgeschafft und im Fort in Sicherheit gebracht. Jetzt machten sie sich für die zweite Fuhre bereit.

Der Regen hörte schließlich auf, und erste Sonnenstrahlen durchbrachen die Wolken. Um Osceola herum lagen seine Männer unsichtbar in Bereitschaft und warteten auf sein Signal zum Angriff. Wenn er es für richtig hielt, die lange, kühle Nacht abzuwarten und noch den ganzen nächsten Tag, bevor er das Signal gab, war es nicht zu ändern. Was Osceola betraf, hatte er fast sieben Monate darauf gewartet, Wiley Thompson zu töten. Er war bereit, noch ein paar Stunden mehr zu warten.

Gegen zwei Uhr nachmittags fuhren Rogers und seine Männer den Hügel hinauf und durch das Tor des Forts. Als sie zurückkehrten, gingen sie in das Haus des Marketenders, um zu essen. Um halb vier schlenderten Wiley Thompson und ein Gefährte durch das Tor.

Osceola beobachtete, wie sie ihre Zigarren anzündeten und genießerisch den Rauch einsogen. Sie gingen am Haus des Marketenders vorbei und kamen so nahe, daß Osceola den Rauch von Thompsons Havanna riechen konnte. Osceola neigte den Kopf leicht zur Seite, um die beiden auch weiterhin durch das Gitter von Palmwedeln zu sehen. Er stützte sich auf die Ellbogen, hob langsam sein Gewehr und zielte.

Als Osceola feuerte, taten es auch die anderen Männer. Thompson riß die Hände hoch. Ein Blick des Erstaunens huschte ihm übers Gesicht, als er durch die Wucht von vierzehn Kugeln nach hinten geschleudert wurde. Die Schüsse hallten an der Palisade des Forts wider und brachen die winterliche Stille. Ihr Widerhall war immer noch zu hören, als die Wachposten begannen, das schwere Tor zu schließen. Thompsons Freund war ebenfalls tot, bevor er auf der Erde aufschlug.

Osceola schrie seinen Schlachtruf hinaus, als er aus dem Palmendickicht hervorstürzte und sich über Thompsons Leiche beugte. Er hob das Messer über den Kopf und stieß es mit aller Kraft nach unten. Es zog den schweren Wollmantel und das Hemd in den Leichnam, als es sich Thompson ins Herz bohrte. Dunkelrotes Blut spritzte hervor und breitete sich dann langsam aus, bis es sich mit den Blutflecken der anderen Wunden mischte.

»Du hättest mich töten sollen, als du mich in Ketten legtest«, zischte Osceola. »Wenn deine Seele jetzt auf dem Wind dahingleitet, wird sie von meinem Pfad zurückzucken.« Aber Osceola war enttäuscht, daß Thompson so schnell gestorben war. Abihka sagte, Rache sei süßer als die Liebe einer Frau. Er hatte unrecht. Rache war notwendig. Die Vorfreude darauf hielt einen Mann bei Widrigkeiten aufrecht; der Vollzug der Rache war jedoch eine traurige, enttäuschende Angelegenheit. Osceola fühlte sich plötzlich müde.

Als er sich hinkniete und sich über den Toten beugte, konnte er aus dem Haus des Marketenders Schüsse und gedämpfte

Schreie hören. Er packte das stahlgraue Haar des Agenten und straffte es. Mit schnellen, geschickten Bewegungen schnitt er einen säuberlichen Kreis in den Skalp. Mit einem Ruck des Handgelenks riß er die Haut ab. Er trat über die Leiche hinweg, ohne sich noch einmal umzusehen. Er band sich Thompsons blutgetränktes Haar an den Schulterriemen neben seine Messerscheide und rannte los, um sich seinen Männern im Haus anzuschließen.

Rogers und drei andere lagen in der Nähe des Tischs. In ihren Tellern standen Blutlachen. Der Schädel eines Mannes war mit einem Kriegsbeil zerschmettert worden. Hirnmasse war an die Wand gespritzt. Die Stühle waren umgekippt, als die Männer zu flüchten versuchten. Ihre Beine hatten sich in den Stegen zwischen den Stuhlbeinen verhakt. Als man ihnen ihre Skalps genommen hatte, waren die Muskeln ihrer Gesichter erschlafft. Sie sahen aus, als wären sie in wenigen Sekunden um ein ganzes Menschenleben gealtert.

Die Krieger waren dabei, den Laden im Nebenraum zu plündern. Sie suchten nach Pulver, Blei oder Waffen, aber Rogers hatte alles ausgeräumt.

»Wir müssen weiterkämpfen«, rief Osceola. Jetzt, wo seine Blutschuld mit Thompsons Tod beglichen war, hatte er es eilig. Die meisten Männer des Kriegstrupps hatten keine Pferde, so daß auch Osceola zu Fuß gekommen war. Jetzt mußten sie alle dreißig Meilen zum Wahoo-Sumpf in der Nähe der Militärstraße von Fort Brooke laufen. Dort sollten sie sich Jumper und Alligator bei einem Überfall auf eine Kolonne anschließen, die zum Entsatz der belagerten Garnison hierher marschierte.

Die Männer verschmolzen mit den Fächerpalmen, bevor das sporadische Feuer von den Palisaden irgendwelche Wirkung haben konnte. Sie waren gerade verschwunden, als Colonel Crane herangaloppierte. Er hatte die Schüsse vom Wald aus gehört. Er war auf die Jagd gegangen, um die bejammernswerten Armeerationen aufzubessern. Er lud beim Reiten seine Pistolen.

Er kam gerade noch rechtzeitig, um das Rascheln des Kriegstrupps bei dessen überstürzter Flucht zu hören. Dann hörte er Osceolas unverkennbaren Schrei. Er war ein markerschütterndes Echo des Schlachtrufs, den er an dem Tag gehört hatte, an dem Osceola aus dem Wachhaus entlassen wurde. Crane sprang vom Pferd.

»Mein Gott.« Er starrte auf Wiley Thompsons blutgetränkte Kleidung. Der zerfetzte Skalp des Toten sah aus, als hätte irgendein wildes Tier zugebissen. »Mein Gott.«

37

Nackt war Mikanopee kein schöner Anblick. Klumpen von Fleisch schienen ihm in die Leistengegend zu fließen. Sein kleiner, purpurroter Penis und das Skrotum waren in den weichen braunen Rundungen verborgen. Seine Hängebacken baumelten wie Satteltaschen an den Seiten seiner breiten Nase und der Lippen.

Seine Leibesfülle hielt ihn nicht warm, als er hinter den ausgefransten Fächern der riesigen Fächerpalme kauerte. Er zitterte in dem kalten Wind. Der eisige Sprühregen hatte seine Federn durchnäßt. Sie hingen schlaff und aufgeweicht an der Seite seines nassen Turbans. Er keuchte mit jedem dampfenden Atemzug so laut, daß Alligator fürchtete, er würde die näher kommenden Soldaten auf sich aufmerksam machen.

Mikanopee saß in der Falle. So wie er in seinem Körper gefangen war, war er es auch in einer Rolle, für die er ungeeignet war. Major Dade war ein Freund von ihm gewesen, und er hatte wenige Freunde. Der hochgewachsene Soldat mit dem Schnurrbart hatte Tabak mit ihm geteilt, hatte mit ihm gescherzt, war freundlich zu ihm gewesen. Jetzt würde Mikanopee ihn töten müssen.

»Ich sage, wir warten auf *Talasee Tastanagee.*« Die Kälte hatte sich auf Mikanopee gelegt, und er schniefte geräuschvoll.

»Wir haben so lange gewartet, wie wir können. Osceola muß aufgehalten worden sein, als er Sinnmacher Tahm-sahn tötete.« Im Rat war Jumper höflich zu seinem König. Privat war er es nicht. »Drei Tage lang haben wir jede Gelegenheit zum Angriff verstreichen lassen. Dies ist unsere letzte Chance. Wir werden nicht zulassen, daß die Vorbereitungen eines Jahres wegen deiner Feigheit zunichte werden.«

»Sie kommen.« Alligator riß seine Muskete hoch und straffte sich. Er und die hundertachtzig anderen Krieger hatten bis zum Tagesanbruch durchgetanzt, um sich warm zu halten. Dann hatten sie sich in den Fächerpalmen und dem hohen Gras des Kiefernwalds versteckt. Jeder hatte nahe der Militärstraße Deckung gesucht und sich hingekauert, um zu warten.

Alligator hatte hier im Regen seit zwei Stunden hinter dieser Kiefer Posten bezogen. Seine besondere Medizin hatte ihn für Kugeln unverwundbar gemacht, und so trug er sein bestes Hemd und die schönsten Beinlinge, aber ihm war immer noch kalt. Die Glut des Tanzes war längst erstorben und durch eine nasse Kühle ersetzt worden. Alligator war kampfbereit. Der Kampf kann einen Mann genauso wirkungsvoll wärmen wie der Tanz.

Und wenn ich auch wandelte im finstern Tal, so wird mir nichts mangeln. Soldat Joseph Taylor war kein religiöser Mann, aber diese Zeile ging ihm seit drei Tagen nicht mehr aus dem Kopf. *Mir wird nichts mangeln.* Der Satz wiederholte sich im Lärm des nächtlichen Biwaks und bei dem täglichen Marsch. Der Rhythmus der Worte war ebenso stetig wie der der Trommeln, die der langen Marschkolonne von Männern das Tempo vorgaben.

Das finstere Tal war Soldat Taylor bestens vertraut. Es erstreckte sich von Fort Brooke bis hierher, zwei Drittel der Wegstrecke nach Fort King, über sechzig Meilen. Es bestand aus dichtem, wucherndem Dschungel, in dem Seminolen sich auf Armeslänge von ihren Opfern entfernt verstecken konnten. Es war ein Labyrinth aus säulenartigen Zypressen, die so hoch waren, daß nur der hohe steife Kragen der Uniform den Soldaten Taylor daran hinderte, den Kopf so weit in den Nacken zu legen, daß er die Wipfel sehen konnte. Moos hing von den kahlen Ästen wie uralte, staubige Spinnweben.

Das finstere Tal, das waren Meilen schwefelhaltigen, pechschwarzen Wassers. Dort versanken die Männer bis zur Taille im Schlamm, und giftige Schlangen fielen von den Bäumen. Es war ein Ort, an dem ein halb untergetauchter Baumstamm plötzlich hochschoß und sich als das weit aufgerissene und zischende Maul eines Alligators entpuppte. Stechende Insekten schwärmten selbst jetzt noch, Ende Dezember, in Wolken, die nicht von ihren Opfern abließen. In dem finsteren Tal kreischten Vögel wie Frauen im Todeskampf, und die Luft war so dick mit Bösem und Verwesung erfüllt, daß man nicht atmen konnte, ohne zu würgen.

Die Armeestraße führte um den schlimmsten Teil des Sumpflands an der Quelle des Hillborough River herum; Soldat Taylor hatte jedoch viel Zeit mit der Schulter an den riesigen, schlammbedeckten Rädern der Dearborn-Wagen zugebracht. Es hatte zwei Tage lang geregnet, und ganze Meilen des Wegs waren überflutet worden. Wo er nicht überflutet war, machte tiefer Sand das Gehen genauso schwer. Das Wegräumen umgestürzter Bäume war so anstrengend, daß diejenigen, die an der Spitze der Kolonne marschierten, alle zwei Stunden ans hintere Ende beordert wurden.

Es waren jedoch weder die Sümpfe, der Dschungel noch der Schlamm, die dieses Tal zu einem finsteren Tal machten. Es waren die Seminolen. Gerüchte wollten wissen, da draußen befänden sich eintausend oder mehr von ihnen. Jeder Mann in der Kolonne hörte Vögel, von denen die alten Florida-Veteranen sagten, deren Rufe könne man sonst um diese Jahreszeit nicht hören. Die Männer spürten die unsichtbaren Augen. Sie rochen den Gestank von feuchtem, verkohltem Holz, bevor sie an jedem Flußübergang die halbverbrannten Brücken sahen.

Mit ihren Musketen und neuen Gewehren über den Köpfen hatten die Soldaten die kalten Flüsse durchwatet und darauf gewartet, daß das Gewehrfeuer des Feindes sie niedermähte. Bei einer Flußüberquerung war die Kanone von einem eilig zusammengezimmerten Floß gefallen, und sie hatten den Weihnachtstag damit zugebracht, sie aus dem Fluß zu ziehen. Doch trotz der Gelegenheit zu einem Hinterhalt kam kein Angriff. Das war so rätselhaft, daß es den Männern zu schaffen machte.

Die Seminolen konnten sie leicht finden. Zwischen Fort Brooke und Fort King gab es nur eine schmale Straße. Die Zweierreihe der Männer verschwand in den Kurven außer Sichtweite. Die Doppelreihe schwarzer Militärmützen erinnerte an die Streifen einer riesigen blauen Netzklapperschlange. Einhundert Männer in leuchtend blauen Uniformen mit Trommeln und Pfeifen, mit Pferden und Wagen und einer schwerfällig dahinrumpelnden Kanone auf ihrem Protzwagen ließen sich unmöglich verbergen.

Dennoch wünschte sich Taylor, die Männer würden nicht so laut sprechen und die Trommler nicht den Takt zum Gleichschritt schlagen. Er wünschte, die Achsen der Dearborn-Wagen und des Protzwagens für die stämmige Sechs-Pfund-Kanone würden nicht so kreischen wie all die verdammten Seelen im Fegefeuer. Er wünschte, die Ketten des Pferdegeschirrs würden nicht so klirren. Am meisten wünschte er sich jedoch, wieder zu Hause zu sein.

Taylor war Musiker. Er war sechsunddreißig Jahre alt. Kein junger Mann. Und ganz gewiß kein Abenteurer mit strahlenden Augen.

»Weißt du, was der Werber mir sagte?« fragte er den Mann, der rechts von ihm ging.

Der dreiundzwanzigjährige Ransom Clarke grinste und zog seinen knielangen Wollmantel enger um sich. Wie die meisten der Soldaten hatte er das Zündloch seiner Muskete verstopft und unter dem zugeknöpften Mantel versteckt, um sie vor dem Regen zu schützen. Das Bajonett ragte zwischen den Rockaufschlägen hervor und strich ihm fast zärtlich über die dunklen Bartstoppeln auf der Wange.

Aus einiger Entfernung sahen die Soldaten in ihren dunkelblauen Mänteln und Umhängen und ihren hellblauen Hosen schmuck aus. Doch die Uniformen waren zerfetzt. Das Sumpfwasser hatte braune Flecken hinterlassen. Die verfilzte, feuchte Wolle scheuerte schrecklich.

»Der Scheißkerl sagte, ›Florida ist ein Land mit einem so gesunden Klima, daß die Leute jemanden erschießen müssen, wenn sie einen Friedhof anlegen wollen‹«, knurrte Joseph Taylor.

»Es wäre mir lieber, du würdest nicht vom Schießen und vom Füllen von Friedhöfen sprechen, besten Dank, Joseph«, sagte Ransom.

»Ich hätte nie erwartet, daß das Wetter so kalt sein würde.« Taylor zog sich die pelzgefütterten Ohrenklappen seiner hohen Mütze tiefer über die roten Ohren. Die Männer hatten in durchnäßtem Gras geschlafen, das ihnen bis zur Brust wuchs, und waren immer noch bis auf die Haut durchnäßt.

»Es ist nicht die Kälte«, sagte ein Mann aus Vermont. »Es ist die Feuchtigkeit.«

»Wir riechen wie ein Rudel nasser Spaniels«, murrte der Soldat, der vor Clarke ging. »Meine Füße werden in diesen Stiefeln schon so lange mariniert, daß sie inzwischen Corned beef sein könnten.«

»Typisch Armee, für den Kampf in Sümpfen Halbstiefel auszugeben.«

»Wenigstens werden wir es nicht mit Osceolas gottverdammten Niggern zu tun haben«, sagte Soldat Neeley.

Die Straße stieg jetzt hügelan und führte in den Kiefernwald, der sie bis zum Ziel umgeben würde. Der von den Wagen aufgewühlte Schlamm wurde weniger tief. Die Fächerpalmen und das hohe Gras boten immer noch Deckung für einen Hinterhalt, doch die Kiefernwälder waren viel offener als das Land, durch das sie gekommen waren. In Kiefernwäldern hatte eine Armee Bewegungsfreiheit.

Die graugrünen Finger der Fächerpalmwedel ragten aus dem Bodennebel, der um die Bäume waberte. Als der Regen aufhörte, schnitten Sonnenstrahlen durch die taubengrauen Wolken. Der Rauhreif, der die Büsche bedeckte, begann zu schmelzen. Jemand an der Spitze der Kolonne begann zu singen: »God rest ye, merry gentlemen, let nothing you dismay.« Andere fielen ein.

Captain George Washington Gardiner von der Second Artillery schloß zu seinen Männern in Kompanie C auf. Sein kleiner Hund trottete neben seinem Pferd her. Gardiner war gerade einen Meter fünfzig groß und so rund und massig wie die von ihm so geschätzte Kanone.

»Nun, sind Sie nicht froh, dabeizusein, Captain?« flötete Soldat Clarke.

»Hätte es um keinen Preis der Welt verpassen mögen.« Gardiner hätte die Truppen anführen sollen, doch seine Frau war erkrankt, so daß Major Dade das Kommando übernahm. Gardiner hätte an Bord des Dampfers gehen können, der seine Frau zum Marinehospital in Key West brachte. Statt dessen hatte er sich beeilt, seine Männer und seine Kanone einzuholen. Er hatte immer noch seinen schwarzen Gehrock an. Aus militärischem Anstand hatte er darauf bestanden, daß Major Dade das Kommando behielt.

Fast die Hälfte der Männer in der Marschkolonne waren Ausländer. Nur wenige von ihnen waren Berufssoldaten. Unter ihnen waren Hutmacher und Farmer, Buchhalter, Spinner und Weber, Schneider, Schuhmacher und sogar ein irischer Friseur. Major Francis Langhorn Dade jedoch war das Urbild des perfekten Soldaten.

Er war so hochgewachsen wie Gardiner klein. Goldene Schulterstücke mit schweren Fransen machten seine ohnehin breiten Schultern noch breiter. Seine Stiefel waren frisch geschwärzt. Seine schlanken Hände in den weißen Handschuhen hielten lässig die Zügel. Sein doppelläufiges Gewehr steckte in einer passenden Hülle, die an seinem Sattelknopf hing. Sein langer geschwungener Säbel hing an seiner Seite.

Außer seinem guten Aussehen besaß er noch eine ganze Menge Mut. Er hatte geprahlt, er werde einhundert Männer ungestraft durch feindliches Territorium führen. Seine Männer waren erleichtert zu sehen, daß er seiner Prahlerei gerecht werden würde. Er besaß alle Qualifikationen des perfekten Soldaten bis auf eine. Urteilsvermögen. Er versäumte es, die Flanken zu sichern und Kundschafter ins Gelände zu schicken. Er ließ es zu, daß die Männer ihre Gewehre und Musketen in ihren zugeknöpften Mänteln trugen.

Die Nachhut der Kolonne betrat den Kiefernwald und schlängelte sich durch die dichtstehenden Fächerpalmen. An der Spitze richtete sich Dade in den Steigbügeln auf. Seine kräftige Stimme war noch bei den letzten Männern zu hören.

»Seid frohen Muts«, rief er. »Unsere Schwierigkeiten und die Gefahren sind jetzt vorüber. Sobald wir in Fort King ankommen, könnt ihr euch drei Tage ausruhen und fröhlich Weihnachten feiern!«

Das Hussa der Soldaten ertränkte den Knall des einsamen Gewehrs. Major Dade sackte langsam in seinem polierten Sattel zusammen. Sein Kopf neigte sich nach vorn und strich an der säuberlich gekämmten Mähne seines Pferds entlang, als er an einer Seite herunterfiel. Mit Jumpers Kugel im Herzen war er tot, bevor er den Erdboden berührte.

Die Krieger standen in dem Palmendickicht auf und eröffneten das Feuer. Das Krachen ihrer Gewehre und ihre heulenden Schreie erfüllten den stillen Wald. Blauer Rauch mischte sich mit dem Nebel. Die Krieger hatten ihre nackten Leiber rot angemalt. Sie sehen aus wie rote Pfefferschoten auf einer Lichtschnur, dachte Soldat Taylor mit einem kurzen, seltsamen Gefühl von Gleichgültigkeit.

Die erste Salve mähte die Soldaten nieder, als sie versuchten, ihre Musketen aus den Mänteln zu ziehen. Durch die blauen Rauchwolken mit ihrem beißenden Geruch roch Taylor Kot und Urin und erkannte, daß er sich beschmutzt hatte. Er schluchzte, als er mit steifen kalten Fingern an den lästigen Knöpfen von Umhang und Mantel herumnestelte.

Als Taylor schließlich beide Knopfreihen geöffnet hatte, verfluchte er sein Gewehr, das sich in seinem Mantel verfangen hatte. Der Riemen seiner Patronenschachtel hatte sich in dem weißen Kreuzbandelier verhakt. Taylor ließ sich auf ein Knie nieder und versuchte mit zitternden Händen zu laden. Als er das verdrehte Papier vom Ende abbiß, vergoß er Pulver in den Schlamm.

»Oh, Scheiße«, schluchzte er. »Scheiße. Scheiße.« Wenn sie nur alle aufhören würden zu schreien. Wenn die Gewehre doch nur aufhören würden zu feuern, konnte er vielleicht noch denken.

»Kanone bereitmachen, verdammt!« Captain Gardiner fuchtelte so heftig mit seinem Säbel herum, daß er ihm um die Ohren pfiff. Er würzte seine Anweisungen mit Flüchen und galoppierte an der durchbrochenen Gefechtslinie auf und ab. »Geht in Deckung, verdammt noch mal! Bewegt euch!«

Gardiner ordnete die Männer allmählich in Gefechtsformation. Das halbe Kommando lag tot da oder wand sich im Schlamm. Nach der ersten Salve aus den Fächerpalmen wurde das Feuer spärlicher. Es waren nur noch einzelne Schüsse zu hören, als Jumpers Männer nachluden.

»Bei der zweiten Salve werden sie nicht besser schießen als eine Meute von Spaniern«, rief Gardiner. »Ladet und zielt sorgfältig. Haltet rechts vom Feuerschein der Mündung.«

Gardiner wußte, daß die Seminolen vor der Schlacht Zeit gehabt hatten, sorgfältig zu laden. Danach verpaßten sie oft das richtige Pulvermaß und verschütteten Pulver in ihre verschwitzten Hände. Oder sie vergaßen, die Kugeln festzustopfen, so daß diese lose in den Musketenläufen herumrollten.

Taylor und die anderen Überlebenden wichen langsam in die Deckung der Bäume zurück. Als Taylor zielte und feuerte, lauschte er angestrengt, um einen Schrei oder irgendeinen Hinweis darauf zu hören, daß seine Kugel ein Ziel gefunden hatte. Als die Seminolen das Feuer erwiderten, klatschten ihre Kugeln wie Kiesbrocken in die Kiefernstämme. Verwundete Soldaten krochen in Deckung oder schleiften Leichen heran, die sie zu Barrikaden auftürmten. So lagen sie hinter ihren Toten und schossen.

Das Zweiergespann zog die eine halbe Tonne schwere Kanone und die Lafette im Eiltempo den Weg hinunter. Die großen Räder rollten über Gefallene hinweg, bis die zweite Salve der Seminolen die Pferde zu Fall brachte. Taylor half, die Lafette von dem zweirädrigen Karren herunterzuziehen, der immer noch an die wild zuckenden Tiere gespannt war. Die Männer stießen die Hebestange in den Ringbolzen der Lafette und wuchteten sie herum.

»Wischer!« rief Gardiner. »Laden! Zielen! Zielt doch, um Gottes willen! Keine Zeit zum Zielen. Waagerecht feuern.« Die Explosion und die tödliche Flugbahn der Kanonenkugel zerstreute die Seminolen, die ihr in den Weg gerieten, aber Jumper und Alligator hatten ihre Männer gut ausgebildet. Ihre Reihen hielten.

Als der Rauch sich verzog, konzentrierten die Seminolen ihr Feuer auf die Kanoniere, doch kaum hatten sie einen Soldaten getötet, nahm ein anderer dessen Platz ein. Die Kanoniere gingen methodisch zu Werke – wischten, zogen die Hülse, luden, feuerten – und luden viermal in der Minute.

Während der Sechspfünder die Seminolen festgenagelt hielt, rannte Captain Gardiner hin und her, des Kugelhagels nicht achtend. Er schien unverwundbar zu sein. Er war offensichtlich *hadjo,* verrückt. Er beeindruckte die Seminolen. Er war dabei, zum Stoff ihrer Legenden zu werden, aber das wußte Gardiner nicht. Und wenn er es gewußt hätte, wäre es ihm gleichgültig gewesen.

»Gott*verdammt!* Geht in Deckung!« brüllte er. »Schießt mehr nach rechts, ihr Hurensöhne! Gott*verdammt!*«, was seine Männer beruhigte und sie stetig laden und feuern ließ.

Jumper und Alligator wußten, daß ihre Krieger ruhelos werden und ihnen den Gehorsam verweigern würden, wenn sie nicht bald etwas unternahmen, und so gaben sie das Signal zum Rückzug. Immerhin hatten sie die meisten weißen Männer getötet und selbst nur drei Mann verloren. Mehr Todesfälle wollten sie nicht riskieren. Die überlebenden Blaujacken konnten sie sich einzeln vornehmen, wenn diese durch die Wälder flüchteten.

Das Feuer verlangsamte sich und hörte dann ganz auf. Die Krieger verschwanden in den Fächerpalmen. Sie gruppierten sich auf höherem Gelände neu, außer Schußweite, jedoch in Sichtweite der verzweifelten Soldaten.

Stille pulsierte einige Augenblicke in Taylors Ohren, bevor ihm aufging, daß er nur glaubte, nichts zu hören. Überall um ihn herum stöhnten Männer und riefen um Hilfe. Captain Gardiner rief Anweisungen, die er großzügig mit Flüchen würzte.

Wer gehen konnte, hielt sich gebückt, um in dem hohen Gras Deckung zu finden, und bewegte sich an der Marschkolonne entlang. Sie nahmen den Toten die Gewehre und die ledernen Patronenschachteln ab und halfen den Schwerverwundeten, irgendwo Deckung zu finden. Die Kanoniere schleppten Wasser von einem nahegelegenen Tümpel herbei. Sie brauchten es, um das Geschütz zu wischen.

Gardiner dirigierte zwanzig der Gesünderen und wies sie an, Bäume für eine Barrikade zu fällen. Das stetige *tock-tock* ihrer Äxte war ein tröstliches Geräusch. Die übrigen legten die

Baumstämme übereinander, als wollten sie eine dreiseitige Hütte bauen. Die Verzweiflung verlieh den Äxten zusätzliche Kraft, und die Mauer wuchs schnell heran. Die Soldaten hatten keine Zeit, die Stämme miteinander zu verbinden, so daß breite Zwischenräume blieben. Die Verwundeten humpelten oder krochen hinein oder wurden von anderen getragen.

Von den dreißig Mann, die noch am Leben waren, erging es vielen wie dem Lieutenant, der bewußtlos an der Mauer lehnte. Seine gebrochenen Arme baumelten schlaff an den Seiten. Mit Taschentüchern oder Uniformfetzen versuchten die Männer, die Blutungen zu stillen. Ransom Clarke lehnte sein Gewehr gegen die Barrikade und begann, sich Erde in sein weißes Kreuzbandelier zu reiben.

»Was tust du da?« fragte Taylor.

»Ich will dieses verdammte Ding schwärzen.« Mit einem schmutzigen Finger stieß Clarke gegen die obere linke Hälfte seiner Brust, die durch den Lederriemen abgeteilt wurde. »Ziel hierher, und ich bin ein toter Mann. Könnte mir genausogut eine Zielscheibe auf die Brust malen.«

Die Barrikade war kaum höher als sechzig Zentimeter, als Jumper, Alligator und ihre Männer angriffen. Sie luden im Laufen, spien ihre Bleikugeln in die Läufe und schlugen mit den Kolben auf die Erde, statt mit Ladestöcken zu laden. Sie zielten fast beiläufig.

Ihr Federschmuck wippte fröhlich. Ihr silberner Halsschmuck blitzte in der Sonne. Ihre entblößten Körper glitzerten vor Fischöl. In den Fächerpalmen schien es von ihnen zu wimmeln, als sie ausschwärmten, um die Brustwehr zu umzingeln. Soldat Taylor hatte noch Zeit zu denken, daß sie sich für nackte, unausgebildete Wilde mit besorgniserregender Disziplin bewegten.

Die dreieckige Barrikade kam den Männern plötzlich wie ein Käfig vor. Die Zwischenräume zwischen den Baumstämmen schienen so breit zu sein, daß eine Kanonenkugel hätte hindurchfliegen können. »Mein Gott, da sind aber viele von diesen Teufeln«, hauchte Taylor.

»Mehr als genug, würde ich sagen.« Clarke sagte jedoch nicht, wofür es mehr als genug waren.

Joseph Taylor beneidete den bewußtlosen Lieutenant. Er würde wahrscheinlich nie mehr aufwachen. Taylor wußte mit schrecklicher Gewißheit, daß der Lieutenant der glücklichere von ihnen beiden war.

»Nur Ruhe, Männer.« Captain Gardiner schlenderte um die Barrikade herum. Er tippte mit dem Säbel auf die obersten Baumstämme und fluchte zu den roten Schatten hin, die stumm durch das Palmendickicht huschten. Gardiners kleiner Hund rannte hinter ihm her, bellte vor Aufregung und wedelte wie wild mit dem Schwanz. Gardiner zuckte mit keiner Wimper, als die Krieger zu feuern begannen, laut schreiend aus der Deckung sprangen, um dann wieder zu verschwinden.

Außerhalb der Barrikade brüllte der Sechspfünder, und eine Rauchwolke stieg auf. Das Geschütz bockte auf seiner Lafette und rollte bei jedem Schuß rückwärts. Wenn ein Kanonier fiel, sprang ein anderer Mann über die Barrikade hinweg und lief gebückt los, um den Platz des Toten einzunehmen. Er schleifte den Leichnam weg und warf ihn auf den Haufen mit Toten und Halbtoten. Wenn Männer sich weigerten, die Barrikade zu verlassen, fluchte Gardiner und fuchtelte ihnen mit dem Säbel vor der Nase herum.

»Sie werden in Ausübung Ihrer Pflicht sterben, gottverdammt«, bellte er, »oder aber durch meine Hand.«

Die Kanone wurde so heiß, daß man sie nicht mehr berühren konnte. Gesichter und Hände der Kanoniere wurden schwarz vor Pulver und waren mit Verbrennungen bedeckt. Das Donnergrollen der Kanone machte jede Verständigung unmöglich, und auch von der Schlacht war nichts mehr zu hören.

Taylor und die anderen saßen oder lagen an der Barrikade und schossen durch die Ritzen. Die meisten der Toten lagen parallel nebeneinander, wo sie auf Posten an der Mauer gefallen waren. Der Gestank von Blut, Schweiß und Eingeweiden wurde durch den Geruch frischen Kiefernharzes gemildert, den die in die Baumstämme eindringenden Kugeln freisetzten.

Am späten Nachmittag war die Barrikade so voller Blei, daß die Kugeln oft mit einem matten Klirren trafen. Die letzte Kanonensalve war abgefeuert worden, und die Kanoniere torkelten wieder hinter die Barrikade. Sie schlossen sich den wenigen verbliebenen Überlebenden an, die in Blutlachen lagen. Ihre Uniformen waren blutgetränkt. Ihre rotgeränderten Augen blickten müde aus geschwärzten Gesichtern.

Joseph Taylors rechte Schulter pochte infolge der dort sitzenden Bleikugel. Sein rechter Arm gehorchte nicht mehr den Befehlen seiner Muskeln. Er lehnte sein Gewehr an die Barrikade und lud und feuerte mit der linken Hand. In dem Haufen von Patronenschachteln und Pulverhörnern um ihn herum war kaum noch Munition zu finden.

»Ich würde etwas darum geben...« Taylor verstummte. Er hatte nichts zu geben. Nicht mal sein Leben gehörte ihm noch. »Für einen Schluck Wasser würde ich mein Seelenheil hergeben.«

Eine Kugel traf Ransom Clarke an der Schulter und drang in die Lunge ein. Clarke rollte aufs Gesicht herum und blieb still liegen. Neben seinem Mund bildete sich eine dunkelrote Lache. Taylor entbot ihm ein stummes Lebewohl.

Captain Gardiner war viermal getroffen worden. »Ich kann euch keine Befehle mehr geben, Jungs.« Er lehnte sich gegen eine Kiefer, als er zu laden versuchte. »Tut euer Bestes.« Er glitt am Stamm entlang und brach zusammen. Sein Hund jaulte und leckte ihm Pulver und Staub vom Gesicht.

Soldat Taylor sah, wie ein kleiner Indianer mit Kriegsbemalung sein Gewehr hob und auf ihn zielte. Klein wie ein Junge, dachte er. Zu erschöpft, sich zu bewegen, starrte er fasziniert in den Lauf. Er begrüßte fast Alligators Kugel, als diese ihm die Brust zerfetzte.

Er war unter den letzten, die niedersanken, aber er war nicht tot. Durch die Öffnung zwischen den unteren Baumstämmen sah er die Seminolen ausschwärmen. Er hörte das Rascheln ihrer nackten Füße, als sie näher kamen, bis ihre Beine den langen, schmalen Rahmen der Öffnung ausfüllten. Als sie in den Verschlag hinunterblickten, konnte Taylor die straffen Rundungen ihrer Schienbeine sehen und die Narben, Kratzer und Insektenstiche.

Er hielt den Atem an, als Jumper, Alligator und einige andere über die niedrige Mauer hinweg traten. Er hörte, wie sie sich in ihrer seltsamen, trällernden Sprache unterhielten, während sie die Waffen einsammelten. Sie nahmen den Toten behutsam die Riemen mit Patronenschachteln und Pulverhörnern ab. Alligator kauerte neben Captain Gardiners Leiche, stellte eine Verbindung zu dessen Geist her und wünschte ihm eine sichere Reise. Er nahm sich Gardiners Uniformjacke als Andenken, als Symbol für den verrückten Mut des Mannes.

Taylor trat Schweiß auf die Stirn, als er darauf wartete, daß sie ihn entdeckten. Er beschloß, nicht unter einem Skalpiermesser zu sterben. Blut spritzte ihm aus seinen Wunden, als er aufsprang und auf die Beine kam. Er riß einem Krieger das Gewehr aus der Hand und schlug ihm damit den Schädel ein. Dann machte er einen Satz über die Mauer und rannte los. Er kam nicht weit, fand aber zumindest einen schnellen Tod.

Die Seminolen verstümmelten die Toten nicht. Sie fledderten nicht einmal die Leichen. Sie gehorchten den Befehlen Abihkas und Osceolas, nahmen die Waffen und ließen die Soldaten so liegen, wie sie gefallen waren.

Nicht lange danach kam ein Trupp von Schwarzen an. Zum Kämpfen kamen sie zu spät, doch früh genug, um Rache zu nehmen. Trotz der Einwände General Clinchs hatten Andrew Jacksons Politik und die Gesetze des Territoriums die Armee in ein Werkzeug für Sklavenjäger verwandelt. Die Schwarzen hatten sogar noch mehr Grund, die Soldaten zu hassen, als die Seminolen.

Die schwarzen Krieger töteten jeden, in dem sich noch Leben zeigte. Sie durchwühlten Taschen und Beutel und zogen den Leichen die Kleider aus. Obwohl sie mit Blut und Hirnmasse bespritzt waren, trieben sie fröhlich Tauschhandel. Taschenuhren und Schmuck waren besonders begehrt.

Als sie die Lafette der Kanone in Brand setzten, sprangen die Flammen auf das hohe Gras über. Als die Schwarzen aufbrachen, schossen zwei von ihnen auf Ransom Clarke. Dann saßen sie auf und ritten lachend und singend davon. Am Himmel über ihnen zogen kurz darauf die ersten Geier ihre Kreise.

Als Ransom Clarke aufwachte, war es Nacht. Er war im Rükken, in der Schulter und in der Brust verwundet. Sein Schlüsselbein, ein Arm und ein Bein waren gebrochen. Er sog Luft in die Lunge und begann, erst über die Leichen seiner Kameraden hinwegzukriechen und dann durch die verkohlte Landschaft. Drei Tage später schleppte er sich in das sechzig Meilen entfernte Fort Brooke. Er war einer von zwei Überlebenden in Dades Kommando und der einzige, der den Überfall um mehr als ein Jahr überlebte.

38

Little Warrior ging zwischen Alligator und Osceola, als sie durch das riesige Lager schlenderten. Es war erst früher Abend, aber das Lager war still. Alle warteten auf die Ankunft des jüngsten weißen Kriegsanführers, General Edmund Gaines, der mit seinen Soldaten an der nahegelegenen Furt des Withlacoochee erscheinen sollte. Der Sieg hing vom Überraschungsmoment ab. In diesem Lager wurden weder Trommeln geschlagen, noch wurde gejohlt, geschrien oder geschossen.

Hunderte einfacher Hütten verschmolzen mit den Fächerpalmen und Zwergeichen des Kiefernwalds. Zweitausend Menschen lagerten hier. Die Feuer waren klein. Wenn nicht Blei für Kugeln hätte geschmolzen werden müssen, wären überhaupt keine Feuer erlaubt worden. Little Warrior liebte es, ihren Vater bei seinem täglichen Rundgang zu begleiten.

Osceola trug Major Dades blaue Uniformjacke. Jumper hatte ihm die Jacke bei seiner Ankunft gegeben, als er schlammverschmiert und erschöpft erschienen war, jedoch zu spät für den Angriff auf Dades Kommando. Morning Dew hatte das Loch über dem Herzen geflickt.

»Es geht gut, *Tastanagee.*« Das Volk von Talasee hatte ein gemeinsames Lager aufgeschlagen, und die Menschen riefen ihre Grüße, als Osceola vorbeiging.

»Es geht gut«, erwiderte Osceola. »*Che'hahn tah-mo* – wie geht es dir?« »Wann ist die Hochzeit deiner Tochter?« »Hat Yellow Coat den Kessel zurückgegeben, den sie sich geliehen hat?« Er bewunderte jedes neue Baby. Er erinnerte sich an jeden Namen und jedes Problem.

Alligators Wortwechsel waren kürzer, doch wäre jeder enttäuscht gewesen, wenn sie es nicht gewesen wären. Das unterdrückte Lachen von Frauen folgte ihm durchs Lager. »*Shta*«, sagten sie. »Seid still.« Aber sie meinten es nicht so.

»*Talasee Tastanagee...*« Der Kundschafter mußte etwa achtzehn Jahre alt sein. Von einem zerfetzten Lendenschurz, viel Schlamm und aufgeplatzter rot-schwarzer Kriegsbemalung abgesehen war er nackt. Jetzt, wo er nicht mehr rannte, spürte er die Kühle der Nachtluft auf seinem verschwitzten Körper. Er zitterte.

»Was für Neuigkeiten bringst du, Heartless Lye-Drip?«

Der Junge kauerte sich im Lichtschein des Feuers hin. Mit dem angespitzten Ende einer Fächerpalmenrippe zeichnete er vierunddreißig Kreuze in die Erde, von denen jedes zehn Mann symbolisierte. Er wies mit dem Stock darauf. »Sie nähern sich mit so vielen, dreimal. Sie marschieren in drei Gruppen. Sie sind etwa vier Nächte von hier entfernt. Wie üblich hält ihre große Kanone sie auf.«

»Jemand riecht hier wie ein versengtes Opossum.« Alligator schnupperte in der Luft.

»Einer der Soldaten hat auf mich gepißt.« Heartless Lye-Drip machte ein verlegenes Gesicht. »Er war so nahe, daß er mir auf den Lendenschurz pißte. Er sah mich nicht.«

Osceola hätte um ein Haar laut aufgelacht. Sein Grinsen war sorgloser, als Little Warrior es seit langem erlebt hatte.

Der Kundschafter strich den Sand glatt und zeichnete eine ausführliche Karte des Geländes. Er fügte die drei Marschkolonnen hinzu, in die General Gaines seine eintausend Mann aufgeteilt hatte. Er zeichnete den Standort der Infanterie, der berittenen Soldaten, der Offiziere, der Nachschubwagen und des Sechspfünders mit seinen Behältern voll tödlicher Kartätschen.

»Sie sind mit den neuen Gewehren bewaffnet, die in der Mitte geladen werden«, fügte Heartless Lye-Drip hinzu.

»Denen, die in der Mitte explodieren«, sagte Osceola.

»Neffe ...« Alligator hob ein Stück Holzkohle auf. »Woher

weißt du, ob ein Mann einen Hinterlader hat, selbst wenn du die Waffe nicht sehen kannst?«

»Woher, Onkel?« Der *tasikaya* war schrecklich ernst. Er war begierig, jede Weisheit in sich aufzunehmen, die der *tastanagee* mit ihm teilen wollte.

Mit der Holzkohle schwärzte sich Alligator die Haut unter seiner mächtigen Nase. »Diejenigen, die mit Hinterladern bewaffnet sind, haben versengte Oberlippen.«

Der Junge wirkte unsicher und schien nicht recht zu wissen, ob dies eine nützliche Information oder nur einer von Alligators Scherzen war. »Noch etwas, *Tastanagee*«, sagte er. »Heartless Snake führt sie. Er sagt, sie hätten nur wenig zu essen. Ihre drei Wagen seien fast leer.«

»Du hast gute Arbeit geleistet.« Alligator richtete sich zu der vollen Höhe seiner eineinhalb Meter auf und berührte salutierend den Rand seiner nicht vorhandenen Militärmütze. Heartless Lye-Drip bewegte vage die Hand, da er wieder nicht wußte, wie er reagieren sollte. Osceola lächelte billigend, und der Junge rannte los, um Abihka Bericht zu erstatten.

»Wenn die Blaujacken scheißen, kennen wir die Farbe.« Alligator breitete die Arme aus, als wollte er den Krieg an sich drücken. »Eine Schlacht macht mich drei Hände größer. Sie läßt Glatzkopf vor Stolz anschwellen.«

Sein Übermut wirkte ansteckend. Er machte ein paar zierliche Gigue-Schritte, von dem Tanz, den die weißen Männer so liebten, und Little Warrior und Osceola lachten lautlos mit ihm.

Alligator schlenderte davon, wahrscheinlich, um seine beiden Ehefrauen zu bedrängen. Morgen würde ein dreitägiges Fasten und Reinigen in Vorbereitung auf den Kriegspfad beginnen. Alligator würde den größten Teil davon heute nacht bewältigen.

Osceola und Little Warrior verließen Lager und Kiefernwald und begaben sich in den Nachtgesang des nahegelegenen Sumpfs. Vor ihnen lag der dunkle, weite Withlacoochee, der trotz soviel Tod und Schmerz und Haß immer der gleiche blieb.

Osceola fühlte, wie er unter dem glitzernden Himmelsgewölbe schrumpfte. Er liebte das Gefühl, klein und unbedeutend zu sein. Little Warrior lehnte sich gegen ihn. Osceola legte die Arme um sie. Ein paar Augenblicke lang war er erleichtert, nichts zu wissen. Für nichts verantwortlich zu sein. Die Energie, die ihn die letzten Monate mit nur wenig Nahrung und noch weniger Schlaf hatte auskommen lassen, war schließlich erschöpft.

Kaum hatte er Jumpers und Alligators Lager nach ihrem Sieg über Dades Kolonne erreicht, als sie Nachricht erhielten, General Clinch marschiere mit siebenhundertfünfzig Mann auf sie zu. Clinch plante, die Lager in der Biegung des Withlacoochee anzugreifen.

Osceola und Alligator hatten die Soldaten aus dem Hinterhalt überfallen, als sie mit aufgestapelten Waffen eine Ruhepause einlegten, ein Drittel auf einem Ufer des angeschwollenen Flusses und zwei Drittel auf dem anderen. Die Krieger hatten vier von ihnen getötet, mehr als fünfzig verwundet und den Rest in regelloser Flucht davongejagt. Wild Cat hatte die Ostküste für seine Feinde unbewohnbar gemacht. Die Plantagenbesitzer und Siedler drängten sich in Saint Augustine oder in den von Krankheiten heimgesuchten Forts im Landesinneren zusammen.

Die Seminolen hatten jede Schlacht gewonnen. Nach den Berechnungen der Kriegsanführer hatten sie auch den Krieg gewonnen, aber die Soldaten wollten es sich nicht eingestehen. Sie wollten das Land nicht verlassen, das ihnen nicht gehörte und das sie mit Waffengewalt nicht halten konnten. Sie waren jetzt unterwegs, um erneut anzugreifen, diesmal sogar mit noch mehr Männern.

»Hat der Pumageist dich wieder besucht, Tochter?« In der Dunkelheit schien Osceolas Stimme von weit her zu kommen.

»Nein. Aber du wirst siegen. Du hast eintausend Krieger.«

Little Warrior wünschte, dieser Augenblick würde sich unendlich lang in die Nacht erstrecken. Sie bekam ihren Vater fast nie mehr allein zu sehen. Sie genoß den warmen Schutz seiner Arme. Was immer geschah, sie wußte, daß seine Kraft und Magie sie alle beschützen würden.

Nebel stieg von der Wasseroberfläche auf. Die Morgenschreie von Silberreihern und Reihern ließen ein unheimliches Echo über das ruhige Land hallen. Schwärme davonfliegender Enten verdunkelten den Himmel. Von den Vögeln geweckt, schien sich sogar die Erde im Halbschlaf zu bewegen.

Der Himmel wurde heller, als eintausend Krieger leise durch die Bäume und Büsche vorstießen und sich auf die hohen Sandbänke der Withlacoochee-Furt zubewegten. Etwa hundert von ihnen waren schwarz. Beim Gehen hielt jeder eine Hand auf dem Munitionsbeutel, damit die Kugeln nicht klirrten. Der bleiche Lichtschein und der wabernde Bodennebel verliehen ihnen ein geisterhaftes Aussehen.

Die Frauen und älteren Mädchen folgten. Ihre langen Röcke verbargen die Bewegungen ihrer Beine, so daß sie durch den Nebel zu gleiten schienen. Die meisten der älteren Frauen blieben mit den kleinen Kindern im Lager, doch Fighting in a Line bestand darauf mitzukommen. Sie war die Großmutter Osceolas, des *Tastanagee Thloko*. Sie war eine allseits geehrte Älteste. Sie hatte Old Mad Jackson hereingelegt. Und sie wollte miterleben, wie ihr Mann in die Schlacht ging.

Die gelben Farbstreifen auf Mad Dogs Gesicht und Brust waren getrocknet und aufgeplatzt. Um den Hals hatte er sich einen verblichenen blauen Seidenfetzen geknotet. Sein Lendenschurz hing ihm tief an den runzligen Hüften. Die Rückenwirbel wirkten wie eine Schnur voller Knoten, die ihm auf dem Rücken hing. Seine lederne Haut hing schlaff an dem Brustkorb. Fighting in a Line hatte noch nie einen so gutaussehenden Mann gesehen.

Mad Dog hob die Füße beim Gehen hoch wie ein Kater, der die Pfoten trocken zu halten versucht. Seine Ellbogen flatterten ihm an der Seite, als er sich beeilte, mit den jüngeren Männern Schritt zu halten. Aber er erinnerte sich an den großen Red-Stick-Krieg. Er konnte den jungen Männern erzählen, um wieviel besser dieser Krieg war als der frühere. Er war *tasikaya* gewesen, ein regulärer Krieger, als die Briten und Amerikaner vor sechzig Jahren so erbittert gegeneinander gekämpft hatten. Er hatte Krieg und Widrigkeiten überstanden. Mad Dog war einer der Weisen. Einige der jungen Männer kamen manchmal zu ihm herüber, um ihn um Rat zu bitten und vielleicht etwas von seiner Magie auf sich zu ziehen.

Die meisten Männer waren fast nackt, aber die Frauen trugen ihre feinsten Kleider. Sie hatten geometrische Muster auf die Röcke und weitere Rüschen auf ihre Blusen genäht. Sie trugen all ihre Perlen. Ihre fransenbesetzten Schals schützten sie vor dem kalten Februarwind. Wären sie nicht so schwer beladen gewesen, hätte es ausgesehen, als wären sie zu einem Tanz unterwegs.

Sie trugen die Reservegewehre und die Kürbisflaschen mit Wasser, Stoff für Verbände, Kriegsbeile, *sofkee*-Töpfe und Schöpfkellen sowie Zunder, Flintsteine und Stahl zum Feuermachen. An den Hüften sowie an Lederriemen quer über der Brust trugen sie Beutel mit Bleikugeln und Stoffetzen aus grober Baumwolle. Mehrere Paare von ihnen trugen fünfzig Pfund schwere Pulverfässer auf einfachen Tragen.

Mink hatte sich einen Holzrahmen auf den Rücken geschnallt, an dem Beutel mit Dörrmais, *koontee*-Kuchen sowie getrocknetes Wildfleisch festgebunden waren. Zwischen den Brüsten kreuzten sich die Riemen mit der Pulverflasche, dem Munitionsbeutel, der Kürbisflasche mit Wasser, einem Medizinbeutel und einem Säckchen mit Pfeife und Tabak.

Little Warrior mußte traben, um mit ihr Schritt zu halten. Sie trug die alte Muskete, die Osceola Mink gegeben hatte. Wie Mink hatte sie sich den Rock an der Taille hochgebunden, so daß er ihr in Falten um die Knie fiel. Den Schlangenpfeil hatte sie in den Gürtel gesteckt. Er würde ihr Glück bringen.

Als die Frauen zwischen den verkümmerten Schwarzeichen am Fuß der Sanddüne stehenblieben, blieb Morning Dew bei ihnen. Sie und die anderen schlugen in aller Eile ein Lager auf. Sie hängten die Kürbisflaschen an niedrige Äste, damit der Wind sie kühlte. Sie wuchteten die Deckel der Pulverfässer auf. Sie legten die Waffen, die Putzstöcke und Kugeln auf Decken und luden die Reserve-Gewehre. Sie bauten einfache Hütten aus Unterholz, damit die Verwundeten geschützt lagen. Sie brachten Wasser, um die Gewehre zu reinigen und zu kühlen.

Morning Dew war glücklich, auf dem Kriegspfad zu sein. Sie

haßte das Warten, wenn Osceola sich auf einen Kriegszug begab. Sie haßte die Angst, die bis zu seiner Rückkehr in ihrem Herzen wohnte. Heute würden sie entweder die Blaujacken schlagen oder gemeinsam sterben.

Während die Krieger sich dicht unter dem Kamm der hohen Sanddüne postierten, machte es sich Mink im Gras am Ende der Kampflinie bequem.

»Kind...« Mink nahm die Muskete. »Warte hinter dieser Fächerpalme da.« Sie zeigte den Hügel hinunter. »Wenn ich das Signal gebe, mußt du loslaufen und den Frauen sagen, der Feind ist da.«

»Laß mich hierbleiben.« Little Warrior war einer Schlacht noch nie so nahe gewesen. Sie zitterte vor Aufregung.

Mink sah sie nur an. Mit einem zornigen Seufzen bewegte sich Little Warrior von der Höhe herunter und legte sich hinter die Palme. Die Wedel neigten sich über ihr in schwankenden symmetrischen Federnbüschen. Sie schlossen sie in die emsige Welt am Fuß der Palme ein.

Sie beobachtete, wie die Insekten und Eidechsen ihr über die Arme liefen. Mit einem Zweig reizte sie einen Skorpion dazu, sich selbst zu stechen. Sie stellte sich vor, die Ameisen wären Blaujackensoldaten, als sie sie in die trichterförmige Falle des Ameisenlöwen im Sand fallen ließ. Sie beobachtete den Kampf der Ameisen, als das Insekt ihnen den Sand abgrub und sie dann herunterzerrte.

Sie war so gefesselt, daß sie fast das Gurren trauernder Tauben nicht bemerkte, das Signal. Mit pochendem Herzen kroch sie rückwärts, schürzte den Rock dann noch höher und rannte den Abhang hinunter. Die ersten Schüsse und Schlachtrufe ertönten, als sie selbst ihren trällernden Ruf ausstieß und in das Frauenlager stürmte. Die Frauen ließen einen hohen, trauervollen Ruf ertönen.

»Ich werde Vater Wasser bringen.« Little Warrior schnappte nach den Kürbisflaschen, doch Morning Dew packte sie am Arm. Sie hielt ihn fest, während sie die Zahl der Salven oben auf der Sanddüne zählte.

»Er hat zweimal gefeuert. Nach dem nächsten Schuß wird seine Waffe verschmutzt sein. Nimm das.« Morning Dew reichte ihr das zweite Gewehr. »Hör mich an«, sagte sie. »Halte das Gewehr so, daß das Pulver nicht ins Loch fällt.«

»Ich weiß.« Little Warrior konnte ihre Ungeduld kaum zügeln.

»Bring das erste Gewehr her, damit ich es reinigen kann. Sieh dich vor«, rief sie hinter Little Warrior her, von der sie nur noch den Rücken sah.

Little Warrior kämpfte sich mit den Frauen, die ihren Männern geladene Gewehre und Wasser brachten, mühsam den Hügel hinauf. Direkt unterhalb des Kamms ließ sie sich fallen und kauerte. Osceola entriß ihr das Gewehr und reichte ihr das andere.

»Nein«, sagte er, ohne sie auch nur anzusehen.

»Nur einen Blick.«

Eine Kanonenkugel flog in Bodennähe quer über den Hügelkamm. Er sprühte ihr Sand in die Augen.

»Geh.«

Den ganzen Tag trugen Little Warrior und die Frauen den Nachschub den steilen Hügel hinauf und trugen verwundete Männer hinunter. Minks Pulver und Kugeln waren bald verbraucht; aber sie hatte mit den Männern in der Schlacht gekämpft. Als sie wieder bei den anderen Frauen war, begrüßte Little Warrior sie feierlich und reichte ihr eine Kelle mit *sofkee*. Sowohl Little Warrior als auch Mink waren schwarz vor Pulver, schweißnaß und schrecklich durstig.

»Hast du ein paar von ihnen getötet, Mutter?«

Mink lachte bedauernd. »Ich weiß nicht.« Sie nahm einen tiefen Schluck. »Sie schwirren durch die Bäume wie Hüttensänger. Sie fallen aber.«

Die Sonne stand tief am Horizont, als das Feuer vom anderen Flußufer her spärlicher wurde und dann erlosch. Es wurde durch das Geräusch von Äxten ersetzt. Als Little Warrior die Düne hinaufkroch und neben ihrem Vater war, fand sie ihn in einem Gespräch mit Alligator. Er schickte sie nicht weg.

»Was machen sie da?« Sie lugte über den Dünenkamm. Sie konnte sehen, wie es unter den Kiefern auf der anderen Flußseite an mehreren Stellen blau aufblitzte.

»Sie bauen eine Mauer«, sagte Osceola.

»Sie schaufeln sich ihr Grab, Nichte.« Alligator grinste. »Wir werden sie alle töten, wie wir es schon mal getan haben.«

In jener Nacht schlief Little Warrior im Freien zwischen Mink und Morning Dew ein. Sie war erschöpft, und der ganze Körper tat ihr weh, aber sie wachte ein paarmal auf und sah zu dem Dünenkamm hoch. Dabei sah sie ihren Vater, eine dunkle Gestalt vor dem Sternenhimmel, die Wache hielt.

39

Fünf Tage später machte der Gestank hinter der Brustwehr von Major General Gaines das Atmen zur Qual. Viele der Soldaten hatten sich Taschentücher um Nase und Mund gebunden. Fast eintausend Männer sowie Pferde und Maultiere drängten sich in einem brusthohen Pferch aus Baumstämmen, dessen Seiten nur etwas mehr als fünfzehn Meter maßen. Ein paar Männer warteten bis zum Anbruch der Nacht, um sich hinauszustehlen und ihre Notdurft zu verrichten. Nicht viele waren bereit, dieses Risiko auf sich zu nehmen.

Die Seminolen hatten das trockene Gras und das Unterholz in Brand gesetzt. Der Wind hatte gedreht und trieb die Flammen von der Barrikade weg, deren Umgebung aber schon schwarz und öde war. Dort gab es keine Möglichkeit mehr, sich zu verstecken. Den meisten Soldaten erschien die Aussicht, mit heruntergelassenen Hosen den Skalp loszuwerden, als zu hoher Preis für die Hygiene. So benutzten sie das Loch nahe einer Ecke der Brustwehr. Viele litten an Dysenterie und schafften es nicht mehr, rechtzeitig dorthin zu kommen. Manche urinierten, wo sie lagen. Manche knieten und versuchten durch die Ritzen zwischen den Baumstämmen zu zielen. Die Mauern stanken nach Urin.

In der Mitte des Pferchs entsprang eine kleine Quelle sprudelnd aus dem Kalksteinfelsen. Das Wasser hatte die Männer bislang am Leben gehalten, doch nur mit knapper Not. Gut hundert Meter entfernt strömte der Withlacoochee in einer weiten Biegung.

Als sich die Tage endlos dahinschleppten, gewöhnten es sich die Gesunden an, an der hinteren Mauer der Barrikade entlangzugehen. Trotz der Ausdünstungen von dem Latrinenloch blieben sie stehen und starrten den Fluß an. Die Zypressen, die an seinen sumpfigen Ufern standen, hatten ihn in der Farbe starken Tees gefärbt. In ihm wimmelte es von Schnappschildkröten, Mokassinschlangen und Alligatoren, die zwei- oder dreimal so groß waren wie ein Mensch. Trotzdem träumten die Soldaten davon, bis zum Hals im Fluß unterzutauchen.

Wie die anderen hatte auch der neunzehnjährige Samuel Maiskörner gesammelt, die aus den Futtersäcken der Pferde gefallen waren, bis sich kein einziges schlammverschmiertes Korn mehr finden ließ. Die ausgehungerten Pferde wieherten ständig.

»Wie schmeckt Alligatorfleisch? Was meinst du?« fragte Sam.

»Ich habe gehört, wie Huhn. Aber nicht so gut wie Hundefleisch.« Sergeant O'Reilly schnitt sich mit seinem Messer die Fingernägel. »Shawnessy hatte ein paar Pferdeinnereien für sechs Dollar zu verkaufen, aber ich ziehe Hundefleisch vor. Wie steht's mit dir, Kleiner?«

Sam beugte sich schützend über seinen Welpen. Es war der letzte Hund. Die gehäuteten Hinterbeine des vorletzten Hundes lagen auf einem Tuch. Das war der Einsatz für ein sehr ernstes Seven-eleven-Spiel. Das Geräusch der Würfel in einem Blechpfännchen ging Sam auf die Nerven.

Fliegen bildeten eine dicke Kruste auf dem Hundefleisch. Fliegen bildeten eine Kruste auf allem, was sie nicht abschüttelte. Es gab sogar welche, die sich fragten, wie Fliegen schmeckten.

»Fünf Dollar für einen Viertelhund«, sagte O'Reilly. »Deiner ist zu klein. Ich schätze, er würde nur ein paar Dollar bringen.«

Sam blickte zu der kleinen Gruppe von Offizieren hinüber, die sich unter einer Zeltplane um einen Leichnam scharte. Vor fünf Tagen hatte eine Kugel Lieutenant Izard bei der ersten

Salve erwischt, als er versuchte, die Vorhut über den Fluß zu führen. Die Kugel hatte ihm die Nase durchschlagen, war hinter seinem linken Auge vorbeigegangen und an der Schläfe ausgetreten, was zwei saubere, purpurfarbene Löcher zurückließ. Unter dem blutigen Verband hatten Schmeißfliegen ihre Eier abgelegt.

»Sieht aus, als hätte Lieutenant Izard schließlich ins Gras gebissen.«

»Hoffentlich begraben sie ihn bald.« O'Reilly blinzelte in die Sonne, die wie ein polierter Messingknopf an einem blaßblauen Himmel brannte. »Wir haben hier schon genug Verwesung. Noch mehr brauchen wir nicht.«

Sam erschauerte. Der Knoten aus Furcht und Hunger krampfte sich in seinem Magen zusammen. Als er und die anderen in General Gaines' Kommando die Überreste von Major Dades Männern fanden, war er noch nicht mal eine Woche in Florida gewesen. Die Leichen hatten sechs Wochen lang da gelegen, wo die Männer gefallen waren, in geordneter Feuerposition an der niedrigen Barrikade.

Die Leichen waren angeschwollen, bis die Uniformen platzten. Die Toten waren erst gelb, dann rot, dann purpurn, grün und schließlich schwarz geworden. Als Sam sie sah, bekleideten die blauen Jacken und Uniformhosen identisch aussehende Skelette, als verlangte die Armee des Todes absolute Einförmigkeit.

Sam hatte mitgeholfen, die Knochen von Händen und stiefellosen Füßen sowie die Schädel aufzusammeln, die von Raubtieren verstreut worden waren, für die Gehirn eine Delikatesse war. Die frischgebackenen Rekruten machten plötzlich keine Witze mehr darüber, wie man sämtliche Rothäute in einer Woche erledigt. Sam hatte mitgeholfen, das Massengrab für die Offiziere auszuheben. Die Unteroffiziere wurden in einer anderen Grube begraben, die Mannschaftsgrade in einer dritten. Die Armee achtete sorgfältig darauf, daß selbst im Grab noch die Rangordnung erhalten blieb. Sam fragte sich, ob er und seine Kameraden in einem ähnlichen Loch enden würden.

»Wie viele Feinde sind wohl da draußen? Was meinst du?« Sam lugte durch die Ritzen.

»Vielleicht tausend.«

»So viele sind wir auch. Ich würde lieber angreifen, als hier herumzusitzen und zuzusehen, wie Fliegen Scheiße saugen.«

»Wie ich höre, wartet Gaines auf Verstärkungen von Clinch. Hat ihm eine Nachricht geschickt und ihn eingeladen mitzufeiern. Will die Feinde beschäftigt halten, damit Clinch sich an sie ranschleichen kann. Dann ist das Fest vorbei. Dann gehen wir alle nach Hause und essen und vögeln, bis uns das Gehirn aus den Schwänzen spritzt.«

»Glaubst du, daß ein Melder durchkommen könnte?«

»Ist gar nicht nötig. Die Scheißkerle in Fort Drane können unsere Kanonen hören.«

»Sieh dir das an!« Sam winkte O'Reilly zur Barrikade heran. »Und uns haben sie erzählt, Wilde seien nichts weiter als Abschaum.«

»Die haben sich geirrt.«

Außer Schußweite ordnete Osceola die sechshundert Krieger zu gezackten Angriffsreihen. Während ein Signalhorn lautlos ertönte und jemand einen Trommelwirbel schlug, stolzierte Alligator quer über das Feld. Seine Beine waren nackt, und er trug sein entblößtes Hinterteil zur Schau. Er trug eine schwarze Armeemütze und einen blauen Uniformrock und winkte mit einem großen roten Banner.

Die Krieger wirbelten auf der Stelle, wenn auch nicht gerade exakt, herum, wenn Osceola seine Kommandos rief. Während die Männer an der Barrikade zusahen, vollführten die Seminolen eine Parodie auf den Kasernenhofdrill des weißen Mannes. Dann marschierten sie in das Palmendickicht und waren außer Sichtweite, auf dem Rückweg zu ihrem bequemen Lager am Fluß und zu dem Essen, das ihre Frauen ihnen gekocht hatten. Nur Alligators spöttisches Lachen hing noch in der Luft.

Die Soldaten konnten nicht wissen, daß dieses Exerzieren ebensosehr ein Akt der Verzweiflung wie der Herausforderung war. Nachdem sie die Weißen fünf Tage lang belagert hatten, waren die Krieger gelangweilt und ruhelos. Sie hatten nichts dagegen zu kämpfen, konnten das Warten aber nicht ertragen. Viele drohten schon, nach Hause zu gehen, und Osceola hatte das Exerzieren angeordnet, um sie abzulenken und zu amüsieren. Überdies mußte dieses Gehen in Reih und Glied mächtige

Kriegsmagie sein, obwohl es den Blaujacken im Moment kaum etwas half.

»Hinlegen!« brüllte General Gaines. Er versäumte es, seinem eigenen Befehl Folge zu leisten. Ein einzelner Schuß traf ihn in den Mund, und er spie zwei Zähne aus.

Am achten Tag hatten die Soldaten das letzte Pferdefleisch mit Ausnahme des ausgemergelten Schecken von Gaines aufgegessen. Es gab kein Holz mehr, um das Fleisch zu kochen. Der letzte Holzfällertrupp war mit zwei Toten und mehreren Verwundeten zurückgekehrt. Danach wurde niemand mehr zu solchen Einsätzen abkommandiert.

Als Sam von dem Latrinenloch zurückkroch, hatte O'Reilly den Welpen getötet und war dabei, ihn zu häuten. Sam weinte, als er seine Hälfte aß. Roh. Er war gerade fertig geworden, als sich unter den Männern an der Barrikade die Nachricht vom Waffenstillstand verbreitete.

Mit einer weißen Flagge gingen Jumper, Alligator und Osceola zu der Brustwehr. Der Abgesandte von General Gaines sagte, er sei nicht autorisiert, ihnen irgend etwas zu versprechen, als sie in der Ferne Gewehrfeuer hörten. General Clinch war endlich mit Verstärkungen erschienen. Da er nichts von dem Waffenstillstand wußte, eröffnete er das Feuer auf die Nachhut der Seminolen. Innerhalb von Sekunden verschwand die Seminolenarmee im Unterholz. Die Soldaten brachen in Hochrufe aus. Als General Clinchs Männer näher kamen, lehnten sich die verwahrlosten Überlebenden über die Mauern und bettelten um etwas zu essen. Clinchs Männer wühlten in ihren Provianttaschen und gaben den Männern an Speck und Zwieback, was sie entbehren konnten. Gaines' Männer aßen, bis sie sich übergaben.

Major General Winfield »Wichtigtuer« Scott, Major General Edmund Pendleton Gaines und Brevet Brigadier General Duncan Lamont Clinch kamen etwa um die gleiche Zeit in Fort Drane an. Ihr Auftreten war jedoch nicht das gleiche; und sie waren der lebende Beweis dafür, daß von drei Generälen im Territorium Florida zwei überflüssig waren.

Nachdem General Gaines an der Barrikade am Withlacoochee entsetzt worden war, bestand er darauf, daß seine erschöpften Truppen vor denen Clinchs das Tor von Fort Drane passierten. Obwohl seine Männer bärtig und ausgehungert waren und ihr Geruch ein paar Menschen zurückzucken ließ, betraten sie das Fort mit Pfeifen und Trommeln, und ihre Flaggen flatterten im Märzwind. Gaines saß auf seinem stahlgrauen Hengst wie ein monumentales Standbild. Sein zerfurchtes Gesicht war ausdruckslos. Seine gesträubte Haarmähne war so grau wie Granit.

Während sich die Soldaten erschöpft zerstreuten, um irgendwo Unterschlupf und etwas zu essen zu finden, machte sich Gaines auf die Suche nach General Scott. General Clinch ließ ihn gehen. In den vier Tagen, seitdem er und seine Männer Gaines zu Hilfe gekommen waren, hatte er von dem Mann genug bekommen. In seiner langen militärischen Dienstzeit war Clinch noch nie einem so streitsüchtigen Mann begegnet.

Clinch gab Befehl, Rationen an die Männer unter Gaines' Kommando zu verteilen. Er sah, daß Fässer mit Zwieback und Speck für seine Truppen herangerollt wurden. Er bemerkte, wie wenige Fässer noch übrig waren. Er vergewisserte sich, daß man sich um die Pferde und Maultiere kümmerte. Er begleitete die Kranken ins Krankenrevier und fand für jeden ein Bett, was keine geringe Leistung war.

Er nickte erschöpft, als Colonel Crane ihn über Probleme ins Bild setzte, die in seiner Abwesenheit entstanden waren. In Fort Drane wimmelte es noch immer von verängstigten Siedlern. Das brachte eine anständige Menge von Sorgen mit sich, wie Lieutenant John Goode es sagen würde.

Goode selbst trug den Arm noch immer in der Schlinge. Die Wunde, die er in der ersten Schlacht am Withlacoochee erhalten hatte, hatte sich entzündet und war gerade erst dabei zu verheilen.

»Was sollen die denn alle essen?« John beobachtete, wie Soldaten, Pferde, Wagen und Karren zwischen den Flüchtlingszelten und primitiven Hütten wimmelten.

»Sie werden den Kaviar des alten Wichtigtuers essen, nehme ich an.« Jacob Motte schob sein sperriges Veloziped durch die

Menge. Er und der Schmied des Forts hatten es aus Holz und Wagenteilen zusammengebaut.

Jacob und John schlenderten hinaus, um sich Winfield Scotts Troß einmal näher anzusehen. Man hatte die Wagen außerhalb des Forts auf einen grasbewachsenen, von massiven Eichen beschatteten Hügel gefahren. Den wenigen Flüchtlingen, die kühn genug gewesen waren, dort zu kampieren, hatte man befohlen, sich woanders einen Platz zu suchen.

Eine Menge ausgemergelter Zivilisten umstand die schlammverschmierten Dearborn-Wagen. Wachposten blickten sie verständnislos an, als hätten sie erwartet, daß die Zivilisten sich in den großen Wagen häuslich niederließen. Wenn es diesen möglich gewesen wäre, hätten sie es getan. Die tiefen Ladeflächen der Dearborn-Wagen und ihre Planen aus Osnabrücker Leinwand, die über halbrunde Reifen gespannt waren, waren luxuriös im Vergleich mit den Unterkünften der Siedler.

Während Soldaten die Wagen entluden, drängten sich die Zivilisten, um besser sehen zu können. Väter hoben ihre Kinder auf die Schultern, und Mütter hielten die Kleinen hoch, damit sie sehen konnten. Sie starrten, als erwarteten sie, Nandus und Zebras die Laderampe heruntertänzeln zu sehen.

Ihre Verblüffung war jedoch nicht ganz unverständlich. Auf dem Abhang des Hügels erhoben sich drei blau-weiß-gestreifte große Armeezelte, als hätten die Kinder Israels hier ihr Lager aufgeschlagen. Schabracken mit scharlachroten Rändern schmückten die unteren Enden der spitzen Dächer. Messingstäbe, die wie Speere geformt waren, neigten sich nach außen, um die Zeltbahnen an der Vorderseite zu stützen. Leuchtende Wimpel flatterten in der Brise. Soldaten entluden massive, kunstvoll geschnitzte Möbelstücke und Eisentruhen, die groß genug waren, ein Zebra zu fassen. Sie schleppten Holzkisten mit altem Wein und Lebensmitteldosen in das Generalszelt.

General Scotts Musiker, die soeben angekommen waren, knöpften sich die Kragen ihrer scharlachroten Uniformröcke auf und schoben sich ihre hohen schwarzen Hüte in den Nakken. Inmitten des allgemeinen Durcheinanders begannen sie, ihre Posaunen, Trompeten und eine mächtige Tuba zu stimmen. Die Siedlerfrauen warfen sehnsüchtige Blicke auf die polierten Messingknöpfe und die Goldtressen an den auffallenden Uniformen der Musiker. Das Verlangen, diesen Flitterkram in die Finger zu nehmen, war ihnen an ihren traurigen, trüben Augen abzulesen. Sie zupften nervös an ihren geflickten Kleidern. Sie zogen die Schultern hoch und verschränkten die Arme auf der Brust, als wollten sie sich unauffälliger machen.

»Als wir im Biwak lagen«, sagte Jacob mit der Pfeife im Mund, »habe ich einen Farmer gesehen, der mit seiner Frau sieben Meilen geritten war, um die Trommel zu hören und zu sehen, wie die Männer in Reih und Glied standen. Das war für sie ein völlig ungewohnter Anblick wie für eine halbflügge Taube. Dann stell dir mal vor, wie ihnen das hier vorkommen wird.«

»Hm, hm.« Der junge Captain verschränkte die Hände auf dem Rücken und räusperte sich. »Ist einer von Ihnen Lieutenant John Goode?«

»Das bin ich, Sir.« John tippte sich an die Hutkrempe. Einen Mann, der wie er die Militärakademie West Point absolviert hatte, erkannte er sofort. Alligator hatte recht gehabt, als er einmal sagte, diese Männer gingen, als hätte man ihnen Ladestöcke in die Ärsche gesteckt. »Dies ist Stabsarzt Jacob Rhett Motte.«

»Ich bin Captain John Lane von den Second Dragoons. Vorübergehend General Gaines unterstellt. Ich habe eine Nachricht für Sie.« Trotz der schweren Prüfung an der Barrikade am Withlacoochee sah Lane gepflegt und lässig aus. Er tat, als wären Gefahr, Hunger und Tod höchstens Unannehmlichkeiten.

»Eine Nachricht für mich, Sir?«

»Ja. Von dem Häuptling, den man Osceola nennt. Er hat sich nach Ihnen erkundigt, als wir über die Bedingungen seiner Kapitulation sprachen. Er schien bekümmert zu hören, daß Sie verwundet worden sind. Er sagte, er hätte seine Männer angewiesen, Ihnen nichts zu tun.«

»Osceola hat angeboten, sich zu ergeben?«

»Nicht direkt.« Als der Captain grinste, blitzten zwei Reihen regelmäßiger weißer Zähne auf, als würden sie in seinem gutaussehenden, sonnenverbrannten Gesicht paradieren. Er konnte kaum älter als fünfundzwanzig sein. Sein lockiges Haar war so dunkel wie das von Goode hell.

»Tatsächlich hat Osceola gesagt, es tue ihm leid, daß die Weißen ihn zum Kampf zwängen. Er sagte, wir hätten sein Volk unterdrückt, und das könnten seine Leute nicht ertragen. Er sagte, sie würden ihr Land nicht verlassen. Offen gestanden war er gerade dabei, uns seine Bedingungen zu diktieren, als General Clinch auf der Bildfläche erschien.« Der Captain schüttelte den Kopf. »Man muß sie einfach bewundern, wissen Sie.«

»Ja, das muß man.« Lieutenant Goodes Stimme hörte sich bitter an. »Dieser Krieg ist eine verdammt erbärmliche Angelegenheit.«

»Florida ist gewiß das ärmste Stück Land, um das sich je zwei Völker gestritten haben.« Jacob sprach schnell, um die Impertinenz seines Freundes vergessen zu machen. »Osceola kann seine Kenntnis dieses verdammten Geländes für sich nutzen. Ich würde einen Sumpf nicht mal für vierzig Forts hergeben.«

»Osceola wirkte bekümmert?« Der zweite Teil von Lanes überraschender Nachricht drang schließlich durch, und Goode war skeptisch. »Verzeihen Sie mir meine Offenheit, Sir, aber ich kann mir nicht vorstellen, daß Osceola so etwas wie Kummer vor Bleichaugen zeigt ... vor Weißen.«

»Für das ungeübte Auge war es nicht zu erkennen«, erwiderte Lane. »Aber ich habe schon Creek-Truppen befehligt. Ich habe gelernt, ihren Gesichtsausdruck zu deuten. Wie schafft man es übrigens, sich die Protektion von Häuptling Osceola persönlich zu sichern?«

»Indem man ehrlich mit ihm umgeht«, sagte Jacob.

»Angesichts der schweren Prüfung, die Sie durchgemacht haben, ist dies vielleicht eine alberne Frage.« John Goode lächelte verlegen. »Sie haben nicht zufällig Kölnisch Wasser aus dem Norden mitgebracht, oder?«

»Sie sind schon der vierte, der mich danach fragt. Und die anderen drei schienen kaum sehr verwöhnt zu sein.«

»Wir haben nur zwei Heilmittel gegen Erntemilbenlarven gefunden. Kölnisch Wasser und Whiskey.« Jacob lehnte sein Veloziped gegen eine Eiche. »Nicht viele Männer dürften bereit sein, ihre Whiskeyration darauf zu verschwenden, solche Larven zu vertreiben.«

»Und einige würden das Kölnisch Wasser sogar trinken, wenn sie welches hätten«, brummelte John.

Schließlich waren die Wagen entladen und wurden mit lautem Geklapper und Getöse weggefahren. Die Menschenmenge zerstreute sich, um der Musikkapelle zuzuhören, die unter den Eichen probte. Ein paar Jungen versammelten sich um Jacobs Veloziped und studierten es. Er sah ihnen an, daß es sie gepackt hatte. Kein Stück Metall oder Draht würde vor ihnen sicher sein, bis sie sich selbst eins gebaut hatten.

Die Lautstärke der Unterhaltung in Winfield Scotts Zelt mit den Zirkusstreifen steigerte sich beträchtlich. Die drei Offiziere schlenderten näher heran, um zu lauschen. Sie hätten die Fehde des Generals mehr genossen, wenn nicht so viele Menschenleben auf dem Spiel stünden, aber unterhaltend war das Ganze trotzdem. Viele der Generäle waren erst im Feld ernannt worden. Sie hatten den Verdacht, daß die Absolventen der Militärakademie sich hinter ihrem Rücken verächtlich über sie äußerten. Dieser Verdacht war meist wohlbegründet.

»Der Feind wäre gestellt, geschlagen und gezwungen worden, um Frieden zu bitten, General Scott.« Falls Gaines diese absurde Behauptung anzweifelte, ließ seine Stimme nichts davon erkennen.

»Clinch sagt, Sie hätten bei seiner Ankunft keinen Schuß Munition mehr gehabt.« Scotts Stimme dröhnte so laut, daß er die drei heimlichen Lauscher erschreckte, die unwillkürlich einen Schritt zurücktraten. General Scott ging ruhelos auf und ab. Mit einer Größe von über sechs Fuß berührte sein Kopf den unteren Rand des Zeltdachs.

»Sie haben nicht mal einen Ausfall gemacht, um sich aus Ihrer Lage zu befreien«, sagte er. »Noch ein Tag, und Osceolas Pack hätte Ihre Stellung überrannt und Sie in Ihren Exkrementen ermordet.«

»Noch ein Tag! Wahrhaftig, Sir!« brüllte Gaines. »Warum haben wir acht Tage auf Verstärkungen gewartet? General Clinch sagte mir, *Sie* hätten Befehl gegeben, belagerte Männer im Stich zu lassen.« Gaines' Zorn wurde immer hitziger. »Und wie nahe Sie waren! Sie waren in Hörweite unserer Kanonen! Erst als Clinchs Urteilsvermögen ihn dazu brachte, *Ihre* Befehle zu mißachten, ist er uns zu Hilfe gekommen. Wir hatten den Feind in einer noch nie dagewesenen Zahl vor uns. Clinch hätte die gesamte Streitmacht vernichten können, wenn Sie sich nicht eingemischt hätten.«

»Sprechen Sie mir nicht von Einmischung. Sie haben in Florida nichts zu sagen. Dies ist mein Kommando. Jetzt haben Sie alles verpfuscht.«

Das anschließende Schweigen hörte sich an wie die Nachzündung einer Muskete.

»Zum Teufel mit Ihnen!« rief Gaines schließlich. »Ich wünsche Ihnen die ewige Verdammnis!«

General Scotts Band spielte eine muntere Fassung von »Gary Owen«, als Gaines sich auf dem Absatz umdrehte und aus dem Zelt stürmte.

»In weniger als zwölf Tagen nach meinem Abmarsch von hier«, rief General Scott hinter ihm her, »werde ich das Vergnügen haben, Osceolas Armee aufzulösen und den Feind nach Westen zu verfrachten!«

Osceola und Alligator kehrten gemeinsam zu der verlassenen Barrikade zurück. Sie lehnten sich an den obersten Baumstamm und blickten auf den stinkenden Morast dahinter. Wir hätten es beinahe geschafft, dachte Osceola.

»Wir hätten Caesar töten sollen«, sagte Alligator. »Wir hätten nicht mit den weißen Männern sprechen sollen.«

»Die Krieger waren des Wartens müde. Es waren weitere Soldaten unterwegs. Wir hatten kaum noch Blei.« Osceola seufzte. Wie lange würde dieser Krieg noch weitergehen? »Wir hatten sie geschlagen. Ich dachte, wir könnten verlangen, daß sie uns in Ruhe lassen.« Tatsächlich hätten die Krieger Mikanopees Sklaven Caesar getötet, wenn Osceola sie nicht davon abgehalten hätte. Fighting in a Line hatte sich großmütig erboten, ihn mit ihrem Jagdmesser umzubringen.

Vermutlich auf Befehl Mikanopees, aber ohne vorherige Beratung mit den Kriegsanführern, hatte sich Caesar der Brustwehr genähert. Er hatte den weißen Männern gesagt, die Seminolen wollten über Frieden sprechen. Dann hatte Clinch, der nichts von dem Waffenstillstand wußte, angegriffen.

Die Armee, die Jumper, Alligator und Osceola so sorgfältig zusammengebracht und allein durch ihren Willen zusammengehalten hatten, hatte sich aufgelöst. Als sie dort standen und in die Falle blickten, aus der eintausend hilflose Feinde entkommen waren, beschloß Osceola, den Kampf fortzusetzen. Er und sein Volk würden siegen. Wie lange es auch dauerte.

40

Die Weißen Männer glauben, sie könnten mit einem Netz Wasser schöpfen, dachte Osceola. Scotts Plan, die Seminolenlager in den Sümpfen anzugreifen, war so lächerlich, daß Osceola sich fragte, ob der amerikanische *Tastanagee* noch bei Verstand war. Er und Alligator hatten ihr getarntes Kanu in der Nähe zurückgelassen. Jetzt beobachteten sie, wie zweitausend Blaujacken sich mühsam durch das Labyrinth von Baumfallen, Schlingpflanzen, Dornengestrüpp, Bäumen, Büschen und Morast vorwärts kämpften. Unterholz findet man fast überall, aber in Florida ist das Unterholz dreißig Meter hoch. In Florida sperrt das Unterholz die Sonne aus.

Die Soldaten taten Osceola fast leid. Sie waren zu erschöpft, um zu fluchen, und er hatte noch nie weiße Männer gesehen, die zum Fluchen zu müde waren. Mit ihren Säbeln hieben sie auf die grüne Mauer ein, die nicht weichen wollte. Wann immer einer von ihnen damit aufhörte, mit dem Säbel herumzufuchteln, ließen sich die schmalen, langbeinigen Moskitos auf ihm nieder wie ein schwarzer Umhang.

Osceola und Alligator lagen bequem in dem weichen Flor des Grauen Tüpfelfarns auf den breiten Eichenästen. Es hatte seit Wochen nicht mehr geregnet, und die Farne waren braun und hatten sich zusammengerollt. Die schlanken braunen Körper der Männer verschmolzen mit ihnen.

Die schrumpfenden Tümpel, aus denen die Soldaten tranken, waren verdorben. Das Wasser löste Ruhr und Fieberanfälle aus. Weil ihre Vorräte zur Neige gingen und Scotts sorgfältig geplantes Nachschubsystem vollständig versagt hatte, litten die Soldaten unter Hunger und Durst.

Auf den Troßwagen lagen jetzt nur die Instrumente der Kapelle. Um die Posaunen, Trompeten und die Tuba drängten sich die Kranken. Sie waren so eng zusammengepfercht wie gepökelter Dorsch in einem Faß. Dem Gestank, der nach oben waberte, als die Wagen unter Osceolas Baum vorbei geschoben und gezerrt wurden, konnte er entnehmen, daß er lieber kriechen würde, wenn er eine kranke Blaujacke wäre.

Dies war der Mittelteil von General Scotts gefeierter Frühjahrsoffensive mit drei Angriffsflügeln. Sein Plan lief darauf hinaus, die tief in den Sümpfen um den Withlacoochee herum versteckten Lager zu umzingeln. Er hatte vor, die Seminolen zu überraschen, sie gefangenzunehmen und nach Westen zu verfrachten. Scotts Plan funktionierte jedoch nicht.

Die vierzehnhundert Mann des Ostflügels bewältigten an den ersten zwei Tagen insgesamt sieben Meilen, und Wild Cats Krieger hatten sie dabei ständig gestört. Mehrere ihrer Zugtiere starben an Erschöpfung, bevor die Marschkolonne schließlich liegenblieb. Für eine Vereinigung mit den Einheiten Scotts kamen sie viel zu spät.

Der Westflügel unter Colonel William Lindsay verirrte sich irgendwo im Süden. In einem Versuch, die beiden anderen Gruppen zu lokalisieren, feuerte Lindsay in regelmäßigen Abständen seinen Sechspfünder ab. Damit war der Überraschungseffekt dahin.

Mehr als die Hälfte der eintausendzweihundertfünfzig Männer im Westflügel waren Freiwillige aus Alabama. Sie waren sich selbst der schlimmste Feind. Es paßte ihnen nicht, von regulären Armeeoffizieren Befehle entgegenzunehmen. Als Colonel Lindsay ihnen Whiskey verweigerte, erboste sie das so sehr, daß sie seinem Pferd Mähne und Schweif stutzten.

Sie beklagten sich bitter darüber, daß sie ihre Ausrüstung

selbst tragen mußten. Sie schossen auf alles, was sich bewegte, und verwundeten so einen ihrer eigenen Männer. Sie gaben den freundlich gesinnten Seminolen-Kundschaftern die Schuld an dem Unfall und fesselten sie. Als Lindsay ihre Freilassung befahl, drohten die Leute aus Alabama, ihn zu töten. Wann immer Lindsay sich in ihr Lager begab, nahm er einen Trupp Marineinfanterie mit. Schließlich gab er auf und marschierte nach Fort Brooke, ohne Scott gefunden zu haben.

Scott und dem Mittelflügel Clinchs erging es nicht viel besser. Weil Kundschafter der Seminolen die Militärstraße beobachteten, hatte sich Scott entschlossen, durch die Wildnis zu marschieren. Seine Kolonne hatte drei Tage gebraucht, um die fünfundzwanzig Meilen Zypressensumpf von Fort Drane zum Withlacoochee zu bewältigen.

Als er seine Nachschubwege plante, hatte Scott das tückische Gelände sträflich unterschätzt; doch Nachschubprobleme hatte es schon gegeben, bevor er Fort Drane überhaupt verließ. Die Seminolen hatten seine Dampfboote auf dem Oklawaha zerstört. Die Boote waren gestrandet und hinderten jetzt andere daran, an ihnen vorbeizukommen.

General Scotts Auszug aus Fort Drane war eindrucksvoll gewesen. Er hatte auf voller militärischer Pracht bestanden – Paraden, einem Konzert der Militärkapelle, Ansprachen, Flaggen und Artilleriesalut. Unglücklicherweise waren die Sommeruniformen mit den Booten auf dem Oklawaha untergegangen. Ende März und mit Beginn der heißen Jahreszeit hatten die meisten Männer unter seinem Kommando ihre schweren blauen Wolljacken und -hosen an.

Sie trugen sie immer noch, als Osceola zusah, wie sie auf den brütend heißen Dschungel eindroschen. Die Uniformen mußten die Männer darin gekocht haben. Normalerweise kamen Soldaten auf die Idee, lästige Teile ihrer Uniform zu verlieren oder dafür zu sorgen, daß sie nicht mehr tragbar waren. Hier jedoch nicht. Nicht bei diesen Moskitos. Die meisten hatten sogar ihre Ohrenklappen an den Mützen befestigt.

Die Männer gingen so nah unter Osceola vorbei, daß der Gestank von Schweiß, Angst und verschimmelter Wolle ihn überspülte. Wie in einem Nerzbau, dachte er. Er sah zu Alligator hinüber. Alligator kniff sich die Nase zu und schnitt eine Grimasse. In Wahrheit rochen sie selbst auch nicht sonderlich gut. Das Fischöl, mit dem sie sich eingerieben hatten, war nicht frisch, vertrieb aber die Insekten. Und die weißen Männer waren nicht in der Verfassung, diesen Geruch überhaupt zu bemerken.

Eine Kompanie von Clinchs Veteranen kam vorbei. Sie trugen Sommerjacken und -hosen, das Sumpfwasser hatte dem weißen Leinen die Farbe von Sirup gegeben. Osceola sah sich jeden Mann, der unter ihm vorbeikam, genau an, bis er Nakita näher kommen sah.

Du bist gekommen, geliebter Freund. Osceola sandte ihm seinen stummen Gruß wie einen feinen kühlen Nebel hinunter. *Ich wünschte, ich könnte heute abend neben dir am Feuer sitzen.* Er musterte Johns Gesicht, bis die Soldatenmütze unter ihm vorüberging und außer Sichtweite war.

Am Ende der Kolonne schleppten sich die beiden Maultiergespanne mit je sechs Tieren klagend dahin. Sie schleppten die Kanonenlafetten auf den höher gelegenen Boden des Hartholzwaldes. Hinter ihnen schleppten Ochsengespanne zwei gewaltige Plattboote auf Laufrädern. Männer flankierten Boote und Kanonen, jederzeit bereit, sie anzuschieben, wenn sie steckenblieben, was alle paar Meter geschah. Als die Kolonne schließlich verschwunden war, glitten Osceola und Alligator lautlos aus ihrem Versteck. Sie achteten darauf, daß die massiven, gefurchten Stämme der Eichen zwischen ihnen und den Soldaten blieben, als sie sich wie Geister durch das Gestrüpp entwurzelter Bäume, moosbedeckter Baumstämme und dem Gewirr von Schlingpflanzen bewegten. Sie erstarrten, als zwei Soldaten, die einen dritten trugen, in ihrer Nähe vorbeikamen.

»Wir haben ihn gefunden!« rief einer von ihnen.

Kaum waren sie vorbei, setzten Osceola und Alligator ihren Weg fort. Kurz darauf waren sie von dem Unterholz verschluckt. Sie fanden ihr Kanu und stakten es leise davon.

»Wo hast du ihn gefunden?« Jacob Motte hatte sich hingekauert, um den Mann zu untersuchen, den die beiden Soldaten auf die Erde gelegt hatten.

»Ein Stück weiter hinten. Muß vom Weg abgekommen sein und sich verirrt haben.«

»Ist er tot, Jacob?« fragte John Goode.

»Tot wie Staub.«

»Schlangen? Feinde?«

»Moskitos.«

»Moskitos?« Captain Lane starrte den Leichnam an. »Haben sie ihm das Blut ausgesogen?«

»Sie haben ihn erstickt.« Jacob schloß den Mund des Mannes. »Die Schwärme werden manchmal so dicht, daß sie einem Opfer in Mund und Nase fliegen und die Atmung lähmen können.«

Ein Trupp von Männern begrub den Leichnam, so gut es ging. So schnell sie auch gruben, sofort füllte schwarzes Wasser das Loch. Die übrigen schlugen ihr Lager auf.

Goode und Lane überwachten ihre Kompanien, als die Waffen aufgestapelt wurden. Das mußte richtig gemacht werden, damit jeder Mann im Fall eines Angriffs sofort seine Waffe finden konnte. Das Knacken zerbrechender Äste und Zweige dröhnte wie Gewehrfeuer durch den Wald, als die Männer Holz sammelten.

Treiber entluden die Maultiere. Die Dragoner sattelten ab und banden ihre Pferde an Stricken fest, die sie zwischen den Bäumen gespannt hatten. Lanes hammerköpfiges, knochiges Pony Neamathla brauchte sich eine derart würdelose Behandlung nicht gefallen zu lassen. Der Hengst trottete hinter Lane her, als dieser seiner Arbeit nachging. Neamathla war ein Veteran. Was ihm an Größe und gutem Aussehen fehlte, machte er durch Persönlichkeit und Ausdauer wett.

Als Jacob seine Visite bei den Kranken beendet hatte, kehrte er zu dem Feuer zurück, das Jack Lane inzwischen angezündet hatte. Er und Lane mischten ihre Mehlration mit etwas schlammigem Wasser und verrührten das Ganze in ihren Metallbechern. Dann klebten sie den Brei um grüne Fächerpalmenrippen. Als sie die Stäbchen über das Feuer hielten, versuchten sie im Rauch zu sitzen, wo es weniger Moskitos gab. Als die Mehlklöße auf der Außenseite verkohlt und innen klebrig waren, würgten er und Lane sie mit gebratenem, aber ranzigem Schweinefleisch herunter.

»Probiert die hier mal.« Ohne nachzudenken, kauerte John Goode auf höchst unmilitärische Weise neben dem Feuer. Er hatte sich aufgemacht, etwas Eßbares zu suchen, und dachte immer wie ein Seminole. Sein Lederhut war voller Schildkröteneier. Das enthauptete Ende einer Diamantklapperschlange baumelte ihm von der Schulter. Sie reichte ihm vorn und hinten bis zum Gürtel.

»Verdammt noch mal, Mann, du mußt aufhören, wie ein bemalter Wilder herumzuschleichen«, sagte Jacob. »Eines Tages puste ich dir aus Versehen noch den Kopf weg.«

»Es ist nicht nötig, daß du die Göttin der Geduld auf einem Sockel darstellst, Jacob. Ich habe dir etwas Eßbares mitgebracht, etwas anderes als das, was die Armee liefert.« Goode goß noch mehr schlammiges Wasser in einen mit Fett und Ruß eingeschmierten verzinnten Topf. Er stellte ihn in die Flammen, um die Eier zu kochen.

»Ich will dir mal was sagen«, vertraute Jacob Jack an. »Einen besseren Verpflegungsoffizier als John könntest du nicht finden. Solange du nicht wählerisch bist. Hast du Stinkenden Zehrwurz mitgebracht, John?«

»Hab ich.« Mit der Messerspitze stieß John ein Loch in eins der rohen Eier. Er löste den Knoten in einer Ecke seines Halstuchs und schüttelte etwas feuchtes Salz daraus auf die Handfläche. Er leckte daran und sog dann den rohen Inhalt der ledrigen Eierschale ein, während Jack Lane entsetzt zusah.

Während sie darauf warteten, daß das Wasser köchelte, balancierte Jacob sein ramponiertes Tagebuch auf dem Knie und machte mit einem Bleistiftstummel seine Eintragungen. Jacobs Tagebuch hatte schon einiges mitgemacht. Es begann den alten Socken zu ähneln, aus denen sein Papier hergestellt war. John häutete die Klapperschlange, schnitt sie in Stücke und spießte jeden Teil auf einer Fächerpalmenrippe auf. Als die Dämmerung anbrach, wurden die Moskitos noch hartnäkkiger, und ein paar Millionen Frösche stimmten ihre Melodie an.

»Zum Teufel mit diesem infernalischen Land!«

Weder Goode noch Motte hatten Jack Lane so nahe an etwas herankommen sehen, was man Leidenschaft nennen konnte.

»Ich würde sagen, es ist schon so nahe beim Teufel, wie es nur sein kann«, entgegnete Jacob sanft.

Sie schälten die Eier und aßen das feste, schmackhafte Eigelb. Sie spießten Stücke von Schlangenfleisch auf ihre Messerspitzen. Nachdem sie behutsam die zarten Knochen entfernt hatten, schlangen sie das Fleisch herunter. Als sie alles aufgegessen hatten, stand John auf und hob seinen Fächerpalmwedel auf.

»Kommt mit.« Als er losschlenderte, schlug er nach den Moskitos.

Jacob, Jack und Neamathla folgten ihm weg von dem lärmenden Biwak und auf einen Alligatorpfad zum Rand des Waldes. Sie blieben dort stehen, wo das trübe Wasser des Withlacoochee eine enge Kurve beschrieb.

»Was suchen wir eigentlich?« Jack Lane suchte die Baumlinie nach Feinden ab.

»Etwas Unterhaltung zum Nachtisch.« Mit dem Kinn zeigte John nach oben, auf die Tausende von Wasservögeln, die zu ihren Schlafplätzen unterwegs waren. Sie wirbelten im Sonnenuntergang herum und wurden zu leuchtenden Gruppen aus Gold, Pink und Lavendel. Goldene Lichtstrahlen ergossen sich von dem unteren Rand einer v-förmigen Öffnung in den Wolken, als kämen sie aus einer Schachtel.

»Dies passiert jeden Abend, ob wir nun zum Spaß hier sind oder nicht«, sagte John mit weicher Stimme. »Es geschieht, ob wir uns gegenseitig umbringen oder nicht. Es geschah, bevor wir hier ankamen. Es wird auch weitergehen, wenn wir nicht mehr da sind.« Und es bewahrt mich davor, den Verstand zu verlieren, dachte er. »Singer sagt, wenn wir die Natur mit dem inneren Auge ansehen, wird sie uns immer freundlich behandeln.«

»Singer?«

»Black Drink Singer. Osceola. Powell.«

»Hör mal, John.« Jacob kam plötzlich ein Verdacht. »Du mußt doch wissen, wo Powells Lager ist.«

»Nein, das weiß ich nicht.« John spürte den Unglauben seines Freundes. »Ich weiß es wirklich nicht, Jacob.«

Erst hatte sich John durch Osceolas mangelndes Vertrauen verletzt gefühlt, weil er ihn nicht zu den Lagern im Sumpf mitgenommen hatte. Jetzt war er erleichtert. Wenn er gewußt hätte, wo die Lager waren, wäre es seine Pflicht gewesen, diese Information zu melden. Osceola verstand etwas von Pflicht. Und er hatte lange vor John gewußt, daß es Krieg geben würde.

Als die Männer ins Lager zurückkehrten, hatten die nächtlichen Geräusche begonnen. Ein Puma brüllte. Die Rufe von Fröschen und Eulen, das Kreischen von Kranichen und Braunsichlern verband sich mit dem Grunzen und den Schreien, die kein Mensch irgendeiner irdischen Quelle zuordnen konnte.

Die Nächte waren am schlimmsten. Es war schon vorgekommen, daß die Nächte Männer vor Entsetzen lähmten. Geisterhaftes Wolfsgeheul ließ die Moral, die ohnehin auf einem Tiefpunkt angelangt war, ins Bodenlose sinken. Um seine Männer aufzumuntern, befahl Scott der Kapelle zu spielen.

Als die Musiker die erste Melodie anstimmten, antworteten Tausende von Alligatormännchen, sie kamen näher herangeschwommen, um zu untersuchen, woher die Musik kam. Ihr Zischen, ihr Brüllen und das dröhnende Grunzen übertönten fast die Musik. Zum Finale eröffnete Osceolas und Alligators Kriegstrupp das Feuer.

Die Musiker zogen sich in totaler Unordnung zurück. Sie benutzten ihre Instrumente als Schilde, während ihre Kameraden auf die zungenförmigen Flammenblitze aus den Gewehrläufen der Seminolen schossen. Das Scharmützel dauerte immerhin so lange, daß ein Soldat getötet und ein anderer schwer verwundet wurde. Jacob Motte war dabei, die letzten Augenblicke des verwundeten Mannes so leicht zu machen, wie es ihm möglich war, als er Osceolas letzten, jodelnden Schrei und Alligators Lachen hörte. Dann trat Stille ein.

Nach fünf Minuten fingen Frösche, Vögel und Wölfe dort wieder an, wo sie aufgehört hatten. Die Braunsichler, die bei Tageslicht so zurückhaltend und bescheiden wirkten, begannen wieder zu zetern wie Hühner auf der Stange. Nicht viele Männer schafften es, dabei in den Schlaf zu kommen. Sie ließen ihre Gewehre auf den Knien ruhen und starrten in die lärmende Dunkelheit.

»In einem wohlgeordneten Lager passiert alles um Mitternacht«, brummelte Jacob.

John Goode untersuchte seine kratzenden Decken auf Eidechsen, Schlangen, Skorpione, Frösche und Spinnen. Er legte sich auf den Rücken und glitt unter den Rand seines Moskitonetzes. Die Moskitos saßen so dick darauf, daß sie wie ein schwarzer Pelz aussahen. Goode glaubte an das alte Sprichwort: »Der beste Soldat ist der, der am besten für sich selbst sorgt.« Er hatte die Gaze seines Moskitonetzes mit äußerster Sorgfalt mit blauem Wollgarn geflickt, das er von einer alten Uniform abgeribbelt hatte.

»Sie werden nicht wiederkommen«, sagte er.

»Woher willst du das wissen?« Jack suchte die Bäume weiterhin nach Feinden ab.

»Nachts streifen zu viele Geister umher. Die Seminolen ziehen es vor, dann mit ihren Frauen zu Hause in Sicherheit zu sitzen.« Johns Herz krampfte sich plötzlich vor Kummer zusammen, als ihm das Bild von Third Sisters Gesicht hinter den geschlossenen Augenlidern erschien. Im Schrei der Braunsichler hörte er ihren verängstigten Todesschrei. Er wußte, daß er wahrscheinlich wieder von ihr träumen würde.

Osceola hatte gesagt, schlafen bedeute, Träume zu jagen. John fragte sich manchmal, ob er bei seiner Traumjagd Third Sister fand oder ob ihr Geist ihn fand.

»Glaubst du, wir werden Osceola finden, John?« fragte Jack.

»Nur dann, wenn er gefunden werden will.« Kurz darauf atmete John Goode tief und fest.

General Scott begann am nächsten Morgen um vier Uhr mit der Überquerung des Withlacoochee. Osceola, Alligator, Jumper und ihre Männer warteten, bis die Blaujacken, die ihre Stiefel über die Schultern geschlungen hatten, mühsam durch den Schlamm ans Ufer stapften. Dann stießen sie ihre Schlachtrufe aus und begannen, sie einzeln niederzuschießen. Tausende erschreckter Vögel ließen die Bäume in einem ohrenbetäubenden Flattern von Flügeln explodieren.

John Goode lauschte gespannt und versuchte, Osceolas Schrei in dem Lärm zu erkennen. Die Schlachtrufe verursachten ihm noch immer eine Gänsehaut, und sein Nackenhaar sträubte sich. Er hatte Mitgefühl mit den Männern, die bei diesen Schreien fast in Panik gerieten. »Vergeßt nicht, niedrig zu zielen und rechts von dem Mündungsfeuer der Feinde.«

Von rechts her hörte Goode das langgezogene Geheul von Männern, die mit Bajonetten angriffen. Genausogut könnten sie versuchen, mit den Bajonetten Rauch zu erledigen, dachte er. Dann waren die Kanoniere mit dem Abprotzen und dem Richten ihrer Kanonen fertig. Ihr gewaltiges Donnern übertönte jeden anderen Laut.

Als das Geräusch des ersten Kanonenschusses erstarb, hörten Winfield Scott und seine Männer Gelächter. Das Lachen und die Rufe wurden leiser, als sich die Seminolen in die Tiefen des Zypressenwalds zurückzogen. Sie überließen die Blaujacken einem weit schlimmeren Feind, dem Land, um das diese kämpften.

Das Land besiegte General Scott mühelos. Nach ein paar Scharmützeln in den Zypressensümpfen marschierten seine kranken und demoralisierten Truppen nach Fort Brooke. Als er nach Norden zurückkehrte, wurde er vor ein Militärgericht gestellt, das sein Verhalten untersuchen sollte. Er gab dem Klima, dem Gelände, den fehlenden Transportmöglichkeiten sowie General Gaines die Schuld an seinem Versagen. Er wurde freigesprochen.

41

Little Warrior hockte sich am Rand des Zypressenteichs hin und untersuchte das Wasser nach Scharfen Ohren. Diese übernatürlichen Wesen waren nicht nur häßlich, sondern lösten auch Krankheiten aus. Hexen, Kleine Wesen sowie Scharfe Ohren gehörten zu den sehr wenigen Dingen, die Little Warrior fürchtete.

Als sie sich überzeugt hatte, daß die Luft rein war, legte sie sich in dem weichen Sand auf den Bauch. Mit der Handfläche spielte sie im Wasser herum. Die kleinen Wellen spülten den größten Teil der kleinen Wassertiere weg, die Alligatorflöhe, Moskitolarven, Taumelkäfer, Gelbrandkäfer sowie Entengrütze und Algen.

Sie nippte an dem teefarbenen Wasser und benetzte sich dann die Arme damit. Es war Ende Juni 1836. Es war heiß hier, selbst unter den Zypressen. Wenn eine Schildkröte zu lange in der Sonne stand, würde die Sonne ihr Fett im Panzer zu Öl schmelzen lassen.

Little Warrior hob ihren Froschrechen auf, zog ihren Rock noch höher und befestigte ihn unterm Gürtel, worauf sie behutsam weiterging. Mit den fließenden Bewegungen einer Jägerin bewegte sie sich am Rand des Kalksteinbeckens, das den Teich begrenzte. *Nutze die Schatten aus,* flüsterte Osceola ihr in Gedanken zu.

Ihre Schritte lösten in den Matten von Entengrütze, die am Ufer dahintrieben, Wellenbewegungen aus. Die Entengrütze bedeckte auch die gekrümmten Ausläufer des Teichs, die bis hinter die Bäume und Atemknie der Zypressen reichten. Eine glitzernde Mokassinschlange glitt vorbei, als wäre auch sie ein Nebenarm des Teichs.

Little Warrior hatte acht Paar Ochsenfroschbeine auf eine angespitzte Fächerpalmenrippe gespießt. Einige von ihnen waren so groß wie Hühnerkeulen. Sie hatte eine Palmenfaserschnur an die beiden Enden der Rippe gebunden und trug diese jetzt neben dem Bogen auf der Schulter. Ihr Schlangenpfeil steckte mit den anderen Schäften in der Rückseite ihres Gürtels neben ihrem Palmwedel. Vorsichtig hob sie immer wieder die Füße aus dem Wasser, um es möglichst wenig zu kräuseln.

»Sieh mal!« Die fünfjährige Crying Bird hielt eine Dosenschildkröte hoch und inspizierte sie. Die strampelnde Schildkröte war so groß wie der Kopf des Kindes, und die Kleine hatte Mühe, sie zu halten.

»Ich habe zu tun, jüngere Schwester.« Little Warrior hatte mit den meisten Lebewesen Geduld, mit ihrer Schwester jedoch nicht allzuviel. »Töte sie.«

»Töte du sie.«

»Dann sieh mir zu, damit du es beim nächsten Mal selbst

kannst.« Little Warrior kniff der Schildkröte, die den Kopf reckte, in den Hals und schnitt den Kopf ab. Dann tranken sie und Crying Bird abwechselnd das herausspritzende warme Blut. Mit dem Handrücken wischte Little Warrior ihrer Schwester das Blut vom Kinn ab.

Little Warrior schnitt mit ihrem Messer das Bruststück in vier Teile und entfernte die Eingeweide. Das war schwieriger als gewohnt, weil die Schildkröte vorher nicht gebrüht worden war. Später würde es auch nicht gehen, denn Blaujacken-Soldaten konnten in der Nähe sein, und ein Feuer würde sie anlokken. Little Warrior stopfte die Eingeweide in einen Sack. Sie konnte sie dazu verwenden, Reiher in Reichweite ihrer Pfeile zu locken, oder sie als Köder für die Welse benutzen, die in den kleinen Flüssen lauerten.

»Hast du Pfeilwurz gefunden?« Little Warrior band die Ecken ihres Kopftuchs über die Überreste der Schildkröte und stopfte sie in das Bündel an der Seite.

Crying Bird drehte sich halb um, um den kleinen Tragekorb auf dem Rücken zu zeigen. Auf dessen Boden lagen acht schlammverschmierte Knollen. Die Hände des Kindes waren schwarz vom Graben.

»Ich habe ein Alligatornest gefunden.« Little Warrior stemmte den Stiel ihres Rechens aus Zypressenholz in die Erde und stützte sich darauf. »Ich werde die Mutter ablenken, während du die Eier einsammelst.«

Crying Bird machte ein zweifelndes Gesicht. Der Plan gefiel ihr ganz und gar nicht; trotzdem folgte sie Little Warrior durch das dichte grüne Laub, das den Teich umgab. Little Warrior postierte Crying Bird hinter dem verästelten Stamm einer Würgerfeige. Dann machte sie einen Bogen und näherte sich dem Hügelchen des Alligators von der anderen Seite. Sie lugte um den grauen Stamm einer anderen Feige herum, die einen Kampescheholzbaum eingehüllt hatte.

Der Alligator wärmte sich in dem Sonnenschein, der durch das blaßgrüne Blätterdach der Zypressen und die Girlanden der Bartflechtenartigen Tillandsie sickerte. Das Alligatorweibchen war eineinhalb mal so lang wie Little Warrior.

Diese preßte die Lippen fest aufeinander, zog den Mund nach

innen und sog Luft ein. Sie ließ eine Reihe plötzlicher, hoher und schriller Piepslaute hören, den Notruf eines Alligatorbabys. Das Weibchen richtete sich auf seinen kurzen Beinen auf und zischte. Dann ließ es sich an der Seite ihres Nests heruntergleiten und eilte mit einem seltsamen, wiegenden Schritt in die Richtung des Rufs. Little Warrior packte eine der Feigenwurzeln, ließ sie von einem höheren Ast baumeln, stemmte die Füße gegen den Stamm und zog sich langsam hoch, indem sie eine Hand über die andere setzte. Zischend und grunzend wiegte sich das Alligatorweibchen unter ihr hin und her.

Little Warrior äffte weiter den Ruf nach, während Crying Bird zu dem Hügel rannte und wie wild zu graben begann. Ihre kleinen Hände ließen die faulende Waldstreu in einem hohen Bogen hinter ihr aufspritzen. Sie nahm ihren Tragekorb, legte etwas Humus auf den Boden und steckte zwanzig der kleinen runden Eier hinein. Sie bedeckte die Eier mit weiterem Nestmaterial und stopfte sich dann noch einige in den Lendenschurz.

»Lauf!« rief Little Warrior. »Bring die Eier zu Mutter.«

Doch dieses eine Mal gehorchte Crying Bird nicht. Sie konnte ihre Schwester nicht einfach im Stich lassen. Sie hob Schlammstücke auf und begann, den Alligator damit zu bewerfen.

»Reize sie nicht.«

Crying Bird bewarf das Weibchen weiter hartnäckig mit Schlamm. Der Alligator stürzte vorwärts. Das Kind wich geschickt aus, entkam den zuschnappenden Kiefern aber trotzdem nur mit knapper Not. Sie warf dem Alligatorweibchen noch mehr Schlamm in die Augen.

»Mutter wird dich kratzen.« Little Warrior stieß sich mit den Füßen an dem Baumstamm ab, ließ sich auf einer Schlingpflanze hinausschwingen und hinter dem Alligator zu Boden fallen. Sie hob einen dicken Stock auf und schlug dem Tier damit so fest auf den Hinterkopf, daß die Keule zerbrach. Der Schlag brachte das Tier zwar nicht zum Stehen, machte es aber auf sie aufmerksam. Das Weibchen wirbelte herum und zischte. Little Warrior entdeckte einen längeren Stock und hielt ihn zum Schutz vor sich.

»Laufen wir um die Wette. Wer als erster im Lager ist«, rief Little Warrior. Sie kannte die magischen Worte. Ihre Schwester liebte Wettrennen.

Ohne sich umzusehen, rannte das Kind los, so schnell es konnte. Die Kleine lief mit unbeholfenen, steifbeinigen Schritten, damit ihr die Eier nicht aus dem Korb fielen oder die anderen, die in ihrem Lendenschurz steckten, zerbrachen. Little Warrior lief erst hinterher, besann sich dann aber anders. Sie holte tief Luft, wirbelte herum und klemmte den Schwanz des Alligators fest. Dann rannte sie los. Sie grinste breit, als sie zum Lager ihrer Familie auf der anderen Seite des Teichs schlenderte.

Der Erdboden war dort höher, sandig und ohne Bewuchs. Die Luft roch nach dem Grasfeuer, das draußen auf der Prärie tagelang gebrannt hatte, nach Rauch. Seine Glut hatte den Horizont nachts erleuchtet. Sein Rauch ließ den Himmel am Tag dunstig werden. Das Feuer fraß sich in die viereinhalb Meter dicke Torfschicht hinein und brannte unter dem Gras weiter. Nachts leuchtete ein schwacher Lichtschein aus den Erdspalten. Little Warrior und ihre Familie hatten wach gelegen und gelauscht, wie die Luftkammern des Schneidegrases in der Hitze explodierten. Das ferne Knallen hörte sich an wie Gewehrfeuer.

Old Squat sollte Wache halten, doch er war an einem Baum sitzend eingeschlafen. Er hatte die runzligen Beine ausgestreckt. Er hatte den Kopf in den Nacken geworfen, und sein zahnloser Mund stand offen. Er ließ ein leises Glucksen und Zischlaute hören wie Käfer in einem verfaulten Baumstamm. Er trug das gleiche alte Jagdhemd, das er schon seit Monaten anhatte.

Mink, Morning Dew und Fighting in a Line standen bis zur Brust im Teich. Sie pflückten gelbliche, herzförmige Alligatoräpfel von den Bäumen, die in dem dunklen Wasser wuchsen, und ließen sie in flache Körbe fallen. Sie hatten die federnde Schicht aus Blättern und Moder auf dem Grund des Teichs aufgewühlt, und das Waten fiel ihnen schwer. Ein Kanu hätte ihre Arbeit erleichtert, aber die gewohnten Wasserwege zu diesem Teich waren wegen des fehlenden Regens ausgetrocknet. Der Teich selbst wurde von einer Quelle gespeist.

Außerdem hatten die Männer sämtliche Kanus. Die Männer hatten zudem den größten Teil der Gewehre und der Munition. Mink besaß drei Bleikugeln und eine Handvoll Pulver für ihre Muskete. Der Kampf nahm soviel von der Zeit der Krieger in Anspruch, daß sie kaum noch Gelegenheit hatten, auf die Jagd zu gehen. Es war nur wenig gesät worden und noch weniger geerntet. Wieder einmal war der Hunger ein vertrauter Besucher.

Scotts dreiflügelige Offensive hatte es nicht vermocht, die Lager in der Biegung des Withlacoochee zu umzingeln; seine weniger ehrgeizigen Vorstöße hatten die Seminolen jedoch zerstreut und sie ständig auf der Flucht gehalten. Dörfer hatten sich in kleine Gruppen aufgelöst, die meist aus Schwestern sowie deren Ehemännern und Kindern bestanden. Diese Gruppen zogen weiter nach Süden, tiefer in die dortigen Sümpfe hinein.

Old Squat wachte auf, sobald Morning Dew damit anfing, die Alligatoräpfel, das Schildkrötenfleisch, die Froschbeine und die Alligatoreier zu teilen. Er häufte getrocknetes Moos und Zweige unter dem Anmachholz auf. Dann begann er mit seinem Flintstein und der Messerklinge Funken zu schlagen.

»Wir können kein Feuer machen, Großvater.« Geduldig verstreute Little Warrior das Holz und den Zunder. Old Squats Feuer auszumachen, war ihre neueste Pflicht. »Die Blaujacken werden den Rauch sehen.«

Mit knochigen, zitternden Fingern begann Old Squat, Moos und Zweige erneut aufzuhäufen. Während er damit beschäftigt war, ließ Little Warrior seinen Flintstein in ihren Beutel gleiten.

Alle aßen schweigend das rohe Essen unter dem steten Rauschen der Palmenfächer. Kurz darauf hatte die Hitze die durchnäßten Kleider der Frauen getrocknet. Mink hatte sich die notdürftig zusammengeflickte Muskete quer auf den Schoß gelegt, direkt unter ihren geschwollenen Bauch. Ihr Kind sollte in drei Monaten zur Welt kommen. Ihre gewohnte Anmut hatte jetzt etwas Träges und Verträumtes an sich.

»Kennst du den Rückweg, Tochter?« fragte Morning Dew.

Crying Bird studierte das spiegelglatte Wasser und die Vegetationsmauer darum herum. Als sie den Kopf schüttelte, fiel ihr das feine schwarze Haar ins Gesicht. Morning Dew schleuderte eine zerbrochene Eierschale zur Mitte des Teichs. Nach kurzem Zögern begann die Schale kaum wahrnehmbar stromabwärts zu treiben.

»Stille Wasser haben oft eine Strömung«, sagte Morning Dew. »Wir sind von dort gekommen.« Sie zeigte stromaufwärts, nach Osten.

»Hört«, sagte Mink.

Von Osten her waren Schüsse zu hören.

Fighting in a Line begann die Überreste der Mahlzeit zu verstreuen. Als sie damit fertig war, war keine Spur übrig, die ein weißer Mann erkennen würde. Old Squat kam mit knackenden Gelenken auf die Beine und stand einen Augenblick lang verwirrt da. Dann hielt er seinen Hemdsaum vor sich und machte ihm zänkisch Vorhaltungen. Little Warrior warf ihm eine fadenscheinige Decke über den Kopf und zog sich die zerrissene Hälfte einer anderen Decke über ihren. Sie nahm Old Squats freie Hand und zog ihn hinter sich her. Morning Dew zwängte Crying Bird ein Kleid über den Kopf, bevor sie ihr ein Stück Decke gab. Die Decken verhüllten ihre Gesichter und schützten ihre Körper vor dem Schneidegras. Dann folgten sie Fighting in a Line den schmalen Wildpfad entlang in Richtung Prärie. Mink und ihre Muskete bildeten die Nachhut.

Niemand erwähnte das Feuer, das hier gewütet hatte. Wenn die Männer fort waren, war Fighting in a Line das Oberhaupt der Familie. Sie war ihre Heilerin, Geschichtenerzählerin und ihr Orakel. Wenn sie sich für diesen Weg entschied, war es der einzige, den sie nehmen durften.

Behutsam traten sie aus der Deckung der Bäume heraus. Im Osten konnten sie am Himmel eine dunkle Verfärbung sehen. Die Soldaten verbrannten Abihkas Lager. Im Westen war das Grasfeuer über der Erde ausgegangen und hatte große Flecken geschwärzten offenen Landes zurückgelassen, zwischen denen hohe Büschel Schneidegras stehengeblieben waren. Wie es unter der Erdoberfläche aussah, war eine andere Frage.

Fighting in a Line hielt sich im Schutz des Grases, obwohl es ständig an den Decken und ihrer Haut und ihrer Kleidung zerrte und zupfte. Als sie über die federnde, faserige Matte aus Wurzeln und Streu gingen, konzentrierten sie sich auf die Temperatur unter ihren nackten Füßen. Wenn es zu warm wurde, ging Fighting in a Line auf demselben Weg ein Stück zurück. Sie bog lieber auf einen anderen Pfad ab, als zu riskieren, daß der Erdboden plötzlich nachgab und sie in eine Grube aus glühender Asche fallen ließ.

Das Schneidegras reichte ihnen hoch über die Köpfe. Selbst wenn sie nicht in Decken gehüllt gewesen wären, hätten sie in keiner Richtung weiter als eine Körperlänge sehen können. Als sie den Wildpfad einmal beschritten hatten, mußten sie darauf vertrauen, daß er sie in Sicherheit brachte.

»Crying Bird«, flüsterte Morning Dew. »Crying Bird.«

Alle blieben stehen.

»Ist Crying Bird bei dir?« rief Morning Dew leise zu Fighting in a Line.

»Nein.«

Sie lauschten alle angestrengt nach dem Geräusch eines Kindes, das sich durch das Gras bewegt. Sogar Old Squat hörte auf, vor sich hin zu murmeln. Sie wußten, daß Crying Bird nicht einmal dann nach ihnen rufen würde, wenn sie sich verirrt hatte. Man hatte sie gelehrt, daß es ein Signal für Feinde war, wenn sie die Stimme erhob.

»Crying Bird.« Morning Dew rief leise, aber ihrer Stimme war die Furcht anzumerken.

»Jüngere Schwester.« Little Warrior hielt ihre Decke fest umklammert und verließ den Pfad ein kleines Stück. »Jüngere Schwester.«

»Jede von euch muß die, die vor ihr geht, im Auge behalten«, flüsterte Fighting in a Line.

Little Warrior kauerte sich so tief hin, daß an den scharfen Rändern des Grases möglichst wenig von ihr zu sehen war, und kroch vorwärts. Sie strengte sich an, um weiter als bis zu den nächsten Stielen sehen zu können. Da glaubte sie plötzlich ein Rascheln zu hören, das nicht der Wind verursacht hatte.

»Ältere Schwester ...« Es war die leise Stimme Crying Birds.

Little Warrior sah einen pinkfarbenen Fleck, das verblichene, oft geflickte rote Kleid, das Nakita ihr geschenkt hatte und das jetzt ihre Schwester trug. Sie fing Crying Bird gerade in dem Moment auf, in dem der Erdboden in einer Wolke aufsprühender Asche nachgab. Sie zog ihre kleine Schwester vom Rand des glühenden Lochs weg und umarmte das Kind. Crying Bird schluchzte an ihrer Brust. Little Warrior schwor sich im stillen, ihre kleine Schwester nie mehr zu ärgern oder auszuschimpfen.

42

John Goode saß vor seinem Zelt. Er hatte für den unwahrscheinlichen Fall, daß zufällig ein Windhauch kam, die Seitenwände hochgerollt. In der Türöffnung hing ein Flickenteppich aus Linongaze wie ein ausgefranster, schmutziger Unterrock. Der Vorhang hielt die Moskitos nur kurz auf. Die Erntemilbenlarven oder Sandgnitzen zeigten sich davon völlig unbeeindruckt.

John hätte in einem der luftlosen Räume schlafen können, die als »Offiziersunterkunft« gekennzeichnet waren. Die meisten von ihnen standen leer; er zog jedoch das Zelt vor. In den Zimmern wimmelte es von Flöhen. Und vor einem Monat hatte sich Major Heilman in einer dieser Kammern die Pistole in den Mund gesteckt und sich die Schädeldecke weggeschossen. John hatte die Leiche gefunden und machte jetzt einen weiten Bogen um die heruntergekommene Reihe verfallener Unterkünfte.

Um seinem schäbigen Domizil etwas Schatten zu geben, hatte er auf einem Rahmen aus Palmenstämmen eine Laube aus Palmwedeln gebaut. Das war gegen die Vorschriften, doch es war niemand mehr da, der Einwände hätte erheben können. Alle gesunden Soldaten waren aufgebrochen und hatten sich in Fort Brooke und an der Westküste in Sicherheit gebracht. Sie hatten sich dem Exodus der Weißen aus dem mittleren Teil des Territoriums angeschlossen. Lieutenant Goode hatte sich freiwillig erboten, mit Jacob Motte und hundert Kranken und Verwundeten zurückzubleiben.

Kein Baum schützte John vor der Julisonne. Holzfällertrupps konnten sich nicht weit von den Palisaden Fort Dranes fortwagen, selbst wenn die Soldaten gesund genug gewesen wären, um zu arbeiten, was sie jedoch nicht waren. Sämtliche Bäume und sämtliches Unterholz in Schußweite waren schon gefällt worden. Wenn nicht, wären die Feinde auf die Bäume geklettert und hätten von dort in das Fort hinuntergefeuert.

Da die Deckung verschwunden war, konnten sich Angreifer nirgends verstecken. Unter den abergläubischeren Soldaten wuchs jedoch allmählich die Überzeugung, daß die Seminolen sich nicht zu verstecken brauchten. Die Soldaten begannen zu glauben, die Seminolen besäßen die Macht, sich unsichtbar zu machen.

In dem trüben Licht vor dem Sonnenaufgang versuchte John, sein letztes Paar Schuhe zu retten. Er saß auf einem umgekippten Baumstumpf und ließ die Beine von seiner provisorischen Arbeitsbank baumeln. Seine nackten Zehen und Fersen ragten aus den Löchern seiner schmutzigen Baumwollsocken hervor. Die geschwärzten Säume seiner weißen Sommerkleidung waren ausgefranst und nur noch schmale Fetzen. Die Hosen waren geschrumpft und enthüllten fünf Zentimeter von dem goldfarbenen Flaum an seinen Knöcheln.

Die Schuhe waren weniger als ein Jahr alt, sahen aber aus wie antike Artefakte, die man erst vor kurzem ausgegraben hatte. Das schwarze Leder war von einem Netz von Rissen überzogen, da die Schuhe mal naß und voller Schlamm, mal der Sonne ausgesetzt gewesen waren. Die ledernen Schnürsenkel waren an mehreren Stellen geknotet. Überdies hatte John in jeden Schuh Lederflicken gesetzt, um die Löcher in den Schuhsohlen zu verstopfen.

»Gib's auf, John«, sagte Jack Lane. »Du brauchst nur noch einmal darin zu marschieren, dann kannst du dir einen prächtigen Schnurrbart wachsen lassen und mit mir wegreiten.«

Lane war mit der Eskorte von Dragonern und Miliz erst gestern abend gekommen und hatte bei John geschlafen. Er hatte die Genehmigung von Johns Bitte um eine Versetzung zu den Second Dragoons mitgebracht. Heute würden er und die anderen die Kranken auf Wagen laden und Fort Drane dem Sommer und den Seminolen überlassen.

»Die Stiefel eines Soldaten sind seine besten Freunde.« John schüttelte seine Halbstiefel, um seinen Worten Nachdruck zu verleihen. Die losen Sohlen flatterten zustimmend.

»Wenn das deine besten Freunde sind, möchte ich nicht deinen Feinden begegnen.« Jack lehnte sich gegen einen der Eckpfosten der Laube und kreuzte seine gepflegten Stiefel. Sie waren aus dem Bauchfell passender Alligatorhäute gemacht. Die kleinsten Schuppen der Alligatorhaut waren vorn an den Zehen; nach hinten hin wurden sie größer.

Mit einem Daumennagel drehte Jack träge den Drehbolzen seines Karabiners herum. Er entfernte den Schloßmechanismus und zielte damit nach Süden in Richtung Withlacoochee. Das Schloß ergab eine wirksame Pistole, die Jack bei seinen Kneipenbesuchen außerhalb der Dienstzeit unter seiner Jacke versteckte. Diese Praxis war strikt gegen die Armeevorschriften, aber Jack war schon vor der Ankunft in Florida als streitsüchtig bekannt gewesen.

»Übrigens«, sagte Jack, »ist die Waffe eines Mannes sein bester Freund.«

»Du hast gut reden.« John benutzte den Kolben seiner Pistole, um Pflöcke in den Rand seiner Schuhsohle zu treiben. »Du bist beritten. Wenn du in der Mittagszeit auch nur eine Stunde auf diesem gottverdammten, glühend heißen Sand laufen müßtest, würdest du was ganz anderes sagen.«

»Bei dem Tempo, in dem die Pferde unbrauchbar werden, werden wir alle sowieso bald zu Fuß gehen. Hast du gesehen, was dieses verfluchte Schneidegras mit ihren Beinen anrichtet?«

»Ich habe erlebt, was es mit *meinen* Beinen anrichtet.«

»Wir hatten kaum genug Gäule, um den Marsch hierher zu schaffen.«

»Ob beritten oder zu Fuß, wir sind froh, dich zu sehen, Jack. Die Feinde haben uns fast jeden Tag angegriffen. Jeder, der nicht bewußtlos ist oder den Fieberwahn hat, steht auf Posten.«

»Das hier sollte dich aufmuntern.« Jack griff in seine Ledertasche und zog eine zerknüllte Rolle heraus. Wie ein Zauberer, der seinen besten Trick vorführt, schüttelte er sie aus. Es war ein neues Paar Uniformhosen aus Baumwolle, wenn auch voller

Falten. Sie waren nagelneu und blendend weiß. Sogar so weiß, daß sie John ein wenig nervös machten. Sie würden im Dschungel blitzen wie ein Signalfeuer. Trotzdem. Sie sahen gut aus.

»Danke.« John grinste wie ein kleiner Junge zu Weihnachten.

»Ich habe auch versucht, dir Schuhe zu besorgen. Unmöglich, welche aufzutreiben, zu welchem Preis auch immer.« Jack musterte die Uniform seines Freundes. »Zieh dir diese scheußlichen Hosen aus. Ich schäme mich, mit dir gesehen zu werden.«

In seinen sauberen weißen Hosen und der kurzen Jacke, mit seinen blankgeputzten Schuhen und dem blitzenden Säbel wirkte Jack Lane hier völlig fehl am Platz. John betrachtete ihn einen Augenblick verwundert. Er versuchte sich eine Garnison vorzustellen, in der jeder eine saubere Uniform trug und soviel aß, wie er wollte. Plötzlich überkam ihn ein Verlangen nach gebratenem Kohl mit Zwiebeln. Er versuchte sich daran zu erinnern, wie das Leben gewesen war, als der Nachschub mehr oder weniger verläßlich war und Meldedienst nicht fast den sicheren Tod bedeutete. Als ein Mann einen Tag in den Wäldern auf die Jagd gehen konnte und nicht selbst gejagt wurde.

Das Signalhorn, das zum Appell rief, riß ihn aus seinen Träumereien. Das Signalhorn war mit den Dragonern angekommen. Es würde den Feind genauso wirksam über den Standort der Armee unterrichten wie die Kanone. Die Dragoner und die Miliz begannen, sich auf dem Paradeplatz zum Appell aufzustellen. John zog sich schnell die neuen Hosen an. Es machte ihn verlegen, daß sein Freund seine Unterhosen sehen konnte, die notdürftig aus einem Mehlsack zusammengenäht waren.

»Wir sollten zu Jacob gehen und sehen, ob wir ihm helfen können.« John sagte es zögernd. Das Krankenrevier war der letzte Ort, an dem er sein wollte.

Die zivilen Flüchtlinge waren mit dem Teil der Garnison aufgebrochen, der nicht hier stationiert war. Fort Drane wirkte verlassen. Die beiden Männer gingen durch das Unkraut und die Schlingpflanzen, die immer näher heranwucherten, und den Unrat, den die Siedler vor ihren Hütten hatten liegen lassen.

»Ich schlage vor, daß du das Gesicht bedeckst.« John faltete sein Halstuch zu einem Dreieck und band es sich über Nase und Mund.

Das Krankenrevier war in General Clinchs stabilem Wohnhaus untergebracht. Die Kletterpflanzen, die sich quer über das Dach seiner breiten Veranda rankten, verliehen ihm ein friedliches und anheimelndes Aussehen. Jack würgte fast, als er durch die Vordertür hineinging. Der Gestank traf ihn wie ein Schlag ins Gesicht.

Die beiden großen Wohnzimmer und die große Halle dazwischen waren voller halbnackter Männer, die auf niedrigen Feldbetten oder aufgestapelten Palmwedeln lagen. Viele von ihnen stöhnten, schluchzten oder phantasierten im Fieberwahn. Einige saßen mit dem Rücken an der Wand, aber die meisten lagen. Jeder, der wieder laufen konnte, ließ es sich angelegen sein, sofort das Krankenrevier zu verlassen.

Ein kleinwüchsiger Krankenpfleger namens Bemrose war dabei, die mit Blut und Erbrochenem getränkte Bartflechtenartige Tillandsie, die den Fußboden bedeckte, hinauszukehren. Die Erntemilbenlarven in der Pflanze machten den Männern das Leben zwar noch schwerer, aber so war es doch ein wenig hygienischer, als es der kahle Fußboden gewesen wäre. Ein kleiner Berg aus schmutziger Kleidung und Bettwäsche türmte sich neben der Tür auf. Die dicke Luft in den Räumen vibrierte unter dem steten Summen von Fliegen.

Die Stimme des Krieges, das sind nicht Kanonen oder Gewehrschüsse oder die Schreie der Sterbenden, dachte John. Es ist das Gesumm von Fliegen.

»Grundgütiger Gott!« murmelte Lane.

»Der Teufel scheint mir hier passender zu sein.« Bemroses breiter Cockney-Akzent machte alles, was er sagte, leicht drollig.

Jacob Motte stand unter dem Vorderfenster an seinem Operationstisch aus Eichenholz. Er trug einen strapazierfähigen Kittel, einen groben, knielangen Mantel, der einmal weiß gewesen war. Jetzt war er mit getrocknetem Blut bespritzt und Substanzen, die Jack nicht näher untersuchen wollte.

»Willkommen in meinem kleinen Königreich, Jack.« Jacob

hob seine blutige Säge zum Gruß. Seine Augen waren Brunnen der Erschöpfung, die tief in dunklen Höhlen lagen. Er wandte sich wieder der grausamen Aufgabe zu, mit der Amputation des Beins fortzufahren. Das Geräusch von Metall, das auf Knochen kratzt, verursachte John eine Gänsehaut.

»Ich nehme es am Oberschenkel ab, Sergeant O'Reilly.«

»Wenn Sie nur meine Edelsteine intakt lassen, Doc.« O'Reilly streckte den Arm aus und kniff mit den Fingern die stotternde Flamme des Kerzenstummels auf dem Fensterbrett aus.

Die Schnitte des Schneidegrases hatten sich entzündet, und O'Reillys Bein war zu doppeltem Umfang angeschwollen. Die grün-rot-schwarze Haut war geschwollen und weich. Der Gestank der gestreiften, mit Eiter gefüllten Wunde war schrecklich. Jacob ließ das Bein auf die Tillandsien auf dem Fußboden fallen. Er band die Arterien ab, aus denen das Blut hervorspritzte, und vernähte mit Faden aus einem Futtersack die Wunde, indem er einen Hautlappen darüber legte und mit mehreren Stichen befestigte.

»Wir werden gleich wieder bei Ihnen sein, O'Reilly. Trinken Sie das aus.« Jacob reichte dem Sergeant eine neue Flasche Whiskey und sah zu, wie dieser sie umdrehte und leer trank. O'Reilly sang schon, als Jacob seine Freunde zur Tür schob. Jacob wartete, während sich Jack über das Geländer der Veranda erbrach.

»Wuchernde Granulationen«, sagte Jacob. »Er hätte die Fahrt nach Fort Brooke nicht überstanden. Ebenfalls ein alter Florida-Veteran. Ist seit vierundzwanzig hier. Stellt euch das mal vor. Man zieht in den Krieg und verliert das Bein wegen Riedgras.«

Jacob zog den Kittel aus und legte ihn über das Geländer. Er wusch sich Hände und Arme, so gut es in dem schmutzigen Waschbecken ging. »Hast du zufällig Laudanum mitgebracht, Jack?«

»In Tampa war keins zu bekommen.«

»Ein Jammer. Es beruhigt die Fieberpatienten während der schlimmen Anfälle, obwohl ich gehört habe, daß ein Feldarzt in Saint Augustine auch mit Zucker und Blei einigen Erfolg gehabt hat.« Jacob steckte sich die nicht angezündete Pfeife in den Mund. »Und Chinarinde gibt es in Brooke natürlich auch nicht.«

»Nein.«

Die Dragoner, die als Fuhrleute Dienst taten, trieben ihre Maultiergespanne an und ließen sie vor dem Krankenrevier in einer Reihe Aufstellung nehmen. Das schien nur unter Einsatz vieler Flüche möglich zu sein. Das Signalhorn blies zum Aufbruch, und die Männer begannen, die Zelte abzubauen und die Troßwagen zu beladen.

Ein Lieutenant der Miliz betrat in schlechter Haltung die Veranda. Sein fettiges blondes Haar lugte in Strähnen unter seinem breiten Hut hervor. Schuppen bedeckten die Schultern seines schäbigen schwarzen Uniformrocks. »Fertig zum Beladen, Doc.« Er schob seinen Kautabak auf die andere Seite. Seine Zähne hatten die Farbe von dünnem Sirup.

»Vielen Dank, Lieutenant Elkins«, sagte Jacob. Er zeigte auf zwei Männer, die einen Patienten unsanft durch die Tür trugen. »Passen Sie doch auf! Etwas behutsamer, verdammt noch mal.«

»Lieutenant Elkins«, sagte Lane, »erwidern Sie die Grüße vorgesetzter Offiziere nicht?«

»Nee.« Elkins schlenderte von der Veranda herunter und knurrte dabei etwas über Emporkömmlinge und geckenhafte Armeeoffiziere, die es für eine große Gunst hielten, wenn sie mit einem einfachen Soldaten sprachen. Als er wegging, dehnte er seine Kritik auf die Bande von Hurensöhnen aus, die ihn hierher geschickt hätten.

»Ich habe das Gefühl, daß Elkins und seinesgleichen sich unter dem Banner des Bacchus gemeldet haben, das sie irrtümlich für das Banner des Mars halten.« Jacob sah ihn weggehen. »Trotzdem sind wir froh, sie zu haben. Wir fingen schon an zu glauben, man hätte uns vergessen.«

Die Freiwilligen aus Tennessee und die kleine Gruppe von Dragonern hatten sämtliche Kranken um sieben Uhr dreißig auf die Wagen geladen. Die Sonne brannte schon jetzt mit der gnadenlosen Hitze eines Teerofens. Jacob band ein rechteckiges Brett auf die zusammengefalteten Zelte und anderes Gepäck.

»Sieh dir das mal an.« John stieß Jack leicht mit dem Ellbogen an.

Motte band Hog und Hominy, seinen eckigen roten Hahn und die sich mausernde schwarze Henne, auf dem Brett fest. »Patienten haben mir Enten und Truthähne angeboten, aber ich fühlte mich verpflichtet, jede weitere Ausdehnung meiner Vorlieben abzulehnen«, sagte Jacob.

»Warum ißt du sie nicht?«

»Sie bieten mir weit mehr Unterhaltung, als sie mich nähren könnten.« Der Vorschlag schien Jacob ein wenig zu schockieren.

Er hatte recht. Als der Wagen mit einem Ruck anfuhr, rutschten die Hühner aus und flatterten und wirbelten auf dem Brett herum. Jacob klatschte den Takt und stimmte einen Reel an.

»Warum sind *die* denn noch da?« John nickte zu den fünf Kindern hin, die am Rande des mit Unkraut überwucherten Paradeplatzes in einer Reihe dastanden. Das älteste war Nimrod, der Junge, den Jacob wegen seiner Hakenwürmer behandelt hatte.

»Ihre Eltern sind an den Masern gestorben.« Jacob sah bekümmert aus, als wäre die Not der Kinder seine Schuld. »Sie haben sich einem der Offiziere angeschlossen. Sie müssen mit ihm zurückgeblieben sein.«

»Ich könnte mir vorstellen, daß sie jetzt nach Newnansville durchkommen«, sagte John.

»Newnansville ist ein Seuchenherd«, sagte Jacob. »Sechshundertfünfzig Menschen, die in Elendsquartieren zusammengepfercht sind. Im letzten Monat sind zweiundfünfzig an Masern und Durchfall gestorben.«

Sie sahen zu, als der Captain, der sich mit den Kindern angefreundet hatte, sich in den Sand kniete, um mit ihnen zu sprechen. Er durchsuchte seine Taschen, konnte aber nur ein religiöses Traktätchen finden, das er ihnen gab. Dann stand er auf und ging weg. Als er hinter einem Wagen verschwand und nicht mehr zu sehen war, wischte er sich mit dem Ärmel die Augen.

Die Kinder sahen schweigend zu, als sich die Wagen mit klirrendem Geschirr und quietschenden Achsen in Bewegung setzten. Sie winkten nicht. Eine ihrer Promenadenmischungen hob die Schnauze in die Höhe und ließ einen Laut hören, der mehr ein Stöhnen als ein Heulen war.

»Junger Herr Nimrod!« Jacob winkte.

»In dem Befehl hieß es, keine Zivilisten«, ermahnte Jack Jacob.

»Kommt her, Kinder.« Jacob und John hoben sie auf den überladenen Wagen. »Wenn die Feinde auf uns schießen, verkriecht euch unter der Leinwand«, wies er sie an. Die Kinder nickten. Die Hunde trotteten hinter dem Wagen her.

Jack Lane stellte sich auf einen Baumstumpf, um Neamathla zu besteigen. »Das macht ihn hochnäsig.« Jack tätschelte dem Pony den Hals. »Er tut, als hätte er eine Schulterhöhe von sechs Fuß, wenn ich mich größer mache.«

Er ließ Neamathla im Schritt neben John und Jacob hertrippeln, als sie durch General Clinchs Felder marschierten. Neamathla und Jack verwickelten einander in einen stummen Kampf. Neamathla war entschlossen, den Mais zu fressen, und Jack war entschlossen, es nicht zuzulassen.

»Zwölftausend Bushel in den Wind geschrieben.« Jacob machte eine ausholende Handbewegung und zeigte auf die Hügel, die mit mehr als mannshohen, glänzenden grünen Pflanzen bedeckt waren. Die goldenen Narbenfäden hingen dick und schlaff herab.

»Zwölftausend Bushel Mais könnten wir gut gebrauchen«, sagte John.

»Willst du noch zwei Wochen warten, um ihn zu ernten?«

»Teufel auch, ich habe das Gefühl, knusprig gebraten zu sein.« Jack Lane wischte sich mit seinem Taschentuch das Gesicht. »Ist es immer so heiß?«

»Das nehme ich an«, erwiderte John. »Im Sommer nehmen wir meist Urlaub.«

»Dem hat General Call ein Ende gemacht.« Jacob war erbost, daß Präsident Jackson einem Milizengeneral das Oberkommando über sämtliche Streitkräfte in Florida gegeben und ihn zum Überfluß auch noch zum Gouverneur des Territoriums ernannt hatte. »Großartiger Plan, ein Sommerfeldzug. Unsere Feinde werden Insekten, Fieber und Hitzschlag sein.«

»Call stammt aus Florida. Er muß wissen, was er tut«, entgegnete Jack.

»Du bist Richard Keith Call noch nie begegnet.« Motte schüttelte den Kopf. »Er ist der querköpfigste, eigensinnigste und habgierigste Grobian, den ich zu meinem Pech je kennengelernt habe.«

Diese ganze Geschichte beruht auf Verrat und Habgier, dachte John Goode. Vielleicht ist Richard Keith Call genau der richtige Mann für diesen Krieg.

»Trotzdem wäre ich nicht traurig, diesen Krieg möglichst schnell beendet zu sehen.« Jack wurde plötzlich lebhaft. Er zeigte, was John als sein magisches Lächeln ansah, das Schüchternheit und höchstes Selbstbewußtsein zugleich ausstrahlte. »Das Problem ist das Gelände, verstehst du das nicht? Die Feinde verbrennen unsere Brücken. Wenn wir zu einem Sumpf oder einem Fluß kommen, müssen wir rein ins Wasser, als wären wir Köter.«

»Was du nicht sagst!« Jacob und John lachten. Jack hatte sich wieder einmal in Feuer geredet. Es gab vieles, wofür er sich begeistern konnte. Brücken aus Kautschuk und der Verkauf von Land in Florida an Verschwender aus dem Norden gehörten zu seinen verrückteren Ideen.

»Wir haben aus Kautschukbahnen große Beutel gemacht und sie mit einem Blasebalg mit Luft vollgepumpt. Wir bringen sie seitlich an.« Jack versuchte an zwei hölzernen Feldflaschen und seinem Pulverhorn zu demonstrieren, was er meinte, aber John und Jacob lachten so sehr, daß sie ihm kaum zuhörten. Die Erleichterung, endlich unterwegs zu sein, machte sie fast übermütig.

Das Lachen hörte auf, als sie eine Meile vom Fort entfernt die Wildnis aus Fächerpalmen und Kiefern erreichten. Die Kolonne, die vor zwei Wochen Fort Drane verlassen hatte, war hier in einen Hinterhalt geraten, bei dem fünf Soldaten getötet worden waren. Osceola und zweihundert Krieger hatten die Straße gesäumt und eine Stunde lang gefeuert, bevor sie verschwanden.

John fragte sich, ob Osceola auch jetzt hier war und ihn passieren sah. Seine Haut kribbelte vor Furcht. Verfolgte ihn Osceola mit schußbereitem Gewehr? John erinnerte sich an friedliche Abende vor dem *sofkee*-Topf. Er erinnerte sich an den versteckten Sumpf mit den Geisterorchideen. Er erinnerte sich an Third Sister.

Im Traum griff er seit kurzem mit seiner Kompanie Soldaten meist ein Dorf an. Frauen und Kinder schrien. Immer und immer wieder träumte John, daß er mit seinem Karabiner auf Third Sister zielte und abdrückte.

In den Fächerpalmen versteckt, beobachteten Osceola, Alligator und einhundert Männer, wie die Kolonne passierte. Die feindlichen Soldaten waren so nahe, daß Osceola Nakitas Unterhaltung hören konnte. Neunzehn von Osceolas Kriegern waren Schwarze. Die restlichen Krieger waren größtenteils Mikasukee. Die jungen Mikasukee zurückzuhalten war am mühsamsten. Allein Osceolas Wille hielt sie im Zaum.

»Laßt die Blaujacken passieren«, hatte er ihnen gesagt, als sie mit dem Morgennebel den Palmenwald erreichten. »Sie sind schon jetzt geschlagen. Sie sind wandelnde Tote. Wir brauchen ihren Mais dringender als ihre Skalps. Unsere Familien können keine Skalps essen.«

43

Trotz Richard Calls ehrgeiziger Pläne ließen die Angriffe mit Beginn des Sommers nach. Die meisten Männer der Milizen aus Alabama, Tennessee und Georgia gingen nach Hause. Ihre dreimonatige Dienstzeit war beendet, und nichts konnte sie zum Bleiben bewegen. Dies war immerhin die ungesunde Jahreszeit. Die Männer der regulären Armee waren jedoch durchaus nicht traurig, die Milizionäre mitsamt ihrer Streitlust verschwinden zu sehen. Die Feindseligkeit zwischen regulärer Armee und den Freiwilligen der Miliz war so tief, daß eine Zusammenarbeit fast unmöglich war.

Im Mai hatte General Clinch sein Kommando niedergelegt und war nach Alabama zurückgekehrt. Keine von Andrew Jacksons Schmeicheleien konnte ihn dazu bewegen, den Oberbefehl über die Streitkräfte in Florida zu übernehmen. Vor allem nicht nach der Demütigung, daß man ihm zuvor das Kommando weggenommen und Winfield Scott übertragen hatte.

General Eustis, der den östlichen Flügel von Scotts Frühjahrsoffensive geführt hatte, lehnte mit allem Respekt die Ehre ab, das Kommando zu übernehmen. General Eustis war kein Dummkopf. Die Lage war katastrophal. Lebensmittel, Munition, Kleidung und Medizin waren knapp. Die Tausende verängstigter Siedler, die sich um die kleinen befestigten Vorposten drängten, verschärften die Knappheit noch.

Als die ungesunde Jahreszeit da war, fanden viele der Kompanieoffiziere Gründe, um einen längeren Urlaub zu nehmen. Mehr als die Hälfte der in Florida noch verbliebenen Soldaten waren an Dysenterie, Malaria, Masern, Schwarzwasserfieber oder einem Dutzend anderer Gebrechen erkrankt. Die Gesunden bekamen die Seminolen kaum je zu sehen, und von Kämpfen konnte noch weniger die Rede sein.

Jetzt hatte es den Anschein, als würde die ungesunde Jahreszeit das tun, was Menschen nicht schafften. Sie setzte den Krieg während der Sommermonate aus. Erschöpfte Krieger begannen sich wieder mit ihren Familien in ihren Lagern in der Biegung des Withlacoochee zu versammeln. Die Kanus bahnten sich ihren Weg durch die nassen Prärien, um auf dem höher gelegenen Gelände der Laubwälder anzulegen. Die Frauen und Kinder halfen den Männern dabei, die Kanus an Land zu ziehen. Dann trafen sich alle mit Freunden und Verwandten, um die zu betrauern, die gestorben waren.

Dieser Krieg hatte ihre Lebensweise geändert wie kein anderer. Er hatte die Menschen in einem Land, das unwirtlicher war als das, das ihre Vorfahren gekannt hatten, geteilt, zerstreut und isoliert. Es zwang sie, sich nur auf die Familie und Clanangehörigen zu verlassen, die ihre winzigen Lager mit ihnen teilten. Doch jetzt hatten sie wieder die Möglichkeit, sich in großen Gruppen zu versammeln und Besuche zu machen. Jetzt konnten sie wieder einmal ihre Feuer anzünden.

Die Frauen erzählten Geschichten und tratschten, während sie *koontee*-Wurzeln zu Mehl zerstießen. Die Jungen kämpften

Schlachten nach und lauerten den Mädchen auf, die zur Quelle gingen, um Wasser zu holen. Die Kinder konnten wieder lachen. Abends lümmelten die Männer nach der täglichen Jagd auf Decken und rauchten und prahlten. Wenn die Dunkelheit anbrach, ließen Mad Dogs Geschichten magische Wesen und Tiere aus dem Rauch der Feuer aufsteigen. Nachdem sich jeder für die Nacht zurückgezogen hatte, unterhielten sich manche noch leise von Hütte zu Hütte.

Nach dem Bad bei Tagesanbruch bliesen die Frauen die Glut der Küchenfeuer ihrer Familien an und ließen die Flammen wieder aufflackern. Sie setzten den Zyklus von Leben und Wiedergeburt fort, den die Flammen symbolisierten. An Gestellen nahe der Küchenfeuer trockneten Fische. Kraniche, Silberreiher und Reiher wurden auf Spießen gedreht. Seenadeln wurden in der Holzkohle gebacken. Niemand ging hungrig ins Bett.

Abihkas Dorf lag auf einem hochgelegenen großen Kiefernwald, der auf Meilen von Fächerpalmenprärie umgeben war, die den größten Teil des Jahres unter Wasser stand. Die Monotonie der Kiefern wurde durch Guave- und Orangenbäume, durch Kohlpalmen und Lorbeerbäume unterbrochen. Das Dorf war mit Booten oder auf Alligatorpfaden zu erreichen. Jeden Morgen berief Abihka die älteren Krieger und die Geliebten Männer zu sich. Sie saßen in ihren Clangruppen auf Palmenstämmen, die in der Mitte des Lagers unter Laubdächern ausgelegt waren. Sie diskutierten Probleme und schlugen Lösungsmöglichkeiten vor.

Wenn die Räte zu Ende gingen, blieben Abihka, Swamp Singer und Mad Dog noch etwas länger und schlürften etwas aus der *sofkee*-Schüssel, die Morning Dew Crying Bird mitgegeben hatte. Die alten Männer fragten sich, was mit den Problemen zu tun sei, die immer noch übrigblieben, als alle Lösungen vorgeschlagen worden waren.

Als das Kanu mit Osceola ankam, der auf einem Stapel schmutziger Mehlsäcke bewußtlos auf dessen Boden lag, wandten sie sich vorübergehend von ihren Sorgen ab. Swamp Singer unterhielt sie zum tausendstenmal mit der Geschichte über den Ursprung von Old Squats Namen. Seine Stimme zitterte so heftig, daß er eine Zeitlang brauchte, eine Geschichte zu Ende zu bringen. Er hielt mitten im Satz in seiner Schilderung inne, als Alligator das Kanu in den Schlamm an der Landestelle stakte. Alligator, Jumper und Aury's Black gingen an Land.

Black hob Osceola hoch und trug ihn durch das Lager zum Platz.

»Wie geht es ihm?« Abihka starrte besorgt in das schmerzverzerrte Gesicht des Mannes, den er wie einen Neffen liebte.

»Es geht ihm schlecht, *Alektcha,* Doktor«, erwiderte Alligator. »Seine Seele reist weit von seinem Körper. Er hat sehr böse Träume.«

Die Nachricht, daß *Talasee Tastanagee Thloko* angekommen sei, verbreitete sich schnell im Lager. Eine kleine Menschenmenge strömte zusammen, um ihn zu begleiten. Mink hielt sich den geschwollenen Bauch und rannte auf den Platz. Sie blieb abrupt stehen, als sie Black sah.

»Du bist gekommen, Vater«, sagte sie.

»Das bin ich.«

Morning Dew und Mink flankierten Black, als er Osceola zu der kleinen *chikee* trug, die für seine Familie bereitgestellt worden war. Eine glänzende frische Narbe bildete eine schmale Ellipse an seinem Kinn. Mink sah mehr Weiß in seinem Haar, als sie in Erinnerung hatte. Ein Stück des linken Ohrs fehlte.

»Du hast sie nicht gefunden.« Mink sprach beim Gehen mit leiser Stimme.

»Nein, Tochter, das habe ich nicht«, erwiderte Black.

»Ich bin glücklich, daß du wieder da bist.«

»Ich bin gekommen, so schnell es ging.« Er schenkte ihr ein rätselhaftes Lächeln. Zu gegebener Zeit würde Mink ihn fragen, wo er sich in dem letzten Jahr aufgehalten hatte. Sie würde vermutlich aber nie alles erfahren, was mit ihm geschehen war.

Als Black Osceola behutsam auf die Decken legte, ergriff Little Warrior seine Hand. Sie konnte spüren, wie das Fieber durch seine Haut brannte.

Osceola, Jumper, Alligator und ihre Männer hatten den Soldaten in Fort Drane hart zugesetzt. Sie hatten ständig die Nachschubwagen angegriffen, die auf den Militärstraßen entlangrumpelten. Osceola hatte seine Lieben seit fast einem Monat nicht mehr gesehen. Er sah sie auch jetzt nicht. Er hatte Malaria.

Mad Dog nahm seinen Medizinbeutel an sich, zog seinen *sabia* aus dem Versteck und verschwand. Menschen, die sich zum anderen Ende des Waldes begaben, hörten seinen heilenden Singsang inmitten der Fächerpalmen.

Abihka arbeitete ebenfalls tagelang, um Osceola zu heilen. Er köchelte einen Aufguß von tropischer Mimose und Immortelle. Er blies durch die Medizinröhre, und die Blasen fügten dem Gebräu seine Magie hinzu. Sein Singsang war die ganze Nacht zu hören. Bei Tagesanbruch war er in ernster Beratung mit den Geistern.

Als Abihka den Schweiß auf Osceolas Gesicht sah, wußte er, daß der Fiebergeist gewichen war. Abihka nahm die Geschenke an, die Morning Dew und Mink und Little Warrior ihm brachten. Die Medizin eines Doktors funktioniert immer besser, wenn man für sie bezahlt. Abihka ging und schlurfte zu seiner *chikee*, um etwas zu schlafen. Abihka hoffte, man würde ihn nicht mehr brauchen.

»Wie lange?« Osceola fragte das jedesmal, wenn das Fieber zurückkehrte und er zu schwitzen begann.

»Zwei Tage«, erwiderte Morning Dew.

Während Morning Dew sein Gesicht und seinen Körper mit kühlem Wasser benetzte, brachte Mink eine Schöpfkelle voll *sofkee*. Wenn das Fieber nachließ, hatte Osceola immer einen Bärenhunger. Mink hielt die Schöpfkelle für ihn. Seine Hände zitterten zu sehr, um sie selbst zu halten. Die Wunden und Risse an seinen Lippen machten selbst das Trinken zur Qual.

»Ich fühle mich wie ein Blatt nach dem Sturm.« Er versuchte zu lächeln, erschauerte aber statt dessen. Er wälzte sich auf die Seite, würgte und erbrach das *sofkee* über die Seite der Veranda. Dann legte er sich wieder hin und wartete darauf, daß sich die Wellen der Übelkeit legten.

»Mad New Town nahm mich zum Horseshoe mit«, keuchte er.

»Der gleiche Traum?«

»Nein.« Osceola zuckte zusammen. Der gewohnte Traum war schauerlich. Darin wurde er in einer Masse warmer, glitschiger Eingeweide gesotten. Er versuchte herauszuklettern, rutschte aber immer wieder zurück, da er keinen Halt fand.

»Diesmal ist Onkel mit mir über das Schlachtfeld geflogen. Es war wundervoll.«

Mit dem Schmerz des Fiebers stellte sich Höhenangst ein. Wenn sie Osceola überspülte, machte sie ihn gewichtslos. Sie erinnerte ihn an die Erregung des Traums, daran, wie die Erde tief unter ihm vorüberhuschte und wie der Wind ihm ins Gesicht wehte. Er schloß die Augen, um es wieder zu erleben.

»Was bedeutet es?« Mink half ihm, noch einen Schluck *sofkee* zu nehmen.

»Unsere Art zu kämpfen ist die richtige.« Er sprach so leise, daß sich beide tiefer über ihn beugen mußten, um zu hören. »Wir dürfen nicht versuchen, in offenem Gelände zu kämpfen wie die weißen Männer. Das ist es, was die Red Sticks am Horseshoe vernichtet hat.«

Morning Dew und Mink stützten ihn, als er von der Plattform herunterkletterte und in die Büsche taumelte, um seine Notdurft zu verrichten. Der Durchfall war jetzt schlimmer geworden, und das Ergebnis war blutig. Er kehrte von dem kurzen Weg zurück, als hätte er einen Eilmarsch über hundert Meilen hinter sich.

Der bohrende Kopfschmerz war unerbittlich und brachte ihn durcheinander. Als er zu seinen Decken zurückkehrte, hatte er das Gefühl, als triebe er auf einem See aus Schmerz. Das Pochen in den Schläfen wiegte ihn darauf hin und her. Er konnte den Druck spüren, als würde jedes einzelne Haar an seinem Skalp zerren. *Der Schmerz ist dein Freund,* ermahnte er sich. *Er sagt dir, daß du noch am Leben bist, obwohl du schon tot sein könntest.*

Morning Dew und Mink wechselten sich ab, um bei Osceola Wache zu halten. Sie sprachen mit ihm, wenn er genug Kraft hatte zu antworten, und sangen ihm leise etwas vor, wenn er zu schwach war. Am Nachmittag saß Black schweigend mehrere Stunden in einer Ecke, als wartete er auf etwas.

Obwohl keiner viel darüber sprach, spürten alle, daß sein plötzliches Auftauchen ein Omen war. Black sagte nur, er sei gekommen, um Osceola beim Kampf gegen die weißen Männer zu helfen. Doch sein dunkles, narbiges, nachdenkliches Gesicht schien geheimes Wissen zu enthalten. Als wüßte er, wie der Krieg zu Ende gehen würde.

Als der Tag verging, wagten alle zu hoffen, daß Osceola das schlimmste Fieber hinter sich hatte. Fighting in a Line beruhigte die Menschen, die in einer steten Prozession vorbeikamen, um sich nach seinem Wohlergehen zu erkundigen und Lebensmittel zu bringen. Sie hatte den größten Teil der Hausarbeit übernommen, kochte und flickte und wachte mit Adleraugen über Crying Bird.

Little Warrior saß stundenlang am Bett ihres Vaters. Sie erzählte ihm Geschichten, wenn er wach war. Wenn er die Augen zu einem unruhigen Schlaf schloß, starrte sie in sein zerquältes Gesicht. Sie suchte nach dem geschmeidigen, goldbraunen Krieger, der immer zwischen seiner Familie und dem Tod gestanden hatte. Wo waren sein Geist und sein Lachen geblieben? Wer war dieser abgezehrte, bleiche Fremde?

Bei Sonnenuntergang schien Osceola wieder zu sich zu kommen. Er drehte den Kopf, um zu beobachten, wie die Familien sich zur Abendmahlzeit um ihre Feuer versammelten, um sich zu unterhalten. Aus den Tiefen seiner Erschöpfung und seines Schmerzes sah er sich die Welt gesunder Menschen an, als wäre er schon ins Land der Geister hinübergewechselt.

»Die Frauen sehen müde aus«, sagte er. »Die Kinder sind so dünn. Wir müssen uns zum Fort begeben. Der Mais dort ist reif zum Pflücken.«

»Uns geht es gut, Geliebter«, sagte Morning Dew. »Wir haben die weißen Männer geschlagen. Jumper sagt, sie verlassen unser Land. Es sind nur noch wenige da. Du hast gesiegt.«

»Alle weißen Männer sind wie mein Urgroßvater. Sie lassen nicht locker.« Osceola versuchte zu lachen, was ihm jedoch mißlang. »Manchmal glaube ich, daß das Blut meines Urgroßvaters sehr stark in mir ist.« Es war das erste Mal, daß Morning Dew Osceola sein weißes Blut erwähnen hörte. »Er war ein eigensinniger alter weißer Mann. Er lebte mehr als hundert Jahre. Ich bin wie er. Ich bin zu hartnäckig, um zu sterben.«

Trotz seiner Schmerzen lächelte Osceola sie an. Sie nahm seine Hand und liebkoste die häßliche Narbe an seinem Handgelenk. Osceola begann plötzlich heftig zu zittern. »Nein, Geliebter«, sagte Morning Dew.

»Es ist so kalt.«

»Nein.« Morning Dew legte noch weitere Decken auf ihn, und trotzdem zitterte er, bis ihm die Zähne klapperten. Blut strömte ihm aus der Nase.

»Die Kinder. Ich töte die Kinder.« Er phantasierte, warf sich hin und her und schluchzte.

»Sch, Liebster.« Morning Dew hielt ihn, um zu verhindern, daß er von der Plattform fiel. »Tochter!« rief sie. Little Warrior wachte mit einem Ruck auf. Sie war beim Sitzen auf einem der Baumstämme am Herdfeuer eingenickt.

»Lauf zu Abihka. Sag ihm, er soll schnell herkommen!«

Mink wischte sich mit dem Arm den Schweiß von der Stirn und ließ auf dem Staub im Gesicht eine Spur zurück. Der Staub würde jedoch bald schon abgewaschen werden. Sie warf einen Blick in den dunkler werdenden Himmel. Mächtige Wolken türmten sich zu der Amboßform einer Gewitterwolke auf. Die Wolken verdunkelten sich zu einem purpurnen Schwarz. Die sich ausbreitenden, wechselnden Farben waren wunderschön und unheimlich. Einem zuckenden Blitz folgte ein Donnern. Der Donnermann schoß seine Pfeile auf die Donnerschlange ab. Die Luft war so heiß, daß es Mink in der Nase brannte, wenn sie atmete, aber sie konnte den Regen riechen. Sie konnte kaum erkennen, wie sich Morning Dews Rock, der von Rot zu einem blassen Pink verblaßt war, in der Reihe von Maispflanzen neben der ihren weiterbewegte. Morning Dew summte leise vor sich hin. Die Pflanzen schlossen sich über ihrem Kopf und verliehen ihr das Gefühl, versteckt und geborgen zu sein. Sie lieferten Nahrung, Deckung und Schatten. Ihre glatten, schimmernden Blätter fühlten sich kühl an.

Dreihundert Seminolen, überwiegend Männer, ernteten den Mais auf General Clinchs Feldern, aber Mink konnte sie durch das dichte Laubwerk nicht sehen. Mink drehte jede saftige Ähre, riß sie behutsam ab und ließ sie in den großen Korb zu ihren Füßen fallen. Als dieser gefüllt war, krümmte sie den Rücken und preßte die Schultern zusammen, um den Schmerz zu lindern. Sie strich sich über die wundervolle Wölbung ihres Leibs. Sie hatte schon befürchtet, unfruchtbar zu sein.

Sie bewegte sich zu dem nächsten Korb und ließ den vollen stehen, damit ihn die Jungen wegschleifen konnten. Wenn sie allen Mais geerntet hatten, den sie verwenden konnten, und ihn enthülst hatten, würden sie ihn auf die Lastpferde laden. Sie würden beinah genug haben, um über den Winter zu kommen. Nach einer Woche Arbeit waren sie fast fertig. Abihka hatte schon die Zeremonie des Grünen Maises geleitet.

Mink konnte hören, wie sich Alligator, Osceola und Wild Cat unterhielten und leise lachten. Sie pflückte schneller, um mit ihnen mitzuhalten. Sie wollte Wild Cats Geschichte hören, lauschte aber auch gespannt auf das, was Osceola sagte. Er war immer noch schwach vom Fieber, und die Erschöpfung in seiner Stimme ließ ihr das Herz schmerzen. Er war so dünn, daß Mink die Höcker seines Rückgrats spüren konnte, wenn sie ihn nachts umschlungen hielt. Sie wußte, daß er sich unerbittlich antrieb und die schrecklichen Kopfschmerzen, die Übelkeit und die Benommenheit ignorierte.

Wild Cat war von einem erfolgreichen Raubzug zweihundertfünfzig Meilen weiter an der Ostküste zurückgekehrt. Bei seiner Rückkehr sah er, daß die meisten Weißen von der Mitte der Halbinsel verschwunden waren. Er hatte Grund, fröhlich zu sein.

»Wir haben ein rundes Backsteinhaus an der Küste angegriffen.« Wild Cat versuchte, den Leuchtturm von Cape Florida zu beschreiben. »Es ist höher als sechs oder sieben übereinandergestapelte Häuser. Die Weißen haben an seiner Spitze ein Feuer gemacht, um ihren großen Kanus Signale zu geben.«

Mink stellte sich Wild Cat vor, wie er seine Geschichte erzählte, während die anderen arbeiteten. Wild Cat verabscheute körperliche Arbeit. Daß er sich überhaupt einverstanden erklärte, Mais zu pflücken, zeigte, wie groß die Not seines Volkes war.

»Zwei Männer schossen von dem schmalen Sims oben an der Spitze aus auf uns. Sie verbrannten die Treppen im Haus, damit wir sie nicht erreichen konnten. Wir konnten hören, wie das Feuer im Haus wütete. Flammen schlugen aus den Fenstern.

Wir sahen zu, wie die Männer auf dem eisernen Sims herumhüpften wie Hühner in heißem Sand.«

Mink hörte ein Rascheln von Blättern. Wild Cat mußte den Tanz der beiden Männer imitiert haben, die langsam lebendig geröstet wurden.

»Am nächsten Morgen waren die Männer tot, aber wir kamen nicht an ihre Skalps heran. Die Treppen waren völlig verbrannt. Versengtes Haar riecht sowieso schlecht.«

Pünktlich um zwei Uhr nachmittags meldete sich das Gewitter mit einem kühlen Windstoß. Mink schloß sich Morning Dew an. Die beiden arbeiteten schneller und warfen den Mais auf eine Decke, bis sie einen ansehnlichen Haufen beisammen hatten. Sie arbeiteten weiter, selbst dann noch, als kalte Regentropfen ihnen aufs Haar und auf die Schultern zu klatschen begannen.

Blitze zuckten, und Donner grollte. Der Mais neigte sich unter dem heftig prasselnden Regen, bis die beiden endlich aufgaben. Mink und Morning Dew packten je zwei Ecken der Decke und trugen sie zwischen sich. Der kühle Regen fühlte sich so angenehm an, daß sie lachten, als der Wind sie von hinten weiterschob. Sie hatten schon fast die Lagerschuppen erreicht, die die Männer im Schatten von Fort Dranes Palisaden gebaut hatten, als der Schauer so urplötzlich aufhörte, wie er begonnen hatte.

»Schwester, sieh mal!« Mink ließ ihre Seite der Decke fallen. Mais fiel ihr in einer Flut grüner Klumpen um die nackten Füße. Sie starrte auf die sonderbare Kavallerie, die auf sie zugaloppierte.

Einige von Major Benjamin Pierces Infanteristen schafften es, auf ihren unbeholfenen Zugpferden zu reiten und dabei zu schießen. Nach der ersten Salve zogen sie ihre Säbel und schnitten ihren Pferden dabei Teile der Ohren ab. Um nicht herunterzufallen, klammerten sich die meisten einfach verzweifelt an der Mähne ihrer Pferde fest. Major Pierce hatte die Pferde von den Troßwagen geliehen und den Angriff improvisiert, um die Seminolen zu überraschen. Die Überraschung war gelungen, obwohl die Attacke eher eine Stampede als ein Angriff war.

Die Attacke führte die Soldaten direkt zu den versammelten Seminolen. Die Gewehre wurden aus so großer Nähe abgefeuert, daß die ungeschulten Pferde wegen des Lärms in Panik gerieten. Sie bäumten sich auf und wieherten und versuchten, inmitten der herumwirbelnden Maiskolben Halt zu finden. Ihre Reiter fielen zu Boden. Gewehre schossen in die Luft. Mink schrie, als die Hufe eines stürzenden Pferdes knapp ihren Bauch verfehlten und das darin zusammengerollte ungeborene Baby.

»Lauft in den Wald!« Osceola formierte seine Krieger zu einer gezackten Kampflinie, um den Rückzug der Frauen zu decken. Dann wichen die Männer langsam zur Deckung des Hartholzdschungels zurück.

In dem Durcheinander ergriff Mink ihre Muskete, ihren Munitionsbeutel und das Pulver in der Kürbisflasche mit einer Hand und Morning Dews Arm mit der anderen. Ihre Beine waren länger als die von Morning Dew, und sie schleifte sie buchstäblich ins Unterholz. Von dort aus feuerte Mink, bis ihr die Munition ausging. Mit den Kriegern zog sie sich stetig tiefer ins Gestrüpp zurück, wo um sie herum Kartätschen detonierten.

Da einer der Soldaten tot und sechzehn verwundet waren, beorderte Major Pierce seine Truppen zurück. Obwohl er die Unterstützung einer Kanone hatte, hatte er nicht genug Männer, um eine Verfolgung seiner schattenhaften Beute in das undurchdringliche Gestrüpp des Waldes zu riskieren. Er befahl, die Hütten der Seminolen zu zerstören, und nahm den größten Teil des Maises mit. Dann brach er mit seinen Männern auf.

Mink und die anderen warteten bis zum Anbruch der Nacht. Sie krochen zu den Ruinen ihres Lagers zurück und retteten so viel von dem zerstreuten und zertrampelten Mais, wie sie konnten. Es war nicht mehr viel übrig. Sie setzten die Gebäude und Palisaden in Brand und gaben Fort Drane ebenfalls auf.

44

Neamathla steckte seinen knorrigen Kopf durch die vorderen Bahnen von John Goodes Zelt und wieherte.

»Ich habe nichts für dich, alter Freund.« John sah von seiner Pritsche hoch.

Neamathla blieb stumm und hoffnungsvoll stehen. Er ließ seinen übergroßen Kopf hängen, bis seine schlaffe Unterlippe fast im Staub schleifte, ließ John dabei aber keine Sekunde aus den Augen.

»Sch! Verschwinde!« John schlug mit seinem Mantel nach dem Pony. Neamathla schnaubte und warf seine kurzgeschorene Mähne hin und her. Er wartete ein paar Sekunden, bevor er sich zurückzog, nur um John wissen zu lassen, daß dieser ihn nicht eingeschüchtert hatte. Aus Gewohnheit krempelte John den Mantel um, rollte ihn vorschriftsmäßig säuberlich zusammen und stopfte ihn in seine Provianttasche. Obwohl der Novemberwind kühl war, würde ihm der Mantel dort, wohin er unterwegs war, schrecklich hinderlich sein.

Die Seminolen hatten Richard Calls Armee tiefer in den Wahoo-Sumpf geführt, eine feuchte, weite Prärie. Die Kundschafter sagten, Osceola, Alligator und Jumper hätten sich hierher zurückgezogen, um sich hier dem Feind zu stellen. Call plante einen Frontalangriff.

Die Hornisten hatten schon zur Reveille geblasen. Schon bald würden sie das Signal zum Aufbruch geben, und Ordonnanzen würden damit beginnen, um Johns Kopf herum das Zelt abzubauen, aber er zögerte trotzdem, hinauszugehen. Er konnte das bemitleidenswerte Wiehern der Pferde hören. Er fürchtete sich davor, die Leichen derer zu sehen, die in der Nacht gestorben waren.

Es gab kein Futter für sie, und man hatte sie losgelassen, damit sie selbst umherstreifen und sich etwas suchen konnten. Die hungernden Tiere wanderten im ganzen Lager herum und verschlangen Schuhe, Hüte, Sättel, Pferdegeschirre und Wagenplanen. Sie fraßen die Kuhhaut, die man ihnen um die Beine gewickelt hatte, um sie vor dem Schneidegras zu schützen. Sie nagten an den Zeltpfählen. Jeder, der über Nacht einen Mantel im Freien gelassen hatte, fand am nächsten Morgen nur noch einen Haufen Messingknöpfe vor.

Mitanzusehen, wie eintausend Pferde langsam an Infektionen und Hunger eingingen, war schlimm genug, aber John wurde noch von einem weiteren Schreckgespenst heimgesucht. Im Geiste betrat er wieder Jack Lanes Zelt. Er sah Jack mit dem Gesicht nach unten auf dem festgestampften Lehmboden liegen. Sein Kopf war in einem seltsamen Winkel erhoben. Die anmutige rote Kurve seiner Säbelklinge ragte ihm im Nacken aus dem Schädel. Der berühmte Säbel steckte bis zum Heft in Jacks rechter Augenhöhle. Das Bild dieses Säbels, der dort so völlig fehl am Platz war, stand John beharrlich, klar und unerschütterlich vor Augen.

»Gehirnentzündung hat ihn dazu gebracht, Selbstmord zu begehen«, sagte Jacob Motte. »Gehirnentzündung bringt den Intellekt durcheinander.«

John war anderer Meinung. Jack war sechsundzwanzig Jahre alt. Er war erst vor kurzem zum Colonel befördert worden. Jeder sagte ihm eine glänzende militärische Laufbahn voraus. Jack konnte nicht Selbstmord begangen haben.

John beharrte darauf, daß Jack seinen berühmten Säbel, Old Wristbreaker, gereinigt hatte, wegen der Hitze in Ohnmacht gefallen und in das Schwert gestürzt war. Um seines Seelenfriedens willen mußte John daran glauben, daß es ein Unfall gewesen war. Gegen einen Unfall kann sich ein Mann wappnen, aber Fieberanfälle schlagen wahllos zu. Und ein Fieber, das einen Mann zwang, sich den Säbel ins Auge zu stechen, war eine zu schreckliche Vorstellung.

Eine Stunde später war John zu einem Teil der blauen Linie geworden, die sich eine Meile quer über die halb unter Wasser liegende Prärie erstreckte. Die Linie lag vor einem Wald mit Kohlpalmen, Weiden, Kiefern und dichtem Unterholz. Ein tiefblauer Himmel wölbte sich über der silbern leuchtenden Wasserfläche. Licht der aufgehenden Sonne färbte die schmalen, gezackten Wolken rot. Rotweiße Standarten flatterten in dem zunehmenden Wind. Sonnenschein glitzerte auf den Gewehrläufen und festgesteckten Bajonetten.

Als Osceolas unheimlicher, einsamer Schlachtruf ertönte, zog sich Johns Haut zusammen. »Jungs, damit ist der Ball eröffnet«, rief er seinen Männern zu. »Werft alles weg außer euren Waffen und der Munition.« Doch die Soldaten hörten ihn wegen der Schlachtrufe und des Gewehrfeuers vermutlich gar nicht.

Laut rufend liefen die Second Dragoons, die keine Pferde mehr besaßen, quer über die Prärie. Der Angriff verlangsamte sich, als das Wasser tiefer wurde. Johns Männer hoben ihre Gewehre bis zur Brust und hielten sie dann über die Köpfe. Blasen schwefligen Gases stiegen an die Oberfläche und zerplatzten, und die Männer mußten bei dem Gestank würgen. Sie stolperten über versunkene Baumstümpfe und Stämme. Einige Männer gingen unter und machten ihre Gewehre so unbrauchbar.

»Schlangen!« Der Soldat, der John am nächsten war, begann zu zittern und das schlammige Wasser um ihn herum zu untersuchen. »Ich fühle sie zwischen den Beinen. Hunderte von Schlangen. Muß ein Nest sein.«

»Es ist Gras. Weitergehen.« John hatte es schon früher erlebt. Männer, die sich jedem menschlichen Feind entgegenstellen konnten, gerieten bei Schlangen in Panik. Er packte den Mann an seinem weiten Uniformrock und schüttelte ihn, bis ihm die Zähne klapperten. »Vorrücken, Mann!«

Alle waren jetzt aufgeregt, und Furcht ist etwas, was sich leicht ausbreitet. Der junge Soldat stapfte weiter, wimmerte aber leise. Um sie herum fielen die Verwundeten klatschend ins Wasser.

John wartete auf Osceolas Ruf, der jede Salve ankündigte. Er kannte Osceola jetzt als eine körperlose Stimme. Als einen hohen, wehklagenden, ungezähmten Schrei. Osceolas Schrei war etwas, was Soldaten manchmal nachzuäffen versuchten, wenn sie zuviel Whiskey getrunken hatten.

Als die Dragoner sich aus dem Schlamm mühsam an Land kämpften und den Waldboden betraten, fanden sie die Gegend menschenleer. Das überraschte John nicht. Die Generäle sprachen davon, den Sumpf zu durchkämmen. Sie waren *hadjo*. Sie waren verrückt. Ebensogut konnten sie versuchen, den Wind zu umzingeln.

Als John seine Kompanie durch die Fächerpalmen vorrücken ließ, bemerkte er die Einschnitte, die in Brusthöhe in die Baumstämme gehackt worden waren. Die Seminolen hatten sie in die Bäume geschnitten, um ihre Waffen beim Zielen darauf zu stützen. Sie hatten sich auf diese Schlacht vorbereitet. John bückte sich und hob eine zerrissene Schnur mit blauen Glasperlen auf. Sie hatten ihre Frauen bei sich.

Auf der anderen Seite des Waldes sah das Meer aus mannshohem Schneidegras wie eine dicht bewachsene Fläche aus, doch John wußte, daß es von schmalen Pfaden durchzogen war. Er wußte, daß Osceola und sein Volk auf diesen Pfaden flüchteten. Oder sie stakten ihre Kanus durch die tieferen Kanäle, die für einen weißen Mann in dem dichten Gras unsichtbar waren.

Osceolas Leute strömten wahrscheinlich in jenem fernen Waldstück zusammen. Dessen zerzauste Kohlpalmen waren in der sonst eintönigen Landschaft deutlich zu sehen. Die schlanken Stämme lehnten sich aneinander, als teilten die Palmen ein Geheimnis miteinander.

John war nicht überrascht, als General Call Befehl gab, den Feind zu verfolgen. Er suchte das Ufer ab, bis er den Anfang eines im Gras fast unsichtbaren Alligatorpfads entdeckte. Er setzte seine Männer dorthin in Bewegung.

Sie jagten die Seminolen den ganzen Tag, bekamen sie aber nie zu sehen. Den ganzen Tag stapften sie durch Zypressenhaine, durch Dickichte von Zwergpalmen sowie Teiche im Schneidegras, die von Alligatoren bewohnt waren. Nachts schliefen die Männer, eng zusammengedrängt, auf einer winzigen Insel voller Fächerpalmen, nachdem sie lärmend durchs Unterholz gestürmt waren, um Klapperschlangen zu verjagen. Sie schliefen in Wasser, das mehrere Zentimeter hoch stand. Sie hatten nichts zu essen. Calls ausgeklügelter Plan, Nachschub auf dem Withlacoochee heranzubringen und an strategischen Punkten Depots anzulegen, war fehlgeschlagen.

Die Klügeren unter den einfachen Soldaten hatten es mit Bettelei, Bestechung und Schmeichelei versucht, um Captain Goodes Kompanie zugeteilt zu werden. Es ging das Gerücht, daß Goode unter Häuptling Osceolas Schutz stand, und vielleicht würde sich diese Protektion auch auf seine Männer erstrecken. Selbst wenn es nicht so war, so wußte Goode, wie man in diesem Land überlebte. Er verstand sich darauf, für seine Truppen zu sorgen. Jetzt knurrten und fluchten selbst Johns Männer. Er konnte es ihnen nicht verdenken.

Richard Call gab schließlich auf und ließ seine Armee kehrtmachen. Die ausgehungerten, erschöpften Soldaten mußten mühsam den Rückweg durch den Sumpf erkunden. Als John seinen Karabiner vor sich hin und her schwenkte, um die scharfen Blätter des Schneidegrases abzuwehren, grübelte er über die Gerüchte nach, die über Osceola in Umlauf waren.

Die Seminolen-Kundschafter der Armee sagten, er habe die Malaria. Sie sagten, er habe mehrere Anfälle gehabt. Sie sagten, er sei fast daran gestorben. Sie sagten, er sei schwach und dünn.

Die Armee-Kundschafter waren keine Freunde Osceolas. Die meisten von ihnen waren Anhänger von Trout Leader gewesen. John wußte, daß sie diese Aufgabe nur in der Hoffnung übernommen hatten, ihn selbst töten zu können. Gleichwohl hörte John so etwas wie Schadenfreude in ihren Stimmen heraus, wenn sie die Geschichten mit feierlichen Worten wiederholten. Ein schwacher und kranker Indianer führte zweitausend Soldaten an der Nase herum.

In Gedanken verfolgte John seinen Freund durch die endlosen Meilen von Schneidegras und Wasser. Er versuchte sich vorzustellen, wie sich Osceola durch das Gewirr gelbbraunen Grases bewegte, das sich von Horizont zu Horizont erstreckte. Er fragte sich, was Osceola dachte. Ob er tatsächlich krank war? Ob er je an seinen Freund Nakita dachte?

Osceola hatte John gelehrt, wie seine Beute zu denken, sich das Tier vorzustellen, das er jagte. Jetzt entdeckte John, daß es für ihn leichter war, sich Osceola und seine Familie als Beute denn als Freunde vorzustellen. Er sah vor sich, wie Morning Dew den Saum ihres langen Rocks beim Waten mit einer Hand hochhielt. Mit dem anderen Arm stützte sie Crying Bird an der Hüfte. Er malte sich aus, wie Little Warrior in die Fußstapfen ihrer Mutter trat.

Luden Morning Dews zarte Finger Gewehre, während die Krieger auf die Blaujackensoldaten feuerten? John erinnerte sich daran, wie diese Finger ihrer Tochter die Haare aus der Stirn strichen und fühlten, ob das Kind Fieber hatte. Er versuchte sich an Third Sister zu erinnern, doch deren Gesicht war jetzt nicht klar zu erkennen. Er sah sie durch den Nebel der Zeit nur für kurze Augenblicke.

Osceola sagte, die Seele eines Mannes könne seinen Körper verlassen und sowohl im Traum als auch in wachem Zustand reisen. John wußte, daß wenn seine Seele den Körper nicht verließ, sein Herz es ganz gewiß tat. Er wußte, wohin sein Herz ging, wenn es ihn im Stich ließ.

Er summte das Lied, das Jack immer gesungen hatte, als er Neamathla zu einem zögernden, holprigen Kantern angetrieben hatte:

> Then cheer, boys, cheer for the girls afar,
> We'll all go home at the close of the war;
> And sadly tanned by the southern sun,
> We'll spin long yarns of the deeds we've done.

»Vorwärts! Der Vorhut folgen!« Jemand in der Moskitoflotte war entschlossen, so etwas wie eine Marineparade zu inszenieren, oder er hatte viel Sinn für Humor. Die Matrosen und Marineinfanteristen waren über Bord gegangen. Sie wuchteten die sieben Kanus der Flotte aus Zypressenholz und deren Flaggschiff, ein langes Segelboot mit schmalem Bug, durch den Schlamm. Obwohl es Dezember war, waren die Männer völlig verschwitzt.

Jacob und John stapften hinaus, um ihnen zu helfen. Sie versanken bis zu den Knien in dem matschigen Untergrund. Ihre Motive waren jedoch nicht ganz selbstlos. Die Marine brachte Nachschub. Während John sich anspannte, um das Kanu Zentimeter um Zentimeter vorwärtszubringen, zog er die geteerte Leinwandplane zurück und musterte das Durcheinander von Gewehren, Äxten, Schaufeln und Ladestöcken, die überall zwischen den Kisten und Fässern aufragten. »Mein Gott, habt ihr denn gar nichts zurückgelassen?«

»Trockenes Land, vor etwa vierzehn Stunden.« Der Matrose lächelte und entblößte zwei blitzende Zahnreihen. Selbst unter dem Schlamm bildete seine ebenholzfarbene Haut einen überraschenden Kontrast zu den weißen Zähnen. »Die Vorhut hat den ganzen Tag mit uns kokettiert.«

Die Männer stolperten erschöpft auf den höher gelegenen Laubwald und brachen zusammen. Der größte Teil der Insel war mit Fächerpalmen bedeckt, die zu dicht standen, um zwischen den Stämmen Zelte aufschlagen zu können. Es war auch unmöglich, sie zu roden, obwohl ihre Wedel einen vorzüglichen Schutz boten. Der dünne Schatten der Krüppelkiefern in der Mitte der Insel lohnte nicht die Mühe, sich durch die Fächerpalmen und Klapperschlangen hindurch dorthin vorzukämpfen. Die Zelte und Hütten der Soldaten sowie die angepflockten Pferde bedeckten das bißchen Raum, das übrig war.

Colonel Archibald Henderson verließ sein ans Ufer gezogenes Flaggschiff, das gaffelgetakelte Sharpieboot, und stolzierte durch den Schlamm. »Stillgestanden, ihr Ledernacken!« rief er.

Seine erschöpften Männer bildeten zwischen ihrem Gepäck und den auf dem schmalen Uferstreifen aufgestapelten Waffen eine nicht ganz gerade Linie. Die Infanteristen und die schnurrbärtigen Dragoner schlossen sich ihnen an. Colonel Henderson war auf der waldbestandenen Insel jetzt der ranghöchste Offizier.

Seine Truppe war ein zusammengewürfelter Haufen. Wie die Tasten eines Pianoforte, dachte Jacob. Die Navy hatte sowohl weiße wie schwarze Matrosen eingezogen. Die Matrosen trugen Uniformen, die einmal weiß gewesen waren, mit dunkelblauen Halstüchern und schmucken Strohhüten. Die Marineinfanteristen hatten kurze, dunkelblaue Jacken an, blaue Hosen, flache Hüte aus Persenningleinen und lederne Halsbinden. Vom Schlamm abgesehen sahen sie aus, als hätten sie sich für ein Sonntagskonzert im Park herausgeputzt.

Als Henderson seine Männer mit Anweisungen überschüttete, bedauerte John, daß die Insel so klein war. Colonel Henderson brauchte ein weit größeres Betätigungsfeld, um voll zur Wirkung zu kommen. John störte es nicht, dem Kommando eines Marineoffiziers unterstellt zu sein. Seit einem Jahr oder mehr arbeiteten Männer aller drei Waffengattungen zusammen. Ebensowenig überraschte es ihn, den Kommandeur des

Marinekorps auf dieser gottverlassenen Beule in der sumpfigen Landschaft zu sehen.

An seiner Bürotür in Washington City hatte der Colonel einen Zettel hinterlassen:

Bin nach Florida gefahren.
Werde wieder zurück sein, wenn der Krieg vorbei ist.
A. Henderson
Col. Comdt.

Er hatte vierhundertzweiundsechzig Marineinfanteristen zusammengebracht, mehr als die Hälfte der gesamten Streitmacht, und war nach Süden aufgebrochen.

Während die Moskitoflotte ruhte, dirigierte John das Entladen der Kanus. Das gepökelte Schweinefleisch, das Rindfleisch und die Bohnen, der Reis, der Sirup, der Essig und das bröckelnde Brot waren gewiß willkommen. Der Whiskey jedoch war ein Geschenk des Himmels.

Jacob knurrte vor sich hin, es sei entwürdigend, zum Tierarzt gemacht zu werden, und verließ die Gäule, deren aufgerissene Beine er gerade verarztete, und ließ die Matrosen vor seinem Zelt in Reih und Glied antreten. Auch ihre Beine wiesen böse Wunden auf. Ihre Füße waren mit Blasen und rohen Stellen bedeckt, weil sie seit Tagen naß waren.

»Dieses Gras ist eine Erfindung des Teufels.« Henderson sah zu, wie Jacob eine Schnittwunde behandelte, die sich entzündet und Geschwüre gebildet hatte. »Wir werden dieses Höllenzeug morgen abbrennen. Wird verdammt viel leichter sein, da durchzukommen, und die Feinde werden keine Deckung mehr haben.«

»Das würde ich nicht empfehlen, Sir.«

»Ich habe Sie nicht nach Ihren Empfehlungen gefragt, mein Sohn.« Henderson stolzierte los, um das Roden der Fächerpalmen zu überwachen. Die Marineinfanteristen hieben stundenlang auf die Bäume ein. Ihre Säbel prallten von den elastischen, faserigen Stämmen ab.

Colonel Henderson fiel immer etwas ein, womit er seine Männer beschäftigt halten konnte, sogar auf diesem Sandhaufen, aber Jacob und John hatten gelernt, sich nicht darüber aufzuregen. Sie genossen ihren Eintopf aus Schildkröten- und Silberreiherfleisch und wurden ganz betrunken von dem Aroma der Kaffeebohnen, die in einer Bratpfanne bräunten. Mit dem Kolben seiner Pistole zerstieß John die Bohnen in einem Kugelbeutel und kochte sie in den Metallbechern. Er und Jacob kippten noch ihre Whiskeyration in den Kaffee und nippten daran, als sie den Sonnenuntergang beobachteten.

»*Omnem crede diem tibi diluxisse supremum.*« Das Verseschmieden war ihre Lieblingsbeschäftigung, und John nutzte jede Gelegenheit dazu. »Vergiß nicht, daß jeder Tag dein letzter sein könnte.«

Jacob überlegte einen Augenblick, bevor ihm etwas einfiel, was mit dem letzten Buchstaben von Johns Ausspruch begann. »*Me pinguem et nitidum bene curata cute vises.* Wenn du ein gutes Lachen hören willst, wirst du mich immer bereit finden.« Jacob hob seinen Becher zum Toast auf die Masse lavendel- und rosafarbener Wolken vor einem malvenfarbenen Himmel. »Der Colonel hat die Absicht, die Prärie morgen abzubrennen«, sagte er.

»Weiß er, daß ein Feuer wochenlang unter der Erde weiterschwelen kann?«

»Anscheinend nicht.« Jacob brütete kurz. »Ich habe mal einen Mann behandelt, der in eins dieser unterirdischen Feuer gefallen war«, sagte er. »Die Erde brach plötzlich ein und ließ ihn in eine Höllengrube aus Asche und Glut fallen. Heiß wie ein Schmiedefeuer.«

»Hat er es überlebt?«

»Nein.«

»Matrose«, rief John leise, »schütteln Sie Ihr Bettzeug aus.«

»Sir?« Der Matrose hielt inne, hatte aber schon einen Fuß unter seiner Decke.

»Ich sagte, schütteln Sie Ihr Bettzeug aus.«

Als er es tat, eilten ein Skorpion und eine kleine schwarze Schlange ins Unterholz. Der Matrose rollte seine Decke zusammen und ging zu den Kanus. Die Männer, die sich schon in der Bilge gebettet hatten, machten ihm Platz. Sie hatten schon so viele Nächte in unbequemer Haltung auf den Ruderbänken verbracht, daß es auf eine weitere Nacht nicht mehr ankam.

Stille senkte sich auf das Lager. Die Feuer brannten herunter, obwohl das Glühen in der ungeheuren schwarzen Einsamkeit meilenweit zu sehen war.

45

Unter der riesigen, von Moos und Schlingpflanzen überzogenen Eiche in der Mitte des Laubwalds waren die Morgenschatten so dunkel wie Zwielicht. Ein Halbmond aus Licht lag wie ein Halsband auf Minks schlanker brauner Kehle, als sie sich hinter einer der Luftwurzeln zusammenkauerte. Sie verharrte dort so lange, daß der Halbmond an ihrem Hals heruntterglitt bis zu der dunklen Höhlung an dessen Ende.

Hunger und die schwere Geburt ihres Kindes hatten Mink abmagern lassen und erschöpft. Dunkle Ringe umrahmten ihre großen grünen Augen wie Schürfwunden. Sie mußte ihren ganzen Willen aufbieten, um zu verhindern, daß ihre Beine in der unbequemen Position zitterten. Sie fröstelte in dem kalten Wind.

Die geschwungenen Erhebungen von Minks Schlüsselbein scheuerten an dem abgetragenen Gewebe ihrer Bluse. Ihre Haut hatte das staubige Aussehen, das sich bei Unterernährung einstellt. Ihr drahtiges schwarzes Haar hatte seinen Glanz verloren. Wie die Beine einer Spinne, die sich im Todeskampf zusammenrollen, hielten ihre dünnen Finger einen kräftigen, gegabelten Stock umklammert. Der äußere Eindruck täuschte jedoch. Mink war wie ein Stück Pechkiefer, das von außen verwittert aussieht und ein stumpfes Grau aufweist, innen aber leuchtet und von einem harzfarbenen Goldton ist, fähig, intensive Hitze und Licht abzustrahlen.

Die lange Gazerüsche an ihrer Bluse reichte ihr fast bis zur Taille. Der Gazestoff bildete einen Umhang, der ihre Schultern und Arme vor Moskitos schützte. Sie hatte ihn aus dem Moskitonetz eines toten Soldaten zusammengenäht. Die Rüsche am Rocksaum trug in verblichenen pinkfarbenen Buchstaben die Aufschrift »Sperrys Mehl – Neues Patentiertes Verfahren«.

Dieses Stück Stoff war Teil eines in einem verlassenen Biwak gefundenen Mehlsacks gewesen. Mink und Morning Dew hatten dort, wo die Soldaten ihre Pferde angepflockt hatten, zerbrochene Maiskolben aufgelesen; doch außer dem leeren Sack hatten sie kaum etwas gefunden. Die Pferde hungerten auch. Sie hatten die Rinde von den Kiefern abgenagt, so hoch sie mit den Mäulern reichen konnten.

Minks Besorgtheit machte sie unruhig. Ihr kleiner Sohn mußte alle zwei Stunden gestillt werden. Er würde jetzt schon quengeln, und Fighting in a Line hatte nur einen kleinen Rest des dünnen *sofkee* übrig, um ihn zu beruhigen. Mink sorgte sich auch darum, daß ihre Brüste austrockneten. Sie spürte nicht mehr den Druck der Milch in ihnen. Wenn sie keine Milch mehr hatte, würde sie ihn nicht mehr ernähren können.

Gerade als sie dachte, nicht mehr länger warten zu können, trottete der Waschbär auf die kleine Lichtung. Mink hielt den Atem an. Der Waschbär wühlte in den Fächerpalmen nach einigen übriggebliebenen verwelkten Beeren herum, bevor er in der Öffnung am Fuß der Würgerfeige verschwand. Er hatte einen guten Sommer und einen guten Herbst hinter sich. Das Fett rollte und zitterte unter seinem Fell, als er sich bewegte. Mink wurde der Mund wässerig. Sie stellte sich das Tier als nahrhafte Brühe für ihr Baby vor.

Als sie glaubte, der Waschbär habe sich für seinen täglichen Schlaf zur Ruhe gelegt, erhob sie sich langsam, um den Schmerz in den Beinen zu lindern, und kroch vorwärts. Sie stellte sich neben der Öffnung so hin, daß sie den Wind im Rücken hatte. Dann stieß sie mit dem gegabelten Stock hinein. Der Waschbär grunzte, als der Stock ihn an der Rückwand seines Baus festnagelte.

Mink stieß immer wieder fest zu und drehte den Stock, um die langen Fellhaare des Tiers auf die Gabel zu wickeln. Der Waschbär knurrte und kreischte und kämpfte, aber Mink ließ nicht locker. Sie schleifte ihn ins Freie und nagelte ihn dort fest, wo der Baum den Erdboden berührte. Es würde nicht leicht sein, das Tier zu töten. Es wog vierzig Pfund und schien mehr Zähne und Krallen zu haben, als man einem Waschbären zugestehen durfte.

Sie hielt ihn mit dem Gewicht ihres Körpers, das auf dem Stock lastete, unten und tastete nach dem langen Messer an der Taille. Der Waschbär zappelte und wand sich und wäre um ein Haar entkommen, als es ihr endlich gelang, ihm die Messerspitze ins Auge zu stoßen, durch den Schädel und dann in den Erdboden. Er bäumte sich noch einmal auf, vergrub die Krallen in der Erde und drehte sich an der Achse des Messers. Er erzitterte, zuckte und blieb dann reglos liegen. Mink wischte sich mit dem Rocksaum den Schweiß von der Stirn. Sie band die Füße des Waschbären zusammen, schulterte ihn und machte sich auf den Heimweg.

Sie fand eine Fighting in a Line vor, die ihren endlosen Singsang summte. Sie hatte einen Fächerpalmenschößling zu einer gerundeten Schachtel mit Steinchen darin gewoben. Sie wiegte sich im Takt der Rassel, als sie den Kleinen in seiner Palmenfaserwiege schaukelte. Das Pumafell, mit dem seine Wiege ausgelegt war, sollte ihn stark und beweglich werden lassen. Mink bezweifelte, daß es irgendeine Wirkung haben würde, wie oft Abihka auch davon singen mochte. Der Kleine war früh gekommen. Er war klein und schwach. Mink empfand eine hilflose Liebe zu ihm.

»Er mag meine kleine Zitze nicht.« Fighting in a Line grinste zahnlos und tätschelte sich die platte Vorderseite ihrer Bluse.

»Wie geht es Onkel, Mutter?« Mink legte den Waschbären auf die Erde, und Fighting in a Line kniff ihn, um zu fühlen, ob er Fleisch auf den Rippen hatte.

»Ein böser Geist hat Swamp Singers Eingeweide befallen. Sein Wasser ist schwarz. Abihka arbeitet für ihn. Mein alter Mann arbeitet für ihn; er wird die Morgendämmerung aber nicht mehr sehen.«

»Sag Mad Dog, daß mein Herz trauert.«

»Das werde ich, Tochter.« Fighting in a Line drückte die Hand des Babys und kitzelte ihm den gespannten, geschwollenen Bauch. Sie wuchtete sich den Waschbären über die Schulter. »Wir haben in einer Höhle Feuer gemacht«, sagte sie. »Wir wechseln uns beim Kochen ab.«

Das Baby bekam einen Schluckauf und fing dann schwach an zu weinen. Mink nahm den Kleinen aus der Hängematte und hielt ihn sich an ihre entblößte Brust, aber es war fast keine Milch mehr da. Er hatte nicht die Kraft, das zu saugen, was noch da war. Sie redete ihm gut zu und liebkoste ihn. Sie war immer noch erstaunt, daß dieses winzige Geschöpf aus ihr gekommen war. Sie saß vor der Hütte mit dem Fächerpalmendach und sang ihm mit weicher, süßer Stimme ein Lied vor, das so eindringlich war wie ein Psalm.

Es wird einschlafen,
Das ist es, was wir sagen.
Deine Mutter, die Schildkröte,
Ist auf die Jagd gegangen.
Schlafe. Schlafe.

»Saugt er?« Osceola stützte sich mit einer Hand auf den Rahmen der Hütte, als er sie betrachtete.

»Nein. Aber Großmutter bereitet eine Brühe zu. Die wird er essen.« Sie stand auf, damit Osceola seinen Sohn besser sehen konnte. »Er weint nicht mehr so viel. Ich glaube, es geht ihm besser.« Mink glaubte es fast selbst.

Osceola nahm ihr das Baby ab und wiegte es in den Armen.

»Er freut sich, dich zu sehen«, sagte Mink.

Osceola war gerade von einem Überfall auf einen Troß mit Nachschub zurückgekehrt, den sein alter Gegenspieler beim Whist befehligt hatte, Colonel Ichabod Crane. Der Überfall war erfolgreich, jedoch eine Enttäuschung gewesen. Einer der Wagen hatte nichts als Hufeisen enthalten. Nachdem Osceola mit allen geteilt hatte, war von der Beute kaum noch etwas übrig.

Osceola hielt das Baby in einem Arm und zog Mink mit dem anderen an sich. Er hielt sie fester und länger an sich gedrückt als gewohnt, bevor er sie wieder losließ. Mochte die Malaria ihm auch Kraft geraubt haben, so hatte sie ihm dafür einen intensiven Lebenshunger und unbändige Zuneigung zu seinen

Lieben gegeben. Bis jetzt war ihm schon jeder Atemzug wichtig gewesen. Jetzt wurde das Atmen kostbarer als je zuvor.

Mit dem Baby auf dem Arm ging er mit ihr zu dem kleinen provisorischen Küchenhof, auf dem kein Feuer brannte. Er reichte ihr das Baby.

»Es fängt wieder an.« Er zitterte und fiel fast zu Boden.

Mink hielt das Kind umklammert und sah, wie er langsam zu der Schlafhütte ging.

In dieser Nacht saß Mink vor dem erkalteten Feuer, als wollte sie aus der Erinnerung an seine Flammen Wärme und Trost ziehen. Sie wiegte ihren Sohn in den Armen. Er lag reglos und stumm. Er hatte etwas von der Waschbärbrühe getrunken, jedoch alles wieder ausgespuckt.

Mad Dog und seine unangezündete Pfeife leisteten Mink Gesellschaft. Er hatte sich seinen ausgefransten Schal über das dünne graue Haar gezogen und sich in den Falten fast versteckt, bis nur noch die Nasenspitze zu sehen war. Er schnaubte hinter der herabhängenden Öffnung des Schals wie ein Bär, der in einer viel zu kleinen Höhle zu überwintern versucht.

Dies war das Dorf von Abraham, Mikanopees schwarzem Berater. Dort lebten mehr als hundert Schwarze, doch es war kaum etwas von ihnen zu sehen. Es brannten keine munteren Feuer, um goldene Lichtkugeln um die Feuerstellen zu bilden. Ein eisiger Wind trieb eine Masse rußgrauer Wolken am Mond vorbei.

Die Frau, die sich der Feuerstelle näherte, hatte die Farbe des Withlacoochee, wo Tannin ihn fast schwarz färbte. Auf einer breiten Hüfte balancierte sie ein klapperdürres, eulenäugiges Kind.

»Dies ist für *Talasee Tastanagee.*« Sie legte einen flachen Korb auf eine der Palmenspeichen der kalten Feuerstelle. »Er wird hungrig sein, wenn das Fieber vorbei ist.«

»Ich danke dir, Schwester.« Mink kippte den Inhalt in einen ihrer eigenen Körbe und gab der Frau den leeren Korb zurück.

»Geht es ihm besser?«

»Abihka arbeitet für ihn.«

»Ich bete, daß es ihm bald bessergeht.« Die Frau hob das

Kind auf die andere Hüfte, zog sich einen aus einem Futtersack gemachten Schal enger um ihre mächtigen Schultern und ging langsam in die kalte Januarnacht hinaus.

Ein paar Handvoll Mais lagen inmitten des Sands auf dem mit Blättern ausgelegten Boden von Minks Korb. Mink wußte, daß die Frau den Mais an den Lagerplätzen der Soldaten aufgelesen hatte.

Im Dezember 1836, als General Thomas Jesup das Kommando über die Streitkräfte in Florida übernahm, ließ er weiterhin Vorstöße in die Sümpfe unternehmen. Er entsandte kleinere Einheiten, welche die versteckten Lager aufspüren und die Lebensmittelvorräte zerstören sollten. Diese Operationen waren wirksamer als die großangelegten Angriffe von Scott und Call.

Abrahams Dorf war eins der wenigen, die so gut versteckt waren, daß sie bislang nicht angegriffen worden waren. Black und Osceola sowie dessen Familie waren hierher gekommen, nachdem sie bei der Rückkehr in ihr eigenes Lager nur noch verkohlte Ruinen vorgefunden hatten.

Mink überließ Mad Dog seinen Gedanken und ging behutsam an der kleinen Hütte vorbei, die Little Warrior und Crying Bird mit Fighting in a Line, Mad Dog und Old Squat teilten. Sie konnte hören, wie die beiden Mädchen miteinander flüsterten, wie sie es meist vor dem Einschlafen taten. Sie hörte Old Squat husten und Fighting in a Line schnarchen.

Als sie zu der zweiten Hütte kam, flüsterte sie: »Wie geht es ihm?«

»Der Fiebergeist hat ihn wieder befallen.« Morning Dews sanfte Stimme schien in der Dunkelheit zu treiben wie ein Blatt auf stillem schwarzem Wasser. Der Schüttelfrost ließ Osceola so heftig zittern, daß die Fächerpalmwedel seines Betts laut raschelten.

»Ich werde mich zu ihm setzen«, sagte Mink. »Geh schlafen, Schwester.«

Eine Stunde oder zwei vor Tagesanbruch schlief Mink mit dem Baby in den Armen selbst ein, als sie an einen Eckpfosten gelehnt dasaß. Sie träumte davon, wie Bleichaugen durch die Straßen des Dorfs stürmten. Sie träumte von Gewehrfeuer und von lauten Rufen. Zunächst glaubte sie, die Schreie seien ein Teil des Traums. Dann ging ihr auf, daß Hände sie schüttelten.

Sie wurde zwischen diesen hartnäckigen kleinen Händen und der Erschöpfung, die sie ganz benommen machte, hin und her gezerrt. Sie hatte das Gefühl, als befände sie sich auf dem Boden einer überfluteten unterirdischen Kaverne. Sie versuchte, zu der kleinen Scheibe aus Licht und Luft hoch über ihr hinaufzuschwimmen.

»Mutter! Mutter! Sie sind da!« Little Warrior zupfte wieder an ihr. Von der anderen Seite des Dorfs ertönten Gewehrschüsse, Schreie von Frauen und das Jammern von Babys.

Mink reichte Little Warrior das schlafende Kind. Dann bemühte sie sich mit Morning Dew, die Schultern unter Osceolas Arme zu bekommen und ihn aufzuheben. Sie liefen mit ihm durch das fahle Licht des anbrechenden Tages. Little Warrior trug das Baby und trieb Crying Bird vor sich her. Mad Dog und Fighting in a Line humpelten hinter ihnen her, so schnell es ihre Arthritis erlaubte.

»Onkel«, rief Mink Old Squat zu, der im Halbschlaf den Saum des Hemdes ausschimpfte, das er trug. »Onkel, beeil dich!«

Old Squat setzte sich auf dem festgetretenen Hof in Bewegung. Er erinnerte Mink mit seiner Bedächtigkeit und Unerschütterlichkeit an eine Schildkröte. Als eine Kugel sein Rückgrat durchtrennte, fiel er über einen niedrigen Gartenzaun, übergab sich und starb.

»Komm.« Mit der freien Hand stieß Mink Little Warrior zwischen die Schulterblätter und schob sie weiter. Im Wald ertönten die Rufe der Blaujacken. Black hastete über den Dorfplatz. Er legte sich Osceolas Arm um den Hals und setzte sich wieder in Bewegung. Halb trug er ihn, halb schleifte er ihn hinter sich her. Sie liefen zum Fluß und dem Labyrinth von Zypressen an dessen Ufern.

»Ich weiß, wo wir uns verstecken können.« Little Warrior watete durch das flache Wasser am Flußufer. Sie kletterte über freiliegende Wurzeln und umgestürzte Baumstämme hinweg und zog Schlingpflanzen zur Seite, damit sie ihre Schwester nicht behinderten.

»Der verlassene Bau?« fragte Osceola mit schwacher Stimme.

»Ja.« Weder Little Warrior noch sonst jemand sprach von der Möglichkeit, daß der Alligatorbau inzwischen vielleicht einen neuen Bewohner hatte.

Little Warrior suchte die Waldstreu oben am Ufer ab, bis sie das Luftloch des Baus fand. Sie vergrößerte es mit einem Stock und tarnte es mit Unterholz. Dann kletterte sie an den Luftwurzeln einer Weide hinunter und schloß sich ihrer Familie an, die in dem eisigen schwarzen Wasser vor dem Eingang stand.

Der Eingang zum Bau wurde von dem Strom und dem herabhängenden Unterholz fast verdeckt. Osceola hielt kurz inne und versuchte, des Dröhnens in seinem Kopf Herr zu werden, versuchte, den Blick auf etwas zu konzentrieren und zu verhindern, daß ihn wieder die Dunkelheit überspülte. Sein Mageninhalt stieg ihm wieder in den Mund, und er würgte ihn zurück. Er hob einen dicken Knüppel auf und hielt ihn vor sich, als er auf dem Bauch in den Tunnel hineinkroch, in dem Wasser stand.

Little Warrior kroch als nächste hinein. Dann folgte Morning Dew mit Crying Bird. Mink legte sich auf den Rücken und hob ihr wimmerndes Baby auf die Brust. Sie hielt den Kleinen mit einem Arm fest und legte ihm die andere Hand über Mund und Nase, um ihn vor dem Wasser zu schützen. Dann holte sie tief Luft und arbeitete sich mit wippenden Schultern und Hüften durch den Schlamm vor. Der Tunnel stieg allmählich an, bis das Wasser nur noch ein paar Zentimeter hoch stand.

Black wartete auf Fighting in a Line und Mad Dog. Als sie ankamen, half er Fighting in a Line, sich hinzuknien und in die Öffnung zu kriechen. Ihre geschwollenen Gelenke machten ihr zu schaffen, und sie bewegte sich neuerdings sehr langsam. Als sie im Tunnel war, planschte Black laut im Wasser, um die Aufmerksamkeit von dem Bau abzulenken. Als Mad Dog hinter Fighting in a Lines nackten Füßen herrobbte, fragte er sich, ob die Bleichaugen seine schlammigen Beine und Füße sehen konnten, wie sie in dem Loch verschwanden. Er erwartete fast, den harten Griff von Fingern um die Fußknöchel zu fühlen.

Osceola atmete flach, als er in der fünfzehn Meter langen Passage weiterkroch. Der Alligator hatte große Beutetiere in den Bau geschleift, wo sie verwesten, bis sie weich genug waren, um zerrissen und gefressen zu werden. Der Gestank von Verwesung füllte ihm Nase, Mund und Lungen. Das Wasser am Eingang sperrte den größten Teil der Luft aus. Das Luftloch, das der Alligator zur Oberfläche gegraben und das Little Warrior mit einem Stock vergrößert hatte, schuf kaum Abhilfe.

Lichtpunkte flirrten und surrten wie Feuerfliegen um seinen Kopf herum. Er preßte die Augen zusammen, um wieder klar sehen zu können. Dann kämpfte er sich verbissen weiter durch den glitschigen Schlamm vor. Unter den Händen spürte er Knochen, das, was von den Mahlzeiten des Alligators übriggeblieben war. Er hatte das Gefühl, dem Tod entgegen- und nicht von ihm wegzukriechen. Er war aus seinen halluzinatorischen Fieberträumen zu etwas erwacht, was noch weit schlimmer war. Er kämpfte das Gefühl nieder, lebendig begraben zu werden.

Der Tunnel führte in eine Höhle, die so groß war, daß man aufrecht darin sitzen konnte. Die fünf Erwachsenen und zwei älteren Kinder kauerten sich Schulter an Schulter zusammen. Ihre Knie berührten sich in der totalen Dunkelheit. Sie lauschten alle den gedämpften Rufen, dem Gewehrfeuer und den Schritten, die sich über ihnen näherten.

Ein Erzittern durchzuckte das Baby. Der kleine Junge wurde kurz starr und dann schlaff. Mink legte ihm behutsam einen Finger an den Hals, konnte aber dort kein Flattern mehr fühlen. Sie preßte den winzigen Körper an sich, als könnte sie ihm dadurch Leben und Atem einhauchen. Sie nahm Osceolas Hand und legte seine Fingerspitzen an den Hals des Kindes. Als ihm aufging, daß das Kind tot war, legte er einen Arm um Mink und zog sie zu sich heran. Er konnte ihr stummes, zitterndes Schluchzen fühlen.

Sie legte den Leichnam behutsam in die Mitte des Baus. Sie konnte nicht einmal laut trauern, um ihn auf den Weg zu schicken. Am entsetzlichsten war, daß die Seele des Kindes es vielleicht nicht schaffte, den Weg ins Freie zu finden. Sie saßen mit einem Leichnam und einem verlorenen Geist, der über ihnen schwebte, in der Falle.

Am Flußufer über dem Bau suchten John Goode und seine Männer den Sand nach Fußspuren ab. Nach Seminolen-Maßstäben mochte John als Fährtensucher ein Neuling sein, doch seine Männer zeigten sich von seinen Fähigkeiten tief beeindruckt. Ein Gefangener, den sie im Dorf überrascht hatten, erzählte ihnen, Osceola sei mit knapper Not entkommen. Dann hatte er in diese Richtung gezeigt.

John meldete sich freiwillig zu jedem Angriff, an dem er teilnehmen konnte. Er fürchtete, irgendein Milizionär könnte Osceola und dessen Familie um der Skalps willen töten, um diese dann als Souvenirs auszustellen. Er hatte schon Männer gekannt, die so handelten. Und Osceolas Haar war eine besonders wertvolle Trophäe.

John sah im Schlamm den kleinen Abdruck eines nackten Fußes. Er war ihm so vertraut wie Little Warriors Gesicht. Als Osceola Nakita das Spurenlesen gelehrt hatte, hatten sie an den Familienmitgliedern geübt. Osceola hatte ihm beigebracht, wie man nicht nur die Tierart erkennen kann, der man nachspürt, sondern auch, um welches Individuum es sich handelt. Und dieses Individuum war unverkennbar Little Warrior. John brauchte nicht lange zu suchen, um das Luftloch des Baus zu entdecken.

»Haben Sie irgendeine Spur gefunden, Sir?«

»Nein.« John setzte seinen Stiefel direkt auf die Spur und drehte ihn herum, womit er den schlanken Fußabdruck vernichtete.

46

An einem schönen Maimorgen des Jahres 1837 saß General Thomas Jesup in ein weißes Laken gehüllt, das in dem hohen Kragen seines Uniformrocks steckte. Wie gewohnt hatte der schwarze Barbier Mühe, ihn zu rasieren. Der große, eckige Unterkiefer des Generals war zwar ein gut sichtbares Ziel, doch auch beweglich. Er unterhielt sich mit John Goode.

Jesup saß auf der Veranda der Offiziersunterkunft auf einem Holzstuhl. Der Stuhl ruhte auf einer kleinen Plattform aus leeren Holzkisten, so daß der Sklave bei der Arbeit bequem stehen konnte. Die Veranda verschaffte dem General einen erhöhten Ausblick auf das, was an diesem Morgen in Fort Mellon vorging.

Von dem üblichen Durcheinander einmal abgesehen, war ein Bautrupp dabei, eine beschattete Plattform zusammenzuzimmern, auf der die Seminolen-Anführer ihre Kapitulation unterzeichnen sollten. General Jesup war verständlicherweise allerbester Laune.

»Schaffen Sie mir die vom Hals, Captain.« Jesup zeigte mit seinem eingeschäumten Kinn auf zwei Zivilisten, die in dem von dem geschlossenen Exerzieren auf dem Paradeplatz aufgewirbelten Staub näher kamen. »Der Tag ist viel zu schön, um mich mit solchen Leuten zu beschmutzen.«

John setzte sich in Bewegung, um sie abzufangen. Nach einem kurzen hitzigen Wortwechsel gingen sie.

»Sie vertreten Plantagenbesitzer in South Carolina, Sir.« John hielt seinen Zorn nur mühsam im Zaum. »Sie sagten, das Wiedereinfangen von Sklaven sei für das Land kaum weniger wichtig als Frieden. Sie sagten, sie würden wiederkommen.«

»Oh, natürlich werden sie das!« Jesups gute Laune schwand dahin. Er drehte sich in seinem Stuhl um, um die Männer weggehen zu sehen. Sein Barbier mußte schnell das Handgelenk drehen, um dem General nicht mit der papierdünnen Klinge des Rasiermessers die Kehle aufzuschlitzen. Dann setzte er sein geschicktes Menuett um den aufgeregten Jesup herum fort.

»Wir werden von solchem Abschaum nachgerade überrannt«, sagte Jesup. »Haben Sie die jüngste Ausgabe des *Charleston Courier* gelesen, Captain Goode?«

»Ja, Sir.«

»Haben Sie die Briefe der guten Bürger dort gesehen?«

»Ja, Sir.« Der Frachtdampfer konnte jetzt Post aus Washington City über Charleston in fünf Tagen nach Süden bringen. Während das für Menschen, die nach dem geschriebenen Wort hungerten, eine ausgesprochene Wohltat war, waren die Nachrichten in den Zeitungen aus dem Norden entmutigend, um es gelinde auszudrücken.

»Männer, die nicht bereit sind, ihre Schutzbefohlenen näher an die Seminolen herankommen zu lassen als nach Charleston, rügen meine Maßnahmen. Ich kann nur sagen, daß ich die Armee nicht in einen Haufen Sklavenjäger verwandeln werde. Besonders nicht für diejenigen, die Angst haben, sich selbst um ihr Eigentum zu kümmern.« General Jesup seufzte. »Wenn es mir möglich wäre, würde ich den Seminolen erlauben, hierzubleiben.«

»Das wäre eine ehrenhafte Lösung, Sir.«

Jesup hatte die Seminolen dazu überredet, nach Fort Mellon zu kommen, indem er ihnen versprach, sie würden ihre Schwarzen garantiert zurückerhalten. Dafür überhäuften ihn die Zeitungen in Saint Augustine und Tallahassee mit Schmähungen. Jetzt drohten Sklavenjäger, seine schwierigen Verhandlungen zunichte zu machen.

Thomas Jesup wußte, daß er den Krieg bald beenden mußte. Inzwischen waren Berichte über die schrecklichen Bedingungen in Florida in den Norden gelangt. Es wurde zunehmend schwieriger, Soldaten zu rekrutieren. Im letzten Jahr hatten in Florida einhundert Armeeoffiziere ihren Abschied eingereicht. Es verließen sogar mehr Offiziere die Armee, als neue hier anfingen. Die Zeitungen im Norden zeigten sich sehr kritisch, was die Motive der Regierung anging, den Krieg überhaupt zu beginnen, und lehnten auch die Art der Kriegführung ab.

»Wenn ich das Land schon damals so gut gekannt hätte wie heute ...« Jesup stieß unter seinem Laken einen Finger in die Luft und schüttelte ihn in Richtung Washington City. »Falls ich über die Operationen anderer in diesem hassenswerten Land je etwas Herabsetzendes gesagt haben sollte, fühle ich mich als Ehrenmann verpflichtet, es zurückzunehmen.«

»Wenn Sie das schriftlich machen könnten, Sir ...« John lächelte, um die Impertinenz gegenüber einem ranghöheren Offizier abzumildern. »Ich bin sicher, daß es Generäle gibt, die das sehr zu schätzen wüßten.«

»Und wir wissen genau, wer die sind, nicht wahr?« Thomas Jesup zwinkerte. Eine der ersten Amtshandlungen von Präsident Martin van Buren war es gewesen, General Richard Keith Call abzuberufen. Call war wütend nach Washington City aufgebrochen. Jetzt verlangte er ein Untersuchungsverfahren, das ihn von dem Vorwurf befreien sollte, er habe seinen Auftrag verpfuscht. Die Fehde zwischen den Generälen Winfield Scott und Edmund Gaines köchelte immer noch leise vor sich hin.

»Die Schwierigkeiten sind so groß, daß selbst der allerbeste Ruf ohne Schuld verlorengeht.« Wenigstens, dachte Jesup, wird mir diese Schande erspart bleiben. Ich werde derjenige sein, der diesen verlustreichen und frustrierenden Konflikt beendet. »Aber das brauche ich Ihnen wohl nicht zu sagen, oder, Captain? Sie haben Generale kommen und gehen sehen.«

»Ja, Sir.« Meist habe ich sie gehen sehen.

»Doch das ist jetzt alles Vergangenheit. Alligator, Mikanopee und Jumper haben sich in Fort Brooke ergeben. König Philip und sein arroganter Laufbursche Wild Cat sowie diese beiden großen Schurken Powell und Sam Jones sind unterwegs, um sich zu ergeben.«

»Ja, Sir.« John wußte das. Er wußte auch, daß die Anführer vor allem deshalb kamen, weil sie die bei Jesups Überfällen gefangengenommenen Frauen und Kinder freibekommen wollten.

Er hätte erleichtert sein sollen, daß Osceola sich mit Verhandlungen einverstanden erklärt hatte, was dem Töten ein Ende machen würde, doch er war es nicht. Es wäre eine schreckliche Enttäuschung für ihn, wenn es so endete. Wenn der stolze Sinn Osceolas durch den Verrat der Regierung der USA gebrochen würde. Wenn er sich unterwürfig damit abfand, ins Internierungslager von Fort Brooke gepfercht zu werden, in dem sich jetzt siebenhundert von Mikanopees Leuten befanden. John konnte sich nicht vorstellen, daß Osceola sich freiwillig auf ein Boot begab und sein geliebtes Land verließ.

Er bezweifelte, daß der Waffenstillstand ein Ende des Krieges bedeutete. Er bezweifelte, daß Osceola sich ergeben würde. Er hoffte aber, daß man den Anführern einen ehrenhaften Friedensvertrag anbot, der ihnen erlaubte, in dem Land zu bleiben, für das sie so hart und so gut gekämpft hatten.

»Sir.« Der Meldeläufer war so aufgeregt, daß er fast vergaß, zu salutieren und den Finger an den Hut zu legen. »Sie sind da. Sie haben ihre Frauen und Kinder mitgebracht. Hunderte.«

Der Barbier machte eine letzte ausholende Bewegung mit seinem Handtuch, um General Jesups Wange von Schaum zu befreien, und sprang dann schnell rückwärts. Ihm war vertraut, was der General jetzt tat. Jesup riß sich das Laken aus dem Kragen. Er warf es mit einer ausholenden Handbewegung hinter sich und sprang aus seinem Stuhl. Der Barbier balancierte seinen Krug mit Rasierseife, Bürste und Rasiermesser in einer Hand. Er fing das Laken mit der anderen Hand in der Luft auf und wickelte es sich um den Arm, bevor es die Dielen der Veranda berührte.

»Kann nicht zulassen, daß sie mich so sehen.« Jesup rieb sich die glatten Wangen. »Ich muß mich erst mit militärischem Lametta herausputzen. Die Wilden mögen es, wenn man ihnen etwas fürs Auge bietet. Halten Sie sie eine Weile für mich beschäftigt, Captain.«

»Zu Befehl, Sir.«

John versuchte sich den Anschein zu geben, es nicht allzu eilig zu haben, als er zu dem Zelt zurückging, das vier Jahre lang von Zeit zu Zeit und an wechselnden Orten sein Zuhause gewesen war. Der Rest der Garnison war nicht so gelassen und ruhig. John konnte die Erregung spüren, die sich beim jüngsten Trommler ebenso bemerkbar machte wie beim ältesten Sergeant. Endlich würden sie die Männer zu Gesicht bekommen, die für viele von ihnen nie mehr gewesen waren als ein Schrei aus dem Dschungel oder ein Wedel in den Fächerpalmen, der sich bewegte. Oder das Mündungsfeuer eines Musketenlaufs.

John machte sich sein ungebärdiges blondes Haar naß und strich es glatt. Er zwirbelte die Enden seines Schnurrbarts und betrachtete sich prüfend in der Spiegelscherbe, die am Mittelpfosten des Zelts hing. Er wühlte in seiner Reisetasche herum, bis er sein letztes Päckchen Tabak fand. Er drehte sich mehrmals nervös um und versuchte sich etwas anderes einfallen zu lassen, was er Osceola als Geschenk mitbringen konnte.

»*Che'hahn tah-mo?* Wie geht es dir, Bruder?« Osceola lächelte, als John beim Herumwirbeln zusammenzuckte. Osceola ging auf, daß er die seltsame Gewohnheit der Bleichaugen vergessen hatte, an einem Zelteingang zu kratzen wie ein Hund, der um Einlaß bettelt. Er erkannte, daß er viele der verwirrenden Sitten der weißen Menschen vergessen hatte. Er atmete den Geruch von heißer, schimmeliger Leinwand ein. Der Duft löste Erinnerungen aus.

Einen Augenblick lang konnte John kein Wort hervorbringen, da ihm die Kehle wie zugeschnürt war. Er nahm Osceolas ausgestreckte Hand in seine und umfaßte dessen Ellbogen mit der anderen zum Seminolengruß. Osceola war immer schlank und muskulös gewesen, doch jetzt konnte John durch das Hemd die Knochen unter den Muskeln spüren. Osceola riß Johns Unterarm mit dem gewohnten harten Ruck nach unten.

Sie hielten einander eine lange Zeit an den Händen und Armen, als könnten die Umstände sie wieder trennen, wenn sie den Kontakt lösten. Sie bemühten sich, sich an die Wörter zu erinnern, die sie aus der jeweils fremden Sprache kannten, obwohl sie nicht viele Worte brauchten. Trauer. Freude. Verlust. Tod. Bedauern. Bedauern war das schwierige Wort. John beschloß, nicht von all dem zu sprechen, was er bedauerte.

Er fand die kleine Flasche mit Brandy, die er in seinem Spind gehütet hatte, und goß etwas davon in zwei Metallbecher. Osceola nippte langsam an seinem. John saß auf einem Feldstuhl aus Leinwand, während Osceola einer Holzkiste den Vorzug gab. Ein Klappstuhl war zu bequem. Es konnte sein, daß ein Mann sich einlullen ließ und dann auf einem Klappstuhl in der Falle saß.

Osceola hatte große Ähnlichkeit mit Jack Lane, wie John urplötzlich aufging. Und das nicht nur wegen des stolzen, herausfordernden Ausdrucks der Augen und der seidigen schwarzen Locken, die unter seinem Turban hervorlugten. Die Hauptähnlichkeit lag im Lächeln, das offen, arglos und rätselhaft war. Osceolas Lächeln war strahlender Sonnenschein, der die Öffnung einer tiefen, völlig dunklen Höhle erhellte.

Osceola lächelte, und die Kraft seiner Persönlichkeit erfüllte das Zelt. Seine dunklen Augen schienen in seinem schmalen braunen Gesicht viel größer zu sein, als John sie in Erinnerung hatte. Das Feuer in ihnen war intensiver, als er in Erinnerung hatte, und er hatte es schon als sehr intensiv in Erinnerung. Die dichten schwarzen Wimpern waren so lang, daß sie die Wangen berührten, wenn er die Augen schloß. Die Linien seines Mundes waren sinnlich. Auf den ersten Blick wirkte Osceola kaum wie ein zu allem entschlossener Krieger. Wenn man genauer hinsah, tat er es gewiß.

Wie schwierig die Umstände auch waren, bei Gelegenheiten wie diesen sah Osceola immer majestätisch aus. John wußte, daß es für Osceolas Volk eine Schande wäre, wenn er nicht so aussähe. Schwarz-weiße Federn baumelten ihm von der Rückseite seines kunstvoll gemusterten Seidenturbans. Eine breite, perlenbesetzte Schärpe sowie drei große silberne Halbmonde glitzerten auf seiner Brust.

John mußte genau hinsehen, um die sauber und unauffällig geflickten Stellen und den ausgefransten Kragen von Osceolas ausgeblichenem Baumwolljagdhemd zu erkennen. Er mußte genau hinsehen, um zu erkennen, daß Osceola hinter seiner Aufmachung sehr schmal und sehr müde war.

»Geht es deinen Frauen und Töchtern gut?«

»Es geht ihnen gut.« Osceola machte eine Pause. Es war niemandem damit gedient, wenn er John von dem Sohn erzählte, der gestorben war.

Um Zeit zum Nachdenken zu haben, goß John noch einen Brandy ein. Es gab so viele Fragen, die er stellen wollte. So viele Fragen, die er nicht zu stellen wagte. Er erinnerte sich an den Hang der Seminolen zur Aufrichtigkeit. »Du siehst schrecklich aus«, sagte er.

»Ich hatte das Fieber. Das Fieber ist ein Feind, aber auch ein Freund. Wie du.« Osceola lächelte ihn traurig an. »Ich hatte wundersame Träume, Nakita. Schreckliche Träume. Das Fieber hat mich auf lange Reisen mitgenommen. Ich bin immer noch müde davon.«

»Haben die Träume dich hierher gebracht?«

»Nein. Ich bin hergekommen, weil ich mit dir Karten spielen wollte.« Dann beantwortete er die Frage ernsthaft. »Du hast dir deinen Kriegernamen verdient. Ich bin hergekommen, ihn dir zu geben. Ich habe mich auch einverstanden erklärt, mit Chesup *Tastanagee* zu sprechen, weil die Kinder vor Hunger weinen. Die Frauen tragen Lumpen. Sie brauchen Nahrung. Sie brauchen Ruhe.« Osceola trank seinen Brandy aus und hielt John den Becher hin. Er wollte mehr. Das überraschte John. Osceola hatte das Trinken immer mißbilligt.

»Wir haben bewiesen, daß wir unser Land verteidigen können. Wir wollen, daß Chesup *Tastanagee* Blätter unterzeichnet, auf denen es heißt, daß es für immer uns gehört.«

»Und wenn er es nicht tut?«

»Dann werden wir kämpfen, bis unser letzter Blutstropfen von dem durstigen Sand aufgesogen worden ist.« Osceola genoß den Brandy und die Leichtigkeit, die er im Kopf erzeugte. Er dachte daran, daß seine Wirkungen so waren wie die des Fiebers. »Ich habe einmal einen Kormoran mit einem Fisch im Schnabel aus dem Wasser auftauchen sehen. Ein Pelikan stürzte sich auf ihn. Er schlug dem Kormoran mit seinen großen Füßen auf den Kopf, damit er den Fisch fallen ließ.«

»Hat der Pelikan ihn bekommen?«

»Nein. Keiner der Vögel fraß den Fisch. Dieser Krieg ist ähnlich. Die Bleichaugen wollen uns nicht zugestehen, was uns gehört. Dabei gehören sie selbst nicht hierher. Sie werden krank und sterben bei dem Versuch, uns unser Land zu entreißen. Am Ende wird vielleicht keiner von uns es bekommen, solange wir noch leben. Vielleicht wird es unseren Knochen am Ende gemeinsam in Frieden gehören.«

»Bruder, meine Knochen sind des Kämpfens müde.«

»Meine auch.« Sogar die jungen Männer sind des Kampfs überdrüssig, dachte Osceola, sagte es jedoch nicht. Nakita war zwar ein Freund, aber seine Loyalität galt seinen Anführern.

»Es ist Zeit für dich, nach Pen-sil-way-nee-ya zurückzukehren, Nakita. Such dir eine Frau. Mach Fußsohlen für Kindermokassins.«

Osceola sah die Trauer in den Augen seines Freundes. »Third Sister hat dich geliebt«, sagte er sanft. »Ihr Geist wünscht, daß du glücklich bist.«

Osceola nahm John beim Arm, und beide schlenderten an der Palisade Fort Mellons aus angespitzten Baumstämmen entlang. Das Exerzieren und die Trommelsignale sowie die hiesigen Rituale waren Osceola fremd, aber auch sie ergaben einen Sinn. Der Krieg, die Jagd und die Liebe verlangen nach mächtiger Magie. Magie läßt sich nicht zufällig erreichen. Sie verlangt nach Ritualen.

Als die beiden vorbeigingen, verstummten die Gespräche.

Soldaten drehten sich um und starrten sie an. Offiziere, die Osceola aus der Zeit vor dem Krieg kannten, riefen ihm Grüße zu, und er lächelte und antwortete in der Seminolensprache. John hatte das Gefühl, mit einem ungeheuer beliebten Politiker, einem Staatsmann und einem General zusammenzusein, die sämtlich in einen hageren braunen Körper gepackt waren, der in geblümtem Kaliko und Federn steckte.

»Hört mal, ihr da, raus da!« Der Sergeant beugte sich über den niedrigen Zaun neben den Ställen und rief in die Hundezwinger. »Macht, daß ihr weiterkommt, ihr heidnischen Bälger!«

Osceola und John blickten über den Zaun. Little Warrior und Crying Bird standen da, um sie herum ein Dutzend Bluthunde. Die tiefen Hautfalten um Köpfe und Hälse der Hunde hingen kraftlos, ihre herabhängenden unteren Augenlider enthüllten rote, feuchte Augenränder, ihre Wammen schleiften auf dem Erdboden. Die Hunde sahen heruntergekommen, aber friedlich aus. Wenn sie wegen der Fliegen den Kopf schüttelten, lösten sich lange Speichelschnüre. Die Hunde stolperten übereinander, um sich unter den liebkosenden Händen der Mädchen in eine möglichst gute Position zu begeben.

»Ich habe einen alten Freund bei mir«, rief Osceola in den Hundezwinger.

»Nakita, ich habe nach dir gesucht!« Little Warrior schlüpfte durch das Tor und stand, plötzlich schüchtern geworden, vor John.

»Du glaubtest mich in Gesellschaft von Hunden zu finden, nicht wahr?« Du lieber Himmel, sie ist eine Frau geworden, dachte John. Eine schöne Frau, verbesserte er sich.

Little Warrior war dreizehn. Sie war schlank, klein und hatte sanfte Rundungen. Hunger hatte ihr schönes Gesicht schmal und reif werden lassen. Sie ähnelte ihrem Vater auffallend. John ertappte sich dabei, daß er plötzlich rot und kurzatmig wurde.

»Tut mir leid, Sir.« Der Sergeant nahm Haltung an und berührte schnell die Hutkrempe. »Ich wußte nicht, wer sie waren.«

»Sie haben alle unsere Gäste mit Achtung zu behandeln, Sergeant.«

»Zu Befehl, Sir.«

Osceola hob die sechsjährige Crying Bird hoch und ließ sie auf den Armen wippen. Sie lachte, verstummte dann aber plötzlich. Das Lachen war ihr in den letzten zwei Jahren fremd geworden. Lachen war laut, leichtsinnig und gefährlich.

Crying Bird war völlig verängstigt, sich inmitten der bleichen Teufel wiederzufinden, die sie in ihren Träumen und auch in wachem Zustand gequält hatten, doch Little Warrior war es nicht. Sie verstand, daß Männer kämpften, weil sie es mußten. Wenn eine Seite gewonnen hatte, ersetzte die weiße Fahne des Friedens die rote des Krieges. Die Gegner rauchten gemeinsam und besprachen die Bedingungen. Ihr Vater hatte den Krieg gewonnen. Er war mit einer weißen Flagge hergekommen, um die Kapitulation der Blaujacken entgegenzunehmen. Sie strahlte.

»Nakita, kannst du die Geschichte von Dah-nih-el in der Pumagrube erzählen?« Als Little Warrior seine Hand nahm, war sie eine verwirrende Mischung aus Kind und Kokotte. »Darf die jüngere Schwester die Glocke läuten? Darf sie im Bottich der Waschfrauen schwimmen?«

»Wir können all das tun«, erwiderte John.

Wie Crying Bird trug auch Little Warrior ein paar Perlenschnüre um den Hals. Morning Dew hatte in drei silberne Zehn-Cent-Stücke Löcher gebohrt und sie an Little Warriors Bluse angenäht. Die Röcke und die Rüschenblusen beider Mädchen waren aus zerfetzten Streifen abgetragener Kleider und Futtersäcke geschickt zusammengeflickt worden. Mink, Morning Dew und Little Warrior hatten die Streifen auf die Kleidungsstücke aufgenäht, so daß sie geometrische Muster bildeten. Der tapfere Versuch, fröhlich zu wirken, war noch rührender, als die ausgemergelten Gesichter der Mädchen zu sehen.

Die Hunde begannen kehlig und untröstlich zu jaulen, als die Mädchen gingen. Einer von ihnen reckte die Schnauze in den Himmel und bellte, als würde ihm das Herz brechen.

»Das ist Preacher«, sagte Little Warrior. »Vater, kannst du den *tastanagee thloko* der Blaujacken bitten, mir einen seiner Hunde zu schenken?«

»Warum sind die Hunde hier, Nakita?« fragte Osceola. »Geht Chesup mit ihnen auf die Jagd?«

»Sie sind dazu da, Sklaven aufzuspüren.« John sah den Zorn in Osceolas Augen und beeilte sich, seine Worte zu erklären. »Sie sind nicht bösartig wie Bärenhunde, das schwöre ich dir. Ein Flüchtling läuft nur Gefahr, von diesen Hunden zu Tode geleckt zu werden. Jesup verspricht, daß er nur entlaufene Sklaven festhalten wird, aber nicht die, die den Seminolen gehören. Jesup scheint ein Mann zu sein, der Wort hält.«

»Für weiße Männer sehen alle Schwarzen gleich aus.« Osceola seufzte. Es war, wie er befürchtet hatte. Bei diesem Treffen würde es nicht zu einem Vertrag kommen. Die weißen Männer würden keine Zugeständnisse machen. Der Krieg würde weitergehen.

Osceola hatte frühere Sklaven davon erzählen hören, wie sie durch die Nacht nach Süden gelaufen waren, um Florida und die Freiheit zu erreichen, wobei das unheimliche jaulende Geheul hinter ihnen mal lauter, mal leiser zu hören gewesen war. Eines Nachts hatte ein Mann das Gebell nachgeäfft, worauf das ganze schwarze Dorf urplötzlich vor Angst verstummte. Es spielte keine Rolle, daß die Bluthunde sanfte Geschöpfe waren. Sie waren ein sichtbares Zeichen dafür, wie weit weiße Männer zu gehen bereit waren, um an dem festzuhalten, was sie für ihr Eigentum hielten.

Den Rest des Tages war Osceola beschäftigt. Als *tastanagee thloko* war er für die Organisation des Ballspiels verantwortlich, das unmittelbar darauf begann. Little Warrior begleitete Crying Bird, während sie die große Signalglocke läuten ließ. Sie sah ihr zu, wie sie in dem riesigen Badezuber planschte. Sie hörte sich die Geschichte von Daniel in der Löwengrube an. Sie war aber sehr still.

In der Nacht versammelten sich ihre Familie und ihre Freunde um das Feuer am Lagerplatz von Morning Dew. Als John ging, begann Morning Dew, mit ihrem neuen Rasiermesser Osceolas Kopf zu rasieren, und Little Warrior sprach von dem, was ihr Kummer machte.

»Wenn die weißen Menschen dieses Land verlassen, warum sprechen sie dann davon, daß sie mit den traurigen Hunden Schwarze jagen wollen?«

»Sie werden unser Land nicht freiwillig verlassen, Tochter«, entgegnete Osceola.

»Wir werden alle verjagen müssen, die wir nicht töten«, fügte Wild Cat hinzu.

»Ich dachte, sie würden Blätter unterzeichnen, in denen es heißt, das Land gehört uns.« Little Warrior konnte es nicht glauben. Sie hörte ein Dröhnen in den Ohren, als die Wut in ihr aufflammte. Es war nicht gerecht. Sie war bereit, durch die Stadt der Bleichaugen zu stürmen und Chesup *Tastanagee* eigenhändig zu töten.

»Nakita sagt, sie werden uns unser Land nicht geben.«

»Im Norden sind die Amerikaner dabei, den Creek ihr Land wegzunehmen.« Wild Cat freute sich darüber, daß die Creek-Freunde der Amerikaner ebenso schwer litten wie die Seminolen. »Die Creek-Kundschafter haben mir heute gesagt, sie können uns Munition besorgen. Sie sind sehr zornig. Während sie hier für die Blaujacken arbeiten, treiben die Amerikaner im Norden ihre Familien zusammen. Weiße Männer verbrennen ihre Häuser. Sie vergewaltigen ihre Frauen. Sie zwingen sie, in das Land im Westen zu gehen.«

»Die Klapperschlange hat sich gegen die Schildkröte gewandt, deren Erdloch sie mit ihr teilt.« Osceola lachte bitter über die Ironie.

»Wir sind besser dran als die Feinde der Blaujacken.« Zusammen mit den anderen Anführern hatte Wild Cat ernst den Schmeicheleien General Jesups gelauscht, die sie hierher gelockt hatten. Der letzte Blaujacken-*tastanagee* mußte wirklich sehr dumm gewesen sein. »Wir verkaufen Chesup *Tastanagee* das Vieh, das wir den Weißen gestohlen haben. Mit den Papieren, die er uns gibt, kaufen wir Nahrung, Kleidung, Werkzeuge.« Wild Cat hatte seine Gutscheine anscheinend dazu benutzt, silberne Ohrringe und Armbänder zu kaufen, Nandufedern und Satinbänder, die so rot waren wie die Augen eines Opossums im Lichtschein von Feuer.

»Wir sind alle wie Heartless Snake«, sagte Osceola.

Alle lachten. Heartless Snake hatte sich mehrmals von den Blaujacken gefangennehmen lassen. Er bekam etwas zu essen, erfuhr etwas über die Stärke der Soldaten und flüchtete dann.

»Bruder, ich schlage einen Streifzug vor«, sagte Osceola.

»Wohin?« Wild Cat war für einen Überfall jederzeit zu haben.

»Mikanopees Lager in der Bucht von Tampa.«

Wild Cat grinste. »Sobald wir die Großzügigkeit der Blaujakken hier erschöpft haben.«

»Die Frauen sagen, bei Mikanopees Volk seien die Pocken ausgebrochen.« Morning Dew hatte Osceolas Kopf inzwischen zu Ende rasiert und flocht jetzt die drei Zöpfe seiner Skalplocke. »Sie sagen, die Menschen sterben. Sie sagen, wenn die Bleichaugen ihnen erst mal alle Schwarzen weggenommen haben, werden sie Mikanopees Volk auf Boote laden. Sie werden sie draußen auf See ertränken.«

Die Gerüchte über das Einfangen der Schwarzen waren nur zu begründet. In Fort Brooke waren Soldaten dabei, die Schwarzen, die englisch sprechen konnten, auszusondern und in Pferche zu sperren. Einige Seminolen hatten Kinder von ihren schwarzen Frauen. Familien wurden auseinandergerissen. Weiße Männer, die Sklaven verloren zu haben behaupteten, durften die Schwarzen jederzeit inspizieren. Die Armee nahm es nicht sehr genau damit, Beweise für die Behauptungen zu verlangen, und die Männer, die solche Ansprüche erhoben, waren so zahlreich wie Moskitoschwärme.

Osceola gestand sich ein, was er schon lange Zeit wußte. Der Krieg würde weitergehen und für sein Volk eine Katastrophe bedeuten. Er wußte aber auch, daß er weiterkämpfen würde. Es kam ihm nicht in den Sinn, sich zu ergeben.

47

Osceola starrte auf das schnarchende, unförmige Bündel, den verehrten erblichen Anführer der Seminolen-Nation. Er streckte die Hand aus und riß an dem Saum von Mikanopees schlechtsitzenden Hosen aus selbstgewebtem Stoff.

»Zerreiß nicht die Hosen«, flüsterte Alligator. »Wir können sie als Zelt benutzen.« Alligator hielt das für einen wunderbaren Witz.

Wild Cat hielt sein Gewehr auf Jumper gerichtet. Dessen unergründliche Augen maskierten seine Gedanken, obwohl Mord und Entsatz vermutlich eine herausragende Rolle darin spielten. Daß ein Angehöriger *seines* Volkes, dazu noch ein Mikasukee, einen Gewehrlauf auf ihn richtete, war ein unverzeihlicher Affront. Andererseits wollte Jumper seinen König nicht nach Westen begleiten. Jetzt hatte es den Anschein, als würde er es auch nicht.

Mikanopee bewegte sich und schnaubte wie eine Schildkröte, die an die Wasseroberfläche kommt. Er wälzte sich auf den Rücken und starrte auf die Spitze von Osceolas Messerklinge, die eine Fingerlänge von seiner Nase entfernt war.

»Mach kein Geräusch, Geliebter Vater«, murmelte Osceola.

»Wir sollten dir die Kehle aufschlitzen«, zischte Abihka. »Wir sollten deine Knochen verfaulen lassen wie die von Chalo Emathla.« Abihka hatte keine Geduld mit denen, die sich den weißen Männern ergaben. Abihka wußte jedoch auch, daß er den Großen König am Leben lassen mußte, wenn er Mikanopees Anhänger dazu bringen wollte, von hier wegzugehen.

»Ich habe versprochen, in den großen Kanus der Bleichaugen nach Westen zu fahren.« Mikanopee starrte benommen auf die Klinge, die im Mondschein glitzerte. »Bringt mich nicht dazu, mein Wort zu brechen. Bringt mich lieber um.«

Mikanopee meinte es fast. Er war in seinem Leben schon oft gedemütigt worden. Und er wußte, daß ihm eine weitere Demütigung bevorstand.

Osceola half ihm auf die Beine. Die sechs Männer duckten sich unter das tief herabhängende Blätterdach und betraten die Lichtung vor Mikanopees Hütte. In dem schwachen Lichtschein des Mondes wieselten dunkle Gestalten zwischen den einfachen Hütten herum. Einige verließen sie, andere gingen hinein. Die zweihundert Krieger, die mit Osceola und Abihka gekommen waren, weckten die Bewohner des Lagers.

»Wir haben sie alle, *Tastanagee.*« Black verschmolz so vollkommen mit der Nacht, daß seine Stimme Osceola zusammenzucken ließ. Black und John Horse hatten die Schwarzen befreit, die in der Nähe in einem kleinen Palisadenpferch eingesperrt gewesen waren.

Kurz darauf wimmelte es im Lager von Seminolen und ihren Schwarzen, die alle keinen Laut von sich gaben. Sie trugen riesige Bündel auf dem Rücken. General Jesup hatte dafür gesorgt, daß jeder, der sich freiwillig für die Umsiedlung meldete, neue Kleidung und Geräte erhielt. Niemand wollte etwas zurücklassen. Alle wußten, daß neue Zeiten der Entbehrung auf sie warteten.

Kleinkinder hockten bei ihren Müttern auf den Hüften oder klammerten sich an den Röcken fest, um in der Dunkelheit und der allgemeinen Verwirrung nicht von ihnen getrennt zu werden. Krieger trugen die Kranken auf dem Rücken oder auf den Armen. Für die Schwerkranken wurden Tragen mit Decken zusammengebaut. Eine sehr ansteckende Form der Masern war für die Gerüchte über die Pocken verantwortlich. Es gab viele Kranke.

Hundert Meter weiter schnarchte der Mann, der Wache halten sollte, laut auf seinem Posten. Er hörte nicht auf zu schnarchen, als die lange Kolonne in die Nacht verschwand. Osceola führte die Flüchtlinge in Richtung der Sümpfe um den Withlacoochee herum. Abgesehen von der Tatsache, daß es mühsam war, nachts so viele Kranke durch die Sümpfe zu transportieren, war es für Osceola am schwierigsten, Alligator davon abzuhalten, laut aufzulachen.

Mehrere Stunden später starrte General Thomas Jesup in dem rosafarbenen Licht der Morgendämmerung ungläubig auf das leere Lager. Osceola und Sam Jones hatten ihn belogen. Sie hatten nie vorgehabt, sich zu ergeben oder ihr Volk nach Westen zu bringen.

Selbst als Jesup sich allmählich damit abfand, daß man ihm vor der Nase siebenhundert Menschen entführt hatte, kamen ihm blitzschnell verschiedene Ausreden in den Sinn. Die Creek-Verbündeten hatten dies aus Rache für die schlechte Behandlung ihrer Familien in Alabama getan. Der für das Lager verantwortliche Captain war unfähig. Rachsüchtige Untergebene versuchten, ihn zu ruinieren. Die Sklavenjäger hatten alle in die Flucht gejagt. Kubanische Agenten stifteten Unruhe. Britische Agenten stifteten Unruhe. Agenten der Liberalen stifteten Unruhe.

Jesup kochte vor Zorn. Er sah seine Karriere ebenso in Trümmern wie das verlassene Lager. Er war so sicher gewesen, daß dieser Krieg vorbei war, daß er die Freiwilligen und die Miliz entlassen hatte. Er hatte die Marineinfanteristen in den Norden zurückgeschickt. Siedler verließen den Schutz der Forts und kehrten zu ihren Farmen zurück.

Trotz des Dröhnens in den Ohren und der Krämpfe im Magen begann Jesup sogleich, seinen Rücktritt an den Kriegsminister aufzusetzen. Er hatte das Gefühl, als würden ihm Herz und Lungen zugeschnürt.

Er erkannte, daß sein Fehler darin bestand, zu nachgiebig, zu vertrauensselig und zu ehrenhaft gewesen zu sein. Er wußte auch, wer für diese Demütigung verantwortlich war. Weil Osceola für Abihka sprach, war er zum Symbol geworden. Osceola war der unbeugsamste Mann im Widerstand der Seminolen.

Jesup wirkte verloren, als er dort inmitten der schmutzfarbenen, leeren Hütten dastand, inmitten der Schweine, die in den Misthaufen herumwühlten, und des Unrats, der von der Morgenbrise verweht wurde. Er war aber dabei, einen tiefen, unversöhnlichen und persönlichen Haß auf seine Nemesis zu entwikkeln, das Viertelblut Powell. Für diesen tückischen Teufel, den sie Osceola nannten.

Wir können das Land nur von ihnen befreien, wenn wir sie vernichten, dachte er, als er steifbeinig zu seinem Büro zurückging. Er begann einen Brief an den neuen Kommandeur von Fort Mellon.

»Sollten Sie Powell wiedersehen, bitte ich Sie, ihm zu sagen, daß ich vorhabe, während des Sommers Kundschaftertrupps in jeden Teil des Landes zu entsenden, und daß ich alle Neger nehmen werde, die den Weißen gehören. Ich verfüge über Bluthunde, um sie aufzuspüren, und habe die Absicht, jeden aufknüpfen zu lassen, der sich nicht stellt.«

Er würde diesen Krieg bei Gott beenden. Ob so oder so, er würde ihn beenden.

Mad Dog und Fighting in a Line hätten in der Lage sein sollen, ihr Alter endlich zu genießen. Mad Dog hätte seine Tage auf dem Ratsplatz damit zubringen sollen, mit seinen Spießgesellen zu tratschen. Fighting in a Line hätte eine Schar von Urenkeln um sich haben sollen. Doch als Fighting in a Line zusah, wie Mad Dog mit Crying Bird und deren Freundinnen spielte, war es die Jugend und nicht das Alter, was sie beschäftigte. Die Kinder waren des wichtigsten Teils ihrer Kindheit beraubt worden. Man hatte ihnen das Lachen gestohlen.

Die fünf, die mit Crying Bird und Mad Dog spielten, waren Schwarze wie die meisten Menschen in diesem kleinen Lager. Die Kinder trugen Masken, die aus Fächerpalmenwedeln geflochten waren, Masken mit Gesichtern, die mit Holzkohle gezeichnet waren. Die Kinder hüpften und wirbelten in einem Kriegstanz um ein kaltes Herdfeuer herum. Früher, dachte Fighting in a Line, hätten sie zum Schlag einer Trommel laut gerufen und gejubelt. Jetzt war das Spiel stumm.

Mad Dog trug eine groteske Maske mit einer langen Hakennase und humpelte auf die Lichtung. Die Kinder tanzten weiter, als er über Crying Bird herfiel. Als er sie zu kitzeln begann, fiel sie grimassierend in den warmen Sand und wand sich. Sie zog die Knie bis zur Brust hoch und hielt die Ellbogen fest an die Seiten gepreßt, um seine knochigen Finger abzuwehren; doch von ein paar kleinen kreischenden Lauten abgesehen ließ sie keinen Laut hören. Schließlich schaffte es Mad Dog, Crying Bird die Maske abzureißen, womit sie aus dem Spiel war. Sie setzte sich auf einen Baumstamm und sah zu, wie er nach und nach jedes Kind attackierte.

Als Mad Dog auch das letzte Kind demaskiert hatte, setzte er sich neben Fighting in a Line. Er gluckste leise vor sich hin, schnaufte jedoch und keuchte in der Augusthitze. Fighting in a Line feuchtete ein Tuch an und knotete es ihm um den Hals, um ihn abzukühlen. Als sie es festband, legte sie ihm die Finger wie zufällig auf die Brust. Sein Herz pochte unregelmäßig.

Mad Dog und Fighting in a Line wirkten eher wie Bruder

und Schwester als wie Mann und Frau. Im Lauf der Jahre waren die Flächen und Winkel ihrer Wangen sowie die Linien von Kinn und Nase immer schärfer geworden. Die Knochen ihrer Schädel waren immer deutlicher zu sehen, als wollten sie sie daran erinnern, daß sie nicht nur das Leben in sich trugen, sondern auch den Tod.

Morning Dew hatte von ihrem Rocksaum einen Faden abgeribbelt und versuchte damit einen Riß zu flicken. Mink setzte sich Crying Bird auf den Schoß und entfernte mit der Spitze ihrer Messerklinge drei große Zecken von den Schultern des Kindes.

»Sie lassen sich aus dem Gebüsch auf dich fallen, Kind. Du mußt dich vor ihnen in acht nehmen.« Sie strich Crying Bird übers Haar und legte die Arme um sie.

»Hier, Großvater.« Little Warrior war damit fertig, das Eichhörnchen auszunehmen, das sie mit einem Stein erschlagen hatte. Sie servierte Mad Dog den Kopf in einem kleinen Palmenkorb. Das süßeste Fleisch war das vom Kiefer. Mad Dog zerschmetterte den Schädel mit dem schweren Knochengriff seines Messers und teilte des Gehirn mit Fighting in a Line. Diese versagte es sich, daran zu denken, um wieviel besser das Gehirn gebraten schmecken würde.

»Ich habe diese komischen Vögel mit den schwarzen Streifen quer über die Augen gesehen«, sagte Little Warrior. »Sechs von ihnen saßen in einer Reihe. Sie mußten vergorene Beeren gefressen haben. Sie hatten Mühe, sich auf dem Ast zu halten. Als einer loszufliegen versuchte, knallte er gegen einen Baum.«

»Ich habe mal einen betrunkenen Bären gesehen.« Mad Dogs Glucksen endete in einem heftigen Hustenanfall. »Er fraß die Maische aus dem Destillierapparat der Bleichaugen. Er torkelte und grunzte wie ein Mann.«

»Großmutter, erzähl uns die Geschichte, wie Vater zum ersten Mal bitteres Wasser trank.« Wann immer Osceola sich auf den Kriegspfad begab, vermißte ihn Little Warrior so sehr, daß ihr das Herz vor Einsamkeit schmerzte. Sie flehte ihre Großmutter oft an, Geschichten über ihn zu erzählen. Fighting in a Line besaß die Gabe, seinen Geist bei ihnen auferstehen zu lassen.

»Wococoi Clark gab ihm das bittere Wasser«, sagte Fighting

in a Line. »Old Crane's Nest hatte immer bitteres Wasser bei sich. Dies war nach der Schlacht am Horseshoe, als wir das alte Land verließen und hierher kamen. Wir reisten auf der gewundenen Straße nach Pensacola, um die *Espanee* um Waffen zu bitten. Mein Bruder hatte vor, mit ihnen gegen Old Mad Jacksons Blaujacken zu kämpfen. Er plante, unser Land zurückzugewinnen.«

Fighting in a Line schwieg einige Augenblicke. Sie bedachte die Tatsache, daß die letzten fünfundzwanzig Jahre ihres Lebens Kampf gewesen waren, um nicht aus ihrer Heimat vertrieben zu werden.

»Dein Vater war fast so alt wie du jetzt, Enkelin. Sein Onkel wußte, daß er betrunken war. Ich wußte, daß er betrunken war, aber wir sagten nichts. Irrtümer sind die besten Lehrer.«

»Wie verhielt er sich?«

»Dumm.« Fighting in a Line erinnerte sich an diesen Ausdruck in Crickets Gesicht, als er aufwachte. Er war in dem verfallenen Lagerhaus ohnmächtig geworden, das unter den Spaniern auch als Pensacolas Katholische Kirche und Billardhalle gedient hatte. Nach ihrem abendlichen Billardspiel waren Mad New Town und die Männer hinausgegangen, um in der relativ kühlen Nachtluft zu rauchen.

Als sie gegangen waren, hatte Fighting in a Line eine Kiste an den Billardtisch herangezogen, damit sie die Platte erreichen konnte. Sie spielte im Lichtschein mehrerer Kerzenstummel, die in einer wackeligen Reihe auf dem breiten Mahagonirahmen von Gouverneur Manriques mit Filz belegtem Tisch standen. Sie bereitete gerade den nächsten Stoß vor, als Crickets lautes Stöhnen sie aufschreckte. Er hatte sich die Hand vor den Mund gehalten, war quer durch den Raum gestolpert und durch die Tür hinausgegangen.

Fighting in a Line fragte sich, wie sie die Großartigkeit Pensacolas den Kindern beschreiben sollte, die solchen Glanz nie gesehen hatten. Sie erhielt jedoch keine Gelegenheit, es zu versuchen. Ihre Geschichte wurde durch den langgezogenen, klagenden Ton eines fernen Kuhhorns unterbrochen. Jemand auf einer anderen Waldinsel signalisierte, daß sich Feinde näherten. Ein Bluthund bellte leise im Chor mit dem Horn.

Soldaten oder Sklavenhändler, darauf kam es jetzt nicht an. Mütter fingen im Laufen ihre Kinder auf. Andere Kinder versuchten, ihre Schweine zusammenzutreiben oder in einem Wirbelsturm kreischender Laute und Federn ihre Hühner zu schnappen.

»Setzt euch, Mädchen.« Mink kauerte vor Crying Bird, die ihre Beine gerade vor sich hielt. Mink beschmierte ihr die Fußsohlen mit Alligatorfett.

Little Warrior rieb sich dann ihre eigenen Füße mit dem Fett ein, um es dann bei ihrer Großmutter zu wiederholen.

»Die Mühe brauchst du dir nicht zu machen, Kind.« Fighting in a Line schob Little Warriors Hand sacht beiseite.

»Du mußt.« Little Warrior fragte sich, ob ihre Großmutter allmählich vergeßlich wurde, wie es Old Squat mal gewesen war. »Die Hunde werden nicht hinter dir herkommen, wenn sie das Fett riechen.«

»Wir kommen nicht mit.« Mad Dog schien die allgemeine Panik nicht im geringsten zu beeindrucken.

»Mutter.« Little Warrior lief hinter Morning Dew her, die ihre wenigen Habseligkeiten auf Decken warf und sie zu Bündeln verschnürte. »Mutter, sie sagen, sie wollen nicht mitkommen.«

»Kommt mit uns, ihr geliebten Alten«, sagte Morning Dew leise.

»Nein.« Mad Dog legte den Arm um Fighting in a Line. Es war eine noch nie dagewesene öffentliche Liebesbezeugung. »Wir halten euch auf. Wir bringen alle in Gefahr.«

»Die Bleichaugen werden euch gefangennehmen.« Little Warrior war entsetzt bei dem Gedanken, daß jemand aus ihrer Familie aufgeben könnte. »Sie werden euch in das Land im Westen schicken.«

»Unsere Geister können sie nicht gefangennehmen. Unsere Geister werden nicht mehr dasein.« Fighting in a Line nahm die Pfeife aus dem Mund und betrachtete sie. »Außerdem habe ich meinen letzten Tabak aufgeraucht. Ohne Tabak ist das Leben nicht lebenswert.«

»Ihr müßt mitkommen!« Little Warrior sah von Mink zu Morning Dew. »Los, bring sie dazu mitzukommen!« Sie begann zu weinen.

Crying Bird verschränkte die Arme, hielt den Kragen ihres Kleides umklammert und schluchzte. Das Bellen der Hunde wurde lauter.

»Erinnert ihr euch noch an den Vogelschwarm, den wir mal in einem Hurrikan an der Küste gesehen haben?« fragte Fighting in a Line.

»Diejenigen, die in dem stillen Auge des Sturms schwebten?«

»Ja.« Fighting in a Line rieb sich die mißgestalteten, arthritischen Kniescheiben. Ihre Füße wiesen Schnitte auf und waren angeschwollen und aufgeplatzt, weil sie tagelang in Wasser gegangen war. »Mein alter Mann und ich sind wie diese Vögel. Der Kriegssturm kann uns nichts tun.« Fighting in a Line schob Little Warrior sanft, aber entschlossen zur Seite.

»Komm, Tochter.« Mink winkte mit ihrer Muskete. Sie hatte sich schon ein großes Bündel auf den Rücken gebunden.

Morning Dew kniete vor Fighting in a Line nieder. »Ich werde um dich trauern, Großmutter«, sagte sie. »Ich werde um dich trauern, als gehörtest du zu meinem Clan.«

»Mein Herz dankt dir, Enkelin.«

Dann wandte Morning Dew sich um. Sie nahm die schluchzende Crying Bird und Little Warrior bei den Händen und zog sie zu dem Pfad. Mink und ihre Muskete bildeten die Nachhut. Die Gefahr kam meist von hinten.

Mink ging jedoch nicht gleich hinter ihnen her. Sie hockte sich hin und wiegte sich auf den Fersen vor Mad Dog und Fighting in a Line. Diese und Mad Dog hatten ihre Messer auf den Schoß gelegt.

»Wollt ihr, daß ich euch erschieße?« fragte Mink weich.

»Nein, Tochter«, sagte Mad Dog. »Ihr braucht die Munition. Der Lärm würde die Soldaten noch schneller herbringen.«

»Mögt ihr eines Tages in Frieden leben.« Fighting in a Line legte eine Hand auf Minks zerzaustes Haar. »Sagt Black Drink Singer, daß ich ihn liebe. Berichte ihm, daß ich sage, daß die weißen Männer ihm dieses Land nie wegnehmen werden, solange er am Leben ist.«

»Ich werde es ihm sagen, Großmutter.« Dann eilte Mink hinter den anderen her. Tränen ließen den Pfad unter ihren nackten Füßen verschwimmen. Als sie den Rand der Lichtung erreichte, drehte sie sich um und hob ihre Muskete zum Gruß.

Die in einer Reihe marschierenden Flüchtlinge wickelten sich Decken um Kopf und Schultern und gingen auf einem kaum noch wahrnehmbaren Wildpfad in dem hohen Schneidegras weiter.

Little Warriors Füße versanken im Schlamm. Die Matte aus verrotteter Vegetation schwankte unter ihren Füßen. Der gezackte Kalkstein darunter schnitt in ihre Füße. Moskitos stiegen in Wolken auf und ließen sich auf ihr nieder. Sie hielt sich einen Arm vors Gesicht, der schon bald von langen, diagonalen Schnitten durchzogen war.

»Sieh mal.« Mink hatte zu ihr aufgeschlossen und zeigte jetzt mit der Muskete auf die untergehende Sonne. Ein Kanu mit mehreren Menschen an Bord trieb in der trägen Strömung einer sich dahinschlängelnden Wasserrinne. Morning Dew ging schneller und versuchte, das Kanu einzuholen.

Sie jagten es eine Stunde lang, bis es im Gras steckenblieb. Als sie näher kamen, sahen sie, daß es ein toter Alligator war, auf dessen Rücken eine Reihe von Truthahngeiern hockten. Als die Geier sich mühsam in die Luft erhoben, machten ihre Flügel einen knatternden Laut wie fernes Gewehrfeuer.

Die Sonne war fast untergegangen, als sie sich auf die nächste Waldinsel schleppten. Little Warrior drehte sich um und betrachtete die flache Landschaft bis zu der Insel, die sie verlassen hatten. Dicker schwarzer Rauch hing wie eine Sturmwolke über dem brennenden Dorf.

Little Warrior wußte, daß ihre Urgroßeltern tot waren. Sie hielt nach deren Geistern Ausschau, die in dem Rauch kreisten wie die Seeschwalben, die sie einmal im Auge eines Hurrikans gesehen hatte.

48

Hat es je einen Konflikt gegeben, in dem die Kombattanten auf so gutem Fuß miteinander standen? dachte Jacob Motte, als er beobachtete, wie Wild Cat, John Horse und Heartless Snake auf der breiten Allee mit Immergrünen Virginia-Eichen auf das Biwak der Soldaten zuritten.

Die Eichen waren der einzig erhaltene und noch blühende Rest von John Joachim von Bülows einst stolzem Anwesen. John hatte es nie zurückgefordert. Er war vor drei Monaten im Alter von sechsundzwanzig Jahren in Paris gestorben.

Die durchgeweichten Bärte der Bartflechtenartigen Tillandsie hingen von den Bäumen wie erstarrte Gebilde des Regens, der seit einer Woche ununterbrochen fiel. Die massiven, zerbröckelnden Kalksteinmörtelmauern der zerstörten Zuckerfabrik ragten hinter dem grauen Regenvorhang wie ein senkrechtes Riff auf.

Wild Cats große weiße Fahne flatterte in dem kräftigen Wind. Es schien ihn nicht im mindesten zu bekümmern, daß er dabei war, in die Höhle des Löwen zu reiten. Doch Wild Cat war ein Mensch, dem es in einer solchen Lage einfallen würde, an den Schnurrhaaren des Tiers zu zupfen, nur um des Spaßes willen. Man hatte schon gehört, daß er angehalten hatte, wenn er von Soldaten verfolgt wurde, um sie dann auszulachen und ihnen anschließend wieder zu enteilen.

Er begrüßte General Hernandez feierlich auf die gewohnte Weise. Als Wild Cat Hernandez mit einer durchnäßten Silberreiherfeder am Kopf berührte, dachte Jacob, wie gut die beiden Anführer zueinander paßten. Beide waren dunkelhaarig und gutaussehend. Beide besaßen mehr als nur einen Hauch von Arroganz. Beide hatten durchdringende schwarze Augen. Wild Cat jedoch war achtundzwanzig. Hernandez ging auf die Fünfzig zu.

»Mein Freund!« Wild Cat hatte Jacob erspäht. Er ritt zu Motte hinüber, der durchnäßt, mit schmerzenden Gliedern, erschöpft und gereizt dastand. »Mein geliebter Freund, hast du mehr von dieser guten Medizin?« Als John Horse Wild Cats

Bitte übersetzte, geschah es in herausfordernder Form. Auf Befehl Jesups wurden englischsprechende Schwarze als entlaufene Sklaven festgehalten.

»Ich wünschte bei Gott, ich hätte noch welche.« Jacob seufzte. Ein großes Glas von Wild Cats Lieblingsgetränk, heißem und gesüßtem Portwein, hätte seiner Kehle in diesem Augenblick sehr gut getan.

Jacob fragte sich, wie Wild Cat nach zwei Jahren dieses höllischen Kampfes so fröhlich aussehen konnte. Wie konnte er so gleichmütig sein, wenn sein Vater, sein Onkel und seine Brüder in Saint Augustine gefangen waren? John Goode sagte, die Seminolen sprächen von Kriegskrankheit, wenn ein Mann von einer alles andere überlagernden Leidenschaft für den Kampf gepackt wurde. Jacob stellte sich vor, daß Wild Cat die Kriegskrankheit hatte. Wenn er sie aber hatte, war es eine Krankheit, die einen solchen Mann aufmerksamer und lebendiger wirken ließ als diejenigen, die nicht daran litten.

Wild Cat fand sich drei Tage zu spät zu diesem Treffen ein. Drei wilde Nächte lang hatte Hernandez' Abteilung hier kampiert. Ihre Biwakfeuer, die im Regen wie tausend Schlangen zischten, hatten auf die großartigen, geisterhaften Ruinen der Plantage um sie herum tanzende Schatten geworfen. Die Männer begannen schon zu murren, Wild Cat sei nicht dumm genug, hier zu erscheinen; doch jetzt war er da, und sie konnten aufbrechen. Nach einem zweitägigen Marsch würden sie wenigstens ein trockenes Bett haben.

Die Soldaten sammelten ihre Provianttaschen und Mäntel, ihre Feldflaschen und die in Pyramiden unter irgendeinem Dach aufgestapelten Karabiner ein. Die Waffen wurden unter allem aufbewahrt, was sich irgendwie als Dach verwenden ließ. Die Männer krochen in die lecken Hütten aus Fächerpalmen, die in den letzten drei Tagen ihr Zuhause gewesen waren, und rollten ihre durchnäßten Decken zusammen. Am Himmel grollte und blitzte immer noch ein Gewitter, und die Regenschauer stachen wie Eisnadeln.

»Reite mit uns, *Alektcha,* Doktor«, rief Wild Cat durch den Lärm des Gewitters. »Erzähl uns, wie mein Vater gefangengenommen wurde.«

Jacob gluckste. Er schwang sich in den Sattel und schloß zu Wild Cat, John Horse und Heartless Snake auf. Hinter ihnen formierte sich die Marschkolonne für den Fünfzig-Meilen-Ritt nach Saint Augustine. Es war schon fünf Uhr nachmittags, doch niemand wollte noch eine Nacht hierbleiben. Wenigstens brauchten sie diese Reise nicht zu Fuß zu unternehmen. Jacob war für die glitschige Wärme des Pferdes unter ihm dankbar.

»Unsere Pferde sanken auf dem Weg zum Lager deines Vaters bis zu den Bäuchen ein.« Jacob dachte sich, daß er Wild Cat die Geschichte nicht vorenthalten sollte. Sie würde ihn amüsieren. Wild Cat schien ein Mann zu sein, der einen Scherz zu schätzen wußte, selbst wenn er auf seine Kosten ging. »Wir griffen bei Tagesanbruch an und überraschten den Feind. Kurz darauf standen wir vor dem König. Da war König Philip, dein Vater, nackt wie an dem Tag, an dem er geboren wurde. Er war gezwungen, unfreiwillig mehrere Purzelbäume zu machen, als das Pferd eines Lieutenant ihn umwarf. Es tut mir leid, melden zu müssen, daß er über und über mit Erde bedeckt war.«

Der Pfad, den Jacob nach der Schlacht bei Philips Lager mit dem Säbel hatte freiräumen helfen, war wieder versperrt, diesmal durch Bäume, die der Sturm gefällt hatte. Weitere Bäume stürzten im Wald auf beiden Seiten krachend zu Boden. Der Wind ließ die Umhänge der Mäntel flattern und wehte Schweife und Mähnen der Pferde direkt nach vorn. Die Männer mußten sich ihre Hüte festbinden. Sie konnten in der Dunkelheit nicht mal die Köpfe ihrer eigenen Pferde erkennen.

Die Kolonne kämpfte sich bis Mitternacht mühsam weiter, als ein reißender Fluß sie schließlich stoppte. Wild Cat und John Horse kletterten zu den breiten Gabelungen der Virginia-Eichen hinauf. Sie stießen mit den Gewehrläufen überall hinein und schwenkten sie, bis sie die Schlangen verjagt hatten. Dann zogen sie die Decken über sich, rollten sich zusammen und schliefen ein.

Die meisten Soldaten krochen unter den einzigen Gepäckwagen, und Jacob schlief mit ihnen in einem Haufen. Heartless Snake, der an Jacob Gefallen gefunden hatte, breitete neben ihm seine Decke aus. Er legte sich auf den Rücken und sah zu den schlammverschmierten Brettern der Wagenachsen und der Ladefläche hoch und trommelte sich mit den Fingern auf die nackte Brust. Mehrere Stunden lang summte er einen klagenden Liebeszauber, der Jacob zu seiner Überraschung sogar gefiel.

Gegen Morgen trat der Fluß über die Ufer. Jacob und Heartless Snake wurden von der Flut vertrieben, die plötzlich unter den Wagen strömte, und trotteten zu dem nächstgelegenen großen Feuer. Die Soldaten mochten zwar Mühe haben, in diesem Regen ein Streichholz anzureißen, konnten jedoch aus Kiefernstämmen immer einen riesigen Scheiterhaufen bauen. Jacob sah das als eine besondere Soldatenmagie an. Er hatte einmal Biwakfeuer gesehen, die so hell leuchteten, daß verwirrte Gänse glaubten, der Tag sei schon angebrochen, und dann stundenlang über ihnen gekreist waren.

Jacob und Heartless Snake schlossen sich einigen der zitternden Männer an, die in Gruppen um das Feuer kauerten. Die Hitze war so intensiv, daß der Regen zornig zischend verdunstete, als er die Flammen erreichte. Die Männer sangen, bis die Sonne aufging.

Wild Cat hielt die feuchte, scharlachrote Strumpfhose an die Taille, um die Länge zu prüfen. Die beiden Beine endeten in spitzen Füßen und waren am oberen Ende wie Hosen. Ein Zugband ließ sich an der Taille zusammenziehen, bis sie saß.

Wild Cat versuchte, einen seiner schmutzigen Füße in ein Bein zu zwängen, doch seine schwielige Ferse blieb in dem dünnen Stoff hängen. Die Seide streckte sich, während die leere untere Hälfte der Strumpfhose schlaff baumelte. Wild Cat konnte seinen Fuß weder weiter hineinzwängen noch herausziehen.

Er hüpfte herum und versuchte, die Strumpfhose aus den Pfützen herauszuhalten. Mit einer Hand auf John Horses Schulter schaffte er es schließlich, seinen Fuß aus den Seidenmaschen zu befreien. Dann versuchte er, das dünne Stück Stoff zu einem Turban zu wickeln. Er studierte das Ergebnis in seinem Spiegel und kam zu dem Schluß, daß es ihm nicht gefiel.

Statt dessen wickelte er sich seinen alten Schal um den Kopf und bedeckte ihn mit der Strumpfhose. Er verknotete die Fußenden und ließ sie schwungvoll auf dem Rücken baumeln. Dann zog er sein breites Silberband über die gesamte imposante Konstruktion und steckte drei Federn hinein.

»Chesup *Tastanagee* wird vielleicht versuchen, auch dich gefangenzunehmen.« John Horse sprach so leise wie nur möglich. Die Creek-Spione der Soldaten hörten vielleicht mit.

»Mein Vater wünscht mich zu sehen. Ich kann seine Bitte nicht ablehnen.« Wild Cat hielt ein Paar kurze, purpurfarbene elisabethanische Pluderhosen hoch. Die Beine waren abgeschnitten und endeten kurz unterhalb des Schritts. Sie waren mit Stroh ausgestopft, damit sie um die Hüften abstanden. »Die sehen aus wie Giftpilze«, sagte Wild Cat. »Wie trägt man die?«

John Horse betrachtete die kunstvollen, mit grünem Satin gefütterten Schlitze und zuckte die Achseln. »Sie sind zerrissen«, sagte er.

»Chesup hat Heartless Snake mit einem Stück weißen Stoff als Friedensfahne losgeschickt.« Wild Cat fuhr mit dem fort, was jetzt am dringendsten war, nämlich dem Ankleiden für seinen Einzug in Saint Augustine. »Wir reiten unter den Bedingungen des Waffenstillstands. Es wird uns nichts geschehen.« Wild Cat warf die ausgestopfte rot-grüne Pluderhose in die Kiste und begann, in den karmesinroten, purpurnen und goldenen Schärpen zu wühlen.

Die Kleidungsstücke waren das unfreiwillige Geschenk einer unglücklichen Shakespeare-Theatertruppe, die vor einer Woche in einen Hinterhalt geraten war. Wild Cat und sein Kriegstrupp töteten drei Schauspieler und machten reiche Beute: achtzehn Truhen mit Kostümen, deren Prunk und Farbenpracht ihre wildesten Phantasien übertraf. Wild Cats Toilette nahm gewöhnlich ein paar Stunden in Anspruch. Bei dieser üppigen Vielfalt hatte es noch viel länger gedauert, sich zu entscheiden und sich dann anzukleiden. General Joseph Hernandez, Jacob Motte und der Rest der militärischen Eskorte warteten ungeduldig auf der anderen Seite des Eichenhains.

General Hernandez besaß drei riesige Plantagen am Matanzas River. Er war sechsundzwanzig Jahre lang ein leuchtender

Fixstern am Himmel der Gesellschaft und der Pflanzeraristokratie von Saint Augustine gewesen. Er hatte Flugblätter mit den Einzelheiten von König Philips Gefangennahme kleben lassen, und in den letzten drei Wochen hatte es zur Feier des Ereignisses eine Reihe von Bällen und Festen gegeben.

Hernandez wußte, was für einen Aufruhr Wild Cat auslösen würde. Er wußte, wie aufgeregt die Bewohner der Stadt darauf warteten, den berüchtigten jungen Kriegshäuptling kennenzulernen. Folglich fand sich Hernandez damit ab, so lange zu warten, bis Wild Cat sich dem Anlaß entsprechend angekleidet hatte.

»Ich traue Chesup nicht über den Weg«, sagte John Horse. »Er hat den Schwarzen ihre Freiheit versprochen, wenn sie sich ergäben. Aber die, die es tun, werden von den Sklavenhändlern beansprucht. Chesup tut nichts, um sie zu schützen.«

»Gut. Die Schwarzen werden sehen, wie wertlos Chesups Zusagen sind. Sie sind Feiglinge, die unsere Sache im Stich lassen. Sie sind Dummköpfe, wenn sie sich ergeben.«

»Diejenigen, die sich ergeben, sind Nigger vom Land, die erst vor kurzem von den Plantagen ausgerissen sind. Sie sind daran gewöhnt, daß die Bleichaugen für sie sorgen wie für Kinder. Sie können die Härten des Krieges nicht ertragen.« John Horse und Wild Cat wußten beide, daß einer der Sklaven von Wild Cats Vater die Soldaten zu seinem Lager geführt hatte.

»Mir macht es nichts aus, wenn Chesup mich gefangennimmt.« Wild Cat befestigte seine karmesinroten Wollbeinlinge am Gürtel seines Lendenschurzes. Die Beinlinge waren mit Perlen, Glöckchen und Quasten verziert. Er band quasten- und perlenbesetzte Hosenbänder gleich unterhalb der Knie fest und legte seine besten Mokassins an.

Er streifte sich ein weites blaues Satinhemd aus einer Truhe der Shakespeare-Theatertruppe über den Kopf und gürtete es. Dann zog er sich silberne Armreifen über die Ellbogen. Er ließ die verschiedenen Schärpen, silbernen Halsbänder und Ketten aus gehämmerten Münzen über den Kopf gleiten. »Wenn die Bleichaugen mich gefangennehmen, werde ich flüchten«, sagte er munter. »Kein Gefängnis kann mich halten.«

Über das Hemd zog sich Wild Cat ein grün-gelbes gesäumtes

Wams aus Satin. Er zog die weiten Ärmel des Hemds zu voller Länge herunter. Mit John Horses Hilfe befestigte er einige der Metallhaken an den Ösen an der Vorderseite des Wamses. Das Ende des Hemdes ragte weit über die Weste hinaus, doch die Wirkung war gleichwohl auffallend. Wild Cats wilde dunkle Schönheit verlieh der Kleidung einen verblüffenden Effekt.

Er malte sich schwarze Kreise um die Augen und warf einen letzten prüfenden Blick in den Spiegel. Er sah aus wie ein maskierter König, als er aus dem Hain ritt. Saint Augustine war eine Bühne, und Wild Cat stand kurz vor seinem Auftritt.

Die engen, gewundenen Straßen der alten Stadt wurden von den glatten Fassaden der zweistöckigen Häuser gesäumt. Die Balkons im ersten Stock stießen über den Straßen fast zusammen und bildeten Tunnel. Die mit Muschelkalk gepflasterten Fahrspuren waren so schmal, daß Wild Cat und John Horse mit knapper Not nebeneinander reiten konnten.

Die Hauptstraße wurde von Zuschauern gesäumt. John Horse trug die weiße Fahne und starrte stoisch geradeaus. Wild Cat nickte und verbeugte sich und lächelte zu den Frauen hinauf, die sich über die schmiedeeisernen Balkongeländer lehnten. Einige von ihnen warfen Blumen.

Viele der massiven Häuser, deren Vorderfront direkt an der Straße lag, waren zweihundertfünfzig Jahre alt. Dort, wo der verwitterte Stuck abgefallen war, zeigten sich die Quader aus rosafarbenem Muschelkalk. Die hölzernen Türen und Fensterläden hingen schief in den Scharnieren. Die Farbe war verblaßt und abgeblättert, aber die Häuser waren mit Kletterrosen und großen, herabhängenden Fischernetzen drapiert.

Wenn das Wohlergehen von Wild Cats Vater nicht schon Beweggrund genug gewesen wäre, zu Gesprächen herzukommen, so war es die Stadt selbst. In seiner Jugend war Wild Cat nie müde geworden, Saint Augustine zu erforschen. Er war an den Kais und auf den Märkten der Stadt herumgeschlendert. Er hatte sich ihre Badehäuser und Billardsäle, ihre Läden, Bordelle und Tavernen angesehen.

Die Kavalkade bewegte sich quer über den offenen Platz, der von uralten Orangenbäumen gesäumt wurde. Die Männer ritten an dem weitläufigen, verfallenen Gouverneurspalast und der malerischen Kathedrale mit ihrem maurischen Glockenturm vorbei. Wild Cat hatte früher einmal den Glockenturm bestiegen und von oben über die Stadt, das azurblaue Wasser des Hafens und Anastasia Island bis zu dem dahinter liegenden blaugrünen Ozean geblickt. Wild Cat war in Florida geboren. Mit Ausnahme der Bäume, in die er geklettert war, hatte er sich nie in so großer Höhe befunden oder so weit sehen können. Das Erlebnis war weit aufregender gewesen als jeder Traum oder jede Trunkenheit, die er erlebt hatte.

Langsam näherte sich die Prozession dem geduckten Massiv des Castillo de San Marcos, dem heutigen Fort Marion. Seit einem Jahrhundert hatte das Fort sich verändert und war gewachsen, als immer mehr Mauern und Feldschanzen, Unterkünfte und Bastionen an den sternförmigen Bau angefügt worden waren. Das Fort war von innen heraus gewachsen wie der Muschelkalkstein, aus dem seine neun Meter hohen Mauern bestanden.

Die Pferdehufe klapperten auf der hölzernen Zugbrücke, bis die Tiere durch das Ausfalltor der drei Meter dicken Mauern trabten und in die Kühle des Forts gelangten. Einhundert Soldaten in blauen Röcken traten aus den Schatten. Ihre Karabiner waren gespannt und schußbereit, die Bajonette aufgepflanzt.

Sie nahmen John Horse die weiße Fahne weg. Dann führten sie Wild Cat, John Horse und Heartless Snake mit vorgehaltenen Bajonetten in eine feuchte steinerne Zelle mit hoher Decke. Die dreißig Zentimeter dicke gewaltige Tür schlug mit einem hohlen, widerhallenden Dröhnen hinter ihnen zu.

49

Hunderte von Kerzen und Waltranlampen flackerten im Ballsaal von General Hernandez' Stadthaus. Die tanzenden Lichter und Schatten veranstalteten einen eigenen Ball, während die

Creme der Gesellschaft von Saint Augustine die Verlobung von Joseph Hernandez' Tochter Louisa feierte. Louisa würde George Washington heiraten, Landmesser wie sein berühmter Verwandter.

Hernandez hätte nicht glücklicher sein können. Er hatte für seine Älteste eine gute Partie gefunden und Philip und Wild Cat gefangengenommen, die Geißeln der ganzen Ostküste. Er lauerte in der Nähe der Kristallschale mit Fischerhauspunsch, die so groß war wie ein Waschzuber. Er war dabei, in Gesellschaft von König Philips jüngerem Bruder angenehm betrunken zu werden. Philips Bruder wiederum war beim Anblick des ganzen Walds von Flaschen und Karaffen auf dem weißen Leinentischtuch entzückt. Er probierte alles, was sie enthielten.

In einer Ecke stand eine Gruppe von Cherokee. Auf Bitten der Regierung waren sie aus North Carolina angereist. Sie waren da, um mit den Seminolen zu verhandeln, um sie zu überreden, zu Gesprächen in die Stadt zu kommen.

Auf einem kleinen Podium entlockte ein Sklave von Hernandez' Baumwollplantage Mala Compra – »Schlechtes Geschäft« – seiner gesprungenen Geige köstliche Musik. Die Fiedel ließ im Dreivierteltakt ein Klagelied von großer Sehnsucht und Leidenschaft ertönen. Der kleine tiefschwarze Sohn des Geigers schlug mit den Füßen den Rhythmus und wippte mit einem Tamburin.

In ihre zum Platzen engen Abendroben gehüllt saßen mürrisch dreinblickende Dueñas auf den Holzstühlen mit den geraden Rückenlehnen, welche die mit Stuck verzierten Wände säumten. Sie ließen die Kinne auf Brüsten von prometheischen Ausmaßen ruhen, die ihre Köpfe davor zu bewahren schienen, außer Sicht zu verschwinden. Ihre Füße quollen aus winzigen Satinschühchen. Als er sie betrachtete, fühlte sich Jacob Motte an die Stiefschwestern Aschenputtels im Märchen erinnert.

Die meisten Matronen trugen Schwarz und trauerten um irgendeinen Verwandten. Schwarze Taftkleider und schwarze Spitzenmantillas steigerten noch den einschüchternden Eindruck ihrer Erscheinung. So wie Katzen Finken im Käfig belauern, wachten sie über die jungen unverheirateten Frauen, die in einem sinnlichen Rascheln von Seide an ihnen vorbeischwebten. Von einer Position in der Nähe der Punschschale aus beobachteten auch Jacob Motte und John Goode sie.

Jacob war leicht angetrunken. Seit zwei Wochen war er komfortabel in der Saint-Francis-Kaserne untergebracht, einem alten Nonnenkloster mit Aussicht auf das saphirblaue Wasser der Matanzas Bay. Er war ausgeruht und entspannt, sauber und trocken und völlig hingerissen von den Frauen Saint Augustines.

Man konnte es ihm kaum verdenken. Ein paar blonde Amerikanerinnen schmückten zwar auch den Saal, doch die meisten Frauen waren von spanisch-menorcanischer Herkunft. Die schwüle Schönheit der in bunte, elegante Ballkleider gehüllten Frauen war behexend. »Schöne Blumen auf der Brise der Musik.« Jacob hielt sein Glas hoch und brachte einen Toast auf sie aus.

»Wirklich.« John Goode hatte anderes im Sinn. Er war soeben von einem langen Erkundungsritt durch die Sümpfe von Mosquito Inlet zurückgekehrt. Jetzt hatte er erfahren, daß man ihn General Hernandez als Flügeladjutant zugeteilt hatte.

»Hier fällt es einem schwer, sich vorzustellen, daß man durchgefroren und voller Schlamm, völlig durchnäßt, hungernd und erschöpft in den Sümpfen liegt, nicht wahr?« überlegte Jacob.

»So schwierig ist das gar nicht.« Inmitten des Kaleidoskops aus Licht, Musik und reinen zarten Farben desorientierte John die Erinnerung an den Krieg in den Sümpfen ebensosehr wie der gute Brandy von General Hernandez.

»Kopf hoch, John. Bist du auf diesem Ausflug Feinden begegnet?«

»Sie haben sich aus dem Staub gemacht. Wir fanden ihr Lager verlassen vor.« John spukten die bemitleidenswerten Lebensbedingungen in diesem Lager immer noch im Kopf herum. Die einzigen Unterkünfte waren die Überreste von Fächerpalmenhütten gewesen, die der jüngste Hurrikan zerstört hatte.

Die Bewohner des Dorfs waren so schnell aufgebrochen, daß sie nicht mal ihre Habe hatten mitnehmen können. John hatte zerlumpte Kleider gefunden und in den Lebensmittelkörben nur noch Staub und Spreu. Er hatte ein totes Baby entdeckt, das in einen alten Rock gewickelt worden war. Der winzige Leichnam war von den Masern entstellt gewesen.

»General Hernandez hat einen Boten losgeschickt und Osceola gebeten, zu Verhandlungen herzukommen«, sagte John. »Hernandez hat mir sein Wort gegeben, daß er ehrenhaft behandelt wird. Und ich habe mein Wort gegeben.«

»Dein Gewissen ist durch wiederholten Gebrauch des Katechismus weich geworden.« Jacob füllte Johns Glas nach. »Selbst wenn Jesup Powell mit Hilfe unehrenhafter Mittel gefangennehmen würde ...« Er hielt eine Hand hoch, um Johns Einwände abzuwehren. »Dann wäre wenigstens der Krieg vorbei. Deine Freunde, die Seminolen, leiden mehr als jeder sonst. Es wäre eine Gnade, ihren Leiden ein Ende zu machen.«

John sagte nichts. Die Zeitungen im Norden verdammten den Krieg immer noch in schrillen Tönen. Daß man Wild Cat gefangengenommen hatte, obwohl er mit einer weißen Fahne erschienen war, hatte die Blätter wieder aus ihrer Lethargie gerissen. John nahm an, daß General Jesup diesen Fehler kein zweites Mal machen würde. Er brütete jedoch weiter dumpf vor sich hin, als er die Tanzenden beobachtete. Sein Gesicht hellte sich kaum auf, als Wild Cat sich neben ihn stellte.

Wenn Jacob von den jungen Frauen entzückt war, so waren diese ganz verrückt nach Wild Cat. Sie machten ihm über die Schultern ihrer glücklosen Tanzpartner hinweg schöne Augen. Sie verschlangen seine barbarische Eleganz mit den Augen, als er zwischen Jacob und John hin und her schlenderte. Zwischen den Tänzen spazierte er an der Reihe der jungen Damen entlang, die darauf warteten, zum Tanzen aufgefordert zu werden. Die rehäugigen jungen Mädchen lugten hinter Fächern aus geflochtenen Palmwedeln hervor, die so nervös flatterten wie die Flügel eines Schlangenhalsvogels in der Paarungszeit.

Lord Byrons Poesie und Stil waren bei jungen Frauen immer noch der letzte Schrei, selbst hier in diesem gottverlassenen Winkel der Zivilisation. Und niemand war byronesker als Wild Cat.

»Sind die verheiratet?« Wild Cat nickte zu der einzigen Frau hin, die nicht ihn, sondern ihren Partner anstarrte.

»Ja. Seit kurzem«, erwiderte John.

»Sie ist jetzt sehr schön.« Wild Cat betrachtete sie anerkennend, als hätte er eine Zuchtstute oder eine Milchkuh vor sich. »Ich nehme an, daß ihr Mann sich sehr an ihr erfreut. Wenn sie aber erst mal ein paar Kinder bekommen hat, wird sie nicht mehr der Mühe wert sein.«

John sah sich schnell um, um sicherzugehen, daß sie von niemandem belauscht werden konnten. Aus einleuchtenden Gründen war John Horse zu dieser Veranstaltung nicht eingeladen worden. Wild Cat sprach in einer Mischung aus Johns Mikasukee und seinem rudimentären Englisch, das meist aus Obszönitäten bestand, die er bei den Soldaten aufgeschnappt hatte. Er trank ebenfalls eine Menge, doch anders als sein Onkel konzentrierte er sich auf General Hernandez' besten Brandy. Als der Abend fortschritt, lehnte er sich immer schwerer auf Johns Arm.

»Ich habe Osceola gesehen«, sagte er. Man hatte Wild Cat freigelassen, um diesem eine Botschaft zu bringen. Wild Cats Vater und Onkel waren als Geiseln zurückgehalten worden, um sicherzustellen, daß er zurückkehrte. »Ich habe ihm gesagt, er soll herkommen, damit er auch seinen Spaß an all dem hat.« Er winkte mit dem Glas zu dem Spektakel hin, das um ihn herum wirbelte, und vergoß etwas Brandy auf sein rotes Seidenhemd.

Jesup und Hernandez sahen Wild Cat vielleicht als Gefangenen, doch er selbst hielt sich offensichtlich nicht dafür. Gefangene wurden nicht freigelassen, um Botschaften zu überbringen. Die wurden nicht so wie hier mit Brandy, Frauen und Festen verwöhnt.

Es gab zwei wirkliche Enttäuschungen. Die eine war, daß General Hernandez Wild Cats Vorschlag, dessen Tochter Louisa zu heiraten, höflich abgelehnt hatte. Er hatte es sogar abgelehnt, obwohl Wild Cat sich großmütig erboten hatte, Louisa wie eine Königin zu behandeln und seine anderen Frauen sämtliche Arbeiten erledigen zu lassen. Die zweite war, daß Wild Cat seine Tochter vermißte.

»Was hat *Talasee Tastanagee* gesagt?« fragte John.

»Er sagte, sein Herz sei weiß, friedlich. Er sagte, er werde zu Gesprächen herkommen und ein Ballspiel veranstalten.«

»Er muß vorhaben, noch mehr Rationen bei uns einzusammeln«, murmelte Jacob.

»Glaubst du, er wird kommen?«

»Natürlich.« Wild Cat warf John einen Blick zu, als sei dieser nicht ganz richtig im Kopf. »Er sagte, er würde kommen. Black Drink Singer tut immer, was er zu tun verspricht.«

Die Glocke in der Kathedrale schlug Mitternacht. Wild Cat, John und Jacob schlossen sich der lachenden Menge an, die dem verlockenden Aroma der Speisen folgte und sich zu den durchhängenden provisorischen Tischen im Nebenzimmer begab. Zwei Männer kämpften gegen den Strom. Einer trug Wild Cats Onkel an den Füßen, und der andere hielt ihn unter den Armen. Wild Cats Onkel war bewußtlos, lächelte aber.

Als jeder an dem langen Tisch einen Platz gefunden hatte, tippte General Hernandez mit seiner Säbelklinge an eine gläserne Schale. »Ein Toast. Wer bringt einen Toast aus?«

»Auf Andrew Jackson!« sagte jemand. Das war eine unüberlegte Wahl. Die Damen zischten und buhten.

Da er damit unzufrieden war, wie der Krieg geführt wurde, hatte Jackson einen Wutausbruch bekommen. Er hatte geprahlt, er werde mit fünfzig Frauen losmarschieren und jeden Indianer auspeitschen, der den Suwanee überquere. Er sagte, die Indianer sollten die Männer Floridas erschießen, damit die Frauen sich neue, mutige Männer suchen könnten. Jetzt haßten nicht nur die Seminolen Old Mad Jackson.

»Auf das große, noch nicht eingenommene und noch uneroberte ...«

Jeder drehte sich um und sah den verwegenen jungen Dragoner-Captain an, der sein Glas hochhielt. »Auf Osceola!« rief er aus.

»Auf Osceola!« riefen alle im Chor.

50

Kalte Schauer durchzuckten Osceola, als er sich sein blau geblümtes Kalikohemd über den frischgeschorenen Schädel zog. Die Malaria spielte wieder mit ihm. Schon das Stehen erforderte eine große Anstrengung. Gegenstände waren mal klar zu erkennen, mal verschwammen sie ihm vor den Augen. Er erinnerte sich daran, wie er vor langer Zeit einmal durch ein Glasfenster in General Clinchs Plantagenhaus geblickt hatte. Das Fenster war Clinchs ganzer Stolz gewesen. Die kleinen Wellen und Blasen in den kleinen Scheiben hatten den Blick nach draußen verzerrt. Der Mond wechselte die Gestalt, sobald Osceola nur leicht seine Position wechselte. Wenn der Wind die Bäume draußen zerzauste, ließ das Glas sie erscheinen, als tanzten sie, als würden sie von einem Hurrikan durchtost. Jetzt spielte das Fieber die gleichen Streiche mit seiner Sehkraft.

»Eine Frau träumt, wenn sie wach ist.« Morning Dews Finger zitterten, als sie ein paar lose Perlen an Osceolas guten Mokassins befestigte. Sie war jetzt verängstigter als je zuvor. »Geister, Vorzeichen, flüstern uns etwas in Stimmen zu, die nicht einmal wir klar hören können.«

»Die Gebeine sagen Unheil voraus.« Mink schüttelte den kleinen Lederbeutel an der Taille. Ihre elfenbeinernen Orakel-Würfel klickten darin, als besprächen sie dort in der Dunkelheit Osceolas Schicksal.

Weder Mink noch Morning Dew hatten je versucht, Osceola von etwas abzubringen, wozu er entschlossen war. Als er sich jetzt anzog, wechselten sie sich darin ab, ihn dazu zu überreden, der Begegnung mit Jesup und Hernandez aus dem Weg zu gehen. Little Warrior blieb stumm, als sie seine Kleidung und den Schmuck aus den Körben und Beuteln auf den Deckenbalken nahm. Sie schüttelte die Schals und Beinlinge aus und legte sie säuberlich hin. Sie strich mit der Handfläche Falten glatt. Dann prüfte sie sein Gewehr, um sich zu vergewissern, daß es gereinigt war. Als sie damit fertig war, begann sie den Lauf zu polieren und den Kolben einzuölen.

Osceola lehnte sich gegen den Eckpfosten der *chikee,* als die nackten Füße seiner Frauen auf den elastischen Palmenstämmen der Schlafplattform hin und her trotteten. *Vergiß dies nie. Erinnere dich an sie, wie sie jetzt sind.* Er sah seine Frauen als seine Sonne und seinen Mond. Die offene und fröhliche Morning Dew erhellte seine Tage. Mink hingegen war dunkel und rätselhaft. Sie tauchte seine Nächte in ein sanft strahlendes Licht.

Was Little Warrior betraf, konnte er nicht einmal beschreiben, was sie für ihn war. Sie war der weibliche Aspekt von ihm selbst. Sie verstand, was er dachte, ohne daß er etwas sagte. Er und sie hatten eine gemeinsame Seele.

Abihkas Frau hatte ihre Lager-*chikee* für sie freigeräumt. Die Menschen in Abihkas Lager hatten gebracht, was immer sie entbehren konnten, um ein wenig von dem zu ersetzen, was Osceola und seine Familie verloren hatten. Trotzdem fiel es Mink und Morning Dew mehr als schwer, angemessene Kleidung für ihn zu finden. Morning Dew reichte ihm seine roten Beinlinge und den Gürtel.

Während Osceola sich von der Anstrengung ausruhte, die Beinlinge anzuziehen, kniete Mink nieder, um seine quastenbesetzten Hosenbänder unter den Knien festzubinden.

Wie dünn er ist, dachte sie.

Osceola war entweder nicht dagewesen oder zu krank oder erschöpft, um in den vergangenen sechs Monaten oft Liebe zu machen, aber Mink erinnerte sich daran, wie ihre Liebe gewesen war. Und wenn sie sich von nun an nie mehr liebten, würde ihr die Erinnerung an diese Zeiten genügen. Mink konnte es ertragen, wenn sie nicht mit ihm langsam und seidig der Ekstase entgegenglitt, aber der Gedanke, nie mehr in seinen Armen einzuschlafen, war ihr unerträglich.

Crying Bird saß inmitten der vielen Körbe, Beutel und Kleidungsstücke mit gekreuzten Beinen unter ihrem langen Rock. Sie beobachtete feierlich die Vorbereitungen ihres Vaters. Osceola bückte sich und strich ihr über das weiche Haar.

»Du siehst so düster aus wie ein Pelikan«, sagte er. »Ich werde dir aus der Stadt der Bleichaugen ein Geschenk mitbringen. Ich werde mit dem Blaujacken-*Tastanagalgee* im Rat sitzen. Dann werden sie uns Geschenke machen.«

»Dies könnte ein Trick sein«, warf Mink ein.

»Red Eagle hat uns sein Wort gegeben, daß es keiner ist. Er sagt, er werde bei den Gesprächen dabeisein.« Osceola hatte John Goode den Namen des berühmtesten Anführers der Red Sticks als Kriegstitel gegeben.

»Warum können wir dann nicht mit dir gehen?« wollte Crying Bird wissen.

Osceola wiegte sich auf den Fersen, um die Frage zu bedenken. Er hatte seine Familie nie getäuscht, was die Gefahren oder Verluste anging, die sie infolge seiner Entscheidungen würden tragen müssen. Sie hatten ihn nie im Stich gelassen. Sie hatten sich nie beklagt. Sie waren nie in der Entschlossenheit wankend geworden, ihr Land zu verteidigen.

»Ich muß frei sein, mich auf die Gespräche zu konzentrieren. Ich muß frei sein, notfalls mit Krieg zu drohen. Wenn ihr dabei seid, könnten die weißen Männer euch als Geiseln nehmen.«

»Deshalb darfst du nicht gehen.« Morning Dew gab sich Mühe, mit fester Stimme zu sprechen. Osceola war schon immer hartnäckig gewesen, aber niemals dumm. Beeinträchtigte das Fieber wieder seinen Verstand?

»Hört mich an. Wenn das Fieber angreift, kann ich Männer nicht gut führen.« Er hielt eine zitternde Hand hoch, um ihre Einwände abzuwehren. »Abihka kann die Medizin machen, die jungen Männern Mut gibt und sie unsichtbar macht. Aber er ist alt. Er braucht einen starken Arm, um den Tomahawk zu schwingen, um mit dem Gewehr zu zielen und mit dem Messer umzugehen. Ich war dieser Arm. Jetzt ist Wild Cat unsere Hoffnung.«

Little Warrior fand den kleinen Tabakbeutel ihres Vaters und gab ihn ihm. Er steckte ihn sich in die Falten seines Turbans. Osceolas Beutel mit geheiligten Gegenständen hing an seinem Gürtel. Für diese Reise würde er alle Kraft seines *sabia* brauchen.

»Alligator kann die Kriegstrupps anführen«, sagte Mink.

»Alligator und Jumper sind gute Kriegsführer, aber sie haben sich mit Mikanopee ergeben, als dieser zustimmte, nach Westen zu gehen. Abihka vertraut ihnen nicht völlig. Wild Cat ist im Sturm nie gebeugt worden. Außerdem ist seine Mutter eine Maskokee. Sie ist mit den Großen Königen verwandt. Sein Vater ist *tastanagee thloko* der Mikasukee. Er kann von beiden Feuern Loyalität verlangen.« Er wartete, bis seine Stimme ihm nicht mehr im Kopf dröhnte. Er wartete darauf, daß die Lichtpunkte ihm nicht mehr vor den Augen tanzten.

»Mir wird nichts Böses geschehen. Red Eagle schwört es«, wiederholte er. »Wir sind alle dieses Krieges überdrüssig. Es bekümmert mich, die Frauen und Kinder an Hunger sterben zu sehen. Sie in Lumpen zu sehen. Ich werde die Bleichaugen überreden, mit dem Kämpfen aufzuhören und uns das Recht auf unser Land zu gewähren. Ich werde Wild Cat wieder mitbringen.«

Sie sahen schweigend zu, während er sein Gewehr sorgfältig in eine Decke wickelte. Wie Mink war auch Morning Dew der Meinung, daß es leichter sein würde, das Leben in dem Bewußtsein zu ertragen, daß ihr geliebter Black Drink Singer tot war, als wenn sie ihn gefangen wußte, am Leben, aber doch unerreichbar. Und die Möglichkeit, daß man ihn gefangennahm, war höchst greifbar.

Heartless Snake hatte die jüngste Schmeichelei von Chesup *Tastanagee* überbracht. Als er mit der offiziellen Botschaft geendet hatte, hatte er noch andere Neuigkeiten. Er sagte, Wild Cat könne sich am Tage frei in Saint Augustine bewegen, schlafe nachts aber hinter den schweren Eichentüren des steinernen Forts. Bei der Beschreibung Fort Marions hatte Heartless Snake die Hände so weit zur Seite gestreckt, wie es eben ging, um die Dicke der Mauern zu zeigen. »Es wimmelt da von Blaujacken wie von Läusen«, hatte er gesagt.

Als Osceola Little Warrior jetzt strahlend anlächelte, fiel ihr ein, was er einmal gesagt hatte. Das Fieber sei ein Feind, zugleich aber ein Freund. Es suchte ihn heim wie ein ruheloser bösartiger Geist. Es nahm ihm die Kraft, die Little Warrior immer übermenschlich erschienen war; es hielt ihn aber auch zu Hause, wo sie bei ihm sein konnte.

Mit den Fingern kämmte Morning Dew den weichen Pony und die langen Locken aus, die unter seinem Turban herabhingen. Osceola zog sich die Riemen seines Munitionsbeutels und des Pulverhorns über den Kopf. Dann schlang er sich das Gewehr auf den Rücken.

Er nahm Little Warriors Ellbogen und Hand mit einem Griff, wie ihn ein Mann zum Gruß und zum Abschied benutzt. »Wenn ich wieder da bin, mußt du mir sagen, welche Zeichen und welche Magie du gesehen hast, als ich nicht da war. Erzähl mir deine Träume.«

»Das werde ich, Vater.« Sie war besorgt, hatte aber keine Angst. Wenn ihr Vater sagte, er werde wiederkommen, dann würde er es auch.

Osceola sah Abihka mit einem langen Zylinder aus Rohleder auf dem Kopf näher kommen. Darin steckte eine weiße Silberreiherfeder, das Symbol des Friedens. Heartless Snake trug den Ballen weißen Tuchs, das Jesup ihm als Waffenstillstandsfahne gegeben hatte. Black folgte dicht hinter ihnen.

Osceola kniete nieder und umarmte Crying Bird, die sich schluchzend an ihn klammerte. Behutsam löste er ihre Finger, die sie ihm um den Hals geschlungen hatte. Als er aufstand, spürte er wieder das Dröhnen in den Ohren und berührte einen Eckpfosten, um sich zu stützen.

Mink streckte die Arme aus. In ihren Augen glitzerten Tränen. Osceola legte ihr den Arm um die Schultern und zog sie an sich. Mit seinem anderen Arm hielt er Morning Dew. So blieben alle drei einen langen Augenblick eng umschlungen und mit geschlossenen Augen stehen. Sie genossen das Gefühl ihrer aneinandergepreßten Leiber und den Trost und die Stärke, die ihnen die Berührung gab.

»Vergiß nicht, was deine Mutter immer gesagt hat«, murmelte Osceola in Minks drahtige schwarze Haarwolke. »›Dem Schicksal, das Der, Der Über Uns Lebt, einem zugedacht hat, kann man nicht entfliehen.‹«

»Sie hat auch gesagt: ›Wenn man wüßte, wo der Tod wohnt, würde man dort nie bleiben.‹« Mink sah ihm ins Gesicht. »Der Tod wohnt in den Städten der Bleichaugen, Geliebter.«

»Ich werde bald zu dir zurückkehren. Red Eagle schwört es.« Osceola trat behutsam auf den umgedrehten Baumstumpf, der als Treppenstufe diente. Er nahm Abihka die Schachtel aus Rohleder ab. Und murmelte Black zu, so leise, daß seine Familie es nicht hören konnte: »Kümmere dich in meiner Abwesenheit um sie.«

Am 21. Oktober 1837 ließ eine Brise die riesigen Fahnen aus weißem Baumwollstoff flattern, die General Jesup Osceola geschickt hatte. Dieser stand unter den Fahnen des Waffenstillstands, die der Wind blähte. Er war von einundsiebzig Kriegern und zehn anderen Anführern flankiert.

Die Ironie des Zusammentreffens war Osceola durchaus bewußt. Dies war der Moultrie Creek, wo sie vor vierzehn Jahren das erste der lügenden Blätter des weißen Mannes unterzeichnet hatten. Der Vertrag vom Moultrie Creek garantierte ihnen ihr Land für zwanzig Jahre. Damals hatte so etwas wie Feiertagsstimmung über dem Ort gelegen. Es war getanzt und gelacht worden, und ganze Bootsladungen von Schaulustigen mit Sonnenschirmen waren hier an Land gegangen.

Osceolas Blick verirrte sich zu der bemoosten Eiche hin, die in der Nähe stand. Dort hatte er mit seiner frischgebackenen Braut Morning Dew kampiert. Er erinnerte sich daran, wie es gewesen war, als sie sich leidenschaftlich ineinander verschlungen hatten und er von seiner Geliebten besessen gewesen war. Er erinnerte sich daran, wie sie sich unter den schützenden Ästen der Eiche die ganze Nacht geliebt hatten. Er erinnerte sich an Morning Dews feste junge Brüste, deren sanfte Rundungen sich über ihren Rippen erhoben.

Er erinnerte sich daran, daß sie Jungenkleidung getragen und wie ein Mann mit ihm, Wild Cat und Alligator gescherzt hatte. Er und sie hatten sich damals für so alt, so erfahren und so weise gehalten. Ihre Welt war ein so wundersamer Ort gewesen, voller Zuversicht und Zukunftshoffnung.

Jetzt standen sechs Schwarze in der Nähe der efeuumrankten Ruinen der Vertragsplattform. Es waren Sklaven, die vor kurzem entlaufen waren. Abihka hatte sie Osceola mitgegeben, damit er sie beim Feilschen mit General Jesup einsetzen konnte. Er plante, sie gegen Wild Cat, seinen Vater, seine Brüder und Onkel sowie John Horse einzutauschen.

Den Schwarzen tat es nicht leid, in diesem Spiel der Einsatz zu sein. Sie waren noch nicht lange mit den Seminolen verbündet. Sie hatten genug von dieser Art Freiheit. Sie waren der schrecklichen Entbehrungen der in den Sümpfen verborgenen Lager überdrüssig. Eine Rückkehr in die Sklaverei erschien ihnen besser als langsam zu verhungern oder schnell aufgeknüpft zu werden, falls die Soldaten sie zusammen mit den feindseligen Indianern gefangennahmen.

Osceola stand ruhig da und richtete sich zu voller Größe auf. In der Armbeuge hielt er Abihkas großen weißen Silberreiherflügel. Sein Gewehr lag auf einer Rehhaut auf der Erde, über die er eine zweite geworfen hatte. Die meisten Krieger hatten ihre Waffen versteckt.

Die Krieger sahen zu, wie General Hernandez auf dem Weg von Saint Augustine näher kam. Osceola spürte, wie sie sich anspannten, als die ersten Dragoner hinter ihm auftauchten. Es gab viele berittene Soldaten. Zu viele. General Jesup hatte zweihundertfünfzig bewaffnete und berittene Männer geschickt. Er selbst war aber nicht unter ihnen.

Osceola entspannte sich, als er John Goode gleich links hinter Hernandez heranreiten sah. Hernandez saß ab, und Osceola ging mit ausgestrecktem Silberreiherflügel auf ihn zu. Sie begrüßten einander. Hernandez war erstaunt, wie erschöpft und dünn Osceola war. *Diós mío,* dachte er. Dies ist also das Geschöpf, das uns im Land so herumgescheucht hat.

Osceola lächelte traurig. Aus dem Augenwinkel sah er, wie sich die Dragoner bewegten und einen Kreis bildeten. Über das Flattern der Waffenstillstandsflaggen hinweg hörte er das schwache Klirren ihres Geschirrs. Er erkannte, daß er es nie schaffen würde, sein Gewehr rechtzeitig zu erreichen. Dies war eine Falle, und er konnte nichts dagegen tun.

Er versuchte zu sprechen, aber seine Sprachmagie ließ ihn im Stich. Red Eagle hatte ihn verraten. Der Verrat, die Erkenntnis, daß alle Not und alles Elend umsonst gewesen waren, überwältigten ihn. Er gab Mad Partridge ein Zeichen, dieser solle das Reden übernehmen.

»Seid ihr gekommen, euch mir als eurem Freund zu ergeben?« fragte Hernandez.

John ließ einen überraschten Ausruf hören. Man hatte ihm nicht gesagt, daß es so ablaufen würde. Davon war keine Rede gewesen. Er machte den Mund auf und schloß ihn wieder. Er suchte Osceolas Blick. Doch Osceola sah ihn nicht an.

»Nein«, entgegnete Mad Partridge. »So haben wir es nicht verstanden. Wir sind gekommen, um Frieden zu schließen.«

»Seid ihr bereit, alles Eigentum aufzugeben, das ihr erobert habt?«

»Ja. Wir haben viele Neger mitgebracht.«

»Ich bin ein alter Freund von Philip. Ich wünsche den Seminolen alles Gute.«

Osceola bemerkte, wie sich der Ring aus Dragonern kaum wahrnehmbar verkleinerte. Die weißen Männer reichen einem die Hand zur Freundschaft, dachte Osceola, halten in der anderen aber eine Schlange.

»Wir sind schon so oft von euch getäuscht worden.« Hernandez setzte seine unangenehme Pflichtübung unbeirrt fort. Er tröstete sich mit dem Gedanken, daß die Gefangennahme Osceolas dem Blutvergießen und dem Terror ein Ende machen würde. Saint Augustines sorgloses Leben mit Festen und Diners würde wieder anfangen wie eine Spieluhr, die neu aufgezogen worden war. Alle, auch die Seminolen, würden davon profitieren.

»Ihr müßt mit mir kommen. Ihr werdet gut behandelt werden. Spreche ich nicht die Wahrheit, Heartless Snake?«

»Ich dachte, Osceola und Mad Partridge würden frei sein.« Heartless Snake blickte zu Boden.

Mit lautem Geklapper hoben die Dragoner ihre Karabiner und zielten auf Osceola und die anderen. Einige Soldaten saßen ab und sammelten die Waffen der Seminolen ein. Osceola würdigte den Mann, der ihm das Messer aus der Scheide zog, keines Blicks. In John brannte die Demütigung. Er wußte, daß er sich mit dieser Schande nie abfinden würde.

»Johnson«, sagte Hernandez. »Entladen Sie das Maultier. Powell wird darauf reiten.« Osceola sah so krank und erschöpft aus, daß Hernandez es nicht über sich brachte, ihn die fünfzehn Meilen ins Gefängnis zu Fuß gehen zu lassen.

»Er kann mein Pferd haben, Sir.« John gab seinem Pferd die Sporen, bis es neben Hernandez stand.

»Ich kann nicht zulassen, daß mein Flügeladjutant zusammen mit den Gefangenen geht, Captain. Das Maultier wird für ihn reichen.«

»Darf ich mit Powell sprechen, Sir?«

»Machen Sie es kurz.«

John saß ab und reichte die Zügel einer Ordonnanz. Er stellte sich vor Osceola. »Geliebter Freund, sieh mir in die Augen. Du sollst wissen, daß ich glaubte, dir die Wahrheit zu sagen, als ich dir versicherte, deine Freiheit sei garantiert.«

Osceola sah John, wie es schien, sehr lange in die klaren blauen Augen, während die Pferde der Dragoner tänzelten und unruhig auf und ab schritten. Schließlich nahm er Johns Arm und schüttelte ihn langsam und fest.

»Ich glaube dir, Bruder.«

51

John Horse sah Osceola und Wild Cat dabei zu, wie sie in dem Sand, der sich in einer Ecke des von Unkraut überwucherten Hofs angesammelt hatte, ›Roll die Kugel‹ spielten. Um sie herum ragten die verwitterten grauen Kalkmörtelmauern Fort Marions auf. Osceola zog sich seinen ausgefransten Schal enger um die Schultern. Es war der neunundzwanzigste November, und der Wind wehte kalt. Er stöhnte und kreiste endlos, als suchte er verzweifelt nach einer Möglichkeit, aus den hohen Felsen aus massiven Muschelkalkquadern herauszukommen, die den Hof umschlossen.

Osceola hätte in seine feuchte steinerne Zelle gehen können, die in die Mauer eingelassen war, aber dort war es kaum wärmer, und überdies wollte er nichts von dem fahlen Sonnenschein verpassen. Außerdem benutzte Wild Cat das Spiel als Vorwand, damit niemand merkte, daß er über eine Flucht sprach.

Als Wild Cat sich hinhockte, um seine Bleikugel abzuschießen, sah er aus wie eine Gottesanbeterin, die den Versuch macht, sich als Zweig zu tarnen. Er war nicht einfach nur dünn, er war ausgemergelt. John Horse hatte kaum mehr Fleisch auf den Rippen.

Vor Osceolas Gefangennahme war Wild Cat in Fort Marion eher ein in Ehren aufgenommener Gast denn ein Gefangener gewesen. Jetzt, wo Osceola hier war und die Bleichaugen so viele einflußreiche Anführer des Widerstands in ihren Händen hatten, wollten sie nicht das Risiko eingehen, sie zu verlieren.

Zu seinem Entsetzen fand sich Wild Cat jede Nacht zusammen mit zwanzig anderen in einer kleinen Zelle eingeschlossen. Am Tage durfte er sich nur auf dem von Mauern umschlossenen großen Innenhof aufhalten. Es nagte an ihm, wie ein Tier im Käfig eingesperrt zu sein. Osceola mußte sich keine große Mühe geben, um ihn zur Flucht zu überreden.

Nachdem er sich einen Fluchtplan ausgedacht hatte, begann er zu hungern. Er sagte dem jungen Kommandeur Fort Marions, Captain Webster, er sei krank. Er erhielt die Genehmigung, nach Heilkräutern zu suchen, natürlich unter schwerer Bewachung. Statt Heilkräutern brachte er jedoch Wolfsmilch mit, ein Abführmittel, das ihn töten konnte, wenn er es in zu großen Mengen einnahm. Er verteilte das Kraut auch an diejenigen, die sich seinem verrückten Plan anschließen wollten. Sie hielten Dr. Weedon damit beschäftigt, Wolfsmilch für Patienten zu verschreiben, die damit ihren eigenen Untergang verursachten.

»Morgen wird Mondfinsternis sein.« Wild Cat blinzelte auf die Vertiefung im Sand, an deren Ende, in der tieferen Mulde, sich die fünf Löcher befanden. Osceolas Kugel blockierte das Loch, das die meisten Punkte brachte.

»Willst du mit uns kommen?«

»Nein.«

»Warum nicht?«

»Chesup hat meiner Familie erlaubt, zu mir zu kommen.« Osceola sprach wie beiläufig, als diskutierte er über das Spiel. In der Festung waren auch ein paar Creek als Dolmetscher einquartiert. Er wollte nicht, daß sie mithörten. »Heartless Snake ist unterwegs, sie zu holen. Sie sind vielleicht schon auf dem Weg hierher. Wenn ich ausbreche, werden die Bleichaugen sie als Geiseln nehmen.«

Osceola war plötzlich wehmütig zumute. Er erinnerte sich an die Zeit, in der er für jedes Abenteuer zu haben war. Jetzt brauchte er nur über den Hof zu spazieren, da drehte sich ihm schon alles im Kopf und sein Puls pochte an den Schläfen. »Ich werde mit meinem *sabia* sprechen, damit du Erfolg hast.«

Wild Cat grinste ihn an. Sein Gesicht war so ausgemergelt, daß er wie ein Totenkopf aussah, ein Zerrbild seiner früheren Schönheit, aber seine Augen brannten immer noch mit einem verwegenen inneren Feuer.

»Wenn du es dir anders überlegst, Bruder …« Wild Cat ließ die Aufforderung unvollendet. Je weniger er sagte, um so besser.

In der nächsten Nacht, der letzten im November, lag Osceola wach auf seiner Strohmatratze, die mit Futtersäcken bedeckt war. Er starrte zu der Schwärze an der Decke der Zelle. Er konnte die hohe Decke nicht sehen, die von der Feuchtigkeit verfärbt und uneben geworden war, konnte aber spüren, wie ihre Gegenwart schwer auf ihm lastete. Er konnte die Feuchtigkeit der Wände spüren. Die *Espanee* bauen ihre Kriegerstädte wie unterirdische Höhlen, dachte er.

Im Jahre 1671 errichteten die Spanier mit Hilfe europäischer Handwerker und indianischen Zwangsarbeitern aus Florida die ersten Kalksteinbrennöfen und legten die Muschelkalkgruben auf Anastasia Island an. Sie transportierten die riesigen Blöcke aus nassem Kalkstein auf Flößen quer durch die Mantanzas Bay. An Land wurden die Blöcke von Steinmetzen zu Quadern geformt, und die Brennöfen verwandelten Austernschalen in Kalk, der schnell erstarrte.

Jahrelang war das Fort unter ihren Händen gewachsen, und in den eineinhalb Jahrhunderten, die seitdem vergangen waren, hatte es ein Eigenleben begonnen. Jetzt seufzte der Seewind wie Atem durch die Festung. Die Mauern schwitzten Salzwasser. Die Kloake des Forts stank, als sie ihre täglichen Abwässer aus dem Wasserklosett unter der breiten Steintreppe in die Matanzas Bay ergoß. Osceola hatte das Gefühl, als läge er in den Eingeweiden der Festungsbestie. Er fühlte sich lebendig begraben. Er fühlte sich vergessen.

Er lauschte dem Ritual der Wachablösung draußen und den

Schritten, die hohl auf dem Innenhof widerhallten. Das hohle Echo war unheimlich, einsam, spöttisch. Osceola sehnte sich so sehr nach der Berührung seiner Frauen und Töchter, nach ihren lieblichen Stimmen, daß ihm die Augen brannten. Er sah vor sich das Bild, wie Mad Dog Fighting in a Line in den Armen hielt und ihr die Kehle durchschnitt, und weinte auch um sie.

Mad New Town leistete ihm eine Zeitlang Gesellschaft. Er saß mit gekreuzten Beinen da, rauchte und sprach von den alten Zeiten. Er blieb jedoch nicht lange. Und auch er hatte keine Lösung anzubieten.

Schließlich wurde das Fort still. Es lag vor dem dunklen Nachthimmel wie hingekauert und schlummerte. Osceola konnte den leisen Atem und das Schnarchen der Männer hören, die um ihn herum schliefen. Er lauschte angestrengt, ob in Wild Cats Zelle etwas zu hören war, die von seiner durch die sechs Fuß dicke Steinwand getrennt war. Statt dessen hörte er, wie jemand draußen auf dem Korridor das jüngste Gedicht über Abihka rezitierte.

»Der Krieg ist zu Ende«, lautet die Nachricht.
»Wir haben sie in unserer Falle gefangen:
Der Krieg ist zu Ende, kein Zweifel,
denn Sam Jones ist soeben reingekommen!«

Osceola spannte alle Muskeln an. Der Wachposten war wieder beschwipst. Wenn er sich betrank, unterhielt er sich gern mit seinen Schutzbefohlenen. Wild Cat hatte über die sich dadurch ergebende Möglichkeit gesprochen. Wenn der Soldat weiter so liebenswürdig blieb, hatte Wild Cat vor, ihn zu fesseln und ihm einen Futtersack über den Kopf zu ziehen. Es würde ihnen nichts helfen, wenn sie durch ihre Zellentür entkamen. Dann würden sie immer noch den offenen Innenhof überqueren und an den Wachposten vorbeikommen müssen, die auf dem Erdwall postiert waren.

Tatsächlich, der Wachposten steckte seinen großen Eisenschlüssel ratternd in das Schloß von Wild Cats Zellentür. Osceola konnte das brennende Schweinefett und den Waltran in der Blendlaterne riechen.

»Ist einer von euch Jungs noch wach?« Als der Wachposten mit seiner Laterne den Raum absuchte, zuckten riesige Schatten auf den gegipsten Wänden. Keiner der Männer bewegte sich oder sagte etwas, als sie unter ihren Decken lagen. »Ich frage noch mal«, flüsterte er. »Hat einer von euch Jungs Appetit auf einen Schluck Fusel?«

Er wedelte mit einer kleinen flachen Flasche herum und wartete, wie es schien, sehr lange. Als er keine Antwort erhielt, zog er sich langsam zurück und verschloß wieder die Tür. Er kam zu dem Schluß, daß wenn Indianer bei Whiskey nicht anbissen, sie schlafen oder tot sein mußten. Er setzte seine Runde fort und rezitierte dabei weiter.

> Aber hört! Am nächsten Tag singen wir es anders
> Und behaupten das Gegenteil.
> »Der Krieg ist noch nicht zu Ende«, denn sieh an!
> Sam Jones ist wieder draußen.

Wild Cat und die anderen warteten, bis er mit seinen unbeholfenen Versen fertig war und zu singen begann. Dem Geräusch nach zu urteilen befand er sich auf der anderen Seite des Hofs in der Nähe der Werkstatt, in der die Munition gelagert wurde. Dann machten sie sich in der Dunkelheit leise und schnell ans Werk. Sie holten unter den Matratzen die beiden langen Seile hervor, die sie aus Streifen ihrer zerrissenen Bettwäsche geflochten hatten. Wild Cat band sie sich an den Gürtel.

John Horse stellte sich auf den niedrigen, breiten Vorsprung unter dem einzigen Fenster der Zelle. Das Fenster war mehr als fünf Meter hoch in die Mauer eingelassen, eine schiefergraue Scheibe, die sich von der pechschwarzen Wand abhob. Wild Cat zog sich nackt aus. Er klemmte sich das Messer zwischen die Zähne und kletterte auf Johns Schultern. Während John Horse ihm die Beine stützte, langte Wild Cat so hoch hinauf wie nur möglich und preßte das Messer in eine Spalte im Mauerwerk.

Mit dem Messer als Hebel zog er sich hoch, bis er einen der beiden Eisenstäbe ergreifen konnte. Den zweiten hatte er schon fast ganz aus dem bröckelnden Putz gelöst. Er zog den Gitterstab heraus, band ihn an eins der Seile und senkte ihn behutsam hinab. Er durfte nicht klappernd auf den Steinfußboden fallen.

Wild Cat schaffte es, die beiden Seile an den verbleibenden Gitterstab zu binden. Er ließ das längere Ende aus dem Fenster fallen und das kürzere in die Zelle, damit die anderen daran hinaufklettern konnten. Er streckte die Arme vor sich aus und begann sich durch ein Loch zu zwängen, das viel zu klein für ihn war. Die Außenseite der Mauer, die von den wenigen sichtbaren Sternen an dem bewölkten Himmel schwach erleuchtet wurde, erstreckte sich unter ihm und an den Seiten.

Der steinerne Fensterrahmen kratzte und zerfetzte ihm die Haut an Brust und Rücken, bis er ganz blutüberströmt war. Er fürchtete schon, sich verrechnet zu haben. Er fürchtete steckenzubleiben. Er atmete aus und stieß sich mit den Händen an der Außenwand ab. Blut strömte ihm über die Arme und tropfte von den Fingern, was auf dem rauhen Stein dunkle Flecke zurückließ.

Einen Moment lang glaubte Wild Cat, keine Luft in seine beengte Brust zu bekommen. Er wuchtete sich den Bruchteil eines Zolls weiter hinaus und keuchte, als er etwas von der Nachtluft, die er kalt am Körper spürte, in die Lungen bekam. Er hielt sich am Seil fest und hing mit dem Kopf nach unten, als er sich anstrengte, Oberkörper und Beine freizubekommen.

Als er die Hände an den geflochtenen Lumpen weitergleiten ließ und das Seil einen größeren Teil seines Gewichts zu tragen hatte, streckte es sich und knarrte. Er wußte, daß es reißen würde. Er wußte, daß er mit dem Kopf zuerst in den trockenen Burggraben fallen würde, dessen Schlund sich acht Meter unter ihm gähnend öffnete. Er stellte sich vor, wie sein Schädel wie eine Melone zerplatzte.

So hing er dort, während seine nackten Zehen sich am Fenstersims festhakten. Dann holte er mehrmals tief Luft und stieß sich mit den Füßen ab. Seine Beine beschrieben einen weiten, nach unten gerichteten Bogen. Das Seil erzitterte heftig, und die Arme wurden ihm fast aus den Gelenken gerissen, als sein volles Gewicht an ihnen zerrte. Wild Cat schwang hin und her wie ein Bleilot an einer Leine. Er prallte mehrmals gegen die

Mauer und zerriß sich die Haut an Knien und Ellbogen; doch das Seil hielt.

Er ließ sich auf den glitschigen Schlamm hinab, der den Grund des Wallgrabens bedeckte. Er kletterte hinauf und rannte gebückt zu den Fächerpalmen. Dort blieb er liegen, lauschte dem Pochen des Herzens und ignorierte die Tatsache, daß jeder Zweig, jeder Dorn und jeder Stein seine zerfetzte Haut brennen ließ. Er stellte sich seinen Körper als eine Wiese voller Schmerzblumen vor, die sich in einem kalten Wind bewegten.

Er hörte in der Nähe Stimmen und hielt den Atem an, während zwei Soldaten an ihm vorbeischlenderten. Er konnte ihre schattenhaften Umrisse erkennen und die glühenden Lichtpunkte ihrer Zigarren. Wild Cat warf einen besorgten Blick zu der dunklen Scheibe dort oben in der Steinmauer. Er sah John Horses Arme und Kopf erscheinen, die das kreisrunde Loch ausfüllten. Als die Soldaten verschwunden waren, trat Wild Cat ins Freie und winkte seinem Freund zu.

»Ich schaffe es nicht«, rief John leise herunter. Seine breiteren Schultern waren eng zusammengequetscht.

»Doch, du schaffst es, Bruder«, entgegnete Wild Cat. »Laß alle Luft aus dem Körper.«

»Es hat keinen Zweck.«

»Mach dich klein wie ein Blatt, das in einem Feuer verschrumpelt.«

Langsam und unter Schmerzen tauchte John Horse aus dem Loch auf und senkte sich mit dem Kopf nach unten am Seil hinab. Als seine Füße hinausschwangen, verlor er seinen Griff. Er stürzte zur Erde und blieb dort zusammengekauert liegen. Wild Cat ließ sich an der Seitenwand des Wallgrabens hinuntergleiten und kniete neben ihm nieder. Mit den Fingerspitzen suchte er Johns blutenden Hals nach einem Herzschlag ab. Als er ihn spürte, schleifte er ihn zu einer niedrigeren Stelle des Grabens, in der noch Wasser stand. Das kalte Wasser brachte John wieder zu sich, doch als er aufzustehen versuchte, knickte ihm der Knöchel ein.

»Er ist gebrochen«, sagte er. »Laß mich hier.«

Wild Cat legte John Horse den Arm um die Schultern, zog ihn

hoch und taumelte mit ihm in das Palmendickicht. Er fand ein Maultier, das jemand in der Nähe angepflockt hatte stehen lassen. Er half John auf den Rücken des Tiers und führte ihn weg.

Er blieb nicht, um den anderen zuzusehen. Sie mußten im Lauf der Nacht zu zweit oder dritt entkommen. Solchen kleineren Gruppen würde es leichter fallen, den Patrouillen zu entgehen. Als der Corporal am nächsten Morgen das Frühstück brachte, fand er in Wild Cats Zelle niemanden mehr vor. Achtzehn Mann und zwei Frauen waren entkommen.

Fort Marion und Saint Augustine gerieten in Aufruhr. Patrouillen ritten in gestrecktem Galopp aus der Stadt, fanden jedoch keine Spur von den fehlenden Gefangenen. Wild Cat war ein wichtiger Kriegsanführer. Der Krieg, von dem sie alle geglaubt hatten, er sei zu Ende, ging offensichtlich weiter. In Fort Peyton, zwei Meilen südlich der Stadt, bekam General Jesup einen Tobsuchtsanfall.

Jesup war sicher, daß Abihka hinter all dem steckte. Er befahl, die restlichen Gefangenen in Eisen legen zu lassen. Er schwor sich, Sam Jones in Frauenkleider zu stecken, wenn er ihn fing. Er schwor sich, die Bluthunde loszulassen, um entlaufene Sklaven aufzuspüren, und das trotz der Kritik in den Zeitungen des Nordens, die gegen den Einsatz von Hunden wetterten. Er schwor sich, König Philip töten zu lassen, wenn sein Sohn sich nicht stellte.

Als immer neue Meldereiter mit den neuesten Depeschen Jesups ankamen, gaben die Wachposten die Informationen an ihre Schutzbefohlenen weiter, die keine Miene verzogen. Denn jetzt befand sich natürlich die ganze Garnison in ernster Gefahr, aber selbst die Soldaten wußten Wild Cats Leistung zu würdigen. Was die stoischen Seminolen betraf, hallte der steinerne Brunnen auf dem Innenhof von ihrem stummen Gelächter wider.

Als General Jesup sich dazu durchrang, Philip mit dem Tod zu drohen, wußte Osceola, daß er wie Little Warriors Freundin war, wie die Höhleneule. Er machte großes Getöse, tat jedoch wenig. *Es sind die Federn des Geflügels, die es groß machen,* wie Mink immer sagte. Wenn die Weißen nicht hinsahen, verzog sich Osceolas Mund zu einem wissenden Lächeln. Das Spiel war noch nicht zu Ende.

52

John Goode setzte seinen ganzen Sold ein und verpfändete sogar seine Taschenuhr, um Perlenschnüre zu kaufen. Als er Mink, Morning Dew und deren traurige Begleitung näher kommen sah, tat es ihm nicht leid, die Perlen gekauft zu haben. Sein Ersatzhemd und die Strümpfe, seine Handschuhe, sein Taschentuch, den Overall und das Rasierzeug hatte er aus seiner Reisetasche entfernt. Die eckige Ledertasche war jetzt mit vierzig oder fünfzig Pfund der buntesten Glasperlen vollgestopft, die er hatte auftreiben können.

In seinen Satteltaschen hatte er gerüschte Röcke und Blusen in fast traditionellem Seminolenstil. Er hatte den Baumwollstoff gekauft und in Saint Augustine eine Näherin beauftragt, die Röcke und Blusen zu nähen. Er hoffte, sie würden passen. Als ihn die Näherin nach den Größen gefragt hatte, hatte er nur erröten und mit den Händen zeigen können, so lang, so breit.

Ein junger Krieger ritt an der Spitze der kleinen Prozession. John erkannte ihn als einen Jungen aus dem Rudel, das Osceola auf Schritt und Tritt folgte. Der Junge wartete immer ungeduldig auf ein Wort oder ein Lächeln des *Talasee Tastanagee* oder darauf, daß er jemandem eine Nachricht überbringen oder Osceola einen Gefallen tun konnte. Seit John in Talasee gewesen war, war der Junge *tasikaya* geworden. Jetzt folgte er seinem geliebten Black Drink Singer in die Gefangenschaft.

Er ritt eins der zwei erschöpften Ponys der Gruppe und hielt eine große weiße Fahne an einer zweieinhalb Meter langen Stange. Hinter ihm gingen Mink, Morning Dew und Crying Bird. Little Warrior führte das magere, humpelnde Pferd, das mit ihren irdischen Besitztümern beladen war, die zu ein paar kleinen Bündeln verschnürt waren.

Ihnen folgten im Gänsemarsch vierzig Schwarze. Die Schwarzen waren abgemagert, krank und barfüßig. Ihre Kleider hingen ihnen in Lumpen am Körper. Abihka hatte die Sklaven eingesammelt, die ihren Herren seit Beginn des Krieges weggelaufen waren. Er und die Familie hofften, mit ihnen

Osceolas Freilassung erkaufen zu können, aber allzu groß war die Hoffnung nicht. Was die Schwarzen betraf, so bedauerten diese nicht, wieder in die Knechtschaft zurückzukehren. Sie war dem Leben vorzuziehen, das sie geführt hatten.

John gab seinem Pferd die Sporen und ritt von Lieutenant Pickell und der vierzehn Mann starken Eskorte weg. Als er Osceolas Familie entgegenritt, erschütterte es ihn zu sehen, wie ausgemergelt sie waren. Er hatte zwar erwartet, daß sie mager waren, aber nicht so mager. Und nicht so zerlumpt.

Die Armee hatte Lebensmittelrationen bereitgestellt, damit sie ihren Hunger stillen konnten. John nahm sich vor, alles zu tun, um ihnen ihren Stolz zu erhalten. Er griff nach dem Beutel mit den Perlen und den bunten Kleidungsstücken, um sich zu vergewissern, daß alles noch an seinem Platz war.

Little Warrior kam ihm nicht entgegengelaufen, um ihn zu begrüßen wie früher. Sie stand nur da, ließ die Arme an den Seiten hängen und hielt die Zügel des Ponys lose in der rechten Hand. Sie hatte den neutralen Gesichtsausdruck aufgesetzt, der so beredt war, so wie ein Schweigen manchmal mehr sagen kann als Worte. Sie war immer anmutig und ausgeglichen gewesen. Sie hatte immer etwas Geistiges an sich gehabt. Jetzt waren die Augen in ihrem schmalen Gesicht riesig und dunkel. Sie funkelten. Sie wirkte ätherisch.

»Ihr seid gekommen«, sagte John.

»Das sind wir.« Morning Dew wirkte erleichtert, die Soldaten zu sehen.

»Wie war eure Reise?«

»Schlecht.« Mink spie die Antwort fast aus. Nakita war der Grund für Osceolas Gefangennahme. Wenn er nicht geschworen hätte, die Weißen sicherten ihnen freies Geleit zu, hätte sich Osceola nie zu den Verhandlungen begeben.

»Haben Soldaten euch belästigt?«

»Unsere eigenen Leute haben uns belästigt, Nakita.« Mink verwendete Johns albernen Kindernamen statt des Kriegsnamens, den Osceola ihm gegeben hatte. Sie konnte weder ihn noch die Blaujacken töten, und so tat sie das Zweitbeste. Sie verhöhnte ihn. »Wir mußten uns verstecken«, sagte sie. »Wir mußten durch unwegsames Gelände reisen. Hat es dir niemand gesagt? Diejenigen, die sich ergeben, sind zum Tode verurteilt.«

»Aber es kann doch nicht sein ...«, begann John zu protestieren. Die Seminolen würden doch nicht die Familie ihres patriotischsten Anführers töten.

Und ob sie es tun würden. John dachte an Third Sister. Er verzweifelte daran, ob seine Regierung es je begreifen würde, wie entschlossen diese Menschen waren, ihr Land zu behalten.

»*Talasee Tastanagee* möchte dich sofort sehen«, sagte er ein wenig steif.

»Wie geht es ihm?« Morning Dews Stimme war immer noch so sanft, wie John sie in Erinnerung hatte.

»Ein Arzt kümmert sich um ihn.«

»Werden wir ihn bald sehen?« fragte Crying Bird.

»Ja, Kleines.« John hockte sich hin, um ihr ins Auge sehen zu können. »Der Dampfer wird euch hinbringen.«

Für einen Mann, den die Malaria heimsuchte und der an einen Eisenring gekettet war, der in einer fast zwei Meter dicken Steinmauer steckte, wirkte Osceola bemerkenswert munter. Er bedankte sich höflich bei dem Wachposten, der die schweren Eisenbänder aufschloß. Als der Soldat die Männer freiließ, die mit Osceola die Zelle teilten, gingen sie einzeln hinaus und blinzelten in das harte winterliche Sonnenlicht.

Ein Dutzend bewaffneter Soldaten erwarteten sie. Die Soldaten würden ihre Gefangenen beobachten, während diese den Morgen mit Rauchen, Gesprächen und Würfelspielen verbrachten oder auf dem Hof ›Roll die Kugel‹ spielten. General Jesup hatte seine Entscheidung, die Gefangenen angekettet zu lassen, geändert, wollte die Gefangenen aber trotzdem sorgfältig bewacht wissen.

»Laß mich deinen Herzschlag prüfen.« Dr. Frederick Weedon beugte sich vor und hielt Osceola das Stethoskop an die Brust. Das Instrument sah aus wie eine billige Spielzeugtrompete. Hinter dem Arzt stand der Dolmetscher der Seminolen, einer aus Trout Leaders Gruppe.

»Eine abscheuliche Behandlung. Abscheulich«, sagte Weedon. »Jesup wird wegen seiner Rücksichtslosigkeit zu Recht verdammt. Einen Mann gefangenzunehmen, der mit der weißen Fahne erscheint. Und ihn dann in Ketten legen zu lassen, wenn er krank ist.« Weder Weedon noch Osceola erwähnten je die Tatsache, daß der Schwager des Arztes, Wiley Thompson, Osceola einst in Eisen gelegt hatte und dafür gestorben war.

»Chesup *Tastanagee* ist vorsichtig«, sagte Osceola. »Wir wilden Seminolen könnten uns erheben. Es könnte sein, daß wir euch alle abschlachten.«

»Ich weiß nicht, wie du es schaffst, jeden Morgen von dieser elenden, von Flöhen wimmelnden Pritsche aufzustehen.« Weedon war besorgt, wie schnell Osceolas Herz pochte. Die Malaria hatte ihn fest im Griff. Der Arzt wollte sein Stethoskop wieder in seinem hölzernen Medizinkasten verstauen.

»Kannst du hören, was in meinem Herzen vorgeht, *Alektcha,* Doktor?«

»Ich höre Gutes in deinem Herzen.«

Osceolas Name war im Haus des Doktors fast drei Jahre lang verhaßt gewesen, seit der Meldereiter auf Weedons Plantage in Saint Augustine mit der Neuigkeit von der brutalen Ermordung seines Schwagers erschienen war. Weedon fand es jedoch für sich unmöglich, diesen sanften, intelligenten und rätselhaften Mann zu hassen. Er stellte sich Osceola lieber als zwei verschiedene Menschen vor, was dieser in gewisser Weise auch war. Der drei Jahre jüngere Osceola konnte sich niemals mit Inhaftierung und Ketten abfinden. Aber selbst Dr. Weedon erkannte, daß Osceola, obgleich machtlos der Gefangenschaft gegenüber, seine Würde nicht verlor.

Osceola nahm das Stethoskop und hielt es dem Arzt an die Brust. Mit einem kleinen Lächeln des Erkennens lauschte Osceola gespannt an Weedons Brust.

»Kannst du hören, was in meinem Herzen ist?« fragte der Arzt.

Osceola nickte.

»Nun, mein Freund, ich habe seit der Flucht von gestern nacht zwar weniger Patienten, sollte aber trotzdem mal lieber nach ihnen sehen. Ich werde veranlassen, daß der Koch dir etwas Besonderes schickt. Wir müssen dafür sorgen, daß du wieder Fleisch auf die Rippen bekommst.«

Dr. Weedon drehte sich um und machte sich bereit zu gehen. Da sah er John Goode in der Tür stehen. »Captain Goode, nett, Sie zu sehen.« Als er sich an ihm vorbeidrängte, murmelte er: »Er ist sehr krank. Wir können nichts weiter tun, als es ihm so komfortabel wie möglich zu machen.«

»Ja.« John starrte auf die Ketten und die schweren Eisenringe, die zu Osceolas Füßen lagen. »Ich sehe, wie komfortabel Jesup es ihm gemacht hat.« John wartete, bis der Arzt und der Dolmetscher gegangen waren, dann schloß er die Tür hinter ihnen.

»Bist du *hadjo?* Bist du verrückt?« fragte John. »Warum grinst du wie ein Alligator?«

»Ich bin glücklich, weil meine Familie in Sicherheit ist.« Osceola ergriff Johns Ellbogen und Unterarm. »Ich bin glücklich, weil Wild Cat den Blaujacken letzte Nacht einen wunderbaren Streich gespielt hat. Ich bin glücklich, dich zu sehen, alter Freund.«

»Woher weißt du, daß deine Familie in Sicherheit ist?« Soweit John wußte, hatte niemand Osceola von der Ankunft seiner Familie erzählt. John hatte um die Erlaubnis gebeten, ihm die Nachricht selbst zu überbringen.

»Mein Onkel hat es mir gesagt.«

»Der Onkel, der dir immer alle möglichen Dinge erzählt? Der Onkel, der schon seit fünfzehn Jahren tot ist?«

»Genau der.« Osceola rieb sich die durch die Eisenringe geröteten Fußfesseln. »Wo sind sie?«

»Hat dein Onkel es dir nicht gesagt?« Als John den Kummer über Osceolas Gesicht huschen sah, fühlte er sich niederträchtig und klein. »Dein Onkel hat recht. Deine Familie ist hier. Sie sind in Sicherheit. Captain Webster hat einen Raum gefunden, in dem ihr alle fünf unterkommen könnt. Ich bin hergekommen, dich zu ihnen zu bringen.«

»Wo ist Heartless Snake?« Osceola wußte, daß die Reise gefährlich gewesen sein mußte. Heartless Snake hatte sein Leben aufs Spiel gesetzt, um die Familie durch Territorium zu führen, das von den Kräften besetzt war, die sich der Umsiedlung widersetzten. Er wollte ihm danken.

»Er ist übergelaufen.«

»Übergelaufen?«

»Er kundschaftet für die Armee. Kundschaftet *wirklich.* Und spioniert nicht nur für dich.«

»Jeder Mann muß seinem eigenen Pfad folgen.« Osceola begann in der Holzkiste zu wühlen, in der er seine Kleider und seinen Schmuck aufbewahrte.

John hatte erwartet, daß Osceola es eilig hatte, seine Familie zu sehen. Er hatte vergessen, daß die Seminolen nicht so handelten. Osceola wusch sich in einem großen Waschbecken aus Blech. Es quälte John zu sehen, wie Rippen und Hüftknochen seines Freundes hervortraten. Während Osceola sich den Kopf rasierte und sich anzog, setzte sich John auf die Strohmatratze, um mit ihm eine Pfeife zu rauchen.

»Es fehlt mir, die Sonne nicht jeden Morgen begrüßen zu können«, sagte Osceola. »Das da ist jetzt meine Sonne.« Er deutete auf das kleine runde Fenster unterhalb der hohen Decke. »Ein Jammer, daß es nicht nach Osten führt.«

»Die Zeitungen im Norden sind voll mit Artikeln, in denen Chesup *Tastanagee* wegen seines perfiden Verhaltens verdammt wird.« John senkte die Stimme. Dies war ein äußerst empfindliches Thema, soweit es Jesup betraf.

»Sein Ruf ist ruiniert«, fuhr John fort. »Wenn er ein *tastanagee thloko* oder *emathla* der Seminolen wäre, würde der Rat ihn wahrscheinlich absetzen.« John zog ein zusammengefaltetes Blatt des *Niles Weekly Register* aus der Jackentasche und las laut vor:

»›Wir wollen nichts mit dieser *glorreichen Leistung* amerikanischen Offizierstums zu tun haben. Wenn sie gegenüber einem zivilisierten Feind erfolgt wäre, würde man sie als Verletzung alles dessen bezeichnen, was im Krieg nobel und großmütig ist.‹« John grinste Osceola an. »Außerhalb Floridas bist du ein Held, mein Freund. Dein Name ist in aller Munde.«

»Dann wird man uns freilassen?«

»Nein.« John faltete das Blatt wieder zusammen. Seine Freude war wie weggeblasen. »Nein, du bist viel zu gefährlich, um auf freien Fuß gesetzt zu werden.«

»Sehe ich gefährlich aus?« Osceola hatte sich inzwischen fertig angekleidet. In seiner verblichenen Pracht sah er bejammernswert dünn und abgezehrt aus. Zum Schutz vor der Feuchtigkeit der Zelle und der Dezemberkälte hatte er sich einen fransenbesetzten Schal um die knochigen Schultern gelegt. Seine Hand zitterte, als er etwas von Johns Tabak in seine Pfeife stopfte. Ein oberflächlicher Beobachter hätte gesagt, daß Osceola kaum gefährlich aussehe. Einem oberflächlichen Betrachter wäre der Trotz in seinen Augen entgangen.

»Im Augenblick bist du der gefährlichste Mann im ganzen Land. Natürlich dicht gefolgt von Wild Cat und Abihka. Übrigens, wann wurde eigentlich der alte Sam Jones geboren?«

»Im Sommer, glaube ich.«

»Ich meine, wie viele Jahre hat er gesehen? Sein Alter ist bei den Truppen Gegenstand wilder Spekulationen.«

»Vielleicht neunzig Jahre. Vielleicht hundert. Ich weiß es nicht.«

John schüttelte den Kopf. »Ich hoffe, daß ich auch noch so viel Mumm in den Knochen habe, wenn ich in seinem Alter bin.«

»Mumm? Knochen?«

John erklärte den Ausdruck, während die beiden Männer das Kopfsteinpflaster des von Unkraut überwucherten Hofs überquerten. Obwohl Fort Marion mit einer Garnison bemannt war, wirkte es verlassen. Büsche hatten in den mit Sand gefüllten Spalten der Schanzen Wurzeln geschlagen. Die Kanonen waren von dem Salz angefressen, das mit jeder neuen Brise herangeweht wurde.

»Chesup *Tastanagee* plant einen Winterfeldzug.« John blieb an der Tür einer kleineren Zelle stehen. »Er hat neuntausend Soldaten und Milizangehörige zusammengebracht. Gegen was? Zweitausend Krieger?«

Osceola war nicht beeindruckt. »Wie will er in den Sümpfen neuntausend Männer, Pferde und Maultiere ernähren? Was wird er machen, wenn die Hälfte der Männer krank wird?«

»Das sind gute Fragen.« John schüttelte den Kopf über die unfaßbare Dummheit seiner Vorgesetzten. »Ich werde aber mit den Truppen im Feld sein. Dein Volk wird sich nach Süden, in die Pahay-okee, die Everglades, zurückziehen. Wir werden ihnen natürlich folgen müssen.«

»Wirst du die Gebirgskanone mitnehmen?«

John lachte. Als Antwort auf Jesups Bitte um Artillerie hatte die Armee in ihrer unendlichen Weisheit eine kompakte Gebirgshaubitze geschickt. In dem flachen Gelände Floridas war die Kanone so gut wie nutzlos und bei den Soldaten zum Witz geworden.

»Es kann sein, daß ich dich eine Zeitlang nicht sehe, und deshalb will ich dir nur sagen, daß ich Anfang des Jahres meinen Abschied nehmen werde. Ich habe die Armee immer für eine noble Berufung gehalten, möchte mich aber nicht länger mit der Art von Verrat in Verbindung bringen lassen, die man an dir und deinem Volk verübt hat.«

»Ein Krieger kann nicht seinen Abschied nehmen.«

»Der hier kann es.«

»Möge es dir wohl ergehen, Bruder.« Osceola ergriff wieder Johns Arm, diesmal zum Abschied. »Möge der Pfad, den du wählst, dir Glück bringen.«

John tippte zum Gruß an seine Mütze. Dann machte er auf dem Absatz kehrt und schritt über den Hof. Er bestieg sein Pferd und verschwand durch das hohe Haupttor.

Da er sich bewußt war, daß die Soldaten ihn beobachteten, holte Osceola tief Luft. Mit ausdruckslosem Gesicht stieß er die Tür zur Zelle auf, die er leise hinter sich schloß. Morning Dew und Mink hatten auf dem kalten Steinfußboden des engen Raums mit der hohen Decke gewebte Fächerpalmenmatten und Rehhäute ausgebreitet. Die Zelle war zwar ungemütlich, aber die Frauen taten ihr Bestes, sie in ein Zuhause zu verwandeln.

Mink war dabei, in der Mitte des Raums ein kleines Feuer zu entfachen, während Morning Dew die Gerätschaften auspackte. Die Mädchen legten Decken auf die Strohpritschen. Alle blickten auf, für einen Moment durch Kummer und Freude wie erstarrt.

»Wie sollen wir nachts die Sterne sehen, Vater?« Als Little Warrior schließlich sprach, verliehen die steinernen Wände ihrer Stimme einen hohlen Klang.

»Werden wir lange hierbleiben müssen?« wollte Crying Bird wissen.

Osceola konnte nicht sprechen. Er kniete nieder, nahm Crying Bird und Little Warrior in die Arme und preßte sie fest an sich.

Die Frauen hatten Seifenkrautwurzeln gesammelt und sie zerstoßen. Sie hatten Lieutenant Pickell gebeten, an einem Fluß anzuhalten, wo sie sich dann die Haare gewaschen hatten. Jetzt war das Haar der Kinder glatt und glänzend. Osceola vergrub das Gesicht in dem weichen Duft und schluchzte.

53

Der junge *tasikaya* hatte die Aufmerksamkeit aller. Osceola, Philip und zweihundert Gefangene lehnten sich gegen die steinerne Brustwehr oder saßen mit gekreuzten Beinen auf dem Erdwall, als er seine Geschichte erzählte. Ein stetiger Wind spielte mit ihren Rüschen und Federn und zerfetzte den Rauch aus ihren Pfeifen.

Der neue Gefangene war hochgewachsen, dünn und drahtig und trug nur den Lendenschurz, in dem man ihn gefangengenommen hatte. Er kauerte sich hin, um nicht mehr dem Wind ausgesetzt zu sein. Er legte die Unterarme auf die Schenkel. Beim Sprechen wurden seine Augen schmal und konzentrierten sich auf seine Erinnerungen an die Schlacht. Er starrte über die unebene Steinmauer hinweg auf einen Punkt jenseits der am Strand trocknenden Fischernetze, jenseits der Häuser von Saint Augustine. Er starrte in Richtung Südwesten, zum Lake Okeechobee hin, dem Großen Wasser.

In Gedanken war er wieder dort und saß auf einer Zypresse, die in irgendeinem Hurrikan umgestürzt war. Mit halbgeschlossenen Augen summte er seinen Medizingesang. Sein neuer Hinterlader und seine Alligatorkeule lehnten an einem Baumstamm. Auf der nassen Prärie vor ihm grasten zweihundert Rinder. Hoch vom Himmel her stürzte sich ein Falke mit einem durchdringenden Schrei aufs Gras nieder, und ein Kaninchen schrie in Todesangst.

Der *tasikaya* ahmte für seine Zuhörer den Falken und das Kaninchen nach. Ein erschreckter Wachposten riß sein geschultertes Gewehr herunter und brachte es halbwegs in Schußposition. Die Anwesenheit so vieler Krieger machte ihn nervös. Viele von ihnen waren erst seit ein paar Tagen hier. Sie waren unberechenbar.

Der junge Mann fuhr mit seiner Geschichte fort. Freiwillig hätte er sich nicht dazu gemeldet, sich davon zu überzeugen, daß die Bleichaugen die ferne Waldinsel angriffen; er konnte sich jedoch kaum weigern, als Abihka *Hobayee Tastanagee* ihn für diese Aufgabe auswählte. Am meisten bedauerte er den sicheren Verlust seines wundervollen neuen Hinterladers, den er der steifen Hand einer toten Blaujacke entwunden hatte.

Als die Kühe sich unruhig in Bewegung setzten, drehte der junge Mann sich um, als suchte er den Horizont nach Unheil ab. Er tat, als überraschte ihn der Anblick der Männer der Second Dragoons, die ihn jetzt im Visier ihrer Karabiner hatten. Er tat, als sähe er sich nach irgendeinem Versteck um, nach einer Stelle, zu der er hinrennen konnte. Dann hob er widerstrebend das Gewehr über den Kopf und wartete darauf, daß die Bleichaugen es ihm wegnahmen.

Er hockte ungerührt da, als der Armeekundschafter ihn vernahm. Der Kundschafter war Heartless Snake. Heartless Snake trug einen Lendenschurz und eine wollene Armeejacke, aus der die dunklen Schweißflecken unter den Armen nie mehr verschwanden. Schweiß bildete auch eine dünne Perlenschnur in seinem kümmerlichen Schnurrbart. Das Wetter war für einen 25. Dezember sehr heiß, selbst so tief im Süden.

»Wo ist Abihkas Streitmacht?« Heartless Snake hockte sich hin, um dem Gefangenen näher zu sein, starrte aber dabei in die Ferne, in die Prärie, auf die ferne Waldinsel. Er zupfte beim Sprechen an einem Grashalm. Ihm war unwohl bei diesem Auftrag. Andererseits wußte er, daß der junge Krieger nicht zufällig hier war, doch das behielt er für sich. Sollten die Bleichaugen selbst auch ein paar Dinge herausfinden.

Als der *tasikaya* auf dem Erdwall von Fort Marion mit dem

Arm in die Ferne zeigte, konnten sich seine Zuhörer die mit Kiefern und Palmen bestandene Waldinsel in etwa einer Meile Entfernung vorstellen, wie sie einsam aus der ungeheuren flachen Weite des Schneidegrassumpfs emporragte.

»Wie viele Krieger?« fragte Heartless Snake.

Der junge Mann musterte Colonel Zachary Taylors erschöpfte Truppen. Mit einem kurzen Schnippen seiner Hand trennte er etwas mehr als ein Drittel von den eintausend Berittenen und Fußsoldaten ab.

»Welche *tastanagalgee* führen sie an?«

Der junge *tasikaya* zeigte nach links. »Abihka führt die Mikasukee dort an. Alligator ist bei den Maskokee in der Mitte. Wild Cat mit Mikasukee und John Horse mit schwarzen Kriegern auf der rechten Seite. Der große, den sie Luhstee nennen, Black, ist bei John Horse. Davor Wasser.« Er hatte recht damit, das Wasser dazuzuzählen. Der Sumpf war ein Teil der Seminolenstreitmacht.

»Pferde nicht gut.« Heartless Snake warf ein paar Ratschläge für Colonel Taylor ein, der mit den Händen in den Hüften dastand und ihn anfunkelte.

Heartless Snake stand auf. »Wasser, Schlamm, soviel tief.« Er tätschelte sich mit der inneren Handkante den Bauch. »Hinter Waldinsel Okee-chobee, Großes Wasser.«

»Gottverfluchte Scheiße.« Zachary Taylor nagte an seiner Unterlippe, als er das Gelände zwischen seinen Männern und dem dichten Pflanzenbewuchs auf der Insel musterte. Dies war Taylors erste Begegnung mit der Strategie der Seminolen. Bevor auch nur der erste Schuß abgefeuert war, ging ihm auf, daß er den schwersten Fehler begangen hatte, den ein Soldat machen kann. Er hatte den Feind unterschätzt. Das Wissen, daß er nicht der erste war, der diesen Fehler machte, tröstete ihn kaum.

Abihka stellte sich dem Feind zu seinen Bedingungen. Er hatte einen weitläufigen Wald am Nordrand des Lake Okeechobee ausgewählt, der vierzig Meilen lang und fünfundzwanzig Meilen breit war und wie ein riesiger polierter Zinnteller dalag. Die Krieger konnten sich jederzeit an seine sandigen Uferränder zurückziehen, was eine Einkreisung unmöglich machte.

Taylor zweifelte keinen Augenblick daran, daß die Seminolen ihn von den Ästen der hohen Eichen in der Mitte des Waldes beobachteten. Mit ihren langen Macheten hatten sie eine breite Schneise durch das Schneidegras geschlagen, um für ihr Feuer einen Korridor zu bilden. Sie hatten Kerben in die Bäume geschlagen, um ihre Gewehrläufe darauf zu stützen. Jetzt warteten sie mit der Geduld von Jägern, die ein Reh vorbeilaufen sehen.

Heartless Snake blieb zurück, um den Gefangenen zu bewachen, aber der junge Mann schenkte ihm keinerlei Beachtung. Selbst ein *tasikaya* wußte, wie man in einem ausdruckslosen Gesicht Verachtung erkennt.

Der junge Mann beschrieb seinen amüsierten Zuhörern, wie die erschöpften, völlig durchnäßten, hungrigen, kranken, barfüßigen und zerlumpten Bleichaugen mit ihren schweren Karabinern über dem Kopf durch den Schlamm stapften. Er demonstrierte, wie sie in das übelriechende schwarze Wasser stürzten und auf Abihkas Falle zutorkelten.

Der *tasikaya* kannte die Bedeutung des 25. Dezember nicht. Heartless Snake kannte sie, hauptsächlich weil die Rumrationen an diesem Tag verdoppelt wurden. Als er sah, wie die Truppen in das tückische Schneidegrasdickicht hineinmarschierten, murmelte er: »Flöh-liche Weih-nachen.«

»Tay-lo *Tastanagee Thloko* behauptet, einen großen Sieg errungen zu haben.« Osceola sprach, nachdem alle Zeit gehabt hatten, die Geschichte zu genießen.

»Die Bleichaugen denken, daß wir unsere Toten wegschleifen«, sagte Jumper. »Nach jeder Schlacht zählen sie unsichtbare Leichen.« Jumper ging ruhelos auf der Brustwehr auf und ab. Gefangenschaft war für ihn etwas Neues. »Tay-lo hat mehr als hundertdreißig verwundete und tote Männer aus dem Sumpf getragen. Wenn er ein Seminolenanführer wäre, wäre er jetzt entehrt. Kein Krieger würde ihm mehr folgen, nicht mal in die Büsche, um zu scheißen. Wild Cat hat ihn zum Narren gehalten.«

Philip starrte nach Süden, wo Wild Cat umherstreifte, frei und ein stetes Ärgernis für die Bleichaugen. Ein Lächeln huschte über das zerfurchte Gesicht des alten Mannes. Der

Name seines Sohnes war in aller Munde. Philip wußte, daß er selbst bald sterben oder in ein fernes Land ins Exil geschickt werden würde. Er würde jedoch in Wild Cat weiterleben.

Der hochgewachsene und schlanke Jumper wurde von seinen dreiundsechzig Kriegern flankiert, die sich kurz vor der Schlacht am Lake Okeechobee ebenfalls Colonel Taylor ergeben hatten.

»Wir haben gesehen, wie die verwundeten Blaujacken auf Tragen durch den Sumpf getragen wurden«, sagte Jumper. »Es war alles andere als bequem für sie. Wir haben darum gewettet, ob die Bleichaugen an ihren Wunden oder an der Ruhr sterben. Wir sahen, wie die Pferde der Bleichaugen an den Seiten des Pfads tot umfielen.«

»Sinnmacher.« Mikanopee winkte mit einer schlaffen Hand von dem extra für ihn angefertigten und überbreiten Feldstuhl, in dem er ruhte. Jumper ging zu ihm, um mit ihm zu beraten. Jesup hatte Mikanopee und dessen Delegation wieder unter einer weißen Fahne gefangengenommen, und das war der Grund, warum Jumper sich ergeben hatte. Er war seinem König bis zuletzt treu ergeben. Er war ihm in die Gefangenschaft gefolgt. Er würde ihm auch ins Exil folgen.

Osceola zog sich seinen Schal enger um die Schultern, als ihn erneut ein Kälteschauer durchfuhr. Am letzten Tag des Jahres 1837 betrug die Temperatur siebenundzwanzig Grad, aber der Wind von See her war kühl, und so blieb Osceola nur selten ohne die Gesellschaft seiner alten Freundin, der Malaria.

Osceola, seine Familie und die anderen zweihundert Gefangenen warteten auf die Leichter, die sie zu dem Dampfer bringen sollten, der jenseits der Sandbank vor Anker lag. Die *Poinsett* würde sie nach Fort Moultrie in South Carolina bringen, in sicherer Entfernung von jeder Möglichkeit, zu fliehen oder Unheil anzurichten.

Es war ein klarer, strahlender Morgen mit einem Himmel, der in Saphirblau und Malachit erstrahlte. Sonnenschein glitzerte auf dem Meer. Er vergoldete sogar die zerfallenden Gebäude und die Abwasserkanäle, die quer über den Strand liefen. Es blitzte auf den silbrigen Schuppen der Haufen verrottender Fische. Die meisten Bewohner Saint Augustines hatten sich eingefunden, um sich von den Gefangenen und deren militärischer Eskorte zu verabschieden. Sie bildeten am Strand ein dunkeläugiges Band.

Unter ihnen waren auch die hartgesottenen Männer, welche die wöchentlichen Sklavenauktionen leiteten. Die Auktion wurde im Garten des Regierungsgebäudes abgehalten, meist während die Bibelgesellschaft im Haus zusammentrat. Wenn jemand in der Nähe des Fensters saß, konnte er hören, wie die Missionare im Haus Vorträge hielten, und gleichzeitig ein Angebot auf Feldarbeiter abgeben. Die Männer, die mit schwarzem Fleisch handelten, waren immer auf der Suche nach frischer Ware.

Einer der Sklavenhändler beäugte Mink habgierig, als er hervortrat, um Captain Webster abzufangen. Osceola hielt ihn besorgt im Auge, und Morning Dew und Little Warrior traten näher an Mink heran. Little Warrior hob vom Strand einen großen Stein auf und hielt ihn wurfbereit. Bis jetzt hatte die Armee ihr Versprechen gehalten, die Schwarzen der Seminolen zu schützen, die sich ergaben oder gefangengenommen wurden, aber die Sklavenhändler waren aggressiv und ließen nicht locker.

Captain Webster fertigte den Mann mit einer kurzen Handbewegung ab. Sechs Soldaten mit den Gewehren im Anschlag bildeten eine blaue Barrikade, als der Sklavenhändler seiner Forderung Nachdruck zu verleihen versuchte.

»Da kommt *Alektcha*«, murmelte Morning Dew.

Osceola sah, wie Dr. Weedon sich durch die Menge drängte. Zwei Sklaven folgten ihm. Sie mühten sich damit ab, eine riesige Feldkiste zu tragen.

»Ah, Powell!« Dr. Weedon winkte. »Ich habe auf der Plantage alles geregelt. Ich komme mit dir.«

»Du machst mein Herz glücklich, Freund.« Osceola schüttelte ihm nach Art der weißen Männer die Hand.

»Eine stärkende Seefahrt, das ist genau das, was ich verschreibe. Wenn du diese Malariagegend erst mal verlassen hast, wird sich deine Gesundheit bedeutend bessern.«

Wahrscheinlich hatte sich Dr. Weedon aus Freundschaft entschlossen, seine Schutzbefohlenen zu begleiten. Vielleicht hatte er sich auch nur deshalb entschlossen, weil er jetzt der Leibarzt einer nationalen Berühmtheit war. Für einige Menschen war Osceola ein Held und ein Patriot, andere nannten ihn einen mörderischen Wilden. Aber alle kannten ihn.

54

Nur wenige Tage nach seiner Ankunft auf Sullivans Island wurde Osceola zum Geist von Fort Moultrie. Die Soldaten gewöhnten sich an seinen Anblick, als er in seinen Mokassins auf leisen Sohlen durch das gemauerte Gewirr von Passagen, Treppen und Schlupfwinkeln wanderte, das den Exerzierplatz umgab. Sie nickten ihm zu und sprachen ihn an, wenn sie ihm begegneten, und er erwiderte lächelnd ihren Gruß. Little Warrior war immer bei ihm. Sie begleitete ihn wie ein Schatten, als befürchtete sie, er könnte in die Geisterwelt verschwinden, wenn sie nicht immer bei ihm war.

Jeden Tag in der Morgendämmerung, bevor die Ausflugsboote Mengen von Besuchern brachten, die den berühmten Kriegshäuptling sehen wollten, begaben sich Osceola und Little Warrior auf den Erdwall, um den Atemmacher zu begrüßen. Wenn die Sonne aufgegangen war, begaben sie sich zum Südwall. Osceola war in seinen Schal gehüllt, und sie trug einen Armeemantel. So blieben sie stundenlang dort stehen, Silhouetten vor dem blassen Winterhimmel.

Sie beobachteten, wie die Seemöwen und Pelikane über das unruhige Wasser dahinsegelten. Sie beobachteten, wie die Schatten auf den Myrten, Eichen und Kohlpalmen auf dem fernen Festland tanzten. Die Palmen und Vögel erinnerten sie an ihr Zuhause, und ihre Seelen reisten zu dem mit frischem Grün bedeckten strahlenden Land zurück, das sie liebten.

Auf der festgestampften Plattform des Erdwalls hatten einst

Kanonen Wache gehalten. Jetzt waren sie verschwunden. Nur die granitenen Schwenkkreise ihrer Bettungen waren noch da. Unkraut und kleine Büsche hatten Wurzeln geschlagen. Fort Moultrie war vor fünfzig Jahren errichtet worden, um den Hafen von Charleston vor den Briten zu schützen. Statt Menschen fernzuhalten, bestand seine Hauptfunktion jetzt darin, sie einzusperren.

Der 29. Januar war grau und kühl, doch Osceola und seine Familie verbrachten ihn wie gewohnt auf dem Erdwall. Morning Dew und Mink brachten ihr Nähzeug und ihre Korbarbeiten mit und setzten sich im Schutz der Brustwehr hin. Sie entrollten eine Fächerpalmenmatte und legten ihre Rationen aus Weizenbrot und Speck darauf. Sie zogen es vor, ihre Mahlzeiten dort einzunehmen, wo sie den Seewind spüren und das Kreischen der Möwen hören konnten.

Sie wollten mit Osceola eine stille Stunde verbringen, bevor das Gewimmel von Bewunderern ihn fand. Crying Bird spielte mit den Puppen, welche die Soldaten für sie geschnitzt und ihre Mütter mit Kleidern versehen hatten. Little Warrior las in dem neuen *Eclectic Reader* von McGuffy, den ihr ein junger Lieutenant geschenkt hatte. Ihre Lippen bewegten sich stumm, als ihre Finger über die Worte glitten.

»Einmal, vor langer Zeit, hat Der, Der Über Uns Lebt, beschlossen, nicht nur dem weißen Mann, sondern auch dem roten Mann Bücher anzubieten«, sagte Osceola.

Little Warrior blickte von ihrer Fibel auf, und Osceola lächelte sie an. Sie erwiderte sein Lächeln. Seine Botschaft war empfangen und verstanden worden. Er war stolz darauf, daß sie nicht nur die Magie ihres eigenen Volkes lernte, sondern auch die des weißen Mannes.

»Was ist passiert?« fragte Crying Bird.

»Der, Der Über Uns Lebt, ließ einen weisen alten blinden Mann darüber entscheiden, wer die Bücher erhalten sollte«, sagte Osceola. »Der blinde Mann unterzog die Männer einer Prüfung. Er wies jeden von ihnen an, ihm den größten Rehbock zu bringen, den er finden könne. Der rote Mann legte einen langen Weg zurück, um einen Rehbock zu finden, da Rehe damals noch selten waren. Der weiße Mann ging nur eine kurze Strecke. Er tötete eine Kuh. Er gab sie dem blinden Mann. Er sagte ihm, es sei ein sehr großes Reh. Der blinde Mann glaubte dem lügenden weißen Mann. Als der rote Mann mit seinem Rehbock zurückkam, hatte der weiße Mann schon die Bücher. Er besaß damit das Wissen. Und seitdem hat er es.«

»Deine Stimme ist heiser, Alter Mann«, sagte Morning Dew.

»Mir tut die Kehle weh.«

»Der Koch der Blaujacken hat Maisbrei. Ich werde *sofkee* für dich machen.« Mink hatte mit dem Koch schon einen Handel gemacht. Er würde ihr einen Achtelscheffel Maisbrei geben, wenn sie ihm ein Jagdhemd nähte.

Osceola hob Crying Bird auf den hölzernen Schützenauftritt, damit sie über den Rand der Brustwehr sehen konnte.

»Wird es den ganzen Tag wolkig sein, Tochter?«

Crying Bird studierte den Himmel. »Ja.«

»Woher weißt du das?«

Crying Bird streckte den Arm in einem Winkel vom Körper aus. »Die Sonne steht so hoch, aber die Wolken bedecken sie trotzdem noch. Das bedeutet, daß sie den ganzen Tag bleiben werden.«

»Bitte um Entschuldigung.« George Catlin erschien am oberen Ende der Steintreppe. Er war mit Leinwand, Staffelei, Palette, Farbkasten, Hocker, Pinseln und Lumpen beladen. Little Warrior klappte das Buch zu und stand auf, um ihm zu helfen. Sie stellte die Staffelei auf und breitete die Farben auf dem Schützenauftritt aus.

»Ich habe Dr. Weedon gebeten, die Touristen zurückzuschikken«, sagte Catlin. »Verzeihen Sie, daß ich hier so eindringe, aber wären Sie jetzt bereit, für mich zu sitzen? Wir sind fast fertig.«

»Ich habe heute nicht meine guten Kleider an.«

»Ich werde Ihr Gesicht malen.«

Osceola saß reglos da, während Catlin an seinem Porträt arbeitete. Little Warrior lungerte in der Nähe herum, um notfalls zu dolmetschen und um zuzusehen. Catlin hatte etwas von seiner kargen Freizeit geopfert, um ihr das Skizzieren mit Holzkohle beizubringen. Sie war nicht untalentiert.

George Catlin sah in seinem hohen, ausgefransten Stehkragen und dem staubigen braunen Anzug aus grobem Wollstoff sanft, ärmlich und erschöpft aus. Dabei war er selbst so etwas wie eine Berühmtheit. Und er war ein Mann, der von einer Obsession getrieben wurde.

Mit seinen einundvierzig Jahren hatte er im Westen Tausende von Meilen zurückgelegt. Er hatte Prärien und Berge überquert. Er hatte sich an Orte begeben, an denen Kriege und tödliche Krankheiten unter roten und weißen Männern wüteten. Er hatte sich entschlossen, die Lebensweise der Indianer auf der Leinwand festzuhalten, bevor sie der Vergessenheit anheimfielen, vorausgesetzt, Cholera, Pocken, Dysenterie und Krieg verschonten sein Leben.

Er hatte Hunderte einzelner Indianer von Dutzenden von Stämmen gezeichnet und gemalt. Sie hatten alle ohne Ausnahme mit großer Würde für ihn Modell gesessen. Der Mann, der jetzt vor ihm saß, besaß noch etwas mehr. Catlin hatte schon die kämpferischsten, stolzesten und ruhmreichsten der Häuptlinge im Westen gesehen. Doch einen solchen Ausdruck von Sanftheit und Wildheit, von Sinnlichkeit und Vergeistigung zugleich hatte er noch nie in einem Gesicht gesehen.

Catlin war schrecklich besorgt, Black Drink Singers Augen nicht zu Ende malen zu können, bevor der Tod das Licht in ihnen auslöschte. Er beriet sich jeden Tag mit Dr. Weedon. Erst jetzt, als die dunklen Wolken sich am Himmel auftürmten und der Regen unmittelbar bevorstand, packte er zögernd seine Ausrüstung ein und zog sich zurück.

Am Abend ging Osceola mit Dr. Weedon und den gefangenen Anführern zu George Catlin in dessen großes, behagliches Zimmer. Er und die anderen kamen abends dort meist zusammen, um zu rauchen, Karten zu spielen und mit den Offizieren von Fort Moultrie Geschichten auszutauschen. Viel wurde über vergangene Schlachten gesprochen.

An diesem Abend stellte Catlin einen Wald kostbarer Kerzen auf den Kaminsims. Er arbeitete in deren Lichtschein und dem Glühen der Laternen an dem Porträt. Er malte mit einer Zielstrebigkeit, der nur die Osceolas gleichkam. Beide hatten weder Auge noch Ohr für die gutmütigen Scherze und das Gelächter, das um sie herum ertönte. Osceola ignorierte sogar die angeregte Diskussion über die wunderbaren neuen Trommelrevolver der Offiziere. Er saß so still da und blickte so intensiv, daß es den Anschein hatte, als wollte er sein Abbild durch seinen schieren Willen auf die Leinwand zwingen.

»Wie fühlen Sie sich heute abend?« erkundigte sich Catlin.

Osceola zeigte auf die Kehle. »Tut weh.« Seine Stimme war kaum noch zu hören.

»Hören Sie, mein Freund. Sie brauchen nicht zu sprechen. Sie brauchen mir nur zu sagen, ob das Bild Ihren Beifall findet.« Catlin brachte die letzten Pinselstriche auf die Leinwand, zwei winzige kleine Punkte, die Osceolas Augen Licht, Leben und unendliche Trauer verliehen. Catlin trat zurück, damit sich die anderen um das Bild drängen konnten.

Osceola blickte es lange Zeit prüfend an und sah ihm in die Augen, als könnte er so in die eigene Seele blicken. Als er lächelte, war das für den Maler Belohnung genug.

»Hier kommt die Himmelsbotin«, sagte der junge Lieutenant. Little Warrior hatte die Tür aufgestoßen und steckte den Kopf herein. Morning Dew schickte meist Little Warrior, wenn sie glaubte, Osceola könnte müde sein. Sie wußte, wie hartnäkkig seine Freunde sein konnten. Wenn sie ihren Kopf durchsetzten, würden sie ihn die ganze Nacht wach halten, und dazu war er zu schwach.

Eines Abends hatten sie ihn quer über die Bucht nach Charleston gebracht, um mit ihm ins Theater zu gehen. Little Warrior war vor Sorge außer sich gewesen. Sie hatte sich in eine Decke gehüllt und war in dem kalten Januarwind bis ein Uhr morgens aufgeblieben. Sie hatte auf der Brustwehr gestanden und darauf gewartet, daß die Barkasse ihn zurückbrachte.

Am nächsten Morgen war er zu erschöpft gewesen, um aufzustehen. Dr. Weedon hatte getobt und den Kommandanten angebrüllt, weil er zugelassen hatte, daß ein sterbender Mann dazu benutzt worden war, die Zuschauerzahl bei irgendeiner frivolen Farce zu steigern.

»Komm rein, Kleine Soldatin des Pumaclans. Ich habe etwas für dich.« Mit einem geölten Tuch gab der Lieutenant dem Puma den letzten Schliff, den er für sie geschnitzt hatte.

»Ich danke dir.« Little Warrior drehte ihn in den Händen und dachte an den Puma, den sie nachts besucht und in einem anderen Leben vor langer, langer Zeit angestarrt hatte.

»Und hast du dir meinen Heiratsvorschlag durch den Kopf gehen lassen?« Der Lieutenant sagte es nur halb im Scherz. Little Warrior war fast vierzehn und eine Herzensbrecherin ohnegleichen, um so mehr, als sie sich dessen nicht bewußt war. Sie lächelte ihn scheu an.

Osceola legte sich den Schal um die Schultern und nahm seine Pfeife und den Tabaksbeutel an sich. Little Warrior hielt den Puma in der einen Hand und nahm die ihres Vaters in die andere. Dr. Weedon hielt Osceolas anderen Arm und trug eine Kerze. Alle drei gingen langsam in einer Lichtglocke den langen, dunklen Korridor bis zu dem Zimmer entlang, in dem Osceola mit seiner Familie untergebracht war. Dr. Weedon wünschte ihnen an der Tür gute Nacht.

Little Warrior konnte in ihren nackten Füßen die Kälte des Steinfußbodens spüren, selbst durch die Rehhäute hindurch, die ihre Mütter ausgelegt hatten. Sie kroch voll angekleidet unter die Decken und kuschelte sich an Crying Bird, die tief und fest schlief. Little Warrior lag mit weit offenen Augen in der Dunkelheit und lauschte, wie ihr Vater sich zum Schlafen bereitmachte.

Als Osceola sich auszog, begann er wieder zu zittern. Morning Dew half ihm auf die Strohpritsche und unter die Dekken. Mink schmiegte sich mit ihren weichen Brüsten an seinen Rücken und legte die Arme um ihn. Morning Dew lag mit dem Rücken an seiner Brust. Sie schliefen oft so zusammengekuschelt, was ihn warm hielt, wenn die Malariaanfälle einsetzten.

»Ich zähle meine Tage an der Trommel meines Herzens ab.« Osceolas Stimme war so heiser, daß Mink und Morning Dew sie in dem widerhallenden steinernen Zimmer kaum hören konnten. »Manchmal flattert meine Seele in der Brust. Sie ist in diesem Körper ebensosehr eine Gefangene wie der Körper in diesem steinernen Haus.«

»Wir werden den Tod von dir fernhalten, Geliebter«, murmelte Mink und strich ihm mit ihren vollen Lippen über den

Hals. An der Wange spürte sie die langen, glatten Strähnen seiner ungeflochtenen Skalplocke.

»Ich fürchte den Tod nicht. Ich trage ihn seit meiner Kindheit in der Hand.« Seine Finger schlossen sich ungewollt, als hielten sie den Kolben seines Gewehrs. Ich habe den Tod an der Wange gehalten, dachte er. Ich habe gehört, wie er mir ins Ohr bellt.

»Sprich nicht, Alter Mann.« Morning Dew umklammerte ihn mit den Armen und legte sich seine Hände um die Taille. Mink summte ihm mit ihrer kehligen Stimme etwas vor, bis er schließlich in einen unruhigen Schlaf voller böser Träume und Zeichen fiel.

Es ist Zeit.

Little Warrior schlug in der Dunkelheit die Augen auf. Der Traum von ihrem gesunden, starken und lachenden Vater verschwand, aber die Worte »Es ist Zeit« hielten sich. Hatte Osceola es gesagt, oder hatte sie es geträumt?

»Tochter«, flüsterte Mink.

»Ich bin wach, Mutter.«

»Hol *Alektcha,* den Arzt.«

Little Warrior nahm sich nicht die Zeit, ihre Mokassins überzustreifen oder eine Fackel anzuzünden. Sie schob die schwere Tür auf, schlüpfte hinaus und rannte den langen, düsteren Korridor entlang. Die Laternen, die den Durchgang sonst erleuchteten, waren fast heruntergebrannt. Alle neun Meter warf eine Laterne einen schmalen Lichtkegel an die Wand, was diese bis zur nächsten Laterne dunkel bleiben ließ.

»Langsam, Miss.« Als der Wachposten aus dem Schatten trat und sich Little Warrior in den Weg stellte, hätte sie fast aufgeschrien.

»Mein Vater.« Sie wich dem Mann aus und lief weiter.

Als sie Philips Zelle erreichte, wischte sie sich die Tränen ab und bemühte sich um einen gefaßten Gesichtsausdruck. Sie mußte den Rocksaum hochheben und mit der Fußsohle gegen die massive Tür treten, um gehört zu werden. Als sie in dem kalten Korridor stand, glaubte sie, die Männer hinter der Tür würden nie aufmachen. Schließlich steckte Philip den Kopf heraus. Seine Augen waren vor Schlaftrunkenheit noch ganz aufgequollen. Sein graues Haar stand ihm in wirren Strähnen vom Kopf ab.

»Es ist Zeit. Mein Vater braucht *Alektcha.*« Little Warrior wartete gar nicht erst die Antwort ab. Mit vor Angst pochendem Herzen, er könnte schon gestorben sein, rannte sie zurück.

Sie fand Osceola angekleidet und mit einer Decke um die Schultern. Er wickelte die kleinen Bündel mit getrockneten Kräutern und den geheiligten Gegenständen aus und legte sie hin. Er berührte jeden leicht und behutsam mit den Spitzen seiner langen Finger.

In der Vergangenheit hatte er manchmal fühlen können, wie sie sich unter seiner Berührung bewegten. Er hatte die Geister spüren können, die in ihnen lebten; doch jetzt hatte er schon seit langem keine Regung mehr von ihnen gefühlt. Die geheiligten Gegenstände wirkten angesichts der kalten Steine seines Gefängnisses geschrumpft und machtlos.

Osceola wollte aus dem Leben gleiten und es hinter sich haben. Er wollte seine lange Freundschaft mit dem Schmerz beenden, konnte aber nicht still und im Kreis seiner Familie sterben. Als *Talasee Tastanagee* hatte er die Pflicht, gut zu sterben.

Er legte seine Medizin beiseite und legte sich in der Nähe des Feuers auf die Pritsche. Little Warrior setzte sich neben ihn. Mink hüllte ihn in Decken ein. Morning Dew wusch ihm den Hals mit warmem Wasser, in das sie die Heilkräuter getaucht hatte. Crying Bird kauerte in der Ecke. Sie hatte die Arme um die Knie geschlungen und weinte still und untröstlich.

Draußen im Korridor waren Schritte und leise Stimmen zu hören, und dann traten nach und nach die Offiziere und die Seminolen-Anführer ein. Der Heiler blies mit seiner Medizinröhre den Atem durch eine Kräuterlösung. Er schwenkte seine Pfauenfeder über Osceola hin und her und ließ dabei einen leisen und hypnotischen Singsang hören.

Dr. Weedon bahnte sich einen Weg durch die Menge, bis er vor Osceola stand. Er kniete nieder, um ihn zu untersuchen. Während jemand eine Laterne hochhielt, sah er Osceola in den Hals.

»Die Rachenschleimhäute sind stark entzündet«, sagte er. »Wenn ich die Mandeln nicht skarifiziere, könntest du erstikken, mein Freund.« Er begann, in den Instrumenten seiner Tasche zu wühlen.

Osceola hielt die Hand wie einen Schild hoch.

Weedon wandte sich dem Heiler zu, der unter der Kapuze seiner Decke seinen leisen Singsang hören ließ. »Laß mich ihm wenigstens etwas Medizin geben und Blutegel ansetzen.«

Der Heiler schüttelte den Kopf.

Little Warrior, die an Osceolas Schulter saß, hörte sie nicht. Sie war sich nur des leidenden Ausdrucks in Osceolas Gesicht bewußt. Ihre Aufmerksamkeit war so ausschließlich auf ihn fixiert, daß sie genausogut mit ihm in der überfüllten Zelle hätte allein sein können.

Osceolas Kehle war so geschwollen, daß er nicht schlucken konnte. Der Raum begann sich um ihn zu drehen. Er konnte den Tod fühlen, eine Taubheit im Körper, die sich von den Füßen an ausbreitete, den schrecklichen Schmerz aber trotzdem nicht linderte.

Als er die Hand ausstreckte, halfen ihm Mink, Morning Dew und Little Warrior, sich aufzurichten. Morning Dew hielt den Spiegel, während er das halbe Gesicht und die Kehle zinnoberrot anmalte, als ginge er in die Schlacht. Das gleiche tat er mit den Handgelenken, den Handrücken und dem Griff seines Messers. Er würde als Kriegshäuptling sterben.

Als er damit fertig war, ging er langsam im Raum herum. Niemand sprach, während er jedem der Anwesenden die Hand gab. Jeder entbot ihm ein stilles Lebewohl, und er antwortete mit seinem sanften Lächeln. Morning Dew hielt Crying Bird hoch, damit Osceola nicht niederknien oder sich bücken mußte. Er wischte dem Kind mit dem Halstuch die Tränen ab und hielt dann ihre kleine Hand in seiner.

Mein Herz ist immer bei dir, Geliebter, dachte Morning Dew, als er ihre Hand nahm. Sie sah ein wenig grimmig aus. Er durfte nicht denken, daß seine Familie ohne ihn hilflos war. Sie spürte, wie sein Griff fester wurde. Er verstand.

»*Owa mwen*, mein Mann.« Mink murmelte diese Zärtlichkeit der Dahomey-Sprache so leise, daß niemand sonst sie hören konnte. »Mögest du eine sichere Reise haben. Sorge in der Geisterwelt für unseren Sohn.«

Little Warrior stand kerzengerade und beherrscht da. Sie hielt die linke Hand an der Seite und streckte die rechte aus. Als Osceola sie nahm, waren seine Finger so kalt, als hätte er schon den Tod in sich. Er sah ihr fest in die Augen, in denen Tränen glitzerten. *Trage das Feuer weiter,* sagte er stumm.

Sie halfen ihm, sich hinzulegen, und setzten sich neben ihn. Er legte sich sein berühmtes Messer quer auf die Brust. Er sah Mad New Town in der Türöffnung stehen. Hinter ihm leuchtete ein strahlendes Licht.

Ich bin gekommen, Onkel.

Das bist du, Neffe.

Nachbemerkung der Autorin

Nach Osceolas Tod schnitt ihm Dr. Frederick Weedon den Kopf ab und nahm ihn mit nach Saint Augustine. Er bewahrte das schauerliche Erinnerungsstück jahrelang auf und hängte es seinen Söhnen an die Bettpfosten, wenn sie ungehorsam waren.

König Philip starb auf dem Weg nach Oklahoma und wurde mit allen Ehren beigesetzt. Wild Cat wurde 1841 bei einem Rat mit der Armee gefangengenommen und in Ketten gelegt. Er versuchte auch andere zur Kapitulation zu überreden, doch die verbliebenen Anführer des Widerstands drohten jeden zu töten, der Botschaften von den Weißen überbrachte. Wild Cat und John Horse wurden nach Westen gebracht, wo sie beim Kampf gegen Comanchen eine zweite Laufbahn begannen.

Feldarzt Jacob Rhett Mottes Tagebuch wurde zu dem von James L. Sunderman herausgegebenen Buch *Journey into Wilderness*. Es ist einer der unterhaltsamsten Berichte über den Krieg.

1842 wurden Alligator, Jumper und die meisten Seminolen-Anführer mit ihrem Volk gefangengenommen und nach Oklahoma geschickt. Abihka, der da schon über neunzig war, entkam mit ein paar Hundert seiner Anhänger. Sie flüchteten sich tief in die Everglades und hielten dort aus.

Von den eintausendvierhundertsechsundsechzig Soldaten, die in diesem Krieg starben, wurden dreihundertachtundzwanzig im Kampf getötet. Die übrigen fielen Krankheiten und Infektionen zum Opfer. Nachdem die Vereinigten Staaten die Seminolen sieben lange Jahre durch siebenundvierzigtausend Quadratmeilen Territorium gejagt hatten, gab die Regierung auf. Sie erklärte, der Krieg sei beendet; die Seminolen unterzeichneten jedoch nie eine Kapitulationsurkunde. Einige ältere Seminolen weigern sich noch heute, irgendwelche offiziellen

Papiere zu unterschreiben, nämlich aus Furcht, die Vereinigten Staaten könnten sie wegschicken, wenn sie es tun.

Im Jahre 1855 brach der Krieg erneut aus, als ein Pioniertrupp in den Big-Cypress-Sumpf eindrang. Sie zerstörten das Lager von Holata Miko, der Billy Bowlegs genannt wurde. Holata Miko rächte sich. Drei weitere Jahre kämpften Soldaten gegen die Seminolen. Für jeden gefangenen Krieger war eine Belohnung von einhundert Dollar ausgesetzt. Soldaten nahmen Holata Mikos kleine Enkelin gefangen und zwangen ihn so, sich zu ergeben. Dann schickten sie auch ihn nach Westen.

Etwa einhundert Menschen schafften es immer noch, sich zu verstecken und so dem Exil zu entgehen. Ihre Nachkommen, Angehörige der Völker der Seminolen und Miccosukee, leben immer noch in Florida.

Die drei Konflikte, die unter der Bezeichnung Seminolenkriege bekannt sind, dauerten mehr als vierzig Jahre. Der Zweite Seminolenkrieg veranlaßte Thomas Hart Benton viele Jahre später zu schreiben:

> »Dies war einer der beschwerlichsten, kostspieligsten und unkontrollierbarsten Kriege, in die die Vereinigten Staaten je verwickelt worden sind ... Er kostete rund dreißig Millionen Dollar und machte die Bemühungen mehrerer Generäle zunichte; er fing wieder an, als man schon meinte, er sei beendet; und wurde schließlich zu Ende gebracht, indem man militärische Feldzüge in eine bewaffnete Besetzung umwandelte ... Sämtliche oppositionellen Zeitungen und Redner griffen das Thema auf und nahmen die Mißhelligkeiten des Krieges zum Anlaß, in einen Chor von Schmähungen einzustimmen.«

Einer der Gründe dafür, weshalb der Krieg so unpopulär war, war Osceola.

Die Autorin hat keinerlei Akten über das Schicksal von Osceolas Frauen und Töchtern gefunden. Mit hoher Wahrscheinlichkeit wurden sie in der traurigen Begleitung von Gefangenen nach Westen geschickt, die ebenfalls dorthin ausgewiesen wurden. Osceolas Geist blieb zurück, ein stummer

Vorwurf an diejenigen, die ihn und sein Volk so ungerecht behandelt hatten.

Sein Kampf um sein Land ließ den größten Teil der Öffentlichkeit erkennen, was die Politik der Regierung eigentlich war, nämlich ein ungerechter Krieg der Habgier und der Aggression. Bis zu seinem Tod mehr als zwanzig Jahre später versuchte General Thomas Jesup vergebens, seine Entscheidung zu rechtfertigen, Osceola trotz einer Waffenstillstandsvereinbarung gefangenzunehmen.

Für viele Amerikaner wurde Osceola zu einem Symbol für Mut, Loyalität und Patriotismus. Sein kopfloser Leichnam wurde in Fort Moultrie unter einem Marmorgrabstein beigesetzt, den ein Charlestoner Bürger gestiftet hatte. Die Inschrift lautet:

OSCEOLA
Patriot und Krieger
Gestorben in Fort Moultrie
Am 30. Januar 1838.

SERIE PIPER

Lucia St. Clair Robson

Tiana

Roman. Aus dem Amerikanischen von Hans-Joachim Maass. 727 Seiten. Serie Piper

Die selbstbewußte Tiana, Tochter einer Cherokee und eines Schotten, wächst in der Geborgenheit ihrer indianischen Großfamilie auf, als der junge Sam in ihr Leben tritt. Sam sehnt sich nach Abenteuer und bricht aus seinem kleinen, beengten Dorf aus, um einige Zeit bei den Indianern zu leben. Zwischen beiden entwickelt sich eine leidenschaftliche Liebesgeschichte. Doch Sam Houston, der spätere Begründer von Texas, kehrt in die Welt der Weißen zurück und macht Karriere. Tiana wird zur »Geliebten Frau« der Cherokee, die ihr Wissen um Magie und Heilkunst zum Wohle ihres Stammes einsetzt und die Leiden ihres Volkes teilt. Lucia St. Clair Robson dokumentiert auf ergreifende Weise den Zusammenprall zwischen weißer und indianischer Kultur, die unterschiedlicher nicht sein können.

05/1365/01/L

Lucia St. Clair Robson

Die mit dem Wind reitet

Roman. Aus dem Amerikanischen von Hans-Joachim Maass. 862 Seiten. Serie Piper

Eine authentische Geschichte, poetisch und kraftvoll: von der kleinen Cynthia Ann Parker, die in den ersten Tagen des Frühlings 1836 nach einem brutalen Überfall auf das Haus ihrer Eltern von Comanchen verschleppt wird. Das Mädchen mit den blauen Augen wächst bei diesem stolzen und unabhängigen Volk auf, es wird mit den Sitten und Riten vertraut gemacht und lernt, eine richtige Indianerin zu sein. Ein wundervoll geschriebenes Epos von der Schönheit und dem Reichtum eines der letzten großen Indianerstämme.

»Ein hinreißender Lesestoff für Kopf und Herz.«
Welt am Sonntag

05/1364/01/R